U0517257

HERMES

在古希腊神话中，赫耳墨斯是宙斯和迈亚的儿子，奥林波斯神们的信使，道路与边界之神，睡眠与梦想之神，亡灵的引导者，演说者、商人、小偷、旅者和牧人的保护神……

西方传统　经典与解释
Classici et Commentarii

HERMES

古典学丛编

Library of Classical Studies

刘小枫◎主编

迷狂与真实之间

—— 从荷马到朗吉努斯的希腊诗学诠释

Between Ecstasy and Truth

Interpretations of Greek Poetics from Homer to Longinus

[英]哈利威尔　Stephen Halliwell　｜　著

张云天　邢北辰　｜　译

華夏出版社

"古典学丛编"出版说明

　　近百年来，我国学界先后引进了西方现代文教的几乎所有各类学科——之所以说"几乎"，因为我们迄今尚未引进西方现代文教中的古典学。原因似乎不难理解：我们需要引进的是自己没有的东西——我国文教传统源远流长、一以贯之，并无"古典学问"与"现代学问"之分，其历史延续性和完整性，西方文教传统实难比拟。然而，清末废除科举制施行新学之后，我国文教传统被迫面临"古典学问"与"现代学问"的切割，从而有了现代意义上的"古今之争"。既然西方的现代性已然成了我们自己的现代性，如何对待已然变成"古典"的传统文教经典同样成了我们的问题。在这一历史背景下，我们实有必要深入认识在西方现代文教制度中已有近三百年历史的古典学这一与哲学、文学、史学并立的一级学科。

　　认识西方的古典学为的是应对我们自己所面临的现代文教问题：即能否化解、如何化解西方现代文明的挑战。西方的古典学乃现代文教制度的产物，带有难以抹去的现代学问品质。如果我们要建设自己的古典学，就不可唯西方的古典学传统是从，而是应该建设有中国特色的古典学：恢复古传文教经典在百年前尚且一以贯之地具有的现实教化作用。深入了解西方古典学的来龙去脉及其内在问题，有助于懂得前车之鉴：古典学为何自娱于"钻故纸堆"，与现代问题了不相干。认识西方古典学的成败得失，有助于我们体会到，成为一个真正的学人的必经之途，仍然是研习古传经典，中国的古典学理应是我们已然后现代化了的文教制度的基础——学习古传经典将带给我们的是通透的生活感觉、审慎的政治观念、高贵的伦理态度，永远有当下意义。

　　本丛编旨在引介西方古典学的基本文献：凡学科建设、古典学史发微乃至具体的古典研究成果，一概统而编之。

古典文明研究工作坊

西方典籍编译部乙组

2011年元月

目　录

前 言

[ⅴ] 诗歌旨在何物？它会给那些听到或读到它的人的生活带来什么不同？它的影响是否主要限于其体验自身的持续期间（在此期间形成了一个阻断日常生活的延续性的特别时刻，而听者或读者在这一时刻被带入了一种强烈的专注和入迷的状态）之内？奥登（Auden）——对古希腊思想的熟悉显然影响了他对诗歌的看法——（在某一首诗中）说，"诗歌并不会让任何事情发生"，它仅仅是"一种事情发生的方式"（尽管这种方式会永远"存活"且不断重演），①他说得是否正确呢？

或者诗歌的影响还不止于此？它是否不仅仅是能给人们提供一种暂时的心理逃避手段，而且也能在人们的信仰、观念和情感倾向上留下持久的印记并有助于改变他们的生活？如果诗歌能够产生这种更深远的影响，那么它必然且总是积极的（一种有益的启蒙）吗？还是说诗歌有时可能会是有害的，即也许会催生虚假、伤感或不切实际的念头，从而让整个生命的需求变得更难而非更易承受？诗歌能否告知我们或向我们呈现真实？可话又说回来，我们是否想要诗歌这样做呢——或者如尼采所言，"我们之所以拥有艺术，是为了不被真实所毁灭"（wir haben die Kunst, damit wir nicht an der

---

① "In Memory of W. B. Yeats", part II: Auden, 1991: 248.

[译按] 威斯坦·休·奥登（Wystan Hugh Auden，1907—1973），英裔美国诗人，英国"新诗"的代表和左翼青年作家领袖，前期作品多涉及社会和政治题材，后期作品则带有浓重的宗教色彩，被认为是继叶芝和艾略特之后最重要的英语诗人之一。

Wahrheit zu Grunde gehn)？ ①

在西方传统中，这类问题（可以延伸至广义上的文学和艺术）首先由古希腊人提出。即使在今天，它们依然具有文化上的价值和重要性，而且持续引发着评论家、理论家和每一位读者之间的意见分歧。通过研究古希腊人如何表述并试图回答这些问题，我们希望能更好地和更充分地理解他们所提出的诗学问题。本书不是系统地研究一个受到严格限定的领域的专著，而是一组在主题上相互关联的论文集；它为希腊诗学演变历程中的一系列主要文本提供了新颖和深刻的解读。[vi]笔者的主要目的是探讨这些文本如何理解诗歌的价值，而这一价值在其听众的体验中得到了定位和实现（如果大多数古希腊人听过它，他们就会和我们一样不相信"感受谬误"［affective fallacy］）。笔者的课题（project）并不等同于一部希腊诗学史或"文学批评"史，而这不仅仅是因为它的选择性；在某些方面，它可能会强调为什么构建这样一段历史是如此困难。笔者在阅读中形成的不是一个以循序渐进的次序而得出的具有清晰立场的叙述，而更像是一系列围绕着某些基本问题——这些问题在诗歌的内部与外部都有迹可循——逐步展开的反复论辩，因此，探究中包含了一些诗歌的文本本身。

笔者这项事业的核心在于希腊思想之间反复出现的一种辩证关系（dialectic）：一方面关注作为一种强大的转化施动力（agency）的诗歌，它能将听者或读者带至其自身之外（"迷狂"［ecstasy］的本义）以及"使其灵魂出窍"（另一个相关的希腊术语psuchagôgia［牵引灵魂］的本义）；另一方面则是倾向于认为诗歌是一个真实"赖以存在"的媒介、一种有助于塑造听众世界观的表达思想和情感的手段。古代有许多不同方式来处理这两种价值的对立，而在解释和评价一首诗歌的意义（或这样做是否可行）时，这种对立的后果造成了全然不同的假设。由此产生的辩证关系贯穿了希腊诗学的核心。这一辩证关系也是诗歌和文学理论长期发展轨迹中的重要组成部分。

_____

① 尼采1888年的笔记，参Nietzsche, 1988: xiii 500，其中尼采对最前面的四个德文单词作了强调。

　　笔者在探寻自己的优先事项时，特意引用了现代多种语言的广泛学术成果，其中包括不少近几年出现的材料。即使我并不认同我所引用的那些人的作品，我仍然认为应当承认在该领域内存在一种繁荣的国际学术研究文化，我也应当给读者提供相关信息，以便他们找到相对于笔者偶尔提出的非正统论点的其他选项。我有时会有意地大力倡导这些论点。富有成效的学术辩论既需要充满激情的推理，也需要小心谨慎地斟酌。

　　本书几个章节的草稿曾受邀在多处发表。这并非无关紧要的琐事：如果没有收到这些邀约并鼓足干劲完成邀约，[vii] 这本书可能永远无法完成。密歇根大学的杰拉尔德·埃尔斯人文科学讲座（Gerald Else Lecture in the Humanities，2007年10月）促成了第二章部分内容的初稿；为了在里约热内卢参加“诉诸感染力：情感的诗学”（Pathos: the Poetics of the Emotions，2008年10月）国际会议、在麦克马斯特大学（2009年11月，于我担任胡克奖学金［H. L. Hooker］支持的特聘访问教授期间）创作论文以及向苏格兰古典学协会提交论文（格拉斯哥，2010年6月），我进一步完善了该章的内容。第三章的内容首先是应柏林欧洲文理学院之邀而写（2005年12月）的，后来的几个版本曾提交给哥伦比亚大学古代地中海研究中心（the Centre for the Ancient Mediterranean，2007年4月）、多伦多大学古典学系（2009年11月），并在伦敦大学举办的“谐剧互动”（Comic Interactions）会议（2009年7月）上做了报告。第四章中部分观点的早期书稿曾作为对费拉里（John Ferrari）一篇论文的回应，在“普林斯顿大学古典哲学研讨会”（2002年12月）上发表。这部分内容的意大利文版本后来成为在罗马举行的第七届卡基亚纪念讲座（7th Carchia Memorial Lecture，2007年3月）上的讲稿。该章第二部分来自在伦敦大学学院举办的基林纪念讲座（S.V. Keeling Memorial Lecture，2009年3月）上的讲稿，其余书稿曾在哥伦比亚大学和杜伦大学的研讨会（均在2007年4月）上做过报告，也曾在维尔茨堡三年一度的古代哲学协会（Gesellschaft fürantike Philosophie in Würzburg，2010年9月）上发表过报告。第五章的部分内容曾作为一篇文稿提交给在天主教鲁汶大学举办的关于《诗术》的一场研讨会（2002年11月）。第七章的意大利文版本我曾在罗马的瑞士研究所（Istituto Svizzero）举办的一次关于《论崇高》的会议（2006年9月）上宣读过。

鉴于所有这些活动的东道主对我作品的兴趣以及对我本人的热情款待，我对他们表示衷心的感谢：安杰罗（Paolo D'Angelo）、德茜蕾（Pierre Destrée）、爱尔勒（Michael Erler）、福里（Helene Foley）、哈里斯（William Harris）、马特里（Elisabetta Matelli）、麦克莱恩（Daniel McLean）、诺加德（Thomas Norgaard）、桑托罗（Fernando Santoro）、斯科德尔（Ruth Scodel）、沙普尔斯（Bob Sharples，缅怀这位先生）、沃尔（Victoria Wohl）、沃曼（Nancy Worman）。

还有些学友曾评论过我的书稿或以其他方式回应过我的观点，我想特别感谢其中的伯内特（Myles Burnyeat），我们就柏拉图展开过一系列交流。感谢卢瑟福（Richard Rutherford），他对荷马史诗细致入微的理解帮助我修改了第二章。感谢罗森（Ralph Rosen），我们曾深入探讨过《蛙》。感谢莫斯特（Glenn Most）和多兰（Robert Doran），他们分别帮助我加深了对朗吉努斯的了解。感谢希斯（Malcolm Heath），他在诸多事情的不同见解给予我启发。最后，我想感谢艺术与［viii］人文科学研究理事会（Arts and Humanities Research Council）于2008年授予我的休假研究奖金，它让我得以完成这项写作计划中最困难的部分。

我怀着悲痛的心情将此书献给多佛爵士（Sir Kenneth Dover），他于2010年3月辞世，彼时我正在修订样稿。除了像许多其他希腊文化的研究者一样受益于多佛爵士堪称典范的学识之外，我还幸运地能将他视为我最重要的一位师长，在认识他之后的岁月里，我都视他为亲密的友人。在解释希腊文化现象时，他投入的那种极富才智和想象力的坦诚对我产生了深远影响。我谨希望这部作品可以作为一种更有意义的方式，来记录我对他的感激之情。

哈利威尔
于圣安德鲁斯

读者须知

[xi] 古代作者的姓名和他们的作品名称缩写通常都依照《牛津古典辞典》第3版的修订版（*Oxford Classical Dictionary*, 3rd edn. Revised, ed. S. Hornblower and A. Spawforth, Oxford, 2003）的惯例。偶尔的不同（例如阿里斯托芬戏剧的英文名）不言自明。

标准参考文献和残篇辑录等的缩写大多遵循《牛津古典辞典》。但是，请注意以下几个缩写：

CA   *Collectanea Alexandrina*, ed. J. U. Powell（Oxford, 1925）（《亚历山大里亚汇编》）

CHO   A. Heubeck *et al., A Commentary on Homer's Odyssey*，Eng. tr., 3 vols.（Oxford, 1988–1992）（《荷马〈奥德赛〉注疏》）

EGF   *Epicorum Graecorum Fragmenta*, ed. M. Davies（Göttingen, 1988）（《希腊史诗残篇》）

G-P   *The Greek Anthology: Hellenistic Epigrams*, ed. A. S. F. Gow and D. L. Page, 2 vols（Cambridge, 1965）（《希腊诗歌集：希腊化时代铭体诗》）

IC   G. S. Kirk *et al., The Iliad: A Commentary*, 6 vols.（Cambridge, 1985–1993）（《〈伊利亚特〉注疏》）

IEG   *Iambi et Elegi Graeci*, ed. M. L. West, 2nd edn., 2 vols.（Oxford, 1989–1992）（《希腊短长格与哀歌诗集》）

LfgrE	*Lexikon des frühgriechischen Epos*, ed. H. J. Mette *et al.*（Göttingen, 1955– ） （《早期希腊史诗辞典》）
PGL	*A Patristic Greek Lexicon*, ed. G. W. H. Lampe（Oxford, 1971） （《教父希腊语辞典》）
PLF	*Poetarum Lesbiorum Fragmenta*, ed. E. Lobel and D. Page（Oxford, 1955） （《莱斯博斯诗人残篇》）
PMG	*Poetae Melici Graeci*, ed. D. L. Page（Oxford, 1962） （《希腊琴歌诗人》）
Σ	Scholia（古注）
SSR	*Socratis et Socraticorum Reliquiae*, ed. G. Giannantoni, 4 vols（Naples, 1990）（《苏格拉底与苏格拉底学派遗编》）

　　肃剧残篇引自《希腊肃剧残篇》（*Tragicorum Graecorum Fragmenta*, B. Snell *et al.* eds. Göttingen, 1971–2004），谐剧引自《希腊诗人残篇》（*Poetarum Graecorum Fragmenta*, R. Kassel and C. Austin eds., Berlin, 1983– ），在引用这两部作品的版本时通常不写版本的缩写标题。

　　［xii］参考文献中期刊名的缩写尽可能使用了《语文学年鉴》（*L'Année philologique*）中的统一标准。注意以下几条补充：

JAAC	*Journal of Aesthetics and Art Criticism*（《美学与艺术批评期刊》）
Mnem.	*Mnemosyne*（《谟涅摩叙涅》）
TLS	*Times Literary Supplement*（《泰晤士文学增刊》）

　　如无另注，所有的年份都是指公元前（［译按］中译本直接表述为"前……年"）。

　　如果另无说明，所有古代和现代文献均由笔者所译（［译按］中译本根据作者的英译迻译）。

第一章

背景介绍：希腊文化中诗歌价值诸问题

而我们是否在某种程度上终结了对解释的需要？
——蒙田
艺术家的作品无法解释。
——托尔斯泰①

一　迷狂与真实：古希腊诗学的价值范式

[1]《奥德赛》卷一中有一段诗很有名，史诗在那里将其叙事之镜略微倾斜，但又明确无误地转向了自身——这也意味着同时含蓄地转向了自己的听众，无论这些听众是谁或身在何处。此时，忒勒马科斯（Telemachus）与伪装成"门忒斯"（Mentes）的雅典娜刚刚交谈完毕，女神已如飞鸟骤然飞离厅堂，而忒勒马科斯这才回过神：这位一直鼓励他相信他的父亲还活着，并敦促他去勇敢面对那些傲慢的求婚人的访客根本不是一位凡人。被雅典娜赋予了"力量和勇气"的忒勒马科斯，可以说此时重新融入了厅堂这一更大的场景中——在那里，奥德修斯的儿子与伪装的女神亲密交谈，同时歌人费弥奥斯（Phemius）一直在为求婚人歌唱。这首歌始于《奥德赛》1.155，然而一直到1.325及下，我们这些《奥德赛》自身的

---

① ［原注1］Montaigne, *Essays* iii. 13, "On Experience"：Montaigne 1962: 1068. Tolstoy, "Whatis Art?"，ch.12: Tolstoy 1930: 194；参第四章原注22。

听众才获知歌唱的主题：

> 阿开奥斯人（Achaeans）由雅典娜规定的始于特洛伊的悲惨归程。①

[2] 费弥奥斯的歌虽然并不等同于《奥德赛》本身，却是《奥德赛》在神话意义上（mythological）的对应物，也是史诗与其听众之间复杂关系的缩影。②歌曲演唱之时，雅典娜也正意图帮助奥德修斯成功返家并战胜求婚人；这个情况颇有讽刺意味，对于在场各方听众而言意义重大。从求婚人强迫费弥奥斯为他们歌唱这个意义上说（见《奥德赛》1.154），他们是主要听众；与往常的骚乱无序不同，求婚人们默默地聆听着他的歌唱（《奥德赛》1.325–326）。在他们身上，戏剧性的反讽尤为尖锐，因他们茫然未觉以下事实：无论这首歌如何讲述，他们自身的厄运都在等待着他们，而这一切都被掌握在得到了雅典娜直接帮助的奥德修斯手中。至于忒勒马科斯，他最初非常悲观乃至告诉他的访客，奥德修斯的"白骨"要么正在经受雨水腐蚀，要么正在任凭海浪冲刷。③直到与雅典娜的密谈结束后，忒勒马科斯才完全理解了费弥奥斯歌唱的内容。对他而言，悖论在于，从那次谈话中获得的精神力量反过来影响了他对那首歌的理解，因为他已然抱有希望，认为奥德修斯仍有可能归乡，从而免遭费弥奥斯歌中的其他古希

---

① ［原注 2］*ὁ δ' Ἀχαιῶν νόστον ἄειδε | λυγρόν, ὃν ἐκ Τροίης ἐπετείλατο Παλλὰς Ἀθήνη*［众人默默地聆听，歌唱阿开奥斯人由雅典娜规定的从特洛亚的悲惨归程］（《奥德赛》1.326–327，中译文参王焕生译本，下同）。关于神话的参考文献及相关要点，参 West, *CHO*, i, 116–117, de Jong 2001: 34–35。

② ［原注 3］关于这部史诗的观众在立场上转变的更多探讨，参第二章；关于这段诗文，参本书原页 44、78、80–81（即文中以中括号标注的页码，下不另加说明）。

③ ［原注 4］《奥德赛》1.161–162。关于欧迈奥斯（Eumaeus）更生动的想象，参《奥德赛》14.133–136（不过，对他矛盾而困惑的信念的分析，参本书第二章原页 50–53）。

腊人的厄运。最后的也最痛苦的听者是佩涅罗佩（Penelope）：她在楼上的寝间听到这首歌，悲痛欲绝，以至于她下到厅堂，含泪打断了歌唱（《奥德赛》1.328–344）。

如果说求婚人对费弥奥斯之歌的兴趣只表现在外部（在他们不同往常的专注的沉默中），因而在某种程度上令《奥德赛》的听众感到困惑，如果说忒勒马科斯从最初游离在这首歌之外的状态，到后来（瞒着他周围的人）与歌曲主题的情感内涵建立起一种新的关联，那么，在佩涅罗佩身上，我们则看到了一位活跃、困惑但又犹豫的解释者的反应。我们被告知，当听到正在楼下大厅演唱的这首歌时，佩涅罗佩在"自己的脑海中""理解了"（或可能是"专注于"）这首歌（φρεσὶ σύνθετο θέσπιν ἀοιδήν，《奥德赛》1.328）。为何如此呢？从某个方面说，显然是因为她不知道奥德修斯是否还活着，后者有可能也是在离开特洛伊后的"悲惨归程"中殒命的人之一。[3] 若是如此，那么这首歌将会让佩涅罗佩面对一种难以忍受的真实（truth）。

有些古代和现代的评论家则更进一步解读道，费弥奥斯的歌中实际上包含了奥德修斯的死亡，因此它相当于一篇颠转的（或"虚假的"）《奥德赛》。无论这种推论是否具有说服力，佩涅罗佩的反应都不仅仅是一次反常行为（aberration）；她的反应可以印证，歌对一个高度敏感于歌声共鸣的心灵而言具有情感上的影响力。对佩涅罗佩而言，所有（好的）歌都会或应该会"令人入迷"（θελκτήρια，《奥德赛》1.337）——这个词意味着心灵彻底且完全地沉浸在歌的世界中。[1] 这种入迷是想象和情感力量的一种表现形式。然而，就佩涅罗佩而言，这股力量某种程度上仿佛从歌声中溢出到她的生活中，增添了她的悲伤，使生活本身变得更难以承受。但是，这并不等于说她对这首歌本身没有反应。[2]

---

① ［原注5］尤参本书第二章原页47–53。

② ［原注6］关于佩涅罗佩的反应的更多探讨，包括这部分与《奥德赛》卷八中奥德修斯经历的不同，参本书第二章原页80–81。

佩涅罗佩的请求没有得到歌人费弥奥斯的回应，反而促使忒勒马科斯（作为这首歌的另一位"解释者"）介入进来。她的儿子提出了一系列观点，但是这些观点很难彼此协调形成一个稳定的诗歌概念。首先，忒勒马科斯告诉她，应该允许歌人按照自己的意愿来取悦众人，但这一说法几乎无意安抚他母亲的悲伤；其次，应该为这首歌的主题——即人类的苦难——负责的不是歌人，而是宙斯；再次，听众总是被"最新的"歌所吸引（尽管佩涅罗佩暗示她曾听过这首歌："这首歌总是让我感到内心压抑"，《奥德赛》1.340–341）；最后，听这首歌时，佩涅罗佩应该让她的心灵和意志坚毅起来。忒勒马科斯似乎承认，这首歌讲述了关于世界的一个基本的真实（即宙斯的意志决定了每个人的命运），尽管他并未尝试解释，为什么人类受苦和死亡的故事反倒会成为令人愉悦的源泉——这是一个从序幕开始就内在于《奥德赛》中的谜题。与此同时，忒勒马科斯认为这首歌涉及的真实与其说是任何个体生命的问题，不如说是关于整个"人类境况"的问题（他说，"不只是奥德修斯一人失去了从特洛伊归返的时光"，《奥德赛》1.354–355）。① 而最后这句话对我们来说是 [4] 一个线索，它暗示了忒勒马科斯那里存在某些掩饰。我们已经听说了他自己习惯于为奥德修斯而悲伤（《奥德赛》1.242–243），但我们也看到雅典娜如何赋予他新的希望以及应对求婚人的基本策略。忒勒马科斯现在的心思在其他事务上：他有令人信服且实际的理由不去明说自己关于费弥奥斯之歌的主题有何意见。

《奥德赛》中这个精彩的场景——既具有诗艺的巧妙，又体现出戏剧的魅力——让我们看到了这首歌的三类不同（潜在的）听众，他们在面对费弥奥斯的表演时，全都在某种程度上（像我们一样）带着某方面的限制或片面性。求婚人、佩涅罗佩和忒勒马科斯表现

---

① ［原注7］参de Jong, 2001: 37–38，该研究者（主要）基于忒勒马科斯与他母亲的关系作出了对其言论的精辟解读。Lloyd, 1987: 86认为，忒勒马科斯以他自己的方式安慰了痛苦的佩涅罗佩；这一点不易察觉。

出了不同的反应，这种复杂性并没有给出一个关于诗歌本质的可破解的信息。相反，它呈现（并演示）了诗歌的某种力量，同时也阻碍了人们轻而易举地理解这种力量：由此，它含蓄地提出了关于《奥德赛》本身及其自己的听众的问题。就此而言，该场景标示出了诗学的各种问题（至少在回过头来看时我们可以这样称呼），而那些问题也将是本书通篇所关注的内容。关于古希腊丰富的诗歌（或用最早的术语："歌"［song］）传统，①一个引人注目的事实是，伴随着这些传统并且在传统之中部分形成了一个具有自我意识的诗学领域——一个反思与辩论诗歌的本质和功能的领域。早在前5世纪和前4世纪，即在正式的诗学现象出现之前很久，一种强烈的想要评价诗歌的冲动就已将一种症候显明，它暗示了在希腊文化最深层受人笃信的某种东西。［5］诗学（poetics）之根与诗歌（poetry）之根纠缠在一起。

尽管古希腊关于诗歌的争论所引起的一些最基本的问题存在许多修改和变化，但它们一直长期影响和充实着后来的各种诗学传统：一部分是通过人们对亚里士多德《诗术》和朗吉努斯（Longinus，笔者

---

① ［原注8］与常见的说法（例如Ford, 2002: 131："这个词突然出现"；参Lanata, 1963: 229-230）相反，古希腊人使用 *ποιεῖν*［制作］、*ποίησις*［作品］、*ποιητής*［作者］等词指称"诗"，这可能在前5世纪前就已经（在口头上）发展完善，证据是 Solon, 20.3 *IEG*（*μεταποίησον*）预设了这种用法；例如参 Dover, 1997: 185（参考文献有排印错误）、West, 2007: 35，而 Durante, 1976: 170-173 讨论了在更古老的印欧语言中关于"制"诗的概念。"诗歌"的范畴涵盖了"歌"，如柏拉图《斐德若》245a、Isoc. 10.64；关于"歌"等于"诗"的说法甚至在古典的文本中也有所提及，参色诺芬《居鲁士的教育》2.2.13，而亚里士多德《诗术》1448b 23-24甚至在即兴的口头表演领域里也谈起了 poiêsis［作诗］。对于 Ford, 2002: 10 所说的希腊古风时期的"许多形式的歌……并不是单独的技艺或活动的实例……的'歌'"（注意我强调的词），笔者不太明白他的意思：如果不是指代一种名为"歌"的活动，*ἀοιδή*［歌］、*ἀοιδός*［歌人］等术语还意味着什么呢？福特（Ford）欣然谈论着古风时代的"歌""唱歌"和"歌唱者"，参 Ford, 1992: 171，以及"作为歌唱的更古老概念的诗歌"。在最早的文本中，"歌"这一术语很可能已经是一种传统的，甚至部分非其字面意思的用法，关于这一问题，参 Nagy, 1989: 4-8。

在此保留了他名字的传统写法)《论崇高》(*On the Sublime*)等文本（这些文本在某些时期获得了经典的地位）的阅读；另一部分是通过对概念的翻译以及对这种扩散过程的改写。因此，在考虑一些问题如何激发古希腊人思考诗歌的时候，我们也在追溯(retracing)一些关切，这些关切对诗歌批评和诗歌理论的历史，乃至美学和艺术哲学等更广泛的学科都产生了影响。这意味着我们对古希腊诗学的持续兴趣需要双重动机：首先，试图在古希腊人自己的文化背景中理解古人的观念，而这是一个艰巨的任务；①其次，那些观念实际上属于由各种争论和观念构成的谱系(genealogy)，而我们自己的某些价值观念可能仍然属于这一谱系，只不过以现代的形式呈现。②

本书并非计划写成一部古希腊诗学史，而是对那些最伟大的文本、最艰巨的问题——它们使古希腊诗学得以成其为一部历史——作一系列彼此关联的探索。尽管本书所讨论的主题受到来自单个文本而非笔者自己单一主旨的议题(agenda)的推动，但本书各章节（如下文概述）大体上仍围绕着我所看到的两个诗歌价值范式（两者彼此不同但未必不相容）之间反复出现的一种辩证关系并由此组织起来——此处用"迷狂"和"真实"这两个概念命名这两个范式并不准确，但笔者希望这样有用。这两个术语只是一种概念上的简化，用以表示有待研究的作品中相互竞争的观点和优先追求的价值范式，尽管两者在希腊语中的对应词，以及其他与之密切［6］相关的词汇（见下文）确实在我所讨论的大部分材料中发挥了积极作用。

在直接面对歌或诗的体验时，首先在强烈的心理专注和入迷

---

① ［原注9］Hunter, 2009: 168 抱怨道："现代人倾向于将'古代文学批评'视为古代写作的一个独立领域，将其与古代评论家讨论的文本分开研究。"但他没有很好地解释，将评论当作一门独立的主题有什么错（注：与"其自身的历史"，同上，页8），而他自己东拼西凑出的解读方式也没能公正地对待古代评论家的观点：对此，参Ford, 2010: 705–706 的评论。

② ［原注10］Halliwell, 2002a 试图证明古代思想如何持续影响着现代的关键问题。参Feeney, 1995 对现代和古代关键的优先事项之间复杂关系的思考。

的状态（"从其自身中脱离"）中确定和寻求价值，笔者将诗学中的这些观点归入"迷狂"的名下。就这些目的而言，迷狂并非一种直接或连贯的幸福感和兴奋感。它的范围也包含接触到强烈的情感（如肃剧）所激起的情感，而这些情感的基本内容可能有阴暗和令人不安的一面。诗歌令人迷狂的条件大体上可以认为是这样的：心灵"转避"或"忘却"了其平淡无奇的存在，而对于这种情况，"着迷"或"着魔"（ϑέλγειν, κηλεῖν）、"搅动或牵引灵魂"（ψυχαγωγεῖν）、"震撼的冲击"（ἔκπληξις）以及"迷狂"（ἔκστασις）本身等词汇在本书所讨论的诸多文本中形成了一组重要的词汇标识。① 此外，对这种状态的最高评价——可以统称为"牵引灵魂的"（psychagogic），② 该词派生自前面所列的一个希腊术语（［译按］即"搅动或牵引魂"）——还存在一种倾向，即认为诗歌体验本身在心理上是完整的，因此无需（甚至可能本身就抵制）推论解释（discursive interpretation）。此处，有人可能会用桑塔格（Susan Sontag）的著名论文《反对阐释》（*Against Interpretation*）来作一个颇有启发性的现代比较：桑塔格强烈反对阐释过程，认为那是一种令批判性思维变得贫乏的训练；相反，她把真实的艺术体验理解

---

① ［原注11］"转向一侧"（turn aside），见赫西俄德《神谱》行103的 παρέτραπε 及本书原页16-17（笔者译作"改变"）；参 Timocles fr. 6.4 中的 παραψυχάς ［镇静灵魂］一词中同一前缀的含义，另参笔者后文。柏拉图《默涅克塞诺斯》235a-c（在回应演说术时）戏仿地将迷狂描写为暂时地迷失自我（注：追溯 ἀναμιμνήσκομαι ἐμαυτοῦ ［想起自己］的线索，235c），由此证明了这种观念的吸引力；参第七章原注12。有关本书的其他希腊词汇，参书末"希文索引"；参 Pfister, 1939, 1959 的研究。"着迷"一词是 Walsh, 1984 的组织主题，相比之下，笔者的解释几乎没有一处与他相同。最近使用"迷狂"一词来表示一种——尤其是对音乐的——审美的反应，见 Jourdain, 1997, 尤见页327-331; Kivy, 2009, 例如页99、232、259-260; Kundera, 1995: 84-90, 234-237 中不太欣赏地使用了该词。Laski, 1961 提到，对诗歌、音乐和艺术的体验是"迷狂"的众多诱因的来源。

② ［原注12］关于 ψυχαγωγεῖν ［牵引灵魂］这一词组的语义学演化，即从招魂术到（诗歌）语言对心灵造成的准巫术影响，参本书第五章原页223-226。

为一种"纯粹的、不可译的、感官上的直观性（immediacy）"。①

　　[7] 与那些重视迷狂的强烈性，并时常将其融入爱欲体验之动力中的观点相反，②笔者在此使用"真实"一词来描述另一些观点的根本要义，后者强调（或在某些情况下质疑）诗歌对听众的看法和观念具有更持久的认知价值和/或伦理价值——这一价值取决于对事实（无论那是什么）的某种宽泛的理解，并且它能够延伸到这样一种思想，即认为诗歌所具备的教育意义足以使其成为［我们］"赖以生存"之物。③

　　这种真实范畴的范围很广泛，它能涵盖以下任何一项（以及它们之间不断变化的相互作用）：叙述和表现的准确性；概括，甚至是普遍性的概括，对这个世界（包括不可完全触及的诸神世界）各方面的如实反映（或"真实呈现"）；情绪的或心理的现实主义；伦理上的规范声明或训谕（这些事物所具有的真实"编码"了［encodes］

---

　　① ［原注13］引自Sontag, 1983: 100。桑塔格（Sontag）为艺术作为一种"巫术"的辩护（页95、101）可追溯到希腊古风时期的先例（参本书第二章原页47–49，第六章原页274）。讽刺的是（她的观点认为柏拉图是美学理论的鼻祖，页95–96），桑塔格的立场表现出一种颠倒的柏拉图主义，即将"事物内在的光亮"（页103）与意义与理念的"影像世界"（页99）进行对比。亦参本书第四章原注108。McGilchrist, 1982构建了艺术与批评之间的同源对立："艺术的存在是为了超越那些批评强加给它的思维模式。"（页65）

　　［译按］苏珊·桑塔格（Susan Sontag, 1933—2004），美国作家、文学评论家，代表作包括《反对阐释》《激进意志的风格》《论摄影》《疾病的隐喻》等。

　　② ［原注14］见本书第二章原页46–47，第三章原页101–103，第四章原页194–199，第六章原页280。

　　③ ［原注15］对于某人依荷马［的教诲］来度过一生的（有争议性的）观点，参柏拉图《理想国》卷十606e, κατὰ τοῦτον … ζῆν［遵循此……去生活］，也可能是Xenophanes B10 DK的翻版："当初，众人的所学皆来自荷马"（ἐξ ἀρχῆς καϑ' Ὅμηρον ἐπεὶ μεμαϑήκασι πάντες）以及参Babut, 1974: 116。关于诗人作为"生活导师"的各种不同表述，见于柏拉图《吕西斯》213e–214a；《法义》卷九858c–e；Isoc. 2.3、43。古希腊诗学中与"真实"观念有关的一个观点，参Puelma, 1989。Ruthven, 1979: 164–180依历史脉络列举了丰富的关于文学中"真实"观念的例子。Zuidervaart, 2009为恢复现代美学理论中的真实概念做了积极的尝试。

情况"应是"什么，而非仅仅是其所是）。鉴于"迷狂的"诗歌体验模式往往抵制解释（的需要），以真实为核心的诗歌价值观似乎在本质上对解释者提出了推论性的和理性（化）的要求，即要求那些在诗歌中发现了真实的人解释它的存在并给出可信的证明——或者，平等地允许那些否认诗歌表现了真实的人断言不存在真实。这组对立的诗歌价值范式之间的具体解释学含义的冲突，其本身不仅属于理论关注的一个焦点，而且在柏拉图的《伊翁》（*Ion*）中也构成了一个悬而未决的难题（见第四章中笔者的解读）；讽刺的是，《伊翁》这部作品本身的微妙之处［8］为长期以来过度自信的解释所遮蔽。①在诗歌体验中寻找什么，这总是会影响我们对其解释者的预期。

笔者在此勾勒的迷狂与真实之间的对比——出于多种原因，它不能简化为取悦和教化之间的简单二分——在古希腊诗学的整个历史跨度中出现过无数个版本。这种对比并不是解释一切的钥匙，而是一种相当灵活的指导模式，可以根据特定文本和语境的关注点对它加以修改；这种对比可以揭示一些思维模式，它们在很大程度上为古希腊人围绕诗歌的争论注入了文化上的紧迫性，并有助于这些争论保持持续的活力。显而易见的是，笔者对本书组织主题的初步描述，可能已经指向了所谓有不同侧重的价值范式，但即使如此，它们之间也无需直接冲突。如果迷狂和真实在逻辑上彼此独立，那么有没有这样一种可能，即前者在某种程度上是后者的一个载体，而后者只是前者内容中的一个部分？如果被简略地描述为"迷狂"的一系列牵引灵魂的体验能将听众从日常的意识状态下解放出来，那么，其中是否一定包含了一种令人着魔的幻觉，还是说它（有时）可能成为某种获得洞见或启迪的渠道？如果诗歌的首要追求是真实（无论什么方面的真实），那么使人产生对于真实的典型诗意式理解的，是否有可能是某种专注于想象和情感的特殊事物？

---

① ［原注16］关于伊翁对苏格拉底所解释的被灵感激发的狂喜——这种狂喜与他作为表演者和（关键的）解释者的角色有关——的不同回应，参我在本书第四章原页166-179，尤其是原页172-173的注释。

有这样一个关于此观点的简短而生动的（cameo）例证（尽管我们已无法重构其戏剧背景和涵义）：在前4世纪剧作家提摩克勒斯（Timocles）的一部谐剧残篇中，一位演说者声称，肃剧剧场的经历为观众提供了一种暂时的逃避（心灵的转避和安慰，παραψυχάς）——此时听众可以忘却他们自己的不幸并且"因他人所受的苦难而入迷"（πρὸς ἀλλοτρίῳ τε ψυχαγωγηθεὶς πάθει）。但这位演说者也解释说，这种体验使得听众在离开剧场时受了关于生活和苦难之本质的更好"教益"（παιδευθεὶς）。这一持久的影响（"肃剧作家 [9] 让我们所有人都受益"）是通过认知过程产生的，而心灵在此过程中更加切近事物的真实：在"领悟"（καταμανθάνειν，该词通过重复而被强调）了舞台上演出的个别肃剧人物的情形后，听众会思索（ἐννοεῖσθαι）他们在戏剧中的所见之事，并从中获得在自己生活中更好地应对不幸的能力。① 如此看来，持续的情感专注可以成为一种承载真实的洞察力的媒介。而这种观点的代价是一个双重悖论：一个人在想象中进入他人的生活中从而脱离自身存在，而这却在某种程度上改变了这个人对自己生活的态度；另一方面，那种态度伴随着对悲观情绪的敏感性的降低，尽管肃剧因此已经向其听众展现了人类遭受苦难的极端情况。

这段残篇中展现的凝练推论可能受到了谐剧夸张手法的渲染，但它仍反映了根植于古典时期雅典剧场文化中的思维和情感习惯（以及困惑）。在本书后面的章节中，笔者将研究那些可以更细致地考察其中的关键价值观念的文本，即使这些文本并不像提摩克勒斯笔下的演说者那样总是精辟直率地表达其观点。在最广泛的范围内，笔者的目的是要证明：亚里士多德、高尔吉亚（Gorgias）和朗吉努斯这些不同的作家所阐述的诗歌概念，都旨在综合笔者以"迷狂"和"真实"这两个范畴关联起来的各种价值类型，而阿里斯托芬、柏拉图、伊索克拉底（Isocrates）和菲洛德穆（Philodemus；他们每

---

① ［原注17］Timocles fr. 6；参本章原注11以及第五章原注39、第六章原注115。我们没有令人信服的理由可以认同Pohlenz, 1965: ii. 462–463的推测，即在此残篇中明确发现了高尔吉亚的思想遗产。

一位都有独特的写作方式和不同的论题）则都认识到这种关系是一个尖锐的难题并予以搁置。在这些人之前，一切的一切皆源自荷马史诗，正如我们已经简短回顾过的，荷马史诗使诗歌价值的本质成为一个产生了深刻共鸣的主题。但是，对于所有这些作者及其文本而言，关键问题都在于互相竞争的评判：与希腊诗歌的历史一样，希腊诗学的历史也是一场永无止境（indelibly）的竞赛。因此，就笔者的整体构想而言，书名中的"之间"一词是不容忽视的。笔者关于古希腊人对诗歌的态度和感受的解读将描绘出其中观念上的辩证关系，而不是僵化的对立或两极化。

二 真实与虚构：诗歌与纪史之争

［10］当我们开始考虑希腊语中的"与真实类似 / 相似"的概念时，关于诗学"真实"的问题就会变得愈发复杂。这一概念是文学与美学的诸概念的始祖，其中包括多种形式的似真（vraisemblance）、幻象论（illusionism）和现实主义。在某些语境中，如克塞诺芬尼（Xenophanes）主张某些（关于神的）观念"应被信以为真"（ταῦτα δεδοξάσθω μὲν ἐοικότα τοῖςἐ τύμοισι），[1]这一概念乃是标明一种认识论上的可信性，从而成为真实本身价值的替代物或近似物（如若不然，真实就只能是不完全可得之物）。[2]在其他语境中，如（下文将要考察的）当赫西俄德（Hesiodic）称某些种类的歌为"似真的谎言"（ψεύδεα ... ἐτύμοισιν ὁμοῖα）时，可能一种不同的原理开始发挥作用。只要一个人考虑到那些诗歌材料中的思想——它们值得如此归类，且我们不能简单地用"真的"或"假的"来描述

---

① ［译按］克塞诺芬尼，约前565—前473年，古希腊诗人、哲人，据说是巴门尼德的老师，晚年居留在爱利亚，并在那里开创了爱利亚学派。他对当时希腊的许多思想都提出了批评或讽刺，包括万神殿中拟人神的信仰和希腊人对运动的崇尚等，其主要作品包括哀歌、讽刺诗、叙事诗以及论自然的诗篇等，但仅有部分残篇留存。

② ［原注18］Xenophanes B35 DK, with Lesher, 1992: 165,169–176。参本章原注40以下。

它们——他就不得不直面一个棘手的问题：古希腊文化是否或在多大程度上拥有了任何类似"虚构"（fiction）概念的东西。

对于这一问题的观点存在严重分歧。现代学者在许多地方都找到了一种（作为实践和/或观念的）虚构意识甚至是虚构的"创造"：比如荷马史诗（尤其是《奥德赛》）、赫西俄德对缪斯女神的描述、古风时代读写文化的发展过程（及其在观念上对于沟通的不同功能的影响）、品达对诗歌的高明洞察（aperçus）、高尔吉亚的语言理论、柏拉图对话、阿提卡（新或旧的）谐剧、亚里士多德《诗术》、忒奥克里托斯（Theocritus）的田园诗以及希腊的小说。[1] 在此不宜去剖析刚刚列出的每一种主张，因为它们 [11] 无疑表明学者们对虚构的标准尚未达成共识。简言之，笔者自己的立场是：在古希腊的文化框架中什么可以算作虚构？这是一个在历史上和概念上都非常错综复杂的问题，我们无法通过该词的确定性起源来解决这个问题，遑论将虚构视为一种最初的"创造"行为。[2]

---

① ［原注19］荷马，例如参Bowie, 1993: 9–20；具体讨论《奥德赛》，参Richardson, *IC* vi.26; Collobert, 2004; Hunter, 2008: ii. 854–856, 861。赫西俄德，参本章原注31。

论读写，参Rösler, 1980。品达，参Richardson 1985: 385–386（注意"虚构的技艺"）。高尔吉亚，参Finkelberg, 1998: 177。柏拉图对话，例如参Hunter, 2008: ii. 850–854，并参Morgan, 2003及Gill, 1979对亚特兰蒂斯神话的具体讨论，以及注意尼采将柏拉图视作小说的鼻祖的观点（《肃剧的诞生》14：第四章原注8）。旧的谐剧，参Lowe, 2000b、参Lowe, 2000a: 88, 158, 186（但注意页85的限制）。新谐剧，参Konstan 1998: 9–10。亚里士多德的《诗术》，例如参Nightingale, 2006: 40; Janko, 2011: 233。忒奥克里托斯，参Payne, 2007：1–15，但他在描绘"摹仿的"和"完全虚构的"虚构这两者之间的区别上存疑（参本章原注23以下）。希腊小说，参Konstan, 1998。在关于古代虚构概念的界定上，Gill & Wiseman, 1993仍是令人振奋的作品；参Laird, 2007: 285–98。关于在希腊"传记"中——包括苏格拉底对话这一体裁中——虚构的地位，参Momigliano, 1993: 46–57；参Kahn, 1996: 32–35。

［译按］忒奥克里托斯，前3世纪古希腊诗人，出生于西西里岛，首位创作田园诗的人。他的作品大多留存，并对后世诗人如维吉尔、弥尔顿等产生了深远影响。

② ［原注20］Halliwell, 2012b更全面地处理了这些问题。关于将虚构视为更广泛的话语类型和/或思想范畴，参Trimpi, 1971; Vaihinger, 1924: 135–143; Eden, 1986；参Kermode, 2000: 36–43。

在词语分类的层面上，古希腊的评论中，任何一个单独的词汇都无法与"虚构"概念完全对应。但这并不是说在希腊语中不存在一个与英语里"虚构"的用法重叠的术语，而是说该词本身的语义在历史上并不固定（更不用说如果考虑到其他现代语言中表示"虚构"的词汇，我们将会面临更加复杂的问题）。"似真的谎言"可能就是这种术语的一个例子（见下文），当然还有其他的候选词，特别是带有 πλάττειν［塑型、铸模］和 πλάσμα［捏造］的词组等。①此外，我们有充分的理由假设："虚构"概念不是一个边界分明的范畴，而是一个由各种交流模式和实践组成的模糊光谱。如果是这样的话，我们就可以期待认可和识别（具有不同程度的自我意识和概念明晰性的）虚构的形式与含义。②

虚构的基本可能性内在于人类的想象力、语言和叙述的活动里。大体上说，虚构存在于思想或话语——其中的内容并未要求达到一种字面上的真实（即使这些要求可能表面上是在虚构中提出的）——之中，但它［12］也可以与（需要讲述者故意误导的）谎言区别开来。如果这是正确的话，那么虚构就诞生于看似严格的真实与虚假二分之间的地带。由于真实和虚假本身在理论上以及有时

① ［原注21］关于 πλάττειν 及其同源词，例如参 Xenophanes 1.22 *IEG*；柏拉图《理想国》卷二377b；Eratosthenes *apud* Strabo 1.2.3；Asclepiades of Myrlea *apud* Sext. Emp. *Math.*1.252（参第五章原注18）。其他涉及古希腊人有关虚构的意识的词汇包括 ποιεῖν（"制作""发明"，例如参亚里士多德《诗术》1451b20–30以及本书第五章页233；参第六章原注69），ἀπάτη（美学意义上的"欺骗"，参本书第六章原页275–277），μῦθος（具有部分编造的叙事，例如参柏拉图《斐多》60c，《蒂迈欧》22c–d；参本章原注44；第六章原页293–294；Rispoli, 1988: 29–56；Brisson, 1998: 40–48），μίμησις（作为对仿真世界的摹仿，参 Halliwell, 2002a: index s.v. fiction），甚至还有 ψευδής（作为包括虚构的"虚假"：例如参柏拉图《理想国》卷二376e–7a；参本章原注40）。

② ［原注22］关于哲学上承认的允许虚构的程度和（或）与"非虚构"的混合，参例如 Walton, 1990: 71–72；Iser, 1993: 1–4；关于这一观点在古希腊的适用性，参 Pratt 1993: 37–42。Gill, 1993: 69–73强调了虚构作为一个文化范畴或多或少可以是明确的/确定的，但他用过于狭隘的概念否定了在柏拉图之前的古希腊文化中存在诗歌上的虚构观念。

在实践中都存在问题，所以很可能两者之间的地带本身在边缘上既不规则也不精确。因此，对于什么可以或应算作虚构就不存在一个无懈可击的定义（出于这一原因，没有任何要素能与听众对于实在的信念相一致，虚构也不可能是纯粹或绝对的；如若不然，那就会令人完全无法理解）。① 然而，如果我们极其狭隘地建构这一概念，以至否认虚构意识在全部文化纪元（epochs）的精神中具有任何地位，那么我们就将良好的基础颠倒了。②

我们可以或应该在多大程度上诉诸一种"虚构"的概念，以此来解释希腊诗学中的关注点，这个问题需要在语境中进行细致入微的解释。笔者认为，从本书的几个地方所讨论的文本中可以看出一种虚构作品的敏感性。相关证据可能时断时续，但仍然意义重大；它涉及许多重要的主题，其中包括想象、神话、表现，以及——虽有争议，但至少在一个案例中包括——诗歌的言语行为的地位等问题。③ 而出于上文已简要提及的原因，古希腊人的虚构意识通常在一个更大的背景下表现出来，即他们对于诗歌中"真实"的存在与否、可欲与否的态度。作为探查在这些态度中潜藏着的复杂因素（其中包括一些虚构意识的踪迹）的一次初步练习，笔者现在准备考察一对显著而迥异的研究案例：一位是古风诗人赫西俄德，然后是理性主义史家修昔底德（Thucydides）。

［13］在最早的诗人们——荷马（他是本书下一章的主题）与

---

① ［原注23］Payne, 2007: 3 把忒奥克里托斯（Theocritus）的《田园诗集》（*Idylls*）归为一种"纯粹或绝对的虚构（fiction）"；他的理由并不充分。他认为亚里士多德的《诗术》没有提出"虚构的程度"（degrees of fictionality）这一问题，此乃忽视了《诗术》1460b9–11：见第五章原页210–216。关于纯粹虚构的不可能性，注意 Miner, 1990: 30，其中举了一些非西方的文学作品案例；参 Shaftesbury, 1999: 5："真实（truth）是世上最强大的事物，因为即便是虚构本身也必然受真实支配。"

② ［原注24］相应地，我会从另一极端角度举一个案例来反对 Ligota, 1982: 3 过于夸大的观点，即对于"古代希腊罗马的历史性思考而言"，"历史现实这一概念"很陌生。

③ ［原注25］见本书"通用索引"词条 fiction 中的各条参考材料。

赫西俄德——所表现出来的诗歌文化中，诗歌与真实的关系就已经成为一个突出的问题。《神谱》(*Theogony*) 行 22 处有一段受到广泛讨论的、令人费解的诗句：赫西俄德描述了缪斯女神如何教给他"美妙的诗歌"(καλὴν...ἀοιδήν)(这种能力)，以及如何在赫利孔 (Helicon) 的山坡上向他打招呼。[①] 这段话是一番戏谑的结合——其中既有辱骂，又有女神们模棱两可的关于自身权柄的宣言：

> ποιμένες ἄγραυλοι, κάκ' ἐλέγχεα, γαστέρες οἶον,
> ἴδμεν ψεύδεα πολλὰ λέγειν ἐτύμοισιν ὁμοῖα,
> ἴδμεν δ' εὖτ' ἐθέλωμεν ἀληθέα γηρύσασθαι.
> 荒野的牧人啊，可鄙的家伙，只知吃喝的东西！
> 我们能把种种谎言说得如真的一般。
> 但只要乐意，我们也能述说真实。(《神谱》行 26-28)

如果将此视作纪实性的自传则未免过于天真。整段诗句其实巧妙而象征性地宣告了赫西俄德身为歌人的资质和权柄：它是（赫西俄德）对（缪斯女神的）某个言说行为的诗意的戏剧化，而这种戏剧化反过来也表达了关于（赫西俄德与其他人的）诗歌本身的一些东西。[②]

---

① [译按] 赫利孔山，位于波俄提亚 (Boetia) 地区，古希腊神话中缪斯女神们居住的地方，附近有女神们饮用的泉水，后以该名喻指诗人灵感的源泉。参赫西俄德《神谱》行 1-8。

② [原注 26] West, 1966: 158-163 做了非常丰富的评论，他在诗歌方面做了同样的 [丰富工作] (parallels)，并参考了更早的学术研究，参 West, 1997: 286-288。关于这段得到了大量讨论的诗节，其他解读的选集见 Lanata, 1963: 22-27; Maehler, 1963: 36-45; Stroh, 1976; Kannicht, 1980:13-16; Walsh, 1984: 22-36; Heath, 1985: 258-260; Belfiore, 1985; Havelock, 1993: 98-105; Pratt, 1993: 106-113; Clay, 2003: 57-64; Ledbetter, 2003: 42-48; Stoddard, 2005; Arrighetti, 2006: 3-25; Tsagalis, 2009: 132-135。Heiden, 2007 尝试将 ἐτύμοισινὁμοῖα 译作"与现实等同"，这是一种误解；参 Nagy, 2010，他区分了《神谱》行 27 的谎言以及这些谎言看似真实的外观（页 163），而这一区分难以令人信服。Most, 2006: pp. xii-xvi 采用了自传式 (autobiographical) 的解读方法来解读作为一个整体的《神谱》行 22-34。

绕圈式的自我指涉是一个诱人的谜语。此外，在关于缪斯呼召赫西俄德的叙述（缪斯赠予他月桂树的枝杖，把诗歌"吹"入他的体内，以及教导他歌颂缪斯她们自己）之后，紧接着是一个神秘的谚语式提问（"但是，为什么要花那么多时间说起树木和石头？"）。这个提问可能表明，赫西俄德用以表达其主张的那些明显空想式的言辞，其实是一种幽默的自我揶揄。①

但是，缪斯的话语究竟暗示了什么？首先可以肯定，"美妙的诗歌或歌唱"的境界，与"牧人"只惦记着填饱肚子的存在是迥然不同的：《神谱》行26中带有鄙夷口吻的呼格使用了复数形式，旨在概括地暗指整个［14］人类生活（仿佛缪斯正在赫西俄德的头顶上方，面对着更多的听众发言一样）；这一呼格在女神们的嘲弄声中传出，而她们可以提供更好的东西，即一种通过诗歌来提升和改变赫西俄德的生活的方式。诗歌凭何拥有如此潜力，这个问题因《神谱》行27-28中著名的双重表达而变得更为复杂。对此，现代形形色色的各种解释彼此之间争论不休。而我们很难避开这一内涵：缪斯对两种材料——"似真的谎言"和"真实"（无论什么真实）本身——都全权负责。关键在于，如果缪斯同时"诉说"这两类材料，那么诗歌本身也就可以正当地为它们两者都提供容身之处——不论在这里或在别处，我们都没有理由认为是缪斯女神主动造就了不完美的（defective）诗歌，即使在一些极端情况下，她们这样做可能会被视为削弱了歌人的能力。②

那么，《神谱》行27-28意味着，真实与谎言在真正的（由缪斯所启迪的）歌或诗中都可以存在。事实上，"种种谎言"的效力似乎也承认，一般而言真实远非诗歌的前提条件。这种观点也见于后来被归于梭伦的如下箴言中（也许是对《神谱》的专门回应）："吟游

---

① ［原注27］ἀλλὰτί ἦ μοι ταῦτα περὶδρῦν ἢ περὶ πέτρην（赫西俄德《神谱》行35）；见West, 1966: 167–169，尤其见他在页169的结论。

② ［原注28］见荷马《伊利亚特》2.594–600中塔密瑞斯（Thamyris）的例子。

诗人诉说种种谎言。"（ πολλὰ ψεύδονται ἀοιδοί ）①此外，真实与谎言甚至在同一首歌中也可能实现结合，这完全符合赫西俄德的缪斯所说的话：我们不必认为它们分属两种不同类型的诗人，也不必假设它们存在诗歌体裁上的系统性差异。《奥德赛》19.203 中有一段类似的相关措辞，叙述者说"奥德修斯，他说了许多谎言，说得如真事一般"（ ἴσκε ψεύδεα πολλὰ λέγων ἐτύμοισιν ὁμοῖα ），此处就提到了主人公在他的演说中实际上（对荷马的听众而言）可辨认地混合了真实与谎言。②

但是，如果说荷马的诗句表现了一种狡黠的双重性，那么缪斯女神的话的含义则一定更加微妙。与学者们通常不假思索的假设相反，缪斯不可能是在向诗人描述如何以文字说谎，[15]因为诗人听到缪斯所传达的信息，与佩涅罗佩听到（乔装改扮的）奥德修斯的言辞并不是一回事。赫西俄德的缪斯隐晦地描述各种歌或诗的状况——一种不同于真实，然而却为缪斯所肯定的状况。我们在此处找到了一种表达，它似乎符合笔者之前提到的判断虚构意识的基本标准。③

为了维护上述解释，关键是要区分两样许多学者都未能作出区分的东西：一个是缪斯女神的戏剧化口吻（一种戏谑的嘲弄；如果这是一次实际的言语行为，那就仿佛在说"你无法弄清我们何时在说谎、何时在讲真话"），一个是缪斯话语的象征意义，即

---

①　[原注29]这句箴言的来源见 Solon 29 *IEG*。对这句话的一种解释参 Σ [Pl.] *Just.* 374a（=Philoch. *FGrH* 328F1），通过这种解释，这句箴言让诗歌中的"真实"次于"情感的迷醉"（enthrallment / ψυχαγωγία）。

②　[原注30]关于奥德修斯对佩涅罗佩的讲话中的混合要素，见 de Jong, 2001: 468–469。其他对"看起来像真的一样的谎言"的各种解读包括 Thgn. 713 及 Dissoi Logoi 3.10（参第六章原注22）。

③　[原注31]West, 1966: 162 将 ψεύδεα ... ἐτύμοισινὁμοῖα 注解为"貌似可信的虚构"（plausible fiction）；Richardson, IC vi. 26 则解释为"可信的虚构"（credible fiction）；其他有意从这个角度提及"虚构"的包括：Havelock, 1993: 105; Heath, 1985: 258–259; Puelma, 1989: 75 注释15; Bowie, 1993: 21–22; Pratt, 1993: 111–112; Levet, 2008: 16。对比 Ledbetter, 2003: 46 及 Brillante, 2009: 187–191。

这首歌本身与真实和实在之间的关系是变化的，另外，相对于以想象的方式让人信服的"谎言"而言，这种象征意义拥有心理上的合理效用。这种区分改变了"谎言"（ψεῦδος）本身的含义。什么东西为纯粹的谎言效力却不被需要呢？这是一种可以理解为诗歌动力内部的、某种在功能上具有价值的东西；它也是一种手段，诗歌借此将观众引入与现实（"真实事物"的领域）相似但并不相同的世界，即一个能暗中让人产生兴趣、参与其中并为之信服的平行世界。① 如果我们无法区分缪斯女神演说中的"表层内容"与"传达的讯息"，就会使她们变得令人费解地反复无常——在这种情况下，我们就完全无法揣测她们的意思了。不论如何，缪斯言辞的力量并非单凭逻辑就能解开的东西，为了把握她们的要点，我们需要直觉到诗歌经验所提供给心灵的某些东西。我们若以这种精神来处理缪斯宣言中的戏谑口吻，就会看到这是一段含蓄但可理解的（关于诗歌具有影响心理的力量的）陈述。

[16]《神谱》行27-28确认了不同类型的诗歌表达方式的存在及其正当性，并宣称有许多诗歌表达方式都依赖于以诱人的想象世界来替代已知的现实。但是，我们也需要将这一点与诗中的其他段落联系起来看，那些段落传达了有关诗歌的功能和价值的观念。其中一段诗句构成了赫西俄德赞美缪斯女神的序曲的倒数第二段：

> ὃ δ' ὄλβιος, ὅντινα Μοῦσαι
> φίλωνται· γλυκερή οἱ ἀπὸ στόματος ῥέει αὐδή.
> εἰ γάρ τις καὶ πένθος ἔχων νεοκηδέι θυμῷ

---

① ［原注32］Ledbetter, 2003: 46对该节诗歌的一些解读进行了恰当的批评，但随后却错误地认为缪斯主要从事"欺骗的威胁"；Granger, 2007: 409是在扯些瞎话，Finkelberg, 1998: 177强行表达了他轻蔑的观念，认为这是"误传……对现实的歪曲"。甚至Feeney, 1991: 13通过改写"正确的诗歌与误导性的诗歌"的概念，使这一问题变得模糊不清（强调为作者所加）。

ἄζηται κραδίην ἀκαχήμενος, αὐτὰρ ἀοιδὸς
Μουσάων θεράπων κλέεα προτέρων ἀνθρώπων
ὑμνήσῃ μάκαράς τε θεούς, οἳ Ὄλυμπον ἔχουσιν,
αἶψ' ὅ γε δυσφροσυνέων ἐπιλήθεται οὐδέ τι κηδέων
μέμνηται: ταχέως δὲ παρέτραπε δῶρα θεάων.

有福之人，为缪斯们
所宠爱：蜜般言语从他唇间流出。
若有人承受从未有过的心灵创痛，
因悲伤而灵魂凋零，只需一个歌人，
缪斯的仆人，唱起从前人类的业绩
或住在奥林波斯山上的极乐神们，
这人便会立刻忘却苦楚，记不起
悲伤：缪斯的礼物早已安慰了他。（《神谱》行96–103）

　　赫西俄德早先曾说，记忆女神（Memory）为宙斯生育了缪斯女神，后者成为（隐含的意味是对于凡人而言）"一种遗忘痛苦和缓解忧虑的手段"（λησμοσύνην τε κακῶν ἄμπαυμά τε μερμηράων，《神谱》行55）。这段诗句充实了上述说法，它以富于雄辩色彩的观念化表达，宣告了诗歌有能力在直接的诗歌经验过程中改变听众的心灵。从歌人唇间流淌出的悦耳歌声，到诗歌对听众产生的影响，这一过渡更加强调了诗歌的这一能力；表演的感官之美（我们很快就会在赫西俄德描述的缪斯女神自身的形象中看到这种美的复现）是传递诗歌价值的直接媒介。此外我们需要注意，这种施加于听众心理层面的强调，并未让诗歌内容背起必须述说真实的负担；按照描述，听众处于想象兼情感上的一种专注的状态，而非相信的状态。赫西俄德想象中的曲目（repertoire）涵盖了人类和诸神的世界。就人类世界而言，诗歌要歌颂的是"名望"或者说著名的事迹（κλεῖα），该主题［17］标志着一组旨在纪念过去的特殊事件的材料；诗歌的这一功能并未内在地保证歌中所述内容（完全）真实——尽管可以说，这意味着它可能更多是在追寻某种用来判断人类之成败的伦理典范。①赞颂诸神的诗歌也未必旨在传达纯粹的真实，如我们所见，甚至连受缪斯启迪而来的诗歌，也可认为它们常常由一些令人信服但虚构的言辞构成。

但是，即使假定——在《神谱》行100-101提及的两方面主题中的一个或两个方面——诗歌总体上应叙说真实，关键的一点仍在于：赫西俄德并非据此才主张诗歌具有牵引心灵（mind-transporting）的效果。《神谱》行98-103中提到了诗歌所具备的转化力量，其中包括一种能力，即将人的心灵带离自身（使其"忘却"当前环境及其所关注的事），带入其他世界（人类遥远的往昔和奥林波斯山上的诸神社会），要去往那样的世界，除了通过诗歌生动地唤醒人们之外，别无他途（也不存在更好的方式）。因此，这是一种强调"迷狂"维度的诗歌价值观。而在赫西俄德那里，众缪斯本身的活动被描绘成与音乐及舞蹈相结合的诗歌的神圣体现，这也在一定程度上强化了这种诗歌价值观。之所以只是"一定程度上"，乃是因为缪斯本身并不需要摆脱什么忧虑或苦难；事实上，在赫西俄德笔下和其他早期希腊文献中，她们都被描绘成完全沉浸在歌唱中、享受至福。②因此，至少自黄金时代起，诗歌本身的神圣原型与诗歌（作为诸神给人的"恩赐"，参《神谱》行103）在人类世界受偶然性所限的作用之间就存在一道鸿沟。③我们可以认为，缪斯代表着诗歌经验的某些"最纯粹"的品质，它们完全不受人类的约束和限制。同样地，在不完善的人类生活处境中，这些品质则更加令人心酸且显得弥足

①　［原注33］关于"名望"（kleos）一词在类似的词汇里，以及在荷马史诗之中的模糊情形，见第二章原页74-76。对于这样一种明确意识，即神话（甚至是关于诸神的神话）具有不同版本，最早（可能在前7世纪晚期）见于《荷马颂诗》1 A.2-7 West（2003a）；参Pratt, 1993: 24-30，以及Griffith, 1990: 196-200，他们更广泛地讨论了相互冲突的神话叙事。

②　［原注34］关于缪斯与悲伤（grief）等体验之间的关系，参第二章原页63-67以及原注60中这一主题在希腊化时期发生的种种变化。

③　［原注35］参赫西俄德《劳作与时日》行111-115，黄金时代的人享受着日日盛宴（以及歌曲）的、像神一样的生活，远离了一切痛苦与折磨。

珍贵。

[18] 在赫西俄德笔下，缪斯女神被描绘成嗓音甜美洪亮的歌者（《神谱》行10、39-43、68-69），以及步态轻盈（《神谱》行3）、肤色细腻（《神谱》行5）和性感的舞者，她们的舞蹈显示出（近乎）爱欲的可爱（《神谱》行8、70）。①她们自身在精神上完全无忧无虑（与《神谱》行61、55、98-103中所描写的人类状态形成鲜明对比），就连宙斯见到她们时心里也迸出强烈的喜悦（《神谱》行37、51）。以上细节都是对诗歌表演和接受中的可取价值的理想化投射，它们突出了诗歌体验中的全神贯注和深层心理满足。另一方面，缪斯所演唱的诗歌的内容无穷无尽。除了赞美诸神世界本身（《神谱》行11-21、43-49，比较66-67），她们的诗歌还能随意漫游穿梭于整个"现在、将来和过去"（《神谱》行38，比较行32她们对赫西俄德的教导），包括人类和巨人种族（《神谱》行50）——这一能力显然是与《神谱》本身相关联的东西。假如赫西俄德是一位诗歌理论家，那么我们理当期待他会解释，缪斯包罗万象的诗歌歌唱，与她们用象征方式教导凡俗歌人采用"真实"与"似真的谎言"的二元论（《神谱》行27-28）之间，到底存在什么关系。但是，赫西俄德不仅没有为这些问题提供理论上的答案，还将由此而导致的不确定性当成一个谜纳入自己的作品中——这甚至对他本人而言也是一个谜。②

---

① [原注36] 含有情欲意义的概念 ίμερόεις [迷人] 和 έρατός [可爱]，参第二章原页46-50以及原注16和17。

② [原注37] 从《神谱》行27-28并不能严格地推论出这一诗作本身的地位。宣称《神谱》本身纯粹"真实"很难成立（更不用说针对荷马史诗的程式化展开的批评），相反的观点如 Luther, 1935: 125、Finkelberg, 1998: 157-158；关于知识的限度——甚至是缪斯的知识，参 Belfiore, 1985: 55-57。与赫西俄德《劳作与时日》行10（"我将向佩尔塞斯 [Perses] 讲述真实"）进行简单的比较——如 West, 1966: 162；Rösler, 1980: 295注释31；Walsh, 1984: 33——会产生误导：在《劳作与时日》的语境下，"真实"在很大程度上必须是"规范性的"或说教性质的，而不是叙事性的（如果作者声称这是"神谱"，那么就必须是叙事性的），同时，这也表现了真实性（见荷马对 έτήτυμος [真实] 一词的用法，《伊利亚特》22.438，《奥德赛》1.17、4.645）；参Krischer, 1965：172-173。

无疑，赫西俄德要把他本人作为歌人的自我形象与他笔下缪斯所拥有的品质对齐。缪斯就是他自己作品的偶像——不仅是因为她们的美，还因为她们令人心驰神荡的能力。① 但这也意味着在赫西俄德自己的诗歌中，真实、虚假以及似真实假之间的边界并不分明，[19] 而在文化上与他相去甚远的我们看来更是无可避免地必然如此。关于用明显存在问题的措辞来呈现诗歌与真实之间的关系，《神谱》可能是现存最古老的希腊文本了。而如果我们由此得出任何关于早期希腊诗学的创新或演进的结论，那就是轻率之举，尤其是因为，荷马史诗（无论它们与赫西俄德作品的年代关系如何）中包含着对于一种诗学理论的微妙态度，而这种诗学理论绝未肯定真实之于诗歌的地位。对此，笔者将在下一章详加论述。② 不论如何，《神谱》仍是古希腊一个悠久诗学传统的名义上的代表，这个传统致力于克服真与假之间那种不充分的对立，并以这一手段实现诗歌为听众提供的价值。③

---

① ［原注38］除了《神谱》行96—103中缪斯女神的直接帮助外，请注意行22与行8（*καλός*［美］）、行32与行38、行104与行8（*ἱμερόεις*［魅力］）之间的对应关系，以及行32中 *θέσπις*［灵感］的含义及行104—115中赫西俄德与缪斯女神之歌的融合。

② ［原注39］对此，一些研究者缺乏根据地认为早期希腊诗歌具有"发展"（developmental）的模式，包括 Luther, 1935: 124（赫西俄德"已经"超越了荷马）、Lanata, 1963: 21（不再是［non è più］……）、Verdenius 1983: 28（"原先……"［Formerly］）、Walsh, 1984: 22（"一套新的分类"［a new set of categories］）；Ritoók, 1989: 340将赫西俄德所谓的创新与一种出于幻想的史前希腊对歌唱的观念（"最初，歌曲也许被视为现实本身［per se］"！）相对比，而 Veyne, 1988: 28任意独断（并有些混乱窘迫）地让赫西俄德质疑了以前从未有人质疑过的问题。Rutherford, 2000回顾了 Finkelberg, 1998，他对于从"对真实的诗学"到"对虚构的诗学"的历史演变正确地提出了更广泛的保留意见。

③ ［原注40］赫西俄德含蓄的三部曲——真实、谎言、"貌似真实的谎言"——为诗歌的"真实"地位寻得了各种对应的三阶段：见第五章原注18，以及 Rispoli, 1988: 107—204的长远视角。柏拉图《理想国》382d可谓对赫西俄德，以及 Xenophanes B35（本章原注18）做了密切的回应，苏格拉底希望关于诸神的神话能"最大限度地提高谎言与真实的相似性"（*ἀφομοιοῦντες τῷ ἀληθεῖ τὸ ψεῦδος ὅτι μάλιστα*），这里的pseudos［谎言］当然不是"说谎"，而是朝向虚构观念的边缘：见 Smith, 1985: 27—32，Halliwell, 2002a: 49—50，以及 Belfiore, 1985关于赫西俄德与柏拉图之间关联的论述。

　　我们可以从赫西俄德转向笔者的第二个例子——修昔底德，来观察这个传统的多样性和复杂性。虽然这两个文本在时代和精神气质上都相差甚远，但仍然值得加以对观，部分原因在于，修昔底德在界定一种新的历史书写模式时，乃是以当时已有的诗歌观作为他自己敏锐智识的陪衬。《伯罗奔半岛战争志》（*History*）卷二有一段著名的葬礼演说，在那里伯里克勒斯（Pericles，[译按]通译"伯里克利"）告诉他的雅典听众：城邦的伟大成就由遍布希腊世界的"标记"（σημεῖα）和"纪念物"（μνημεῖα）证明，它并不需要任何溢美之辞来加以粉饰。伯里克勒斯还强调说："我们不需要荷马的歌颂，也不需要其他任何诗人的取悦于一时的诗篇，[20]它们的真实性将由于人们的怀疑而受损。"[①]将这一情绪放回上下文中加以解读，我们可以看到，修昔底德让他笔下的伯里克勒斯在好几个层面上展开了对比：泛泛的溢美之词对比在军事和政治行动的具体现实中"清晰"显示出的意义；诗歌中的赞美对比纪史时处理材料的自给自足的过程；即时的满足对比不朽的真实。

　　作为修昔底德本人的写作主张的载体，伯里克勒斯的言辞以典型的潜台词形式表达了写作旨在练习讲述永恒的历史真实，而非给读者带去快乐的阅读体验。这段话在提到诗歌时何以如此强调，其原因绝非一目了然。修昔底德究竟为什么要（让伯里克勒斯）用诗歌做对比？伯里克勒斯的面前是雅典群众，他们中许多人在与斯巴达开战的第一年已经饱尝苦难，而伯利克勒斯告诉他们，雅典不需要什么荷马来为它歌功颂德——为什么修昔底德认为伯利克勒斯适宜讲这话？如果我们试图根据这段话和其他一些

---

　　① [原注41] *καὶ οὐδὲν προσδεόμενοι οὔτε Ὁμήρου ἐπαινέτου οὔτε ὅστις ἔπεσι μὲν τὸ αὐτίκα τέρψει, τῶν δ' ἔργων τὴν ὑπόνοιαν ἡ ἀλήθεια βλάψει ...*。参Rusten, 1989: 161。Gomme, 1956: 128对最后一个分句作了不同的解释，此外，Lanata, 1963: 251，Flory, 1990: 198对此又有不同的理解。Ford, 2002: 128–130（注意，该作品页72有一处不同的译法）对此处文本提出了一种有趣的解读。关于动词 *τέρπειν*[欢呼]的力量（strength），见本章原注46。

段落来重构修昔底德本人对诗歌的态度，那么结果将显得模棱两可。

修昔底德并非把诗歌和纪史完全对立起来。没有丝毫迹象表明，他认为诗歌要么是纯粹的编造，要么本质上就是"假的"。相反，修昔底德明确认为，荷马史诗和其他早期（叙事史诗）诗歌具有广泛的历史支撑；因此，他愿意谨慎地引用那些诗歌，因为其中含有他关于过去之信念的证据。修昔底德的这一立场甚至延伸到了现代学者可能视为纯粹神话的领域（例如忒柔斯［Tereus］和普洛克涅［Procne］的婚姻，或者被称作库克罗普斯［Cyclopes］的独眼巨人族以及被称为拉斯忒吕戈涅斯［Laistrygonians］的食人巨魔族的存在）。①

然而修昔底德也清楚地表明，诗歌并不束缚于（因而也不能被束缚于）他本人所追求的严格真实性这一标准。［21］作为一名诗人，荷马很可能"过分渲染并夸大了"一些事情（ἐπὶ τὸ μεῖζον … κοσμῆσαι，《伯罗奔半岛战争志》1.10.3），但其渲染和夸大不至于多到让人们无法从其叙述中得出某些可靠的推论。②同样这个短语（ἐπὶ τὸ μεῖζον κοσμοῦντες，"渲染和夸大"）在《伯罗奔半岛战争志》1.21.1重复出现，在那里，诗歌与散文书写这一类型（也许包括希罗多德的写作在内）并列，据说后者优先追求为听众提供即时的满足，而非真实的准确性。修昔底德暗示，这两种写作

---

① ［原注42］修昔底德将诗歌作为早期希腊史的（有所保留的）证据，这一点十分明显，见修昔底德《伯罗奔半岛战争志》1.3.3、5.2、9.4（注意此处）、10.1、10.3（注意此处）、13.5、3.104.4–6。关于忒柔斯（Tereus）和普洛克涅（Procne），见《伯罗奔半岛战争志》2.29.3；库克洛普斯（Cyclopes）和拉斯忒吕戈涅斯人（Laistrygonians），见《伯罗奔半岛战争志》6.2.1：对于拉斯忒吕戈涅斯人的研究并不会导向对叫这个名字的早期民族存在的怀疑；参Hornblower, 1987: 86–88, 1991–2008: iii. 264–266, 2004: 310–311对此的讨论。

② ［原注43］关于kosmos［宇宙］的词汇用于诗歌的情形，见第二章原注97和99。按照Rood, 2006: 235注释22，《伯罗奔半岛战争志》1.10.3、21.1中 κοσμεῖν［修饰］的含义，与高尔吉亚在《海伦》（Helen）第一节中将真实视作"演说的kosmos"时该词的含义有所不同，见第六章原页267。

类型对过去的叙述往往走向"神话般的"（τὸμυϑῶδες）或"神话化"的领域。这一表达让我们看到具有传奇色彩的要素和夸大的感觉论要素的吸引力，而作为理性主义者的修昔底德，无疑会将积极干预人类事物的拟人神的概念归入此类。[①] 为这类冲动留有余地的作品，都不可避免地脱离了关于这个世界的合理信念所提出的那些更加严格的要求。在修昔底德看来，诗歌这种言说形式的叙事基础乃是听命于想象性的渲染和虚构性的夸大。[②] 即使如此，诗歌也不会完全切断与历史结构的联系，在修昔底德看来，诗歌的大部分原始材料似乎仍有赖于历史事件来提供。总之，无论赫西俄德的缪斯意味着什么，修昔底德都被一种诗歌的概念所吸引：在其中，真实是一个难以捉摸的因素——事实上，只有借助于历史学家的批判性智识才能把握它。

［22］另一方面，伯里克勒斯的葬礼演说使人注意到诗歌具有俘获人心的力量：诗歌能在表演（或阅读）中带给人深层的快乐。这种俘获人心的过程显然会强烈地但也极其短暂地吸引听众，并把他

① ［原注44］显然，修昔底德本人随后在《伯罗奔半岛战争志》1.22.4否定了 τὸ μυϑῶδες［神话］：Flory, 1990认为这句话涉及一种"情绪化的沙文主义"（sentimental chauvinism），包括对战争的歌颂和英雄化，Greenwood, 2006: 21发现了一种反戏剧（anti-theatrical）的倾向；Gomme, 1954: 117的观点则过于狭隘。见第六章原页291–294，那里论及伊索克拉底使用的相同术语；见第七章原页350关于朗吉努斯《论崇高》9.13、15.8的论述。Williams, 2002: 161–171哲学式地解读了修昔底德关于历史与神话间的对比。Cornford, 1907: 129–137仍然称得上是一部夸张而有趣的论著，他认为修昔底德在自己的写作过程中，一定程度上屈服于一种编创神话的冲动。关于晚期希腊人对历史与"神话"之间关系的态度，参Walbank, 1985: 224–241。

② ［原注45］对比亚里士多德的原则，亚里士多德认为，诗歌必须"制作"/"创作"（ποιεῖν）其叙事材料，将其制成一个自身连贯的世界（一个统一的muthos［神话/故事］），即使这些材料取自历史，《诗术》9.1451b27–32。但是，正如下文所提到的，修昔底德与亚里士多德之间存在重要区别。关于在修昔底德本人的作品中发现虚构元素的现代观点，见 Grethlein, 2010b: 324–9。

们领入诗歌所投影出的世界。① 但修昔底德是否承认，这个过程中还包含着比肤浅的满足更多的东西呢？我认为答案是肯定的；或者毋宁说，修昔底德暗示了诗歌自身的听众是这样认为的。

伯里克勒斯认为雅典不需要什么荷马来颂扬它，这预设了人们已经承认诗歌是一种手段，它能创造或维护人的荣名，因而也能使故事所述人物成为人世间的典范。在《伯罗奔半岛战争志》1.21.1和3.104.5两处，修昔底德用他本人的口气突出了诗歌的这一功能：两处都使用动词 ὑμνεῖν［歌颂］来指诗歌的"赞美"和"颂扬"行为。如此一来，伯里克勒斯在葬礼演说中把这个动词用于他自己对雅典的赞美之词就更显得意味深长：伯里克勒斯提到"在这几个方面，我赞美了这座城邦"；同时他还说到雅典人自身的德性"美化"或"增色了"这座城邦（《伯罗奔半岛战争志》2.42.2），所用动词（ κοσμεῖν［修饰］）与他在别处谈到诗歌的修饰作用时所用动词相同（见上文）。② 那么，根据伯里克勒斯的说法，雅典人之所以"不需要荷马的歌颂"，乃是因为雅典人不仅证明了自己就是自己历史的创造者，还大有成效地将历史——靠着伯里克勒斯本人言辞的某种夸饰——转变成了述说他们成就的"诗歌"。

在一定程度上，修昔底德通过比较和对照诗歌所意欲实现的价值来确定纪史的重要性，他也对诗歌给予了几分赞扬。但这是有所保留的赞扬，因为他流露出为了宣扬自己作品的重要性而贬损诗歌的文化威望的意图。为了达到这一效果，修昔底德让他笔下的伯里

---

① ［原注 46］《伯罗奔半岛战争志》2.41.4 的动词 τέρπειν［欢呼］，是在使用古老的词汇来表达诗歌强烈的愉悦之情（注意《伯罗奔半岛战争志》3.104.4—5 引用的两处源自托名荷马的《阿波罗颂诗》［Homeric Hymn to Apollo］的例子）；见第二章原页45—46，以及附录中的"希腊术语索引"。在修昔底德著作的其他地方，这组词汇经常与愉悦有关，这种愉悦常与生活中特定的更加严酷恶劣的那一面相联系：以和平的愉悦反对战争（1.120.4），逃避生活的艰辛（2.38.1），对老年衰弱的补偿（2.44.4），在瘟疫的爆发中追求及时的满足（2.53.2）。在诗歌体验中，有"暂时性"特征的愉悦与《伯罗奔半岛战争志》3.40.3，6.83.3 中关乎修辞术的观念相吻合。

② ［原注 47］ ἃ γὰρ τὴν πόλιν ὕμνησα, αἱ τῶνδε καὶ τῶν τοιῶνδε ἀρεταὶ ἐκόσμησαν …

克勒斯把诗歌的俘获人心之力［23］与诗歌诉说或保存真实的资格分开。他承认前者（但他却用一个修辞性的歪曲，使得在纪史的长期影响力面前，诗歌的直接影响力显得只是一种可怜的次佳选择）是为了更加突出地贬低诗歌宣称的有关历史真实性的内容。无论是在史诗中还是在其他诗歌作品中，诗歌的纪念总会用到 kleos［名望］这个概念。这种纪念，一方面是讲述或名声，另一方面是真实，而二者之间的关系富有争议且有待解释，因此，不同诗人就为过往人物和事件提供了各种不同版本。[①] 修昔底德的伯里克勒斯实际上把诗歌中的 kleos［名望］与真实分割开来，将这一 kleos［名望］变成了由诗歌言辞的短暂迷惑力所产生的海市蜃楼。对修昔底德自己的读者（相对于伯里克勒斯的原初听众）而言，这里传达的信息是：只有史家而非诗人，才能让我们得以知晓过去的事件究竟有何意义。即使在纪念性的诗作（poetic memorialization）中的确留有真实的痕迹，那也需要靠史家的判断和验证。

但是，修昔底德还在暗中采取了另一个步骤来抬高纪史而贬低诗歌。如果说诗歌之"真实"的一个可能性在于保存过去，那么其另一可能性则在于对人类状况的有教益的理解。修昔底德有一个著名的宣言，其中讲到他希望其作品对未来读者的价值：

> 对于那些想要了解过去事件的真相的人来说，由于人总是人，过去的事件在将来某个时候会再次发生，或者发生类似的事件，如果他们认为我的著作还有益处，那我就心满意足了。（《伯罗奔半岛战争志》1.22.4）[②]

---

① ［原注48］参本章原页16–17以及原注33。

② ［原注49］ὅσοιδὲ βουλήσονται τῶν τε γενομένων τὸ σαφὲς σκοπεῖν καὶ τῶν μελλόντων ποτὲ αὖϑις κατὰ τὸ ἀνϑρώπινον τοιούτων καὶ παραπλησίων ἔσεσϑαι, ὠφέλιμα κρίνειν αὐτὰ ἀρκούντως ἔξει. 见 Connor, 1984: 29 注释28，Flory, 1990: 193 注释 1，这句话还有另一种翻译，参 de Ste. Croix, 1972: 29–33，Flory, 1990: 202–208，Grethlein, 2010a: 268–279，以及特别是 Rutherford, 1994。关于这段话的含义；参第六章原页311。

　　紧随这番话之后就是整部作品最著名的那句话，即修昔底德声称这部作品"并不想赢得当下朗诵的一时奖赏，而是想成为永世的财富"（κτῆμά τε ἐς αἰεὶ μᾶλλον ἢ ἀγώνισμα ἐς τὸ παραχρῆμα ἀκούειν ξύγκειται）。这表明，修昔底德不仅擅自把一定程度的准确性归与纪史，并认为诗歌在这方面无法与纪史媲美，而且他还把纪史转换成了关乎人类生存状况的基本真理的来源。也许，[24]早在亚里士多德（他认为纪史仅限于陈述特殊事物，而把传达"普遍事物"的准哲学能力保留给了诗歌）的半个世纪之前，修昔底德就已将关于特殊事物和普遍事物的知识结合起来，并将它们牢牢地置于纪史领域之内。唯其如此，修昔底德才能期望他的工作在教育后世之人方面有"裨益"或"效用"；在此，他也把别人想要归于诗歌的属性嫁接到了他本人的作品中。①

　　对理性主义者修昔底德而言，下面这一点似乎严重削弱了诗歌的价值：对诗歌而言，关于过往真实的些许痕迹不过是局部的、偶然的、时有时无的要素；只有在万不得已的情况下，历史研究者才会小心翼翼地求助于诗歌。在修昔底德看来，诗歌的内在本质更接近于一种使听众入迷的能力，它将听众引入关于世界的各种故事的富有想象力的迷人叙述中。尽管听众自己被诗歌催眠，并自以为接触到了真实而狂喜（rapture），但修昔底德认为他们只是某个扭曲的幻象的受害者。②根据这位史家的说法，这种狂喜除了让人暂时摆脱现实之外，几乎再也做不了什么了；而只有通过修昔底德本人所宣称要去实践的方法，才能把握现实，即严格地、批判性地去考察真实。

　　关于修昔底德上述观点的更充分证据（假如我们有的话），是否又会使他对诗歌的态度显现出更为复杂的图景呢？此问题仍有待考

----

　　①　［原注50］论诗歌"功效"（utility）或"好处"（benefit［ὠφελία］等）的词汇，见第六章原页311-317。

　　②　［原注51］《伯罗奔半岛战争志》1.21.1 明确地提及了那些天真之人，他们相信（πιστεύειν）诗人夸张的叙述，此处表示这些人无法辨别基于史实的"看似可信之事"（plausibility）与"传奇故事"（τὸμυθῶδες）；参本章原注44。

察。在这方面，我们很难不注意到《伯罗奔半岛战争志》中存在几
处肃剧的回声，修昔底德与肃剧的隐性竞争的问题耐人寻味。而这
方面的考虑与两个完全对立的选项相容：修昔底德是在肃剧中发现
了（部分是潜意识地发现？）他希望以纪史来表达的对人类生存的
洞见吗？抑或他认为，唯独纪史才有资格紧紧盯住生活中最残酷的
真实？①无论从哪个角度看，我们几乎都不可能不意识到，修昔底德
的优先考虑乃是用纪史取代诗歌，并让纪史成为承载人类叙事与洞
见的主导技艺。然而，在这一过程中，他也揭示了衡量自身写作目
标时作为对照的那些诗歌价值的一部分力量。

三 全书结构与各章内容概要

〔25〕正如前面几页已经指出的，希腊诗学的历史发端于诗歌之
内而非之外。诗人是他们自己最先的——有人或许会说，也是最好
的——阐释者。但是，希腊诗歌迈向诗学的冲动，即迈向反思诗歌
或诗之功能和价值的言辞的冲动，部分是通过诗歌对其自身地位的
问题和困惑的表达而表现出来的。从《神谱》行26-28缪斯对赫西
俄德所说的那段著名的谜样话语中，我们已经看到了一个范例。此
外，两部荷马史诗同样预示并（缔造了）希腊诗学后来的核心关切。
当然，可以说这些作品中所蕴含的原初诗学（protopoetics），与后来
由批评家和智识人详细阐述的有关诗歌价值的理论概念之间，存在
着诸多不可避免的差异。下一章我将在不忽略这些差异的前提下，
通过详细回应"荷马笔下是否存在诗学？"这一问题，来探究荷马
史诗中那种强大的诗学自我意识。

笔者的回答将尽力描绘出，《伊利亚特》和《奥德赛》如何敏锐
地意识到，有些因素会影响到诗歌对于不同的听众及在不同的表演

---

① 〔原注52〕对这一主题更详细的讨论，见Cornford, 1907: 137–152, 221–
243, Finley, 1942: 321–325, Macleod, 1983: 140–158, Halliwell, 2002c, Hornblower, 1987:
113–119。

环境下的意义和价值。这两部史诗中，主人公都有贴近且矛盾地面对诗歌的经历，这一点绝非偶然：阿基琉斯（Achilles）在心怀怒气且对史诗英雄的世界感到幻灭而退出战场时，（给或为）自己唱了一首类似史诗的歌；奥德修斯在费埃克斯人（Phaeacian）的宫殿里为盲人歌者德摩多科斯（Demodocus）的歌声所打动，于是请那位歌人再演唱一首关于他本人的诗歌，而该诗唤起了他悲痛的情感。这两个例子都揭示出荷马的一种潜在意识，即意识到心灵对诗歌的需求，这种需求甚至可以形容为一种近乎爱欲的渴望。但是，两个例子也说明那种需求中包含着复杂的心理作用。史诗让我们看到，诗歌既是强烈快乐的源泉，也可以引起某种痛苦；有时（如两部史诗的开篇所暗示的那样），在诗歌诉说极端的苦难的时候，我们却从中发现了诗歌的美和秩序；诗歌既能让心灵入迷，却又能让心灵麻痹（塞壬女妖［Sirens］的存在正是这一点的黑暗象征）；诗歌的影响还产生了有关情感的真实性与叙事的"真实"之间关系的诸多难题——在《奥德赛》卷十四和卷十七欧迈奥斯（Eumaeus）心境的不断转变中，[①]我们可以看到这些难题。

[26]人们通常认为，荷马作品中假定的诗的真实明确来自这样一种观念：缪斯女神是歌人们及其表演的守护神。但荷马史诗中没有任何证据证明诗人有这种简单化的（然而常见的）信念，即歌人只是缪斯的喉舌；也没有任何证据证明，纪史的真实性体现了歌人想象中由缪斯提供或保障的东西的本质。从根本上来说，缪斯代表着一种完美性，即人类表演者向往达到且时常声称要达到的诗歌的完美性。笔者认为，这种完美性的概念要求两个方面的相互作用：一方面是个人表演的环境，另一方面是表演者渴望获得某种神圣视角——通过这一视角，包括痛苦在内的人类经验便可化为表现美的

---

① ［译按］欧迈奥斯，其名可能源于εὔμενης，意为友好的；他出身高贵，是奥德修斯返乡后以伪装的身份遇见的第一个人。欧迈奥斯一直操心着奥德修斯的产业，关心着奥德修斯的生死，并通过了（伪装起来的）奥德修斯对他忠心的考验，参《奥德赛》卷十四。

对象（因此也化为了一种渴望的欲望对象，即himeros［欲望］）。这种相互作用和转化仅凭关于过去的准确"信息"是不可能实现的；它需要一种强烈的吸引力，用荷马的词汇来说，它需要一种着迷或着魔——换言之（用笔者研究论题所使用的更宽泛术语来说），这就是一种想象和情感上的迷狂。

同样，史诗本身对kleos［名望］（即"荣誉"或"名声"）这一概念的描绘，其重要性既不在于关于过去的精确"信息"，也不在于一种完全值得称赞的荣誉观，而在于某种意义上它把有缺陷的人类生存夸大成某种新的东西，即特殊故事的"不朽"媒介，这种媒介能持续不断地更新人们对诗歌的体验。只有基于诗歌的转化能力这一概念——诗歌以此构成了某种不同于且超出了生命抗争本身的东西——我们才能充分理解，《伊利亚特》和《奥德赛》的主人公何以在一些重大的戏剧性时刻表现出对于诗歌的需求。荷马史诗的深刻性部分就在于，它使诗歌成为人类不可或缺的东西，但又使得任何真实（其本质可能受诗歌的心理影响力的支配）带有一种微妙的不确定性。这正是荷马留给希腊诗学遗产的关键要素。

本书第三章将从荷马的世界转向非常不同的场景，即阿里斯托芬的《蛙》（Frogs）以及其中肃剧作家之间的竞赛。《蛙》的重要性部分在于，它见证了一种文化，在这种文化中，分析和评判诗歌本身（经过我们无法完全重构的一系列阶段）呈现出一种高度清晰的甚至理论化的形式。不过，如果认为《蛙》涉及的是作为一种新现象的"批评"，那就过于天真了——在过去一个多世纪里，雅典人挑选、表演和评判肃剧，并非凭靠解释和评价肃剧文体的口头言说。《蛙》将其［27］滑稽却又严厉的视野，集中于批评的冲突这个难以处理的问题上：《蛙》揭示了回应肃剧（以及更宽泛地说，诗歌）的历史所形成的理解、阐释、偏好上的多种可能性。

笔者对《蛙》的讨论将质疑目前流行的共识，即认为剧中有一个连贯的、由目的论驱动的元诗学（metapoetics）——一个由戏剧代码编织而成的信息，该信息对狄奥尼索斯（Dionysus）的最终选择，即让埃斯库罗斯而非欧里庇得斯胜出，赋予了政治和道德意义，同时也选择支持这一点。笔者请大家注意，以这种方式解读戏剧将会遇到一些绊脚石：首先是《蛙》本身的观众，即那些被公认为精神颓废的欧里庇得斯的同代人，他们颇为讽刺地牵涉进了那场竞赛的动力（dynamics）之中；其次，《蛙》戏剧性地表现了对立双方所采用的原则之间的不可比性；此外还有技术性分析与批判性评价之间的鸿沟；奇怪的是，竞赛的裁判与围观竞赛（并令人惊讶地为比赛结果鼓掌）的歌队之间缺乏交流；还有狄奥尼索斯在并不了解竞赛全过程的情况下做出了最终的裁决。相较于对《蛙》的这种统一的目的论式解读，笔者认为，《蛙》并非沿一条线性进程，而是沿一条"之"字形小径发展的，借着这一曲折小径，狄奥尼索斯的表现说明，对诗歌价值做出权威判断存在严重困难，甚至是不可能的。

在《蛙》的开场，狄奥尼索斯作为肃剧诗歌热情的爱好者出现，他尤其（但不仅仅）喜爱欧里庇得斯。在前往冥府（Hades）的途中，狄奥尼索斯与他的兄弟赫拉克勒斯（Heracles）——此人被赋予了公认的文化俗人（philistine）的形象——相遇，①并因此更突出了他的形象。被要求担任肃剧诗人竞赛的裁判时，狄奥尼索斯发现他对自己的价值观产生了怀疑。他的态度显得犹疑不定，这呼应了埃斯库罗斯和欧里庇得斯在观点上的冲突，也在一定程度上反映了该冲突存在于他的内心深处。竞赛结束时，狄奥尼索斯已经陷入了一种带有"批评的"武断性的困惑状态：他凭一时之念选了埃斯库罗斯，但他甚至给不出如此选择的理由。面对遭到背叛的愤怒的欧里庇得斯，狄奥尼索斯只能嗫嚅着为自己辩护说："我判埃斯库罗斯胜了。为什么不呢？"（ἔκρινα νικᾶν Αἰσχύλον. τιή γὰρ οὔ;《蛙》行1473）在谐剧的结尾，狄奥尼索斯已经无话可说——这一点很少有人考虑到。

----

① ［译按］希腊神话传统中，狄奥尼索斯是宙斯与珀耳塞福涅或凡人塞墨勒（Semele）之子，赫拉克勒斯是宙斯与凡人阿尔克墨涅（Alcmene）之子，故有此"兄弟血缘"。

　　如果说《蛙》剧的构造有一个附加的核心意义，那么它并不在于为某种肃剧的"公民诗学"（civic poetics）申辩。①相反，它旨在以谐剧和讽刺的方式揭示出，如果试图构建一个稳定的基础［28］来评价（戏剧性）诗歌中语言、形式、角色和情感的作用，我们将会面临诸多困境。狄奥尼索斯——他恰好既是谐剧之神又是肃剧之神，因此也是戏剧观看和戏剧评判的一个充满流变的象征——本身就体现出，试图融合对诗歌的热爱与对诗歌价值的权威且理性的宣告是不可能的。同时，《蛙》本身也由此成了谐剧诗的杰出成就：如果观众能够品出剧中的引文、用典、滑稽摹仿、讽刺以及更为广泛的文化指涉，那么这部剧就已奖赏了它自己的听众，并将狄奥尼索斯塑造成了一个以其自身的困惑为乐的角色。从这个角度来说，《蛙》是一场诗歌庆典，它为一个热爱诗歌却不能理解自己激情的人欢庆。我们无需为了看到《蛙》对于古希腊诗学诸问题的精妙洞见而把阿里斯托芬变成一个文学理论家，也无需将他剧中那些令人眼花缭乱的矛盾理顺成一条简洁明达的信息。

　　如果对《蛙》的内行解释需要我们理解这部作品中并不存在一个支配性（controlling）的作者声音，那么，同样的观点也适用于我们在柏拉图对话中发现的种种关于诗歌的讨论，只不过二者的语气和微妙之处有所差别。与阿里斯托芬的作品一样，柏拉图的著作许多时候都遭到了曲解，这些解读很自信地从作品中提炼出确切的作者讯息。笔者在本书第四章将重新审视大量这类柏拉图文本，特别是《申辩》《伊翁》和《理想国》卷十，并质疑一边倒（one-sided）的现代正统解释，该解释将柏拉图变成了诗歌的彻底的"敌人"。笔者认为，存在一个更古老的解释传统，该传统在古代、文艺复兴时期和浪漫主义时期都有其代表人物；这一传统正确地发现，有迹象表明柏拉图在处理诗歌问题时态度一贯模棱两可，带有双重修辞的性质——依笔者所见，在柏拉图的处理过程中，对诗歌

---

　　①　［译按］"公民诗学"认为诗歌能够促使人们反思政治和参与社会生活，强调诗歌不仅仅是个体表达情感的手段，更是塑造社会共识和建立社会认同的方式。

的心理影响力的抗拒与受诗歌的吸引，此二者处在无法化解的辩证关系中。笔者将这一关系追溯到柏拉图本人的思考：他认为诗歌能引起人的意识状态的转变，其强大的吸引力使人无法完全屈从于理性分析和关于真实的冷静交流。这让诗歌显得既诱人又危险，但正因如此，诗歌对于事物的哲学构建具有何种潜在价值就成了有待讨论的问题。

《申辩》中有一段文字提出了诗歌的价值问题，虽然相当简短，但发人深思。这段文字比许多学者认为的要复杂得多。苏格拉底与诗人的对质围绕着［29］一种脱节（disjunction）展开，即诗歌（看似直观地）感知到"诸多美好事物"（πολλὰ καὶ καλά），但诗人自己却不能对他们或他们的作品"意味着什么"（τί λέγοιεν）提供一种推论解释。根据常见的解读，苏格拉底/柏拉图求助于灵感说（a theory of inspriration）来弥补这一裂隙。但笔者认为，并没有什么可明确称作柏拉图"灵感说"的东西，柏拉图只是时不时地诉诸灵感，将其作为一个途径来突出以下两个方面的张力：一方面是对理性的推论式诗学的渴望，另一方面则是诗歌经验（其生动的想象、强烈的情感）中那些抑制这种渴望的要素。

笔者这一解读的说服力来自《伊翁》中的如下事实（这部作品经常被人引用来阐述"灵感说"）：在这部对话的中间部分，苏格拉底诉诸一个概念，即诗人、演员和观众三方都陷入了迷狂，但对于作品首尾两部分提出的问题，这里并没有给出一劳永逸的答案。《伊翁》的这三幅相联的图画具体表达了一个哲学难题。一开始，我们看到对话在追问对诗歌的说明，追问理性地奠基于知识的诗歌解释（这两个问题在整个探究过程中都部分地互相交织）。后来，苏格拉底似乎对此感到绝望，于是提出——如抒情诗（lyric）一般地表达——他的设想，即无论是诗歌创作还是诗歌体验，人的心灵都处在一种灵感迸发的狂喜状态中（想象和情感上的迷狂）。但这个设想随后被弃置一旁，回过头来，在最后一部分对话中，我们看到他再次试图让诗歌的领域受制于推论理性（discursive reason）的术语。① 如果《伊翁》的确"说明"了什么的话，那么它只是讲出了一个关于诗歌心灵意义和价值之来源的谜题，而不是解决该谜题的一个自信的答案。

我们也可以在《理想国》对诗歌的第二次批判的结尾看到类似的矛盾态度。《理想国》卷十关于诗歌的讨论，几乎普遍被引述为柏拉图对诗人抱有敌意，并决心将（大部分）诗人们从理想城邦（即有德性的灵魂中）逐出的"证明文本"。而在《理想国》607b–608b，苏格拉底特意修正乃至暂时中止了这一驱逐的裁决。苏格拉底雄辩地混合使用了司法、爱欲以及"心理治疗"等丰富的比喻，赋予诗歌以女人的人格，并将其描绘成一个模糊的欲求对象。他在演说时就好像一位深知诗歌"魔力"的人，而且——只要能合理地为诗歌的伦理价值辩护——他乐于保有这种体验（"我们会很乐意接受她回归城邦"，ἄσμενοι ἂν καταδεχοίμεθα，《理想国》607c）。目前，[30]像苏格拉底和格劳孔（Glaucon）这样的人还是会"继续聆听"诗歌（这个细节往往被人忽略，实际上它需要得到精妙的解释），尽管他们只得在"咒语"的保护下去听，而这咒语就是他们自己关于诗歌如何危害灵魂的看法。仔细探究过这段迷人的文字中错综复杂的形象后，笔者认为：这段文字绝非在肯定对诗歌的驱逐，也绝非在推进"古老的哲学与诗之争"（事实上，苏格拉底只在《理想国》607b以辩护的口吻提及这一争论），而是明确无误地暗示出一个挥之不去的希望，即对诗歌的驱逐可能会被逆转，成为一位诗歌的哲学式热爱者也将最终证明是可能的。这一点就是柏拉图面临诗歌价值和诗学可能性时的巨大困境，以及他留下来的未解的重大问题。

本书第五章将重新审视亚里士多德诗歌概念的一些主要方面，对此概念的构思与柏拉图所主张的那种哲学性诗学有关：一部分是为了满足那种诗学，另一部分则是为了重新界定那种诗学。笔者的

---

① ［译按］《尼各马可伦理学》中，亚里士多德将德性分为"理智德性"和"伦理德性"，其中理智德性包括从公理出发进行推理的"推论理性"（又称"逻辑理性"）。参《尼各马可伦理学》1102b30–1103a6。对照上文中的"推论解释"。

解读主要集中于亚里士多德的诗歌体验模式，他借这一模式将认知和情感结合起来。笔者认为这种模式包含了一种"情感理解"——由情感中体现出的评价性回应所筛选出的理解。《诗术》中十分强调肃剧引发的情感力量，它运用了术语 psuchagôgia［牵引灵魂］（令灵魂发生变化的着迷）和 ekplêxis［惊恐的］（情感上的震撼冲击），同时又拒斥仅凭震撼效果引起的兴奋的颤抖（这是大木偶剧场［grand guignol］的演出精神）。①该书为诗歌之摹仿结构的连贯性、统一性和可理解性，设置了极为严格的条件。其结果是：人们试图结合集中的情感真实性与戏剧的理性，而后者带来了一种根本的"普遍性"（universals）联系，借此联系，诗歌可以几近哲学地反映世界的本质。亚里士多德声称，诗歌的价值标准不同于政治或任何其他形式化的活动领域的标准。而他把诗歌与"对生活的摹仿"联系起来，承认诗学受伦理原则的左右，同时他还用批判语境论的规则来缓和这些结果的影响。

在本书第五章的后半部分，笔者同时探讨了本人对于"情感理解"的解释和一个令人费解的问题，即亚里士多德所说的诗歌的catharsis 意味着什么。②笔者论述的重心在于《政治学》（Politics）卷八的部分内容的注解，在那里，我们可以发现一系列复杂的线索，它们涉及在诗歌和音乐体验中表现出的有关catharsis 的心理现象。

与主流思想中的"净化"（purgation）[31] 学派相反，笔者试图在整合心理学、伦理学和美学的基础上，提出一种关于catharsis 的解释。如果仔细阅读《政治学》卷八（尤其是注意到其对于病态心灵和正常心灵的情感的catharsis 所作出的区分），那么我们会发

---

①　［译按］大木偶剧场起源于法国巴黎，是一种以恐怖、血腥和暴力为戏剧特色的剧场表演形式。该剧场的主题涉及犯罪、灾难、疾病和各种可怕的情境，其演出常常用到假血、武器、变形娃娃等特效道具，目的是通过引起观众的恐惧和不安来提供独特的观剧体验。

②　［译按］作为亚里士多德笔下的术语，catharsis 通常被译为"净化"或"宣泄"，但本文作者提出了不同看法。为了强调以及区分作者对 catharsis 的特有理解，本文在绝大多数地方保留了作者所用的原文（即 catharsis）。具体参本文第五章第二节。

现，音乐－诗歌的catharsis作用与亚里士多德的伦理意义观——该观念是在情感上对于摹仿（亦即再现或表现）艺术形式的回应——并不能分离。因此我们有理由认为，catharsis与快乐紧密相关但不完全相同。笔者认为，肃剧的catharsis最好被理解为一种"受益"，该益处是在对现实虚有其表的摹仿的静观（theôria），以及在将痛苦情绪转化为快乐情绪的过程中获得的。这种解读方式可以使catharsis与作为一个整体的亚里士多德的伦理心理学相协调：对"审美"对象的情感回应有助于恰当地进行合乎伦理的判断。在某种程度上说，catharsis是亚里士多德对于古希腊人的某种信念——即相信语言和音乐的技艺具有令灵魂发生变化的力量——的回应，它不仅仅是观看肃剧的最终结果，也伴随着整个认知和情感上的体验。

本书第六章将讨论三位散文作家，他们都曾在一个更大的关于语言和话语本质的观念框架内评论诗歌。高尔吉亚《海伦颂》（*Helen*）中的观点在好几个层面上都与诗歌有关，分别是：作为传承海伦故事的诗歌来源；作为强迫并引诱听众心灵的话语（logos［逻各斯］）力量的诗歌典范；作为高尔吉亚本人准诗歌风格的模式，以及《海伦颂》本身作为一类散文诗的地位。高尔吉亚以一段铿锵有力（resounding）的宣言开始了他的演说：在充分利用语言如魔药般（drug-like）的能力来欺骗听众之前，真实是逻各斯最美的条件。在此背景下，诗歌成了一个悖论的载体。它所具备的"欺骗"（在其他地方，高尔吉亚把这种欺骗视为肃剧心理影响的核心）的权力，因其包含的富有想象力地参与"他者的生活"的力量，而被呈现为某种有价值的东西。似乎不能轻易免除这样的要求：任何话语都应追求真实之美。

高尔吉亚认为确信（pistis）和深层快乐（terpsis）是诗歌的可欲属性，但他没有明确指出两者之间的相互关系。他在《海伦颂》第18-19节中对绘画和雕塑的处理也有类似之处：在讨论视觉所具有的、通常会造成精神错乱（disturbance）的能力时，高尔吉亚似乎举出了一种特殊的情况，即造型技艺（figurative art）；他认为该艺术的虚构形式为人们提供了强烈的快乐，甚至［32］矛盾地称其造成了

"愉悦的疾病"。通过模拟现实，诗歌和视觉的技艺可以远胜于普通的欺骗手段。而高尔吉亚的论点仍然无法确定这种技艺到底代表了何种体验。无论《海伦颂》的最终结果为何（笔者反对这种普遍的观点，即认为该文呈现了一种相对主义或哲学怀疑主义的形式），高尔吉亚似乎陷入了一种两难境地：一方面，他认为诗歌本身就是一种有诱惑力的生活；另一方面，他认为诗歌应该符合如下宗旨，即所有的逻各斯都应该旨在表达世界的真实（正如他在谈到视觉时所说的，"我们不仅希望事物具有我们希望其具有的性质，而且也希望其具有每一件事物实际上具有的性质"）。

伊索克拉底可能曾师从高尔吉亚，可他却以一种后者从未有过的方式，执着于贬低诗歌的文化权威，从而肯定他本人的实用主义教育哲学的优越性。其他人指责伊索克拉底忽视了诗歌在教育上的重要性，面对这一指控，他打算为自己辩护（Isoc. 12.34）的承诺却从未兑现。虽然他有时会把诗人（作为提供"生活忠告"的人）视为与他这样的智识人的密友，但他也会因为诗人宣扬有关诸神和英雄们的贻害无穷的神话而抨击他们——当然，他的抨击并不全然与柏拉图相同。同时，伊索克拉底清楚地表明，他本人作品中常常引用的"神话"本质上没有问题。伊索克拉底认为，留存下来的神话是一种混合物，其中既有对"历史"的纪念，也有（偶尔合理的）对"历史"的编造。同一个故事既可以作为过去某些真实的重要例证，也可以在讲述过程中对听众的心灵产生一种牵引灵魂的强烈影响，特别是产生一种在情感上强化意识形态（如对蛮族的仇恨）的影响。但是这两件事可能会朝着不同的方向发展。与修昔底德一样，伊索克拉底也抱怨说，大众更喜欢叙事带来的兴奋而非有教益的反思；甚至可以说，荷马和肃剧也迎合了大众的这种需求。

在伊索克拉底本人的作品中以及在他对诗人的期许中，他颠倒了这种优先顺序：他令富有想象力的即时兴奋从属于清醒的睿智。荷马笔下审慎的诸神形象所享有的神圣戏剧的光环褪去了，他解释说，诸神形象向听众所揭示的是：仅凭人类的心智永远不可能通晓未来之事。对于英雄神话中赞颂的典型人物的持续关注，导致伊索克拉底的视野日益狭隘：《伊利亚特》被他贬低为一种鼓吹仇视蛮族的工具。这是注重实用上的效益所筛出——通过对［33］每一种思维方式进行特有的伊索克拉底式考察——的结果，由于这种方式，诗歌在神话上的丰富性就被削弱了。尽管伊索克拉底与柏拉图在伦理上对于某些神话的质疑看上去有相似之处，但他完全缺乏柏拉图对诗歌体验中那种深层的心理问题的警觉。柏拉图在肃剧剧场中看到的是一个屈从于情感的人如何暴露出其心灵的复杂动力，而伊索克拉底却仅仅进行了一个愤世嫉俗的对比，即将雅典人在剧场中体验到的各种情感，与他们在现实生活中冷漠的态度相对比。关于伊索克拉底与诗歌的关系，其重要意义并不在于他如何评价诗歌本身，而在于他展示了一种实用主义论题（agenda）如何在这一方面卓有成效：以看待世界时永远寻常无味（prosaic）的视角来对待诗歌。

本书第六章最后将讨论的人物是伊壁鸠鲁学派的好辩者菲洛德穆。他的著作《论诗》（*On Poems*）留下来的一些难解的残篇表明，他广泛筛选了早期诗歌理论，并在此基础上试图开辟出一条航路——该航路处于道德主义（持此观点的人将诗歌的价值等同于教化或道德的利益）的斯库拉（Scylla）与形式主义（持此观点的人以极端的悦耳论者［euphonists］为代表，他们将诗歌的价值完全归结于其语言的感官属性）的卡律布狄斯（Charybdis）之间。① 表面上看，这种做法似乎是豪斯曼（A. E. Housman）的主张的先声——他认为"诗歌不是其言说的事情，而是其言说的方式"，"诗人们的作用不是言说别人无法说的事情，而是以诗人独有的方式来言说"，而菲洛德穆也会赞同上述观点。菲洛德穆也质疑诗歌的本质是不是一种独立于"思想"或"内容"的文体特征或创作特征。他认为，存在一种独特的属于诗歌的"言说事情的方式"，该方式既包括语言学的媒

---

① ［译按］在古希腊神话中，斯库拉（Scylla）是藏身于海峡一侧的岩礁中的海妖，卡律布狄斯（Charybdis）则是生活在海峡另一侧的可以引发巨大漩涡的怪兽。由于海峡非常狭窄，所以水手想要从两者之间通过极其困难，故 between Scylla and Charybdis 常被用来形容"陷入进退两难的境况"。参《奥德赛》12.85 – 12.259。

介，也包括"所言说的事情"。但是，既然我们能言说一些与某些非诗歌形式的话语相似（和未必相似）的事情，那么我们究竟能从诗歌中了解到什么呢？

菲洛德穆抵制强加给诗歌的一些死板的评判教条，他采取了一种微妙而难以捉摸的立场。他写道：

> 我们潜在的观念给出了卓越诗歌的目标：在言辞形式上，诗歌要提供一种对教导有益事物的风格的摹仿版本；在内容上，诗歌要致力于一种介于智者与大众之间的思想。

笔者姑且认为，该立场的一个显著特征是：它在解释诗歌的地位时采取了一种虚构的言说行为的角度，在此，摹仿并不发生于常见的诗歌［34］与真实之关系的层面，而是作为一种模拟交谈的形式出现。而诗歌的"思想性"又体现在何处呢？菲洛德穆将其界定为居于哲学与平庸之间的一个区域，这反映出他其实没有认识到，诗歌思想的（潜在）范围根本不存在且不可能存在边界。在笔者看来，菲洛德穆令人感兴趣的原因部分在于——在论述诗歌的语言与思想之间存在紧密的关联时（"这是语言表达的问题所在，即如何表达出以某种方式构建的思想"）——他自己仍无法证明，对于人的心灵而言，诗歌的价值具有自足性；也就是说，他无法在诗歌体验中找到一种属于诗歌本身的价值。

作为全书的结尾，本书第七章将会分析《论崇高》的作者朗吉努斯如何结合两种传统，其一是诗歌的修辞批评，其二是哲学的形而上学，而他采取的方式是将"迷狂"与"真实"融合到一种新的价值范式中，该范式呈现了心灵如何回应语言之中思维和情感的创造性。朗吉努斯经常强调，崇高是一种压倒性的甚至"强制性"的影响——如他所言，这种影响已经"超越了说服"。这种变形的、迷狂的维度与认知基础的主体间性（intersubjectivity）紧密相关，根据这种主体间性，崇高将允许伟大的思想和强烈的情感在心灵之间传递，并在每一个阶段以一种全新的、具有创造力的方式来产生深远的影响。因此，从某种程度上说，当一个人在与崇高接触的那一瞬间"失去（正常的）自我"时，可以视之为崇高激发了这个人的心灵最深层的力量。

在讨论《论崇高》的过程中，笔者考察了这部作品中的一系列重要观点和段落。笔者认为，朗吉努斯的崇高始终涉及一种"意义之盈溢"（surplus of meaning），这一点不仅使人们可以重复体验崇高，而且使人们对崇高的体验可以通过逐渐增多的沉思而得以延伸。笔者还认为，与18世纪的一些理论家不同，朗吉努斯并未将崇高视为人类局限性的标志，而是视其为一种英雄式的（自我）肯定和一种对心灵本身力量的激动人心的颂扬。最后，笔者认为，我们可以在这部著作中找到一种崇高的真实，这个概念不是一个关于现实的固定命题，也不是一条体现在整部作品复杂结构中的统一信息，而是一种直觉、情感和隐含的形而上学要素的融合。与［35］许多人所想的不同，关于崇高的形而上学并没有体现作者与某一特定哲学思想流派的关联。相反，它关注心灵对其自身力量的高度觉察，这种心灵力量超越了物质存在的有限界限，并在其自身的思想和感情中探察到一种得到解放的无限性。

第二章

荷马笔下是否存在诗学?

歌所祈望的是什么?

——奥登①

一 荷马诗歌形象的语境、影响和欲求

[36]古希腊诗学的历史发端于诗歌的内部而非外部。希腊古风时期的"诗歌文化"整体上有一个显著的特征:对于诗(或首先而言的"诗歌")本身的功能和价值的反思,在每一种主要的诗歌体裁中都直接或间接地发挥了作用,包括史诗、教喻诗(didactic)、哀歌(elegy)、短长格诗(iambus),以及各种类型的抒情诗(lyric)和琴歌(melic)。②诗人们揭示出了构成思想和情感世界的元诗学部分,并以此设置了后续阶段的诗学的大多数议题,这种诗学在表达上更具理论性,且由希腊文化中的批评家、哲人以及其他智识人所实践。

而正如开篇的表述所承认的那样,我们发现在两个方面之间存在推论情形(discursive status)上的重大差异:一方面是在诗歌中发现的原初诗学,另一方面是基于后来的诗学理论和批评而提出的更

---

① [原注1]《俄耳甫斯》(*Orpheus*),见 Auden 1991: 158。

② [原注2]Lanata, 1963仍然是一部实用的有关早期希腊诗/歌概念的文献资料集(见第一章原注8讨论的一对术语;在古风时期的希腊区分这两个词毫无意义,Dover, 1987: 1)。Maehler, 1963也许是这方面最好的概括性研究,尽管其阐释有时过于概略和狭隘。

抽象的论证和概念分析。在诗学的"内部"模式和［37］"外部"模式之间，我们或许可以提出两种略有不同的关系模式。简言之，第一种模式认为，诗人们本身为诗学奠定了准备，并在某种意义上帮助揭示了诗歌对诗学的需求：他们以一种片面的、略有雏形的方式表达了思想和情感，而且有可能将这些思想和情感阐述为反思诗学理论的独立范式。可以这么说，第二种模式则颠倒了先后顺序：相比于诗歌需要诗学理论，诗学理论其实更加需要诗歌。从这个角度看，并非诗人是诗学理论家的先驱，相反，是批评家本身是"迟来者"。因此，诗学的历史并不符合目的论——最紧迫、最困难的诗学问题早就存在于诗歌之内，且为诗人们所暗示（和提出）。

　　本章将检验上文提到的两种模式之间的差异，并在这一过程中借助第二种模式探索最具有挑战性的案例，即一种在诗歌内部起作用的、早期希腊原初诗学的特殊形式：荷马史诗中的原初诗学。想要让人立即感受到此处的关键问题，最好的做法是凸显《伊利亚特》和《奥德赛》这两部作品中的诗歌形象，即两位不同寻常、令人共鸣但又令人困惑的主人公。第一个诗歌形象出现在《伊利亚特》9.186-191：当阿伽门农（Agamemnon）派人安抚阿基琉斯（Achilles）并劝说他重回战场时，我们发现这位年轻的战士正在营帐中，用一把精致美观的里拉琴为他自己的歌唱伴奏。阿基琉斯歌唱的是"男人们的荣誉"（κλέα ἀνδρῶν），从某种意义上说（尽管需要进一步讨论），这个短语可以视为对荷马史诗本身的描述。而一个尖锐的矛盾在于，当阿基琉斯歌唱"史诗"时，他正怀着强烈的愤懑以及对于这个（赋予他最骁勇善战的英雄之名的）世界的沉重的幻灭感（在刚说完这段话不久，他就强烈地坚持表达了这种情感）。因此，尽管（笔者认为）帕特洛克罗斯（Patroclus）也在场，但阿基琉斯仍在歌唱他所背弃的那个世界，且只是为他自己歌唱。而荷马的叙述表明，阿基琉斯的歌唱为他自己带来了极大的快乐。这是怎么回事呢？阿基琉斯歌唱自己充满忧伤的疏离感，歌唱那令他陷入痛苦并很快试图永远拒斥的生存方式，他从中到底获得了什么满足呢？

　　［38］现在我们将两个场景放在一起对观：一个是阿基琉斯独自

而矛盾地歌唱属于他自己的史诗，另一个是《奥德赛》卷八中，奥德修斯在费埃克斯人的宫廷上因德摩多科斯演唱的诗歌而悲泣——该诗讲述了他（和阿基琉斯）之前在特洛伊战争中的一段经历——但他又要求这位费埃克斯的盲人歌者再唱一首关于他自己的歌。如果说，最开始的歌造成了奥德修斯强烈的悲痛，并导致阿尔基诺奥斯（Alcinous）因担心客人的心情而叫停了德摩多科斯的歌唱，① 那么，为什么奥德修斯会要求再听一首——尽管他可能预料到，且结果的确如此——同样会令他感到烦忧的歌呢？在整首史诗的唯一一处地方，这位不露声色、自我克制的英雄几乎无法控制他自己的情感，而这个难题正因出现在此处而更加引人注目。虽然奥德修斯在其他几处地方也曾放声大哭（例如，在奥巨吉阿岛［Ogygia］的海岸边，以及在冥府遇到他的母亲和其他亲近之人时；参《奥德赛》5.82–84、11.55、11.87、11.95、11.466），② 但是他没有在其他任何地方泪流满面——他总是试图掩饰自己的流泪。与前面那处流泪大为不同的是，当奥德修斯见到他过去所养的猎犬阿尔戈斯（Argos）时，他"轻易"而谨慎地向欧迈奥斯掩饰了他的眼泪（《奥德赛》17.304–305），这与他刻意掩饰自己的感情以便试探别人的情境形成了鲜明的对比——最令人心痛的是，当他有一次诱使佩涅罗佩泣涕涟涟时，他的双眼却仍"有如牛角雕成或铁铸"一样坚定不动（这是一个反映了他内心深处的某种特质的比喻，尽管他在内心也怀着怜悯而哭泣；参《奥德赛》19.203–212）。③

---

① ［译按］阿尔基诺奥斯，费埃克斯人的国王，他热情招待了被风暴抛到岛上的奥德修斯，还曾希望将女儿嫁给他（但被婉拒），后征收了许多财物赠予奥德修斯并派水手将他送回家乡（此举招致波塞冬的不满和惩罚——以山围城），相关情节参《奥德赛》卷六、卷十三。

② ［原注3］《奥德赛》5.82–4、11.55、87、95、466。Schopenhauer 1988: ii. 688，在主张奥德修斯以眼泪回应德摩多科斯的（第一和第三首）歌曲，实为自哀自怜时，他不幸地遗漏了这些以及其他的诗句，译文见于Schopenhauer, 1966: ii. 592；参本章原注90。

③ ［原注4］《奥德赛》19.203–212，以及行212中关于他"掩藏的"泪水的隐喻。参Rutherford 1992: 164–166。

如果说阿基琉斯（这位最不可能隐藏自己情感的人）竟在与他的英雄身份发生激烈冲突的时刻，奇怪地在史诗之歌中获得了满足感，那么，作为最典型的善于自我掌控的人物，当奥德修斯在那首歌中回想起他自己领兵作战的过去时，他为什么会被无法掌控的悲伤所压倒，甚至还要求再听一首呢？在《奥德赛》的其他地方，我们意识到，在未来的某个心神平静的时刻回忆起悲伤的往事可以让人获得一些慰藉，但在《奥德赛》卷八中，我们似乎遇到了令人困惑的 [39] 相反情况：对昔日胜利的回忆反而唤起了始料不及的悲伤。①

面对充满诗意的歌在最伟大的英雄们的心灵上所施加的影响，我们该如何解释这两个令人难忘的形象之间的双重对比呢（此外，这对形象还驳斥了奥尔巴赫 [Auerbach] 的观点：在荷马笔下人物的心理中，没有任何阴影或空隙，也没有任何未表达出的东西）？② 一方面，在阿基琉斯的歌中，与他几乎以自我为中心的孤独相对应的具体内容其实并未被揭示（我们该想象他在歌唱谁的荣誉？）；另一方面，在《奥德赛》卷八中，荷马史诗的听众则得到了德摩多科斯所唱的最后一首歌的某种诱人的总结（tantalizing résumé），这首歌可以说是一道回声，在又一次消失于远方之前它似乎成了"歌"本身。③ 这两个方面有什么不同？或者说，在他们所处的不同表象之下，两首诗歌或许可以被引向一种共同的意义？尽管快乐与痛苦的截然不同的结合方式决

---

① ［原注5］在回忆过去的痛苦中得到慰藉：《奥德赛》15.400-401（参亚里士多德《修辞学》1.11，1370b1-7）；参 Ach. Tat. *LC* 8.4，并见本章原注28。在卷八中，奥德修斯甚至忧郁地看待他过去的成功（见下文原页79-91）；对比但丁（Dante）《地狱篇》（*Inferno*）5.121-123 里米尼的芙兰切丝卡（Francesca da Rimini）著名的情感表达（源自波埃修斯 [Boethius]）。

② ［原注6］Auerbach, 1953: 5-7.

［译按］埃里希·奥尔巴赫（Erich Auerbach，1892—1957），20世纪德国罗曼语文学学者、比较文学家和文学批评家，其代表作为《摹仿论：西方文学中现实的再现》（*Mimesis: the Representation of Reality in Western Literature*）。

③ ［原注7］《奥德赛》8.500-513 出现的内容在句法形式上与史诗叙事毫无区别。但是行514、516和519则提醒人们注意，荷马史诗的叙述者与德摩多科斯（Demodocus）"实际"的诗歌之间存在距离。

定了阿基琉斯和奥德修斯的处境，但两人是否有可能都在歌的体验中寻求相同的东西？在上述两种情况中，歌对英雄个体的影响以及该个体所处的周遭社会环境，这两者之间的明显区别到底有多重要？

为这些问题找到有意义的、令人满意的答案充满困难，甚至是不可能的。但这两个荷马史诗的场景都具有一个重要特征：它们表明两位英雄在某种程度上都需要歌，却没有明确说明在各自的情况下这种需要（对于阿基琉斯来说是矛盾的快乐，对奥德修斯来说则是矛盾的痛苦）到底意味着什么。笔者将在稍后讨论这两个场景，并说明它们如何在《伊利亚特》和《奥德赛》的听众中激起一种欲望，即让后者试图去解释史诗自身有所保留而未能（完全）实现的东西；他们借此奠定了自己诗歌表达中的一个重要部分——这可能就是他们［40］的诗学。这种复杂主张的影响难以单独存在。该影响要求人们从一个更广泛的视角来看待荷马史诗中歌的形象，这一视角围绕如下问题展开：在《伊利亚特》和《奥德赛》的（诸）世界中，在歌所呈现的各种表象的背后，是否存在一个统一的视野和一种连贯一致的价值体系？简言之，荷马笔下是否存在诗学？

不用沿着现代荷马研究的道路走太远，我们就能发现一种相当普遍的说法，即在史诗本身之中就存在"诗学"，一些学者甚至准备将这个说法等同于荷马的诗歌"理论"。至于如何以及在哪里发现荷马的诗学，则存在很大的分歧。人们尤其在以下两个方向之间反复摇摆：一个方向是试图在史诗的描述和诗歌的场景中，辨识出或明显或隐蔽的、具有诗歌价值的范式；另一个方向则是一种对荷马诗学的理解，该理解由一系列编织了史诗之结构的实践、惯例和期望（它们也可能编织了传统的口头诗学体系的代码）组成。这个研究场景已变得日益拥挤。近来有不止一位学者声称，他们竟诊断出在史诗的外在与内在之间存在一定的张力乃至矛盾，这就使我们看到了一种可能性，即在《伊利亚特》和《奥德赛》中甚至有可能存在荷马的诗学，而非荷马的诗歌或诗本身"的"诗学。更复杂的是，有人在这两部史诗中发现了截然不同的诗歌概念——割裂的，以及可能是部分相抵触的诗学。循着当前学术状况的线索，我们可以将这一问题重新表述为两个更能引人关注的问题：荷马笔下存在多少诗学？如果存在的话，其中的哪一个或哪一些属于荷马（在笔者的讨论中，"荷马"等同于对《伊利亚特》和《奥德赛》的文本构思）？ ①

[41]"荷马的诗学"这个问题当然不是人为制造的，它来自作品本身内在的（而非"作者的"）诗歌自我意识，该意识的范围始于对缪斯女神（们）的祈祷，随后经由《伊利亚特》和《奥德赛》中宏大的叙事雄心，最后延伸到对史诗世界内的一种诗歌文化的形象描述。本章的内容不包括详细讨论（甚至提及）现代学界在这一领域的激烈辩论及其所提出的各种主张。我们可以在不止一个层面上，合理地对一个假定的荷马的诗学开展研究。比如，对印欧语系的比较研究就可以有如下贡献：他们能将希腊史诗中可见的主题与印欧诗歌传统中的其他分支联系起来，并阐明一种史诗诗歌的模式——作为纪念伟大战士（英雄们的生平）的载体，该模式有助于界定那些缅怀他们的共同体所拥有的价值观。而就笔者的目的来说，这一方法虽然为荷马史诗研究填补了一部分古老的文化渊源，却并不更易于解决在《伊利亚特》和《奥德赛》的复杂特征中是否存在一种独特的史诗诗学这个问题。②

与之类似的方法还包括将荷马"诗学"的观念转化为对口头创

---

①　[原注8]关于荷马"诗学"的材料可供参考的文献，如Macleod, 1983: 4, Cairns, 2001b: 24–33, Redfield, 1994: 23（相当于荷马特有的诗歌之"意"），Walsh, 1984: 5（《奥德赛》中两种"截然不同的诗学"，参本章原注32和33）&14（"荷马的传统诗学"）。Pucci, 1998如页78（"《伊利亚特》的整体诗学"）和82（"《奥德赛》的诗学，一种伪装的诗学"）实际上是将"诗学"等同于"主题学"，这也是如今许多评论者的做法；在pp. x–xi他进一步探讨诗文如何"谈论诗歌循环再现的功能[原文如此]"。Finkelberg, 1998: 131–150认为荷马的"真实诗学"有违诗歌本身的惯例。Ledbetter, 2003: 10–14（etc.）从将"荷马的诗学"作为"维系诗歌、诗人与听众之间关系的隐形叙述"，转变为将其作为荷马的诗歌"理论[原文如此]"，她反过来认为这是一种"修辞"和"策略"，可以促使荷马史诗本身的听众进入神思恍惚的状态；她发现在"理论"和"实践"之间存在一股张力（34–39）。Mackie, 1997: 78, 94反对利用《伊利亚特》和《奥德赛》中不同的诗歌概念来综合创造出一种荷马的诗学。

②　[原注9]West, 2007: 26–74, 403–410, 提供了一个有关印欧诗学的概览（tour d'horizon）；Katz, 2010对这一问题有更为技术层面上的讨论。参本章原注79。

作体系的重构。从这一视角可以发现一些叙事和结构上的惯例，这些惯例很可能根植于悠久的表演传统，且可能通过某些方法来塑造诗歌（的体验）的意义。而荷马史诗在多大程度上属于口头传统的典型作品，又在多大程度上明显违背了该传统的标准并重新界定了其潜力呢？除了这些棘手的问题之外，令人惊讶的还有，口头批评也往往集中于一种诗学，可以说我们很难将该诗学从荷马的诗或诗歌的整体结构中分离出来。如［42］上文所述，如果我们的目标是去理解一个为制作传统史诗奠基的更大的创作"体系"，那么这可能还有些意义。但从结果上看，对于那些具体的，甚至是独特的问题——如《伊利亚特》卷九中阿基琉斯的歌唱，或《奥德赛》卷八中奥德修斯明显强迫自己再次承受诗歌所引发的悲伤——我们都无法给出任何解决的方法。为了找到一个合适的视角来仔细审视这些非凡的叙事时刻，我们需要更细致地研究两部史诗中一些不容简化的细节。

在本书中，由于笔者关注的是希腊人试图阐明诗歌体验的价值时产生的一些最困难的问题，所以本章的重点将会聚焦于荷马史诗中的一些要素，这些要素或多或少都明确地关乎诗歌的表演和对诗歌的回应。这些要素的存在，无疑激励了人们对荷马的诗学的探索。而笔者的观点不同于近来诸多评论者的观点，这些观点认为，人们无法将荷马的再现形式与对歌的描述综合成一种完全统一的诗歌价值的范式，更不用说将它们综合成一种荷马史诗的明晰的自我形象。甚至，笔者认为在多数学者眼中属于荷马诗学的基本组成部分的东西，如果不是仅凭第一眼所见，它们也会显得更复杂且不牢靠。这些东西包括：被缪斯女神（们）的知识赋予了灵感的史诗歌人的主题，颂扬英雄荣誉的史诗模式，以及带来快乐的（不同类型的）歌的概念。

刚才提及的这些观念——即史诗作为一种真实、荣誉和快乐的形式——在荷马的诗歌中既有所表达，也有所保留。尽管它们都可能是诗学的一个分支，但就史诗本身所引发的关于诗歌价值的深刻问题而言，它们都拒绝给出明确的答案。可以说在荷马笔下的诗歌作品中，几乎每一个可察觉到的方面都存在一个显而易见的反面图景（counter-image）：歌带来的快乐被其带来的（有时是令人难以忍受的）痛苦抵消并由此达成了平衡；歌令人着魔的力量既与强烈的情感满足有关，也与欺骗或幻觉的风险有关（在塞壬女妖［Sirens］所代表的极端情形里，甚至与某种心灵麻痹有关）；歌所声称或渴望具备的那种能力，即在叙述真实上胜于人类的能力，从来没有得到非人类歌声的证明；有时，歌的美好与其中再现的恐惧处于一种令人烦恼的辩证关系中。诸如此类的张力，［43］阻碍了对完全和谐的诗歌价值体系的追求。这不仅仅是因为荷马的诗学由于嵌入在戏剧式叙事而非命题形式中，而缺少了能实现完整阐述的推论手段（所有的诗学，无论如何阐述都必然是不完整的），而且还因为荷马之歌本身的表现力就体现了一种意识，即意识到诗歌体验的各种价值（和问题）要比编撰一套可能的原则体系更加深刻。这也是荷马留给后世的古希腊［文学］批评的伟大遗产之一。

　　荷马对于歌的再现和引用，不仅包括两类英雄的叙事：一类由阿基琉斯在他营帐中为自己歌唱，或德摩多科斯为费埃克斯人和奥德修斯歌唱；另一类与《伊利亚特》和《奥德赛》本身的（部分）神话相关联。荷马对于歌的再现和引用还包括婚礼之歌、哀歌、丰收之歌、派安颂歌（paeans）、《伊利亚特》18.570中的一首（晦涩的）"利诺斯之歌"（Linus song），甚至还有关于众神的"滑稽作品"（burlesques，在《奥德赛》卷八中，德摩多科斯在他的两首关于特洛伊战争的歌之间，引人注目地讲述了阿瑞斯与阿芙洛蒂忒的私通，该词可能是对此的恰当描述）。此外，我们还听到卡吕普索（Calypso）和基尔克（Circe）在她们的织布机前工作时唱的歌，[①] 以及伴随着社交舞的未说明类型的歌，如《奥德赛》中伴随着求婚人、费埃克斯人的歌，还有《伊利亚特》18.590–606中伴随着年轻男女

---

　　① ［译按］卡吕普索，奥巨吉阿岛的女神，曾救下不幸沉船到岛上的奥德修斯并爱上了他，后以永生为许诺挽留奥德修斯伴随身边，两人在岛上一共过了七年的时间。见《奥德赛》卷五。

　　基尔克，埃埃阿岛（Aeaea）的女神，曾用魔药将参加宴席的奥德修斯的船员们变成了猪仔，后被奥德修斯识破诡计。她爱上了奥德修斯，还为他提供了返乡的路线和方法。见《奥德赛》卷十。

的歌；我们可能还要假设存在某种类型的"田园"（pastoral）歌，即在阿基琉斯之盾上绘制的、伴随着牧民笛声的歌。①

如果我们想在此讨论，或至少笼统地讨论一种"体裁"的结构，那么似乎最直接的做法是基于其社会背景和功能来讨论。而对于这个一般前提，我们仍有一个重大的保留意见。荷马笔下的歌的形象，通常会描述表演发生的社交场合或场景，但也会表达出歌所具有的心理影响的特征：后一个因素处于变化中，且不总是与表演在表面上具有的社会功能之间形成对称关系。虽然歌的社会背景和心理影响这两者可能是完全一致的，比如，在［44］阿基琉斯之盾上所绘制的婚礼赞美歌（《伊利亚特》18.491–496）就是如此——这首庆祝一群新人结婚的歌响彻了大街小巷（街道上还有舞者、乐师和火炬队伍）——但两者之间也可能在一定程度上存在异常或摩擦。任何关于荷马诗学的解释如果想要具有说服力，就得考虑到能够影响歌的语境与歌的效果之间关系的不确定性。

尽管内容可能有所不同，但最引人注目的例子包括《伊利亚特》卷九中的阿基琉斯和《奥德赛》卷八中的奥德修斯，笔者在本章开篇就引用了这两个例子，之后将会更详细地讨论它们。事实上，如果再加上《奥德赛》卷一中佩涅罗佩对费弥奥斯所唱的（"希腊人的归程"）那首歌心烦意乱的反应，我们就会看到，在荷马史诗本身的这三个主要表演场景中，我们在试图将歌融入一个社会背景时会涉及某种例外或断裂，在那种社会背景中，歌能作为群体情感的中介（agency）可靠地发挥作用。在每一种情况下，听众个人的特殊心理反应——注意在阿基琉斯歌唱时，表演者同时也是听众——不仅改变了表演的条件，也改变了歌的含义。社会背景与心理反应之间存在的潜在不对称性，使得荷马笔下歌的概念的核心变得复杂起来，这种复杂性突出了与史诗本身的关系却并不局限于史诗，笔者之后的讨论将尝试揭示这一点。此外，就《奥德赛》卷一和卷八中描写的表演而

① ［原注10］牧人的笛声，参《伊利亚特》10.13特洛伊人的音乐，此处可能也暗示了歌唱。关于德摩多科斯讲述的天神私通的"滑稽歌曲"，见Halliwell, 2008: 77–86笔者对气氛问题的讨论。

言，我们也不能简单地认为，更大规模的集体听众体现了诗歌体验的"标准"，而佩涅罗佩和奥德修斯两人在这一标准面前显得尤为反常。无论是求婚人（由于他们在道德和情感上的堕落，以及他们对费弥奥斯之歌中的潜在信息的视而不见）还是费埃克斯人（由于他们特殊的社会地位），都不能被直接视为典型听众，遑论标准听众。① 这些必须考虑的因素对任何试图想揭示（或构建）荷马诗学的人来说都是一种挑战。在史诗自身所涉及的范围内，我们无法简单确定 [45] 诗歌体验的社会维度与心理维度之间是否存在一种稳定的一致性。

现在，如果我们从全局来看，几乎所有荷马笔下歌的形象都有一个唯一的共同点，即对于文字、音乐以及偶尔的舞蹈的强烈专注。所有类型的歌都引起了全神贯注的专注和投入的状态；即使其他的心理冲动改变（就像在佩涅罗佩和奥德修斯那里一样，以一种微妙的不同方式改变）了这种完全的沉迷，歌也会被视为充分地掌控了人的心灵。② 但什么引起了如此强烈的反应呢？对于这一重要的诗学问题，荷马笔下关于歌的特质和效果的词汇提供了一些明显但不完

① ［原注11］求婚人沉默聆听（《奥德赛》1.325–626），可能是因为"注意力受到了深深的吸引"（West, *CHO* i. 116–117），但显然也有可能是动词 τέρπειν［使愉悦］（见下文中的原注13）并没有直接施加于他们；忒勒马科斯的评论（《奥德赛》1.347）是一种普遍且公开化的表达（在之后的场景中，17.605–606，18.304–306具有广泛的社会影响力）。同样令人感到怀疑的是——Finkelberg, 1998: 94 的意见恕我不敢苟同——我们是否可以推测，求婚人都"着迷"（entranced）了（即 θέλγειν［着魔］的宾语）。当然，求婚人不可能知道他们也将成为雅典娜复仇的牺牲者。见 de Jong, 2001: 34–35，另外，Svenbro, 1976: 20, Bowie, 1993: 16–17 给出了不同的观点，他们认为费弥奥斯的歌曲实际上包含了奥德修斯的"死亡"（与某些古代评注者的观点一致，Σ^EHR《奥德赛》1.340）；另一方面，参 Rüter, 1969: 205, Ford, 2002: 6 注释12, Scodel, 2002: 83–86。关于费埃克斯人，见本章原页77–79。

② ［原注12］关于佩涅罗佩与奥德修斯的特殊案例，见本章原页79–83。令人印象深刻的例子是，在相互均衡（countervailing）的影响下，没有聆听歌唱的人是忒勒马科斯（正在与装扮成门托尔的雅典娜交谈），见《奥德赛》1.156–157（参《奥德赛》1.346–359，Walsh: 1984: 139注释44误解了这一点），另一个人是奥德修斯（他正在渴望归乡），《奥德赛》13.27–30。

整的线索。在此，笔者不打算系统地重新考察这些词汇；事实上，笔者也认为，在公正地处理歌的形象与其叙述语境及戏剧背景所产生的共鸣时，系统的分析并不是最佳方式。笔者将在论证过程中进一步探讨一些具体的解释要点。尽管如此，我们仍值得简短地指出，荷马笔下关于歌的词汇中的某些元素，如何以一种特殊的强烈体验来影响人类（和诸神）的心灵。

毫不出人意料的是，荷马笔下最基本的诗歌体验是"快乐"或"满足"，它们主要表达为动词 τέρπειν/-εσϑαι［给予/享受快乐］及其同源词（名词 τέρψις［快乐］出现在赫西俄德而非荷马的诗中）。这些语词在荷马的诗歌中广泛用于诸多事物（包括食、饮、性和睡眠），都与深层满足或放松紧密相关；即使在涉及思想或情感时，也常常都带有近乎身体层面的涵义。① 更确切地说，[46] 我们正在讨论的语言也适用于极度悲痛而哭泣的体验。该用法包含了一种认知，即哭泣在某种程度上对所涉及的情感压力给予了强有力的"身心"表达，甚至给予了一种满足感。② terpein［快乐］一词所表示的歌中的"深层快乐"也被投射到诸神身上，尤其是被投射到阿波罗这位神圣的福尔明克斯琴（phorminx）演奏者（《伊利亚特》1.474）

---

① ［原注13］在荷马那里，歌唱（或音乐/舞蹈）的 τέρπειν［使愉悦］等效果，见：《伊利亚特》1.474、9.186、9.189、18.526、18.604，《奥德赛》1.347、1.422–423、(4.17)、8.45、8.91、8.368、8.429、12.52、(13.27)、17.385、17.606、18.305–306、22.330 (Τερπιάδης［特尔庇亚德斯/"欢愉之子"］，费弥奥斯父亲的名字)；参 Latacz, 1966: 174–219 的辞书式研究。名词 τέρψις［愉悦］，见赫西俄德《神谱》行917。《奥德赛》4.597–598 的 τέρπειν［使愉悦］一词的强烈色彩（intensity）通过忒勒马科斯对墨涅拉奥斯（Menelaus）言辞的反应得到了很好的体现，那里的 αἰνῶς（"可怕的"，常与恐惧或愤怒联系起来）与动词相连，这不仅仅是愉快（注意忒勒马科斯的眼泪，《奥德赛》4.113–116，以及见本章原注83），更是一种情感上的完全入迷（absorption）；参本章原注28。不过，Onians, 1951: 20–21 从 τέρπειν［使愉悦］中推断出一种历史性的谬论，即"人们更多的是活在当下"（lived more for the moment）；这与 Schadewaldt, 1965: 83–86 对整个文化心理的推论类似。参第六章原注14。

② ［原注14］见《伊利亚特》23.10, 98, 24.513，《奥德赛》4.102, 194, 11.212, 15.399–400, 19.213, 251, 513。参本章原注18。

身上。① 而在荷马笔下的众多词汇中，这个词本身并不旨在确定歌所提供的精神满足的根源，甚至也不旨在确定它是否只存在唯一的根源——对于笔者的整个论证而言，这一点所产生的结果非常重要。②

terpsis［快乐］一词所隐含的强烈情感，与一些关乎 ἵμερος［欲望］（即"渴望"或"热望"）的词汇——包括动词 ἱμείρω［欲求］和形容词 ἱμείρους［有欲望的］、ἱμειρτός（相比于更生动鲜明的译法，即"唤起欲望的"，该词的常见译法"迷人的"则逊色不少）——相匹配并显得更加强烈。ἵμερος［欲望］的语义往往具有明显的爱欲色彩，但也可以用于对凉爽的晚风或死亡等不同事物的渴望。③ 无

----

①　［译按］福尔明克斯琴，约诞生于公元前6世纪，属于里拉琴族（lyra），与里拉琴非常相似，有固定的四弦或七弦，演奏方式为右手拿拨子、左手按弦来弹奏（另一种索尔特里琴族［psalteria］则是用手指来拨奏的），后又发展出其他三种类型：龟壳琴（chelys）、巴尔比通琴（barbitos）和基塔拉琴（kithara）。

②　［原注15］如Walsh, 1984: 5的推论（对歌曲有这样的期待：它们"应该提供简单和纯粹的快乐"［强调为笔者所加］，参同上3，以及本章原注32和33），Hainsworth, *CHO* iii. 349（歌曲的目的"坦率而言是为了娱乐"），Ford, 1992: 18（"永远是且仅仅是愉悦"，还有其他老套的差别），甚至还有Garvie, 1994: 245（τέρπειν［使愉悦］表明歌曲的目的是"给予愉悦，而非指导"，但是，《奥德赛》12.188的理念［idea］结合了这两方面，虽然塞壬们很虚伪；参本章原注111），均包含一些毫无根据的限制性构想。参本章原注50。

③　［原注16］凉爽的夜晚天气，见《奥德赛》10.555（［译按］原文为1.555，疑为笔误）；死亡，见《奥德赛》1.59。具有情欲特征的用法包括《伊利亚特》3.397，446，5.429，14.163；参赫西俄德《神谱》行132，φιλότητα ξεφιμέρου［激情热烈的性事］，亦见本章原页48-49。de Jong, in *LfgrE* ii. 1191-1195对这组词做了很好的解释；参Fernández–Galiano, *CHO* iii. 309-310，Havelock, 1963: 154，Ritoók, 1989: 334-337，以及本章原注17和24。在《荷马颂诗》4.422，434，ἵμερος［热望］和 ἔρος［爱欲］都是阿波罗用赫尔墨斯的里拉琴唤起的渴望（longing）的同义词；见Görgemanns, 1976: 122。参赫西俄德《神谱》行8，缪斯们舞蹈的 ἱμειρόεις［迷人］（以及下面的注释），《神谱》行65，她们嗓音 ἐρατός［可爱］（紧接着提及Himeros［译按：人格化为希墨罗斯神］），以及关于"缪斯的礼物"的同一个形容词，Archilochus 1.2 *IEG* 还有Archilochus 22使用的 ἐρατός［可爱］和 ἐφίμερος［激情］的近义词（类似的还有Alcman 27 *PMG*）。在Solon 13.52 *IEG* 中，诗人主宰着 ἱμερτῆς σοφίης［迷人的智慧］。关于 ἵμερος［热望］作为对某一客体激起欲望（desire-stimulating）的特征，有一个更晚的例子：Ar. *Lys.*552。参第三章原注16。

论是在荷马笔下还是在更广泛的希腊古风时期的诗歌中，当该词群（word-group）用于描述歌（或音乐和舞蹈）的特质时，它就会给人一种感受，即体验到该词群的领域升起［47］一股受到吸引的强烈冲动且获得满足，以及渴望以极富想象力的方式进入歌所编织出的世界。这一点在《奥德赛》卷十七中的一处地方表现得尤为突出：欧迈奥斯告诉佩涅罗佩，他从乞丐那里听到的迷人故事就像一位歌人"令人着迷的歌词"（ἔπε'ἱμερόεντα），歌人的听众"对于聆听他歌唱的强烈渴望（τοῦ δ' ἄμοτον μεμάασιν ἀκουέμεν），从未终止"（《奥德赛》17.518–521）。① 与 terpsis 这个词一样，himeros［欲望］及其同源词也揭示出：用于描述歌所引起的强烈欲望的单词，同样可以用于描述因（不止一种）情感而嚎啕大哭的体验。即使对悲伤的表达，也可以令人产生一种满足感——除了这个悖论之外，这种用法也使我们得以从对歌本身的体验中窥见一个潜在的暗示，即情感有可能存在复杂性。②

这里还明显存在一个与"着迷"或"着魔"（θέλγειν）的语言的联系，这种语言具有令心灵出神的影响力，它与另一个术语 κηληθμός

---

① ［原注 17］在《奥德赛》17.518–521，Russo, *CHO* iii. 43 十分任意专断地认为 ἔπε' ἱμερόεντα 指"声音本身"。注意，在柏拉图《克拉提洛斯》406a 的动词 μάω［歌唱］（μέμαα），中动态为 μῶσθαι，这个词被认为是 Μοῦσα［缪斯］/μουσική［缪斯的］的词源。关于欧迈奥斯的话，参本章页 51–53。其他歌/乐/舞的 himeros［热望］术语：《伊利亚特》18.570、603，《奥德赛》1.421、18.194、18.304、23.144。参 Feeney, 1993: 235，注释 13 一直到最后，那里讨论了古希腊人对诗歌的反应中更普遍的"渴望"及其重要性，亦见本书第四章原页 197–199 笔者对柏拉图《理想国》607e–608a 中情爱明喻的讨论。

② ［原注 18］ἵμερος … γόοιο［渴望……哭泣］诸如此类：《伊利亚特》23.14、23.108、23.153、24.507、24.513–514；《奥德赛》4.113、4.183、10.398、16.215、19.249、22.500、23.231。亚里士多德《修辞学》1.11，1370b24–29 解释了这样一个悖论：将失败的痛苦与回忆的喜悦结合起来。

［着迷］几乎是同义词。①thelxis［着魔］的概念（在任何早期的希腊文本中都没有这一名词）仅在《奥德赛》中用于描述诗歌体验，但它与《伊利亚特》中可辨识出的歌的概念也有重叠。在最高和最强烈的程度上，thelxis［着魔］描述了一种全神贯注的专注状态和（从词源意义上说的）迷恋（fascination）状态，这是荷马笔下歌的形象所反复呈现的一个特征。在上文引用的同一段内容中，欧迈奥斯两次使用了动词 θέλγειν［着魔］，他在那里将奥德修斯比作一位令人着迷的歌人。佩涅罗佩用名词［48］θελκτήρια［令人入迷］来形容费弥奥斯那首令人入迷的歌，她这么说是为了强调，她自己无法在痛苦中承受歌人所唱的关于希腊人从特洛伊的"悲惨归程"。

"着魔"这个动词也出现在基尔克对极具诱惑力但也极其危险的塞壬女妖的描述中，而塞壬是无法抗拒的（以及最令人难忘的、神秘的）歌的终极象征。②最后一个例子就更耐人寻味了：事实上，同样的词汇也被用来描述基尔克自己的精神魔

---

① ［原注19］在《奥德赛》10.329出现了近义词，基尔克称奥德修斯的心思 ἀκήλητος［不受迷惑］，即不受她 θέλγειν［着魔］的力量的影响；参《奥德赛》10.326。κηληθμός［着迷］特别用来指奥德修斯以自传式叙事向费埃克斯人施展的"咒语"，见《奥德赛》11.334、13.2，这是在叙事终止／暂停后仍在持续的一种咒语，且只会由另一个说话者的干涉所打破。亚里士多德《优台谟伦理学》3.2，1230b35使用了 κηλεῖν［着迷］形容塞壬歌声不可抗拒的影响力（参下一条注释）。关于将该词用于音乐上的对比，参柏拉图《普罗塔戈拉》315a（俄尔甫斯），《会饮》215c（马尔叙亚斯［Marsyas］），《理想国》411b；用于修辞学上的对比，参Eup. fr. 102.6，《欧蒂德谟》290a，《斐德若》267d，《美涅克赛诺斯》235b（第七章原注11），以及用于诗歌上的对比，参《理想国》601b、607c本书第四章页196–197）。

② ［原注20］《奥德赛》17.514, 521（欧迈奥斯），1.337（佩涅罗佩），12.40, 44（塞壬）。笔者没有理由认同Heubeck, *CHO* ii. 128的观点，即认为塞壬的 θέλγειν［使着魔］仅仅指她们的嗓音，以及Finkelberg, 1998: 96–97用独立于 θέλγειν［使着魔］的、严格意义上的"愉悦"来形容她们的嗓音。关于塞壬，参本章原页91–92以及原注111。

药。①《奥德赛》中关于这些词的整体用法表明，使人"入迷"或"着魔"的手段有许多，其中包括控制精神（有时甚至可以引发幻觉）的超自然力量，也包括人类或诸神有说服力的言辞。这也表明，入迷对于体验者的影响可能是有益的，也可能是有害的，这取决于具体的情况。《伊利亚特》以相同的方式使用"着魔"，但使用的范围更窄，主要指诸神使人类的心灵陷入混乱、错觉或恐慌的能力。②值得注意的是，以上全部用法都不能简单地与荷马"关于真实的诗学"的（也是本文即将着手解决的）标准构思相吻合。③

　　用于描述歌的 θέλγειν［着魔］一词在《伊利亚特》中缺失了，我们不必对此过分关注。正如我们所看到的，欧迈奥斯将诗歌所具有的令人入迷（着魔）的力量，与歌所具有的迷人的、唤起欲望（ἱμείρόεις）的力量紧密地联系起来；而后一个主题的确也出现在《伊利亚特》中，尽管该书直接引用的是关于歌的弦乐与舞蹈的"姊妹艺术"（sister arts）。更宏观地看，θέλγειν-ἵμερος［着魔和欲望］之间的关联处于高度紧绷的状态：最纯粹形式的 ἵμερος［欲望］是阿芙洛蒂忒式爱欲源泉的一个组成部分，这尤其明显地表现在［49］在《伊利亚特》卷十四中，那里提到她那条具有象征性的胸带如何令人入

---

　　① ［原注21］10.213, 291, 318。

　　② ［原注22］见《伊利亚特》12.255，13.435，15.322，594，21.604。赫尔墨斯的催眠（hypnotic）能力，《伊利亚特》24.343与《奥德赛》5.47，24.3一致。《伊利亚特》中另两处用法位于14.215（见笔者的文本）与21.276，此处，阿基琉斯怀疑母亲用谎言欺骗了他（体察到忒提斯［Thetis］的神性后，类似的情况见《奥德赛》14.387：亦见笔者的文本）。

　　③ ［原注23］Rösler, 1980: 294–295, Walsh, 1984: 6–7, 16（注意只是"可能"！）他们属于那类学者——他们假设荷马的诗歌中的"真实"与"着魔"（bewitchment）相互依存。但是，θέλγειν［使着魔］显然与欺骗（deception）共存（如《奥德赛》14.387欧迈奥斯所强调的那样，μήτε τί μοι ψεύδεσσι χαρίζεο μήτε τι θέλγε［你无需再编造谎言蛊惑我，博取我欢心］：参本章页50–51），以至于这篇文章从本质上看是可疑的；参Pratt, 1993: 73–81。

迷（ϑελκτήρια）。①鉴于以下两方面的关联和相似，即一方面是歌所具有的唤起 ἵμερος [欲望] 的特质，另一方面是两部史诗用于描述诗歌体验的词汇所共有的关于 τέρπεσϑαι [享乐；取悦] 的语言，我们在此编织出了一张将《伊利亚特》与《奥德赛》中歌的意义联系起来的关系网。

我们可以发现，两部史诗在这方面的主要差异，与其说是潜在的诗学的问题，不如说是关于戏剧性的强调。与《奥德赛》所描绘的社会中普遍存在的"和平时期"的状态相比，在《伊利亚特》的世界中，由战争带来的压力和压迫限定了唱歌的时机和语境，也限制了在这种情况下对歌的选择，因为这种类型的歌必须有目的可言。②阿基琉斯的盾牌上绘制的各种歌的背景更凸显了这一事实，这使得史诗中所有偶尔出现的歌的片段变得更加引人注意（笔者接下来将讨论其中的几个片段），包括《伊利亚特》卷九中阿基琉斯本人的歌唱、卷一和卷二十二中军队所唱的派安颂歌、卷六行357–358中海伦对她未来将被卷入灾事的预言之歌，以及卷十行13中令人记忆尤深的那个夜晚的景象（此处暂且不质疑它的真实性）——特洛伊人围着篝火狂欢。后面这个场景一方面令在远方遥望的阿伽门农倍感忧烦，另一方面也象征着那座城邦对获胜的错觉和对未来的视而不见。相比于《奥德赛》，《伊利亚特》中的歌更罕见，尽管存在（或由于）战争的暴行，那些歌仍短暂地出现在我们的视野中，而在

---

①　[原注24] 参《伊利亚特》3.397阿佛洛狄忒的胸脯对海伦产生的令人惊异的影响。赫西俄德《神谱》行64描述了一位拟人化的 Himeros [热望]（参行201），他与美惠女神们（Graces）一起住在奥林波斯山，并住在众缪斯女神身旁。对适用于史诗用语中的歌唱及舞蹈等形式的、关于欲望/可欲性（desirability）的语言来说，这种并置放大了这种语言所具有的准－情欲（quasi-erotic）效果等（与荷马的相似之处见赫西俄德《神谱》行7–8，104）。参本章原注16。

②　[原注25]《伊利亚特》将舞蹈/音乐（作为和平时期"歌唱文化"的象征）视作比战争低劣的事物，这一观念总是被史诗中的各个角色提及，叙事者则并未表达这种思想：尤见《伊利亚特》3.54、3.393–394；15.508、24.261、16.617–618。墨涅拉奥斯则持不同的观点，见《伊利亚特》13.634–639。参本章原页73–74。

那些时刻，它们对心理所产生的影响仍然引人注目。

$τέρπεσϑαι$［享乐；取悦］、$ἵμερος$［欲望］和$ϑέλγειν$［着魔］这些词汇所带来的对歌的理解，不应被视为形成了一种诗学原则的"体系"。更确切地说，它们只相当于在表达上连贯却并不能形成整体的一组印象。①［50］体验的概念具有趋同性，即不可抗拒的欲望将心灵卷入歌的世界里的各种事情和情感之中，而得到音乐相助的言辞令人出神地编织了这一世界。而在将荷马笔下歌的形象维系在一张价值网里的各种相似性（包括那些在爱欲激情上的相似，或被诸神掌控心智的相似）之中，并非没有任何不确定性或模糊性。

我们可以找到关于这一点的丰富例证，比如回顾一下欧迈奥斯的例子：他告诉佩涅罗佩，他带到宫殿里的那位乞丐有讲故事的能力（见本章原页47）。这一戏剧性的场景的整体背景首先与《奥德赛》卷十四中关于奥德修斯的"克里特岛"故事的实际讲述有关，其次与卷十七中牧猪奴告诉佩涅罗佩的消息有关——当我们考虑到这两点时，将奥德修斯比作一位令人入迷、着魔的歌人就具有不止一层的意义。在《奥德赛》卷十四中，乞丐所经受的苦难和流浪的故事深深地触动了欧迈奥斯，就像他在那里所感叹的，"最为不幸的外乡人，你这些叙述令我感动，你经历了这么多苦难和漫游"（$ἆ δειλὲ ξείνων, ἦ μοι μάλα ϑυμὸν ὄρινας / ταῦτα ἕκαστα λέγων$，《奥德赛》14.361–362）。欧迈奥斯本能地相信乞丐叙述的主要内容，但拒绝相信他声称听到的关于奥德修斯的可靠消息，也不相信与之相伴的他对奥德修斯归乡的预言（《奥德赛》14.363–365）。欧迈

---

① ［原注26］Finkelberg, 1998: 88–98 认为，着迷（entrancement / $ϑέλγειν$）的状态只可能由"新的"歌唱唤起（注意页94注释80中的退让［concession］），这里反映了研究荷马诗学方法的一类纲领（作为一种"荷马史诗的观点体系"的一部分，页29）；这一观点基于一个毫无根据的前提，即"荷马式的人物（原文如下：一种不正当的原理［an illegitimate hypostasis］）认为没必要两次听同一则故事"（页93）。Mackie, 1997: 81 把歌曲的新颖特质（newness）等同于听众的"精明"（sophistication），这种说法有点太过火了。

奥斯认为后者是客人为了赢得主人的好感而刻意编造的纯粹谎言（$\psi\varepsilon\acute{v}\delta\varepsilon\sigma\vartheta\alpha\iota$，《奥德赛》14.365）。由于之前曾被一位来客关于奥德修斯的消息所欺骗而失望（《奥德赛》14.378–385），他决心不再次落入陷阱。

此外，欧迈奥斯与乞丐交谈开始就提到了伊塔卡岛的来客，这些人出于自身的利益，经常对佩涅罗佩说关于奥德修斯下落的谎言（《奥德赛》14.122–132）。① 因此，在乞丐试图燃起他对主人奥德修斯的希望时，欧迈奥斯坚持予以拒斥："你无需再编造谎言蛊惑我，博取我欢心。"（$\mu\acute{\eta}\tau\varepsilon\ \tau\acute{\iota}\ \mu o\iota\psi\varepsilon\acute{v}\delta\varepsilon\sigma\sigma\iota\ \chi\alpha\varrho\acute{\iota}\zeta\varepsilon o\ \mu\acute{\eta}\tau\varepsilon\ \tau\iota\ \vartheta\acute{\varepsilon}\lambda\gamma\varepsilon$，《奥德赛》14.387）欧迈奥斯在此对动词 $\vartheta\acute{\varepsilon}\lambda\gamma\varepsilon\iota\nu$［着魔］的用法，模糊了上文提到过的该词的两种含义：他显然将该词与操纵欺骗的概念联系在一起；但与此同时，他认为这种欺骗是通过一种引人入胜的情感叙事形式来实现的，从理论上说他可能无法抗拒这种欺骗。

［51］尽管欧迈奥斯试图在那一叙述中区分真实与虚假，但这个场景传达出两种观点的微妙组合：一种体现在心理层面，另一种体现在戏剧讽刺层面。第一种观点是：作为一位恰好善于接受、富有同情心的倾听者（他明确要求他的客人讲述他的不幸遭遇：《奥德赛》14.185–190），② 欧迈奥斯对生动而扣人心弦的故事所具有的力量感到担忧——他担忧这种力量会欺骗听者，使后者分不清楚强烈的情绪与真实。另一种具有强烈讽刺意味的观点则是：由于心地善良且能体察到他人的痛苦，欧迈奥斯几乎大错特错，他相信了克里特岛自传故事的虚假架构（不过，其中确实含有一些被奥德修斯伪装起来的真实元素），然而在至关重要的事情

---

① ［原注27］那些有需要的访客（《奥德赛》14.124–1255）与"口传诗人"无关，这一观点反对 Nagy, 1989: 32。

② ［原注28］卷十五中，欧迈奥斯也同样渴望诉说自己的不幸，见《奥德赛》15.398–401 及本章原页38–39，而且，即便在他描述过去的苦难时，他也渴望获得满足。请再次注意，$\tau\acute{\varepsilon}\varrho\pi\varepsilon\sigma\vartheta\alpha\iota$［享受］（《奥德赛》15.400）如何表现了一种与"享受"并不分离的深层感受，参本章原注13。见《奥德赛》15.486–487 中奥德修斯的回应，恰好讽刺地与欧迈奥斯对自己故事的回应相吻合（《奥德赛》14. 361–362）。

上（即奥德修斯归乡），他却认为那是谎言；可是，这件真实的事情就在他眼前得以策划和上演。① 如此看来，thelxis［着魔］的影响不仅与真实无关，甚至可能会干扰认识真实的能力。作为一位情感叙事的爱好者，欧迈奥斯不能完全理解自己如何受其影响，也无法掌控这种影响。

接下来，这些错综复杂的意义层次在《奥德赛》卷十七中又被稍有调整地重述，在那里，欧迈奥斯向佩涅罗佩描述乞丐所述故事的诱人魅力。当佩涅罗佩得知乞丐（以及安提诺乌斯［Antinous］对他的虐待）出现在宫殿里之后，她召见并请牧猪奴将此人带到她面前，好知道此人是否听到过任何关于奥德修斯的消息。鉴于在《奥德赛》卷十四中了解到的三个关键细节，我们可以恰当地解读欧迈奥斯的回应，但即便如此，他的回应仍然有些难以捉摸。这三个细节是：佩涅罗佩总在询问（但也许从不相信，《奥德赛》14.122-123）带来奥德修斯消息的来客（《奥德赛》14.128）；欧迈奥斯自己在理论上对所有这些消息都有所怀疑；以及最后一个，乞丐讲述的整个故事深深地打动了欧迈奥斯。重要的是，欧迈奥斯毫无保留地［52］按以下顺序告诉佩涅罗佩："你的心将会着魔"（θέλγοιτό κέ τοι φίλον ἦτορ）于那位乞丐讲述的故事，因为那些——由一位具有神赐天赋的歌人的迷人的（"唤起欲望的"）语言所讲述的——故事也令他"着魔"；乞丐最后声称知道奥德修斯尚在人世，并且离伊塔卡岛不远（《奥德赛》17.513-527）。考虑到佩涅罗佩的缘故，毫无疑问，要么欧迈奥斯压抑了他在《奥德赛》卷十四中表现出来的对所有关于奥德修斯的消息的坚定疑虑，要么，他（向机警的《奥德赛》听众）泄露出连他本人也不确定自己到底该怀疑到什么

---

① ［原注29］Redfield, 1994: 37令人难以理解地认为，奥德修斯故事中的真实部分得到了"漫不经心的讲述，因此缺乏可信度"。他声称（同上）奥德修斯"告诉欧迈奥斯的几乎全是谎言"，这也是过于简化的处理，参de Jong, 2001: 353-354颇具价值的注释。对卷十四诸多主题要素的进一步讨论，见Goldhill, 1991: 37-42。

程度。①

除了动词 ϑέλγειν［着魔］的双重用法之外，欧迈奥斯还说乞丐的演说就好像出自一位能使听众入迷的杰出歌人之口。无论如何，欧迈奥斯的这些做法至少一定程度上推翻了他在《奥德赛》卷十四中试图明确区分的两部分内容：一个是他在来客所讲述的故事中发现的感人而可信的部分，另一个（由于牵涉他爱戴的主人，无疑也打动了他，但）是他拒绝或无法让自己相信的部分。在欧迈奥斯对佩涅罗佩所说的话中，与叙事有关的"着魔"这一概念不再像《奥德赛》14.387 中那样局限于乞丐所说的可疑谎言，而是已经扩展到涵盖了乞丐的整个生平。无论是在欧迈奥斯自己的回应（对于是否相信奥德修斯尚在人世，不同人的回应肯定是矛盾的）中，②还是在他对那个故事将如何影响佩涅罗佩的预期中，情感的真实性和自传故事的真实似乎都已不可避免地混淆在一起；这种混淆来自牧猪奴的一次体验，而在他看来，这种体验只能与杰出歌人讲故事时带来的无法抗拒的吸引力相提并论。对于《奥德赛》本身的听众而言，从荷马笔下这一精彩时刻所带来的影响，很难得出一个明确的诗学范式，因为我们可以看到：欧迈奥斯本人既容易受到［53］奥德修斯如歌一般的叙事中的情感真实性的影响，又矛盾地怀疑那种真实性能在多大程度上等同于真实。

作为史诗的一类隐喻的听众（即一种叙事表演的听众，这种表

---

① ［原注 30］Olson, 1995: 127 认为，欧迈奥斯"比他自己认为的更容易受骗"，这种理解掩盖了对欧迈奥斯心理的微妙描写（参下一条注释）。Verdenius, 1983: 27 以欧迈奥斯的例子为依据认为，荷马史诗中不存在对诗歌真实－地位（truth-status）的怀疑，他忽略了笔者在文中提出的要点。关于奥德修斯的家人及友人对其是否依然健在的疑惑这一重大主题，见 de Jong, 2001: 25（该研究包含更进一步的参考文献）。Steiner, 2010: 143-6 对《奥德赛》17.513-527 做了非常敏锐的注释。

② ［原注 31］这种冲突通过否认、不确定和希望之间的波动而累积：《奥德赛》14.42-44、14.133-137、14.363-371、14.423-424，17.240-243、17.312、17.318-319，而 Roisman, 1990: 218-238 非传统的（heterodox）解读——欧迈奥斯在奥德修斯的小屋里认出了他——使这些特征变得没那么突出（blunted）。

演在诗歌世界中与史诗有一部分相似），欧迈奥斯加入了这一系列人物之中——与下文将更详细讨论的奥德修斯本人、佩涅罗佩以及（《伊利亚特》中的）阿基琉斯一起：他们都为假定的荷马诗学所提出的问题提供了重要的检测案例。正如笔者试图表明的那样，欧迈奥斯的情况要比人们有时所理解的更加复杂。[1]在欧迈奥斯那里，除了知道一位最好的歌人被用来代表那种情感上引人入胜的叙事的最深层形式之外，我们无法从其言辞中得出关于（荷马的）歌的概念的任何直白的东西。换言之，由于对他人苦难的同情和倾听（欧迈奥斯确实渴望聆听他们的故事），欧迈奥斯可以被视为史诗的"典型"听众。[2]而对于那些触动他的故事中的可信和不可信的地方，他十分忧虑地感到怀疑；而在这种怀疑（这是他自身的不幸和对奥德修斯归乡几乎感到绝望的产物）中，他的典型性作为媒介呈现出荷马史诗为其听众带来的最微妙的挑战之一。凭着他那得到精心刻画的形象，欧迈奥斯成为《奥德赛》自身"情感真实性"不可或缺的一部分。而欧迈奥斯到底见证了哪一种诗歌的真实呢？

回答这个问题的任何尝试，显然都要取决于什么有可能被认为是史诗的"真实"，这个问题有些复杂，原因在于：荷马史诗中的缪斯女神或歌人们从未用过 ἀληϑείη［真实］、ἀληϑής［不遮掩的］等词或其他的相关术语（如 ἀτρεκής［确实地］、ἐτεός［真正地］、ἐτήτυμος

---

[1] ［原注32］Walsh, 1984: 5 援引了欧迈奥斯对这首诗歌的标准看法，即歌曲就应提供"简单而纯粹的（unmixed）"愉悦（参本章原注15和33）。这忽略了欧迈奥斯对他在卷十四听到的东西的复杂回应。此外，对比《奥德赛》17.519–521，欧迈奥斯告诉佩涅罗佩有一位客人带来了关于奥德修斯本人的故事，在此语境中几乎没有任何"简单而纯粹的"愉悦。

[2] ［原注33］基于欧迈奥斯的情感投入，de Jong, 2001: 198 十分明确地将欧迈奥斯视作荷马听众的一类模型。Walsh, 1984: 14–20 为诗歌造成的着魔（thelxis）赋予一种平静泰然、毫无知觉的状态，从而曲解了欧迈奥斯所使用的 ϑέλγειν［使着魔］的意思（参上一条注释）。

［真诚的］、*ἔτυμος*［真的］、*νημερτής*［无误的］）。①对于许多［54］现代学者来说，荷马史诗自称是一种讲述真实的模式，该模式相当于一种历史真实性，这种真实性完整而准确，且与——受到缪斯的神圣知识所启发的——歌人所唱之歌中的英雄往事有关。笔者本章的目的之一是要证明：这种自称其为（self-predicated）史诗的真实的模型，远没有人们通常认为的那么可靠。更进一步地说，对于荷马的听众而言，要从似乎是自证的（self-authenticating）强烈戏剧性情感体验中厘清史诗声称自己提供的真实，可能并不比欧迈奥斯的处境更轻松。

另一处有异曲同工之妙但容易产生误解的地方在《奥德赛》11.363–369，在那里，阿尔基诺奥斯相信了奥德修斯所述的漂泊经历的真实性。一些评论者坚持认为，阿尔基诺奥斯通过将他的客人所讲的故事与歌人的故事加以比较，预设了（"史诗"）诗歌本身内在的真实状态。而其含义比这种看法更难得到确定。通过比较奥德修斯与那些编造从表面上无法识破的狡猾谎言的骗子（参《奥德赛》11.366，这句话对于《奥德赛》的听众而言显然具有明显的讽刺意味，但也为国王的判断增加了更多复杂性），阿尔基诺奥斯并没有声称他知道奥德修斯在讲述真实。他坚定信任后者，其基础是在复杂的直觉上感受到了后者的可靠性，这一直觉来自对后者的观感（《奥德赛》11.363），还有对后者的以下印象：卓越的口才（*μορφή ἐπέων*）、令人印象深刻的心灵（*φρένες ἐσθλαί*［高尚的心灵］，该短语可能被认为暗指智慧以及／或者道德上的正直），以及讲故事时如歌人一样的自信。

尽管两人的心理背景存在根本的差异，但是在三个关键的方面上，阿尔基诺奥斯作为听众或解读者的身份，与上文讨论过的欧迈

---

① ［原注34］Graf, 1993: 72错误地认为，史诗诗人使用*ἀτρεκής*［准确］来形容他们的作品和缪斯女神。关于早期希腊人对真实的理解，见Cole, 1983, Pratt, 1993: 17–22, Williams, 2002: 271–277。参Luther, 1935对词汇的处理，虽然他的处理有些死板，但仍然颇有助益。Levet, 1976的广泛分类受到了误导——他试图将荷马的词汇系统化，因此这一分类有所缺憾。

奥斯的身份相近：阿尔基诺奥斯很清楚（参《奥德赛》11.366），虚假的故事也能令人信服；不论如何，阿尔基诺奥斯仍然有信心从直觉上去判断一个人的诚实或其叙述的真实性；另外，他还察觉到，在情感上引人入胜的、面对面的叙述与歌人们高妙的叙事之间存在一种相似性，这种相似性让歌成为一种在心理上令人不可抗拒的真实性的媒介，但也让歌在真实与虚假的尺度上处于未确定的状态。①[55]尽管有些拐弯抹角，但欧迈奥斯与阿尔基诺奥斯都热情地承认了歌的价值，不过，他们两人都无法肯定地说出其价值到底何在。

关于作为近乎历史性的史诗之真实的概念，笔者的立场包含了一系列重要的补充和调整。在荷马史诗中，这一概念不应被视为一个独立实体，也不应被视为其中一个固定的基准或学说，而应被视为一个与歌的意义和价值有关的、更大的概念的辩证关系中的一部分。在本章下一节中，笔者将遵循那种辩证关系中的部分线索，首先从关于缪斯女神的某些评议出发；然后从缪斯转向《伊利亚特》中人类情感的负担，这些负担体现在由希腊军队所唱的两曲派安颂歌之中；最后转向《伊利亚特》卷九中那位在营帐中孤身一人的独唱者——阿基琉斯。笔者的目标旨在探索荷马笔下歌的形象中明显对立（且存在潜在的巨大张力）的领域，这些对立体现在以下三个方面：缪斯女神既是洞察世间一切的观察者，也是神圣而优美的歌的象征；史诗既是对（被缪斯所启迪的）洞见的渴求，也是无法证实其真实性的"荣誉"或"名声"（即kleos［名誉］）的载体；以及最后，歌既拥有能投射到缪斯身上的理想表现力，也拥有人类之歌本身不完善的表现力。笔者的核心观点在于以下看法：荷马笔下关于（史诗）歌的"真实"的任何潜在概念，都会被一种吸收了强烈情感的感觉所渗透并变得复杂，而最卓越的歌总能唤起听众的这种感觉。

---

　　①　［原注35］Heath, 1985: 261–262对阿尔基诺奥斯的评论做了精妙的分析，参Pratt, 1993: 67–69，92–93。Walsh, 1984: 6–7误解了诗行中的逻辑，以至于无法从"诗歌之美"中"推断"出真实；类似的情况还有Finkelberg, 1998: 130。Goldhill, 1991: 47–48充分意识到了诗歌段落中的细微差异，尽管他混淆了古代人对奥德修斯与荷马的"诚实/精确性"（veracity）的怀疑；参Halliwell, 1997b: 223, 231的注释4。

二 缪斯女神的神圣视角：化苦难为优美

荷马笔下的缪斯女神（该词单数或复数形式皆可，因为缪斯是神圣的歌者，她们被描述为以独唱或合唱的方式为人类歌者提供个人或集体的帮助）的地位和意义一向是学者们广泛讨论的主题。① 由此产生的观点［56］涵盖了以下所有内容：从将缪斯视为知识的外部渠道（她们的声音甚至可以被歌人听到）中成熟宗教信仰的对象，到将她们视为吟游诗人自我展现的文化象征修辞中的人物，以及歌人声称其作品所拥有的特殊品质和权威的象征。② 当然，我们没有任何方法还原古风时期歌人们的个人信念和内心世界；我们同样也没有任何必要的理由来假设缪斯女神的施动性这一概念是完全明晰的，甚至对吟游诗人的自我理解来说也是如此。

不过，谨慎的做法是：在荷马笔下对缪斯的祈祷和描述中，认识到有可能存在一种双重的、"互动理论式的"诗歌创作模式，其中，神赐的天赋和人类的动机被想象成协同运作——这绝不是一个令人惊讶的模式，因为即使像木匠这样的技能也可以视为神赐的"天赋"（《伊利亚特》15.411–412）。举例来说，在这一点上颇有启发的是阿尔基诺奥斯对德摩多科斯的描述，他说一位神明（可能是一位缪斯）赋予了后者歌唱的能力，而他可以借由自己内心的驱动，即 thumos［血气］来激发这种歌唱的能力（《奥德赛》8.44–45）；同

---

① ［原注 36］荷马史诗中有一些内容提及单个和多个缪斯女神的问题，见 Heubeck, *CHO* iii. 366–367。单复数的缪斯交替使用的情况在后来的作家那里也经常出现，如见 Simonides 11.16/21 *IEG*，品达《皮托凯歌》1.2、1.12、1.58，《涅嵋凯歌》7.12/77，《伊斯特米凯歌》2.2/6，柏拉图《伊翁》533e、534b–c、536a。参本章原注 53。

② ［原注 37］一些研究方向，见 Murray, 1981: 89–91，Harriott, 1969: 10–46，他们都引述了早期的学术成果。关于缪斯（们）作为诗歌修辞中的一部分，精妙论述包括 de Jong, 1987: 45–53，Scodel, 2002: 65–89；参 Ledbetter, 2003: 18，"关于着魔（enchantment）的修辞学"。关于缪斯女神字面意义上的"可听闻"，见 Dodds, 1951: 117，他谈及赫西俄德而非荷马，参 Most, 2006: pp. xiii–xiv；参 Smith, 2007: 116–120 对听觉的幻想（auditory hallucination）更宽广的研究。

时，叙述者也可以展现出这种能力，就像他们也受到了缪斯的提示一样（《奥德赛》8.73）。① 在荷马笔下，我们发现了多种词汇可以揭示缪斯女神与人类歌者之间关系：缪斯的行动或干预既可以被描述为讲述、提醒、赐予、教导、提示和"植入"吟游诗人之歌的主题，[57] 也可以被说成是她们"爱"受她们帮助的歌人。② 那些词看起来不像是在一个同义词列表之中。这在一定程度上暗示出，在关于歌

————————

① ［原注38］这打破了Finkelberg, 1998: ch. 2严谨的二分法，即由人引起的行为与并非由人引起的行为。《奥德赛》8.45, ὅππη θυμὸς, "他的心灵以任何方式驱策他"（参《奥德赛》1.347忒勒马科斯评价费弥奥斯所言），让诗人选择如何去使用神圣的礼物，此处反对Finkelberg, 1998: 42注释34，他错误地否认thumos［血气］的驱动可以是"有意地"（页35，此处搞混了一些心理学的概念）；对比Garvie, 1994: 245与Clarke, 1999: 277-278讨论了神的介入与人的主动性之间的相容共存。Finkelberg, 1998: 53还缺乏根据地从《奥德赛》8.499的ὁρμηθεὶς θεοῦ ἄρχετο［受神明启示而开始］（被不恰当地译作"由神搅动［stirred］然后开始"）推断，此处的促成因素（stimulus）超出了诗人的职责范畴，类似的还有Wheeler, 2002: 33注释6，但可对比West, 1966: 151, Garvie, 1994: 335, Hainsworth, *CHO*i. 379. 对缪斯的灵感启发与歌人的创作成就之间的兼容性的强调见Murray, 1981: 96-97, de Jong, 1987: 52, 227, 2006: 191-193, Brillante, 2009: 23-29。

② ［原注39］"讲述"（ἔσπετε, 复数［《伊利亚特》2.484、11.218、14.508、16.112］，或ἔννεπε、εἰπέ, 单数［《伊利亚特》2.761,《奥德赛》1.1, 10］）的模糊性介于"你自己讲述这则故事"和"讲述给作为歌人的我听，这样我就能演奏这首歌"之间，至少《伊利亚特》2.484肯定是后一种理解（考虑到2.493）；ἐν(ν)έπειν在其他地方可以指交谈（如《伊利亚特》11.643,《奥德赛》17.549），而赫西俄德《劳作与时日》行1-2将其与歌唱联系起来（但赫西俄德《神谱》行114-115则表示帮助人类歌唱，见《神谱》行104）。参本章原注45，以及West, 1981: 112-114, Kirk, *IC* i. 166-167, de Jong, 1987: 46, Nagy, 1990: 21. "提醒"或者"使想起"（μνησαίατο,《伊利亚特》2.492），若非篡插的内容（West, 2001: 177-178；不过也要参de Jong, 1987: 48），那么就提供了与"历史的"精确同样丰富的表演性质的记忆/专注（comcentration）。（同样的动词μιμνήσκομαι［想起］在史诗中用以描述歌人们自主选择的主题，如《荷马颂诗》2.495, 3.1, 7.2；参West, 2007: 34。）"教导"（《奥德赛》8.481, 488, 参赫西俄德《神谱》行22,《劳作与时日》行662）暗示且确认了存在普通的凡人师傅，笔者此处斗胆质疑Scodel, 2002: 73；参较晚的案例，Eur. fr.663. "融入"（Implant / ἐμφύειν,《奥德赛》22.348）指的是某种被歌人的天性（phusis）所吸收的事物，所

的"天赋"与这种天赋在偶然的人类境遇中的具体用法之间，存在着复杂的变化。至少在形象主义的层面上，这个词汇列表可以被解释为描述了一种理想化的、相当于歌唱教师或音乐教师所具有的多重职能：缪斯是教育者、指导者、支持者，且在需要的时候本身也是完美的表演者。

　　我们没有任何正当理由来支持一种简化的观点，即认为荷马笔下的歌人都是缪斯的喉舌和被动的工具人，且缪斯为这些歌人提供了"真实的"信息。①这两部史诗给人的总体印象是：无论缪斯有多么重要（以及不论人们——就像塔密瑞斯［Thamyris］轻率的所为那样——声称独立于缪斯有多么危险），对于歌人而言，缪斯的价值都永远无法消除与富有表现力的冲动、知识和记忆相关的人类现象学。②

　　［58］而笔者在这里主要关注的，并不是缪斯女神在关于诗歌创作和表演的心理预设中发挥的（无论是从字面上、隐喻上，还是在这两个语义层面之间的某种微妙平衡上的）作用，而是她们在具有

以此处并不存在"超自然"之物，此处斗胆向Wheeler, 2002: 33提出质疑；参：《奥德赛》8.498的动词 ὀπάζειν（"授予"）在《伊利亚特》6.157被用于赐予美貌和勇气类的礼物。此处反对如Finkelberg, 1998: 54，神赐的天赋与费弥奥斯声称的"自学成才"（《奥德赛》20.347）并不矛盾，这里只是否定了来自人类的教导（如West, 1978: 322）；Fernández-Galliano, *CHO* iii. 280混淆了戏剧心理与歌人的准历史（quasi-historical）推论。关于受缪斯们"钟爱"，见《奥德赛》8.43, 481，赫西俄德《神谱》行96–97。对与缪斯有关的形象更详细的讨论，参Nünlist, 1998: 326–328。

　　① ［原注40］这样的观点，如Lanata, 1963: 2，Rösler, 1980: 294–297，Walsh, 1984: 13–14（"确凿的事实"）。Finkelberg, 1998: 131–150）发现了荷马的理论与实践之间的张力，从而对这些观点进行了修正，参本章原注8。对比Pratt, 1993: 47–52。

　　② ［原注41］塔密瑞斯的故事见《伊利亚特》2.594–600，虽然这是一个有警示意义的故事，但也暗示了歌人可能拥有的自主感觉（feel）；进一步的阐释见Brillante, 2009: 91–120。歌人所"拥有的"能力，即使是获赠于神明，也包括了叙述的所有本领（《奥德赛》1.337, 22. 347–348），音乐的记忆（《伊利亚特》2.600），以及选择一首特定的歌曲或一个特定主题的自由（或为了回应请求而这么做，《奥德赛》1.339, 347, 8.45）。

荷马式形象的作品中所处的位置；对听众而言，这些形象表达了歌的主张和热望。不论对缪斯的宗教文化谱系作出哪种假设，缪斯都已内化于歌并且不能与歌的演唱相分离（她们是歌的本质，歌在她们的"诞生"中应运而生）；①在某种程度上，尽管这有些类似于爱若斯（Eros）或阿芙洛蒂忒与人类爱欲之间的联系，但她们的地位仍不同于其他诸神。因此，荷马关于缪斯的论述首先要求理解（作为一种经验领域的）歌所投射的价值和意义。此外，歌需要谨慎地解释为（对含蓄和明晰的事物都很敏感的）一种永远不具有诗歌语境（无论是祈祷的、叙事的还是戏剧的形式）的论述，而不应被提取和编纂成关于一个独立信念（beliefs）结构的准文献式（quasi-documentary）证据。②

我们可以从《伊利亚特》的开篇开始应用和完善这些解释原则，而那里令我们非常熟悉的文字可能会模糊我们对其最引人注目之处的认识。

> Μῆνιν ἄειδε, θεά, Πηληϊάδεω Ἀχιλῆος
> οὐλομένην, ἥ μυρί' Ἀχαιοῖς ἄλγε' ἔθηκε,
> πολλὰς δ' ἰφθίμους ψυχὰς Ἄϊδι προΐαψεν
> ἡρώων, αὐτοὺς δὲ ἑλώρια τεῦχε κύνεσσιν
> οἰωνοῖσί τε πᾶσι, Διὸς δ' ἐτελείετο βουλή...
> 女神啊，请歌唱佩琉斯之子阿基琉斯
> 的致命的忿怒，那一怒给阿开奥斯人带来
> 无数的苦难，把战士的许多健壮英魂
> 送往冥府，使他们的尸体成为野狗

---

① ［原注 42］参柏拉图《斐德若》259b 关于这一思想的晚期陈述。

② ［原注 43］Wheeler, 2002: 33 是众多典型之一，他将一系列篇章（七个中的六个属于人物特征描述）压缩成了一个关于作者的命题："荷马……一贯主张歌人的唱颂具有超自然特征。"［参本章原注 39］（重点为笔者所加）与之类似的有，Finkelberg, 1990: 293 及 Granger, 2007: 406–411 不自觉地将歌人的乞灵以及其他叙述等同于诗人和听众所共有的固定信念系统。

和各种飞禽的肉食，就这样实现了宙斯的意愿……
（《伊利亚特》1.1–5）①

[59] 在荷马史诗的七次祈祷中，这是唯一一次缪斯女神受"歌唱"。虽然不应过分重视统计数据本身（我们正在处理的是一系列吟游诗人开场白中的一部分），②但该演说行为的特征提供了一个非常有启发性的例证，说明无论关于古风时期宗教心态的更大论题是什么，我们都需要在歌的史诗（自身）形象中把握缪斯的比喻意义和影响。关于歌人是作为起始者的缪斯的"喉舌"，字面上最明显的解释是：作为一个整体，《伊利亚特》的叙事事实上是从一个人而非一位神的角度来呈现的。③此外，对缪斯的邀请本身就要求创作一首由人的心智而非神的意志来构思的歌。这一要求不仅由人类对歌的主题的选择和规范得到阐明，也由一系列充满情绪的、揭示了歌的主题的巨大吸引力的判断得到阐明。我们可以说，叙述者远不是被动地等待缪斯的讯息，而是已经知道了在被提出的歌的主题中（对人与神来说都）最重要的东西；这个充满了生死攸关的意义的故事浮现在他

① ［原注44］关于这些诗行的各种细节，以及更详细的文献，参 Latacz, *et al.* 2000–: i/2. 11–22, Redfield, 1979。

② ［原注45］这一光谱（spectrum）中的要点包含：（1）邀请缪斯女神亲自歌唱，《伊利亚特》1.1, *Thebais* fr. 1 *EGF*, 以及如《荷马颂诗》4.1、9.1；（2）诗人与缪斯女神（们）共同歌唱，*Epigoni* fr. 1 *EGF*；（3）人类受到缪斯的帮助或鼓舞，其中包括缪斯"告诉"诗人诗歌的内容（见本章原注39）；（4）诗人宣布他将开始亲自演唱（*Il. parv.* fr. 1 *EGF*, 以及如《荷马颂诗》2.1、6.1–2、10.1）。显然可能存在以上内容的多种组合以及细微的差异，如赫西俄德《劳作与时日》行1–2混合了（1）和（3），《荷马颂诗》9.1/8混合了（1）和（4），而赫西俄德《神谱》行1、36则使用了（4），但缪斯女神们自己也同时成为主题，并作为（隐藏的）灵感来源（如《神谱》行22–34，《荷马颂诗》25 相同的组合）。补充性的语言学分析见 Calame, 1995: 35–48。

③ ［原注46］de Jong, 1987: 46–49 讨论了确立这一观点的主要诗节，而这正是 Ledbetter, 2003: 25 在他的尝试中所忽略的问题，他还认为诗文含混地"融合了"（merges）人的与神的声音；Rabel, 1987: 17 及其他研究则谈论"作为叙述者的缪斯（们）"，从而使这一问题变得模糊。

的脑海中。① 那么，叙述者为什么希望缪斯为他"歌唱"呢？这个问题的紧迫性在于，对缪斯的理解到底是"宗教上的"还是"修辞上的"（抑或兼而有之）。而无论哪一种理解方式，似乎都有一种潜在的假设，即缪斯的歌唱［60］会给故事带来一些未在其开场白中公开表述过的东西；而起初就邀请一个完美的声音来歌唱如此悚然和可怕的事情，这种不言自明的异常让一个问题变得更为突出：那些未公开表述的东西可能是什么？

笔者认为，许多版本的荷马诗学都无法完全处理上述异常，因为就该问题而言，无论是关于缪斯会提供真实"信息"的想法，还是关于听众的"纯粹"快乐这一假设的目标（初看起来，此处这一点怪异地偏离了主题），都无法单独或结合起来给出答案。即使缪斯被要求传达关于宙斯意旨的特殊知识（尽管另一方面，此处叙述者的声音似乎反映了他已经对故事充满信心），但在对她的邀请中——请她歌唱憎恨之情、大屠杀，还有英雄的尸体沦为野狗和禽鸟啃食的腐肉——究竟表达出了什么样的人类需求或欲望？此处，与之相同的另一件事情是对于"毁坏尸体"这一《伊利亚特》式主题的预期；我们也能合理地认为，《伊利亚特》的开篇就预示了这部史诗的"肃剧"色调，这种看法古已有之。② 但这些理由都不能解决这个内在的矛盾：一位神圣的歌者，却将她的音乐天赋用于展现关于暴力、毁灭与腐烂的主题。毁坏英雄尸体这一《伊利亚特》的主题，强调而不是消除了该史诗中的祈祷所设立的谜题。而且这部史诗开篇的那个引人注目的肃剧式注解（tragic note），与人类亲历者而非缪斯本身的声音更为相称：荷马笔下的诸神（时而）怜悯人类的苦难，但

---

① ［原注47］就像《奥德赛》的开篇一样，《伊利亚特》的开篇有力地反驳了 Dodds, 1951: 80 的观点，即诗人"始终要向缪斯询问他要诉说什么，而从不会询问他将如何诉说"。两部史诗沉甸甸的序言满载情感（emotion-laden），这一本质也推翻了 Maehler, 1963: 19 的简化（reductive）主张，即歌人与缪斯之间是"清醒与智慧"的关系，仅限于对"信息"的寻求；与之类似的主张还有 Puelma, 1989: 73 注释13。

② ［原注48］Griffin, 1980: 118 注意到，古代评注者们已经认识到开篇的"肃剧式"主题。参 Macleod, 1983: 7–8。论损毁尸体（mutilation），见 Vernant, 1991: 67–74。

是只有人类才能在肃剧的光景中真正意识到自身的存在。

在这种计划性的世界缩影（programmatic microcosm）中，任何想探寻荷马诗学的人都会面临一些极为棘手的问题。有一种常见的观点认为，荷马笔下对缪斯女神的祈祷都符合单一而整齐的模板，即将"历史"的真实或真实的讯息从神灵传达到人类的心智之中；该模板基于一个狭隘、天真、半纪实性的推断，而吟游诗人在缪斯的支持或协助下从各种主张中得出了这个推断。一位严格保证事实的真实性的角色，并不能作为关于缪斯职能的完整或普遍的解释。同样重要的是，这一角色不足以解释在两部荷马史诗开篇最突出的祈祷。这两个祈祷的重要程度比［61］那些与特定叙述细节相连的祈祷更大。即使是后者这种有局限的（localized）祈祷类型（《伊利亚特》中有五处，而《奥德赛》里一处也没有），也需要我们采取比单看字面意义更细致入微的处理，而从前者中我们可以看到对来自缪斯"眼线"（informants）的具体信息的严格要求：这些段落肯定了叙事中生动的真实性，但他们这样使用示意修辞（gestural rhetoric，类似于叙述者用问题来进行的自我提示）带有明显的选择性，这使得字面意义上的假设变得荒谬和片面。①

无论我们如何强调后一类祈祷中的缪斯的知识，《伊利亚特》的

---

① ［原注49］《伊利亚特》2.484-492是一场十分完整的乞灵求祷，其中包含编目式的密集人物信息和地理环境细节；同时，该内容也涉及隐含的表述式（performative）的记忆，见本章原注39；参Havelock, 1963: 191-192注释15。Bowie, 1993: 13-14轻描淡写地反驳了一种倾向，即认为这段诗句确定了歌人与缪斯之间的完整关系，如Maehler, 1963: 18，Verdenius, 1983: 25-27（一些杂乱的主张）。笔者无法理解，为什么Graziosi, 2002: 141-142认为《伊利亚特》2.486是唯一"专注于叙事者"的地方。对这段诗节的细节进一步的讨论，参Latacz, *et al.,* 2000: ii/2. 140-144，以及Heiden, 2008: 129-134有趣的研究方法。其他几处乞灵，见《伊利亚特》2.761, 11.218, 14.508, 16.112；自我激励的问题，见《伊利亚特》1.8、5.703-704、11.299-300、16.692-693；后者无需解释成含蓄地强调了缪斯女神（参Σ^b 1.8-9，Σ^{bT} 11.299），虽然有许多学者这样理解。De Jong, 1987: 45-53从叙事学角度提供了一种分析乞灵的好方法；参Minchin, 2001: 161-180，但他假设其中有这样一种信念：缪斯是一个"客观的实体"（页164注释8）。

序歌部分都具有更广泛的功能（这对《奥德赛》的开场白而言也正确）。正如上文所强调的，它是从人类的视角来叙述的，而且叙述者本身就熟悉所述故事的内容和形式；最重要的是，叙述者也意识到了故事中冲突、痛苦和死亡的情感分量。在两部史诗的开篇，叙述者的话语并没有明确说明他为什么要邀请缪斯来参加，但这样做的效果却是理想化了践行正义的目标，或是将其提升到对事件的思考这一更高的层面上；从这些事件的意义上说，它们带给人类的负担由叙述者本人的言辞来强调。在这些情况下，"信息"并不能详尽其所隐含的要求；即使假设它是缪斯使命的必要条件，它也很难成为充分条件。如果我们需要缪斯来验证这个故事，那么就像对事实的验证一样，这种验证至少也需要情感和伦理上的洞见。①

从各方面来看，[62] 史诗中由缪斯担保的记忆和对过去的重述，更多是要保留一种与具有永恒意义的事件的必要关联的感觉，而不是要保留一种对准确讲述的不容置疑的信念——毕竟，这种信念很难与对许多故事有其多种版本这一认识共存。②而缪斯的职能是否也包括一个转变的过程，以及——正如每首史诗的开篇所预示的那样——以某种方式将人类事务中的苦难和混乱转变为适宜于强烈"热望"或"欲望"（ἵμερος）的对象呢（这种方式标志着对荷马笔下的歌的独特回应）？

鉴于两部史诗中缪斯女神分别作为歌者集体行动的两个形象，

---

① ［原注 50］《奥德赛》24.196-202 中阿伽门农的幽灵证实了有一套明确的诗歌"伦理"存在，对比赞美佩涅罗佩美德的诗歌和谴责克吕泰涅斯特拉（Clytemnestra）罪恶的诗歌。概括荷马的诗学思想时，这些内容常常受人忽视，如Schadewaldt, 1965: 83 断言，在荷马那里不涉及任何有关诗歌伦理意义的内容；参本章原注 15。

② ［原注 51］Detienne, 1996: 39-52 试图将诗歌的记忆/真实，与早期希腊社会中诗人被认为具有的神圣权威联系起来（甚至是"无所不能"的权威！页 52），那时的诗人位列君主与先知的行列，而这一观点缺乏坚实的历史基础。对 Detienne 有关早期希腊人的"真实"（即 alêtheia）概念的激烈批评，见 Williams, 2002: 272；参 Pratt, 1993: 3 注释 5，18 注释 8，31 注释 33，Hesk, 2000: 149-150。关于神话的其他版本，参第一章原注 33。

我们可以进一步探讨她们之于荷马诗学的意义。第一个形象在《伊利亚特》卷一的末尾（1.601–604）：在奥林波斯众神一整日的宴会上，当赫菲斯托斯（Hephaestus）用滑稽的动作化解了宙斯与赫拉之间那种几乎要终结这场宴会的紧张关系之后，缪斯在阿波罗的里拉琴伴奏下歌唱。在那里，她们就像娴熟的歌队一样演出，"用美妙歌声应和"（ἀμειβόμεναι ὀπὶ καλῇ，《伊利亚特》1.604）阿波罗的演奏（也可能暗示应和的是他的歌唱），也许她们还一起互相唱和。我们不知晓她们到底歌唱了什么。这一粗略和看似简单的形象，实际上是整个荷马史诗中唯一在纯粹宁静的光景中呈现神圣之歌的形象；它所展现的是众神沉浸在对他们自己的存在的庆祝中，以及某些他们的心灵（thumos，见《伊利亚特》1.602：几乎可以说就是他们的生命力）想要获得完全的满足就必不可缺的东西。[①]

［63］缪斯作为歌队的另一个形象出现在《奥德赛》的最后一卷：在那里，阿伽门农的幽灵向阿基琉斯讲述了女神们——这是荷马笔下她们唯一一次以九人同组的方式出现——如何为死去的阿基琉斯演唱哀歌（lament）或挽歌（dirge）（《奥德赛》24.60–62）。[②] 与

---

① ［原注52］在 Pind. fr. 31（Snell-Maehler）中，缪斯们的诞生是为了满足这一神圣的要求：在文字和音乐中 κατακοσμεῖν ［建立］宙斯的世界秩序，即在诗歌的结构中把握并强调美。关于品达语境的讨论，见 Pucci, 1998: 31–34，但是他的论点不成立，这是因为总体而言他只是简单地假设宙斯已经"创造了世界"，并且强行认为"意义"仅在缪斯的诗歌出现之后才形成；参 Snell, 1953: 77–79。关于 katakosmein ［整肃］的其他用法，请留意：柏拉图《蒂迈欧》47d（和声／韵律——缪斯的赠礼，能够恢复内在遭到颠覆的灵魂）参《蒂迈欧》88e；昆体良（Aristides Quintilianus）《论音乐》（De Musica）1.1（只有音乐能 katakosmein ［整肃］整个生命），参《论音乐》2.2。详见本章页84–87以及原注97和99，论《奥德赛》8.489的 κατὰ κόσμον ［依照宇宙秩序］。

② ［原注53］笔者暂不讨论这段内容是否为篡插，"晚期荷马（!）"这一结论（West, 1966: 176）对笔者的目的而言已经足够。关于九位缪斯的独一性（uniqueness），（除了其他的考虑因素之外：Heubeck, *CHO* iii. 366–367）注意《奥德赛》24.1古注（Σᴹⱽ）中对阿里斯塔库斯（Aristarchus）异议的直接反驳："为何不能只发生一次？"（τίκωλύει ἅπαξ）文本细节的独一性从来都不是问题的本质。

《伊利亚特》卷一相同的是，此处缪斯也被描述为"用美妙歌声相和"，而这一次的相和显然与哀悼仪式的要求有关。

如果我们探究缪斯的声音与涅瑞伊得斯（Nereids）的声音如何相联或互动——后者也在为阿基琉斯的尸体而悲伤（《奥德赛》24.58-59）[1]——那么我们就能在这两个群体之间作出区别。一方面，我们并不清楚缪斯是被设想为与涅瑞伊得斯有着完全相同的身形（据说后者大声哭喊着浮出海面，见《奥德赛》24.47-49），还是只能在天上的神圣回应中听见她们，或者在《伊利亚特》卷二（2.485）的基础上，她们甚至可能是以一种无所不在的方式自然而然地来到人们眼前——这种观念本身不应被视为标准"神学"的一部分，而应被视为诗人以此方式将能解释一切现实的理想化能力投射到歌上。[2]更重要的事情是，涅瑞伊得斯身上明显的悲痛欲绝（οἴκτρ' ὀλοφυρόμεναι，"悲悼恸哭"，《奥德赛》24.59）来自她们（与忒提斯和阿基琉斯）的近亲关系，而缪斯并没有遭受这样的痛苦。涅瑞伊得斯被说成是［64］为了别人的利益而唱哀歌。此外，浮出海面的涅

---

① ［译按］涅瑞伊得斯，古希腊神话中的五十位海洋仙女，她们是海神涅柔斯（Nereus）和大洋神女多里斯（Doris）所生的五十个女儿，其中就有阿基琉斯的母亲忒提斯。

② ［原注54］请注意从字面来看，"无所不在"（omnipresence）和"居于奥林波斯"（《伊利亚特》2.484）之间存在的矛盾。既非无所不在亦非无所不知（omniscience，《伊利亚特》2.485：但是 Mader, LfgrEfasc. 15.263, 拒绝这样的解释）是奥林波斯诸神的普遍特征（太阳神赫利俄斯是一个特例，《伊利亚特》3.277, ）；参 Vernant, 1980: 102-103, Burkert, 1985: 183。他们对缪斯女神们的共同判断不同于"正统的"神学，如 Kirk, IC i. 167, Lamberton, 1986: 3（"全知是荷马神学的组成部分之一"和 de Jong, 2001: 108, 该判断使荷马描绘的图景比其原本所是更加简单；《奥德赛》4.379/468 展示了人类视角的有限性（参 West, CHO i. 217）。Stehle, 1997: 209 认为这一缪斯的概念对《伊利亚特》而言特别，且在《奥德赛》与赫西俄德的诗歌中并不能找到这类概念；不过要对照《奥德赛》12.191 的塞壬（以及本章原注111）。品达笔下，无所不知属于对缪斯们（以及宙斯和墨涅摩绪涅）的形容，这是 Pind. Pae. 6.54-57 有意识地按照荷马的特色来表述的（那里的直接语境，行50，指的就是过去发生在神圣层面本身的事）。

瑞伊得斯的声音中有一种来自内心深处的可怖，它几乎令希腊人舍弃葬礼并逃回他们的船上（《奥德赛》24.48-50）；但是，即使在演唱哀歌时，缪斯的声音仍保持着不可思议的美妙。

　　虽然在《伊利亚特》卷一和《奥德赛》卷二十四中，缪斯都是神圣而完美之歌的演唱者，但在这两个场景中，不仅她们演唱的情绪全然不同，她们与每一首歌的场合以及语境的关系也完全不同。在《伊利亚特》卷一中，她们是众神共同体的一员且为该共同体而演唱。然而，在《奥德赛》卷二十四中，她们的歌却被人类听见，并至少在某种程度上成为后者的慰藉（这首歌也隐含地服务于她们的神族亲属，即涅瑞伊得斯自身的利益）。① 这两个场景的含义可以互为补充，因为它们都透露了关于歌的神圣条件。缪斯的哀歌颂扬了阿基琉斯，并为其他希腊人提供了一条充分宣泄其悲伤的途径。"你不会看到一个不流泪的希腊人"，在冥府中的阿伽门农如此告诉阿基琉斯，"这就是（每一位）缪斯女神的嘹亮之音所激起的感情"：

> ἔνθα κεν οὔ τιν᾽ ἀδάκρυτόν γ᾽ ἐνόησας
> Ἀργείων: τοῖον γὰρ ὑπώρορε Μοῦσα λίγεια.
> 你看不到有哪个阿尔戈斯人不流泪，
> 嗓音洪亮的缪斯的歌声如此动人心。
> （《奥德赛》24.61-62）②

　　这一形象唤起了缪斯女神在为人类哀悼时呈现的音乐之美，这

----

① ［原注55］在《埃提奥皮斯》（*Aithiopis*，［译按］英雄诗系［Epic Cycle］中的一部，主要讲述了彭忒西勒亚［Penthesilea］、泰尔西忒斯［Thersites］、门农［Memnon］和阿基琉斯之死）中也是如此：普洛克罗斯（Proclus）的概述提到忒提斯"与缪斯们以及她的姐妹们一起哀悼她的儿子"；Davies, 1988: 47。注意《伊利亚特石板》（*Tabula Iliaca*）上的这一幕场景中只雕刻了一位缪斯：Davies, 1988: 46, T3。

② ［原注56］以及 Heubeck, *CHO* iii. 367, Stanford, 1965: ii. 415 对《奥德赛》24.62的解读。荷马用 λιγύς［尖声］及其同源词描写以下各种声音，包括歌唱、哀嚎、琴鸣、风啸、鸟啼、鞭挞和弓弦之声，这些都是常见的具有响亮穿透力的音色。

种美同时增强了情感和仪式感。尽管人们就《奥德赛》24.62 的 ὑπώροϱε［唤起］的确切语法仍有争议，但在泪水的涌流与哀怨歌声的涌出之间存在一种明显的通感（correspondence）。这种通感在象征性和诗意上都非常重要。就像真实的悲伤一样，荷马笔下的悲伤——以无形的和近乎动物的哀号、尖叫与呻吟的形式——最自然地释放出去。[①] 即使这样的声音让位于一种更清晰地表达悲伤的方式，即一个人"引发了他人的悲伤"并产生出一种［65］得到群体回应的独唱模式，我们所体会到的仍是那些受到已发生事件直接打击的人们所表达的"原始的"悲伤和痛苦，而那种独唱模式体现在：《伊利亚特》卷十八，忒提斯和涅瑞伊得斯为帕特洛克罗斯感到悲伤；《伊利亚特》卷十八和卷二十三，阿基琉斯和米尔弥冬人（Myrmidons）同样为他感到悲伤；以及《伊利亚特》卷二十二和卷二十四，赫卡柏（Hecabe，［译按］赫克托尔的母亲，特洛伊王后）和其他特洛伊妇女们为赫克托尔（Hector）哀悼。[②]

而悲伤还有一个更深层次的阶段，在该阶段，悲伤的身体冲动可以被引入具有组织形式的歌中。《伊利亚特》揭示出，直到普里阿摩斯（Priam，［译按］赫克托尔之父，特洛伊国王）赎取赫克托尔的遗体之后，特洛伊人那边才出现了这种悲伤。那时，"领唱哀歌的歌人们"（《伊利亚特》24.720–721）所扮演的角色相当于《奥德赛》卷二十四中的缪斯，只是演唱水平略低于后者。在这两种情况下，主要的哀悼群体仍作为一个整体参与其中，并且维持着一种失去亲人时悲痛欲绝的氛围。但是，专心致志的演出者们（某个受过训练的团体）的存在激活了一个进程，在此进程中，悲伤的可能性扩大并超越了主

---

① ［原注57］因为悲伤而发出的无形的、本能的哭喊和哀吟等，见《伊利亚特》18.29–37，22.407–409；《奥德赛》8.527，24.317。

② ［原注58］"引领"（［εἰς］ἄϱχειν）其他人的哀悼：《伊利亚特》18.51（忒提斯），316；23.17（阿基琉斯）；22.430；24.747（赫卡柏）；24.723（安德洛玛克）；24.761（海伦）。《伊利亚特》24.721 的歌人们，更多的是"仪式性的"表演（见笔者的文本），他们是哀哭（ϑϱῆνοι）的领唱人。关于哀恸与哀歌的仪式，参 Alexiou, 2002: 11–13，131–133（略有不同），Richardson, *IC* vi. 349–352。

要哀悼者的声音，并开始以"客体化"的方式表现在歌中。

　　对赫克托尔和阿基琉斯的哀悼场景表明，只有那些没有被悲伤的原始力量完全征服的人、那些有能力将悲伤转化为歌声的人（包括神话术语所指的那些变为鸣禽的人），才有可能唱出这样的歌；或者说，无论如何这样的歌都需要有他们的引领和引导。①《奥德赛》24.60-62暗示，这项工作的理想执行者是神圣的歌者，即缪斯本身；在荷马的设定中，她们不可能完全沉浸在人类的悲伤中，但她们和所有希腊的神灵（包括宙斯本人）一样，可以同情人类的悲伤，甚至可以间接地感受悲伤，也因此，她们能够以一种令人类听众印象深刻——正如阿伽门农解释的那样，既情感强烈又极为美丽——的方式来表达悲伤。②

　　[66]在《奥德赛》卷二十四，缪斯女神参与了对阿基琉斯的哀悼，这间接地揭示了她们对于更广泛的荷马史诗作品的重要性。缪斯参与可以与笔者所提出的荷马对以下内容的理解相一致：人类对痛苦的反应沿着一个尺度延伸，即从最本能的对痛苦和丧失的呼喊，到经由仪式化但仍带有"主观"动机的哀歌（它们服务于哀悼者群体的直接需求）将悲伤升华为歌的演唱，而这些演唱本身就变为了哀婉但充满美感的时刻，因此它们可能也成了可欲的对象。笔者的

---

　　①　[原注59]关于美好的哀悼这一观念，见《奥德赛》19.518-523对潘达瑞奥斯（Pandareos）女儿变为夜莺的（不确定的）的神话的描述，以及Rutherford, 1992: 192-193；参《荷马颂诗》19.16-18（夜莺的哀鸣如"蜜般甜美的歌声"，ϑϱῆνον … μινελίγηϱυν ἀοιδήν）。

　　②　[原注60] Sappho 150 *PLF*，称（即"原始的"）哀哭（thrênos）不适合"缪斯们的仆人"，这暗示了（且可能确立了）诗歌的转化（transformative）功能。在一份更晚的诗歌文本语境即 *Anth. Pal.*7.8.5-8（Antipater Sid.）中，缪斯们自己也悲痛欲绝（为了俄尔甫斯之死，因为他是卡莉奥佩[Calliope]的儿子，参 Asclepiades Trag. *FGrH* 12 F6）以至于无法歌唱，只能悲伤地哀哭和嚎叫（就像Theoc. 1.75的动物们一样）：人类之中一位诗歌艺术的完美典范离开人世，这甚至使得神圣的歌声也暂时停止。在一种更加程式化的想象即 *Anth. Pal.*7.412（Alcaeus Mess.）中，基塔拉琴师（citharist）皮拉得斯（Pylades）之死同样让缪斯们泣不成声（无法歌唱）。关于与利诺斯（Linus）之歌之间可能的联系，参本章原注72。

观点是，无论在《伊利亚特》还是《奥德赛》中，开篇的祈祷中都体现了一种意识，该意识最终被视为歌的神圣变革力量；而如果没有这种直觉，我们就无法理解为什么应该邀请缪斯（无论是字面上的还是象征性的缪斯）来演唱或讲述人类的死亡和痛苦。在这些场合，人们对缪斯的期望肯定不仅仅是详细或准确的"信息"。如果真实性是被预设的，那么它需要是一种可以与歌的能力相结合，甚至能描绘污浊的死亡和痛苦的真实性；这种真实性得到了人类叙述者的声音的敏锐感知（注意，在两部史诗的序曲中都没有一点"荣耀"），并进入了一个特殊的表现力（expressiveness）领域。

　　与许多现代学术研究的倾向相反，荷马笔下歌的形象并不意味着其（各种）功能可以简化为"事实上"的真实话语。真实始终在人类于生存中寻求意义和价值这一更大目标的手段中实现——正如笔者在后文试图说明的那样，《奥德赛》卷八中，奥德修斯对德摩多科斯的反应神秘而有力地证实了这一点。缪斯女神参与了对阿基琉斯的哀悼，但同样她们的"歌唱"和/或对荷马史诗本身的确认，既代表了歌的神圣条件之间的集合（正如《伊利亚特》卷一结尾处的奥林匹亚场景那样，这种集合理想上属于一个永恒的，尽管只是间歇性出现的完美世界），①也代表了人类需要通过歌来将生命的痛苦和无常［67］转化为一种令人慰藉的美妙情感的体验。这也是缪斯观念与上文讨论的主题——人类对歌的近乎爱欲的渴望或渴求（ἵμερος）——的交汇点。②缪斯代表着歌的完美，因此，只有她们才能被想象为可以完美实现歌在听众中引起的渴望。因此，史诗叙述者认为，只有在缪斯的参与下才有可能完成最好的歌。无论我们从宗教信仰的角度，还是从吟游诗人自我擢升（self-promotion）的生动修辞角度来考虑（正如两部史诗中对几位歌人的称谓：ϑεῖος，即"神

---

①［原注61］即使对荷马的诸神来说，歌唱也是虽永恒却偶尔的体验：它在诸神争斗（divine feuding）这一背景下被抵消了。

②［原注62］即使沉浸在悲伤之中，哭泣等行为也能满足某种欲望；参ἵμεροςγόοιο（渴望哀伤）的主题，以及本章原注18。直观来看，悲伤在这里不仅是一种发泄，更是一种有意义的强烈感受的表达（尽管痛苦）。

样的"),①这里都有比精湛的技艺更重要的东西。这里存在一种对歌的渴望——这种歌至少能暂时停留在神圣的层次，甚至能将人类最极端的不幸转变成一种值得不朽的心灵去体验的极致美感。②

不过，在史诗叙述者的这一愿望与这两首诗的共同歌声形象之间存在着复杂的关系。在此，值得考虑的是其中的两个形象，它们在《伊利亚特》中相距甚远，但在主题上却存在联系。两者均被称为"派安颂歌"（παιήων），作为一种歌的类型的名称，该词在荷马史诗中仅有两次作为歌的类型名而出现（与之相对的地方是《伊利亚特》5.401、5.899–900中关于"医神"［healer-god］的称号）。③第一首派安颂歌在《伊利亚特》卷一中，由一队年轻的希腊人用美妙的声音为阿波罗演唱，时间是在这位神回应了克律塞斯（Chryses）的祈祷并驱除了军队中的瘟疫之后——④它是一种具有希腊特色的崇拜与庆祝综合体：它是包括祈祷、献祭和仪式性宴会在内的仪式序列的一部分。第二首派安颂歌是《伊利亚特》卷二十二中整支军队在阿基琉斯指挥下的合唱，演唱于阿基琉斯杀死赫克托尔并开始将注意力转移到［68］帕特洛克罗斯的葬礼上之后。在第一个例子中，歌的功能属于这样一种背景，其整体上的原理是标志着从（无意义

---

①　［原注63］费弥奥斯（《奥德赛》1.336，16.252等），德摩多科斯（8.43，47等），墨涅拉奥斯的歌人（4.17）；参《伊利亚特》18.604，可能为假造，见West，2001: 250–252，Edwards, *IC* v. 230–231的各种观点。

②　［原注64］但是，我们应该抵制这样一种诱惑：将某种抽象的形而上学观点归于缪斯。Pucci, 1998: 33–34将缪斯们的"真实"与"世界的在（Being）"（原文如此）联系在一起；"诸事物本身在其整体之中"（the things themselves in their totality，参页36，作者予以强调），"在绝对的真实"之中（同上）：这个（几近帕默尼德式的）惯用语对荷马的想象和情感而言非常陌生。

③　［原注65］关于派安颂歌的历史，参Rutherford, 2001: 3–136，Ford, 2006。

④　［译按］克律塞斯，阿波罗神的祭司，他的女儿克律塞伊丝（Chryseis）曾是阿伽门农的俘虏。克律塞斯希望赎回他的女儿，却遭到阿伽门农的拒绝和羞辱，于是他请阿波罗降下报复（后造成阿开奥斯人的瘟疫和死亡）。阿伽门农被迫送还回克律塞斯的女儿，却抢走了阿基琉斯的女俘布里塞伊斯（Briseis）作为补偿，此举激发了两人的尖锐矛盾并导致愤怒的阿基琉斯拒绝参战，参《奥德赛》卷一。

的、不可控制的）死亡体验过渡到对集体生活的重新认识，尽管这种生活是围绕着战争的致命目的而组织的。在这里演唱这首派安颂歌，显然是作为一首献给医神阿波罗的赞美诗，[①] 而不是仪式和典礼行动框架下的一个偶然的、装饰性的补充。演唱持续了"一整天"（《伊利亚特》1.472），这标志着这首歌对于演唱的群体以及对于人们想象中正在聆听的神而言非常重要。尤其是，这首歌似乎成了祭餐后的仪式性会饮的伴奏，在这场会饮中有克律塞斯、奥德修斯，以及一群被派去护送克律塞伊丝（Chryseis）回她父亲身边的希腊青年。[②]

从心理学和象征意义上说，派安颂歌属于从苦难到新生的过程的一部分；同时它也与祭祀牺牲本身一并作为对神的一种"安抚"，又与饮酒一并表达了某种解脱和振奋。而除了这两点（可以说它们达到了圆满）以外，对派安颂歌的描述还应注意歌唱的音乐之美，以及因此它让神本身在其中获得的深层快乐（《伊利亚特》1.473–474）。尽管阿波罗对表演的接受度十分重要——这一点可被理解为涉及舞蹈和歌唱（考虑到 μολπή［跳舞］和 μέλπειν［载歌载舞］这两个词可以理解为包含了舞蹈和歌唱，参《伊利亚特》1.472、1.474）——但这种接受度不仅仅是仪式因果效力的一个表征。相比其他奥林波斯诸神，阿波罗与缪斯女神的关系更为密切，而这也是歌本身所具有的神圣性的标志：歌有能力在人神之间进行沟通，并且它具有一种动力，能将近乎神性的秩序和优美加于过去死亡无序之中的混沌。[③]

然而，这并非故事的全部。之前的争端遮蔽了《伊利亚特》卷一中派安颂歌的社会背景。与瘟疫本身不同，这场争端并没有结束。

---

① ［原注66］若说歌人们尚不知晓瘟疫已经祛除，那就太学究（pedantic）了。阿波罗对克律塞伊丝祈祷的回应（《伊利亚特》1. 457）使我们在后文听到的一切变得生动（colours）。

② ［原注67］关于会饮开始时演唱的派安颂歌，见色诺芬《会饮》2.1；参 Philoch. FGrH 328 F216（斯巴达）。

③ ［原注68］派安颂歌有着超越天然悲伤的力量，这一力量后来受到了矛盾的扭曲，在 Callim. Hymn Ap. 20–24 中，甚至连忒提斯和尼奥柏（Niobe）也在这首颂歌的表演中停止哀悼那些死于阿波罗本人的受害者。

[69]这首派安颂歌所在的那一幕情节——克律塞伊丝回到她父亲的身边——整个夹在对阿基琉斯的离场和他忧虑的愤怒的描述之间。①这使得派安颂歌的演唱连同整个祭祀一起，都具有某种戏剧性的讽刺意味。希腊人已经安抚了阿波罗神，但他们还没有开始安抚阿基琉斯。瘟疫已经停止了对希腊人的屠戮，而通过阿基琉斯的母亲对宙斯的祈求，他的愤怒即将导致更多希腊人的死亡。正因如此，从歌在社会和宗教框架内的成功效用这个角度来看，这种效用被它与更庞大的叙事之间的张力削弱了；如果我们将派安颂歌看作对未来受保护的祈祷，以及对摆脱近期苦难的感激，那么这一点就更加突出了。在阿基琉斯释放出的破坏性力量的背景下，派安颂歌的"一般"地位和演唱背景都被暗中破坏了。而这种不祥的状态限制了歌本身的"神圣"渴望。

《伊利亚特》中的第二首派安颂歌也有类似之处，但它的情况与第一首派安颂歌略有差别，而且在某些方面恰恰相反。后一首派安颂歌出现在阿基琉斯重返战场的高潮后，当时希腊人围住并用长矛不停戳赫克托尔的尸体。阿基琉斯本人也陷入了矛盾的冲动中。他建议军队趁赫克托尔刚刚阵亡，继续巩固军事优势，并探明特洛伊人是否准备放弃对围攻的抵抗（《伊利亚特》22.378-384）。然而他突然悲伤地回想起还未安葬帕特洛克罗斯，正是在这一刻，他指示军队在赫克托尔的尸体被运回希腊人船队时合唱派安颂歌。从表面上看，这首派安颂歌应该是作为一首庆祝胜利的游行之歌。②但当时

---

①　[原注69]《伊利亚特》1.428-430, 488-492。

②　[原注70]存在一个有趣的观点，即《伊利亚特》22.393-394本身就是派安颂歌的"即兴"（improvised）歌词，见优斯塔提乌斯（Eustathius）在此处的观点（iv. 636 van der Valk）；参Schadewaldt, 1965: 62, Lohmann, 1970: 21, Richardson, *IC* vi.146。但是，我们没有得到明确的提示能以这种思路理解这段诗行。Σ^bT 对行391的注解保留了这样的观点：这首派安颂歌属于一类（为帕特洛克罗斯的）thrênos［哀悼］。此处是个复杂难解的位置（参Rutherford, 2001: 87），但鉴于阿基琉斯在这段诗行中的矛盾情绪，此处也可以理解；参本章原注71。Pulleyn, 2000: 242将卷二十二的这首派安颂歌解释成"一场战斗序曲"，这个解释很古怪。

的情况——帕特洛克罗斯和赫克托尔两人仍未得到埋葬的背景——让歌的意义在这种语境下出现了问题。更重要的是，紧接着阿基琉斯的［70］指示，是整个史诗中最臭名昭著的段落之一，它描写的是一项"无耻的行径"（*ἀεικέα … ἔργα*，《伊利亚特》22.395）——阿基琉斯将赫克托尔的尸体绑在他的战车上，拽着后者"俊美的头颅"穿过尘土飞扬的平原。这里与卷一不同，我们没有注意到神明对派安颂歌的反应并不奇怪。关于这一背景的一切都让人很难想象阿波罗有什么积极的回应；这一卷中曾经提过阿波罗曾绝望地试图帮助赫克托尔，以及赫克托尔用最后一口气说出了阿波罗在阿基琉斯即将到来的死亡中的作用（《伊利亚特》22.359）。

阿基琉斯命令部队演唱的派安颂歌与他自己混乱的情感密切相关。这首歌是希腊人庆祝胜利的前奏曲以及返回后为帕特洛克罗斯举行葬礼的伴奏。但它也是损毁赫克托尔尸体的前奏，这一丑陋的行径甚至让以阿波罗为首的诸神都为之反感。如果我们认为阿波罗不仅是派安颂歌典型的（尽管不一定是唯一的）神圣接受者，也与缪斯女神一起是音乐的神圣表现力的最高象征，那么我们就会感到，《伊利亚特》卷二十二的派安颂歌不仅在语境上含糊不清，而且反常得令人不安——这首歌试图将歌的安慰作用、恢复作用和美感运用到凭借暴力的毁坏行为上。[①]在《伊利亚特》卷一的语境中，派安颂歌从表面上看是有意义的，但那首歌的演唱却笼罩在一个迫在眉睫的

---

① ［原注71］Richardson, *IC* vi. 146非常正确地认为，没有"令人信服的理由"认为卷二十二中的派安颂歌献给阿波罗。但是，此处上下文隐晦地说明了派安颂歌与阿波罗之间黑暗且讽刺的关系。Taplin, 1992: 247–248注释75推测《伊利亚特》22.367–394可能是一段后人篡插的诗句；他认为行395以下与先前提及的派安颂歌之间的逻辑关系不合理（尽管要注意392并不一定意味着"搬运"尸体）。但是，用阿基琉斯矛盾且反复无常的性格来解释这样的逻辑顺序，既易于理解，也富有意味；参Lohmann, 1970: 20–22注释25，West, 2003b: 8。其他的见解如 Σ[bT] 22.391将这首派安颂歌解释成哀歌（见本章原注70），并以准毕达哥拉斯主义式的音乐情感的catharsis（［译按］详见作者在本书第四章对这一语词的分析）来说明这一点（比如说，治疗了情绪混乱的阿基琉斯？）。

全新威胁的阴影之下。在卷二十二中，派安颂歌只是阿基琉斯试图解决个人危机的张力的一部分，但由于与阿基琉斯自己的极端行为结合在一起，这首歌处于一种近乎怪诞的状态。在荷马史诗的叙述中，这种演唱的情感意义和语境功能悬置在矛盾的悬念之中，这尤其是因为在此情况下，[71] 歌未能在人与神的世界之间建立沟通。

《伊利亚特》中的两首派安颂歌引人注目的原因是，它们与阿基琉斯这位非同寻常且始终令人感到烦扰的人物有关，但这两首歌也代表了荷马史诗中描述人类之歌的一个显著特点。事实上，无论是在《伊利亚特》还是在《奥德赛》中，任何一种对这类歌的描述都会以某种方式在史诗叙事本身中留下不完整、不确定或持续的暗示。

即使在阿基琉斯之盾（无论我们是否将它视为荷马史诗本身的一种隐喻，其本身都是一种美丽的艺术品）上描述的、具有整合社会与和谐功能的四种歌唱（和/或音乐），也都带有一种暗示，即人类之歌唯一能渴望实现的东西将永远无法完全实现。令人欢喜的婚礼赞美诗以及舞蹈的形象（《伊利亚特》18.491–496），与同一城邦中广场上的凶杀案审判形成了鲜明对比（《伊利亚特》18.497）。两位牧人"完全享受着他们吹奏的笛声"（τερπόμενοι σύριγξι，《伊利亚特》18.526），这使他们对即将夺去他们性命的埋伏视而不见。一位男孩漫步在割麦的人群中间，在福尔明克斯琴的伴奏下为收获季节的人们献上优美的歌——显然这是一首关于利诺斯之死的歌（《伊利亚特》18.569–572）；无论如何，从某种程度上说，利诺斯的死因其实是一位人类歌人企图与神竞争。最后，伴随着弹奏里拉琴的吟游诗人的节拍，即使是由年轻未婚男女精心编排的让听众都为之着迷的舞蹈（《伊利亚特》18.590–606），也让人想起年轻的阿里阿德涅（Ariadne）曾在克诺索斯（Cnossos）时参加过的舞会，从而模糊地暗示了这种婚礼前演唱的音乐最终可能导致不幸。① 这些

---

① ［原注72］Edwards, *IC* v. 213发现，《伊利亚特》18.490–508的两个场景都反映了"有序的共同体生活"，但是几乎无法抹去与其形成鲜明对比的种种情绪。关

［72］出现在盾牌上的形象都有其自身的共鸣和弦外之音，但也都有助于形成一种更大的荷马模式，即将人类的歌唱（及其"姊妹技艺"演奏和舞蹈）描绘为与神圣的完美典范相去甚远之物，而这种神圣典范正是歌所唤起的渴望（ἵμερος）的隐含对象。

就阿基琉斯而言，《伊利亚特》不只强调了他对希腊军队在特洛伊城前所唱的派安颂歌的特殊影响。它还让阿基琉斯自己成了一位歌人，并由此产生了荷马笔下最有象征性的、精炼且最令人困惑的歌的内容。这一场景十分有名，但对它的解释仍然很模糊。在《伊利亚特》卷九中，阿伽门农派往阿基琉斯营地的使团发现，尽管帕特洛克罗斯也在场，但那位英雄在帐中不仅用琴为自己的歌声伴奏，还独自歌唱并为自己而唱。这番叙述不厌其烦地强调了这种特殊的情况。

> τὴν ἄρετ᾽ ἐξενάρων πόλιν Ἠετίωνος ὀλέσσας·
> τῇ ὅ γε θυμὸν ἔτερπεν, ἄειδε δ᾽ ἄρα κλέα ἀνδρῶν.
> Πάτροκλος δέ οἱ οἶος ἐναντίος ἧστο σιωπῇ,
> δέγμενος Αἰακίδην ὁπότε λήξειεν ἀείδων
> 他们发现他在弹奏清音的弦琴，娱悦心灵，
> 那架琴很美观精致，有银子做的弦桥，
> 是他毁灭埃埃提昂的城市时的战利品。
> 他借以赏心寻乐，歌唱英雄们的事迹。

于另一处以讽刺性的角度来看待的婚礼诗歌，见《伊利亚特》24.62-63赫拉的回忆，以及柏拉图《理想国》2.383a-b（引述了Aesch. fr. 350）对这一事件更深的认识。参Rutherford, 2001: 124-125。关于"利诺斯之歌"（Linus song）的各种观点，见Edwards, *IC* v.225, Barker, 1984: 23注释12。缪斯们亲自哀悼一位名为利诺斯之人（Σ Il. 18.570= PMG 880），在某些版本中，利诺斯则类似俄耳甫斯，是阿波罗与卡莉奥佩（Calliope）的孩子（参本章原注60），Asclepiades Trag. FGrH 12 F6。关于《伊利亚特》18.591-592提及的阿里阿德涅，参《伊利亚特》16.179-186珀里墨勒（Perimele）的例子，赫尔墨斯看见了翩翩起舞的她，遂（以强暴的方式？）秘密地成了她孩子的父亲。关于从整体上解读盾牌上的场景的方法，参Taplin, 1980。

> 帕特洛克罗斯面对他坐着，静默无言，
> 等待埃阿科斯的孙子停止唱歌。
> （《伊利亚特》9.186-191）

《伊利亚特》卷一中，与阿伽门农那场激烈的争吵结束后，阿基琉斯带着满腔的愤怒离开，独自忧虑且"自暴自弃地伤心"（ $φθινύθεσκε φίλον κῆρ$ ），但他同时也对战场充满渴望（《伊利亚特》1.488-492）。初读《伊利亚特》的人们不会轻易料到，当卷九中的使团来到阿基琉斯的帐中时，会发现他正在为自己演唱一曲近乎史诗的诗歌。这一瞬间的象征意义给人以昏暗的、困惑的印象。有一位评论者将平庸的现实主义标准强加给这位英雄在末路时的境况，他粗暴地认为"阿基琉斯动荡的情绪……已经让位于一种乏味"；而如果再加上这位学者纠正后的补充，即阿基琉斯正在歌唱"他不再允许自己去做的英雄事迹"，那么这种判断就更是欠考虑的。[①][73]荷马的诗歌理应得到比这番评论更好的回应。

《伊利亚特》卷一中阿基琉斯过度激动的心态（在他激烈回应阿伽门农所派特使的讯息时，这种心态很快就会再次出现），与卷九中他作为英雄之歌的演唱者的反常表述之间存在一种重要的关系。阿基琉斯孤独地唱歌，几乎达到了唯我论（solipsistically）的地步：仿佛史诗的世界不在他的营帐外，而是在他的脑海之中。关于这一印象的形成，很重要的一点是帕特洛克罗斯"等待"阿基琉斯完成他的演唱，而这让前者成为一种偶然的存在，而非参与唱歌的听众；即使我们对这一细节作不同的解读，也几乎无法削弱演唱

---

① [原注73] Hainsworth, *IC* iii. 88；对比Fränkel, 1975: 10同样令人遗憾地提及"厌倦"（ennui）。在此处，古代评注者记录了几处不合宜的联想，Σ^{bT} 9.186更为合适地分辨出了"安慰他的愤怒和痛苦"（ $παραμυθία γὰρ τοῦτο θυμοῦ καὶ λύπης$ ）。关于阿基琉斯的歌唱作为英雄们的野外竞技场的标志，参Murnaghan, 1987: 150。Vernant, 1991: 58-59缓和了上下文的矛盾。

的与世隔绝之感，因为帕特洛克罗斯是阿基琉斯的另一个自我。[①]诚然，自弹自唱在本质上并不是一种不和谐之举；基尔克与卡吕普索都为她们的工作歌唱（在《荷马颂诗》中，潘神［Pan］和安奇塞斯［Anchises］都在乡间以原始田园的风格为自己演奏音乐）。[②]而眼下的情况是特殊的。这是相对于参与战争本身的另一种选择，也是对战争本身的替代，而通过密切关注阿基琉斯获得的战利品——美丽的里拉琴，这种替代被赋予了讽刺的色彩。

作为一个"客观对应物"（如果的确存在这种东西），这件乐器是一个意义丰富的双面标志：作为奢华、珍贵的装饰，它是最好的文明工艺的产物；但在阿基琉斯那里，它却代表了一座城邦的彻底毁灭。这件乐器暗示了阿基琉斯在赢得它的过程中展现出的军事才能，同时也表明他在这场陌异（alienation）的危机中求助于它的奇怪困境。在《伊利亚特》的其他地方，有时会在战争和音乐的世界之间（尽管总由人物而非叙述者来呈现），以及在这些活动中表现出天赋的所谓不同类型的人（英武的战士和软弱的懒汉）之间，形成一种特定的，甚至是讽刺的对比，例如，如果我们相信 [74] 赫克托尔的傲慢（scornful）［之辞］，那么一件乐器就适合给帕里斯这样更软弱的战士。[③]演奏里拉琴的阿基琉斯似乎混淆了这种二分法和它所依赖的价值体系。但他既是乐师又是歌人的形象——更重要的是，他在"史诗"歌曲中含蓄地表现出好战的行为——突显了当前情况的近乎矛盾的性质。在《伊利亚特》本身的核心主题上，阿基琉斯唱的歌就像一面阴影密布的镜子，他在镜中寻找自己的

---

① ［原注 74］Fränkel, 1975: 10，Hainsworth, *IC* iii. 88 *ad* 189（不过要对比他对《伊利亚特》9.186–187 的注释，阿基琉斯"即使在休息娱乐的时候也独身一人"）认为帕特洛克罗斯正等着要亲自唱这首歌，此处对《伊利亚特》9.191 的推论几乎无法确立。反对意见参 Segal, 1994: 114–115，不过 τερπόμυενον［享受］的中动态与此处讨论的问题无关。

② ［原注 75］《荷马颂诗》5.80（里拉琴，或有歌唱的暗示？）、19.14–16（潘神的排箫）。

③ ［原注 76］关于该主题的详细参考文献见本章原注 25。

映像。

　　我们越是仔细考虑这个独特的《伊利亚特》时刻，它似乎就越自相矛盾。如果我们从诗中两次提及阿基琉斯的快乐推断出他的歌唱只是一种令人愉快的消遣、轻微的分心或放松，那我们就错了——正如笔者之前所强调的，动词 τέρπεσθαι［享乐；取悦］在荷马笔下表示一种强烈的、近乎身体的（或更确切地说）"身心"满足感。而阿基琉斯歌唱时正处于他对阿伽门农的愤怒中，这种愤怒很快就会导致他考虑完全放弃远征乃至远离作为战士和英雄的生活。那么，阿基琉斯为什么要以唱歌为乐呢？这个问题的难度由于他歌唱的主题——κλέα ἀνδρῶν（"男人们的名声或荣誉"）的不确定性而增加。重要的是，我们没有被告知这些声誉和男人到底是什么。即使如此，人们往往认为这句话不仅自反性（self-reflexively）地唤出了《伊利亚特》本身所属的史诗传统，而且明确地将这些传统表述为对英雄荣耀的颂扬。然而，这样的观点太简单了。

　　Kleos［名誉］——无论是作为口头传统的普遍流传，还是作为史诗歌曲的来源——无疑是英雄声誉得以永远延续的媒介，它常常被视为英雄身后因才能和成就而获得奖赏的唯一"货币"（currency）。但是，无论是在名誉对权威性的宣称（在《伊利亚特》卷二的联军列表之前，对缪斯的祈祷中明确地将 κλέος［名誉］与知识进行了对比），还是在它对过去的揭示方面，①属于 kleos［名誉］领域的东西都并非全部是积极的。巧合的是，用来表示［75］阿

----

　　① ［原注 77］Kleos［名誉］与缪斯们的知识的对比：《伊利亚特》2.486。在赫西俄德那里，缪斯们自己可以传颂 kleos，见《神谱》行 44，105 及《劳作与时日》行 1 的动词 κλείειν［歌颂］，它们全都首先指神圣主题的事物；参《神谱》行 32（赫西俄德的歌）、行 100（κλέεα προτέρων ἀνδρώπων［古人的光荣事迹］）。但这并不能使人类的 kleos 成为真实的保证；参本书第一章原页 22-23。对荷马的 kleos 的各种看法，见 Griffin, 1980: 95-102，Goldhill, 1991: 69-108，Redfield, 1994: 30-39，Olson, 1995: 1-23，Pucci, 1998: 36-42，Finkelberg, 1998: 74-79，Scodel, 2002: 69-73。没有证据表明，像 Nagy, 1989: 12 所言那般，荷马那里的"kleos 专指值得赞扬的行为"。

基琉斯之歌主题的短语 *κλέα ἀνδρῶν*［男人们的名誉］，在《伊利亚特》中只出现过一次：它出现在后来使者发言的场景中——福尼克斯（Phoenix）用该短语介绍了有关墨勒阿革罗斯（Meleager）之怒的警示故事（"我们曾经听说从前的战士的名声，他们发出强烈的怒气"，参《伊利亚特》9.524-525）。无论我们如何解释福尼克斯继续讲述的相当曲折的墨勒阿革罗斯故事版本，它肯定不能等同于无条件的"荣耀"或辉煌成功的典范。在《奥德赛》中，短语 *κλέα ἀνδρῶν*［男人们的名誉］只在一处出现，其含义中至少也有类似不确定的痕迹——在《奥德赛》8.73 中，该短语被用于引入德摩多科斯的第一首歌：这首歌的内容是特洛伊战争之初，阿基琉斯与奥德修斯之间发生了一场近乎《伊利亚特》式的争执（其中有"激烈的言辞"，*ἐκπάγλοις ἐπέεσσιν*）；这首歌让聆听的奥德修斯泪流满面——看起来，这种反应似乎与他对自己名声的"荣耀"的自豪相去甚远。①

此外，即使 kleos［名誉］所承载的名声被视为一种不朽，就像阿基琉斯在《伊利亚特》9.413 中用 *κλέος ἄφθιτον*（"不朽的名声"）这个短语表示他未来的声誉——如果他留在特洛伊作战，这种声誉必然是不朽的一种替代品，它不可避免地与人的实际死亡联系在一起，正如刚才引用的这段话所清楚表明的那样："不朽的名声"属于阿基琉斯命中注定的两条道路之一，他非常清楚自己必然走向死亡（《伊利亚特》9.411）。②虽然名誉原则上可以视作一个有待赢得的伟大奖赏，但它对人类有限性的补偿总是隐含着对后者的提醒。说一个人的"名誉永不消亡"（*κλέος οὔποτ' ὀλεῖται*），意思就是承认一个人必将矗立在注定死亡的阴影和悲伤之中，如昆德拉（Milan Kundera）

---

① ［原注78］在《奥德赛》9.12-20，奥德修斯并不难把自己的故事视为一种"不幸"（见本章原注107）以及他的世人皆知的 kleos。关于德摩多科斯的第一首诗歌与奥德修斯对此的反应，详见本章原页79-82。

② ［原注79］对短语 *κλέος ἄφθιτον*［不朽名声］的争论，包括推定的（putative）印欧语系相似性，见 Volk, 2002, West, 2007: 406-410, Finkelberg, 2007。

所言，"死亡和不朽是一对无法拆散的恋人"。①事实上，具有黑色讽刺意味的是，荷马笔下唯一［76］一处以这个响亮的短语命名"不朽的名声"的地方，正是阿基琉斯对战争中的英雄主义的痛苦幻灭达到顶点之际：在阿基琉斯命名它的时候，他心中认为它不足以补偿死亡本身的彻底终结。而阿基琉斯正是使者们发现的那个歌唱别人名誉的英雄。

无论我们如何理解荷马笔下 kleos［名誉］及其变体的广泛含义，阿基琉斯在《伊利亚特》卷九中的歌都绝不能轻率地解释为表达了一种依恋，即毫无疑问地依恋歌声中所肯定的纯粹英雄荣耀这一理想。相反，如果我们充分考虑到高度紧张的语境，即悬而未决的争吵与愤怒的背景及其对战争进程的影响，歌唱行为之中近乎唯我论的孤立，里拉琴的双面象征意义，以及阿基琉斯与使者交谈后不久（且在卷一中已有预示）产生的深深幻灭与"痛心的愤怒"（ϑυμαλγέα λώβην，《伊利亚特》9.387），②那么，我们最好认为这首歌象征了阿基琉斯与英雄舞台之间固有的和自我融入的（self-consuming）关系，他在暴躁的愤怒中退出了这个舞台。当阿基琉斯在舞台之外思索这个舞台，即通过思考其他人（他们的生活在某种意义上与他自己的生活相似）的声誉，他找到了一种替代性的满足感。可以说，阿基琉斯所唱的歌与一个英雄式的"平行世界"有关。

将这一情景与其他歌人及其听众的荷马式图景放在一起，其含义是：歌带来了一种能弥补人类存在的不完美甚至挽回肃剧的希望。通过赋予有时限性的死亡之事以强烈的意义，歌将无序化为有序，

---

① ［原注80］Kundera, 1991: 55。《伊利亚特》2.325 的 κλέος οὔ ποτ' ὀλεῖται ［名声将不会朽坏］指整段情节，奥利斯（Aulis）的蛇与麻雀的预兆（预示了特洛伊的十年战争）混杂了苦难与永恒的名声；在《伊利亚特》7.91，这一短语与一个复杂的观念联系在一起，即一个人的葬仪纪念也能保存另一个人（赫克托尔）的名声；在《奥德赛》24.196，该短语直接等同于诗歌本身的传统。关于荷马史诗人物们对关于他们自己的诗歌所持期待的不同特性（tone），参 de Jong, 2001: 219–220。

② ［原注81］译自 Hainsworth, *IC* iii. 114，这条注解所表达的观点很敏锐。

将苦难化为优美。与《伊利亚特》6.357–358中那位不幸的、自我控诉的海伦——她可以想象这一切都发生在她未来的生活当中——不同，阿基琉斯（通过里拉琴，它本身就是对他英雄地位的一个微妙而矛盾的证明）为自己作了一定程度上的心理补偿，即补偿他与阿伽门农的争吵以及与赋予他身份的世界的痛苦分离。无论如何，歌暂时使他能用情感上的［77］满足来遮蔽他的狂暴情绪及其破坏性后果，这种对永恒价值的满足并非来自他自己的故事，而是来自他能从中认出他自己的故事。

而在《伊利亚特》本身所具有的更宽广的意义下，阿基琉斯的歌仍然有令人难以置信的隐秘性（甚至在某种意义上，对帕特洛克罗斯而言也是如此）。荷马的听众无法更共情于这位英雄的歌，就像他们无法分享《伊利亚特》卷一中奥林波斯的缪斯之歌一样。此外，我们并不清楚，阿基琉斯的歌是否受到了缪斯的启迪，也不清楚他是否在歌声中发现了任何可以被视为"真实"的东西：我们已经看到，kleos［名誉］是人类文化和传统中的一个过程——无论它多么希望得到神圣知识的灌输，它都独立于后者而存在。我们只能说，阿基琉斯试图用歌来满足他的灵魂，而他所渴望的所有其他满足都被否定了。因为歌代表了人类对神性的一种渴望，所以，可以这样来理解：阿基琉斯在为他原本可能在战场上赢得的"不朽"声誉寻找一种替代品。可是，这段简练的诗文必然使英雄故事中的这一时刻变得不确定，也使其意义变得不完整。

三　奥德修斯的眼泪和对诗歌的矛盾需求

就任何试图研究荷马"诗学"的方法而言，如果说《伊利亚特》卷九中阿基琉斯歌唱的意义是一个苛刻的检测案例，那么其原因部分在于歌中包含的简练和省略的叙事瞬间。而如何解释《奥德赛》卷八中关于费埃克斯人的延伸场景——盲人歌者德摩多科斯为费埃克斯人和他们的贵客（即尚未被确认身份的奥德修斯）唱了三首歌——也存在同样难以解决（并最终与之相关的）的问题。这一连串备受讨论的事件是荷马笔下构思最复杂、主题最微妙的众多剧情之一。而《奥德赛》卷八所引发的问题比《伊利亚特》卷九还要多;笔者将搁置德摩多科斯的第二首歌的地位,这首歌(也许)是关于阿瑞斯与阿芙洛蒂忒私通的"滑稽作品"。①此处,笔者主要关注[78]在对待德摩多科斯第一首歌与第三首歌(奥德修斯本人即为两首曲目的主角)时,奥德修斯和费埃克斯贵族的反应如何出现明显反差:第一首歌是特洛伊战争前期奥德修斯与阿基琉斯的争执,另一首歌是关于最终助希腊人赢得战争的木马计。诗中描述费埃克斯人沉浸在这些歌的快乐中,并因此渴望听到更多(《奥德赛》8.90-91;参8.538),奥德修斯则用衣袍掩面而泣——与此不同的是,我们可能还记得,《奥德赛》4.113-116中忒勒马科斯在墨涅拉奥斯的宫殿里用外袍遮住他为父亲哭泣的眼睛。②在这两种情况下,坐在奥德修斯边上且是费埃克斯人中唯一知道他反应的阿尔基诺奥斯,要求终止歌曲演唱;阿尔基诺奥斯先巧妙地掩饰了客人的反应(《奥德赛》8.97-99),但后来又将其公之于众(《奥德赛》8.536-541)。

关于此处谈论的这一对比,存在不止一种解释。费埃克斯人是否代表了史诗之歌的典范听众?与奥德修斯不同,他们能够从完全无关自己生活的故事中获得"纯粹"的快乐。或者说,由于他们缺乏外敌(《奥德赛》6.200-203),过于安逸地远离战争世界及其动乱,因此无法体会到歌的全部重要意义?一位"理想"的听众,是否可能拥有一种将费埃克斯人和奥德修斯的反应结合起来的方法?③

① [原注82]参本章原注10,以及Rinon, 2008: 114-126对三首歌曲的解读。本节内容的早期版本已在线上公开,见Halliwell, 2009b。
② [原注83]参本章原注13。奥德修斯听德摩多科斯的第一首歌曲(而非他要求的第三首)时的处境与忒勒马科斯的处境相对应:忒勒马科斯受到了一件事的强烈影响,即墨涅拉奥斯首次诚挚地谈论奥德修斯的杰出品质及其遭受的苦难。参Cairns, 2009: 38-39。
③ [原注84]关于相应诗行的研究,见Macleod, 1983: 9, Cairns, 2001b: 26-27, Walsh, 1984: 3-6, 16-20。关于后一个观点参本章原注33以及de Jong, 1986: 422的批评。

笔者认为，这段插曲并没有让我们轻易或适当地构建一套关于史诗听众的规范诗学，如果有的话，它表明史诗与固定的观众类型之间并不存在一种预设的静态关系，史诗可以在演出的特定环境中创造（和/或发现）不同的听众。

在试图充分理解《奥德赛》卷八听众之间的对比时，我们所遇到的部分困难是：荷马的叙述只提供了对费埃克斯人体验的"外在"一瞥。我们只是从表面上看到一群集体陶醉的听众，而关于歌曲对他们可能意味着什么，我们并没有得到任何洞见；在这一点而非所有方面上，他们与《奥德赛》卷一中求婚人对费弥奥斯歌曲的反应有相似之处。[①] 此外，快乐（由动词 τέρπεσθαι［享乐；取悦］表明）是听众最突出的反应，[79] 但这种快乐不一定是一种"纯粹"或"简单"的享乐。荷马笔下的另外几个段落证明了这一点：正如我们所看到的，那些段落中包括同一个动词，它用于描述忒勒马科斯专注于墨涅拉奥斯讲述的特洛伊以及特洛伊之后的故事（《奥德赛》4.598），这种专注非常强烈，绝对不是没投入情感；该动词也用于描述欧迈奥斯所获得的满足感，这种满足感源自他与来客互相倾听彼此关于"悲惨遭遇"的回忆（《奥德赛》15.399）；该动词还用于描述（无论多么晦涩）阿基琉斯"私下"演唱史诗时所获得的满足感（《伊利亚特》9.189）。我们无法直接了解费埃克斯人对一首与他们自己的世界如此不同的歌有何感受，但我们不应该得出错误的假设，认为他们的反应必须被描述为没有掺杂任何情感。而更重要的是，费埃克斯人主要作为奥德修斯本人不寻常反应的背景和陪衬，而正是后者的反应在解释上带来了更大的问题：事实上，这根本就是一个谜题。

这个谜题的核心可以用一个问题的形式来说明，而这个问题出乎意料地没有得到评论者的关注。[②] 从引发该问题的原因（尤其是在《奥

---

① ［原注85］见本章原注11。

② ［原注86］Goldhill, 1991: 51–54 直接呈现了问题并强调了该问题的难解，参 Mattes, 1958: 113–115（以及本章原注108）。

德赛》8.96–99中，阿尔基诺奥斯决定中止演唱过程，而这本身就是对客人的情感的一种解释）来看，我们该如何理解奥德修斯要求聆听第三首歌的实际动机？第一首歌从他战前与阿基琉斯的争吵开始（但正如《奥德赛》8.90–92与8.489–490的结合所表明的，这首歌也许延伸到了对战争本身的一部分叙述），它对奥德修斯来说是一种冲击。阿尔基诺奥斯传唤德摩多科斯，让他为尊敬来客而举行的宴会贡献他神圣的歌唱天赋。奥德修斯（就像《奥德赛》本身的旁听者一样）没有预料到第一首歌的主题，而且对于他二十年前的生活突然被置于戏剧的聚光灯下也没有做好准备：他好像在情感上有些失控。不过，当天晚些时候宴会重新举行，而在宫殿外的体育竞赛结束，以及德摩多科斯关于阿瑞斯与阿芙洛蒂忒私通的歌唱毕之后，奥德修斯（实际上颠倒了阿尔基诺奥斯早先的解释行为）明确要求这位费埃克斯歌人演唱木马计的故事。

[80]这一意味深长的瞬间从心理上向《奥德赛》的听众提出了关于解释的尖锐挑战。奥德修斯盛赞（作为缪斯或阿波罗"教导"的产物）德摩多科斯歌唱事物的才能，他的歌唱方法既有结构上的美感（kosmos［次序］：见下文），也有让人想到亲历者的证词一般的真实性（《奥德赛》8.491），鉴于（奥德修斯知晓）歌人的失明，这种真实的细节中不无诗意的讽刺。而鉴于奥德修斯对德摩多科斯的第一首歌的反应是泪水、抽泣和在众人面前的窘迫（衣袍掩面），为什么他要听另一个关于他自己的故事呢？事实证明，这一故事将在他身上引发与过去一样汹涌澎湃的情绪。既然奥德修斯没有必要为了他自己而"检验"费埃克斯歌人的能力，那么到底是什么让他在陌生人面前不自觉地流露出如此强烈的感情？除非我们满足于听从古代注家对《奥德赛》8.43前后的批判性解释，即奥德修斯的眼泪是为了引出阿尔基诺奥斯对他身份的质疑（《奥德赛》8.577–586），否则这一问题仍要慎加考虑。①

① ［原注87］Σᵠ《奥德赛》8.43："诗人天才地设计了整幕情景，于是当德摩多科斯歌唱时，奥德修斯的眼泪为阿尔基诺奥斯提供了……一种暗示，让他来询问对

　　许多评论者认为，正是因为德摩多科斯的第一首歌将奥德修斯降低到与《奥德赛》卷一中佩涅罗佩相同的悲伤状态——当时她（无意中）听到了费弥奥斯歌唱许多希腊人从特洛伊返航途中所遭遇的灾难——所以这个难题才会变得更复杂。两个场景之间的差异实际上比表面上的相似之处更能说明问题。无论如何，如果我们排除一些学者的假设，即应推断这首歌讲述了奥德修斯本人的"死亡"，那么在佩涅罗佩那里，这首歌并没有明确地讲述她自己的困境。① 但是，当佩涅罗佩聆听和沉思（φρεσὶ δύνθετο，参《奥德赛》1.328：佩涅罗佩是她所听内容的一位积极的诠释者，而非被动的接受者）的时候，费弥奥斯的歌曲使她感到（并想象）那是她自己的生活。由于不知道奥德修斯健在以及雅典娜在其中的积极作用，佩涅罗佩[81]无法将她的痛苦与雅典娜为那些返乡的希腊人带来可怕的死亡这种想法相分离。② 因此，佩涅罗佩的反应混合了情感的真实性与（可理解的）认知错误，正是这种混合使得她无法承认自己的体验——因此她决定下到厅堂，含泪坚持让费弥奥斯停止歌唱。

　　相比之下，在《奥德赛》卷八中，奥德修斯知道德摩多科斯的第一首歌与他自己的生活有关，所以他的悲伤啜泣（γοάασκεν，参《奥德赛》8.92）应符合他对这首歌所揭示的自己过去（和当下）情

───────────────

方的身世。"亚里士多德《诗术》1455a2–4（参本章原注93）似乎从奥德修斯的眼泪中看出了他对诗歌的认可，但他并没有让学者们误以为这是对眼泪进行了诗意的"解释"。Roisman, 1990: 223–224 奇怪地认为，奥德修斯的哭泣是为了让别人问他的身份。Callim. Epigr. 43 Pfeiffer（AP 12.134）中可能对费埃克斯人的场景作了暗示性改写，见 Bing, 2009: 166–169。

　　① ［原注88］关于这一假设，参本章原注11。

　　② ［原注89］这一"哀恸"（λυγρός），诗歌的核心主题，使诗歌本身对佩涅罗佩而言变成了悲伤的，即难以忍受的痛苦：《奥德赛》1.327/341。λυγρός ［哀恸］与死亡密切相关，包括奥德修斯的死亡在内的可能性见《奥德赛》3.87–93，14.90，15.268。佩涅罗佩的处境类似于雅典人对弗吕尼科斯（Phrynichus）的肃剧《米利都的沦陷》（*The Capture of Miletus*）的反应（《希罗多德》原史 6.21），这一情节时常被不恰当地引用，如 Finkelberg, 1998: 177–178 用此处来类比奥德修斯对德摩多科斯歌曲的反应。亦参本书第一章原页 1–4。

况的理解，故与佩涅罗佩不同。而《奥德赛》此处部分地遮蔽了它自己听众的视野。我们不知道奥德修斯为了什么而悲伤：是他与阿基琉斯的激烈争执（包括他们之间"激烈的言辞"，$\dot{\epsilon}\kappa\pi\acute{\alpha}\gamma\lambda o\iota\varsigma$ $\dot{\epsilon}\pi\acute{\epsilon}\epsilon\sigma\sigma\iota\nu$，参《奥德赛》8.77）？还是昔日战友的死亡？或是整场战争的"悲惨"（$\pi\tilde{\eta}\mu\alpha$，《奥德赛》8.81）？抑或战争导致了他远离故土和家人？①

无论奥德修斯的情感或他反复奠酒动作的象征主义（参《奥德赛》8.89，在荷马笔下，唯有这次我们没有被告知或无法轻易推断伴随着奠酒的祈祷内容是什么）可能具有什么意义，②奥德修斯肯定没有要求德摩多科斯停止歌唱。我们也不能简单地说，作为客人的他无权提出这样的要求，那需要依靠阿尔基诺奥斯（事实上，奥德修斯试图向他隐瞒自己的情感）来发布命令。这位觉得歌声难以忍受的奥德修斯——就像卷一中的佩涅罗佩那样——几乎不可能是稍后晚些时分的那位奥德修斯，那时的他借机要求德摩多科斯再唱一曲关于自己的歌，因为他有理由期望这首歌会重复或更新他对第一首歌的体验。如果像一些学者那样试图否认这种期望，并认为奥德修斯提出请求是为了寻求［82］歌颂或重申他"真正的"英雄式自我，那么其代价是，我们将不得不承认他对自己的情感毫不自知——这样假设的代价实在太高。③而将奥德修斯在费埃克斯人宫廷的整个经历模式视为一场过渡流程，其中包括他慢慢恢复了对自己身份甚至是名声的信心，这也是同一种观点。而如果假设他对重新找回自己

---

① ［原注90］Schopenhauer, 1988: ii. 688（译文见Schopenhauer, 1966：ii. 592）将奥德修斯的眼泪视作对自己昔日荣耀与今日不幸之间的反差的自怜。参本章原注107。

② ［原注91］由于这样的祈祷可以是前瞻性的（prospective）或回顾性的（retrospective），该诗行与奥德修斯之泪的不同解读都能相容。

③ ［原注92］笔者与Rutherford, 1986: 155意见不同，"奥德修斯所期望的，实际上是对他的谋略与军事成就方面的赞扬"；参Rüter, 1969: 237, Nünlist, 1998: 90。这在不同的情况下确实说得通，但鉴于奥德修斯对德摩多科斯第一首歌的情感反应，这就说不通了。Heubeck, *CHO* ii. 128十分古怪地主张，德摩多科斯的第三首歌对奥德修斯的影响效果恰是一种"称赞"的结果。Rinon, 2008: 121回避了这个问题，他断言：

的生平的信心会使得他对德摩多科斯的演唱作出强制性的情感反应，那就是另外一种观点了。事实上，我们面对的是一个纠缠且棘手的问题：为什么奥德修斯选择去听让他更悲伤的歌？

这种选择的戏剧性心理及其后果促使人们给出解释，但在某种意义上它也阻碍了解释。叙述者和人物都不能提供一个清晰的解释。笔者认为，他们之间传达了一种强烈乃至神秘的印象，即奥德修斯想重复第一首歌的体验——他想再次感受这首歌在他心中激起的情感。这一点更明显地与费埃克斯人对德摩多科斯继续演唱的要求相类似（《奥德赛》8.90—91）。不仅如此，它也讽刺地使奥德修斯在非常特殊的情况下成为不可遏止的渴望或欲望（ἵμερος）的象征——我们早些时候看到，这首歌的特点被认为是要唤起这种渴望：人们渴望听到更多，渴望被更深地引入那个由歌所描绘的世界中。奥德修斯的情况是一个例外，因为德摩多科斯的歌声触动了他个人极其忧伤的记忆。但这并不意味着这些歌仅仅是记忆的触发机关。[1] 相反，奥德修斯对第一首歌的反应与他对第三首歌的要求之间的关系 [83] 表明，他在歌中发现了（并且希望发现）一些自己关于事物的个人知识所无法单独提供的东西。

"很明显，奥德修斯不想重复……他的哭泣。"笔者不太明白 Hainsworth, CHO iii. 378 的意思，他认为，奥德修斯是"诗歌中的英雄"，这一点是"令人愉悦的讽刺"。普鲁塔克认为奥德修斯隐晦地纠正了德摩多科斯那首放荡的阿瑞斯－阿芙洛狄忒之歌（普鲁塔克《道德论集》20a），这种观点只是他虔敬的一厢情愿（wishful thinking）。

　　[1] ［原注93］Ledbetter, 2003: 35—37 认为奥德修斯和佩涅罗佩都未回应"诗歌本身"，只是回应了"有关的记忆"，并且他们都没有"真正的诗歌体验"（她自己的强调），那些看起来有唯美主义（aestheticist）预设的诗句与《奥德赛》的特征相冲突。奥德修斯在《奥德赛》8.487—498 的请求直接指向了对德摩多科斯演唱才能的钦佩；而且，若是记忆本身使佩涅罗佩愁烦，那么单独一首诗歌就并不关键（她已经永远与其记忆一同生活）。亚里士多德《诗术》1455a2—3 主要关注对随后的"认识"进行分类（参本章原注87），他不必把奥德修斯对这首诗歌的反应仅仅看作是一种记忆问题。在《诗术》1454a29—31，亚里士多德批评提摩修斯（Timotheus）的《斯库拉》（Scylla，793 PMG）中奥德修斯的哀叹（失去了自己的随从），此时亚里士多德心中所想的肯定不只有哭泣——此处斗胆质疑 Lucas, 1968: 159 的说法。

　　可以肯定，这种差异由一些并非事实上真实的"信息"组成，它们本身很难充分体现奥德修斯反应的情感强度。尽管奥德修斯对德摩多科斯的要求，以及他对歌人第一首歌中如同亲历者一样的直观性的赞美（《奥德赛》8.491），常常被批评者引为荷马史诗作为一种"真实历史"概念的主要证据，但整个场景的发展暗示出，德摩多科斯歌唱的力量中影响奥德修斯的东西不仅仅是严格的准确性。[①]奥德修斯理论上可以为这种准确性作独立担保。而费埃克斯人在那个阶段并不知道这一点，因此我们不能从这个角度理解他对德摩多科斯的公开赞美。奥德修斯对听到更多事情的渴望——这与佩涅罗佩在《奥德赛》卷一中无法忍受的痛苦不同——向史诗的听众表明：他在歌的体验中寻求某种价值，该价值可以补充甚至改变他关于过往的个人记忆。德摩多科斯的灵感为奥德修斯提供了一种思考自己生命的方式，但描绘这种灵感的地方外在于他自己，这种灵感也在歌的特殊形式中得以"对象化"。不论如何，如果这种体验还是让奥德修斯难以承受，那并不是因为他在欣赏歌本身的时候受到了阻碍，而是因为，他能比其他人更深入地听到其中的东西。

　　[84]为了支持对这一场景的解读方式——这种试图阐明该场景所涉及的诗学问题的解读方式——我们应当在奥德修斯对德摩多科斯说的话中，重新考察学者们反复强调的两个特殊短语。第一个短语是 κατὰ κόσμον［恰当地］（《奥德赛》8.489），用以描述德摩多科斯的第一首歌给奥德修斯留下的（部分）印象；第二个短语是 κατὰ μοῖραν［详细地］（《奥德赛》8.496），用以描述奥德修斯希望能在木

---

　　① ［原注94］De Jong, 2001: 215谈到"生动的唤起"（vivid evocation）而非"历史的精确"，Macleod, 1983: 6认为两者在"真实性"（authenticity）上纠缠不清。Puelma, 1989: 67–73认为，"真实的生动性"（authentic vividness）仅仅是荷马诗歌"材料性的"（documentary，［原文如此］）主张真实的一个方面；Edwards, 1987: 18认为，诗歌的真实可能等同于具有说服力，但是他并没有将这一主张联系上他的其他观点。Adkins, 1972: 16–17忽略了这一点。Ford, 1992: 49–56认为荷马的生动性令人"顿悟"（epiphanic），这是夸大其词；Bakker, 2007: 154–176强调了通过记忆对过往进行"现场呈现"（presence）。

马计之歌中发现的一种特质。

在其所有的心理剧本中，用这两个状语短语来僵硬地解释这一场景显然是错误的，它们在当前的语境中并没有一个简单或明确的意义。因此，笔者质疑一些学者的观点，他们认为这些短语标志着强调叙事的准确性和时序性。《奥德赛》中其他四处出现"恰当地"的地方都被否定性所限定：它们将话语或行为归类为不合适（inappropriate）、不协调（out of place）或在某些方面不相称（unfitting），却没有一个将注意力引向叙事次序或准确性本身。[①]《伊利亚特》中的"恰当地"从未直接诉诸真实的观念，这证明了如下普遍推论：无论是被注意到在场，还是遗憾地缺失，$κόσμος$［次序］这一概念都表示了各种因素之间（它们由某人的行为制造或塑造，而非简单地被安排出来）一种引人注意的一致性，它会依据所涉及的领域或环境的不同性质而有所不同。举例来说，忒尔西忒斯（Thersites）的话语被叙述者称为"丑陋"（$ἄκοσμα$）和"不恰当"（$οὐ κατὰ κόσμον$），是因为那些言辞违背礼节并引出了不和谐的调子，而非它们错误或次序不当。《伊利亚特》中出现 $(οὐ) κατὰ κόσμον$［（不）恰当］的其余七处地方，没有一次涉及言辞，而都是指（不）合适、（不）得体（seemly），或（不）熟练（skilfully）地控制其他类型的行为。[②]

因此，奥德修斯对德摩多科斯的称赞与他对木马计故事本身的描述——如 $ἵππου κόσμον ... / δουρατέου$（"木马的精妙设计"，参《奥德赛》8.492–493）——非常接近；这称赞与更丰富、更不明确的东

---

① ［原注95］其他的例子是《奥德赛》3.138（无序的醉酒集会）、8.179（错位的冒犯）、14.363（欧迈奥斯拒绝接受关于奥德修斯的大胆言论）、20.181（不得体的乞援）。其中，第二和第三个例子涉及而非简单地表示真实的缺失：8.179谴责欧吕亚罗斯（Euryalus）对客人的挑衅和无礼之举，而14.363将关于奥德修斯的说法视作是在操纵人心（manipulative），而且与"欧迈奥斯竟准备相信他那位并不在场的主人"这一点不协调。

② ［原注96］忒尔西忒斯，见《伊利亚特》2.213–214；参《荷马颂诗》4.255受到威胁的争吵。其他的用法见《伊利亚特》5.759，8.12，10.472，1.48（12.85），17.205，24.622。

西相一致，而非［85］严格按照次序"逐一"地叙述事件。①这一点尤其重要，因为奥德修斯将这首歌本身的kosmos［次序］与它严峻而庞大的主题放在一起，并使之形成了鲜明对比：

> λίην γὰρ κατὰ κόσμον Ἀχαιῶν οἶτον ἀείδεις,
> ὅσσ᾽ ἔρξαν τ᾽ ἔπαθόν τε καὶ ὅσσ᾽ ἐμόγησαν Ἀχαιοί,
> ὥς τέ που ἢ αὐτὸς παρεὼν ἢ ἄλλου ἀκούσας.
> 你非常恰当地歌唱了阿开奥斯人的事迹，
> 阿开奥斯人的所作所为和承受的苦难，

---

① ［原注97］对于"逐一"（point-by-point）的解释，尤其见Finkelberg, 1998: 124–130；参Webster, 1939: 175（"无间隙"），Lanata, 1963: 12–13（同前），Marg, 1971: 10，Walsh, 1984: 7–9（"一系列"秩序加上社会秩序：一个混乱的观点），Thalmann, 1984: 129（"忠实的"），Goldhill, 1991: 57（"按序的"，参同上页68，"它如何"），Nagy, 1999: 100（"正确的"），Scodel, 2002: 65（"按顺序"）。Finkelberg的论据较有章法（参本章原注100）：她忽略了语境中使用的 κατὰ κόσμον［恰当地］的细微差别，以及德摩多科斯第三首歌曲所暗示的叙述复杂性（见笔者正文），后者驳斥了Finkelberg的推断（页130），即"荷马［原文如此］认为任何偏离事实顺序的事件安排都等同于谎言［那么，同时发生的事件也等同于谎言吗？］"（同样的观点见Walsh, 1984: 13，"每一个……事实……被固定在其实际的顺序中"）。《荷马颂诗》4.433的 κατὰ κόσμον［恰当地］也无助于人们理解《奥德赛》8.489的"目录式"（catalogue-like）的含义；同一颂诗还运用了音乐之美以及富有表现力的短语（页479）。Macleod, 1983: 5–6将 κατὰ κόσμον［恰当地］与"真实"紧密联系，但其中又包括了生动与美妙；参Macleod, 1982: 1，"如此精妙"（so finely）。在Russell & Winterbottom, 1972: 2 中，罗素（Russell）将其译作"美妙的"（beautifully）。Murray, 1981: 93–94, 98没有翻译，而是用这个短语来指歌曲的形式/结构及其内容；我们没有理由用kosmos［秩序］来表示内容/形式的分裂，容我斗胆质疑Stehle, 2001: 111。Verdenius, 1983: 53（注释183，否认kosmos指内容的顺序）提出了正确的观点。Maehler, 1963: 39看到了kosmos与诗歌技巧之间的联系（但是与页32相矛盾？）。参Schadewaldt, 1965: 71, 1966: 25（"歌唱安排"［Sangesordnung］），Pratt, 1993: 44–45（独立于严谨真实的适宜［appropriateness independently of strict veracity］），Nünlist, 1998: 90–91（页91–97还讨论了其他古风诗歌中的kosmos）。Ford, 2002: 35的尝试（参Svenbro, 1976: 31）将 κατὰ κόσμον［恰当地］与表演的社会语境联系起来，而这无法解释《奥德赛》8.488–489中有关顺序的思想：见Halliwell, 2003a: 177。

有如你亲身经历或是听他人叙说。(《奥德赛》8.489–491)

上面这段话出现在奥德修斯对德摩多科斯的称赞之后，他认为后者一定接受过某位缪斯女神或阿波罗的教导：教导他作为一位歌人的能力，而不是教授这首歌的具体内容。这番称赞产生了一个悖论，即一首（近乎）神圣的美妙且连贯的歌，却讲述了一场持久战争带来的巨大苦难，这相当于笔者先前探究的《伊利亚特》和《奥德赛》开场祈祷中的潜台词。同样重要的是，《奥德赛》8.491中亲历者般的真实性，并没有让我们有理由将奥德修斯的称赞标准限制在与 [86] 事件本身顺序的一致性上。至少，我们可以将亲历者所描述的特质视作关于事实准确性的生动直接的描绘与感觉。① "亲历者"的真实性在任何情况下都不能遮蔽 κατὰ κόσμον [恰当地] 给出的暗示，即某些事情不仅是被动地再现，更是歌人积极主动地通过自己对语言（也许还包括音乐演奏本身的美）的掌握得以塑造和增强。②最后，值得重申的是，作为接受者的德摩多科斯与其他费埃克斯听众一样，不能将"恰当地"的力量理解为表示歌人之歌在"事

------

① ［原注98］参亚里士多德《诗术》1455a23–25中"亲眼所见般的即时性"这一观念，其中所讨论的事件暗含着虚构性。

② ［原注99］荷马对动词 διακοσμεῖν [整肃]（如《伊利亚特》2.476，《奥德赛》22.457）和 κατακοσμεῖν（《伊利亚特》4.118，"搭" [fitting] 箭上弓弦）的用法，清楚地说明了 kosmos 这一术语表达主动掌控诸多材料的观念；参 Kerschensteiner, 1962: 4–10，Worman, 2002: 22–23。与歌唱/音乐的联系，参《神谱》行242的 εὐκόσμως [优美]，以及 Pind. fr. 31 的动词 κατακοσμεῖν（本章原注52）。古风时期文本中带有 κόσμον ἐπέων [精妙的史诗] 等等这类词语，均表现了口头/表达上精细的结构：尤见 Solon 1.2 IEG，Parmen. B8.52 DK，Democr. B21 DK；参 Halliwell, 2002a: 5 注释14，并且注意 Simon. 11.23 IEG 可能的短语 κ [όσμον ἀο] ιδῆς [精妙的歌唱]。Philitas 10.3 CA 中该主题得到重写，用来表达 poeta doctus [诗人指导] 的"亚历山大学派的"美学（参 Antipater Thess. Anth. Pal. 11.20.3）；关于动词 εὐκοσμεῖν [优化]（有关某些语言学的特征）在希腊化时期的评论，见 Phld. Poem 1.24.3–4，185.15–16 Janko, 2000，后者等同于 Andromenides，F35（Janko, 2000: 151），这几处的单一形态的动词也被安德罗墨尼得斯（Andromenides）使用；关于诗歌的声音对耳朵的影响效果，见菲洛德穆

实"层面的准确性或真实性，因为他们并不知道奥德修斯的身份以及他作出那种断言的资格。①

　　鉴于奥德修斯称赞德摩多科斯时的思路，我们有理由认为这段话中"恰当地"的主旨也将延续到 κατὰ μοῖραν［详细地］（《奥德赛》8.496）。荷马广泛使用后一个短语本身，以表示自己认可那些人们认为完全符合其语境需要的说话行为，但最典型的用法乃是以洞见或建议而非叙述性陈述的形式出现。即使它在这里与动词 κατα λέγειν［去"重述"］结合在一起，该短语的语义也并非固定不变。②当该短语被用于这首歌时，可以认为奥德修斯［87］使用的这两种表达方式预示了对叙事结构的掌控和塑造，但我们没有理由认为两者都暗示了任何一种特定的叙事秩序。恰巧，荷马笔下的叙述者对第三首歌的概述表明，这不是一种时间上的线性叙事方式：它涉及与叙

《论诗》1.175.14。其他希腊诗学中有关 kosmos 的用语，包括修昔底德《伯罗奔半岛战争志》1.10.3，1.21.1（以及本书第一章页 20-22），阿里斯托芬《蛙》行 1027，柏拉图《斐德若》245a（参《会饮》177c，同义词 ὑμνεῖν［歌颂］），《伊翁》530d（关于解释：第四章原注 26），Isoc. 9.5-6（第六章原注 81）；注意 Certamen 338（Allen）论及作为 ἡρώων κοσμήτορα［英雄的歌颂者］的荷马本人。

　　② ［原注 100］Finkelberg, 1998: 127-129 讨论了诗律同构（metrical isomorphy）的基础：κατὰ μοῖραν κατέλεξα(ς) / καταλέξῃς［详细地讲述］（κατά 的第二音节延长）必定在语义上（semantically）等同于 ἀληθείην καταλέξω［如实叙述］（或诸如此类），并且表示真实的记述/叙事。但《奥德赛》3.331 的 κατὰ μοῖραν［详细地］指的是建议不要总是叙述，而在《奥德赛》10.16（= 12.35）则意指真实，但是 κατὰ μοῖραν［详细地］并不一定是指着这一叙事序列本身说的（注意，这涉及回答一系列问题，10.14，12.34）。此外，ἀληθείην καταλέξω［如实叙述］和相关的短语大多指真实性（truthfulness）或坦率，并无叙事顺序的含义；Krischer, 1965: 168-172, 1971: 146-158, Kannicht, 1980: 18 把 καταλέγειν［重述］的意义简化成"信息"的完整性，但与此相反，在以下文本中这绝非重点：如《伊利亚特》9.115, 19.186（建议：参上文），《奥德赛》4.239（参 Finkelberg, 1998: 148-150 的妥协，虽然她把 ἐοικότα［恰当的］译作"似是而非"［plausible］不太靠得住），11.368。"（诸事）发生了"，Ledbetter, 2003: 16 对 κατὰ μοῖραν［详细地］的翻译缺乏根据。Walsh, 1984: 17-18 尝试将奥德修斯使用的 κατὰ μοῖραν［详细地］和 κατὰ κόσμον［恰当地］对立起来，这展现了作者在解读这段诗句时的某种困惑。参 Luther, 1935: 69。

述同时或重叠的行动（如希腊舰队的"假装"撤退和奥德修斯等人躲藏于木马之中，参《奥德赛》8.500–503），还涉及倒叙（时间顺序的颠倒，参《奥德赛》8.503–504）和预叙（对将来事情的预述，参《奥德赛》8.510–513）以及后来同时发生的行动（掠夺城邦，参《奥德赛》8.516–518）。[1]

在 κατὰ κόσμον［恰当地］和 κατὰ μοῖραν［详细地］之间，奥德修斯的一种感觉得到了传达，即他发现德摩多科斯的歌声不是在正确复述特定次序中的事件，而是将这些事件安排成一种令人信服的形式；即使对奥德修斯本人而言，这也是一种新的体验对象——他在第三首歌中听到的叙述超出了他的亲眼见证所能包含的范围。[2]并不是对费埃克斯人，而是对荷马的听众来说，奥德修斯表现出了一种情感上的认同，即这些歌告诉他的东西比他自己记忆中的内容还要多。这些歌之所以有这样的效果，是因为在故事那有序而令人惊讶的 kosmos［次序］中，它们似乎没有消除奥德修斯（现在）与这些记忆有关的悲伤，而是使悲伤在某种程度上变得更加集中（因此他涌流出难以抑制的泪水并啜泣），也更有意义（因此他希望进一步聆听德摩多科斯之歌）。我们可以推断出，奥德修斯并不想听到对其经历简单而准确的提醒。他想［88］听的是自己的生平的变化——变得具有了他在德摩多科斯的歌声中发现的那种近乎神圣的美，即使这样做有可能压垮他那颗长久忍受痛苦的心灵。[3]

---

[1]　[原注101]关于其他叙事关键点，参 de Jong, 2001: 215–216。"倒叙"（analepsis）和"预叙"（prolepsis）也标志着德摩多科斯第一首诗歌的特征，《奥德赛》8.79–82。

[2]　[原注102]当然也在其他勇士的英勇事迹中，《奥德赛》8.514–516；也可能（虽然很难衡量确认）在特洛伊之争的细节中，《奥德赛》8.505–509。

[3]　[原注103]有人甚至认为，这是对一类 catharsis 神话化的荷马式直观（intuition）。关于古人对荷马史诗不同段落中的 catharsis 的看法，参本章原注71；Schadewaldt, 1965: 84 看到了荷马史诗中的 catharsis 与诗歌的深层愉悦之间的亲缘性。Zimmermann, 2004: 214 比较了奥德修斯渴望重复诗歌的"苦乐参半之痛"（bittersweer

通过一个（用来描述奥德修斯对第三首歌的反应的）比喻，这一场景的悖论达到了尖锐的高潮（《奥德赛》8.523-531）。该比喻将奥德修斯的眼泪比作一位妇人的眼泪，这位妇人正仆倒在她垂死的丈夫（一名战士）身上，敌人的士兵正用长矛戳打她的后背并准备将她带走为奴。这段令人难忘的文字理所当然地得到了许多评论者的密切关注。许多人都认为这表明奥德修斯本人被德摩多科斯的歌声所感染，因而对战争中的失败者产生了怜悯。根据这种解读，比喻中的妇人就是特洛伊人乃至一般而言的战争受害者的代名词，而奥德修斯虽然是胜利者，现在却超越了他原来的胜方偏见，看到了更深层次的人类的普遍痛苦。有人认为，奥德修斯对他人的痛苦具有一种自发的同情心，就好像托尔斯泰的《战争与和平》中博尔孔斯基（Andrei Bolkonsky）看到库拉金（Anatole Kuragin）被截肢时的巨大反应。①

笔者认为，这种解释尽管吸引人，但也存在争议。说它吸引人，是因为这个比喻本身明确无误地将战争中的失败境况［89］凝练为

---

pain），以及高尔吉亚《海伦颂》第9节中"既悲且爱的欲望"（*πόϑος φιλοπενϑής*）这一观念；鉴于后者（参本书第六章原页280-281）本身就是对"渴望"（desire）悲伤这一荷马式悖论的重述（见本章原注14和18），这个说法有道理。参Baumgarten, 2009: 102。

① ［原注104］《战争与和平》（*War and Peace*）卷3第2部分第37章：Tolstoy, 2007: 813-814。关于荷马的明喻，见Mattes, 1958: 115-122（强调奥德修斯为失去"从前的自我"而悲伤），Macleod, 1982: 4-5, 1983: 11, Walsh, 1984: 4, Garvie, 1994: 339, Cairns, 2001b: 27, 2009: 43-44, Nagy, 1999: 101, Diano, 1968: 206, Segal, 1994: 121-123, Buxton, 2004: 149（给佩涅罗佩添加了弦外之音［overtones］），Rinon, 2008: 123-124。较为可疑的解释，参de Jong, 2001: 217，尽管"客观性"看起来并不适用这样的语境——奥德修斯的心灵无论如何都充满了情感。最敏锐的解读来自Rutherford, 1986: 155-156，该研究将有意识的怜悯归于奥德修斯本人，认为德摩多科斯的歌曲让奥德修斯看到了"他自己的苦难……是……一种镜像"，对应了特洛伊人的苦难；但是该研究仍然预设了某些文本中的明喻没有告诉我们的东西（比如，"他意识到……敌我之间的共同点"，页156）。Pucci, 1987: 222也认为奥德修斯的哭泣"超出了怜悯"，该研究搞混了问题，因为它描述那个女人也感到了怜悯（对她和她的丈夫）——悲伤与怜悯是完全不同的事物。

一个凄凉的肃剧形象。对这位妇人的生动描写令人痛心，她悲痛地尖叫，瘫倒在她丈夫因临死前的喘息而痉挛的尸体上（《奥德赛》8.526），而胜利者则用长矛戳她并欲将她拖走。这个形象的显著特点是视觉化（visualization），无论这种视觉化的内涵如何，我们在《伊利亚特》的其他地方都找不到任何与之相提并论的描写——不过，在为帕特洛克罗斯哀悼时，布里塞伊斯（Briseis）那引人注目的回忆确实是一个特别有启发性的比较。①《奥德赛》的这段话本身就是一首深刻的怜悯之歌；此外，它还促使我们联想到对这个女子的脸部特写（《奥德赛》8.530），此处与奥德修斯类似（《奥德赛》8.522、531）；我们还能从同一个视角看到这两个人物讽刺性的并置。而这种痛楚的效果不应使我们忽略荷马式形象的表现力与我们所知道的奥德修斯本人之间的差异。

这个比喻明确指出，奥德修斯像那个尖叫的女人一样哭泣，其泪水恰恰像她的痛苦（ἐλεεινοτάῳ ἄχεϊ，参《奥德赛》8.531）一样"令人怜悯"（ἐλεεινόν … δάκρυον，参《奥德赛》8.532）。②如果不将这样一位妇女视为奥德修斯自我意识的一部分，并发现两者有着相同的心境，我们将不可避免地推测，奥德修斯此刻认为自己更像是战争的受害者而不是胜利者。此外，这与诗中其他部分的证据也吻合——最接近的一处是在《奥德赛》卷九的开篇（《奥

---

① ［原注105］《伊利亚特》19.292-294（她扑倒在帕特洛克罗斯本人的尸体上，19.284：对比《奥德赛》8.527之间密切的对应关系），布里塞伊斯会想起自己的丈夫和兄弟们被砍倒在吕尔涅索斯（Lyrnessus）城下的情景；《伊利亚特》19.295-300所唤醒的东西，并非简单粗暴地拖拽和囚禁（就像《奥德赛》中的那位妇女），而是帕特洛克罗斯曾如何安慰并善待布吕塞伊斯；在面对帕特洛克罗斯之死时，她感到一种悲剧性的讽刺。（整个场景发生时被奥德修斯看到了：《伊利亚特》19.310。）当然，《伊利亚特》也包含了这样的图景：一位敌人妻子的悲痛如何能（残酷地）提升一名获胜战士的满足感。尤见《伊利亚特》11.393-395；18.122-124，以及Griffin, 1980: 120-122。

② ［原注106］动词 τήχομαι ［融化］（《奥德赛》8.522）在荷马史诗的其他位置描述哭泣时，只用于女性：《伊利亚特》3.176，《奥德赛》19.204-208、19.264；参Russo, CHO iii. 87。

德赛》9.12–13）中奥德修斯对阿尔基诺奥斯的回答，但也有许多更早的段落——奥德修斯回顾自己的人生，觉得那就像是一个"悲伤"（κήδεα）的故事。①

这个比喻在这一层面上增强了奥德修斯此刻心理状态的矛盾性。其原因不仅仅是［90］它对希腊英雄中最坚韧的一位英雄进行了令人惊讶的"女性化"，还在于它表现出歌有能力强迫奥德修斯（他的请求暗示了这种强迫）卷入这样一种经历：其中，他知道自身的情感将不可避免地发生波动。奥德修斯就像因战争而丧偶的妇人一样可怜地哭泣，但他是主动选择了对他有这种影响的歌。他的心态似乎超出了纯粹的愉悦与痛苦的二分法（这是他在《奥德赛》卷九开始时半开玩笑的观点），令这段叙述非常难以解读。②奥德修斯与《伊利亚特》9.186–191中的阿基琉斯还有《伊利亚特》6.357–358中的海伦一样，他们不仅有能力而且有必要思考如何将自己的生活（及其所生活的世界）变成歌。

这三位人物中的每一位都各有与时间相关的微妙的特殊性。海伦凄凉而惆怅地想象着通过未来的过程让苦难成为歌的素材；她是在一种自责的精神中这样做的，这使得她的言论处于一种消极的暗示（未来的歌本身就会谴责她和帕里斯）与至少是一种部分的、预期的安慰性暗示（对她所遭受苦难的身后弥补）之间，而荷马笔下

---

①　［原注107］尤其见《奥德赛》6.165、7.147、7.152、7.242、7.297、8.154；参《奥德赛》11.369、11.376，阿尔基诺奥斯对κήδεα［悲伤］产生共鸣。墨涅拉奥斯描述奥德修斯在特洛伊战后的经历也使用了该词，《奥德赛》4.108。关于卷八中奥德修斯的眼泪是一种自怜（self-pitying），见Lloyd, 1987: 87–88；参本章原注90。

②　［原注108］奥德修斯说到对德摩多科斯美妙歌曲的欣赏（《奥德赛》9.3–11），同时继续强调，奥德修斯对这些诗歌的反应一定程度上暴露了他的不快乐（9.12–13）。Marg, 1971: 15认为（过于简略）奥德修斯对这些诗歌的体验最终增强了他对自我的感知，同类型的解读有Mattes, 1958: 112–122，Rüter, 1969: 235–238；参本章原注92。

打动人心的瞬间提供了这种暗示。①阿基琉斯则更进一步：他开始在自己忧虑的意识中通过表演把自己的人生转化为歌声，尽管这样做需要一种情感上的转移——转移到其他人的相似生活中去；阿基琉斯所唱之歌的具体内容被荷马的听众所遮蔽，而这些内容反映了他在行动中展现的近乎唯我论［的思想］。最后是奥德修斯，他发现，从生活通往歌声的走廊已然出现：这件事突然发生在奥德修斯身上——他当时正身处一群他很快就会彻底远离的好客的陌生人中间——并抓住了在情感上毫无准备的他（可以说，从旁观者的角度看，这是一位敏锐的听众），而他很快就将永远地把那群陌生人抛诸脑后。此外，通过让奥德修斯同时成为歌的主题和听众，这一过程已经超越了后来由高尔吉亚和柏拉图［91］等批评者作出的区分，即区分诗歌对"他人生活"的呈现与它对听众灵魂的密切影响。②而一旦奥德修斯触及这一过程，他就会选择在自己的悲伤深处重复并接受它。

于此，这三位荷马笔下的人物都不自觉地流露出一种相似的意识，那就是：歌是一种最好的方式，可以让他们接受并在某种程度上帮助补偿他们叙事（stories）的负担——歌中的"真实"不是一个保存记录下来的可以独立看待的问题，而更像是强化（intensification）并阐明了那些行动和痛苦中所面对的紧要之事、得失之物。歌的叙事和纪念功能转化了生活体验的独特细节，将它们重组为高度紧张但又可更新（renewable）的意义模式和感觉模式，并将这些细节转化为一种全神贯注（all-engrossing）、改造灵魂的体验。在上述三段文字中，《伊利亚特》和《奥德赛》本身的一部分象征性共鸣呈现得很清楚。如果说在阿基琉斯、海伦和奥德修斯的人

① ［原注109］关于与其他方式的关系，参Taplin, 1992: 97–98，其中，《伊利亚特》的海伦"属于……未来"。海伦提到的未来之诗属于一种自责的语境，关于这一点，见Blondell, 2010a的精妙解读。

② ［原注110］诗歌是关于"其他人的"生活，也是听者灵魂深处的幽秘之事，这一观点是高尔吉亚《海伦颂》第9节观点的概述（apercu），后又为柏拉图所采纳（柏拉图《理想国》606b）；参本书第四章原页206，第六章原页275和281–282。

生中，情感和伦理都没有失去重要意义，那么他们都需要一首自己身处其中的史诗。

正如笔者所论证的，荷马的诗歌还提出了一个强有力的论点，即在这些具有敏锐的自我意识的时刻，荷马的诗歌为这些人物的心灵蒙上了一层心理之不完整性（psychological incompleteness）的遮蔽物（shroud）；甚至当荷马展现听众受到歌的价值所吸引，并在他们之中唤起了对这种价值的渴望时，荷马的诗歌也阻止了他们明确理解这种价值。归根结底，这种不完整性也许可以算作是对这一智慧的补充：永远不要踏上塞壬之岛。塞壬们承诺可以完全地理解听众的存在并以此诱惑他们，但实际上后者面临的是一种精神麻痹的威胁。《奥德赛》中的塞壬之谜与这样一种想法密切相关，即她们的承诺是不可抗拒的美，但这种承诺如果得以完全实现，就会让人无法继续生活。人类需要歌，但如果他们试图只生存在歌的领域内，他们就不再是人类了。① 如果说荷马笔下存在诗学，[92] 那么该诗学中的一个要素在于：认识到歌本身存在一种悲怆——它可以表达，却不能解决生存的全部问题。

---

① ［原注 111］与缪斯们不同（对她们而言，塞壬们等同于她们欺骗性的复制品），《奥德赛》中的塞壬（二者间存在一种竞争的概念：Gantz, 1993: 150）不将她们的美妙歌声改造成人类所需的复杂真实。她们所提供的存在的"整全意识"（total sense），见《奥德赛》12.187–191；关于她们所导致的致命的"心灵麻痹"（psychotropic paralysis），见 12.39–46。对塞壬的解读包括：Ford, 1992: 82–86, Segal, 1994: 100–106, Pucci, 1998: 1–9（把心理学与参照"文本的"框架合并了），Doherty, 1995: 135–139, Ledbetter, 2003: 27–34。Lanata, 1963: 9 不是唯一一个此类研究文献，其中忽略了塞壬的警告（《奥德赛》12.188）是（部分的）虚假的（事实上无人能从她们的岛上返回），尽管这种观念——以一种不那么绝对的方式从歌曲的深层愉悦中获取信息——是"荷马式"诗歌的可能性的一个重要线索。（参上文原注 15。）注意，虽然有些曲折费解但发人深思的是，阿尔喀比亚德将苏格拉底比作塞壬（柏拉图《会饮》216a）：苏格拉底告诉阿尔喀比亚德一个关于后者本人的、（几乎）无法抗拒的真实，但这一真实会使他的（平凡）生活变得不可生活（unlivable）。关于古代对塞壬的寓言式解读，如 Burkert, 1972: 351、Wedner, 1994。

第三章

阿里斯托芬的《蛙》与批评的失败

> *τοῦ γὰρ ἀορίστου ἀόριστος καὶ ὁ κανών ἐστιν.*
> 为了处理不确定的事物，我们需要一个本身就不确定的规则。
> ——亚里士多德
> 由于它们始终伴随着我们，所以艺术作品的价值不断受到挑战、辩护与一次又一次评判。但如何评判它们呢？
> ——昆德拉（Kundera）①

一 肃剧诗学中的一场谐剧课?

[93] 阿里斯托芬的《蛙》在诗学史上占有特殊的一席之地。它是唯一一部在诗学理论史和文学批评史上都常常受到关注的剧场戏剧（与之相较的是柏拉图的对话《伊翁》[*Ion*]和德莱顿的短文《论戏剧诗》[*Of Dramatic Poesy*]）。②事实上，该剧常被抬高到本身就是一部批评文本的地位，并被选编进入通常用来定义文学批评主题的发展的经典作品而加以讨论。通常（尽管不是普遍

---

① ［原注1］两段引文分别出自亚里士多德《尼各马可伦理学》5.10，1137b29–30和Kundera, 2007: 16。

② ［译按］约翰·德莱顿（John Dryden, 1631—1700）英国著名诗人、剧作家、文学评论家，首位桂冠诗人（Poet Laureate）。与《蛙》《伊翁》一样，《论戏剧诗》（以半戏剧的散文体）通过一场对话对文学问题展开探讨。

的）用这些术语来思考《蛙》的不仅包括古典学者，[原注①][94] 在布鲁姆（Harold Bloom）的评价中，[原注②]这一作品的形象（figure）最为威风（imposing）："文学批评……可以在阿里斯托芬、柏拉图和亚里士多德那里发现三个独立的开端。"[原注③]这是一种大胆的图式化表述（schematization），但也证明了人们对《蛙》的看法，即它并非简单地从一种谐剧的视角来看待诗学批评的观念，而是为这种批评的可能性积极地作出贡献。这种意义重大的认识潜藏在尼采的《肃剧的诞生》中，同时也在尼采对肃剧的其他一些反思中悄然存在。[原注④]

---

① ［原注2］. Snell, 1953: 113-135（在一些地方具有强烈的偏见）仍不失为一个可参考的基本论点，该研究认为《蛙》是批评史上具有里程碑意义的作品；尤其见页115（"即便是今日的文学批评，也受惠于他的影响"，《蛙》是"诗歌的道德化……作为一种原则的首次阐释"）。另有反对《蛙》是"古希腊文学批评中的第一部重要作品"的观点（Willi, 2002: 119）。注意Rosen, 2004: 319的异议，该研究认为，"《蛙》作为一部文学理论的作品的水准，无非就是《云》（Clouds）作为一部哲学著作的水准"；参Goldhill, 1991: 206，"对文学批判产生了非同寻常的——诙谐得不协调的影响"。Dover, 1970: 231指出了一个棘手的问题，"很难区分诗歌中的批评与对批评的嘲讽"；参Harriott, 1969: 148，阿里斯托芬"批评了文学批评"。Willi, 2003: 94中的观点"《蛙》展现了而非嘲弄了文学批评"，是一个片面的结论（尽管他对行87-94"技术概念"的处理令人信服）。《蛙》与古代晚期文学批评史之间关键的联系见Hunter, 2009: 2-52，128-134。

② ［译按］哈罗德·布鲁姆（Harold Bloom，1930—2019），美国当代著名文学批评家，以《影响的焦虑》《西方正典》等著作蜚声学界。

③ ［原注3］Bloom, 1986: 2，不过他将朗吉努斯看作一位把批判视作一门完全的"艺术"的发明者（见第七章原注79）；参Bloom, 1994: 17（以及18，布鲁姆承认自己拒绝柏拉图与亚里士多德的传统）。大多数的文学批评史家有时也会以类似的方式看待《蛙》，如Wimsatt & Brooks, 1957: 4（"《蛙》是最早拓展了文学批评的著作"）。

④ ［原注4］关于尼采如何受惠于《蛙》，见Silk & Stern, 1981: 36-7，207，von Reibnitz, 1992: 280-312（若干参考文献），Snell, 1953: 118-21，134（强调了A. W. Schlegel作为中介者的作用），Halliwell, 2003c: 105-106。尼采对《蛙》的仰赖可能受到了瓦格纳的鼓励，瓦格纳非常熟悉该剧：关于瓦格纳本人对埃斯库罗斯-欧里庇得斯竞赛的喜爱，见O' Sullivan, 1990；参Borchmeyer, 1992: 330，Silk & Stern, 1981: 219。

　　尼采认为，欧里庇得斯将普通肃剧观众的心态带入他的戏剧世界，从而"杀死"了肃剧（或者用生动的讲法，是欧里庇得斯导致了肃剧的自杀）。这种看法尤其体现在《肃剧的诞生》第11章，且直接建立在《蛙》上。尼采有关欧里庇得斯与苏格拉底理性主义结盟的看法也是如此，它出现在阿里斯托芬这部戏剧的最后一首合唱歌中（《蛙》行1491-1499），虽然只出现了一次，但令人印象深刻（我们很快就会看到，该看法存在问题）。尼采利用阿里斯托芬笔下埃斯库罗斯与欧里庇得斯在价值观上的对立，建构了他对希腊肃剧发展轨迹的类历史（para-historical）叙述，该叙述始于埃斯库罗斯所处的古风时代末期之中那被尼采视作典范性（quintessential）的时刻——尼采认为，那些埃斯库罗斯同时代的强硬军事主义者（militaristic）可以独自触及最深刻的肃剧体验；叙述最后讲到欧里庇得斯所在的颓废时代的没落与衰亡——[95]据称，剧场映照了欧里庇得斯同时代人那敏感而焦虑的有产者关切，这些人正是受到了这种关切的吸引。

　　由穿戴着怪诞的面具、衬垫和假阳具的演员来表演的谐剧，与《肃剧的诞生》中后浪漫主义的形而上学直觉，两者之间存在着巨大的文化差异。而《蛙》恰恰试图以某种方式跨越这一观念上的差异。此外，尼采（心照不宣地）接受了阿里斯托芬笔下埃斯库罗斯与欧里庇得斯在肃剧原型上的极端对立，尽管这种做法带有特殊目的，但它却是《蛙》经受的某种研究方式的先驱，近来许多学者以更学术的方式对此进行了较为乏味（pedestrian）的表达。《蛙》的后半部分固执地将目光投向肃剧（审视了该体裁中的"诗、歌，还有［肃剧］体裁的神经结构（sinews）"：τἄπη, τὰμέλη, τὰ νεῦρα τῆς τραγῳδίας，参《蛙》行862），以至于无论该剧的想象力有多么天马行空，它都能让我们亲身体会前5世纪雅典人关于肃剧剧场的体验，这真令人难以相信。我们知道，旧谐剧一般从雅典当时的诗乐文化中为它的情景寻找素材，最终形成了丰富的"元诗学"戏剧。阿里斯托芬（他佚失的剧本标题中含有戏剧和诗歌——虽然就像《蛙》一样，这些标题本身并未透露任何信息）和其他剧作家如克拉提诺斯（Cratinus，他的一部作品基于自己一段激烈的"婚姻"——与人格化的"谐剧"结婚）、费瑞克拉底（Pherecrates，他的作品《喀戎》[*Cheiron*]中有一个拟人化和高度性别化的音乐形象）、福吕尼科斯（Phrynichus，他的戏剧《缪斯们》[*Muses*]与《蛙》在同一个节日期间上演）以及谐剧家柏拉图（Plato comicus，他的作品标题中包括了"诗人"[*Poet*]和"诗人们"[*Poets*]）等，似乎都在围绕明确的诗歌和音乐主题来创作谐剧。①

阿里斯托芬是个例外，但即便如此（而且就我们所知），他也在某种程度上找到了如何直接从肃剧中创作谐剧的方法。有证据表明，阿里斯托芬对欧里庇得斯的"肃谐剧"（paratragic）的痴迷可以说无人可比；尽管在前5世纪末，一位年轻的谐剧诗人斯特拉蒂斯（Strattis）的出现可能改变了这一情况。阿里斯托芬的作品中这种令人着迷（compulsive）的特点，一定是克拉提诺斯对某位[96]自命不凡的狡猾（subtle）人物的著名描述——将其视为"欧里庇得斯 -阿里斯托芬专家"（Euripid-Aristophanizer）——的部分来由。②《蛙》中的竞赛虽然反映了这一体裁日渐广泛的趋势，但也构成了与旧谐剧的"姊妹"艺术（肃剧）异常密切的联系。在这方面，《蛙》最主要的对手是《地母节妇女》（*Thesmophoriazusae*），但后者更多是通过戏仿加工和"重新组合"欧里庇得斯文本及主题编织而成的谐剧，并未与关于肃剧的准理论（或借用日耳曼造词法——"诗学的"

---

① ［原注5］参Hall, 2000，该研究讨论了女性拟人修辞（personifications）的问题。Dover, 1993: 24-28研究了旧谐剧对"文学批判"与诸多隐喻主题的处理；对残篇材料的评注，见Conti Bizzarro, 1999, Olson, 2007: 151–186。

② ［原注6］依据此残篇中的标点（punctuation），残篇所描述的可能是一位观看者或其他人，而几乎不太可能是阿里斯托芬本人，这与Luppe, 2000: 19看法一致。见Conti Bizzarro, 1999: 91–104, Ruffell, 2002: 160, O'Sullivan, 2006, Olson, 2007: 110–11, Bakola, 2008: 16–20（该研究假设——也许有点过于自信——这位欧里庇得斯–阿里斯托芬专家其实就是"克拉提诺斯"自己），2010: 24–29, Zimmermann, 2006b认为该残篇与阿里斯托芬作品的特征之间有相关性。参本章原注66。关于阿里斯托芬对肃剧的兴趣所具有的独特性质和程度，参Silk, 2000a: 49-52, 2000b: 302-305；关于斯特拉蒂斯，见Bowie 2000：323-324。

［poetological］）话语发生相互作用（interplay）。《蛙》这部作品不仅讲述了前往冥府寻找一位肃剧诗人的旅程，而且最终作出了一系列错综复杂的尝试，即试图建立一套判断肃剧价值的标准。当狄奥尼索斯前往冥府又归来后，《蛙》以令人难以置信的方式找到了自己的出路，进入了诗学和文学批评的学术史。但是，在对体裁的语言学分析、解释学范式（hermeneutic paradigms）和概念化的体裁模式这类精炼细分的情境（rarefied atmosphere）中，《蛙》究竟有什么样的生命力？

笔者将在本章论证，虽然关于雅典人对肃剧的反应，《蛙》确实是我们最详实的单一"证据"，但在这一方面，它也是一部令人倍感尴尬的作品：首先，《蛙》的谐剧性质允许它有创造和想象的自由，这就妨碍了解释上的自信（找到正确评判《蛙》的标准本身就是一项艰巨的挑战）；其次，狄奥尼索斯的冒险引发了一系列关于肃剧诗学未解决的分歧。就第一个原因而言，我们永远无法回避一个极其棘手的问题，即如何从阿里斯托芬的角度来理解肃剧（或与之相关的其他事物）。所有阿里斯托芬的解释者都应时刻提醒自己：在《和平》（Peace）的开场白中有一段插曲，其中有一位自命不凡的、被误解的伊奥尼亚（Ionian）旁观者；这个人是一个早期案例，例证了西方对"批评家"这一概念进行谐剧式批判的悠久传统——这一传统在斯托帕德（Tom Stoppard）[1]那里仍然表现得很强烈——我们可以说，[97] 这个人比戏剧本身更了解戏剧的全部内容。[2]如果《蛙》上演了一段让剧作家起死回生的探索（此外，这是一个用于维持诗歌"生气"的谐剧式的修辞），且如果这种探索首先陷入了关于如何评价（肃剧）诗人的争论，那么，对《蛙》的解读就必须冒着这样

---

① ［译按］汤姆·斯托帕德（1937—），英国当代剧作家，代表作有《莎翁情史》（Shakespeare in Love，1999）等，他以机敏幽默的笔法、出人意料的结构和对文化名人的致敬或讽刺而闻名。

② ［原注7］这位伊奥尼亚观众被想象为误解了谐剧式讽喻（《和平》行43–48），Worman, 2008: 63注释5很奇怪地忽视了这一点。Cratinus fr. 342（上一条注）可能描写了另一位理智的观看者–批评家。

的风险，即寻找一种可以用来解释谐剧本身的批评形式。

但是，如果《蛙》使关于批评的诸问题变得"更有问题"（doubles），却没有找到解决问题的方法，那么对该剧的解读就无法摆脱一种极不确定的状况。狄奥尼索斯最终（以一种毫不明晰的方式）改变了他对自己想要复活的诗人的看法。不仅如此，在沿着最终导致了那一结局的道路走下去的过程中，他本人的任务也失败了。笔者将指出，无论是他最初去寻找的（以及他所"爱"的）诗人，还是他最终带回人间的诗人，狄俄尼索斯都没有使之与一套令人信服的批评准则相匹配。他跌跌撞撞（且滑稽）地遇到了许多方面的困难，甚至从某种意义上说，他甚至不可能确立一套固定的标准来评判肃剧和肃剧诗。在这种情况下，想要成为《蛙》本身的批评者的"我们"，又该何去何从呢？

然而，我们有一个既定共识，即我们可以对《蛙》的情节和主题作出比以下观点更有力的解释。在许多学者眼中，我们可以认为该剧具有一种方向性的动力，这种动力能将肃剧家之间的竞赛，以及最终对胜出者的选择（埃斯库罗斯而非欧里庇得斯），变成对一种诗歌价值的政治-伦理模式的设计。在这种情况中，狄奥尼索斯下到冥府所"拯救"或"保存"（关于狄奥尼索斯的回顾性解释，留意《蛙》行1419及其他地方①）的就不仅是肃剧本身，也是整个雅典城邦共同体——肃剧在这个城邦中扮演了文化上极为重要的角色，而这个城邦本身正深陷危机之中（事实上，历史很快就会证明：在经历了与斯巴达的长年战争之后，雅典迎来的是一场分崩离析和最终的失败）。据这些学者说，无论狄奥尼索斯最初的冲动是什么，他最终都认为有必要在雅典复活一位能同时帮助拯救肃剧和城邦的诗人。如果肃剧属于节日戏剧的公民文化的一部分，那么，最终决定何为最好的肃剧诗歌的标准就必须以［98］整个社会的政治、道德和宗教价值为导向。在狄奥尼索斯虚张声势和插科打诨的表象下，《蛙》隐藏着一种真实可靠的意义——无论是对它所处的时代而言，还是

---

① ［原注8］见本章原页141–142。

对更宏大的希腊诗学史而言。而许多批评家都发现了这种意义。

笔者本章的目的之一就在于，挑战这种如今得到广泛认同却过于理想化的谐剧解读方式。笔者认为，这种解读《蛙》的观点过于规整，过于有选择性，且过于"目的论"地建构了一种对戏剧的解释。在笔者已经提过的两个同时存在的层面上，这种观点给解释者带来了困难：一个是在（作为一名肃剧热爱者兼批评者的）狄奥尼索斯反复不定（volatile）的旅途的情节设计中，另一个是在该剧作为谐剧批评对象的同时所产生的那种难以捉摸的感觉中。① 这就是《蛙》的悖论所在：它揭露了批评观点所具有的一种矛盾（discrepant）且不连贯的多样性，但也诱使许多现代解读者从中发现一种连贯且统一的肃剧诗学（同时也是谐剧诗学）幻象。在笔者为目前关于《蛙》的正统观念提供的替代方案中，有这样一个突出的特点：我相信，要想讨论这部作品的谐剧活力（dynamics），就必须反过来在其中找到肃剧诗学问题的解决方案。笔者给出的案例将仔细研究肃剧竞赛中的许多细节，包括狄奥尼索斯本人扮演的摇摆不定的角色——戏剧竞赛的裁判或"批评家"。作为雅典戏剧之神以及节日期间肃剧与谐剧的神圣守护者，狄奥尼索斯在某种意义上可以同等地代表这两种戏剧流派。阿里斯托芬将这种混合的情况转化为一种本质上的模棱两可。他既让狄奥尼索斯成为一位肃剧的热情爱好者，也让他成为一位不可救药的谐剧角色。

这两种特征之间的关系并不确定，但也始终无法达到和谐。两

---

① ［原注9］参Rosen, 2004: 310讨论了那些使得狄奥尼索斯选择埃斯库罗斯这一行为"从目的论上看实属必然"（teleologically necessary）的解读。笔者的观点在几个方面对Rosen这篇重要的文章做了些补充，笔者与他的观点基本相近，但存在些许差异：首先是狄奥尼索斯最终的选择行为所具有的意义（见本章原注90）；其次，Rosen（页314—320）提出了一套二分法，区分了"诗学"与"非诗学"的标准、"形式"与"内容"、"享乐"与"道德"，并据此主张《蛙》是"对过于说教地评判诗歌的批判"（页316），笔者认为，谐剧恰是以更激进的方式，使得评判诗歌所依据的理念真正地成为问题。

者之间的张力在竞赛的独特结局中达到了最高峰，但也迎来了一次谐剧式的胜利。如果说这个（可商榷的）结局具有一个可理解的核心意义，［99］那么在笔者看来，其意义并不在于倡导一种肃剧的"公民诗学"。相反，该意义在于它尽其所能揭露了谐剧中由一个诗学概念所造成的顽固困境，这一概念期望自己能为负有全部解释责任的判决提供规约（protocols）。竞赛过程中，狄奥尼索斯发现他自己成了一个传声筒，用来传达关于肃剧诗学各种变化的可能性，即传达雅典肃剧观众能得到的各类兴趣、满足和评判。狄奥尼索斯不仅被任命为这场竞赛的官方仲裁者，而且整个"批评"（判决 ［κρίνειν］，或作出判决 ［κρίσις］①）的问题都是通过他得到了心理上的引入（channelled），其方式是通过他面对两位肃剧家的论点（以及带有偏见的言辞）时反复无常且并不可靠的反映。为了与他作为戏剧之神的地位保持一致，狄奥尼索斯表现成了一个关于戏剧表演和戏剧批判的善变不定的象征。他的眼睛和耳朵被大量的竞赛原则和争论所占据，而他最终成了一个批评的问题——一个在他踏上复活自己所热爱的诗歌作者的旅途时未曾料到的问题。

　　笔者关注肃剧诗学的主题，也相应地关注狄奥尼索斯作为（肃剧）诗歌爱好者兼批评者的化身，但这并不意味着笔者打算对《蛙》进行任何类似的"完整"解读（即使可以想象出关于这种解读的假设）。该剧前半部分的许多重要方面（包括狄奥尼索斯"多重人格"的各个方面）都将被排除在解读之外；可以说，这尤其包括了整个次要情节，即这位神摹仿赫拉克勒斯下降到（katabasis）冥府的事件，以及使他在歌队致辞（parabasis）之前就难以脱身的一

---

　　① ［原注10］名词 κρίσις ［判决］用在行779、785、1467，动词 κρίνειν ［评定］用在行805、873、1411、1415–16、1467、1473（还得加上行1519，埃斯库罗斯论及索福克勒斯）；副词 δυσκρίτως ［难辨］，行1433，以及本章原页145–147（所有涉及《蛙》的文本，均依据Dover, 1993的版本，除非另有说明）。关于希腊化时期以降对 kritikos ［批评］等词汇的使用，见第六章原注106，第七章原页336。还要注意的词汇是"理解"（γιγνώσκειν 和 μανϑάνειν，《蛙》行809、1111、1114）；参第四章原注26。

连串事件。①而在探讨肃剧家之间的竞赛前，[100]笔者确实想请大家注意阿里斯托芬在《蛙》的第一幕中为这场竞赛（就其观众而言，潜移默化地）做过的一些准备。阿里斯托芬最直接的做法是让狄奥尼索斯（或者说，让他自己）展现对谐剧诗和肃剧诗的明确"品味"。在叩响赫拉克勒斯的大门之前，狄奥尼索斯已经在剧中的开场白里表明了自己对谐剧本身的强烈情感。在这段明显"元戏剧性"（metatheatrical）的段落中，狄奥尼索斯回应了克桑提阿斯（Xanthias）关于他应该给观众讲什么玩笑的问题，他说：要（有效地）避免所谓的陈词滥调——用巴赫金（Bakhtin）的说法，那就是阿里斯托芬的竞争对手们讲的"下半身"笑话；这些内容让狄奥尼索斯"感觉恶心"，除非他"想吐"，否则不会去听。②

这种（谐剧式的）厌恶表达是狄奥尼索斯在剧中的第一个"批判性"判断，这是一种本能、近乎生理的反应的初步例证，它将在作品的后来几个场景中再次出现。当然，它也处于谐剧的讽刺内容中，并因此变得更加复杂。对于阿里斯托芬的谐剧并不反对的事物，

---

① ［原注11］关于狄奥尼索斯与诗歌之间的关系，请注意他旁敲侧击地批评基涅西阿斯（Cinesias）与墨尔西摩斯（Morsimus），这与他在行92–95的激烈表现（vehemence）相对应。另有两处涉及狄奥尼索斯这位神的诗学"情感"，仅在此处捎带一提。（1）著名的青蛙歌队的划船竞赛（209–268）以及其他一些内容，可视作一种隐喻，表现了或是对抗，或是融入诗歌表演的韵律情感之间的张力；对此的解释尤为复杂：参Campbell, 1984, Zimmermann, 1984–7: i. 161–164, Parker, 1997: 464–467。（2）这位神在行416–430所参与的准厄琉息斯秘仪的（quasi-Eleusinian）歌舞表演中包含一系列自由不羁、诙谐下流的言语；对此处及其语境的分析，参Halliwell, 2008: 211–214。对《蛙》中狄奥尼索斯的多重观点，见Segal, 1961, Lada-Richards, 1999, Habash, 2002, 不过所有这些学者都太过倾向于在多样性中寻找统一。

② ［原注12］行4（χολή［愤恨］）以及行11（ἐξεμεῖν［作呕］）都使用了与恶心、反胃有关的语词，参Kassel, 1994: 34。注意对比柏拉图《理想国》605e（不符事实地回应了肃剧）中带有激烈情感的语词βδελύττεσθαι［感到恶心］。关于《蛙》的开放场景，见Silk, 2000a: 26–33, Slater, 2002: 183–185；Heiden, 1991: 97–99主张狄奥尼索斯暗中拒斥阿里斯托芬式旧谐剧，而且，这一盲点是整部戏剧"讽刺"意义的基点（是谐剧，而非肃剧，提供了有价值的公民教育）；这种讽刺性的解读需要一种刻意人为的（contrived）双重眼光（参本章原注83和85）。

一位阿里斯托芬式的角色表现出了鄙夷——而这种鄙夷的确在戏剧中被循环和再次利用，尽管此时此刻（可能）有所不同。尤其是，在警告克桑提阿斯不要使用轻微含糊的身体不适隐喻时，狄奥尼索斯本人说了一句彻头彻尾的粗话（"别再为了撂担子，说你急不可待地想要屙屎 [χεζητιᾷς]"，《蛙》行8），然后又发自内心地表达了他对克桑提阿斯的下一句粗话的厌恶（《蛙》行9–11）。谐剧中这一类型的批判与这一类型的演出交织在一起。阿里斯托芬可以同时呈现两者，让观众带着（或不带着）一种优越感自由地发笑。同样，狄奥尼索斯这位角色可以被视作在不止一个戏剧层面上［101］发挥作用。毫无疑问，他多重人格的混乱和矛盾使他成为典型的谐剧角色：他的兄弟赫拉克勒斯在第一次看到他时就未能憋住笑声（《蛙》行42–45）。但正如他与奴仆在开场的交流中所暗示的那样，他将要扮演的角色之一是一位潜在的诗歌鉴赏家。

　　叩开赫拉克勒斯的门后，狄奥尼索斯与他所表演的谐剧之间的讽刺性的间隔，部分体现在他发现这位神还有别的心事。在发现狄奥尼索斯的心境之前，我们绕了好几次弯路：首先是与克桑提阿斯交流的逻辑难题（使人想到了谜语和智术师们的诡辩术，参《蛙》行25–32），其次是赫拉克勒斯与他玩的猜谜游戏中的性暗示（《蛙》行52–67），之后，我们才能发现狄奥尼索斯对刚刚去世的欧里庇得斯痛苦的"渴望"（πόθος，《蛙》行53和55）。

　　戏剧之神对"低俗"谐剧含糊的厌恶，似乎与他对至少一位肃剧诗人的热情爱慕相对应。pothos［渴望］被用来表示狄奥尼索斯的心境，这个术语有时也可以表示一种被唤起强烈爱欲（erotic arousal）和欲求（desire）的状态。赫拉克勒斯正是如此理解它的，他误解了他的兄弟提到的线索——当时，狄奥尼索斯正在阅读欧里庇得斯的《安德罗墨达》（*Andromeda*），却忽然被一种突如其来的渴望所打动（行52–53）；而这部剧的女主人公本身就是珀尔修斯（Perseus）眼中独特的欲求对象。这个术语也被用来描述对已故或不在身边之人深切怀念时的那种体验，狄奥尼索斯在《蛙》行84会将同源形容词 ποθεινός［充满渴望的］用于描述肃剧家阿伽通

（Agathon，狄奥尼索斯自称钦佩阿伽通），并在《蛙》行1425将同源动词用于描写城邦对阿尔喀比亚德（Alcibiades）的（混合）感情，原因皆在于此。无论何种方式，pothos［渴望］这个概念都唤起了一种深刻的、强烈的"疼痛"——这种感觉如此强烈，甚至能让人想到"心碎"，因为它本身是一个可能导致死亡的原因，就像在《奥德赛》卷十一中，身处冥府的安提克勒娅（Anticleia）告诉奥德修斯，她对不在身边的儿子的强烈思念最终摧毁了她的生命。①

　　［102］接着，狄奥尼索斯讲述了他pothos［渴望］的方式，从而在"丧亲之痛"的基础上又添加了一层引起爱欲的联想。对此的补充是，他强调自己在阅读欧里庇得斯作品时产生了近乎生理性的反应，如他所说："你无法想象它给我带来了多么突然的心痛。"（ἐξαίφνης πόθος / τὴν καρδίαν ἐπάταξε πῶς οἴει σφόδρα，参《蛙》行53-54）笔者用"近乎生理"这个词，是因为希腊人显然有涉及五脏六腑的各种修辞方式（façons de parler），如kardia［心脏］或thumos［血气］，却没有关于上述各种感觉的严格的生理学论述。与此同时，狄奥尼索斯的言辞遵循了一种可以追溯到荷马的语言风格类型，这种语言风格专门被用来强调一种作为（各种类型的）身心情感（psychosomatic）症状的心悸（palpitating heartbeat）之感。在此，我们可能会想到柏拉图笔下的伊翁（Ion）所描述的那种身体感觉，即伴随着由荷马笔下的某些诗句所唤起的"恐惧"的战栗，或者想到柏拉图《会饮》（*Symposium*）中阿尔喀比亚德的描述，即科律班忒斯（Corybantic）仪式的迷狂音乐如何让受其影响之人心跳加速并泪

---

　　① ［原注13］《奥德赛》11.202。还有另一些人感到对缺席的奥德修斯抱有深切、念旧式的渴望：1.343（佩涅罗佩，动词），4.596（忒勒马科斯，以一种极富表现力的反事实表达来提及他的双亲），14.144（欧迈奥斯）。关于pothos［渴望］早期所具有的情欲特征，例见赫西俄德《劳作与时日》行66，［Sc.］41，Archil. 196 *IEG*。对死亡的Pothos：如Callinus1.18 *IEG*，Gorg. B6 DK *ad fin*。碰巧，在欧里庇得斯笔下，安德罗墨达用pothos描述自己需要和友人们一起唱哀歌，Eur. fr. 118：这本身就是一个古老的（荷马式）主题的变体，这个主题就是对诗歌深切的情感需求，即使是一曲悲歌；参第二章原页63-67。

流满面。①

无论如何，《蛙》行52-54（在舞台上的谐剧表演中）给人留下的印象唤起了一种突然的渴望或向往，并且该印象有赖于这样一种假设，即诗歌本身就可以是一个在人心中引发强烈欲望的对象。这一主题不仅与高尔吉亚用于描述诗歌体验（也可能包括视觉艺术）的想法相似，② 而且与更古老的希腊感情相吻合。在古风时期的文本中，歌（或者包括音乐和舞蹈）通常被认为是一个 ἵμερος ［欲望］的对象或唤起者；这个词与 pothos 之间存在相当丰富的爱欲联系，狄奥尼索斯本人也在《蛙》行59中戏剧性地使用了这个词："别嘲笑我，兄弟；我的情况太糟糕了，强烈的欲望折磨着我。"（ τοιοῦτος ἵμερός με διαλυμαίνεται ）③

因此，狄奥尼索斯讲话的口气，就像他是欧里庇得斯的肃剧的痛苦的爱欲者。当然，他都是在从未失去［103］其谐剧性的情况下讲的，无论是舞台上的表演场景，还是他对欧里庇得斯的渴望压倒他的种种情形，都充满了谐剧性。一方面，狄奥尼索斯为自己读了一篇肃剧（ πρὸς ἐμαυτὸν ，参《蛙》行53，无论人们认为阅读是否是无声的，这都强调了他个人专注于这项活动）；另一方面，在雅典的三列桨战船上读这篇肃剧是一件令人难以想象的事情，尤其是当这艘讨论中的船被认为是在进行实战时，而这些内容取代了之前几行的幻想（《蛙》行47-51）。不过，狄奥尼索斯专注于阅读的这一形

---

① ［原注14］柏拉图《伊翁》535c，《会饮》215e，后者是与苏格拉底相伴对阿尔喀比亚德本人产生影响的类比（参第四章原页205-206，以及第五章原页239-241，关于科律班忒斯［Corybantic］音乐）。其他的例子，包括 Sappho 31.6 *PLG*，《神谱》行1199，阿里斯托芬《云》行1368。

② ［原注15］Gorg. B11.9：见第六章原页274和279-281，参本章原注47、54和60。

③ ［原注16］关于荷马史诗中的 himeros ［热望］作为对歌曲的回应，见第二章原页46-47，原注16和17；如参 Alcman 27.2 *PMG*，《荷马颂诗》3.185、4.122、4.421-34、4.452、6.13、10.5，《神谱》行993（参 *IEG* West 的文本）。Himeros 与 pothos ［渴望］并列出现在柏拉图《克拉提诺斯》419e-420a（其区别在于对在场/不在场的目标的渴望）、《会饮》197d、《斐德若》251c-252a。

象的诸内涵令人难以捉摸：这是令他对欧里庇得斯的执着变得更加强烈（一种"抓住一切机会沉浸在自己的痴迷中"的行为），还是令其变得更古怪、离奇？①

不论如何，这位神的轶事无疑为他与赫拉克勒斯之间的价值观冲突埋下了伏笔。如前所述，赫拉克勒斯下意识地认为狄奥尼索斯所说的是关于性的渴望或需要；一旦得以利用这种被误解的谐剧潜力，狄奥尼索斯就会转向他知晓的赫拉克勒斯欣赏的另一种欲望，即他的口腹之欲。作为肃剧的狂热信徒，狄奥尼索斯发现自己不得不努力去说服一位怀疑论者（并且实际上他失败了），让后者相信诗歌本身也可以成为一个紧迫的，甚至是近乎身体性的欲望的对象。赫拉克勒斯相对无法接受这个观点，因为他的标准仅限于最明显的身体需求，这只会使其意义更加突出。赫拉克勒斯可以口若悬河地道出包括索福克勒斯在内的一些肃剧家的名字，但他似乎不仅是对欧里庇得斯，而且对所有肃剧都很冷淡。②当他轻描淡写地论及"有无数的肃剧家比欧里庇得斯更加啰唆"（《蛙》行91）时，这一点就很清楚了；接下来，在称欧里庇得斯为"极富创造力"（*γόνιμον*，《蛙》行96-98）的诗人时，他也没能领会狄奥尼索斯的批判性隐喻，后者［104］是一种古老观念的夸张变体，即认为最好的诗人具有一种独特的天赋和创造的"天性"。当他回应狄奥尼索斯承认他对欧里

---

① ［原注17］对《蛙》行52-53中涉及的历史作谨慎的推断，见Mastromarco,2006: 144-146。让笔者感到迷惑的是Ford, 2002: 153："狄奥尼索斯在读作品，这个画面……很明显，诗歌的文本只是文化上的构建，而非自然物体。"为何会有人认为诗歌文本是"自然物体"？若有人这样认为，那么在船上读文本又是在证明别的什么？（在船上吃一个苹果会不会也显示出这个苹果不是自然物体？）Del Corno, 1994: 224在这与《蛙》行1114之间建立了一个含糊不清的联系（本章原注35和67），十分轻率地推断认为在船上读书肯定是一种再熟悉不过的现象；Wiles, 2007: 95-96将此看作是要"在一场军事战役的语境中表现出明显的荒谬可笑"。Gavrilov, 1997: 70（合理地）认为狄奥尼索斯是在无声地阅读。

② ［原注18］注意行77可能具有讥诮意味的口吻（cynical nuance）："若你真的一定要从他们当中带一个回来。"（*εἴπερ ἐκεῖθεν δεῖ σ' ἄγειν*）

庇得斯"无比疯狂"（πλεῖν ἢ μαίνομαι，参《蛙》行 103，这可能是这位迷狂之神的一种讽刺的语言风格，但也可能只是一种口语化的夸张：参《蛙》行 751）的时候，这种印象就变得更深了；他回应的方式是评论欧里庇得斯的诗歌说，"这是一个巨大的骗局（κόβαλά），而且你心里也明白"（《蛙》行 104）。①

如果说在《蛙》的开场狄奥尼索斯就陷入了他自称厌恶的那种谐剧中，那么他如今发现，他所面对的人拒绝与他分享对欧里庇得斯肃剧的热情。但在这里，阿里斯托芬又一次向他的观众提供了多种选择。观众是否可以或应该对谁更有亲切感？是欧里庇得斯的"鉴赏家"，还是那些无暇顾及诗歌乐趣的坚定的怀疑论者（甚至是"俗人"）？此外，难道狄奥尼索斯真的是一位真正的"鉴赏家"，而赫拉克勒斯则是一名俗人？还是说是这样：前者对一位有争议的诗人（他部分错误地引用了这位诗人的两个短语和一行诗句［《蛙》行 100–102］）产生了异常的爱慕，而赫拉克勒斯则被视为直爽而不矫饰的人，他知道自己何时被欧里庇得斯的空话欺骗？②

可以说，也许是为了保持赫拉克勒斯神话人物形象的模糊性，阿里斯托芬允许那些问题在观众的意识中闪现——它们在潜移默化中

---

①　［原注 19］形容词 κόβαλος［诡诈］，原初可能指的是某种精灵（demons），后来语义延伸，可以指狡猾的诡计，这个词用在狄奥尼索斯这个神自己的一个人格（persona）上：见 Philoch. FGrH 328 F6 中的抱怨，以及 Jacoby 对同一位置的解释，Pearson, 1942: 113。在《蛙》行 1015，埃斯库罗斯用同一个词来形容欧里庇得斯堕落的同代人。Habash, 2000: 10 将赫拉克勒斯在行 104 的反应看作是一个已知的前提（donnée），而没有考虑到他被描述成一个文化上的俗人（philistine）/犬儒。有关为肃剧而痴狂的不同情况和词汇，参《鸟》行 1444–1445 中的青年人，以及 Dunbar, 1995: 682。

②　［原注 20］类似的问题出现在《地母节妇女》中欧里庇得斯的亲戚对阿伽通诗作的回应：他先是用嘘声，继而以秽语打断了阿伽通的奴隶的独白（行 39 以下）；之后（行 130 以下）他以肉麻露骨的评价描述阿伽通的抒情诗中情感绵柔的曲调。人们很容易把这位亲戚看作一位粗鄙的俗人，但也可能有人会认为他面对矫揉造作之诗具有"健全"的、阳刚的觉察力。

为后半部剧所涉及的更持久的诗歌价值冲突做准备。①我们无法通过对雅典文化自信的概括来轻易［105］解决这些问题，就像我们也无法解决《云》行1363–1378中埃斯库罗斯的拥护者斯特瑞普西亚德斯（Strepsiades）与喜欢欧里庇得斯品味的菲迪庇德斯（Pheidippides）之间的争执（甚至发展成动手）。②一定存在某些雅典人，他们可以凭直觉对像欧里庇得斯的《安德罗墨达》这样充满异域情调（和爱欲）的戏剧产生强烈的、近乎发自内心的反应。而肯定也有些人与赫拉克勒斯一样，对肃剧不感兴趣甚至根本不关心。我们很容易假设所有的雅典人都对mousikê［缪斯的］的领域和价值观有同等程度的爱慕，但我们应该抵制这种假设。③显然，可以肯定的是，《蛙》作为一个整体的谐剧并不是为那些对肃剧不感兴趣的观众设计的。但狄奥尼索斯希望人们认为他致力于灵魂诗学的激情，赫拉克勒斯则显然被视作由"下半身"需求驱动的功利主义者，两者之间争执的激烈程度在很大程度上源于如下事实：这种

---

① ［原注21］此处极为含混。赫拉克勒斯可以被描绘为一位给诸神演奏的优秀基特拉琴师：见Bond, 1981: 238, Schefold, 1992: 42–45。然而同样地，他也可以是亲手杀死了自己音乐老师的坏学生（Gantz, 1993: 378–379）或一位饕餮，他自己的歌声可能会深受醉酒状态的影响（如欧里庇得斯《阿尔克斯提斯》［Alcestis］760, fr. 907）。

② ［原注22］《云》行1363–1378表明，《蛙》中关于竞赛的极富想象力的"种子"，在多年之前便已在阿里斯托芬的脑中种下（并且反映了几代戏剧观众之间可能的趣味变化）。参Rosen, 2006: 32–34，该研究将《云》中的争论作为材料证据，证明与不同剧作家的名声相关的狂热"剧迷团体"（obsessive "fandom"，他们也帮助塑造了剧作家的名声）。《阿卡奈人》（Acharnians）中出现了更早的埃斯库罗斯–欧里庇得斯对位关系，关于其中的暗示，参Platter, 2007: 151。

③ ［原注23］参欧里庇得斯《疯狂的赫拉克勒斯》（Hercules Furens）行676歌队表达的观点，"离开缪斯女神们，我将无法生存"（μὴ ζῴην μετ᾽ ἀμουσίας）。柏拉图（暂且按下他的诸多哲学思想不表）在此处是一位颇有助益的见证者：他让苏格拉底在《理想国》中既是狂热的戏剧爱好者（《理想国》475d），也是那些"从来不接触mousikê［音乐］"的人（3.410c）；当苏格拉底被当成一个文化上的俗人时，他还表现出了焦虑（见第四章原页191–192）。这一问题在Halliwell（2012a）有进一步的详细讨论。

争执由一种谐剧风格构建，而该风格本身"效忠于"五花八门［的观众类型］（mixed allegiances），故不可能直接与争执中的任何一方结盟。

《蛙》开场的这幕场景预示了什么将在该剧后半部分的肃剧竞赛中变为一个长期的解释问题（而没有对此给我们一个简单的解决方案）：观众将会，或可能，或应该如何看待欧里庇得斯？笔者将在后文中强调，《蛙》本身似乎在寻找的那些观众——他们被视为假想的或想象的文化实体，而不是真实个体感受的总和或平均值——卷入了（评判）欧里庇得斯的问题中。据说，欧里庇得斯身上的同时代性（contemporaneity）使他成为"他们的"诗人，而在某种意义上埃斯库罗斯则不是如此；无论如何，这是（谐剧中的）埃斯库罗斯自己的观点，就像它后来成了尼采的观点一样。而与此同时，欧里庇得斯也被认为在本质上［106］具有"争议性"，对于他的同时代人（事实上，最终对于狄奥尼索斯本人）来说，他是一个爱恨交织的对象。

在《蛙》的第一幕中，反对欧里庇得斯观点的可能性与狄奥尼索斯和赫拉克勒斯的不同性格有关，这就使笔者眼中产生了一种印象，即欧里庇得斯深受（肃剧）诗歌"鉴赏家"的爱戴，而虚张声势并且务实的俗人则厌恶他。当然，在这种观点的碰撞中，狄奥尼索斯自信地告诉他的兄弟应有自知之明，他似乎借此取得了这场意见冲突的胜利。"别来管我的心"，狄奥尼索斯告诉他，"管好你自己吧"（《蛙》行105）——之后他又补充道，"在食物方面，我会接受你的建议"（《蛙》行107）。狄奥尼索斯明确暗示，在诗歌方面并非所有的"品味"都是平等的；热情的信徒认为，自己有权告诉怀疑嘲笑之人对方应有自知之明。对于（惊讶的）《蛙》的观众来说，该时刻似乎是个关于mousikê［缪斯的］与口腹（belly）的价值对立的小插曲。但这里涉及狄奥尼索斯角色的一个侧面，其影响将在后文以放大了的形式重新出现——那时，这位神的"批判性"评判的问题，即他理解肃剧mousikê［缪斯的］价值的能力，起着关键却不稳定的作用。

二 欧里庇得斯、"文本细读"和《蛙》的观众

《蛙》的后半部分迅速转回关于诗歌价值之争的概念。该部分内容将这一概念从偶然的、个人的分歧，放大到了文化层面上的争议，这便引发了关于戏剧体裁的整体特征及其历史的诸多问题，包括戏剧与共同体的关系——戏剧在共同体的公民节日期间得以上演。阿里斯托芬的观众本身就在这样的节日期间参与了谐剧竞赛，他们看到的是关于主题一系列精心设计的拓展变化——该主题与评判诗歌作品的质量，也与这一评判相关的标准和价值有关。歌队旁白后的竞赛开场白（包括所谓的"预赛"，参《蛙》行757–794）为后面的内容提供了一段"预告"（trailer）。而在这样做的时候，该开场白引入了一些［107］生动的主题；那些在《蛙》中发现连贯的诗学和意识形态轨迹的人常常抓住这些主题不放。而笔者想强调的是，该剧的这一过渡部分远远没有为观众提供一种理解竞赛的现成方法，而是让他们面对一些谐剧的难题。

在两个奴仆分享了他们有关主人低俗八卦的"秘密"之后，戏剧的话题相当突然地转到了（虽然主题的并列部分地反映了该剧的开场，但它同时也反映了阿里斯托芬更加普遍地喜爱混合式表达［mixing registers］）关于竞争冥界"肃剧宝座"的期待（《蛙》行769）——这场竞赛发生在那些声称自己是"伟大而精湛的技艺"（［τέχναι］μεγάλαι καὶ δεξιαί，《蛙》行762）的支持者之间。两个对手有着明显不同的特点。欧里庇得斯进入冥府时，为那里聚集的一大群罪犯和无赖表演了一段炫技般的修辞，这是一场取悦大众的煽动性表演（《蛙》行771–778），而埃斯库罗斯虽然已经坐上了宝座，但据说只得到一小撮人，即"最好的那种人"（τὸ χρηστόν，《蛙》行783）的支持。由于这最后一个词在歌队旁白中用来表示合唱队向城邦推荐的"出身良好"的人，并与当时政治领袖们的卑劣形成对比，所以一些批评家自然热衷于将这场竞赛与歌队旁白联系起来，以便在《蛙》的整体中读出一致的政治文化信息。这是一项可疑的工作，笔者将在适当的时候加以论证，不仅是因为竞赛的结果将建立在一

个并不牢靠的政治基础上，还因为《蛙》与大众戏剧的观众之间的关系遇到了难以解决的困难——无论是试图站在埃斯库罗斯一方，保持政治和文化精英主义的一致性，还是试图站在欧里庇得斯一方，保持政治和文化"暴民统治"的一致性。

在歌队旁白中，"歌队和mousikê［缪斯的］"被挑选出来，与摔跤学校一起作为对传统贵族式教育的保留，而阿里斯托芬笔下的歌队建议城邦选择的政治领袖，其所在阶级接受的正是这种教育。可就"歌队和mousikê［缪斯的］"而言，由于该剧本身的存在理由（raison d'être）与公民节日期间（由非贵族公民组成的歌队）的演出紧密相关，且其观众被视为整个民主大众的代表，所以该剧作为一个整体怎么可能为文化精英主义辩护呢？无论这种歌队旁白的当前政治精神是什么，它都无法［108］提供一把钥匙来简单地解决肃剧家的竞赛所引起的复杂诗学问题。①

在这样的背景下，如果我们再去看关于欧里庇得斯到达冥府的描述，就会发现一个有趣的组合。首先，尽管（或者说，实际上正因为）冥府有着丰富的"社会学"，但欧里庇得斯以极受欢迎的形象登场：喧嚷的冥界dêmos［民众］要求开展这场竞赛（《蛙》行779）。其次（这一点很少有人注意到），大众对欧里庇得斯修辞的反应，令人想起了狄奥尼索斯先前表达对欧里庇得斯的感受时的语气。大众聆听剧作家的演讲时，对他非常着迷（ὑπερεμάνησαν，《蛙》行776），认为他最为智慧（σοφώτατον），就像狄奥尼索斯最初告诉赫拉克勒斯他如何对欧里庇得斯的诗"无比疯狂"（πλεῖν ἢ μαίνομαι，《蛙》行103）。现在看来，狄奥尼索斯对欧里庇得斯的热情远不止于此。但是，这是否或多或少会让他与赫拉克勒斯交谈时更认为自己是一

---

① ［原注24］Goldhill, 1991: 201-205对《蛙》中的竞赛与歌队旁白之间难以把握的关系问题提出了一些敏锐的见解。Hubbard: 1991：210则认为竞赛完全符合歌队旁白。在我看来，歌队旁白本身（686-705）与其说是一种真正的、来自作者的"劝告"，不如说是试图呼应当下正在增长的情感浪潮（"召回流亡者——我们需要他们"），这引发了后来即前405年的帕特洛克莱德斯（Patrocleides）法令（Andoc. 1.77-79）的颁布。关于剧场观众的构成，参本章原注26。

位诗歌"鉴赏家"？关于欧里庇得斯吸引剧场 dêmos［民众］的观念具有复杂性，我们很难轻易从他呈现的谐剧形象转向对文化现实的清晰描述。欧里庇得斯肯定有许多崇拜者。他的戏剧在近半个世纪里多次被选中出演，其中一定有些原因。而我们知道他获得头奖的次数相对较少，且他在生前被视为一个有争议的人物。欧里庇得斯的名声不可能非好即坏。①

欧里庇得斯在抵达冥府时所受的款待一方面呈现出谐剧式的一边倒（one-sided），一方面又有些潜在的模棱两可，这有助于形成阿里斯托芬在后来的竞赛中所需要的两极对立和紧张关系。最重要的是，他与一大群 dêmos［民众］的支持者保持了一致，而这对——或关于——（假设的）《蛙》的观众本身提出了一个棘手的问题。如果剧场的 dêmos［民众］存在，并且［109］这是欧里庇得斯所谓受欢迎程度的基础，那么《蛙》的观众是否必须共同属于这一群体？如果是这样，那么每一个观看《蛙》的人又怎么能免于这一污名，即这样的民众就是一群粗俗的暴民（mob）？从另一个角度看，如果说只有少数人赞赏埃斯库罗斯，那么《蛙》的广大观众为什么会认为该剧是"埃斯库罗斯的"（Aeschylean）呢？在竞赛中的不止一个阶段，埃斯库罗斯都会将欧里庇得斯对肃剧的贬损与对肃剧观众的贬低联系起来，换言之，他将前者与前5世纪晚期的剧场观众——它们由《蛙》的观众（再次是假设的）本身所代表——联系起来。②事

---

① ［原注25］Stevens, 1956不偏不倚的研究仍然十分重要。关于欧里庇得斯在《蛙》中"受欢迎"的描述，参Rosen, 2004: 310–313。

② ［原注26］当然，即使有些观众可能确实更倾向于谐剧或肃剧，在这个时间点区隔谐剧和肃剧的观众也是非常过激的一步（见《鸟》行786–789有关该主题的一则笑话，尽管如何解释该处是一个争论不休的问题：Dunbar, 1995: 480–481）。近期研究测算，狄奥尼索斯剧场的观众容量更低了（虽仍未达成一致），只能够容纳不到7000名观众（参Revermann, 2006a: 168–169，其中有更为详细的文献引用），但该研究几乎无助于解决该问题；我们仍维持剧场容量大致与公民大会人数相同的观点。Dover, 1993: 11对《蛙》行771–776的评论（"观众中的一些成员如此直白地被告知［原文如此］……坏人们喜欢欧里庇得斯……，他们不太可能认为欧里庇得斯会赢"），这一观点忽视了《蛙》中涉及观众的段落的辛辣（和夸张）特征。

实上，在这个初步场景之后，我们得知埃斯库罗斯（在冥府）拒绝让雅典人担任竞赛裁判（《蛙》行807）。①因此我们可以说，将欧里庇得斯与其大量粗俗的追随者联系起来，这样的文化"人口统计学"（demography）取笑了当时的雅典观众，它让观众参与到欧里庇得斯的著名事件（célèbre）中，从而使该事件与整个肃剧评价的关系变得复杂。如此一来，《蛙》的（谐剧）核心就成了一个悖论。该剧为观众展现了一个评判肃剧的问题，而观众本身被推测为不具有评判能力！

　　阿里斯托芬在一段话中开启了（activates）这些挑衅欧里庇得斯诗歌地位和声誉的想法，他还在其中提出了关于诗歌评价的更普遍的不确定性问题。通过他特有的对"演出"隐喻（该隐喻被转化为舞台场景或想象情景）的喜爱，阿里斯托芬已经唤起了一种诗歌竞赛概念——既是在 dêmos［民众］面前的一场准政治辩论，也是一场摔跤比赛（这是《蛙》行791-793意象的重点）。然后，他又增加了一个层次：［110］称定和衡量诗歌价值的观念。当冥王普路同（Pluto）的匿名奴仆说 mousikê［缪斯的］"将在秤上称重"时（《蛙》行797），克桑提阿斯难以置信地反问道："什么？像称肉那样用秤来称肃剧的分量？"而第一个奴仆强调了这一点，他准备通过一整套几何与技艺的方法来完成这项工作（《蛙》行799-801）。这些诗句把任何（肃剧）诗歌概念都视为一种可以客观检验其质量的实体，这显然荒谬透顶。但是，如果我们超越"机械化"诗歌评判的谐剧式夸张，那么是否可以认为，准技艺标准的概念在本质上并不合适？毕竟一般而言，将良好的判断力同化为一种严谨的、适用于规则的衡量技艺，这在希腊人的思想中有着古老而广泛的历

---

　　① ［原注27］埃斯库罗斯在这里的态度很可能与一个传统相呼应，即他被年轻的索福克勒斯击败后，愤然离开雅典（前往西西里）：见 Plut. *Cimon* 8.8（注意，βαρέως［沉重］，如《蛙》行803）；参 *Vita Aesch.* 332.5-7 Page（1972）。不过这些传闻轶事可能来源于古典时代之后（post-classical）。

史；①正如许多希腊人所做的那样，任何认为诗歌标准既非不确定也非存在于个人观点之中的人，都有可能倾向于认同诗歌有其自身的精确规范。

我们在这个场景中已经多次提过，人们将诗歌称为 technê［技艺］（《蛙》行762、766、769）——它是由那些诗歌方面的 sophoi［智者］、专家，或知识渊博者（《蛙》行766、776、780）所实践的明确熟练的活动。②而作为［111］一项能获得公认的熟练和成功的技

---

① ［原注28］尤见《神谱》行543，评判依据的是一个（隐喻的）尺子/度量（στάθμη）以及“角规”（γνώμων）；参行805、945，以及柏拉图《高尔吉亚》465d中的σταθμάω［尺度］与κρίνω［评测］的组合（以及《斐勒布》56b–c认为使用测量技术的设备具有更高的价值）。还请注意，ἐπισταθμώμενος［掂量］与埃斯库罗斯《阿伽门农》行164（为宙斯演唱的赞歌）中为理解而进行的深刻努力有关。以及《蛙》行799、956，对比κανών的隐喻用法，即一位木匠的杠杆/直尺可以作为可靠的衡量价值的尺度，如欧里庇得斯《赫卡柏》（Eur. Hec.）行602，《厄勒克特拉》行52，关于更多的段落，参LSJ s.v. II；参Pfeiffer, 1968: 207如何论该词后来的隐喻意义。晚于《蛙》的使用，注意Aeschin. 3.199–200关于好的律法（与不合法的提案相对）与木匠的κανών应用之间的类比：埃斯基涅斯（Aeschines）把正义等同于一种确定的测量技艺；对于同一隐喻的不同用法，正如本章题词中所引用的那句，参亚里士多德《修辞学》1354a24–6；《尼各马可伦理学》1137b29–30。更概括地讲，判断“直”的普通希腊语词（ἰθύς, ὀρθός）是一个（死板的）隐喻，它源自专心致力“摆直”物体的活动；如见赫西俄德《神谱》行86，以及West, 1966: 183–184。

② ［原注29］σοφός［智慧的］一词在该戏剧中反复使用，主要（在诗学上）指熟练、专业等，但没有详细说明何种特质属于诗学的sophia［智慧］（例如诗人“所知”）；这正是竞赛试图建立的东西，它努力解决技术因素，以及人类的洞察力或智慧等更为无形的考量因素。比较柏拉图《苏格拉底的申辩》22b–d，其中，该术语摇摆于这两类因素之间（另见第四章原页159–166）。只有在《蛙》行1108（加上λεπτός［雕琢］，参本章原注66）和行1118（此处，该词用于描述听众，它具有行1114中δεξιός［精湛］的“书生气”的隐含意义和矫揉造作的创造力；参本章原注50），sophos［智慧］才有了一种特殊的倾向，两处都有点仿照欧里庇得斯。《蛙》行1413（下文原页141）无论可能以何种方式解释，都是在强化而非有助于解决什么促成了诗人的sophos这一问题。详见本章原注38、50和87，以及Dover, 1974: 119–122对术语sophos一词更普遍的考察。注意柏拉图《理想国》568a–b（尽管是苏格拉底的讽刺）中作为肃剧一般特征的sophos；关于该词更详细的柏拉图式用法，参第四章原页178原注41。

艺（想象一下造船、建筑、医术或养殖）的重要组成部分，它们不可能不具备可检测的能力标准。因此，若肃剧被视作一种诗学技艺（无论这个词本身如何，其隐含的概念在希腊文化中都早已有之），①但同时人们又认为对其价值进行精确校准的"衡量"或"权重"似乎很可笑，那么又该如何评判诗歌的质量呢？

这个隐性的问题受到了进一步的扭曲。首先，冥王普路同的奴仆向克桑提阿斯解释道，使用测量工具的原因在于：欧里庇得斯坚称，他将"逐行"和/或"逐字"（κατ᾽ ἔπος）检验并审查肃剧的文本（《蛙》行802）。因此，欧里庇得斯似乎特别提倡一种技艺性的、口头上一丝不苟的批评方法，而据说埃斯库罗斯对其对手的坚持做出了反应——他表现出牛头怪兽一般的攻击性（ταυρηδόν，《蛙》行804）。人们在此处捕捉到一个暗示性对比，即理性主义智识人（rationalist-intellectualist）与更原始的直觉主义者（intuitionist）之间的诗歌创作（和价值）概念对比，而该暗示在随后的歌队唱歌中得到了强化（《蛙》行814–829，在那里，埃斯库罗斯被想象为处于狂躁的迷乱中，《蛙》行816）。②

---

① ［原注30］《奥德赛》11.368，ἐπισταμένως［巧妙］指专业化的"诗学"技能（参第二章页54–55）；诗歌是一种以知识为基础的σοφίη［智慧］（也是缪斯们的礼物）：Solon 13.52 *IEG*（本章原注52）。至少在前5世纪早期，术语technê被用来指音乐–诗歌的技艺（《荷马颂诗》4. 447、4. 483、4. 511，Pind. *Pae.* 9.39）。参Murray, 1981: 98–99。

② ［原注31］注意埃斯库罗斯（据说）提到了诗人的"本质"（φύσεις ποιητῶν），行810；参阿里斯托芬《地母节妇女》行167（以及本章原注41）。Lada-Richards, 1999: 242–247 提供了一种解读方法，即认为《蛙》中的埃斯库罗斯是一位"受灵感启迪"（inspired）的诗人；相反的观点参本章原注95。诗歌天赋的概念中"技术"与"直觉"之间的冲突（这一明显的差异对比，见亚里士多德《诗术》1451a24）已在《奥德赛》22.347–348中费弥奥斯的自身形象上有所暗示（第二章原注39）；参第四章原注25，德谟克里特（Democritus）与柏拉图有关灵感（inspiration）的自然主义概念。《蛙》行804埃斯库罗斯如公牛般的脸，可对比柏拉图《斐多》117b苏格拉底的反讽表情：见Halliwell, 2008: 282注释40；参Bowie, 1993: 246–247关于埃斯库罗斯"怪兽化"（monstrosity）的其他特征。

当然，口头上精确审查的想法一直与欧里庇得斯有关：同样的短语 κατ᾽ ἔπος［逐字］在竞赛过程中还会出现两次，但都遭到埃斯库罗斯的否定（《蛙》行1198、1407）。在《蛙》之外，这个短语却出人意料地罕见，人们在德尔维尼（Derveni）出土［112］的莎草纸中发现了这个短语，该短语还标志出该莎草纸文献的作者对其寓言式的俄尔甫斯派（Orphic）文本所进行的"细读"和专门诠释。①但是，德尔维尼莎草纸的作者不仅是一位理性主义的智识人，他肯定（也）是一位秘传教义的信徒，他对言辞细节的阐释前提在于他赋予其文本的隐秘编码意义。因此，尽管欧里庇得斯在《蛙》行801–802中的形象确实暗示了他与"技艺"批评的一致，但细读在本质上并不属于理性主义，它可以适应各种价值观。

在任何情况下，我们都需要警惕该剧在这方面的异常现象。首先，埃斯库罗斯可能不赞成对诗歌语言进行"逐行"审查，但他会和他的对手一样参与其中（或者几乎不参与）——这场竞赛涉及批判原则和实践之间若干方面的差异之一。此外，《蛙》的批评者提出了许多假设，他们认为应该将"仔细分析言辞"视为智识人的特权，但这并不符合如下考虑，即对整场竞赛的评价在一定程度上取决于详细论证相关词语的兴趣和能力，任何完全厌恶这些事情的人（令人想起赫拉克勒斯！）很快就会因《蛙》而惊讶或困惑。与其他方面一样，阿里斯托芬对其作品主题的处理本身就与其提出的问题纠缠在一起。②

这里我们有必要强调一个更普遍的观察。密切关注语言细节本质上难以成为前5世纪希腊人对歌和诗的回应的一种全新特征。有着数百年历史的希腊诗歌文化，意味着相当多的人学会了唱歌、背诵，

---

① ［原注32］Derveni papyrus 13.6：文本 Betegh, 2004: 28，Kouremenos, *et al.*, 2006: 87（以及页194–195的讨论）。

［译按］德尔维尼莎草纸是古希腊最古老的莎草纸文献之一，诞生时间可追溯至前4世纪下半叶，该莎草纸于1962年发现于希腊德尔维尼附近，其主要内容是从自然哲学角度寓意式地解释一首俄耳甫斯派神学–宇宙论诗歌。

② ［原注33］Scharffenberger, 2007的研究将戏剧的这一侧面与埃斯库罗斯的人物形象紧密联系起来。

甚至学会了用口头阐述的诗文文本伴舞，而如果不注意措辞、短语和节奏的细节，这些都不可能实现。当然，学习一首诗与积极分析该诗的成分是不同的；但是同样，对细节的警觉可能由敏感的反应力（即使只是欣赏聆听的人，也需要这种反应力）培养，而在这种警觉性与更正式的系统分析的可能性之间没有明确的界线。仔细分析的概念［113］也并不绝对需要接触书面文本，原则上，它可以通过口头的方式来进行，柏拉图《普罗塔戈拉》中关于西摩尼德斯（Simonides）的著名片段就戏剧性地体现了这一点。在人们习惯于通过口耳相传来交流和学习诗文片段（quotations）的文化之中——或者，引用一个密切相关的实践案例，即政治场合和法庭上的听众仔细审查那些向他们宣读的官方文件细节时——人们肯定非常熟悉口头分析。① 《蛙》中口头批评（可以确定，前405年的观众本身是在聆听和观看《蛙》这部作品，而非在读它的文本）的重要意义，主要不是一个关于诗歌文学性与口头经验的问题。② 它更多与诗歌价值如何得到识别、界定（demarcated）和评价的争议相关。

---

① ［原注34］Aeschin. 3.192提到前5世纪末至前4世纪早期雅典公民坚持反复阅读律法条文，为的是确认是否有哪怕一个"单音节"违法了；Dem. 24.70也提到过这一点。这些段落（对此，笔者受到Victoria Wohl的点拨）证明，从雅典听众语言上的专注力来看，他们有这方面的能力；参Dem. 20.94关于仔细检查背下的律法条目的论述。民主制的这一特征与《蛙》中对"好辩的"欧里庇得斯的描写（本章原注68）密切相关，后者鼓励雅典人培养辩论式反思与细致检查的习惯（行971–979）。

② ［原注35］《蛙》行1114中提及观众与书籍的问题著名且棘手，但该问题并不与这一说法相矛盾；这不是中立的观察，而是对（日益增长的）书本文化的滑稽夸张（在行943、1409和欧里庇得斯本人联系在一起）；参欧里庇得斯《希波吕托斯》行451–452，其中有一处关于欧里庇得斯本人作品中对于时代错误的诗歌文本的引用。许多雅典人都曾对口传形式的诗歌进行语词分析，这是他们所受教育的一部分：参Ar. fr. 233对此现象（包括荷马式用语）的谐剧式窥测，以及Olson, 2007: 163–164。注意《蛙》行153可能假设摘抄作品以便用心记住作品的行为（参柏拉图《斐德若》228a–b）。关于雅典文化中口传与文字的复杂混合，见Thomas, 1989: 15–24, Morgan, 1999。关于《蛙》的普遍含义，注意Hunter, 2009: 24–25的提醒。Wiles, 2007: 96给《蛙》这部戏剧强加了一套失败的二分模式：他试图区分戏剧在表演上和文本上的不同；Wright, 2009: 165错误地声称，戏剧的"文本"概念在竞赛中已经完全被抛弃了。

　　在竞赛的前奏中，诗歌价值问题的最终转折发生在另一个奴仆描述了正在准备中的测量/称重工具之后（无论多么偶然，这都预示了诗歌的质量有可能得到客观确定），当时，克桑提阿斯强调地问道："但谁来判断这些事情呢？"①克桑提阿斯抓住了这一情况不可避免的竞赛内涵，该内涵已经［114］存在于另一个奴仆先前提到的"竞赛与评判"中（《蛙》行785，参《蛙》行873），并且它植根于古希腊长期以来的音乐和诗歌竞赛传统。无论使用什么［测量］"设备"，无论进行什么技艺分析，我们仍然需要最终的裁决行动。在方法和评价之间，以及程序和判决之间存在一个差距：在雅典人看来，这个差距可能类似于法律审判中（再多证据或"检验"都无法阻止决策行为）的差距，但它又与例如赛跑或摔跤等（这些竞赛具有明确规定的胜利条件）完全不同。

　　巧合的是，肃剧家的竞赛会不时地唤起这两种类型（以及其他类型）的竞争，它们可以说在受规则约束的内涵与更为"定性"的对立之间摇摆。②但这些竞争都无法摆脱克桑提阿斯提出的问题：谁来对诗歌价值作出最终判断？谁的权威才算数？谁有"专业知识"（expertise［sophia］）来评判诗人们的专长？③一旦我们得知（《蛙》

---

　　①　［原注36］关于《蛙》行805：笔者译文中做的强调符合希腊语中疑问词的后置（postponed）规则；参Denniston, 1954: 259及其中更详细的例证，另见Thomson, 1939: 尤见页150论后置的原则。

　　②　［原注37］一连串的竞赛意象包括：角力（λογισμῶν，行775和878）、赛跑（行995）、斗鸡（行861）、赛艇（999–1003）以及类似于司法（quasi-judical）的交叉盘诘（cross-examination，ἔλεγχος：行786、857等：本章原注68）。在雅典的戏剧节中，结果取决于评价（来自个体评委）和规则（按照计票流程）：关于后一种情况的复杂性，见Marshall & van Willigenburg, 2004。关于希腊的诗歌竞赛传统，如见Griffith, 1990；参Wright, 2009。

　　③　［原注38］行806说明，评判诗歌就像评判诗人自身那样，都需要是σοφός［智慧的］。在《蛙》行700（参行676），阿里斯托芬的歌队已经使用了这一听众的术语，同样的还有《云》行575（参行526、535，带有约束的暗示），《公民大会妇女》行1155。详见下文原页131–133。参Wright, 2009: 156–157论《蛙》中评判（以颁奖的形式进行）情节所具有的一些反讽。

行810-811）此人是欧里庇得斯的热爱者（即狄奥尼索斯），那么判断诗歌的价值就从抽象的问题转变为高度个人化的问题：裁判，也就是"批评家"本人，成了所讨论的问题的一个戏剧性体现。这位坚定而冲动的角色那不可预测（和懦弱）的滑稽动作，在狄奥尼索斯下冥府的旅程中得到了充分展示，我们不禁想知道：我们可以从他身上期待什么样的标准？我们甚至不可能从中期待某种公平。我们还可能自然而然地想知道，狄奥尼索斯是不是一位知道如何更公正地对待肃剧或谐剧的裁判。

三　分析、评价与不可比性

[115]《蛙》中肃剧家们的竞赛是阿里斯托芬传世剧作中最有韵味（textured）的片段之一。任何一种解释都有选择性，而且，任何解释如果要向令人眼花缭乱的诗歌剪裁和推演的辩证法完全敞开，都应该渴望更有把握地得出一个更广泛的结论。在下文中，笔者将尝试从个人视角出发，描绘狄奥尼索斯的[评判]之路如何因大量关于诗歌价值的可能概念和标准而中断——从一位想要被视为有修养的肃剧诗鉴赏家的裁判的立场（他在一开始就祈求能以"最好的技巧"或"最有文化的方式"[μουσικώτατα]来评判竞赛，《蛙》行873），到一个需要在剧作家们之间找到明确裁决手段之人的立场。狄奥尼索斯摇摆且困惑的经历无疑是一场谐剧，但它也可以说是对一个肃剧观众情况的真实写照，这位观众发现，他对该体裁各种特征的反应无法还原为一种系统的诗学。

我们应该首先提醒自己，这场竞赛至少在两个同时发生且相互影响的层面上进行。一个层面是辩论的公开"议程"——一系列批评话题和争论（与开场白、歌词[lyrics]、吐字[diction]和角色有关），肃剧的领域（domain）通过它们逐渐被勾勒清晰，而竞赛通过它们得以提前抵达最终的裁决。另一个层面是作者笔下的人物，他们来自剧本中的虚构，并被投射到其创作者身上；除此之外，这场竞赛还有一些微妙的弦外之音——它存在于阿基琉斯（他是知天命［portentous］、沉思、愤怒且神秘的埃斯库罗斯的原型）和奥德修斯（他是多变、善言、诡诈又喋喋不休的欧里庇得斯的原型）之间的荷马式竞赛之中。①这种准神话式的对立产生了一种秉性（temperaments）上的直接对抗，它不仅在［116］戏剧上富有成效，还生动地体现出诗歌与批评的差异。剧作家们有时以粗鲁的ad hominem［诉诸人身］的侮辱互相攻击（在早期阶段，狄奥尼索斯警告过他们不要像在市场上卖面包的妇女一样互相辱骂［loidoria］，《蛙》行857–858），但即便那时，他们也把协调不一致的判断标准所面临的困难置于脑后。同时，他们的作者身份具有一种谐剧的倾向，或者可能是一种由内而外的转向、一种批评的视角、一种"传记式的"诗学视角：换言之，这种批评认为由于诗歌被打上了创作者思想品质的烙印，所以从诗歌内容来重建诗人的"生活"是合理的。

这种传记式的诗学方法，让我们可以从埃斯库罗斯笔下一些人物焦虑的沉默中发现他本人高傲、内敛、沉思的气质，也在智性上好辩的欧里庇得斯与他在戏剧中使用的尖锐修辞之间建立一种可比性。而这种方法受到了（谐剧的）压力，如果不加修改地贯彻这种方法，它就会使我们既认为埃斯库罗斯是焦虑而沉默的一类人，又认为他是雷厉风行而傲慢强势的一类人②——对于一个反复无常（inconsistent）或鲁莽冲动的个体（与已经指出的阿基琉斯范例有些

---

① ［原注39］埃斯库罗斯与阿基琉斯的联系在行912、992、1264十分明显（行1400则是类比欧里庇得斯，且出于不同的目的），在行1020则表现得含蓄。很难确定刻画欧里庇得斯时是否有对奥德修斯的细致暗示，但是参见行957–958提到的狡猾，另参Hunter, 2009: 45。Rosen, 2008提出了诗人（及其风格）之间的另一层差异——"独白的"埃斯库罗斯与"对话的"欧里庇得斯。

② ［原注40］请注意行1132–1134的讽刺，狄奥尼索斯敦促埃斯库罗斯保持沉默，不过他显然急于发言；好的演员可能会找到方法来演绎早期的沉默主题。基于不同的缘由，欧里庇得斯本人在某些时候因反社会的阴郁脾气而闻名：见Alexander Aet. Fr 7 *CA*，Haliwell, 2008: 270以及注释16。至于"雷声"，这一隐喻已经与激烈的公共修辞学相关联：阿里斯托芬《骑士》行626，参*Ach.* 531与Olson, 2002: 211–212，O'Sullivan, 1992: 107–114；见Scharffenberger, 2007关于《蛙》中的埃斯库罗斯在这方面以及相关问题上的"煽动力"（demagogic）。在后来的用法中，参Callim. *Aet.* fr.

相似）来说，这也许是一个不可能的看法；但更容易让人理解的是这种方法作为整篇诗歌作品复杂性的一个比喻：整部诗歌作品达成统一的条件，与其中的角色们达成统一的条件截然不同。尽管我们确实知道，至少自前4世纪起，对肃剧家或任何其他诗人作出"传记式的"推论就已经很普遍，但我们仍很难说它们在前5世纪晚期的雅典有多么常见。①在一种极端情形下，有人甚至会说在《蛙》中（就像在[117]《阿卡奈人》《地母节妇女》的欧里庇得斯场景，以及《地母节妇女》的阿伽通场景中那样），传记式的诗学原则是一项谐剧的发明。但这不是笔者想在这里探讨的问题。我的目的仅仅是要强调，这一原则在《蛙》中的运用，明显强调了诗歌价值本身之间的冲突。

为了了解阿里斯托芬如何为价值冲突的问题赋予戏剧性生命，我们首先应该关注戏剧人物冲突（agon）那部分中的后言首段对句（epirrhematic syzygy），②即《蛙》行895–1098中的合唱歌与竞赛对手朗诵的讲演之间的对称结构。在阿里斯托芬传世的11部戏剧中，有8部都使用了这种谐剧结构作为各种效果的载体。实际上，在其中的三部（有人说是四部）戏剧中，他不止两次采用了完整的形式；而在其他戏剧中，我们则发现了歌队更松散的后言首段（epirrhematic）版本。③

1.20 Pfeiffer/Massimilla 中的讽刺，以及 Fantuzzi & Hunter, 2004: 69–70 朗吉努斯如何论及崇高的"雷霆（闪电）"（第七章原页330–335和原注9）。

① ［原注41］阿里斯托芬《地母节妇女》行159–170 调侃了（toys）诗人的生活与作品之间的联系（参 Ar. fr. 694）：参 Paduano, 1996，比较亚里士多德《诗术》1448b24–28，Austin and Olson, 2004: 109–114。关于古代诗人（托名）传记的发展，见 Lefltowitz 1981, 1991: 113–126。

② ［译按］"后言首段"（epirrhema）是阿提卡旧喜剧结构中的一部分，"对句"（syzygy）为其中对称的、相互呼应的形式。

③ ［原注42］在根本上对此问题进行处理的仍然只有 Gelzer, 1960，虽然在他的12个主要的例子中（11–36），有两个（《公民大会妇女》和《财神》）属于延长的"半竞赛"（half-agons），而另外两个例子（《马蜂》行334–402，《鸟》行327–99）没有完全发展成固定程序的辩论。一份相关的英文综述，见 Pickard–Cambridge, 1962: 194–207；参 Lowe, 2007: 57 中的表格（尽管《鸟》和《吕西斯特拉忒》的行号有误；见下一个注释）。

《蛙》是一个例外，它为完整结构的运用带来了一个不确定的结果：在所有其他七个出现了完整的后言首段（epirrhematic）形式的戏剧中，争执中都有一方获得胜利或至少取得了明显的优势。①在《蛙》中不仅没有出现裁决，在戏剧冲突结束时也没有达成任何明确的结果（歌队接下来的合唱歌强调了这一事实，他们说"在这两人之间很难作出抉择"[χαλεπὸν οὖν ἔργον διαιρεῖν，《蛙》行 1000]，并且还预见了竞赛未来各个阶段的情景）；整体而言，这场戏剧冲突的进展有着不稳定的动态，而这在其他地方是很少见的。例如，《骑士》（Knights）中胜过帕弗拉戈尼亚人（Paphlagonian）的香肠贩子、《云》中打败[118]正理的歪理、《吕西斯特拉忒》（Lysistrata）中羞辱传令官的女主人公，他们都明显缺乏定向的推动力。有三个主要因素共同（虽然很难说是一致）导致了《蛙》中无法确定和无法判定的正式戏剧冲突。第一个因素在于，两极分化如何导致对两位诗人作品的期望和标准不可比较；第二个因素是两位参赛者与《蛙》的听者之间的不对称关系；第三个因素是狄奥尼索斯本人反复无常的性格。

　　不可比性在戏剧冲突的一开始就隐约可见，它与剧作家自己的（伪）传记式讽刺角色紧密关联。首先，笔者将用一些棘手的言辞细节来阐述这一点，这些细节体现了阿里斯托芬文本的紧密结构所具有的一种更为普遍的特征。为了与歌队在多数辩论中所处的公平立场保持一致（笔者之后将再次探讨这一点），戏剧冲突的第一首歌（即正旋节[strophe]）一开始就将两位诗人称为娴熟或专业的习艺者

① ［原注43］对于其他7个例子（参上一个注释），见《骑士》行303–460（帕夫拉戈尼亚人在身体上被打垮）、《骑士》行756–940（民众被香肠贩的优势说服了）、《云》行949–1104（正义的论辩被击败和打垮）、《云》行1345–1451（斯特瑞普西阿得斯被他的儿子击败）、《马蜂》行526–724（布德吕克勒昂[Bdelycleon]显然胜过了斐罗克勒昂[Philocleon]，尽管后者投降的场景推迟到了下一幕）、《鸟》行451–626（佩斯塔伊洛斯[Peisetairos]说服了鸟）、《吕西斯特拉忒》行467–607（吕西斯特拉忒[Lysistrata]驳倒了传令官，后者最后受到了身体上的羞辱）。《公民大会妇女》行571–709的两场"半竞赛"的决定性结果亦是如此（普拉科萨戈拉[Praxagora]说服了男人），以及《财神》行487–616（贫穷被打败并驱逐）。

（Sophoi［智者］,《蛙》行896a），他们都对自己的作品感到"自豪"
（λῆμα）。然而接下来，这首歌又将欧里庇得斯巧舌如簧、精心润色的
语言或性格，与象征着埃斯库罗斯的风暴力量（它足以连根掀翻树
木）和纯粹的野兽力量（如骏马猛烈翻滚并扬起尘云）对立起来。

> προσδοκᾶν οὖν εἰκός ἐστι
> τὸν μὲν ἀστεῖόν τι λέξειν
> καὶ κατερρινημένον,
> τὸν δ' ἀνασπῶντ' αὐτοπρέμνοις
> τοῖς λόγοισιν ἐμπεσόντα
> συσκεδᾶν πολλὰς ἀλινδήθρας ἐπῶν.
> 我们似乎可以预料，
> 其中一个将说出
> 巧妙的俏皮话，
> 另一个则像
> 连根拔起一棵大树后所做的那样
> 把一大堆词语掷向对手，
> 折裂之声响彻赛场。① （《蛙》行901–904）

　　此处与之前的一首合唱歌具有形象上的联系，这首歌的文本让
校勘者们感到力不从心。在《蛙》行819中，我们似乎看到一个隐
喻——（可能是发出尖锐声或断裂声的）战车［119］的车轴与工匠
的凿子相关的一些东西放在一起——而此处显然是将技艺的词汇附
加在了暴怒的战士那近乎史诗的形象上面。多佛校勘了《蛙》行819
的文本，并给出了人们认为勉强可以理解的内容（"车辖的裂片"与
"艺术作品的刨片"［shavings］并列）；索莫斯泰因（Sommerstein）
绝望地在这一行附近用剑号（daggers）标识了无法修复的文本污

---

① ［原注44］译自 Sommerstein, 1996: 109。

损；① 丹尼斯顿（Denniston）则质疑这些意象究竟是否需要有适当的意义。② 即使可以完美地解决文本问题，笔者还是认为，《蛙》行819以及行901–904仍会给我们留下一个令人困惑且不协调的复杂意象组合，以及一种诸多印象的类联觉交汇（para-synaesthetic intersection，"文字"可以戴着羽饰头盔、骑着马，但也会变成木制品和石制品）。这不仅仅是在几种古希腊诗歌（尤其是在埃斯库罗斯的戏剧）中发现的那种复杂隐喻，而是一种谐剧的手法——将竞赛中极端对立的诗歌扔进令人困惑的内涵混战中，从而瓦解了在这些内涵之间作出一致判断的期望。

《蛙》行901中的动词 καταρρινεῖν（或 καταρρινάν）肯定是"锉开"的意思，歌队希望欧里庇得斯会说"打磨到底"。这个词似乎让人联想到雕刻家的金属作品或石头作品（就像《蛙》行819的"刨片"[σμιλεύματα]，如果这就是那些词的含义，它可能是指这样一种工匠的凿子），这是我们在古代，尤其是在后来的拉丁语中发现的一种最早出现的隐喻，它表示文体上的流畅、完成或打磨。③

许多学者虽然已经接受了这一术语，并把阿里斯托芬当作批判性语言演变的"源头"，却没有足够重视该词在《蛙》中出现的直接影响。不论阿里斯托芬是借用还是发明了这一术语（我们对此往往

---

① ［译按］剑号是一种古老的文本编纂符号，古典文本校勘中，学者们常用成组的剑号标明可疑或污损的文本。现代计算机Unicode编码中，常见的剑号为†。

② ［原注45］Taillardat, 1965: 289–292, 295 对这一意象做了最全面的讨论，尽管也有部分解释略显牵强，紧接着是O'Sullivan, 1992: 141–142（强调了与欧里庇得斯微妙风格相关的声音词汇）。Denniston关于抄本（MS.）的观点（参Denniston, 1927: 114）得到了Dover, 1993: 293 的引用，他们忽视了Taillardat的研究。参Beta, 2004: 138–139, Silk, 2000a: 198（"意象的杂糅"[welter of imagery]），另见Wilson, 2007a: ii. 172的校勘记（app. crit.），以及Wilson, 2007b: 173。

③ ［原注46］关于这些修辞手法——包括《蛙》行901（和行819）——的历史，见Friis Johansen & Whittle, 1980: iii.103, Alexis fr. 223.8, 以及Arnott, 1996: 637–638, Taillardat, 1965: 295, 450, Brink, 1971: 321（关于贺拉斯《诗艺》行291），Pritchett, 1975: 89, van Hook, 1905: 39, O'Sullivan, 1992: 140 注释216。对《蛙》行900–904的进一步分析，参Bonanno, 1998。

无法判定），笔者的论点是，他在类似《蛙》行900-904这样的段落中过度混合的［120］（隐喻的）类别，突出了不同类型的诗歌品质之间的不可比性。打磨完成的雕塑品那精致平滑的表面，与风暴的破坏力或野兽的蛮力之间，怎么能比较呢？更不要说作出判断了。关于这种对比的潜台词在戏剧的后半部分十分常见，它与解释和评价歌时一种更古老的希腊（或许还有印欧）两极对立不无关系：一方面是自然（即未习得也不可教的）的"创造力"，它有时可能要归于"灵感"；另一方面是娴熟的技艺，或确切来说是非常高的熟练度。阿里斯托芬用他所能使用的所有过于谐剧化的语言延伸和强化了这些对比，直到它们不再能促进启发性的辩证比较。作为替代，这些对比混淆了所有相同的判断范围，将我们推入了埃斯库罗斯和欧里庇得斯各自诗歌风格间的巨大鸿沟之中。

　　试图在单一的判断框架内囊括这些不同的诗歌风格和品质，困难重重，表现出这种困难的不仅有竞赛开始时的那段正旋歌合唱，还有诗人们之间的多次交流——它们激发了笔者在上文中提到的另外两个因素：剧作家与观众的不对称关系，以及狄奥尼索斯的评判的不稳定性。欧里庇得斯在戏剧冲突的前半部分提出了自己的观点，他指责埃斯库罗斯装腔作势（集中体现为如阿基琉斯和尼奥柏［Niobe］等人长时间的焦虑和沉默）、把歌队唱词拖得过长，以及使用一种令人难以理解的怪异语言。相比之下，欧里庇得斯声称他对肃剧进行了"瘦身"，消除了那种巴洛克式的浮夸言辞，代之以更加轻松的语言和内容丰富的开场白；他发展出一种"民主的"平民主义角色塑造模式，让包括妇女和奴仆在内的各种类型的人都可以雄辩地作出贡献；他把分析性推理（logismos）注入他的诗歌艺术中；[1] 也因此，他教会

---

[1]　［原注47］ *λογισμὸν ἐνθεὶς τῇ τέχνῃ* ［把理性论证融入我的技艺］（行973）可能意味着合理化他的诗歌创作和/或使他的角色从事理性思考，比较高尔吉亚《海伦颂》B11.2，*λογισμόν τινα τῷ λόγῳ δούς* ［在我的逻各斯中注入理性论证］（见第六章原页268-272）：这一类似之处（受到阿里斯托芬的评论家的忽视）突出了欧里庇得斯人物刻画中理性主义的"智术师式"（sophistic）倾向，但是这使任何看到高尔吉亚对作为整体的竞赛产生重大影响的尝试都变得复杂；参本章原注54。

了观众如何谈论、思考和审视自己的生活——在这一过程中，他将"家庭的"或［121］日常的事情搬上舞台，取代了埃斯库罗斯戏剧中那些如神话般遥远的事件（paraphernalia）。

欧里庇得斯的案例涵盖了各种（文体的、戏剧的、文化的）论点，其中既有大致合理的部分（埃斯库罗斯的歌词肯定比欧里庇得斯的更广泛［extensive］），也有相当可疑的部分（不能直截了当地认为，妇女和奴仆在欧里庇得斯那里比在埃斯库罗斯那里更有发言权）。但就他的案例而言，其总体主旨涉及对带有"当代现实主义"而非"神话般宏伟"色彩的戏剧氛围的偏爱。这是欧里庇得斯自己的一种偏爱，他将其戏剧对雅典观众的影响，与观众根据自己的经验判断这些戏剧世界的能力联系起来（《蛙》行959-961）。因此，正如戏剧冲突的后半部分讽刺性地证实的那样，《蛙》的（假想的）观众与竞赛的关系远非客观中立的。

狄奥尼索斯本人反映并增强了这种评判的不平衡感。他在四个文本位置（参《蛙》行914、921、926-927、930-932）表现出支持欧里庇得斯的倾向，而只在一个场合（参《蛙》行916-917，并在《蛙》行918和921-922立刻有所削弱）对埃斯库罗斯表示强烈的赞同并直接嘲讽欧里庇得斯（以传记式的影射为理由，参《蛙》行952-953），插入了其他几句评论（参《蛙》行918、934、968-970以及980-991的长末段），很难只通过这些内容对论点的平衡性作出明确判断，因为这些内容夹在讽刺与滑稽之间摇摆不定。此外，两位诗人都直接指责狄奥尼索斯愚蠢（参《蛙》行917-918、933），几乎很难说他们非常认可狄奥尼索斯的裁判资格。这些引用的段落只是用于方便地概括狄奥尼索斯对欧里庇得斯的主要倾向，但也表现了他明显的摇摆不定。这种摇摆不定在某种程度上反映了一种"谐剧值"（comic index），用以表明专注于诗歌和戏剧价值的难度。

例如，在《蛙》行914-921，狄奥尼索斯一开始就宣称（实际上他是以上一辈剧场观众的口吻宣称）他从埃斯库罗斯的沉默中获得了激情洋溢的兴奋之感，并对当时肃剧中"喋喋不休"（λαλοῦντες，《蛙》行917）的角色们展开侧面抨击，以此来强化他的观点；他的抨击与欧里庇得斯本人有关。[①]而在欧里庇得斯嘲讽 [122] 他天真后（"那是因为你很容易受骗 [ἠλίθιος]"，《蛙》行917），他立刻改变了想法（"是的，我也这么认为"），承认自己被埃斯库罗斯戏剧的空洞伪装欺骗了。在这种迅速的改变中，有一个谐剧的小插曲，它不仅体现了对同一戏剧手段的矛盾体验（一位角色的长时间沉默，会被视作用以积累 [观众] 高度紧张的预期，或一种精心设计的戏剧性转折 [coup de théâtre]），还隐含着这样的问题：诗歌体验价值的不确定性如何内化到个人的思想之中。在欧里庇得斯尖刻的嘲讽压力下，狄奥尼索斯改变了他的观点（回头看时，这与他早先回应赫拉克勒斯的怀疑时所表现出的自信形成了鲜明对比），这也许是在满足作为一名谐剧丑角（stooge）的要求。他的摇摆不定也微妙地（和不祥地）表明，他在寻找一个坚定的立场来判断这场竞赛中的价值冲突时遇到了问题。

我们应该注意到，在竞赛的后半部分，歌队在回旋节（antistrophe）中强调了对欧里庇得斯的指控的严重性（"他提出了严厉的指控"，《蛙》行996），还出人意料地（a sting...in the tail）对那位年长的诗人说了些自相矛盾的话（"你用庄严的语言建造了一座塔，用肃剧的糊涂话 [drivel] 构建了一座精美的建筑"，《蛙》行1004–1005）[②]——埃斯库罗斯在很大程度上重新运用了欧里庇得斯在

---

①　[原注48] 狄奥尼索斯使用动词 λαλεῖν [唠叨]（行917，参行815、839、954、1069、1492），让人想起赫拉克勒斯对同源形容词的使用（行91），这一用法简短地表达了对肃剧诗歌的轻蔑之情（上文页103）。见 O'Sullivan, 1992: 132–134, Dover, 1993: 22。

②　[原注49] Dover, 1993: 317–318 忽略了行923相同的词汇（参行945），奇怪地反对在表面上用 λῆρος（"说废话"，行1005）来形容埃斯库罗斯自己的诗歌；Wilson, 2007b: 177 遗漏了谐剧的语气风格（以及 Wilson, 2007a: ii. 180 错误地将这一行台词归于狄奥尼索斯）。Silk, 2000a: 48 引用了第一部分而不是第二部分，因此错失了有谐剧意指的句子。关于行1004–1005谐剧式的矛盾修饰法（oxymoron），《云》行359是一处很好的对比。Paduano（Paduano & Grilli, 1996: 151）很不合理地将 λῆρος 仅译作"语言"（linguaggio），Lefkowitz, 1981: 70 令人费解地译作"里拉琴"（lyre）！参本章原注100。

辩论前半部分使用的那种二分法。埃斯库罗斯在评价上颠倒了优先次序，他声称对手剥夺了肃剧中所有英雄般的宏伟和壮观，将肃剧贬入一个卑鄙、粗鲁和肮脏的非道德世界，而这种做法的影响就体现在"当代"雅典生活的普遍堕落当中。因此，这场争论预示了一个特殊的批评僵局：双方似乎差不多承认同样的诗学现象，但对其重要性却给出了截然相反且互相毫不让步的评断。

在埃斯库罗斯开始反击之前，他友好地邀请欧里庇得斯表明他在诗歌价值上的基本标准，[123] 并得到了如下答案：（人们应该钦佩诗人的）"高超技艺（dexiotês）和道德教诲（nouthesia），因为（原文如此）我们使我们城邦中的公民变得更好"（《蛙》行 1009-1010）。① 与《蛙》中的许多其他细节一样，这段话不是该剧的独立"答案"，而是一种谐剧式描述，针对的是那种可能被认为适合作为普遍诗歌信条的东西；人们常常将这段话在很大程度上解读为反映了同时代人的观点（且是其"来源"）。作为竞赛本身的一个修辞时刻，这段话所具有的模糊含义没有得到人们充分的认识，部分原因在于：人们很容易忽视一点，即在他们提出的标准中不包含任何具体的体裁要素（genre-specific component）。毫无疑问，高超的艺术技艺和（伦理）教诲或教化是诗歌价值的既定基础，两者都植根于

---

① ［原注 50］注意柏拉图《普罗塔戈拉》325c 中 νουθετεῖν ［提醒］与 διδάσκειν ［传授］之间密切的联系，以及《普罗塔戈拉》326a 关于诗歌的 νουθετήσεις ［告诫］以 Isoc. 2.42（参 49）把诗歌比作对个人的劝导。关于诗歌"改善"人或使人变得"更好"，参 Isoc. 2.3，以及第六章原页 287 和 311；关于术语"裨益"（ὠφέλιμος），埃斯库罗斯于行 1031 引述了这个词，见第六章原页 310-314。色诺芬《会饮》3.4-5 中，"变得更好""教授""裨益"的意思都（大致）相当。至于"精巧"（δεξιός），有时实际上是 σοφός［智慧］的同义词，如《蛙》行 1114/1118（诗歌与听众的匹配）；如参阿里斯托芬《云》行 547-548、520（谐剧演员本人主张。注意《云》行 521，526-527 的观众），《马蜂》行 65-66。关于 δεξιός［精巧］与 technê［技艺］之间更广泛的亲缘关系，注意《蛙》行 762。见 Dover, 1993: 12-14 对《蛙》中 δεξιότης［精湛］与 σοφία［知识］之间有趣的讨论，但他认为前者是后者的"组成部分"，这就使得行 1009-1010 的正式陈述超过了诗歌竞赛逐渐积累起来的印象，即诗歌中的 σοφία［智慧］无法进行分析式的定义。参本章原注 29 和 87。

古希腊的思想传统。①

　　个别文本有时会包含其中一种或另一种思想传统，但并不会因此在它们之间二选一。例如，梭伦将听起来像是正式专业知识的词汇与一种爱欲的迷人之感结合起来，将好诗人描述为"知道一种迷人的技艺的尺度"的人；②另一方面，可能与《蛙》年代十分接近的一篇文章残篇的作者告诉我们："我听过许多人断言说，与我们祖先遗留下来的诗为伴是有益的（ὠφέλιμον）……"③［124］毫无疑问，阿里斯托芬之所以能使欧里庇得斯和埃斯库罗斯在原则层面上达成一致，其原因之一就在于这些当时流行的思想。但埃斯库罗斯利用这种表面上的一致性来攻击欧里庇得斯笔下人物不道德，并（据说）"因此"谴责欧里庇得斯带来的败坏影响。这种一致性实际上对推进这场争论起不到什么作用，它只是让最紧要的问题变得更加复杂（和混乱）。

　　首先，和在其他地方一样，《蛙》的观众在这里也被讽刺性地卷入这些问题之中，因为埃斯库罗斯的情况取决于如下断言：雅典人

---

　　①［原注51］斗胆质疑Bakola, 2008: 8注释32，受Ford, 2002: 200的影响（他忽视了埃斯库罗斯没有质疑欧里庇得斯的标准这一事实），事实上并没有很好的理由将《蛙》行1009–1010（而非行1008–1009）视作体现诗歌价值"旧"与"新"标准之间的对立；对诗歌的智术师式的态度比Bakola, 2008: 9认为的更为复杂。诗人之间（表面上的）一致性在某种意义上表明了评判标准的广泛，参Silk, 2000a: 367。Pucci, 2007: 114–117发现，埃斯库罗斯的问题与欧里庇得斯的回答所具有的严肃性被谐剧式地消解而归于虚无。

　　②［原注52］ἱμερτῆς σοφίης μέτρον ἐπιστάμενος, Solon 13.52 IEG，另见本章原注30；参Mülke, 2002: 305–306。论ἱμερτός［迷人］一词具有的爱欲的弦外之音，参第二章原页46–47。

　　③［原注53］ἤδη γὰρ［πολ］λῶν ἤκουσα［ὡς］ἐστινὠφέλιμ［ον το］ῖς ποιήμασιν［ὁμιλ］εῖν ἃ οἱ πρότε［ροι κα］τέλιπον: POxy. III 414（col.I.8–13）。这句话被一些学者如Lanata, 1963: 214–217归于安提丰（Antiphon），但遭到了Pendrick, 2002: 31的反对。另一种将之归于克里提阿斯（Critias）的做法见Giuliano, 1998: 151–162，另，Giuliano, 2005: 82–84倾向于认为该问题是不可知的；参第六章原页313–314。关于形容词ὠφέλιμος［有益的］，参本章原注50。

集体堕落成了一群懦夫和废物，没有了祖先所具有的军事美德和体育美德（《蛙》行 1014-1015、1069-1070）。因此，《蛙》本身（假设）的观众很难看到或感到埃斯库罗斯是正确的而又不暗中谴责《蛙》。此外，尽管埃斯库罗斯似乎确信在道德层面进行攻击的策略对他有利，但他还是遇到了一些麻烦。他为自己培养出了一代痴迷于战争的雅典人（"手持长矛标枪、戴着白色羽饰头盔……"，《蛙》行 1016）而自得，而这却遭到了欧里庇得斯的强烈质疑："你到底做了什么来教他们变得如此高贵？"（《蛙》行 1019）。接下来，狄奥尼索斯不得不敦促埃斯库罗斯不要陷入"他的"焦虑的沉默，这句话表明这位年长的剧作家不愿回答这个问题，而这似乎是一个傲慢的姿态——他不愿降到欧里庇得斯的争论水平（对于这种影响的早先说明，参《蛙》行 1006-1007）；但可以说，[这种傲慢姿态]仍然让怀疑的气息弥漫在空中。人们有理由怀疑，即使是相信城邦愈来愈道德败坏的雅典人，也会把埃斯库罗斯同时代人的美德视为观看埃斯库罗斯戏剧的直接结果。

当埃斯库罗斯回应说，"充满了阿瑞斯（Ares）色彩"的《七将攻忒拜》（*Seven Against Thebes*）会让任何观看它的人"渴望作战"时（《蛙》行 1021-1022），观众当然可以选择将这种从戏剧气氛到心理[125]效果的推论视为荒谬的简化和乞题（question-begging）。①《七将攻忒拜》充斥着关于战争的语言和意象，但在这部剧中，（准）内战的冲突导致俄狄浦斯的儿子们相互残杀，这难道也是无条件地鼓励或煽动战争吗？②狄奥尼索斯小丑般地反对说，这

---

① ［译按］乞题（question-begging）：一种逻辑谬误，指在论证中提出一个问题，其前提或结论暗含了所试图证明的观点。这种错误通过设定问题的方式隐含了论点，从而导致循环论证或无效推理。

② ［原注 54］关于似是而非地（speciousness）援引《七将攻忒拜》，以之作为唤醒英雄主义的戏剧的典范，Zeitlin（1990: 89）注意到了这一点，但是与此同时，她又宣称"阿里斯托芬会让我们相信"该戏剧的这一观点，借此提出一个（谐剧的）问题。实际上很可能是，阿里斯托芬故意借用或呼应了高尔吉亚的说法（B24 DK），后者将《七将攻忒拜》描述为"充满阿瑞斯的气息"；参 Lanata, 1963: 207，Segal,

部戏剧将忒拜人描述得更勇敢（且有才能，所以不言而喻的潜台词是他们将战胜雅典），从而产生了灾难性的影响，这就间接地补充了上一种说法。对此，埃斯库罗斯的回应是指责雅典人自己未能遵守他们的军事标准，而鉴于雅典在前405年令人绝望的军事状况，[①]这种说法可能会引起人们的共鸣。但这一点并不能使埃斯库罗斯的诗歌说教（didacticism）模式变得更令人信服，尤其是因为它含蓄地承认，一个城邦的军事政策所基于的事物，要么不只是肃剧家的作品，要么是这些作品以外的东西。

为了说明自己为激发观众身上的爱国主义勇气所作出的贡献，埃斯库罗斯举出了《波斯人》（*Persians*）作为第二个例子，但这也不能使他逃脱遭到纠缠的处境：这个例子显然前后颠倒（该剧晚于他所提到的军事事件），表述上也平淡无奇（"我教［他们］始终想着去击败他们的敌人"，《蛙》行1026–1027），而且容易被狄奥尼索斯在《蛙》行1028–1029的回应削弱——尽管存在文本问题，但该回应似乎将重点从埃斯库罗斯所声称的军事主义的兴盛，转移到了作为观众的狄俄尼索斯充满悲伤和哀悼氛围的戏剧演出中体验的"肃剧之乐"。[②]最后，将拉马科斯（Lamachus，一位军事人物，恰巧是欧

1962: 131–132、153–154注释121（尽管《蛙》所证明的几乎称不上是"系统化的文学理论"）。但是我们很难理解《蛙》中的整场竞赛都依赖了高尔吉亚的原型（prototype），此处反对Pohlenz, 1965: ii. 452的观点。对后一种看法进行了大量讨论但有夸大之嫌的研究，参Newiger, 1957: 131–132注释4, Pfeiffer, 1968: 47注释1, Clayman, 1977: 28–29, O'Sullivan, 1992: 20–21，以及本书第六章原页266–284对高尔吉亚诗学的概论。参本章原注47，该处讨论了《蛙》行973另一处高尔吉亚观点的重复/类似（affinity）。

① ［译按］前405年是伯罗奔尼撒战争的尾声，雅典于羊河（Aegospotami）战役惨败于斯巴达，雅典海军基本覆没，次年（前404年）雅典投降。

② ［原注55］小品词 γοῦν［起码］（行1028）按理说是在暗暗（部分地）支持埃斯库罗斯倾向于军事的主张，参Denniston, 1954: 452。但它也同样说明对埃斯库罗斯主张的修正有说服力，见Hunter, 2009: 38，另参第五章yuan页224，以及本章原注36。Harrison, 2000: 106受 χαίρειν［快慰］的英译"纯粹的愉快"（unmixed delight）误导，认为该语词与肃剧式同情对立，这一点可由柏拉图《理想国》

里庇得斯的同辈或是更晚一辈！）视为［126］一个所谓受荷马式军事"教学"影响之人的主要范例，可以视为一种明显不合理的观点，然而，还是有不少现代学者忽略了这一点。①

如果说埃斯库罗斯为自己的戏剧如何影响雅典人的军事态度所做的论证，体现为一种既不连贯又非常夸张的形式，即认为诗歌作品与它们时代的文化精神紧密关联，那么在另一方面，他对欧里庇得斯要为雅典人的道德败坏承担责任的批判是否更有说服力？②值得注意的是，在作者的身份层面上，埃斯库罗斯对欧里庇得斯本人的立场没有产生任何影响（相反，也许是在狄奥尼索斯的帮助下，他找到一个情色上的［salacious］角度抨击了欧里庇得斯的私人生活；参《蛙》行 1046–1048）。而欧里庇得斯拒绝在任何一个具体问题上屈服，他挑衅性的反问（"我的斯忒涅玻娅［Stheneboias］做了什么坏事……？"参《蛙》行 1049；"我为斐德拉［Phaedra］创作的情节难道不是真的吗？"参《蛙》行 1052；"你有没有将最好的东西教给雅典人……？"参《蛙》行 1056–1058，"我做［错］了什么？"参《蛙》行 1062；"我这样做有什么坏处？"参《蛙》行 1064）表明：尽管在《蛙》行 1008–1010 他们似乎就诗歌价值的基本原则达成了一致，但他并不同意埃斯库罗斯关于肃剧剧场与观众

605c–606b 来予以反驳，其中，动词的三次使用精准地关联上肃剧的怜悯（参柏拉图《斐勒布》48a，关于肃剧的"混合了快乐与痛苦"［χαίροντες κλάωσι］，被 Frede, 1993: 56 严重地误译）；在《蛙》行 921，这一动词说明，埃斯库罗斯意味深长的沉默中有着愉悦的情感。Mastromarco & Totaro, 2006: 659 注释 166 也遗漏了这一点。关于《蛙》行 1028 的文本问题，见 Dover, 1993: 320–321，Sommerstein, 1996: 246，Wilson, 2007b: 177–178，Garvie, 2009: pp. liv–lv。

①［原注 56］见 Halliwell, 1982: 154（其中"轻微地降低"低估了这一点）。Sommerstein, 1996: 248 属于那类典型的注释者，他们不考虑文本语境中有关荒谬性（absurdity）的迹象，而只在其中看到"真诚的赞美"；还有像 Austin & Olson, 2004: 276，Paduano & Grilli, 1996: 154（严重地误解了《蛙》行 1040 的 ὅθεν［何处］）。Goldhill, 1991: 212–213 出色地鉴别出了《蛙》行 1039 的反讽。

②［原注 57］此处的一个问题是"受到压抑"的事实，即某些埃斯库罗斯笔下的人物本身因为不道德而闻名；Rosen, 2008 对该问题进行了有益的反思。

之间道德因果关系的全面（当然，也是非常有选择性的）描述。无论在这里还是其他地方，我们都不能自信地推断出《蛙》的不同观众可能对竞赛中不稳定的激烈角逐作出什么反应。但我们至少可以说，阿里斯托芬已经确保批评原则与具体应用之间关系的争议性成为关注的焦点。

[127]埃斯库罗斯对欧里庇得斯戏剧的道德谴责和社会谴责，就像《蛙》中万花筒般的各种其他批评观点一样，是一种看待事物的可能（甚至也许是实际的）方式的样式，但是这种"极响亮的"（fortissimo）夸张表述，将我们带入了一个（自我）谐仿（parody）的领域。一方面，对诸如斐德拉和斯忒涅波娅等女性令人不安的爱欲描写，表现出一种原柏拉图式（proto-Platonic）的关切；①另一方面，如果认为埃斯库罗斯通过将角色的行为降低到最低限度来回应道德问题，那么即使是将她们描述为"荡妇"（πόρνας，《蛙》行1043），这也是一种可以理解的简洁表述（shorthand）。

但是，埃斯库罗斯不仅无条件地将探讨的作品等同于那些作品中可能的通奸女，从而忽视了她们所属的更广大叙事中的复杂性（简言之，就是她们遭受的苦难和死亡），而且他还主张，通过写这样的戏剧，欧里庇得斯"劝说"（ἀνέπεισας，《蛙》行1050）雅典高尚的妇女（去思考通奸？然后）去自杀——不论是由于她们对自己的通奸欲望感到羞耻，还是仅仅由于与相关肃剧角色的联系。②埃斯库罗斯在《蛙》行1049–105的长篇大论中显然混淆了欧里庇得斯《斯忒涅玻娅》（Stheneboia）（剧中的女主人公没有自杀）及其第一版

---

① [原注58]柏拉图《理想国》395e中，苏格拉底将因爱欲而受苦扰的（erôs-afflicted）女性列入了优良城邦（Callipolis）的卫士们禁止扮演的角色之中。

② [原注59]动词 ἀναπείθειν［劝诱］（于1071再现）有时指诱惑或者腐化，这也许说明了我的文本中所指出的语法省略。Sommerstein, 1996: 250 对行1050–1051的解释在解释学上令人困惑：该研究声称这段诗句"不得要领"，除非文本提及了至少一起已知的自杀行为（这是对谐剧式幻想的一种任意专断的限制），他又承认，没必要再有与埃斯库罗斯的例子遥相呼应的事件发生。Dover, 1972: 185 似乎假定雅典人相信有关欧里庇得斯戏剧的事物。

《希波吕托斯》（*Hippolytus*）（剧中斐德拉自杀了）的情节；除此之外，他在这里还假定了一种从诗歌到生活的直接因果关系模式，该模式无视所有合理的标准：欧里庇得斯并没有发明女性通奸的概念（不管怎样，这是《蛙》行1052中这位剧作家的有力反驳），并且我们几乎只能认为，此处挑选出来的作品表现出一种［看待］灾难的视角（disastrous light），而不是展示这种通奸行为。

埃斯库罗斯还宣称，欧里庇得斯笔下的一些主人公所穿的破衣烂衫（这是竞赛中对肃剧怜悯的罕见暗示之一①）在雅典富人中间引起了一股风潮，［128］他们穿这种衣服，是为了在竞选为城邦提供主要财政服务（liturgies［公共捐赋］，《蛙》行1063-1066）的职位时，努力表明自己的贫困。重要的是，如果埃斯库罗斯在这里（部分地）诉诸《蛙》的观众可能熟悉的社会现象，我们要看到，这一点本身就使他的案例变得荒谬。如果是经济压力和战争危机影响了一些较富裕的雅典人的公共生活，那么欧里庇得斯笔下主人公们的服饰与这样的结论就毫无关联；而这种做法将论点变成了一种（自我）谐仿，它试图把戏剧中的行为与当时生活中的行为趋势联系

---

① ［原注60］《蛙》中唯有行1063一处直接涉及了怜悯（参阿里斯托芬《阿卡奈人》行413关于欧里庇得斯式衣衫褴褛的相同观点，以及 ἄθλιος［赢得］，*Ach*. 420-422），此处显然将怜悯视为欧里庇得斯的特色，尽管行1028-1029（本章原注55）可能在对《波斯人》的回应中包含了肃剧的怜悯。埃斯库罗斯与令人振奋的英雄气概紧密相连（1021-1022），而行962的 ἐκπλήττειν［使人惊恐］可能会引起对戏剧惊恐的颤抖（尽管 ekplêxis［恐惧］在其他地方与怜悯也相互并存：参第五章原注50）。《蛙》似乎是要区分两位戏剧作家之间的"怜悯与恐惧"（这可能建立了一种肃剧的联合体：第五章原注122），参Halliwell 2005a：398，以及见 *Vita Aesch*. 332.3-5 Page（1972），毫无疑问，埃斯库罗斯受到了《蛙》的影响，因为相比怜悯的诗人，他更是一名恐惧的诗人。一些学者将《蛙》中的ekplêxis与"欺瞒"（见910）视作高尔吉亚的影响（参本章原注54）：Pohlenz 1965：ii. 452-456，O'Sullivan 1992：21（忽略了埃斯库罗斯传记［*vita*］中有关ekplêxis与"欺瞒"的差异比对，然而，在O'Sullivan自己的论文中，它们在高尔吉亚与埃斯库罗斯之间恰恰是完全匹配的一对）；另参Pfeiffer 1968：47、Willi 1993：92注释99的不同观点。关于高尔吉亚的"欺瞒"，见第六章原页274-277。

起来。① 自我谐仿的效果在令人窒息的（pnigos）竞赛结尾达到了高潮，埃斯库罗斯在那里说"什么恶行不能怪罪于他呢！"（《蛙》行1078），他还引用欧里庇得斯作品中的部分人物清单——老鸨、在神庙里分娩的妇女、与兄弟乱伦的姐妹以及声称"存在就是不存在"的人，以适当地支持自己［对欧里庇得斯］不讲逻辑的谴责。而所有这些都是为了解释，为什么雅典现在到处都（不是老鸨这类人物［虽然本来就该这样］，而）是官僚做派的官员、"滑稽的猴样政客"以及一群不适合参加火炬比赛的人民！

　　如果我们问这一切让狄奥尼索斯何去何从，答案是：埃斯库罗斯（他断言肃剧塑造并定义了文化）与欧里庇得斯（他怀疑地要求看到具体证据，却从未得到）之间的鸿沟，令这位神或裁判［129］在眼前的争论之间摇摆不定。若考虑到他身上讽刺、愚钝和/或滑稽的因素（一个熟练的演员可以用各种差别细微的方式表现出狄奥尼索斯的口气），其结果比混乱的波动（flux）好不了多少。② 主要的阶段都很容易记下来（registered），而其中一些在上文已经提到过。狄奥尼索斯在《蛙》行1012犯傻之后（他说：欧里庇得斯如果败坏了他的观众，就应该"去死"），可能对埃斯库罗斯的军事主义有了疲倦的预感（《蛙》行1018，但这种感受归属于谁仍有争议）；他确实批评了埃斯库罗斯威胁般的沉默（《蛙》行1020），抱怨《七将攻忒拜》对忒拜人自己的所谓影响（行1023–1024），（可能用混乱的术

---

　　① ［原注61］这一原则适用于埃斯库罗斯案例中的其他细节：年轻人更少去健身房（行1070，参行1087–1088）；海军人员与长官之间关系的变化（行1071–1073）；官员和善于欺骗的政客的存在（行1084–1086）。在每种情况下，（一些）雅典人可能会意识到存在着（部分）与描述相符的现象，但是有谁会相信这一切都是因为欧里庇得斯的影响呢？

　　② ［原注62］笔者不认同一些学者的观点，他们从歌队出场之后的狄奥尼索斯身上发现了严肃性：如Sommerstein, 1996: 12（"足够庄严，能成为一个可信的仲裁者"），Segal, 1961: 214（"一种庄严感"），Higham, 1972: 13（"严肃地符合一位法官的特点"）。试试将行1074–1077、行1089–1098理解成庄严或严肃，［就会发现其中有错］！对比Parker, 2005: 151注释70，Heiden, 1991: 99（"变得更滑稽"）。

语）赞叹自己从观看《波斯人》中获得的戏剧乐趣（《蛙》行1028-
1029），指出荷马的军事教导不再存在于一位笨拙的雅典人潘塔克勒
斯（Pantacles）身上（《蛙》行1036-1038：隐晦讽刺了说教式的
诗学），[1]帮助埃斯库罗斯抨击欧里庇得斯（假设存在）的婚姻问题
（《蛙》行1047-1048），并在两位肃剧家分歧最激烈的时候保持沉
默（《蛙》行1049-1064）；在发表了三段有关轶事的评论，并在表
面上支持埃斯库罗斯对当前雅典社会的观点（《蛙》行1067-1068、
1074-1076、1089-1098）之前，狄奥尼索斯的这些言论都没有提到
过欧里庇得斯的戏剧，也没有提到它们对争议行为产生的所谓影响。

　　几乎无需强调的是，从狄奥尼索斯在竞赛下半场的插话中，我们
并没有（直接）获得"批判性"的洞见。这些内容反而削弱了埃斯库
罗斯的论证，在末尾处一系列的轶事中，最引人注目的是他"滑稽小
丑式地"（bomolochically）粗略提到了与身体相关的事情（在破衣服下
穿着暖和的衣服；[2]在拥挤的三列桨战船上放屁和排便；一位被观众掌
掴而放屁的肥胖赛跑者）。这些轶事也进一步动摇了狄奥尼索斯作为批
评家和裁判的身份：狄奥尼索斯无法以任何方式稳定专注于所辩论的
基本问题，[130]这颠覆了他对于肃剧的感受力（我们可以在《蛙》行
1028-1029处充满情感的回忆中短暂地看到这种感受力）。狄奥尼索斯
至多以他特有的滑稽和迷惑的方式强调了一种无法确定的印象，而该
印象正是诞生自竞赛中两极对立的辩证法；正如笔者上文所提到的那
样，歌队接下来的一首合唱歌（"在它们之间作出决定对人们提出了很
高的要求"，参《蛙》行1100）就概括了这种印象。在整场竞赛中，狄

---

　　① ［原注63］即使是敏锐的批评者如Dover, 1970: 231，也过于草率地认为行
1036-1038只可能是在体现狄奥尼索斯的滑稽小丑（bomolochic）形象。这段文字很
可能（虽然不能肯定）预设了一个问题，后来的一些评论家提出了这个问题，即关于
荷马史诗中涉及军备秩序的诗节：参Asmis, 1990b: 175注释91，Armstrong, 1995: 261
注释6。关于荷马作为更普遍意义上的军事战略教师，参第六章原页297。

　　② ［译按］bomolochically一词来自古希腊语bōmolochus（βωμολοχικός），意为
粗俗滑稽的丑角，古希腊谐剧中的主要角色类型之一，另外的主要角色类型有"吹嘘
者"（alazōn）和"佯装的愚人"（eirōn）。

奥尼索斯对欧里庇得斯的评论略多于埃斯库罗斯，而当他倾向于埃斯库罗斯时，他要么对欧里庇得斯进行ad hominem［诉诸人身］的、"传记式的"嘲讽，要么赞同埃斯库罗斯对当时颓废的雅典的判断本身。这场竞赛的动力似乎还没有削弱他对欧里庇得斯诗歌的偏爱。

作为对竞赛的最后考察，笔者想简要提及《蛙》本身的（假设的，甚至是虚构的）观众与两位肃剧家所处的不对称位置。如果说，埃斯库罗斯和欧里庇得斯在诗歌价值的一般原则上似乎一致，但在具体应用上则完全不同，那么，产生这一悖论的部分原因在于，他们每个人都宣称在对方的作品中戏剧和观众是负相关（negative correlation）关系，而在自己的作品中两者却是正相关（positive correlation）关系。欧里庇得斯把埃斯库罗斯的戏剧中那些自命不凡的（portentous）、夸张的假象与早期观众容易受骗的结果联系在一起，同时声称自己笔下人物"民主的"（democratic）卓越口才（articulateness）造就了一批机警的、（自我）批评的观众。埃斯库罗斯则声称，波斯战争时期的爱国主义和军事英雄主义都是他的功劳，相反，欧里庇得斯的戏剧则要为军事和文化堕落的雅典中所有非道德、软弱和修辞的贫乏负责。而对于《蛙》的第一批观众来说，对立的双方之间并不存在（滑稽的）平衡的等式。即使我们考虑到埃斯库罗斯戏剧在前5世纪末偶尔还会重新上演，本质上阿里斯托芬的观众也更接近欧里庇得斯而非埃斯库罗斯：就辩论中两极对立的刻板印象而言，欧里庇得斯笔下的雅典相当于这些观众自己的雅典。①

---

① ［原注64］为了感受到埃斯库罗斯时代的部分特征，前405年的观众必须比欧里庇得斯更早出生，所以应该不迟于比如前490年，而实际上这样的人可能非常少。所以现在不可能精确估量前405年的"普通"观众对埃斯库罗斯肃剧的熟悉程度。Dover, 1993: 23（"这一事实……"）夸大了假设的埃斯库罗斯戏剧再度上演的意涵，关于相关材料证据，见 *TrGF* iii.57–58（T72–77），但这个列表（同上，页56–57）是一堆不受控的臆测。Hutchinson, 1985: pp. xlii–xliii对复活持非正统的怀疑主义态度（heterodox scepticism），尽管他对埃斯库罗斯的文本流传过于乐观（pp.xl–xlii）。Lech, 2008通过解读《蛙》行1021（参上文原页124），坚称《七将攻忒拜》在前411年和前405年之间重新上演过。

[131] 在竞赛的两个部分，这一点都置于显著的位置。欧里庇得斯在以下几个地方向观众示意（gestures）：《蛙》行954（"我教这些人使用他们的舌头"）、《蛙》行960（"因为这些人很了解我的作品"）、《蛙》行972（"我向这些人介绍了这种思维方式"）。在谴责当代雅典人时，埃斯库罗斯两次使用了时间副词 νῦν［如今］，首先是在《蛙》行1015——"粗俗的白痴"，然后是在《蛙》行1088——身体不适以致不能参加传统的火炬比赛（参《蛙》行917、980、1076，狄奥尼索斯使用了同一个副词）。阿里斯托芬决定在肃剧剧场的过去与当下之间提出一个巨大的悖论，这必然导致了观众与诗人之间的不对称关系。不论前405年的不同观众对剧作家的不同风格或他们所宣扬的文化价值作出什么反应，这种不对称性都不会自动产生。而在诗学文化图式化（poetico-cultural schematization）的层面上，《蛙》所假设的观众（即欧里庇得斯向其示意的"这些人"，元戏剧学将他们引向了谐剧中半虚构的雅典）在面对这场竞赛时，不可避免地存在观点分歧。只要他们对任何一方有任何程度的认同（identification）或赞同，他们就会在一定程度上以这种或那种方式谴责"他们自己"：若是同情埃斯库罗斯的观点，就会暗自承认当下的堕落；若是像欧里庇得斯那样为自己敏锐的当代智慧而自鸣得意，就无法拥有与他们祖先那样的英勇精神。

可与此同时，阿里斯托芬也为他们提供了一个可能的选择：在过去与当下价值对立的谐仿难题中，以狡黠（knowingly）和滑稽的方式欣赏它们的内涵，并在两极对立的辩论修辞中以这一点为荣，即遵循［辩论的］曲折迂回（twists and turns）所需的戏剧性精微（subtlety）。这种精微——它同样也是欧里庇得斯观众的"聪明"，但这种聪明处于特定的阿里斯托芬式伪装下①——涉及一种能力，即能认识到［132］《蛙》对极端立场（赞成和反对，"进步"

---

① ［原注65］关于用术语 sophos［智慧的］和 dexios［精湛的］来表示听众自己的"聪明"，见《蛙》行676、700、1118以及本章原注29、38和50。

和"反动")进行了谐仿；一种试图评价自身历史转变的文化可能会引发这种极端立场。该精微之处还涉及对诗学价值困境的敏锐警觉，而谐剧在将这些困境转化为变形的讽刺画的过程中，突显了这种困境的存在。

四　热爱者兼批评者的狄奥尼索斯：诗学问题的呈现

《蛙》行1099–1118的正旋歌（trophic song）确认了竞赛的不确定性以及继续辩论的必要性，在这首歌中，歌队（部分借助了战争意象）将埃斯库罗斯强硬的正面战略与欧里庇得斯巧妙的反击能力对立起来。而歌队鼓励两位诗人说一些"微妙的"或"精妙的"（λεπτόν，《蛙》行1108，参《蛙》行1111）以及"娴熟的"或"智慧的"（σοφόν）东西，这似乎略微暗示整场竞赛在偏袒欧里庇得斯。他们在《蛙》行876也做过类似的事情，那里唱到诗人们"微妙的理性心智"（λεπτολόγους … φρένας）。在该剧的其他地方，λεπτόν［精妙］这一术语只用于欧里庇得斯及其产生的影响（《蛙》行828、956），而从未单独用于描述埃斯库罗斯本人。显然，微妙、精巧（finesse）或精致（delicacy）这些词汇更适合描述欧里庇得斯而非埃斯库罗斯的整体品性。①歌队允许自己在《蛙》行1108和行1111用这样的语言来描述对双方的期望，这像是在暗示欧里庇得斯的感受力，就像他们在《蛙》行906使用了ἀστεῖος（文雅的、时尚的、成熟的）一词后马上又在《蛙》行901a使用该词一样。

---

①　［原注66］关于λεπτός［雕琢］（在欧里庇得斯的戏剧中找到的语词，但在埃斯库罗斯或索福克勒斯那里找不到），以及该词在宏伟与精致之间对比的关键架构中的位置，见O'Sullivan, 1992: 137–138, 142。关于阿里斯托芬笔下将leptos［精致的］这一术语与欧里庇得斯和/或理智主义（intellectualism）联系起来的其他段落，包括《阿卡奈人》行445，《云》行153、359、1404，《鸟》行318；参Beta, 2004: 135–140、Taillardat, 1965: 294–295、Denniston, 1927: 119。复合词ὑπολεπτολόγος［俗言趣语］针对阿里斯托芬本人，该词出现在Cratinus fr. 342，用于描述"欧里庇得斯–阿里斯托芬"专家（Euripid-Aristophanizer）（上文原页95–96以及本章原注6）。

　　为了以后参考，重要的是要注意到，直到《蛙》行1099–1118，歌队都没有明显表现出对埃斯库罗斯有任何偏袒或对欧里庇得斯有任何保留，他们乐于看到这两个人物在风格和品质之间的精彩较量。[133] 更重要的是，在《蛙》行1109–1118的回旋节中歌队向剧作家们保证，观众都有能力理解辩论的细微之处（λεπτά）（用一个备受争议的短语来说就是，"每个观众都有一本书，都能理解聪明的事情"，《蛙》行1114），① 此时他们说"事情不再是那样了"（οὐκέτι，《蛙》行1112），以此消除剧作家对观众"无知"的担心，并宣称"如今"（νῦν：参上文埃斯库罗斯对该副词的贬义使用）他们的本性极其敏锐。换言之，歌队把当时的戏剧观众提升到了高于过去观众的层次，从而呼应了欧里庇得斯在肃剧竞赛中的观点——他指责埃斯库罗斯的观众太天真，并吹嘘自己已经教会了观众独自思考和推理。因此，在这一点上，歌队虽试图做到不偏不倚，但似乎还是更倾向于"欧里庇得斯的"优先地位。

　　在接下来的场景中，欧里庇得斯提出了关于审查开场白的话题，其审查方式契合于他在剧中近乎法庭人物的角色。② 他一开始

---

　　① ［原注67］关于行1114的不同见解，见Sommerstein, 1996: 255–256，Harris, 1989: 87，Dover, 1993: 34–35，Denniston, 1927: 117–118，Revermann. 2006b: 118–120；有些学者假设存在着一本特殊的"文学批评"手册，如Radermacher, 1954: 303，Webster, 1939: 170，这个观点现在看起来特别幼稚。参本章原注35。关于反对前5世纪的人们普遍阅读肃剧的观点，见Mastromarco, 2006: 137–170；参Revermann, 2006a: 14–17。

　　② ［原注68］欧里庇得斯说他将"审查"或"检测"（βασανίζειν）埃斯库罗斯的开场白（行1121，参行1123）。这个动词可以用来指检验金属，但也可以用来指仔细地盘问（参阿里斯托芬《阿卡奈人》行110、647）以及法庭中对奴隶使用的酷刑。例如，《蛙》行616–642中反复出现这个词，这将在乐于接受《蛙》的观众心灵深处引起共鸣。欧里庇得斯在行802和826也使用了这类语词；埃斯库罗斯最终在行1367使用了这种表述。一个相关的准法庭术语（ἐξ）ἐλέγχειν，即（交叉的）审查或询问：欧里庇得斯在行894、908、922、960–961使用了该词，参行786、857，这两处涉及竞赛；埃斯库罗斯只在行1366使用了该词（见下文原页139）。比较菲洛德穆《论诗》1.194.23–24中的动词ἐξετάζειν［拷问］。

就指责埃斯库罗斯的语言晦涩难懂，他在竞赛中也曾指责过后者这一点（《蛙》行1122重提了《蛙》行927，虽然那里指的不是开场白）；在狄奥尼索斯的帮助下，欧里庇得斯将这种批评思路延伸到了对埃斯库罗斯笔下某些多余、重复的诗句的诊断。这就设定了一种精细的语言剖析（verbal dissection）模式，狄俄尼索斯称这种模式依赖"语言的正确性"（ὀρθότητος τῶν ἐπῶν，《蛙》行1181），而人们早已认为，这个短句与诸如普罗塔戈拉［134］和普罗狄克斯（Prodicus）等智识人在语言上的兴趣（如形式和语义）之间存在某种共鸣。① 因此，我们有理由认为，这一幕的发展方向会让很多人想到，至少是隐约想到智术师的分类（categorization）方法和概念分析方法；尤其在于，通过这一幕与柏拉图《欧蒂德谟》（*Euthydemus*）的比较，人们会怀疑剧作家之间的一些对话是一种过于咬文嚼字的（logic-chopping）巧辩（repartee），这种巧辩有意使人想到智术师的风格。这一幕中出现了（而正如其结果所示，也是整场竞赛中的）一个决定性的转折点：在试图用欧里庇得斯开创的半智术师方法进行针锋相对的批评分析之后，埃斯库罗斯宣布将放弃逐行逐字的审查（《蛙》行1198），作为替代，他"仅用一个小油瓶"（《蛙》行1200–1201）就能摧毁对手的开场白。这把我们带入了一组臭名远扬的俏皮话（共八句），它们都围绕着短语"他毁坏了／丢失了他的小油瓶"（ληκύθιον ἀπώλεσεν），其呈现方式都与埃斯库罗斯转变"批判"方式有关。

　　初看起来，关于小油瓶的这段话受到如此多学者的关注实在令人奇怪，因为在阿里斯托芬的传世戏剧中，这一段最明显地使用了机械的谐剧式重复。事实上，这种机械重复确实是埃斯库罗斯故意采取的策略，他能借此暗示欧里庇得斯的开场白本身就是无可救药的程式和套话。当然，在埃斯库罗斯选择 ληκύθιον ［小油瓶］的过程中，有些问题值得探讨，如场景的上演和双关语的可能性（我们很

————————

　　① ［原注69］见Dover, 1993: 29–32对材料证据进行了考察，另外Segal, 1970研究了普罗塔戈拉可能产生的特别影响。

容易补上与阳具有关的穿插戏），尽管我们不应忽略重复出现的称呼所具有的潜力——它可以得到一种源于自身的荒唐动力（nonsensical momentum）。[1]但是，该场景对展开诗歌批评的主题有什么意义呢（如果有的话）？观众一直完全沉浸在之前四百多行复杂的言辞中，这段插曲是不是为了让他们稍微分心（正如多佛所说，"这段幽默更像是孩子们的童话剧，而非复杂的谐剧"）？当然，比起到目前为止竞赛中的其他内容，这一场景更明显是被设计出来的，而且它对肃剧主要关注点的影响也不大。而关于它对批评问题的影响，我们也许有更多的东西可以说。

[135] 这段话的动力在于，埃斯库罗斯明确决定放弃审查或仔细"阅读"对手的诗歌。当他说他将不再逐行地"抓挠"（scratch）欧里庇得斯的戏剧时，他使用了同样的短语 κατ' ἔπος［逐字］（《蛙》行1198），我在《蛙》行802中评论过这个短语（参上文原页111）——在那里，冥王普路同的奴仆报告说，欧里庇得斯决心以这种方式来精确地"测试"（βασανίζειν）这些戏剧。而这正是欧里庇得斯本人——这位语言微妙性的实践者——在开场白部分的开头所做的事：他为了对《奠酒人》（*Choephori*）开头几行各种要素的解释而争个不休。

埃斯库罗斯的改变是为了开辟一条批评的捷径，他通过推翻——实际上是明显地蔑视——任何对语境的关注，来严厉否定欧里庇得斯的诗歌。欧里庇得斯使用了某种背谬的逻辑，但并未忽略语境，以此证明埃斯库罗斯在《奠酒人》开场白的两行不同诗句中"将同一件事情讲了两次"（《蛙》行1154–1174），而这本身就可能反映了智术师传统主题的争议性。[2]当狄奥尼索斯把注意力转向欧里

---

① ［原注70］关于lêkuthion［油瓶］这一称呼的意义的各种观点，见 Borthwick, 1993, Dover, 1993: 337–339, Sommerstein, 1996: 263–265。

② ［原注71］不必要的重复几乎不是根植于歌曲/诗歌传统中的问题，在这一传统中，人们积极地将重复培养成正式的、风格化的、富有表现力的艺术手法。但是在柏拉图《欧绪德谟》279d中，苏格拉底自称害怕在智术师面前"两次"说同样的话，从而沦为笑柄，这超出了苏格拉底的"反讽"范围（参柏拉图《高尔吉亚》490e，

庇得斯自己的开场白时，欧里庇得斯否认对手会发现他做了有违诗学的事（《蛙》行1178）。

埃斯库罗斯并没有立即回应这一挑战。相反，他开始使用"欧里庇得斯的"言辞分析法来抨击其他类型的不协调或不一致——在这里，我们似乎处在一个类似《欧蒂德谟》中那种充满智术师诡辩（eristics）的世界。但是，埃斯库罗斯很快就厌倦了这种方法，转而换成了"小油瓶"的方法。由此产生的印象是，轻蔑的嘲笑取代了技艺上精细的分析，而这证明了"批判性"光谱的终结，在该光谱中，一切都服从于一股破坏性的冲动（埃斯库罗斯使用"毁灭[διαφθείϱειν]"一词，参《蛙》行1200，这并非偶然）。戏剧性的是，这一点转变成了一个事实，即在面对埃斯库罗斯的攻击时，欧里庇得斯迄今为止从未显得如此无能为力。欧里庇得斯越想［136］挫败对手，情况就越糟糕，结果就越不可避免，而这正是狄奥尼索斯试图让欧里庇得斯意识到的问题——因为自从狄奥尼索斯最初表达对欧里庇得斯的怀念以来，此时他比在其他任何时候都更直接地认同他。① 在竞赛几乎陷入僵局的时候，这段开场白的插曲变成了欧里庇得斯的溃败。而这一溃败仅仅是因为批评陷入了无意义的嘲笑，并脱离了对欧里庇得斯诗歌任何有意义的语境理解；这也许还是因为，在面对一种机械式反复的典型谐剧技巧时，肃剧诗本质上也无能为力。

引人注目的是，在接下来的竞赛中，欧里庇得斯似乎从他刚刚遭到对手"去语境化"的对待中受到了一些启发，从而开始揭露埃

以及Dodds, 1959: 290）；考虑到对话中其他地方的争论（exchanges）基调，避免重复对于激烈辩论的精神而言确实有一定意义。Stanford, 1958: 171及Del Corno, 1994: 226指出，普洛狄库斯（Prodicus）对同义词的关注（因此，推测这是为了避免语词的重复）与此有相关性，但是《欧绪德谟》中的段落提醒我们，《蛙》行1154以下的内容与智术师产生了更广泛的共鸣。

① ［原注72］狄奥尼索斯强调，我们需要从行1220-1221、1227-1228、1234-1236对欧里庇得斯开场白的讨论中抽离出来。这位神对欧里庇得斯最高的认同出现在行1228，"我们的开场白"。

斯库罗斯的歌词。他决定将"所有"埃斯库罗斯的歌词"合而为
一"(《蛙》行1262),并着重强调了叠句(refrain)的重复出现
(仅仅在12行中就出现了5次),这些都与埃斯库罗斯的小油瓶标
签有着密切的关系——与那个把戏一样,欧里庇得斯所使用的精
简且夸张的技巧,也将重复的力量用作嘲笑的工具。尤其是在于,
与小油瓶的俏皮话一样的叠句(*ἰὴ κόπον οὐ πελάδεις ἐπ' ἀρωγάν;*
"他们不幸啊,唉!你不是来帮助他们的吗?"),很快就简化成
了几乎没有任何意义的重复,且在主题和句法上也都越来越脱离
原来的语境(《蛙》行1265–1277)。这种效果一直延续到《蛙》
行1285–1295,在那里,由于在一系列对不同段落的不连贯摘录
中插入了无意义的(但有暗示性的)里拉琴弹奏声,所以这种情
况变得更没有意义了。①欧里庇得斯似乎从埃斯库罗斯那里学会了
一个非常容易(且有害)的贬低诗人作品的方法——通过肢解作
品并把词语从它们相连的[137]意义结构中剥离出来,将作品变
成一种矫揉造作的噪音,而不是至少保留一种尊重,即在语境中
分析作品。

　　而轮到埃斯库罗斯在歌词方面作出回应时,他当然也能经受
住由他率先引入的(反对)批判式歪曲(critical disfigurement)的
破坏性流程。我们没有必要细致研究任何一方对另一方歌词的歪
曲,尽管自相矛盾的是,在阿里斯托芬自己的文本中,这种细致
的(attentive)"阅读"虽颇见成效(rewards),却让肃剧家们互相
否定。无疑,对语言和韵律细节的专业分析表明,即便每一位诗人
都对对方的戏剧进行了少量引用和改编,但是,两种方法的总体效

---

　　① [原注73]除了响亮敲击引起的响声,*φλαττοθραττοφλαττοθρατ*(行1286
等)的音节可能在潜意识中(subconsciously)与*παφλάζω*(表示爆破,溅射的噪音:
例如行249击水的青蛙)、*φλάω*和*θλάω*(压、碾、擦,等等)、*θράττω*(干扰),甚
至*Θρᾷττα*(色雷斯女郎)产生共鸣,而这传达了这样的复合感受:充满丑陋、杂乱
和"异域"的喧嚣。Scharffenberger, 2007: 243指出,*φλαττοθραττο κτλ*的读法(以
及,如Dover, 1993,Wilson, 2007a)与*τοφλαττοθραττο κτλ*相对,使敲击的节奏
(lecythion![以小瓶子命名的一种音步])与lêkuthion[小油瓶]这一标签用词相同。

果都是对原作的"分解"或拆卸，其目的是瓦解意义、结构和精神并使它们变成令人困惑的一团乱麻。① 如果说前一个场景中的"小油瓶"标签在语法和韵律层面上保持了表面上的一致性，那么它却以故意的武断、重复的嘲笑窄化了肃剧的叙事范围。在当下的场景中，剧作家对对方歌词的嘲笑进一步推动了这一过程，他们声称要将诗歌的本质浓缩为一个单一实体，实际上却打乱了真正的语境，将歌词的复杂性转化为了一组音乐诗的荒谬音效。欧里庇得斯对埃斯库罗斯的处理正是如此，反之亦然；不过一些现代批评家认为，这位更年长的诗人着重抨击了对手歌中那些被认为是前卫（avant-grade）的要素。②

关键在于，我们很难期望阿里斯托芬观众中的大多数人能掌握更多的精确细节（局部借用［partial borrowings］、韵律［138］技巧［metrical tricks］、主题重复［thematic echoes］等），制作每个摹仿作品的过程中都有这些细节，而从这些观众的角度来看，关于"分解"（disintegration）的印象最为重要。在这里，人们有两种不同的表达方式，但两者是同一枚硬币的两面。首先，如果没有这种分解和重组（de-and recomposition）模式的谐剧式成功，这个场景就无法达到戏剧性的效果：该场景除非在阿里斯托芬的方法（terms）中运作，否则就只能令人感

———————

① ［原注74］除了 Dover, 1993 和 Sommerstein, 1996 的评论外，关于格律和形式分见 Zimmermann, 1984–1987: II. 13–21, 29–35, Parker, 1997: 498–519；尤其注意，Parker 观察到（行506–507）与诗人作品相似的权威结构，并指出埃斯库罗斯处理欧里庇得斯的独唱歌时混杂了类型完全不同的材料（行515）。

② ［原注75］除了将歌词短语进行不连贯的并置，从而产生通常意义上的"噪音"之外，两位诗人还强调了不愉快的"声响"效果：尤见行1265以下重复的"打击"或"拍打"（kopos）；第二"叠句"（refrain）中摹仿里拉琴不和谐的闷响（行1286以下，本章原注73）；以及行1305以下欧里庇得斯笔下像娼妓一般的缪斯女神粗俗地打响板（以某种形式在舞台上演出）（参 De Simone, 2008）。Montana（2009）认为，根据其他谐剧中的传统抒情诗，可以推断阿里斯托芬在歌词上一定站在埃斯库罗斯一边。这一论点的前提太幼稚了，未能应对《蛙》行1261–1363更宽广的谐剧式动力。

到困惑和惊讶；同时，至少在某种程度上，该场景的谐剧"意义"取决于它能否传达至少一种潜意识层面的理解，即论战性的"批评"逻辑如何趋向于破坏其批评的对象。在某种意义上，这两种观点汇聚于一个结果，即谐剧对肃剧（和肃剧诗学）的利用（exploitation）。人们随时会意识到，这场竞赛的真正胜利只能属于阿里斯托芬本人，因为他让自己的戏剧在肃剧诗的相互厮杀中存活下来。

狄奥尼索斯突然结束了与剧作家的歌词相竞争的谐仿，他没有对裁决结果表达任何暗示。歌队对此也保持沉默。在埃斯库罗斯要求对竞赛进行"称重"的短歌中（《蛙》行1370–1377），歌队虽然没有偏袒任何一方，但确实表达了整个场景的荒谬感（"如果别人告诉我这些，我会……认为他在胡说八道！"）。而在这一阶段，有一点具有戏剧性：在纯粹的否定性诗学方面，埃斯库罗斯的优势越来越明显。他不仅引入了这种"方法"，还倾向于对欧里庇得斯进行仔细 κατ' ἔπος［逐字］的分析，而且他在开展抨击方面表现得比欧里庇得斯更有扩张性。

尽管［二人］竞赛内容的比例还算平衡（埃斯库罗斯的歌队后段部分略长），但在开场白场景中，诗人话语长度之间的差异变得明显起来（埃斯库罗斯的论据几乎比欧里庇得斯的长出30%）；而且，在歌词的争论中这种差距变得非常大（埃斯库罗斯的部分大约比欧里庇得斯的长出四分之三）。对诗行的数量计算显然只是一种粗略的衡量标准，但它确实表明了表演中传递出的某种渐增的支配力。不过，这种失衡并不等于［某一方在］质上的优势。它更多是反映了剧作家的形象，因为相较于他那位更轻巧、更脆弱的对手，埃斯库罗斯在各方面都被描绘成一位身材更高大、情绪更激烈的人物。（通过角色的服装，人们很容易想象这种一直呈现在观众眼前的对比。）［139］当然，随着埃斯库罗斯要求对竞赛进行"称重"，以及他提到的肃剧的"重量"、"分量"（mass），或"重力"（gravity，βάρος，《蛙》行1367），两位剧作家之间的对比有可能转移到舞台中央，而埃斯库罗斯提及的这些内容正是欧里庇得斯早前吹嘘要从［肃剧］

体裁中去除的特征（《蛙》行941）。①而巧合的是，任何期待欧里庇得斯可能在这方面面临不佳前景的观众，都会因为错误的原因而期待正确的结果。

在观察到为什么会有这种情况之前，我们应该注意到，埃斯库罗斯的要求中存在一种讽刺。笔者在上文已提到，正如冥王普路同的奴仆在赛前报告中所说的，对称重和衡量工具的要求，似乎与以下这一点有关：欧里庇得斯在技艺和法庭上坚持严格"测试"（βασανίζειν）肃剧的性质，埃斯库罗斯则对该体裁采取了更"直观"而原初且自然的态度。而现在看来，那位更年长的诗人毕竟是在"权衡"他们各自的作品时看到了自己可能具备的优势；一个讽刺的事实在于，他现在还挪用了两个近乎法庭上的词汇（βασανίζειν［测试］和［ἐξ]ελέγχειν［（反复）盘问］），它们过去可是欧里庇得斯在辩论中表现出来的心态特征的标志。②对欧里庇得斯而言，这是一个开始变淡的征兆。而正如我们（又是在竞赛前）所知道的，无论有多少近乎客观的"衡量"，都无法替代批判性评价和必需的裁决行为。不过，到目前为止，裁判狄奥尼索斯还压根儿没有说他会抛弃他喜爱的诗人。

称重竞赛本来是整场竞赛的倒数第二个阶段。尽管竞赛的局势一边倒，但事实证明它对裁决毫无帮助。首先，埃斯库罗斯语言的更大"重力"与先前剧中同一术语所描述的文体特征没有任何联系。埃斯库罗斯在这里胜过了欧里庇得斯，原因是有三句话恰好提到了河流、死亡、战车和尸体——更不必说，虽然这些词是对"沉重"或"笨拙"的概念的一系列双关，但它们对一个剧作家的诗歌而言并不比对另一个剧作家的更重要。与其说称重的场景［140］恢复了之前关于笨重与纤细的文体对立，不如说它是"对诗歌价

---

①［原注76］我们不知道这些术语是否在批评上具有通用性，关于后文作为文体类别的baros［引力］的使用，参van Hook, 1905: 16, Pritchett, 1975: 81；Dover, 1993: 33注释6对此持怀疑态度。关于《蛙》中批评术语（terminology）的更多问题，参Willi, 1993: 87–94，该研究质疑了早期的观点。

②［原注77］见本章原注68。

值进行客观评价"这整个概念的归谬（reductio ad absurdum）。那么，这种概念的荒谬性究竟在哪里？奴仆克桑提阿斯最初发现"称重"肃剧的想法很荒唐：他认为这是一种范畴谬误，即把戏剧当成一只羊来对待。狄奥尼索斯本人也提出了类似的观点，他不情愿且厌倦地同意这项工作（"如果我真的有必要"，εἴπερ γε δεῖ καὶ τοῦτό με，《蛙》行1368），还把它比作卖奶酪。正如我们所看到的，紧随其后的歌队评论了埃斯库罗斯刚才提出的荒谬的、不可思议的建议（《蛙》行1372–1377）。让他们都觉得荒谬的，是一个已经发生了谐剧性转变的计划——事实上，这是一个典型的例子，它说明了阿里斯托芬喜欢将观念从概念和隐喻的领域转入具体施行（enactment）的领域。①

可这又让诗歌价值的概念何去何从呢？当然，无论是阿里斯托芬还是一般的雅典戏剧观众，他们都不愿意抛弃这种观念。如果说希腊文化不具备（也不可能具备）客观衡量诗歌优劣的技艺，那么不论如何，它在传统上还是积极地致力于某种评估诗歌的原则，尤其是在雅典的节日剧场中。我们无法摆脱嵌入文化之中的信念，即诗歌的价值尤为重要，且正因为如此才值得对诗歌进行竞赛和批评；如果是这样，那么对评价诗歌的标准、规范和条件的需求在本质上就不荒谬。从一个层面上看，《蛙》中的称重场景可以理解为一段极其荒谬的舞台表演，但在另一个层面上却可以理解为一个概念难题的谐剧式表演；这个场景的独特之处在于，它不仅将"衡量"诗歌价值的概念推向了极端，还因此强调了狄奥尼索斯作为批评家的根本问题。如果说埃斯库罗斯表面上赢得了称重的竞赛（尽管这戏剧性的一幕更像是一场处于语言和身体之间的完全混乱的竞赛，《蛙》行1407–1410），那么，狄奥尼索斯显然在找到决定谁是更好的剧作家的依据上尚未迈进一步。他绝望地举起双手，表达了他对两位诗人全心全意的喜爱（undivided attachment）：

---

① ［原注78］Newiger, 1957仍然是戏剧这一方面的标准解释，参该作者对"称重"主题的评论（行53–54）。

ἄνδρες φίλοι, κἀγὼ μὲν αὐτοὺς οὐ κρινῶ.

οὐγὰρ δι᾽ ἔχθρας οὐδετέρῳ γενήσομαι.

两位我都喜爱，我无法作出评判。

其中任何一位我都不想得罪。(《蛙》行 1411–1412)

[141] 对有需要的人而言，这是一个简短而有说服力的提示，它暗示了对肃剧的爱让人既不想失去埃斯库罗斯也不想失去欧里庇得斯。[1]"我认为其中一位技艺精湛，而/但我喜欢另一个"(τὸν μὲν γὰρ ἡγοῦμαι σοφόν, τῷ δ᾽ ἥδομαι，《蛙》行 1413)，这句话无论我们以哪种方式来理解都没什么区别，尽管埃斯库罗斯在先、欧里庇得斯在后的顺序肯定更可取。无论如何定义对诗歌专业知识或技巧的欣赏，以及对诗歌乐趣的体验，它们都属于可辨识的诗歌品质的范畴，尽管两者都没有经过称重场景本身的"检测"。无论如何，我们不需要把狄奥尼索斯的话理解为在两者之间划出了一条完整的分界线——他的评论并不意味着他没有从前者获得乐趣，也不意味着他没有在后者身上看到对诗歌[技艺]的精通。[2]在这个阶段，我们唯一可以肯定的是：由于对摆在他面前的多种"证据"充满困惑，以及对不同风格的肃剧诗歌的优点的欣赏，这位(想要成为一名)肃剧鉴赏家的狄奥尼索斯本能地抗拒在两位剧作家之间作出最后的选择。

接下来发生的事情是一个"关键铰链"，大多数关于《蛙》的解

---

① [原注 79] Hunter, 2009: 14 有一个未受支持的观点，"《蛙》将会展示[原文如此]欧里庇得斯的艺术……在其核心位置变得空洞(hollow)"，它忽略了竞赛的多重不确定性和矛盾，Lossau, 1987 对此给出了一些很好的看法。对比 Silk, 2000a: 52，"阿里斯托芬从不简单地与欧里庇得斯为敌"；参 Avery, 1968: 20–21。

② [原注 80] Sommerstein, 1996: 147 过度翻译(over-translates，并因此歪曲)了行 1413 的冲突，将 σοφός[智慧的]人译作"一位真正伟大的诗人"。关于这一形容词，参本章原注 29、50 和 87。Walsh, 1984: 86 认为是埃斯库罗斯而非欧里庇得斯将愉悦"作为诗歌的恰当影响"，这一观点缺乏文本基础。

释都围绕它展开。但这是一个允许反向运动的铰链。①冥王告诫狄奥尼索斯，只有在他能作出决定之后，才能许他带着获胜的诗人回到人间。狄奥尼索斯对肃剧家解释道，他下到冥府是为了寻找一位有助于"拯救"城邦（《蛙》行1419）的诗人，这位诗人能让城邦的戏剧节日延续下去。在这里，可以肯定的是，神将一对共鸣的主题压缩成了一个单一的命题：城邦的政治生存或繁荣（这在前405年不是一个全新的想法，但在雅典［142］当时的危难处境中肯定具有重要的意义②），与城邦之中伟大戏剧节的繁荣。我们也知道一些学者比其他学者更倾向于承认，在最初向赫拉克勒斯解释他的冥府之行时，狄奥尼索斯并没有谈到政治或城邦的生存，而只是谈到了他强烈着迷于欧里庇得斯的诗歌。在之前的语境中（《蛙》行71–103），他表示欧里庇得斯的死让肃剧体裁变得贫乏，徒留少数诗人在场；但是，他并未将之与更大的城邦"安全"或繁荣联系起来。因此，任何对《蛙》的主动解读都需要协调（或处理）两个不同的因素：狄奥尼索斯最初的动机，以及他向一种更具政治色彩的肃剧重要性范式的全新转向。至少，我们应该避免掩盖这种差异，避免宣称狄奥尼索斯的故事始终具有一个单线的方向，试图以此为整部戏剧提出一个似是而非的整饬的目的论。③

---

① ［译按］铰链是围绕着一个中心旋转的机械机关，亦有"关键枢纽"之意。作者使用了这一形象的双关隐喻。

② ［原注81］阿里斯托芬关于"拯救"城邦或成为城邦"拯救者"的想法早在《骑士》行149、458中就已出现，同样，这种想法还出现于后来即前4世纪90年代的《公民大会妇女》行202、209、396–414。显然，这一母题可以适应不同的政治条件。

③ ［原注82］Lowe, 2007: 47，"狄奥尼索斯……下降……去带回……欧里庇得斯并拯救肃剧"，就是此处讨论的被省略的例子之一；Worman, 2008: 105同样说，"决定谁最能拯救城邦的竞赛"。Golden, 2005: 210认为，狄奥尼索斯"前往冥府，赋予两名死去的肃剧作家特权，以竞争谁能回归"，这种观点是更严重的扭曲。Konstan, 1995: 74认为，"政治话语……是狄奥尼索斯之旅"的目标，在笔者看来这话从头到尾都错了。

　　这一点对竞赛本身具有重要的影响。到目前为止，作为裁判的狄奥尼索斯还没有表现出坚定或清晰的评判视野。他在辩论双方之间摇摆不定，既有赞成也有反对，他试图以有限的能力公正地裁判这场竞赛，他对他最初选择的诗人表现出间歇性的同情或保护，并经常在混合中加入讽刺和/或滑稽的元素。竞赛过程中，狄奥尼索斯似乎在不同阶段都有所保留地肯定了双方，可在结束时他并没有作出公开的判断。在开场白中，他为欧里庇得斯的命运感到惊慌，但在结尾他突然建议改变话题（《蛙》行1248）。在诗人们互相摹仿对方歌词的过程中，他自己没能提供任何一种批判性的启发；当狄奥尼索斯宣布话题终止时，他依然没有对结果给出任何评价（《蛙》行1364）。[143] 正如我们所看到的，他完全是不情愿地监督了这场称重竞赛，处在不知该效忠于谁的纠结中，而且不愿作出非此即彼的评判。那么，在经历了这一切之后，阿里斯托芬是否让他的观众有足够的理由，来将狄奥尼索斯视为一名始终具有公民意识的裁判？或者说，这位神最后的举动既可以视为一种冲动的感性（sentimental）姿态，又可以被视为一种近乎空想的尝试，即试图确定一种方法来完成他作为肃剧批评家的任务？

　　虽然在某种可理解的意义上，一种关于政治智慧和洞见的概念，也即一种为共同体提供"建议"（παραινεῖν，《蛙》行1420）的诗学能力，可以成为衡量肃剧价值的终极标准，但狄奥尼索斯对这一原则的解释仍然是一种谐剧的嘲讽——用以说明为什么不在诗歌中寻求"真实"。相比于前一场景中把评价转化为诸如称量实物的词汇，它可能不那么极端嘲讽，但它却以自己的方式公然地将一类观念的范畴瓦解为另一类。狄奥尼索斯询问剧作家们对一位具体的、活生生的个体（阿尔喀比亚德）的看法，也询问他们对雅典如何在战争中摆脱险境的看法，从而天真地混淆了雅典肃剧的政治层面，而雅典肃剧中还并没有过那种作者对同代人的直接评论。

　　当然，具有讽刺意味的是，狄奥尼索斯由此也就把肃剧带进了谐剧本身的领域：他在《蛙》行1420-1421给出"好建议"时所用的语言，与歌队在合唱中所使用的语言非常接近（《蛙》行686-

687），这一点并非偶然。①这种同化意味着阿里斯托芬在取笑狄奥尼索斯的天真吗？还是说他在政治化诗学的框架内鼓励（或声称）肃剧和谐剧的趋同（或平等）？或者说，他是通过拆解另一种评判肃剧的方式（另一种肃剧诗学的形式）来让谐剧战胜肃剧，以达成他自己的戏剧目的？②在笔者看来，正是这种谐剧情节的多层次构造的性质，使我们找不到任何关于它如何起作用的简单推论。不仅如此，[144] 人若试图通过从阿里斯托芬的作品中提取一条单一信息来对他进行"读心"（仿佛我们可以听到他在用自己的声音告诉我们他对阿尔喀比亚德的看法），就肯定会掉入一个批评的陷阱，就像狄奥尼索斯跌入那口幽深的陷阱一样。③

有一件事情显而易见。狄奥尼索斯试图采用一个决定性的"公民"标准来衡量肃剧的优劣，尽管该标准比起前几个竞赛的阶段更有说服力，但实际上它并没有给出结果。对这段文字（《蛙》行

---

① ［原注83］另参阿里斯托芬《吕西斯特拉忒》行648的歌队。Heiden, 1991: 105正确地强调，阿尔喀比亚德的问题严格来看超出了肃剧的范畴，但是他认为，阿里斯托芬是在讽刺地激励自己去扮演雅典诗歌"拯救者"的角色，这一推断依然站不住脚。

② ［原注84］Judet de La Combe, 2006强调，谐剧自身以各种方式控制着《蛙》的（矛盾的）肃剧式自我表达。

③ ［原注85］因此，笔者无法接受诸如Heiden, 1991: 105-107（其中有一些非常模糊的政治逻辑，让埃斯库罗斯与克勒奥丰［Cleophon］结盟；参行96-97、104）或Möllendorff, 2002: 164，二者认为《蛙》是在声称，谐剧本身具有狄奥尼索斯尝试发现的肃剧中的公民功能（他并未成功）。阿里斯托芬自己"诗学"的主要范式——见Zimmermann, 2004, 2005, 2006a，他是这一解释的主要倡导者；参Bremer, 1993: 127-134——基于或多或少有关表面价值的段落（尤其是从情节中）获取，其中，在笔者看来，诗人为自己和城邦的联系构建了一种深度虚构化的人格；见Halliwell, 2008: 254-258注释92, Bakola, 2008: 1-10, 参本章原注24。笔者提到的研究者想要对阿里斯托芬进行"读心"的一个例子，见Hubbard, 1991: 214-215过度自信的推论："人们几乎无法怀疑，阿里斯托芬谨慎地认可了召回阿尔喀比亚德……狄奥尼索斯最终表达的是诗人自己的观点。"MacDowell, 1995: 297的观点也不例外（还有一种奇怪的观点补充说，虽然阿里斯托芬为埃斯库罗斯赋予了他自己的观点，但如果让竞赛被这个因素决定，那将是"愚蠢的"）。

1422-1466，在《蛙》行1467冥王普路同坚持作出决定之前）进行长篇大论的分析并不难，部分原因在于其中存在严重的文本问题，一些学者已经以不同版本的场景相混淆了来解释这些问题（包括各种重新排列行序的建议）。[①]而就笔者的目的而言，只需要强调这段话中的两个相互关联的特征。其一，无论我们采用什么诗行顺序，都没有任何迹象表明狄俄尼索斯能根据诗人的政治建议在他们之间作出选择。另一个与文本问题无关的特征是，观众最终很难弄清楚诗人在政治立场上的区别（如果有的话）是什么。

诚然，在欧里庇得斯的纯粹恨意（《蛙》行1427-1429）与埃斯库罗斯的幼狮谜语（《蛙》行1431-1432）所隐含的妥协之间，阿尔喀比亚德的问题引出了最初的尖锐分歧；不论如何，我们还是应该注意到两位诗人先前政治立场悖论般的逆转：此处，欧里庇得斯是一位坚定的爱国者和卫道士，埃斯库罗斯则是一个微妙的骑墙主义者。[145]同样，狄奥尼索斯也确实从清晰（这无疑是欧里庇得斯的特征）与灵巧或狡猾的角度评价了两种反应之间的差异（术语 σοφός［智慧的］的另一个例子，《蛙》行1434）。但是，这种反差本身正是这位神犹豫不决的原因（"我无法作出决定！"［δυσκρίτως γ᾿ ἔχω］，《蛙》行1433）。接下来的事情只能证实，如果说他在面对两位肃剧家在"政治"上的明显分歧时都无法作出决定，那么当这种分歧变得难以辨明时，他就更不可能作出决定了。

而且，情况看起来确实变得难以区分。首先，如果说欧里庇得斯在《蛙》行1434的表述是清晰的（σαφής）而非智慧的（σοφός），那么当他提出"空战"和海战的结合时，[②]他在狄奥尼索斯的眼中

---

①　［原注86］关于文本问题的讨论以及进一步研究所需的参考文献，见 Dover, 1993: 373-379、Sommerstein, 1996: 286-292, 2001: 317-318, 2009: 270-271、Mastromarco & Totaro, 2006: 96-98；参 Radermacher, 1954: 344-347、Stanford, 1958: 194-196。Möllendorff, 1996-1997: 142-149 是少数坚持保留诗行顺序和台词归属的研究。

②　［译按］参《蛙》行1437-1442，欧里庇得斯描述了如何对敌人进行滑稽的"空中打击"。

则已经有了"极为机敏的本性"（σοφωτάτη φύσις,《蛙》行1451）。①
此外，如果说埃斯库罗斯（不无隐晦地）暗示解救或保存城邦的方
法取决于让"最好的"人而不是"坏"人作领袖（《蛙》行1454–
1459），那么这个指导很难与欧里庇得斯在《蛙》行1446–1448的提
议（"如果我们不再信任我们现在信任的公民"）区分开来。②诚然，
一些学者希望把这后面这几行台词归于埃斯库罗斯本人，但是，即
使我们采取文本重构的方式来将这些台词都归于埃斯库罗斯，这也
无助于那场显然未能解决狄奥尼索斯的抉择难题的政治讨论。这场
竞赛必须有一个最终裁决，但我们还没有找到决定性的标准来使之
成为可能。《蛙》让狄俄尼索斯（以及他的观众）对构成诗歌的文
体、心理、情感、编剧、道德和政治成分有了不断变化的认识，但
又让他无法将这些成分协调成一种统一的批评观点。

因此，狄奥尼索斯宣布其裁决结果的方式非常特别。他的台词带
有引用或改编肃剧的特征——[146]"我将选择我的灵魂希望［选择］
的"（αἱρήσομαι γὰρ ὅπερ ἡ ψυχὴ θέλει,《蛙》行1468），并且他改述了欧
里庇得斯在《希波吕托斯》中的一行台词来结束这段话（在《蛙》行
101–102，他向赫拉克勒斯表达了对这句台词的喜爱）："尽管我的舌头
发过誓，但我将选择埃斯库罗斯！"（《蛙》行1471）③尽管有了这样讽
刺性的神秘"准肃剧"或"伪肃剧"式修饰（在这种语境下，《蛙》行

---

① ［原注87］行1451将sophia［智慧］与行1446–1450对立的表达联系起来，
这加强了行1434将σοφῶς［智慧地］与行1431b–1432的对比矛盾联系起来的论点。参
阿里斯托芬《阿卡奈人》行401，在那里，σοφῶς［智慧地］这个词强调了欧里庇得斯
奴仆的矛盾；但另参Olson, 2002: 178–179对σοφῶς［智慧地］的另一种解读！还要注
意到sophia和《云》行1370中"现代诗人"的联系。

② ［原注88］笔者同意如Sommerstein, 1996，Wilson, 2007a；反对如Dover, 1993，
Del Corno, 1994将行1442–1448（减去了狄奥尼索斯的感叹词）归于欧里庇得而非埃斯
库罗斯；见本章原注86引述的讨论。一个重要的考虑因素在于，让埃斯库罗斯用行1442
回应行1462，此处存在语言和戏剧上的困难；参Paduano & Grilli, 1996: 193。

③ ［原注89］行1471改编了欧里庇得斯《希波吕托斯》行612，《蛙》行1468
可能也是欧里庇得斯式的，可以推定Eur. fr. 888a。ψυχή［灵魂］和(ἐ)θέλω［甘愿］的
结合（参Antiph. Or. 5.93）传达的是自主的行动而不是行动的动机，参本章原注91。

1468是一段不知所云的赘述），但许多《蛙》的解释者还是陷入了一种错觉，认为狄奥尼索斯根据诗人早先提出的政治建议作出了选择。[1]有些人认为这一裁决具有任意独断的特征（arbitrariness），但他们还是热衷于从心理学的角度来理解——比如，假设狄奥尼索斯心照不宣地被埃斯库罗斯而非欧里庇得斯的政治建议打动了，或者说，他最初对欧里庇得斯的那种直觉上的喜爱已经转移到了埃斯库罗斯身上。[2]

---

①　［原注90］见 Henderson, 2002: 5（狄奥尼索斯的选择基于拯救雅典）、Hubbard, 1991: 214（"狄奥尼索斯"的最终决定必须［原文如此］根据政治理由确立）、Griffith, 1990: 189（埃斯库罗斯以道德／教育的 sophia 获胜）、Lada-Richards, 1999: 219-220（奇怪地将个人的冲动［《蛙》行1468］转变为"最大程度上可能的极端个人主义视野"）、Sifakis, 1992: 142（"在他的道德劝谏的力量下"）、Paduano & Grilli, 1996: 36（埃斯库罗斯因他在行1463-1465中所说的内容而获胜）、Higham, 1972: 11（"只有提出了两个问题之后才做决定"）、Habash, 2000: 13-15, 17（基于戏剧的社会角色，以及"拯救雅典"的"最佳建议"作出决定）、Cameron, 1995: 330注释130（"基于……道德和政治"）。Brancacci, 2008: 36-37（根据《蛙》行1009-1010的标准，埃斯库罗斯"显然"［！］赢了），Bakola, 2010: 68（"公民的意义"）。甚至 Rosen, 2004: 307（"积极进取的海军建设……似乎是狄奥尼索斯最终选择了他的原因"）也把这层考虑看作至少是酒神选择的表面解释，尽管在下个注释中，我们会看到他更宽广的理解中包含着怀疑论。

②　［原注91］Dover, 1993: 20注释29认为判决"武断"但并非"反复无常"，这是狄奥尼索斯直觉式诗歌偏好的转变；同上书页373（"在 σοφία［智慧］的竞赛里，埃斯库罗斯表现得最佳"）可能暗示了一种对裁决的更强有力的解读。参 Holzhausen, 2000: 44-45假设（缺乏充分的理由）埃斯库罗斯对这位神产生了情感上更大的影响。Ford, 2002: 282勉强又古怪地称这一决定"几乎是［原文如此］任意武断的"。Walsh, 1984: 93-94在承认"选择的标准还远未明确"之前指向了政治解释；在行96-97他承认了"困惑"和"混乱"，但仍然在寻找一种隐含的一致性。Hunter, 2009: 36-38努力理解行1468：他认为狄奥尼索斯"听到的每一件事情都确确实实有某种分量"，但也认为"这位神还是依赖自己 ψυχή［灵魂］的鼓动"。一些学者更坚定地认识到狄奥尼索斯的决定有着成问题的本质，见：Goldhill 1995: 88（"酒神"困惑和糊涂的判断）；Bowie, 1993: 250-251（包括竞赛中标准的"下滑"［slippage］）；Möllendorff, 1996-1997: 135-136, 2002: 162-163；Riu, 1999: 126-129；Silk, 2000a: 366-367（参页264）；Schwinge, 2002: 41-42；尤其是 Rosen, 2004: 309-320，那里论述了早期版本的《荷马与赫西俄德的竞赛》（Certamen Homerieti Hesiodi）的影响——并且特别注意（NB）他于该书页314注释44表现出的笼统的怀疑态度；Scharffenberger, 2007: 248-249。

狄奥尼索斯抗议说，[147] 他不想评判这两位诗人谁更优秀，因为他对他们都很欣赏（《蛙》行1411-1413），而且他不知道如何作出这样的评判（《蛙》行1433-1434）。除了这些基本要点外，他没有给出任何理由来解释冥王要求他作出的决定，而在剥夺了这位神最终选择的任何可理解的基础后，我们很难看出阿里斯托芬如何再进一步。这一场景的势头令人感觉到，判决既是对这位神未能找到一种连贯的肃剧诗学的谐剧式设定，也是对此的谐剧式克服：不仅狄奥尼索斯无法找到自己作出决定的理由，这场竞赛也没能令人信服地在埃斯库罗斯与欧里庇得斯这样不同的剧作家之间作出判断。埃斯库罗斯的选择呈现为这样一种事物的反面：可理解的或可合理化的"批评"行为。① 虽然动词 κρίνειν［评判］一直用于正式的裁决，但狄奥尼索斯不能解释他自己的决定。当欧里庇得斯感到自己受到背叛，愤怒地问狄奥尼索斯做了什么时，他非常漫不经心（或绝望）地回答道："我已经决定埃斯库罗斯是胜利者。为什么不呢？"（ἔκρινα νικᾶν Αἰσχύλον. τιῇ γὰρ οὔ;《蛙》行1473）在接下去几行，也就是狄奥尼索斯在该剧说的最后一句话中（见下文），他用欧里庇得斯式的"相对主义"来回避任何作出进一步解释的要求，他拒绝以任何方式来澄清他被要求宣布的裁决（这违背了他所有不同的本能）意愿。这位神的决定被悬置在一个谐剧的空间中，这使他无法从外部或内部作出清晰的解释。

在整部《蛙》中，狄奥尼索斯具有多重性格；他是"即兴可塑性"（improvisatory plasticity）和"流变不定性"的典型，这种类型的人物在阿里斯托芬笔下很突出。对于狄奥尼索斯身上的多重性，一种看待方式（当然不是唯一的方式）是将他视为肃剧的热爱者——他不知道如何为自己对肃剧的个人反应作辩护，也不知道如

① ［原注92］Konstan, 1995: 72继Walsh, 1984: 85-87之后再度将"埃斯库罗斯式诗学的胜利"与语言的"有魔力的"（magical）和"魅惑的"（enchanting, 74）概念联系起来，但整场竞赛都强调了狄奥尼索斯没有能力找到一套"诗学"来帮助自己做出决定；而事实上，《蛙》又在此处把"魔力"或"魅惑"的语词用到了埃斯库罗斯身上。

何从一些更宏大的诗歌价值体系角度上理解这些反应。狄奥尼索斯最多只能断断续续地抓住［148］各种（关于肃剧语言、角色、主题和情感的）洞见，这些洞见至少部分与他在剧场中的感受一致。但与此同时，他的观点也很容易为肃剧家们本身不可调和的争论所困。其结果就是日益增长的困惑，这经常表现为明显的谐剧式迟钝、困惑和犹豫不决。随着剧情的发展，他非但没有变得更清晰和聪明，反而变得越来越犹豫。①

不过，这样的情景并没有把狄俄尼索斯变成一个单纯的小丑，而是在某种程度上有助于这位戏剧之神获得许多《蛙》的观众的喜爱，并在某种程度上使他成为观众的谐剧之镜。因为许多雅典人可能觉得，他们也能对肃剧作出强烈的反应，但却不知道为什么要这样做，也不知道可以用什么样的标准来表达对戏剧和诗人的最终判断（或偏好）。归根结底，狄奥尼索斯是一个成功的谐剧角色——他能给阿里斯托芬的观众带来丰富的乐趣、惊喜，甚至是对人生之谜的短暂一瞥——而这在很大程度上是因为狄奥尼索斯是一位（包括但不限于欧里庇得斯的）肃剧的热爱者，他能欣然承认并接受他无法理解自己所热爱的对象这一事实。

然而，剧尾还有一个因素需要考虑。该因素始终吸引着那些与笔者不同的人，他们相信可以在《蛙》中找到一种批评上的，甚至意识形态上的一致和进展。当狄奥尼索斯和诗人们回到冥王的宫殿时，歌队唱了一首简短的正旋节颂歌（ode），歌中对胜者埃斯库罗斯不乏溢美之词，还稍有轻蔑地将欧里庇得斯及其友人们毁谤为毫无价值（《蛙》行1482–1499）。有一点需要立即予以说明，因为这在阿里斯托芬的作品中相当特别，而且在很大程度上没有引起人们的注意——在整部戏剧的后半部分，剧中的歌队与狄奥尼索斯之间有一种明显独立

① ［原注93］Lada-Richards, 1999: 216–233认为，在《蛙》中，狄奥尼索斯对诗歌的理解确实取得了进步，但她的方法几乎完全抹去了文本的谐剧属性，而偏向于假想的潜在宗教意涵。Slater, 2002: 206声称，狄奥尼索斯"最终掌握［了］成为成功的肃剧观众所必需的东西"（作者自己的强调），这一说法缺乏文本证据的支持：我们究竟看到他"掌握了"什么？

的、非互动的关系。除了在《蛙》行874这位神首次要求听一首歌外，双方在竞赛的任何阶段都没有（在口头上）表示自己认识对方[149]：歌队多次称呼或提到两位肃剧家（虽然没有与他们对话），却从未提及这位本应评判竞赛的神。不用说，我们无法忽视一种剧场上的潜在可能性：狄奥尼索斯与歌队之间存在着某种［视觉上］可见的接触（engagement）。但文本上的事实却是这位角色与歌队之间彻底的相互沉默，这种情况在其余九部传世戏剧（不包括《财神》[Plutus]）中不存在，所以我们也不能与之作些有意义的比较。

　　笔者认为，此处重要的是，《蛙》的后半部分给我们留下一种印象，即作为肃剧批评家或评判者的狄奥尼索斯与歌队几乎毫无关联，他们之间唯一明显一致的时刻是在认为"称定"肃剧相当荒谬时（《蛙》行1368–1377）。即使在竞赛的高潮阶段，他们之间也完全没有交流。在歌队最后的颂歌中，歌队丝毫没有评论裁判本人及其判决。他们只是发表自己对参赛者的尖锐意见。因此，这些意见具有"独立声音"（independent voice）的戏剧效果，而非狄奥尼索斯本人的回声。如果歌队"解释了为什么狄奥尼索斯喜欢埃斯库罗斯"，那么这确实是一个很大的飞跃。①但如果连狄奥尼索斯都无法解释他自己的决定，其他人又怎能解释呢？

　　然而，歌队的评论与狄奥尼索斯的决定之间有一个重要的共同点：两者可以说都是突然出现的。除了惊讶于有人会对埃斯库罗斯的优美歌词吹毛求疵之外（《蛙》行1251–1260，可能是同一首歌的两个版本），②他们早期的贡献主要在于拒绝在竞赛中偏袒某一方。就

---

　　①［原注94］Dover 1993: 380；参1993: 20，"歌队……告诉我们为什么埃斯库罗斯赢了"，这个提法有点微妙的不同（但也有误导性）；注意Dover在Schwinge, 2002: 41注释61中的批评。Silk, 2000a: 366–367强调了歌队最后的演出中包含着唐突的不连续性（abrupt discontinuity），参Paulsen, 2000: 87。

　　②［原注95］此处尤其值得注意的是，埃斯库罗斯被描述为"酒神狂女（Bacchic）之主"：Dover, 1993: 343, Sommerstein, 1996: 268–269讨论了此处与行1251–1260的两个文本问题的关联。参Lada-Richards, 1999: 242–244，但她错误地使用了这个短语，使《蛙》中的埃斯库罗斯在与酒神的关系上比欧里庇得斯更占优势。

歌队使用的正面词汇而言，它们或多或少地同等用于两位肃剧家；就算其中［150］有些负面的暗示，那也不是针对其中一人。①因此，歌队在最后一首歌中明确的偏袒（partisan）之情，即便不完全是心态上的突然转变（如狄奥尼索斯的情况），也涉及语调和重心的突然改变。此外，还有一个因素。无论是给出赞美还是指责，歌队似乎都模糊了他们早先关于肃剧家及其诗歌个性确立的界线和评价范畴。

在描述埃斯库罗斯的美德（或严格地讲，他所体现的德性）时，歌队一开始就含蓄地说他有着"谨慎的敏锐"或"精巧的机敏"（ξύνεσιν ἠκϱοβωμένην，《蛙》行1483，而在《蛙》行1491正旋歌结尾处的同源形容词σύνετός［机敏的］强调了这种说法）。而在竞赛一开始，歌队就曾暗示两位剧作家都拥有这种属性（见《蛙》行876的形容词σύνετός［机敏的］）。现在他们将这种属性视为胜者的特权，这本身似乎并不令人不安。而我们早些时候听到欧里庇得斯（但从未听到埃斯库罗斯）曾两次明确地声称他具备这种机敏——先将它作为一种私人的神灵来向其祈祷（《蛙》行893），然后又将它与自己引以为豪的理性主义思想的微妙之处联系起来（《蛙》行957）。②

不论如何，人们可能会想，歌队为什么不把欧里庇得斯试图宣称（伪装）自己具有的诗学优点重新赋予埃斯库罗斯？歌队在《蛙》行1483的描述难以解释的是，他们用一个形容词分词强调了埃斯库罗斯的机敏（astuteness），而该词明显唤起了人们对优美细节的精审且缜密的关注——这些特点不仅在之前属于欧里庇得斯，而且（不像是机敏［这种品质］所具有的灵活范畴）在表面上与主导了整个竞赛的埃斯库罗斯式特征（浮夸、暴躁、好战）毫不相容。有一位批评家注意到了这种异常，甚至推测："许多观众可能没有立即意识

---

①　［原注96］见笔者的评论，上文原页117–118、122、132–133。Treu, 1999: 42–43未能充分考虑所有相关材料证据，因此误解了奏唱最后一首歌曲之前歌队与竞赛之间的关系。

②　［原注97］Dio Chrys. 52.11在一个对比欧里庇得斯与埃斯库罗斯品质的段落中，把σύνεσις［机智］归于欧里庇得斯，这直接或间接地反映了《蛙》本身对此后的批评传统的影响：参Hunter, 2009: 39–48对这两部作品之间关系的看法。

到，矛盾的是，现在埃斯库罗斯恰恰因为这些品质而受到赞扬！"①
几乎可以说，歌队稍稍转移了他们的注意力。这一印象也许因为这
一事实而得到了增强，即他们对埃斯库罗斯也使用了动词 φϱονεῖν，即
"思考"或"反思"（《蛙》行1485），而事实上（仅有）欧里庇得斯
在竞赛中两次用过该词（《蛙》行962、971）。即使他们预测埃斯库
罗斯将给他的同胞公民带来好东西，似乎在以此接续前一幕的主题，
但他们轻快的短语——包括提到竞赛本身没有给出任何提示的、埃
斯库罗斯的"亲属和朋友"（《蛙》行1489）——流露出一种不加选
择的欢欣鼓舞。总而言之，歌队在正旋歌中兴高采烈的情绪没有牢
牢把握住肃剧家之间的利害关系，也没有揭示出是什么让埃斯库罗
斯成为当之无愧的胜者。②

在回旋节中也有一些奇怪的地方，歌队（含蓄地）描绘了欧里
庇得斯与苏格拉底坐在一起聊天，"拒绝缪斯的技艺（mousikê［缪
斯的］），忽视肃剧艺术的重要意义"（《蛙》行1493-1495）。他们总
结道：像这样把时间浪费在"自命不凡的言论（ἐπὶ σεμνοῖσιν λόγοισι）
和哗众取宠的废话（σκαϱιφησμοῖσι λήϱων）上，是一个疯子的生活方
式"（《蛙》行1496-1499）。③可以肯定，这是一种令人振奋的看法，

---

① ［原注98］Sommerstein, 1996: 294。Battisti, 1990: 9-10尝试将埃斯库罗斯与
σύνεσις［机智］专有的身份、贵族精英式的"智慧"相匹配，并将欧里庇得斯与准智术
师式的、"所有人共有"的智慧相匹配。但是，该研究方法没有考虑ἠϰϱιβωμένην［使精
确］的隐藏含义，并且没有考虑到此处制造了这样的语境（包括作为反向歌的歌曲），
即以奇特的方式庆祝埃斯库罗斯的胜利。故而Jedrekiewicz, 2010从歌曲中删除了对埃
斯库罗斯和欧里庇得斯的引用，并（以令人难以置信的自大态度）将那首歌变成了一
个政治价值观的宣言，而阿里斯托芬被认为会为他自己的听众提供这种政治价值观。

② ［原注99］Möllendorff, 1996-1997: 149-150认为，阿里斯托芬为大家提供
了一个"新的"乌托邦式的埃斯库罗斯，他将（先前的）埃斯库罗斯和欧里庇得斯合
二为一；参Möllendorff, 2002: 162-164。笔者更愿意承认，这部戏实践了谐剧的自由，
从而颠覆了它自己的特质。笔者无法认同以下的观点，如Zimmermann, 1984-1987: ii.
162，他在行1481-1499发现了一种强烈的"崇拜"（cultic）基调。

③ ［原注100］λῆϱος，即"傻话"或"谬论"，在竞赛中更多地与埃斯库罗斯
（行923、945、1005；参本章原注49），而不是与欧里庇得斯（行1136）联系在一起。

言简意赅，而它尖锐到足以引起尼采的注意；正如笔者在本章开始时所提到的，尼采从这段话中得到了部分启发，并因此将欧里庇得斯和苏格拉底视为肃剧理性主义的真正毁灭者。

令人好奇的是，歌队再次为竞赛中较早出现的一个术语赋予了明显不同的细微差别，即 σεμνός（《蛙》行 1496），上文将其译作"自命不凡"（pretentious）；该词在竞赛期间出现过四次（包括其复合词在内），且都与埃斯库罗斯的冷漠［152］性格或崇高的肃剧理想有关。[①]像许多形容词一样，σεμνός 这个词同时有负面和正面的含义。不难看出，歌队在《蛙》行 1496 中如何使用该词来表明苏格拉底和友人们的讨论充满装模作样（portentous）、自视甚高（self-important）的严肃较真（seriousness）。但有些奇怪的是，"自命不凡"这个词本应用于指深奥的苏格拉底对话，而欧里庇得斯与这种对话有隐秘的联系，可该剧却使它带有如此强烈的埃斯库罗斯色彩。此外，欧里庇得斯整体上是一个隐秘的苏格拉底形象，虽然这种形象在其他旧谐剧中也可以找到（事实上，在当时这可能就已经是该体裁中的一个老笑话了），而且显然是象征欧里庇得斯所谓的理性主义的一种方式，[②]但这与之前《蛙》中对他更宽泛描述并不一致，在剧

---

① ［原注 101］见行 833、1004、1020、1061。具有讽刺意味的是，柏拉图笔下的苏格拉底本人用同样的形容词来描述肃剧那装模作样的（pretentious）宏伟，《高尔吉亚》502b；参 Crates fr.28，亚里士多德《诗术》1449a20–21，1458a21 以及 Conti Bizzarro, 1999: 116–117。

② ［原注 102］尤见 Ar. fr. 392（出自《云》的初版），Callias fr. 15，Telecleides fr. 41–42。Wildberg, 2006 重新评估了欧里庇得斯和苏格拉底之间（真实）关系的证据，在引用《蛙》行 1491–1499（页 26）时，他忽略了此段与剧本早前部分的差异。参 Arrighetti, 2006: 168–180，他对于从歌曲中解读出阿里斯托芬"自己的信念"过于自信，Brancacci, 2008: 35–55 亦是如此。Nails, 2006: 13 有倾向性地举《蛙》的这一段为例，称"年轻的［原文如此］……苏格拉底–摹仿者（Socrates-imitator）"被指控"攻击诗人"。关于欧里庇得斯出现在 Aeschines Soc.'s *Miltiades*，见 *SSR* VI A 76, 79–80（= *POxy*. XXXIX 2889–2890），以及 Slings, 1975: 304–308。Koller, 1963: 88–89 毫无说服力地认为《蛙》行 1491–1499 反映了智术师更为复杂地排斥音乐文化的诸多旧观念。可疑的《克里同》407c 可以视作是苏格拉底怀疑音乐诗学教育价值的证据。

中他的资历（credentials）凸显为以下几点：一名取悦大众的煽动家
（《蛙》行771-776）、一位"民主派"（《蛙》行952）和一位甚至赋
予妇女和奴仆发言权的诗人（《蛙》行949-950）。①

　　在最后一首歌中，歌队对欧里庇得斯的描述是针对一位以深奥
著称的思想家的恶意ad hominem［诉诸人身］攻击，但它与竞赛本
身对欧里庇得斯肃剧的复杂描述并不完全一致；在那里，甚至连剧
作家的智识人特征也与他所谓的平民主义使命有关，即向全体雅典
人传授分析思考的能力（尤参《蛙》行956-958）。那些坚信能解读
出阿里斯托芬本人思想的人，可以［153］把这种不一致部分看作是
"真正地"拒绝了欧里庇得斯，这种拒绝尽管姗姗来迟，还是在某种
程度上指向了竞赛的内在信息。而如果有人倾向于将《蛙》后半部
分精巧而流畅的词汇视为（肃剧）诗学的困境和不稳定性的一个谐
剧版本，那么他就会发现，《蛙》行1482-1499的正旋歌远不是对之
前所有令人信服的内容的综合。笔者认为，这首歌就像一场令人头
晕眼花的kômos［节日游行或狂欢］；在歌中，人不论被视为朋友还
是敌人，都会得到松散笼统的对待——这对祝贺和侮辱的组合以充
满活力且简洁有力的方式表现出来，但对解决阿里斯托芬在竞赛中
编织的悖论、难题和不确定性毫无帮助。

　　这种力量延续到了《蛙》的退场歌（exodos）。退场场景的精神部
分在于庆贺了一种谐剧式的一厢情愿（wishful thinking，用"乌托邦
主义"来描述似乎就太重了），伴随着一场精心编排的盛会，每一位
观众都能享受这场盛会在幻想中的升华。与其他阿里斯托芬式结尾一
样，令人满足的情感和一种朦胧的怀旧之情胜过了任何有说服力的思

────────────

　　① ［原注103］行967有这样一个不同的部分，欧里庇得斯称忒拉门涅斯
（Theramenes）和克利托丰（Clitophon）为自己的门徒：二人都与前411年（以及随
后的前404年）的（"温和"）寡头政治有关。无论这对于欧里庇得斯的"政治"意
味着什么，这对理解行1491-1499都没有任何帮助——克利托丰在柏拉图的对话中出
现，但这几乎无法表明他亲近苏格拉底；Hubbard, 1991: 210用"苏格拉底的克利托
丰"歪曲了这一点。参Nails, 2002: 102-103。

想组织结构；[①] 还有一组典型的对立语域（registers）的并置，[②] 即粗俗直率的姿态举止与爱国主义愿景的崇高表达相互竞争（jostled）。

　　任何人如果想从退场的气氛中拼凑出一个可持续的"意义"，都应该首先考虑到三个令人沮丧的因素。第一个考虑因素是，埃斯库罗斯重返雅典的想象与狄奥尼索斯在《蛙》行 1419 提出的"拯救城邦"（《蛙》行 1501）的主题有关，但该主题显然没有让狄奥尼索斯在竞赛中作出裁决；更重要的是，该主题对不甚体面的埃斯库罗斯本人来说似乎不太重要，他迷恋的不是那些在雅典等待他的东西，而是一颗器量很小的怀恨之心——他要确保欧里庇得斯（"那个恶棍、骗子和小丑"，《蛙》行 1520–1521）在他不在时不会坐在他的宝座上。第二个考虑因素是，歌队设想埃斯库罗斯的回归带来了结束战争的前景（"我们将摆脱［154］悲惨的战争冲突；让克勒奥丰［Cleophon］和其他人继续战斗吧"，《蛙》行 1531–1533）。他们真的会想到埃斯库罗斯吗？他早前曾宣称自己是最能鼓吹军事主义的肃剧家，是让任何看其戏剧的人都"渴望作战"（《蛙》行 1021–1022）的"充满阿瑞斯色彩"的剧作家，他还自诩能教导雅典人"始终想着去击败他们的敌人"（《蛙》行 1026–1027）。[③]

　　最后需要考虑的因素是，当火炬游行队伍带领埃斯库罗斯离开冥府时，狄奥尼索斯这位戏剧之神自己也没什么话要说了，这就削

---

　　① ［原注 104］参 Stanford, 1958: 201 恰如其分的评论。Nagy, 1989: 68 也看到了结局中的怀旧情感（nostalgia），但他对此的刻画基于一种幻想——"未分化的狄奥尼索斯式戏剧的本质"，这一幻想让他找到了最终判决中更多的一致性，笔者则不以为然。Scharffenberger, 2007: 245–249 认为《蛙》是对文化怀旧思想的一种批判。

　　② ［译按］语域：语言学术语，指由特定群体或在特定场景中使用的语言风格和规范。

　　③ ［原注 105］Sommerstein, 1996: 291 接受了行 1463–1465 埃斯库罗斯的建议，暗示"拯救雅典的方式是去战斗"，这个命题很难与行 1531–1532 歌队所谈论的逃离"悲惨的武装战斗"的命题相符（或者说，同样地，他们驳回了行 1532–1533 克勒奥丰的战斗欲望）。Sommerstein, 1996: 298 试图应付这种紧张，Dover, 1993: 73 也注意到了这一点，但这一点被 Hubbard, 1991: 208 注释 136 忽略（"最后一行……很清楚地表明，阿里斯托芬赞同最近的和平提议"）。

弱了我们对该剧退场曲作出任何确切解读的可能性。在《蛙》的结尾，当狄奥尼索斯与埃斯库罗斯（很可能）一起离开时，我们永远不会知道阿里斯托芬和/或他的戏剧制作人（producer）菲罗尼得斯（Philonides）①打算让狄奥尼索斯［在剧场里］做什么。②我们可以选择想象狄奥尼索斯以某种严肃的态度加入了游行队伍（假想的表演本身就是一种解释行为）。但我们更愿意想象他贡献了一些更像狂欢节（comastic［译按：κωμαστικός］）助兴表演（sideshow）的东西。无论如何，狄奥尼索斯的沉默至少表明，他不再需要面对挑战，去解释当初驱使他下降至冥府的诗歌之爱。我们可以得出一个可靠的结论：将他从这一义务中解放出来的正是谐剧那独特的方式——从当下时刻的沉醉（headiness）中创作诗歌。

---

① ［译按］阿里斯托芬的一些剧作以另一位同时代的谐剧作家菲罗尼得斯之名上演，如《蛙》《马蜂》以及《安菲阿拉奥斯》（*Amphiaraus*）。阿里斯托芬还有一些早期谐剧在卡利斯特拉图斯（Callistratus）名下上演。

② ［原注106］关于狄奥尼索斯（还有克桑提阿斯）是否需要出现在舞台上这一问题，存在两种冲突的观点，见Dover, 1993: 381–382（该研究"不合时宜地"激发了笔者的好奇心），Sommerstein, 1996: 295；参Sommerstein, 2009: 245。

第四章

是否要放逐？柏拉图关于诗歌的未解之问

> ὁ αὐτὸς οὖν λόγος καὶ τὸν Ὅμηρον ἡμᾶς ἐκβάλλειν τῆς πολιτείας καὶ
> τὸν Πλάτωνα αὐτόν ...
>
> 因此，同样的论证令我们不仅要从城邦中放逐荷马，而且
> 还要放逐柏拉图本人……
>
> ——普罗克洛斯①

一 诘问诗歌的意义：《申辩》与《伊翁》

[155] 无论对柏拉图的崇拜者还是诋毁者而言，柏拉图与诗歌
之间的关系都构成了一种挑战乃至挑衅（provocation）。至少早在亚
里士多德到达学园，甚至可能更早的时候，柏拉图对话中展示的对
待诗歌的态度就引发了争议。从那时起就一直如此。针对诗歌之于
柏拉图作品内容和文学形式的意义，古代的哲人、修辞家和学者展
开了一系列辩论。

在柏拉图对话中，内容与文学形式两个层次之间的相互作用
本身就是一个引人争议的话题。柏拉图的批评者（其中包括伊壁

---

① ［原注1］In R. 1.161.9—11 Kroll；参同上 1.118.29—119.2（"同样的观点要求
我们，要么也驱逐这些［属于柏拉图的冥府意象］，要么就别去责备荷马的陈述"）。

［译按］普罗克洛斯（Proclus，公元412—485年），古代晚期的哲学家、天文学
家、数学家，出生于拜占庭，后在雅典的柏拉图学园（Academy）担任掌门人，是当
时新柏拉图主义的一位代表人物。

鸠鲁学派的科罗忒斯［Colotes］、修辞家哈利卡纳索斯的狄奥尼
索斯［Dionysius of Halicarnassus］和那部讽喻作品《荷马诸问题》
［*Homeric Questions*］的作者"赫拉克利特"）［156］谴责他虚伪，①
谴责他有时甚至"剽窃"，因为柏拉图自己在作品中运用了诗歌的各
种要素（风格、意象、戏剧化和神话），却容许自己给所有希腊诗人
中最伟大的荷马以负面评价。②另一方面，柏拉图的崇拜者（其中包
括帕奈提乌斯［Panaetius］、提尔的马克西姆斯［Maximus of Tyre］
以及《论崇高》一书的作者［朗吉努斯］）则在他的作品中看到了对
诗歌的创造性摹仿。③例如，朗吉努斯称柏拉图是所有希腊作家中最
具荷马精神的人，他将柏拉图借用荷马的东西解释为诗人之间有意
识的"竞争"（ἀνταγωνιστής）而非"偷窃"；他不仅反驳了当时对这
位哲人剽窃行为的指控，还含蓄地主张不能仅仅将柏拉图视为荷马
史诗的诋毁者或否认者。④

---

① ［译按］科罗忒斯（约前320—前268年），古希腊哲人，伊壁鸠鲁的学生，
曾攻击过苏格拉底及其学生（柏拉图），仅有部分残篇留存。

哈利卡纳索斯的狄奥尼索斯，前1世纪著名希腊史学家、修辞学教师，其二十
卷本《罗马古史》（*Roman Antiquities*）记述了罗马神话时代至第一次布匿战争开端的
历史，另外他还创作了不少阿提卡修辞术论文。

② ［原注2］亚里士多德《形而上学》991a20–2至1079b24–6发现，"诗歌的
隐喻"笼罩着柏拉图对理型（Froms）的讨论（参Arist. fr. 862 Gigon=73 Rose：柏拉
图的书写乃是诗歌与散文的中道）；见Halliwell, 2006b以更宽广的亚里士多德视角
看待柏拉图对话。Procl. *In R.* 2.105.23–106.14 Kroll（参1.118–119）引用了克罗特斯
（Colotes），后者将厄尔（Er）神话批判为伪肃剧（pseudo-tragic）。其他针对柏拉图的
批评包括Dion. Hal. *Pomp.* 1（750–752），*Dem.* 5–7（部分相当于Demetr. Phal. fr. 170
Wehrli 1968），Heraclitus Homericus, *Quaest. Hom.* 4、17.4–18.1（参76–79.1）。

③ ［译按］帕奈提乌斯（约前185—前109年），古希腊哲人，罗马廊下派的创
始人，尽管整体上仍坚持并发展了廊下派的学说，但表达过对柏拉图的钦佩。他的作
品曾对西塞罗的《论义务》（*De officiis*）产生了重要影响。

提尔的马克西姆斯，古罗马哲人和修辞学家，具体生卒不详，活跃于公元2世
纪末，被认为是新柏拉图主义的先驱之一。

④ ［原注3］朗吉努斯《论崇高》13.3–4（参本章原注8），以及Russell, 1964:
116–118；ἀνταγωνιστής［比试］一词效仿了柏拉图在《法义》7.817b的用法（关于哲

如何解释柏拉图与诗歌的关系？普罗克洛斯（Proclus）在其对《理想国》的著名评论中，对这一挑战给出了最广泛和复杂的回应；他的评论里出现了一对极端矛盾的关系：一方面是煞费苦心地试图让荷马免受明显的柏拉图式束缚，另一方面是同样煞费苦心地试图公正对待柏拉图笔下的诗人。首先，《理想国》卷十595d将荷马描述为"肃剧的老师"，而普罗克洛斯将其转换为另一种表述，从而使荷马"不仅成为肃剧的老师，也成了柏拉图本人整个摹仿事业和哲学视野的老师"。①为了与［157］柏拉图本人的哲学和诗歌的交集这一论题保持一致，普罗克洛斯采取了笔者上文引言中所指出的更大胆的步骤——在试图理解《理想国》对诗歌的批评时，他两次虑及，如果贯彻这一论证的逻辑，那将"令我们不仅要从城邦中放逐荷马，还要放逐柏拉图本人"。如果说诗歌要被放逐出哲学的生活，那么柏拉图将不得不紧随其后，而前者对普罗克洛斯来说并不是一个完全简单的主张。在这个问题上，我们仍然可以从普罗克洛斯那里学到一些东西——或许不是从他充满解释学密码和技巧的迷宫中（其中部分涉及通过柏拉图来阅读荷马，以及通过荷马来阅读柏拉图），而是从他的精神中——无论如何，柏拉图与诗歌的关系，不仅仅是诗歌在字面上或在根本上被放逐出城邦或灵魂的问题。②

这种认识不仅在解读柏拉图的古代传统中，而且在现代性形成

人–诗人）。但是《论崇高》32.7承认，柏拉图的比喻有时候将他本人变成了一位"疯狂的诗人"。帕奈提乌斯（Panaetius）称柏拉图为Homerum philosophorum［哲人式荷马］：西塞罗《图斯库路姆论辩集》1.79 = Panaetius frs. 56, 83 van Straaten。关于推罗的马克西穆斯的态度，尤见 *Diss.* 17（17.3："既推崇柏拉图的作品，又赞美荷马，这完全可能"），26.2–3 Trapp。其他有关柏拉图与诗歌关系的古代论争，包括Dio Chrys. 36.26–27, 53.2–6, Athen. xi 505b–507e，朗吉努斯《论崇高》32.7–8（记录了凯西里乌斯［Caecilius］等人挖苦嘲笑的观点）。参Weinstock, 1927: 137–153, Walsdorff, 1927, Gudeman, 1934: 88–89。

①　［原注4］ἀλλ' οὐ τραγῳδίας μόνον ἐστὶν διδάσκαλος ... ἀλλὰ καὶ τῆς Πλάτωνος ἁπάσης πραγματείας τῆς μιμητικῆς καὶ τῆς φιλοσόφου θεωρίας: Procl. *In R.* 1.196.9–13 Kroll，以及Halliwell, 2002a: 323–334 对此评论的背景的研究。

②　［原注5］对普洛克罗斯解释学的完整介绍，见Lamberton, 1986: 162–232。

的两个阶段，即文艺复兴和浪漫主义时代中也占有一席之地；这一点并非偶然，因为在这两个时代，得到重新诠释后的柏拉图主义对文学和艺术文化的影响大大增加。例如，锡德尼爵士（Sir Philip Sidney）回应早期的欧陆理论家时，[①]声称柏拉图（"在所有哲人中……是最有诗意的人"）与诗歌本身不存在任何冲突（柏拉图提议放逐的是"滥用诗歌，而非诗歌"），他简练地表达了一种感觉，即柏拉图关于这一主题的论点远非无条件的否定。[②]

这种解释路线可以让我们在柏拉图与诗歌的关系中看到一种双重声音的特性、一种受惠与质疑的双重性，而该路线在浪漫主义时代达到了顶峰，尤其是在德国和英国。德国浪漫主义最狂热的柏拉图主义者，施莱格尔（Friedrich Schlegel），在他的《雅典学园派残篇》（*Athenaeum Fragments*）一书中对这一思考方向作了简便的总结：

> 柏拉图反对诗人甚于反对诗歌；他相信哲学是最大胆的颂诗（dithyramb）和最和谐的音乐。伊壁鸠鲁是美好艺术的真正敌人，因为他想要根除想象力，并将自己限制在［158］感官知觉中。[③]

---

① ［译按］菲利普·锡德尼（1554—1586），文艺复兴时期英国著名诗人、散文作家。

② ［原注6］锡德尼《为诗辩护》：引自 Duncan Jones, 1989: 238（II. 1072-1073），239（I. 1129）。锡德尼的立场依据这样的假设：柏拉图《伊翁》中的神圣启示模式（见下文原页 166-179）揭示了哲人最真实的看法。这是文艺复兴时期的一种很普遍的立场，对此，Castelvetro 1978-1979: i. 91-93, tr. in Bongiorno, 1984: 37-38 是一个值得注意的例外。

③ ［原注7］*Athenäumsfragmente* 450，Eichner, 1967: 255："Plato hat es mehr gegen die Poetenals gegen die Poesie; er hielt die Philosophie für den kühnsten Dithyrambus und fürdie einstimmigste Musik. Epikur ist eigentlicher Feind der schönen Kunst: denn er willdie Fantasie ausrotten und sich blob an den Sinn halten." 笔者用 einstimmigste［最和谐的］一词来包含"唯一的表达"（one-voiced）和"统一"（unified）的双关。

［译按］卡尔·威廉·弗里德里希·冯·施莱格尔（Karl Wilhelm Friedrich von Schlegel, 1772—1829），德国诗人和文学评论家，德国早期浪漫主义的代表人物之一，代表作为《希腊诗歌研究》《批评断片集》《断想集》和《雅典娜神殿断片集》。

　　施莱格尔强调说，他坚信柏拉图对话中对诗歌的负面评价处于一个更大的柏拉图式鉴赏框架内，其中包括使柏拉图本人成为最高艺术家–哲人的诗意和想象力特征，而大多数浪漫主义者都会毫不犹豫地将这一地位归与他。甚至是最反对柏拉图主义者的尼采，也用格言式的"最完美、纯粹的对抗"来描述"柏拉图与荷马"；他有一种强烈的感觉，即认为柏拉图对话主动与诗歌模式交战，而且在柏拉图的本性中就存在一位"堕落的艺术家"。①

　　仅从上面所提的例子就能看出，人们很久之前就已经认为柏拉图与诗歌的关系存在复杂性，但现代学术界在这一领域内的普遍观点却时常显得简化和僵化。②现在，不仅在关于柏拉图的专业文献中，而且在关于哲学史、文学批评/理论、艺术理论和美学的更广泛的论述体系中，都存在着一种主导性的共识，即都认为柏拉图始终毫不妥协地"敌视"诗歌本身（乃至一般而言的"技艺"）。这种普遍观点认为，将最伟大的诗人从《理想国》的理想城邦中放逐出去，此乃柏拉图作出的最高的和明确的裁决，也是他最终给出的谴责宣言。本章的主要部分将致力于正面回应对放逐主题的此类解读，并表明该解读忽略了［159］柏拉图对待诗歌的矛盾心理的关键信号。笔者

―――――――――――

　　①　［原注8］柏拉图反对（gegen）荷马："这是完整的、真正的对立。"（das ist der ganze, der echte Antagonismus）出自尼采《论道德的谱系》（*Genealogy of Morals*），iii. 25（Nietzsche, 1988: v. 402）。尼采可能想到了朗吉努斯对柏拉图与荷马 ἀνταγωνιστής［竞赛］的描述，以及柏拉图自己在《法义》中对诗人–哲人（poet-philosopher）这一术语的使用（见本章原注3）。朗吉努斯与尼采两人依次预见了哈罗德·布鲁姆关于文学/文化传统作为竞赛的概念：参 Bloom, 1994: 6 对前两位的参考，以及 Bloom, 2004: 31–78 对诗与哲学"之争"激动人心但较为冗长的重新解读。关于尼采将柏拉图鉴定为"艺术家"，如见《肃剧的诞生》（*Birth of Tragedy*）14（Nietzsche, 1988: i. 93），关于"对话录是最早的小说"这一后来由巴赫金重申的观点，见 Kurke, 2006: 18–19；参第一章原注19。

　　②　［原注9］近期相关文献中，较为值得注意的例外有 Asmis, 1992a、Janaway, 1995、Burnyeat, 1999、Giuliano, 2005。在早年的相关研究中，Greene, 1918 是位令人耳目一新的非教条主义学者；Gilbert, 1939 否认柏拉图对诗歌持完全否定的观点，但他试图把柏拉图变成一位克罗齐主义者（Crocean，页15–19），这实在是误入歧途。

的论点是，从更广泛的意义上讲，在柏拉图解读传统中，人们在柏拉图对诗歌的处理中正确地发现了一种不可简化的、态度复杂的辩证法。柏拉图对话中经常揭示出一股反复出现的张力，它首先体现在苏格拉底的人物形象上，此形象处于对诗歌体验之可能性的倾心与抗拒之间。

虽然这股张力呈现为各种形式，但从根本上说它与两种相互竞争的需求相联系，其一是推论理性（其目标是定义和理解真实），其二是某种得到了高度强化和转变的意识（该意识的典型是对美的 erôs［爱欲］和敏感），这些意识并不完全适用于理性分析。事实上，笔者认为，这两种相互竞争的需求以及找到统一它们之方法的愿望贯穿了柏拉图的整个哲学概念，而且产生并塑造了理性与想象力、分析与远见的独特组合——这些组合是他本人非凡作品的特征。而在目前的语境下，笔者无法充分阐述这一庞大的论题。笔者的直接目的是详举一例来仔细说明一点：柏拉图在处理诗歌问题时的核心动机并不是强烈和狭隘的敌意，而是一种长期悬而未决的矛盾心理。

柏拉图与诗歌的关系涉及一些复杂的问题，这在《申辩》（*Apology*）的著名段落中可见一斑，不过这些问题此时尚处于一种萌芽的状态；在这篇对话中，苏格拉底揭露个别政治家的（自我）无知从而惹怒了他们，之后又讲述他如何对包括肃剧作家和酒神赞美诗的作曲者在内的各种诗人做过同样的事情。[①]这一段内容比人们通常认为的更令人费解，它需要但又在一定程度上阻碍了细致阅读。苏格拉底首先"拿起"并阅读他认为特别"精雕细琢"或"精心构思"（μάλιστα πεπραγματεῦσθαι）的（实实在在的）诗歌文本：这显然

---

① ［原注10］《苏格拉底的申辩》22a–c：对此的笺注，见 Lanata, 1963: 284–288，以及 Stokes, 1997: 120–121，Heitsch 2004: 81–86。关于酒神颂歌与肃剧的结合，参《高尔吉亚》501e–502b。（柏拉图的作品在本章中会被多次引用，故对其标题略而不表。）Goldman, 2009: 457 走得更远，他将苏格拉底批判的主要目标放在了诗人的社会地位上，因此，尽管他说得没错，但诗歌本身并未被抛弃。

意味着审慎地衡量并判断诗歌的品质，感知精湛娴熟的创作技艺，尽管友好的苏格拉底没有停下（或［160］试图）对此作出解释。①但为什么苏格拉底需要审问诗人们？为什么作为一名细心读者，他不满足于从诗人们最好的作品中似乎已经看出的品质？难道他自己看到的品质在某种意义上是形式化的，而他希望超越那些并看到更难以理解的语义"内容"？或者说，问题的关键是否在于表面意义与隐含意义之间的区别？

尝试回答这些问题的一种方式是考虑苏格拉底的追求，即检验德尔斐神谕的那句惊人之言：苏格拉底是世上最聪明的人（对他来说，这种解释是从没有人比他更聪明的严格陈述中推断出来的，《申辩》21a）。这一探求涉及的不仅仅是特定领域的专长，事实上，他探寻的是一种普遍的人类智慧或专门的sophia［知识］——相当于关于"人和政治卓越"的知识（参《申辩》20b），苏格拉底和其他人可以从中"学到"或"明白"（μανϑάνειν）如何生活（《申辩》22b）。针对诗人时，这一探求表现为坚持要求诗人解释其作品，也就是用一种更进一步的解释学推论来补充诗歌本身的内容——苏格拉底一直问"他们在说什么？"或"他们在表达什么意思？"（τί λέγοιεν，《申辩》22b）。②苏格拉底对待诗人们的诗歌的方式，就像他对待阿波罗的神谕一样——他曾问自己："神想表达的是什么意思？"（τί ποτε

---

① ［原注11］πραγματεύσϑαι，指的是让自己重复或频繁地忙于某事物（参*Ap.* 20c）；因此可以表示专业知识：如《理想国》510c。这个词在阿里斯托芬《云》行526（以及行524强调刻苦努力）专门用来指创作（戏剧）诗；参LSJ s.v.，II 4。这个动词，如在《斐多》77d、96a、99d、100b，《帕默尼得》129e，《泰阿泰德》187a，用来指一种哲学上的刻苦努力（口头、书面，或者纯粹心灵上的）。关于"向上拿起"（ἀναλαμβάνειν）诗歌文本，参《理想国》606e。注意，在《普罗塔戈拉》339b-c中，苏格拉底声称一直密切关注西摩尼德斯献给斯考帕斯（Scopas）的颂诗（ode），而色诺芬《回忆苏格拉底》1.6.14则让我们看到了作为读者的苏格拉底。

② ［原注12］Reeve, 1989: 12，"我根据他们所说的来考察他们"，这遗漏了22b的间接提问，导致削弱了苏格拉底穷究问题（probing）的力量；Reeve, 1989: 38解释得很合理。

λέγει ὁ θεός ...《申辩》21b，参21e、23a）①

这种相似（它使解释的过程跨越了口头与书面的区别）证实：
[161]无论如何，这两种情况下的问题都部分在于词语的表面意义
与作为其更深层或更全面意义的东西之间的区别。"没有人比苏格拉
底更聪明"这一说法在语言上或语义上没有任何不清楚的地方，就
像正义是"给每个人其应得的东西"这个观点一样——这是《理想
国》卷一中西摩尼德斯（Simonides）的观点，而苏格拉底也声称他
不知道说这句话的人想"表达什么意思"（ὅτι ποτὲ λέγει）。②对待诗歌
和对待神谕一样，解释的功能必须涉及言说的含义、后果或更广泛
的道德力量，而至少在阿波罗神谕的例子中，这种力量可能部分是
隐秘的，被编成了一道谜语或神秘谜团（enigma，"神想表达的是
什么意思？他的谜语到底是什么意思？"τί ποτε αἰνίττεται;，《申辩》
21b）；而苏格拉底认为，从原则上来讲这种力量必须向推论性的探
究开放。③

更重要的是，虽然阿波罗神谕的例子表明，苏格拉底的解释
学的迫切需要可能适用于个别情况的、不连续的话语，但《申辩》
中呈现的对诗人的审问则表明了对更广泛的意义结构，包括对作

① ［原注13］苏格拉底试图确定"创作音乐"之梦的意义（τί λέγοι），参《斐
多》60e，以及在《会饮》206b他（隐喻的）需要借"占卜"（μαντεία）来理解狄奥提
玛（Diotima）的意思。解释的过程有时被称作ὑπολαμβάνειν［向下拿取］，从而把握语
词"之下"的东西：尤见《理想国》424c。

② ［原注14］暂时的结论是，西摩尼德斯把他要表达的意思"变成谜语"
（ᾐνίξατο），参考下一条注释。《普罗塔戈拉》中讨论了西摩尼德斯的另一首诗歌，在
那里，苏格拉底拖延时间以便思索"诗人的用意"（339e）。

③ ［原注15］"打谜语"（αἰνίττεσθαι等）之类的用语有时候被用于诗歌本
身，参Struck, 2005: 156-164，Ford, 2002: 72-76［弄错了德尔维尼莎草纸［Derveni
papyrus］中的动词形式，αἰνίζεσθαι）。《阿尔喀比亚德下篇》147b-d道出了《苏格拉底
的申辩》中苏格拉底所忽略的那种可能，即作为诗人可能并不意味着他们明显拥有
"智慧"；参《泰阿泰德》179e-180b，在那里赫拉克利特（史实可靠性存疑？）拒绝
对他们的信念进行牢靠的解释。与此处相关的还有《法义》4.719c-e（参本章原注25
和41），其中提到雅典人承认，诗人摹仿的投射使他自己不可能保持唯一的观点。

品整体的关注。同样，在涉及诗歌的地方（这里也可能与神谕之神［阿波罗］的例子不同），苏格拉底似乎只是想从作品背后找到其作者各自的意图。① 他似乎发现在他对诗歌本身的经验和理解中有些不确定的地方。对于这些作品的作者，他期待他们不要去揭露什么关于意义的先验概念，而要向他展示如何能更可靠地识别出作品中（据说应）包含的意义。[162] 而他自己的假设是：令人满意的澄清需要解释一种不可或缺的人类智慧或知识如何理解这些作品。

在贯彻这一说法的逻辑时，我们遇到了一些不确定的东西。苏格拉底告诉陪审团，他对诗人们感到失望。"几乎在场的所有人，"他声称，"都可以比诗歌本身的作者更好地讨论他们的诗歌。"请注意，首先，这句话的语气满是轻蔑。苏格拉底公开地审讯和羞辱了诗人，因而，也就不难理解他为什么会给人留下公开侮辱和反对诗人的印象。他不只是礼貌地请求人们帮助他理解诗人的诗歌，他还在观众面前质疑和刺激诗人们。但他凭什么断定诗人们的反应（他没有提供任何案例）会令人感到无法释怀的不满？就像苏格拉底判断他所选择的文本具有"精雕细琢"的优点时一样，他在这里也没有表明他所应用的标准是什么或他从哪里得到这些标准。

事情变得更加模糊不清。苏格拉底推断，诗人们"不是凭借专业的知识（sophia），而是凭借某种自然的天赋（φύσει），在一种如先知（seers）和神谕传颂者（oracle-reciters）那样的灵感激发之状态下创作诗歌，因为这些人也说了许多美的事物，却不拥有关于这些事

---

① ［原注16］参《斐德若》275d 著名的批判书写（writing）的段落：重点不在于（简单的）书面文字无法让读者知晓有关作者先前的/分离的（prior/separate）意图，而是在于，语义上存在一些难以把握的事物，这些事物会抗拒 logos［逻各斯］（比如一幅画，同上），人们无法通过辨证法来理解它们。例如，《斐德若》278c-d 要求这位"哲学"诗人（在其他人之中）必须能直面对他写作的推论式（discursive）的质询，即反诘法（elenchos）。在《理想国》338c，苏格拉底（据说）不理解色拉叙马霍斯（Thrasymachus）的意思，并提出要用辨证法来探究他的意思。

物的知识"(《申辩》22b-c)。①现在看来，苏格拉底可能是说，他能辨识出他所关注的诗歌中存在"许多美的事物"，但它们并不是作者有意识地放在那里的。他的意思不是说，诗人们在一种不由自主的恍惚状态中创作了他们所有的作品，他只是提到了精心构思的诗歌文本；他还继续说，诗人们的错误在于他们说服自己相信，"由于他们作诗（poiêsis），他们在其他方面也是最有智慧［或最有知识］的人"(《申辩》22c)。这一表述在《申辩》22d与［163］手工艺者有关的地方再次出现，这些手工艺者可能包括画家和雕塑家（可能还包括乐器演奏家）；与许多解读相反，这段话表明苏格拉底并没有完全否认诗人的technê［技艺］或技艺知识：他暗示，他们作品的语言结构和格调韵味（texture）体现出了他们poiêsis［制作］的技能（skill）或技艺（craft）。②苏格拉底质疑的是，诗人们是否拥有更深层的知识或智慧，而诗人的听众可能会在他们整个生活中运用这种知识或智慧。

这并不意味着柏拉图认为诗人只是善于文辞，却不能提供更多的东西。他明确承认，诗人们的作品包含"许多美的事物"。这个短语有点公式化，而且它撇开了普遍的差异问题（苏格拉底会不会在

---

① ［原注17］ἔγνων οὖν αὖ καὶ περὶ τῶν ποιητῶν ἐν ὀλίγῳ τοῦτο, ὅτι οὐ σοφίᾳ ποιοῖεν ἃ ποιοῖεν, ἀλλὰ φύσει τινὶ καὶ ἐνθουσιάζοντες ὥσπερ οἱ θεομάντεις καὶ οἱ χρησμῳδοί· καὶ γὰρ οὗτοι λέγουσι μὲν πολλὰ καὶ καλά, ἴσασιν δὲ οὐδὲν ὧν λέγουσι. 至少部分诗人的天资可以推测与节奏和旋律的"自然"力量有关（参《理想国》601a-b）。笔者在本章中将καλός译作"美的"（beautiful），除非另有说明，尽管众所周知该词有语义上的问题：Dover，1974: 69-73对该词的用法给出了很好的概述。不能用一个温和的术语，比如"好的"（fine），来回避翻译上的问题。

② ［原注18］Murray, 1996: 10认为苏格拉底完全否认了诗人的technê，这源自他认识到手艺人比他自己更"聪明"（σοφώτεροι，22d：事实上是"更专业"，见第三章原注29），这与手艺人的专业化活动有关。但接下来的句子（22d4-8）表明，苏格拉底并没有在诗人和手艺人之间制造绝对的对立，"同样的错误"（d5）指诗人也有出色的technê，而且22c5-6肯定也包含了这种意思；这一点常被人们忽视，如Brickhouse & Smith, 1989: 97, 254。参本章原注41。关于作为χειροτέχναι［手艺人］的乐工，参《普罗塔戈拉》304b。

肃剧中发现与酒神的赞美诗相同类型的美？），而考虑到先知和神谕传颂者［这两个词］的搭配（pairing），"许多美的事物"这个短语似乎承认，诗歌确实有可能包含了重要的和更深刻的真实。①正是发现这种真理的可能性，再加上据称诗人无法用理性或推论叙述真实，就产生了创作灵感的假设——无论是自然的/本能的灵感还是神明诱发的灵感。②

因此，摆在我们［164］面前的是一个"创造力"的模型，即诗人如何创作出他们的作品；苏格拉底没有费力去分析性地阐明这个模型，但它涉及理性与非理性的组合（combination）——有意识地掌控专长（在语言结构的构成中）和直觉的洞见（在对更宏大的人类意义的表述中）。这种结合在传统上并非没有先例。令人费解的是，苏格拉底，这个除了自己的无知之外什么都不知道的人（但他有时也声称自己有一种神性的直觉），他能够宣称诗歌中的许多东西是卓越的，即"美的"，同时又揭示出诗人本身没有能力在最充分的意义上（也就是说，以一种完全可以接受推论性哲学质疑的方式）

---

① ［原注19］《美诺》99b-d（参下一条注释）有部分类似的篇章提到灵感（inspiration）指引着占卜者以及政治人（原文如此！）和诗人，去诉说"许多真实的事物"（ἀληϑῆ καὶ πολλά）。参《法义》7.802a论及存在"许多美妙的诗歌"。阿里斯托芬《鸟》行918用 πολλὰ καὶ καλὰ［许多美好的事物］来描述抒情诗，包括酒神颂歌；柏拉图《希帕库斯》229a用这个词来形容刻在赫耳墨斯雕像（herms）上的诗歌。这些短语在柏拉图（以及其他人）的作品中很常见，可以指任何领域内的杰出事物，唯在《苏格拉底的申辩》22d2指（匠人的）复制品，见《游叙弗伦》13e-14a中这类短语更普遍的适用性；《泰阿泰德》150d（苏格拉底引出他人思想的助产术），《伊翁》530d、541e-542a（伊翁对诗歌的假定式解释［putative interpretations］），《理想国》599b（与诗歌的摹仿形成对比的真实成就）。值得注意的是《苏格拉底的申辩》22c-d与德摩斯忒涅《葬礼演说》（Epitaphius）1.16中的真实神谕的联系。苏格拉底在《普罗塔戈拉》339b承认，若不考虑诗歌的意义，就无法评判诗歌是否"创作得美好"（καλῶς πεποιῆσϑαι）。

② ［原注20］与《美诺》99b-d提到的与"凭自然"获得的东西相对（98c-d，99e）的灵感不同（参上一条注释），《苏格拉底的申辩》22c承认一种自然成分（component）激发了灵感；参本章原注25。如果《斐多》60e-61a可以算作灵感的例证，那么显然，这就是无需阿波罗过多介入就可激发的冲动。

解释他们或他们的作品意味着什么。[①]因此，苏格拉底的听众得出如下结论并不令人惊讶，即他声称自己在坚持不懈地询问他人这类事情上是"智慧的"（《申辩》23a）。

对这个关键场景的描述给我们留下了一个悖论。苏格拉底近乎轻蔑地质疑了自命不凡的诗人和他们所谓的智慧，但他并没有暗示他们的作品没有价值。虽然他表示这些作品的意义并不确定（事实上，他认为几乎任何人都可以给出比作者本人更好的解释，但这不意味着其他人实际上提供了他所寻求的完整解释），可他又谈到了这些作品中的"许多美的事物"，其中一些甚至可能代表了对于神性的洞见，这就表明他远没有因这些作品中没有什么重要的东西而看轻它们。恰巧在《申辩》后文中，苏格拉底轻易就从诗歌中举出了一种伦理范式：他将《伊利亚特》中的阿基琉斯视为蔑视死亡这一美德及英雄气质的典范（《申辩》28b-d）。似乎毋庸置疑的是，苏格拉底识出《伊利亚特》中相关段落"说"或"表达"了什么。（[165]人们可能会补充说，苏格拉底也不确定他自己是否了解相关的道德标准知识。）

即使我们撇开对阿基琉斯行为的解释的疑虑，他的行为也肯定不仅仅体现了面对死亡的无畏；从更广泛的角度看，《伊利亚特》的例子也很难展示该如何弥合由苏格拉底本人提出的那道鸿沟，即一方面是存在于诗歌中的"许多美的事物"的非推论式（discursive）经验，一方面是推论式智慧，后一种智慧将使人们把诗歌的意义转换成生活的原则。苏格拉底（和柏拉图）让我们对诗歌的美与真实

---

① ［原注21］柏拉图笔下的苏格拉底对诗歌文本不存在某种统一的解释学，对此的不同观点，见 Ledbetter 2003：chs. 4-5。这一段落将意义与作者的意图/控制区分开，而《普罗塔戈拉》347e、《希琵阿斯后篇》365d 似乎暗示作者的解释才是意义的主宰；参《法义》1.629-630 假想的梯尔泰俄斯（Tyrtaeus）的询问。《理想国》2-3章中大部分的诗歌批评都在没有提及作者意图的情况下思考了诗歌的意义。Silk, 1974：234 略为简化了柏拉图的问题。Lamberton, 1986：21 注释54的主张影响广泛，但是在涉及古代文学理论方面尚显不足，而且似乎误解了所谓"意图谬误"（intentional fallacy）的关键所在。

之间的关系感到相当迷茫。更耐人寻味的是，尽管苏格拉底对当时的诗人感到失望，但如果能与荷马和赫西俄德这样的人物以及他们作品中的故事所涉及的英雄们进行永恒的辩论，那么苏格拉底将做好"死很多次"的准备（《申辩》41a–b）。

关于《申辩》22a–c中苏格拉底与诗人相遇的描述，我们对它探究得越多，它就越可能变得不确定。标准的解读认为，苏格拉底的主要观点是：诗歌中的好东西并不是有意识的技巧，而是某种创造性直觉的产物（从不同的角度来看，这可能被视为关于诗歌的有利判断）。① 笔者试图表明，这段内容的主旨必然比上述解读更加深刻。苏格拉底本人并没有解释他如何在诗歌中认出"许多美的事物"。他更没有解释他如何在不知道（所有）这些事物所表达的含义的情况下认出它们。② 诗人在推论上的失败不仅仅是诗人的失败，而是诗歌中某种东西的标志，即诗歌中有某种东西抵制任何人进行完全理性的分析；因为苏格拉底暗示，他或其他人都没有能力纠正诗人自己在解释上的缺陷，如果有人可以，那么此人大概就有资格成为苏格拉底所寻找的拥有人类普遍智慧的人。③ [166] 因此，这段文字不仅没能让人确定诗歌中有价值之物的创造性来源，也无法让人确定这种价值的构成，尤其是，它不能让人确定在诗歌体验中，对"美"的领悟与对（最深层意义上的）诗歌意义作出充分解释的可能性之

---

① ［原注22］Tolstoy, 1930: 194实际上颠倒了苏格拉底的批判：如果艺术家能够用推论的方法解释他们的作品，他们就会这样做。但这就意味着艺术没有存在的必要了，艺术的价值对于托尔斯泰而言恰恰就在于能（通过"感受"）传达其他任何方式都无法表达之事。参同上页195–198托尔斯泰对艺术批评和解释的普遍否定，以及笔者在第一章所用的题词。McGilchrist, 1982: 67有一个类似的立场："评论家对艺术作品已没有什么好补充的。"

② ［原注23］就在《伊翁》的中心部分（533e、534a等），有某种类似之物也被用于他提及的诗歌之"美"（καλά），这也是以如下方式解读《伊翁》的若干原因之一，即它没有令全部含意浮于表面：见下文原页166–179。

③ ［原注24］参《普罗塔戈拉》339a–347e对Simon. 542 *PMG*的著名讨论，其中对诗歌的推论式分析被呈现（并被摹仿）为不确定的和智术的。如果诠释者就是诗人本人，那又何以会有诠释上的差异呢？

间存在什么关系。

在《申辩》的语境中，这些简要表明的不确定性只是苏格拉底追求（赖以生存的真实的）智慧这一宏大叙事中的一个要素。但是，这些不确定性在柏拉图作品的其他地方大量、反复地出现，而且它们所提出的紧迫问题——让诗歌的价值完全归属于推论式理解——构成了柏拉图对话中哲学与诗长久论争的根源之一。要想对这个问题进行更充分的探讨，我们可以去看《伊翁》，这部作品在几个方面都与《申辩》22a-c的关注点相关。笔者以为，这两部作品最重要的共同之处，不在于它们都直接提出了一个在柏拉图那里从未得到过明确或一贯支持的诗歌灵感的概念。①相反，两者都把对灵感的假设视为探索某种理性主义的推论式诗学（discursive poetics）的一部分，并且都强调了要认识诗歌中似乎抵制或阻碍这种探索的基本要素。

[167] 根据笔者在此展示的一些经过挑选的解读，《伊翁》要比大多数学者所认为的更令人困惑和疑难。从表面上看，由于这部作品强烈讽刺了似乎天真和缺乏自知之明的伊翁（Ion），所以很容易

---

① ［原注25］Murray, 1996: 6–12（另参页235–238）对此问题给出了令人满意的澄清（mise au point），该研究引用了更多详细的学术成果，尽管作者对柏拉图摹仿观点的描述稍显程式化。笔者还想强调以下几点。(i)《苏格拉底的申辩》22b-c在自然主义者/直觉主义者（intuitionist）之间显得模棱两可（φύσις-based［以自然为基础的］：参 *Democr*. B21 DK，以及 Brancacci, 2007: 201–202），还有一个关于灵感的宗教概念（参《法义》3.682a，以及 Saunder, 1972: 13），而《伊翁》假设了独一无二的神圣力量，《美诺》（本章原注19和20）也用"自然"来与灵感形成对比。(ii)《伊翁》完全用technê［技艺］与灵感对比，《斐德若》245a有更多细微的差异（光有technê还不够），同时，《法义》4.719c-d承认摹仿的technê［技艺］与灵感的流动共存。Murray, 1996: 12, 238夸大了最后一段中非理性的力量，而忽视了719d-e一个有关诗人的例子（这表明，他运用了有意识的摹仿意向，然后再进一步将灵感填入其中）；与之不同的有 Leszl, 2006a: 346–348。参《会饮》196d–197b，阿伽通称将"爱欲的"灵感与technê［技艺］相互结合。(iii) 在《伊翁》的中间部分（见笔者的文本），有理由怀疑苏格拉底在此处的（全部）"诚意"，并且他可能在《美诺》99b-d也是如此。(iv)《理想国》对诗歌的两次批判都忽视了灵感的理念/可能性（除非有人将3.398a"神圣的"［ἱερόν］视作一条暗示；参《伊翁》534b）；这一点含蓄地表现在《理想国》545d-e对缪斯的摹仿表演中。

理解，但实际上作品已触及根本上具有挑战性的问题。人们普遍认为，这篇对话推进了关于诗歌灵感的"柏拉图式理论"，但这一观点未能解决作品的辩证性及其主题的复杂性。《伊翁》将诗歌的创作、表演和解释等问题糅杂在一起，导致人们难以获得关于这篇对话的一致理解。笔者自己的解读将在作品中找到一股不可简化的张力：一边是推论式诗学的理性和技艺需求，另一边是诗歌想象和直接的情感体验。

由于伊翁本人的角色区分，这股张力变得戏剧化了。作为荷马的表演者（或表演性的解释者），伊翁是一位角色扮演的行动者，他表明自己几乎身临其境地陷入了他所朗诵诗歌中的想象事件里。而作为笔者所说的推论或批判的解释者——也即，他是一个（至少在苏格拉底的提示下）声称要将诗歌与诗歌表演分开进行阐述和解释的人——他的责任是让诗歌具有理性的意义，以及熟练地确定诗歌所要告诉观众的内容。① 无论伊翁本人如何无力应对或调和这种角色

---

① ［原注26］苏格拉底认为，好的史诗吟诵者必须理解/解释诗人的思想（530c），这可能单独指涉诵诗者诵诗表演本身的一面。但是伊翁用苏格拉底的观点来暗指推论解释，由此称自己能把荷马史诗"说得很棒"。苏格拉底欣然接受了他的说法。尽管有时存在一些含混，535a（此处的"解释者的解释者"似乎非常符合诵诗者的表演职能）整篇对话都要求区分表演和推论解释：苏格拉底用了各种词汇来表述后者，如 ἐκμανθάνειν ［全面地学习］（530c：从"用心获知"倒向"彻底理解"；参Rijksbaron, 2007: 120, 以及第六章原注70），συνιέναι ［倾听］（530c：参《普罗塔戈拉》325e, 339a），ἑρμηνεύς ［演绎］（530c等），γιγνώσκειν ［了解］（530c），διαγιγνώσκειν ［辨识］（538c等），ἐξηγεῖσθαι ［引领］（531a-b等），κριτής ［挑选］（532b；参第三章原注10），ἐπιστήμη ［认识］（532c等：参色诺芬《会饮》4.6的尼刻拉托斯 ［Niceratus］），διακρίνειν ［区分］（538e, 539e），ἐπαινεῖν ［赞扬］（536d等）；伊翁自己补充了 κοσμεῖν ［修饰］（530d，"制造关于某物的吸引人的感觉"？参第二章原注97和99）。Herington, 1985: 10强调了吟诵人与演员之间的联系（532d, 536a），但似乎忽略了推论解释者的角色，而Leszl, 2004: 196, "专注于表演"，则完全抹去了这一角色；Schaper（1968: 23-24）对此问题纠缠不清。Kivy（2006: 9-10, 94-99）推测，伊翁的背诵"混入了"他的解释，甚至被解释所"打断"——无论是在背诵诗歌还是其他场合，这都与单纯作评论不同。参Graziosi, 2002: 45-46讨论诵诗者–解释者与其他荷马史诗专家之间可能存在的竞争。

的分裂，我们都需要超越对伊翁自鸣得意时的半谐剧式［168］描绘，并看到该作品利用他所揭露的非常真实的问题。

对于理解诗歌而言，苏格拉底构建的对话框架中包含了极度两极化的选择。第一种选择将诗歌模式视为一种具有认知功能、信息丰富、具有指导意义的交流方式，它在每一点上都能与医师、将军等特定专业领域的知识相对应。第二种选择是将诗歌模式视为一种神性之音（"神亲自对我们说话"，ὁ θεὸς αὐτός ... φθέγγεται πρὸς ἡμᾶς，《伊翁》534d），这些声音通过人类歌者的喉舌生动地传达出来，人若受到诗歌的想象兼情感的"磁力"（magnetism）吸引，就会从中体验到一种迷狂或失去自我之感（见下文）。如果说这部对话简单或完全地否定了第一种选择并支持第二种选择，那就很难解释一个问题：为什么在作品的中间部分生动地说明了关于心灵的迷狂转变之后，苏格拉底似乎又在他与史诗吟诵者（rhapsode，［译按］专门吟诵荷马史诗的艺人）对话的第三阶段抛弃了（且直到最后都没有提及和暗示）这个想法？

事实上，作为一种三幕剧（triptych），《伊翁》的谋篇布局具有哲学上的重要意义。在第一部分（《伊翁》530a-533c），苏格拉底徒劳地寻找对伊翁（作为一位诗歌的推论解释者）所具有的假定技艺（putative skill，technê）和知识的合理解释；在这一过程中，他意味深长地假定存在某种作为"整体上的诗的技艺"（ποιητική ... τὸ ὅλον，《伊翁》532c：见下文），但没有讨论如何定义这种技艺。在这部作品的中间部分（《伊翁》533c-536d），他得出结论，即作为一名史诗吟诵者兼诗人，伊翁的能力不可能面临理性能力（rational art）或专业技能上的问题：两者都是一条神性的狂喜之链的组成部分，该链条从缪斯连接到诗人，又从诗人连接到史诗吟诵者，再从史诗吟诵者连接到听众。而在最后一部分（《伊翁》536e-542b），苏格拉底又开始研究史诗吟诵者并略微转向诗人，这些人声称自己是精通某类知识的专家。如此"a-b-a"的结构强烈地促使人们思考：在《伊翁》的中间部分，通过抒情诗唤起的灵感可能并不是所有谜题的最终答案或唯一答案。尽管转回头对史诗吟诵者和诗人们基于知识的能力这一概念的探索再次以失败告终，但任何觉得有必要改良伊翁对苏格拉底的回应的读者，都会为对话的辩证设计所激励，[169]从而另寻他法来解读并重新连接对话中的各部分内容。①

那些细致但又不过分自信的《伊翁》读者将会注意到，这部作品暗示了在苏格拉底的初步论证路线之外存在更多可能性。他们还可能会觉得，在某种程度上，这部作品不仅在戏弄伊翁，也在戏弄它自己的读者。首先，苏格拉底很早就决定探究伊翁作为诗歌解释者的天赋，然而同时他又拒绝给伊翁一个展示天赋的机会（《伊翁》530d-531a），因此，在某种意义上，读者对于他们试图理解的东西一无所知；不过，我们将看到，苏格拉底在作品的末尾为他的这种策略作了一个回溯性的（retrospective）辩护。②

此外，引人注目的是，苏格拉底或伊翁似乎意识到了相互冲突的选择。在这篇对话的三幕剧的第一部分（《伊翁》530a-533c），苏格拉底显然立足于如下基础上：一个好的诗歌解释者需要在每个知

① ［原注27］与其他研究不同，Janaway（1992）提供了一种解读该对话的方法，他试图在诗歌中寻找灵感与technê的一席共存之地。Stern-Gillet, 2004: 182-190不接受他的主张，而是尖锐地批评这一解读《伊翁》的"浪漫"方法，但是该研究本身只是把这部作品看作"对诗歌的攻击"（这是一个庸常的结论，如Graziosi, 2002: 183），并且把"作为整体的诗歌技艺"之前提（532c）仅仅视作一种"策略上的"假设（页189），RijksBaon, 2007: 10同样如此处理。关于其他的讨论，见Kahn, 1996: 104-113, Ledbetter, 2003: 78-98, Griswold, 2004: §2, Giuliano, 2005: 141-147, Konstan, 2005b, Destrée & Herrmann, 2011的若干论文，以及Liebert, 2010b完成的一项鼓舞人心的研究，他发现对话录暗中促使人意识到，需要有一种虚构的概念来让诗歌的推论（discursive）地位变得可理解。

② ［原注28］我们不应只假设柏拉图的读者知晓伊翁（此人的真实性也无法确定）所讲述的荷马的种种事情。伊翁声称自己有独到的理解（530c-d），"压制"这些理解会导致读者的视角变得复杂。比如，我们不知道伊翁是否会给出寓意式解释（这将从根本上改变解释学的框架）；伊翁在530c-d提到的美特洛多鲁斯（Metrodorus）和斯特辛布洛托斯（Stesimbrotus）至少与此相符，见Struck, 2004: 43, 以及Richardson, 1975讨论才智（intellectual）的背景；参《克拉提洛斯》407a-b,《理想国》378d（以及第七章原注42），《泰阿泰德》153d-e关于柏拉图的寓意式解释，以及Ford, 2002: 85-88. 不过，似乎大多数诵诗者都不使用寓意解释：色诺芬《会饮》3.6.

识领域（如算术和医学）都是专家，这些知识独立地存在于诗歌之外，但可能反映在诗歌的形象及其对生活的叙述之中。这就预示着，诗歌的主题只不过是一些事物的集合，每个事物都属于某个特定的知识或专业领域。这一假设使成为一名诗歌解释专家的想法变得荒谬：解释者必须成为一切知识的专家，因为［170］苏格拉底自己提出，诗歌所描述的世界图景范围可以涵盖整个宇宙的事物（从天庭到冥府，《伊翁》531c）。① 不过，这一假设也使诗歌本身产生了极大的问题：要么诗人得是一名博学多闻的专家（苏格拉底在《理想国》中明确嘲讽了这种流行观念），② 要么诗人的作品将纯粹寄生于所有现有的知识领域，诗的意义则会被分解成其他活动的人造碎片，其自身不再有任何连贯的特征。

伊翁坦白说他只对荷马感兴趣，而对其他诗人不感兴趣；苏格拉底则借此推断出他根本不可能拥有专长和知识：

> 如果你可以通过专业的技艺（technê）来谈论荷马，那你也可以谈论所有其他诗人——因为肯定存在一种作为整体的诗的技艺（ποιητικὴ γάρ που ἐστιν τὸ ὅλον）。（《伊翁》532c）③

但是，不久，苏格拉底就把诗的技艺与"作为整体的绘画技艺"（γραφικὴ ... τέχνη τὸ ὅλόν）、雕塑、乐器（参《伊翁》532e-533c）

---

① ［原注29］参《理想国》596c探查了摹仿技艺的相似特征（"镜像"［mirroring］）；注意下文原页181-182笔者的注释。同样谈论诗歌界限的观念见 *POxy.* III 414, col. II: Lanata, 1963: 216, Giuliano, 1998: 162-163 的文本；参第三章原注53，第六章原页313-314。

② ［原注30］《理想国》598c-e；参色诺芬《会饮》4.6，及第六章原注119。

③ ［原注31］此处的 ποιητικὴ［作诗］严格意义上指 ποιητικὴ τέχνη［作诗的技艺］，参532e绘画作为 γραφικὴ ... τέχνη［描绘的技艺］，以 -ικός 为后缀的含义并非总是如此：见《美诺》99c-d论诗人的 πολιτικοί［作诗能力］，此处苏格拉底正在评判诗人，认为他们是受到了灵感的启发而非因为学识渊博；参Rijksbaron, 2007: 9，不过他在涉及更大的论题时依旧遵循乏味的教条观点。关于用以从整体上定义 technê［技艺］的界限，参《斐德若》261a（修辞术）。

以及（在讽刺意味的转折上）rhapsôdia［吟诵史诗］（参《伊翁》
533b7）^①本身等实践活动作类比，从中既使这一推论的前提得以被强
调，同时又使其与先前关于诗歌（及其解释）的概念相冲突，因为
诗歌的主题受惠于各自独立的知识和专长。苏格拉底没有解释他本人
何以似乎在不同的诗歌模式之间摇摆——［171］诗歌要么是作为其
他形式的专长的一种次要载体，要么其本身就是一种技艺和专长。苏
格拉底似乎确信存在一种作为"作为整体的诗的技艺"，但他没有确
定该技艺的内容，也没有使它成为区分史诗吟诵者对诗歌的解释的基
础。相反，苏格拉底不顾自己对诗歌艺术或专长的主张，他在这篇作
品的中间部分提出了一个激进的替代方案，即诗人和史诗吟诵者的活
动都不是知识的产物，而是神性灵感的产物。

　　如此，《伊翁》第一部分中的对话所遵循的路线就意味着，任何
对作为一种technê［技艺］的诗歌模式本身的密切关注，都无法证实
苏格拉底后来采用的灵感假说（该假说表面上来自伊翁自传式的坦
白，即荷马是唯一一位让他感兴趣和激励他的诗人），因为该模式仅
仅被瞥了一眼就被抛在一边。从根本上说，灵感假说认为诗歌力量
的来源不可考察，因而也无法解释；这种假说非但没有解决一个得
到过明确分析的问题，反而加剧了苏格拉底充满不确定性的对伊翁
的质疑。因此，我们不能把对话的中间部分视为一种坚定、稳定的
理论陈述，更不用说关于诗歌灵感的"柏拉图式理论"了。但这并
不意味着我们跳到相反的极端，认为苏格拉底的提议完全不讲道理

---

　　① ［原注32］论及rhapsôdia［吟诵史诗］本身就设定了两个循环解释：（i）如
果有一种好的rhapsôdia，那其中就必然包含了（530c）诵诗者对其演诵诗歌的理性理
解。但是苏格拉底接着得出结论，认为伊翁并不具备这样的能力，而是因为灵感他才
能如此好地讲述荷马，因此，要么530c的前提有误，要么苏格拉底无法真诚地接受
伊翁是一位好的诵诗者——即使后者表面上是（讽刺？）。严格地讲，苏格拉底从未
声称不存在一类"具备对诗歌进行理性理解的能力"的好的诵诗者，只是伊翁本人不
符合这一定义。（ii）533b-c的目的是将rhapsôdia视作一种能够运用专业技能解释自
身的主题（如绘画、音乐，等）——通过535a可以推断，此处所说的"专家"是一位
"解释者的解释者"的解释者。

（gratuitous）或只是出于讽刺的目的，即使该提议有着引人注目的抒情诗式想象（flights）——这使得它以自己独特的方式更像一首散文诗，而不仅仅是一段"论证"。

一方面，灵感假说未能回答一些与《申辩》22a–c相同的问题。正如后者提到诗歌中包含"许多美的事物"，却没有告诉我们它们是什么或苏格拉底如何理解它们；同样，《伊翁》533d–4e也没有告诉我们"许多美的事物"（πολλά ... καὶ καλά，《伊翁》534b）的内容，它也将诗歌归为缪斯的启发。即便如此，《伊翁》确实给了我们一条《申辩》中没有提供的重要线索。虽然灵感假说可能被认为主要是因果性的或病原学的（aetiological，好的诗歌"从何而来"？），但苏格拉底在《伊翁》中提出该假说时，其重点更多是落在诗人所经历并传达给表演者和观众的心理状态：情感上强烈的欣喜（沿着一条近乎磁石般的铁环）的传递，或"热情"（ἐνθουσιάζειν）和富于想象力的视野。每个阶段所涉及的都是某种形式的狂喜：丧失了正常的心智或自我，以及短暂但非常鲜活地在精神上沉浸于另一个［172］世界。①

很明显，这是对话中苏格拉底与伊翁基本一致的地方。伊翁证实了苏格拉底的假说，通过提供自己身体症候的第一手资料（流泪、头发蓬乱、心惊肉跳），伊翁证明自己在想象和情感上参与了荷马诗歌的活动（《伊翁》535c）。即使我们考虑到伊翁在这一链条中的位置受到了讽刺性削弱（他相信自己的情感，但也承认他最关心的是赚钱：无疑，那不是缪斯的灵感吗？《伊翁》535e），②这段内容仍然

---

① ［原注33］"失去理智"（out of one's mind）或类似的表述，尤见534a–b、535c；斗胆质疑Verdenius, 1983: 45, Ledbetter, 2003: 91–92。最后一段未表明伊翁相信自己字面意义上地"在场"于想象的事件中。关于语词ἐνθουσιάζειν［热忱］和ἔνθεος（字面意思上的"神明附身"），以及"失去理智"等，见Pfister, 1959: 948–950、955–957, Padel, 1995: 126–128；关于亚里士多德的用法，参第五章原页239–241。

② ［原注34］尽管如此，535e并不像有些人所想的那么具有讽刺意味，而是暗示了职业表演者的心灵中存在着似是而非的矛盾：参Janaway, 1992: 18注释31、Murray, 1996: 123以及Lada-Richards, 2002: 400, 412–413对此处的评论。

保持了其连贯性——它描述了从诗人到表演者再到观众的这一心理转变的核心特征。

而就整个对话而言，这又将灵感假说置于何处？无论我们从核心部分回过头来看前面的内容，还是看后面的内容，问题都会显现出来。首先，苏格拉底诉诸灵感的概念，以解释伊翁如何能像他所自称的那样，成为一位对荷马做出卓越的推论性解释的人（一个很好地谈论诗歌的人，《伊翁》530c等），却不具备苏格拉底所主张的那些理性上可解释的专业技能。苏格拉底将伊翁那"磁石般的"灵感形象，扩展至作为推论解释者的史诗吟诵者，而不仅是一位表演者，而正在此时，伊翁提出了异议。虽然他准备证明自己在表演中有着全神贯注、情绪高涨的状态，但针对如下说法，即自己谈论荷马时也受到了类似的灵感启发，伊翁解嘲般地（wry）提出了怀疑：他自己并不相信这一点，而且如果苏格拉底也这么认为，他还会觉得惊讶（即，苏格拉底要在一种推论模式中聆听伊翁吟唱，《伊翁》536d）。①

人们会立即注意到这里的（戏剧性）讽刺［173］，它令读者放开手脚质疑伊翁作为注释家或批评家的资格（苏格拉底再次拒绝给他机会展示他的能力，参《伊翁》536d）；除此之外，如今在诗歌体验的两个层次之间出现了一个缺口，这两个层次与伊翁专业活动中的两方面内容相对应：其一是对想象力所唤起的世界的强烈的情感专注（absorption），其二是推论地、批判式地理解对象。

而这一缺口正是引起第三阶段对话的原因。苏格拉底突然放弃他的灵感假说，回到依靠知识和专长的评判标准（该标准处于诗人-解释者这一等式的两边）来质疑伊翁的路线上。苏格拉底的主张强调了这一转变，他说伊翁肯定无法很好地解释荷马本人都缺乏知识

---

① ［原注35］伊翁的立场中有一个明显且重要的考虑因素，即在表演时，他自身想象力的沉浸与观众们外在的认可（acknowledging）不相容，然而在推论解释中，他可以直接与观众交流。换句话说，正如苏格拉底和伊翁所解释的那样，灵感从心理上（psychological）暂时中断了诗人、表演者或观众当前所处的"现实世界"情境。

的那些主题（《伊翁》536e）。这是在有意忽略关于灵感的补充论述（excursus）中的原初观点，而这也正是为了解释伊翁如何（据说）能在知识之外的基础上"很好地谈论"荷马。看起来，一旦伊翁拒绝认为灵感能够有效解释他身为推论解释者的职能，苏格拉底也就会抛弃［灵感］并重新开始询问。这并非仅仅意味着灵感，或苏格拉底所描述的灵感的每一个特征，都是失败的假说。但它确实意味着，伊翁和苏格拉底都承认，我们无法弥合诗歌作为迷狂体验的载体与诗歌作为批判性理解对象之间的鸿沟。

这一认识本身就足以颠覆我们关于以下内容的认识：苏格拉底口中的灵感所具有的地位，和/或苏格拉底在何种程度上承认灵感。如果苏格拉底对灵感论的投入是全心全意的，那么解释本身就会成为传播浸染了神性的狂喜的一部分——但在这种情况下，苏格拉底将不得不放弃他最初的假设，即"解释"这一行为涉及对诗人"思想""心智"或"意图"（dianoia，《伊翁》530b-c）的理性理解，[①]因为他所描绘的迷狂明显涉及悬置自觉控制的"思想"（nous，《伊翁》534b-d）或心智存在。另一方面，如果苏格拉底对自己的灵感论的投入并非全心全意，我们就不能确定其起点和终点。对话的最后一部分并没有为我们解决这一难题。如前所述，苏格拉底在《伊翁》536d重新开始询问时并没有［174］提到灵感。而在这部作品的最后，即构想出具有讽刺意味的两极化选择时，他将再次唤起这种思想（"你是想被视为怀有恶意呢？还是想被视为具有神性呢？"），让伊翁无法回避（《伊翁》541e-542a）。不管这意味着什么，它都不能直接告诉我们苏格拉底（或柏拉图）到底"相信"什么。它只能使摆在该对话的读者面前的难题变得具体。

《伊翁》三幕剧的第三部分，也是最后一部分，追溯了第一部分的一些问题，同时增添了新的问题。苏格拉底现在又开始使用诸

---

① ［原注36］关于诗人的"（各种）思想"（διάνοια(ι)），见《普罗塔戈拉》341e、347a，《理想国》568a，阿里斯托芬《马蜂》行1044、《和平》行750、《蛙》行1059，以及Isoc. 9.11；参第六章原注107。

如 "荷马说/讲"（Ὅμηρος λέγει 等）习语，这让我们想起争论的第一阶段（尤见《伊翁》531a–532b），并与中间部分的 "神通过诗人说话"（"神自己就是说话的那一位"，ὁ θεός αὐτός ἐστιν ὁ λέγων，《伊翁》534d）的概念形成对比。① 它还完整保留了完全属于人类的活动和知识类别，后者可以识别和描述 technai［各种技艺］。② 而从纯粹的人类角度审视伊翁作为解释者所具有的推论（putative）技能时，苏格拉底重新提出了一个有问题的假设，即解释荷马史诗的任何段落的能力，要求人们对其中所处理的主题具有特定领域的知识：《伊翁》537a–c 驾驭战车的例子恰好类似于讨论中的第一个例子，即《伊翁》531b 的 mantikê［占卜］。③ 这再次显露了笔者先前从对话第一部分诊断（diagnosed）出的张力：一方面，诗歌被视作对其他各种技艺的一种次级反映，因此在认知上寄生于其他各种技艺（这最多会把诗歌降低为一种可以独立获得的 "真实之媒介"［medium of truths］）；另一方面，诗歌本身又被视作一种独特的艺术（"作为整体的诗的技艺"）。

苏格拉底告诉伊翁（后来他又公开讽刺地重申了这一点，参《伊翁》539e："你的［175］记性这么差吗？"），他不能声称自己可以很好地解释荷马的一切（《伊翁》536e），从中我们可以准确地指出这一张力的一种表征。这意味着，诗歌的概念只是反映了其他数

① ［原注37］在苏格拉底关于灵感的叙述中，诗人自己 "说话" 的观念继续出现，但要么是（i）作为诗歌创作的一般法则，即明确地服从于神的支配（533e、534d），要么是（ii）依据诗歌中关于灵感本身这一主题的陈述（534a–b, d）。

② ［原注38］苏格拉底在537c提到 "凭借神明" 分配给人 technai 的功能，这说明了人类文化普遍依存于神的指导/帮助，并且这有别于早期的灵感模式：早期的灵感模式设定了某个假定的知识来源，而非［知识的］替代物。

③ ［原注39］参538e–539d重提 mantikê。在苏格拉底所有的例证中，该例证具有双面性（有暗示但未展开），这可能使该例证成为一个合适的 comparandum［比较主题］：mantikê 可以细分为一种 "预言的" 模式（参《伊翁》539a 所引用的荷马《奥德赛》20.351–356 中的忒奥克吕墨诺斯［Theoclymenus］），和一种更加依赖理性进行解释的模式，这有点类似伊翁自己的诵诗活动有着 "表演/推论" 的两面性（本章原注26）。

量众多、任何人都无法熟练理解的各种技艺。而这与苏格拉底早先的论点相矛盾，即如果伊翁在解释诗歌方面有一种基于知识的专长，那么该专长就必定包括所有的诗歌，因此更不用说包括了整部荷马史诗（《伊翁》532c）。后一种观点并不认为诗歌反映了其他的知识领域，而是将诗歌本身视为一门技艺，即"作为整体的诗的技艺"。对话的第一部分将这些相互冲突的诗歌概念置于不协调的（实际上是不被承认的）冲突之中。对话的中间部分则借助迷狂灵感的视野，对这两种概念置之不理，而到了第三部分又把它们纳入视野中——可是这样做的目的是什么呢？

如果我们试图通过伊翁本人来关注这个问题，那么许多评论家都已经注意到，苏格拉底（或柏拉图）似乎让他逐渐陷入一种不利的局面（stack the odds）。一方面，苏格拉底的坚持促使伊翁最终接受了诗歌作为"其他technai［各种技艺］的反映"模型，并诱导他将"自己在解释上具有专业技能"这一主张建基于一个特定的知识领域，即建基于军事领域；而这产生了一个荒谬的结果，那就是史诗吟诵者被证明为一位"真的"将军——这是关于归谬法推理的一次教科书式说明。另一方面，当伊翁试图转而承认诗歌本身是一种technê［技艺］，并因此承认作为解释者的他与荷马诗歌中特定领域的主题无关时，苏格拉底却无视了这一点。关键地方在《伊翁》540a-b，在那里，伊翁暂时阻止了苏格拉底将荷马史诗的内容分解为关于驾车、从医、捕鱼、占卜等段落的企图；他认为有一种类型的主题事项贯穿所有其他事项：一种关于"男人和女人、奴隶和自由人、被统治者和统治者适合说什么话"的主题。这个回应勾勒出了与亚里士多德《诗术》（Poetics）类似的人物描写准则，我们可以合理地认为，这意味着诗歌的得体性标准（criteria of appropriateness）部分取决于一首诗内部的特征和组织：一致性、连贯性与合理性的标准。① 而苏格拉底立刻扭转了［176］伊翁的直觉，

---

① ［原注40］亚里士多德与此处对应的论述见《诗术》1454a19-36。笔者不明白为何Richardson, 1975: 80将540b伊翁的主张称作"智术师的"（sophistic）；他将伊

让他认为荷马史诗中个别演说行为最好让具备该领域专长的人来解释，例如与特定的语境相关的航海、医术或畜牧。①

这使苏格拉底回到了他以前的提问轨道上，而伊翁也不再抗拒，他很快就选择了军事战略作为他本人在诗歌具体知识上的专长。到这一阶段，在关注了作品的三部式结构以及每个部分各种辩证的曲折之后，我们应该非常清楚，苏格拉底的探究并没有明显坚持一个固定、单一的立场。相反，它们揭示了复杂的可能性，并且超出了伊翁的应对能力。那么，最后剩下的关键问题并不是苏格拉底所说的纯粹戏剧性问题，即伊翁要做出选择：自己是要背上"坏心眼"（malicious）或"不公正"（unjust）的［骂］名（因为他对苏格拉底"隐瞒"自己真实的专长），还是要被视为有"神性"之人（作为灵感之链上的一环，也作为解释者，伊翁明确拒绝了这一假设）。相反，关键问题在于，读者如何尝试比伊翁更好地去理解对话过程中关于诗歌的各种要求。

概括地说，这样一种尝试可能会采取以下形式。苏格拉底在讨论的不同阶段采用了相互矛盾的前提条件。最根本的是，他表面上提倡的诗歌概念（因此也是他所主张的诗歌解释）取决于独立存在的各种知识和专长，而这与他的信念相冲突，即存在一种"作为整体的诗的技艺"。同样明显的是，这种信念（或者说，关于诗歌及其解释可能涉及任何类型的技艺的假设）与作品中心部分所表达的关于神性灵感的宏大假设相矛盾。对话不是拼图游戏，我们不能得出一个明显"正确的"解决方案，即唯一能将所有碎片拼合在一起的方案。

翁的主张与安提斯忒涅（Antisthenes）联系起来，显得有些含混不清（他将不同角色类型的差异化语言与不同听众对演讲的适应混为一谈）。伊翁也没有区分"形式"和"内容"，笔者斗胆质疑Leszl, 2006a: 331–332。注意，在后来的菲洛德穆《论诗》5.34.35–35.32（Mangoni版本）中，关于原理的讨论与伊翁的观点类似：一种观点否定诗人可以是特定领域专业技能的专家（参同上 38.22–32），另一种观点则坚持摹仿（此处的摹仿可等同于想象的虚构）的价值可以根据"内在"的适当性（appropriateness, πρέπον）来判断。笔者用35.23–32来结合此两种观点；参Asmis, 1992b: 410–412。

我们可以根据苏格拉底探询路线中的优先事项来衡量各种可能
性。[177]最开始的一个优先事项是，苏格拉底将荷马描述为"最
伟大和最神圣的诗人"（《伊翁》530b）——从最基本的解释来看，
这承认了荷马史诗中有一些非常伟大的力量和价值。但这已经让我
们有理由超越苏格拉底的辩证前提，即诗歌可以被视为一种寄生于
其他技艺和知识体系的次要载体。该前提非但没能帮助我们认识到
荷马史诗或任何其他诗歌的巨大价值，而且如果它被完全严肃地对
待，还会径直消解诗歌的价值：既然我们可以求助于医生和驾车
手，为什么还要求助于荷马来学习医学或驾车的知识？不过，还有
两个理由使我们认为苏格拉底的这一前提只是辩证式的，它并不能
解答对话中的关键问题：第一个理由是，该前提不能与苏格拉底和
伊翁两人的一致观点相提并论，即诗歌体验能产生想象力和强烈情
感；第二个理由是，该前提最终会导致对诗歌的解释成为一个伪问
题（pseudo-question），因为正如苏格拉底自己（基于这一前提本
身）反复强调的那样，它只是要求我们在每一种情况下确定独立的
专家，这些专家能拥有与诗歌中每个段落、言辞或事件最相关的
知识。

因此，越来越多的理由让我们更愿意相信（尽管未经证实）一
种"作为整体的诗的技艺"，而不是最终徒劳地试图让诗歌仅仅反
映或呼应特定领域的知识，这些知识已经以离散的形式被单独编纂
在实践和专业知识中。而这仍然给我们留下了《伊翁》中最大的冲
突，即诗歌（以及相应的对诗歌的解释）是一种基于知识的"技
艺"，还是一种由神性引发的迷狂的产物？两者形成了强烈的对比。
笔者已经说过，柏拉图的对话本身经过了精心设计，其目的是拒绝
为这种分歧提供干脆的解决方案——对警惕的读者来说，苏格拉底
在结尾为伊翁提供的讽刺性选择也是一个未得到回答的问题。如果
我们思考一下其中原因，一个可能的推论是：柏拉图认为这个问题
不存在好的答案。如果我们反过来考虑为什么会这样，就会发现，
对话本身提供的线索指向一种不可避免的冲突，即，一方面是让诗
歌服从于具有推论式理性的术语的冲动，另一方面是认可诗歌的力

量，因为诗歌的力量包含想象兼情感之狂喜的核心，而这种狂喜无法得到明确的解释。最后，《伊翁》可能恰恰让我们有理由在以下二者之间不作出任何确定的、非此即彼的选择：一是苏格拉底倾向于相信"作为整体的诗的技艺"[178]，二是他被一种心理转换力量（psychologically transformative，这种力量将诗人、表演者和观众联系在一起，但拒斥理性的分析）的假说所吸引。而由于其对立的辩证法，这部作品似乎也打消了将两种观点整合为某种统一诗学的任何希望。

与广为人知的观点相反，柏拉图并没有总是否定诗歌是一种technê［技艺］。他在对话的一些段落中至少承认了诗歌具有技艺的要素，这与前柏拉图时代就已形成的思维方式一致，并且也是柏拉图的学生亚里士多德的《诗术》的一个基本出发点。①笔者试图证明，从整体上看，《伊翁》本身在这一点上模棱两可（或自相矛盾）。受到理性主义驱动的苏格拉底表达了对划分出"作为整体的诗的技艺"的需求（这产生了与之相关的解释诗歌的专业技能）。这样的划分赋予诗歌一个坚实的、自足的身份，像所有technai［各种技艺］一样，它也建立在对材料和过程的目的论结构的理解基础上，并能根据公开的（可能部分是有争议的）标准对诗歌进行评判。《伊翁》显然不是要完全排除从诗歌实践中发现某些技艺要素的可能性，最明显的候选对象是各个层面（从诗律构造到整个作品的设计等）的规范

---

① ［原注41］例如：《斐德若》245a（其中的苏格拉底确实暗暗地接受了这一观点，笔者斗胆质疑 Rijksbaron, 2007: 10）以及《法义》4.719c 都认同 technê 是与某种灵感的结合（参本章原注25）；《斐德若》268c–269a（以及本章原注42）；《斐多》60d 的术语 antitechnos［技术竞争对手］（参阿里斯托芬《蛙》行816）；《苏格拉底的申辩》22c–d 的含意（以及本章原注18）；《会饮》223d 苏格拉底关于肃剧与谐剧创作的著名悖论（参《会饮》196d 阿伽通的言论，以及本章原注25）；《理想国》601d 关于普遍意义上的摹仿作为一种 technê 的分类；以及《理想国》398a 可能是对诗人 sophia 的摹仿（相当于 technê？但是从文本语境上看，它受到了某种自然的、准-灵感［quasi-inspiration］的转变心灵［psychic transformation］之天赋的影响）。关于前柏拉图思想家对这一概念的运用，参第三章原页110–111，以及本章原注30。

（formal）控制和组织。①

　　对话省略了关于这些要素的说明，与此同时人们也产生了两个主要的疑问，它们关乎如何才能完全满足鉴别诗的技艺的需求。第一个疑问在于：在最具突出讽刺意味的《伊翁》531c–d（鉴于苏格拉底一直坚持认为，荷马的诗歌反映了医术和驾车等独立的技艺），[179] 对话者同意诗人们能"谈论"所有属人和属神事物，包括在天庭和冥府中发生的事情。而根据定义，每一项技艺都有其自己的领域，怎么可能存在一种论述宇宙中一切事物的技艺呢（当然，柏拉图也注意到这个问题同样适用于哲学和诗歌）？第二个疑问在于：苏格拉底关于灵感假设的抒情诗式的（lyrical）论述，强调的是人们难以相信存在一种编纂的技艺、一套基于知识的程序，竟能成功产生强烈的想象专注和情感反应，而苏格拉底和伊翁都认为这是一种诗歌体验的标志。简言之，怎么会存在一种关于诗之迷狂的技艺？

　　《伊翁》中的困惑即使有可能解决，也是相当难的。作者将伊翁本人描绘成一个天真自负的人物，这诱导读者对该作品的观点作出无法维系的、非黑即白的判断。② 我们主要的挑战是如何超越这场冲突中的 ad hominem ［诉诸人身］层面——在该层面上，伊翁作为荷马的批判性解释者的资格定会受到质疑——而看到苏格拉底似乎在对立的诗歌观念之间摇摆所导致的长期的、严重的问题。笔者的方法试图证明，对话使用了一个明显两极分化的观念框架，要以此得出一个存在问题的结论。我们不应把中心部分——苏格拉底阐述灵感说的部分——视为对作品所提出的问题的可靠解决方案，而应把它视为整个作品问题的一部分。对于柏拉图和他的读者而言，这

---

　　① ［原注42］例如，《斐德若》268d强调了形式上的构思，其中，肃剧被视为一种 technê ［技艺］（参268a2, c4的含义），这与医术和音乐有着同样的基础。

　　② ［原注43］一个典型的例子是Valakas, 2002: 88立不住脚的观点，即"苏格拉底将伊翁视为一个无法解释自己神圣技艺的假充内行之人 ［原文如此］"。若我们接受苏格拉底对神圣灵感的描述，伊翁就不可能做出"解释"，也就不会是个假充内行之人；但如果他是个假充内行之人，他就不会具有这种神圣天赋。

个问题不外乎是如何找到一种方法，来把握和解释"最伟大和最神圣的"诗歌的价值。

二　哲学式的诗歌（前）爱好者①

与许多现代学者所理解的不同，柏拉图对诗歌的［180］许多处理并不属于那种铁板一块、坚定不移的［关于诗歌的］敌对学说，而是构成了哲学上未完成的复杂事务。虽然那些对话经常公开以探究的方式质疑诗歌（及诗歌的倡导者），但它们从未试图永久地将诗歌弃置一边，或声称哲学能（以柏拉图自己的写作形式）彻底不再接触诗歌。笔者将论证，更重要而且最重要的是，现代学术的正统观点认为，柏拉图最终明确地放弃诗歌的声明就是如此：将"最好的"诗人（尤其是荷马与肃剧家们）逐出《理想国》的理想城邦。②而通过特别关注《理想国》607b–608b对诗歌的第二次批判中精彩亮眼但相对受人忽视的结语，笔者希望关注的是：在处理"放逐"动机本身的论述中，存在着一种深刻的歧义。对《理想国》的标准解读强调，卷十中的苏格拉底不仅转回，而且重申并再度确认了卷三中对那些善于摹仿、多才多艺的诗人的放逐判决，这些诗人有力且戏剧性地表达了多样且不统一的精神力量。

笔者认为，这种表面上对放逐判决的重申，被苏格拉底犹豫和矛盾的姿态戏剧性地削弱了——实际上削弱这一判决的是苏格拉底对诗歌表现出的萦绕不去（lingering）却模棱两可的"爱"。如果人

---

① ［译按］原标题为 The Philosophical (Ex-) Lover of Poetry，亦可意译为"哲人式的诗歌（旧）情人"，对照本书原页197以下的解释。

② ［原注44］放逐的主题（至少部分地）适合"最好的"诗人来选择，理由如下：(i) 荷马位于卷二至卷三，以及卷十中争论的中心位置；(ii) 由于讨论的作品/段落（3.387b）具有杰出的诗歌品质，苏格拉底的担忧变得更强烈；(iii) 卷十对诗歌的"最高控诉"认为，"即使是我们中最优秀的人"，诗歌也可能让他们屈从荷马和肃剧作家（605c）的情感力量。还请注意，《理想国》568b简短地提及及驱逐肃剧作家（他们出于奇特的理由赞美僭政）。

们总是想着所谓的放逐，却没有看到持续依恋诗歌的力量，就会忽略掉柏拉图本人在此语境中的整体写作和思考层面。①此外，如果不充分考虑苏格拉底在卷十开篇，以及在笔者所说的讨论诗歌部分的结语中所搭建的框架，而是直接解读卷十中的论点，就会将柏拉图的文本简化成教条式的僵化之辞，扭曲其中主要人物的辩证性[181]和心理上的细微差别。②正如笔者想要表明的那样，《理想国》卷十上半部分的"框架"与论证细节之间有着错综复杂且微妙的关系。

笔者在其他地方提过，《理想国》卷十对摹仿的批判要比大多数学者愿意承认的更多带有暂时性（provisional），也更富于修辞上的尖锐性和哲学上的挑衅性。③任何人若认为该批判具有一个教条式

---

① ［原注45］Gould, 2001: 310-314在此类片面解读中最让人吃惊：明明607-608没有任何申辩以及情欲（apologetic-cum-erotic）方面的暗示，该研究者却认为柏拉图转向了《理想国》卷十对艺术的"攻击"，仿佛"担心尸体没有死透"（页314）。针对一些过于简化地评判柏拉图对诗歌有"敌意"的研究，Giuliano, 2005: 340, Halliwell, 2002a: 55作了进一步的批判。本节是对Halliwell, 2011c中观点的修订。

② ［原注46］Griswold, 2003: §3.3-3.4对《理想国》卷十的解读忽视了苏格拉底结语中的矛盾心理；Untersteiner, 1966: 143-147（以及对286的总结）在很大程度上掩盖了这一问题；Pradeau, 2009: 280-281, Bychkov & Sheppard, 2010: xviii甚至没有提及这一段落。更糟的是Leszl, 2006b: 297，该研究轻率地怀疑这段话是否需要"非常认真地"对待。Vicaire, 1960: 263-265则敏锐地意识到了《理想国》卷十的含混性，尽管他错误地将魔咒（incantations）从苏格拉底那里转移到了诗歌本身（页401）。简要涉及这一点的研究有Greene, 1918: 3, Collingwood, 1938: 49（"苏格拉底似乎有些宽和"，但他对更大语境的描述有些热情过度），Gomme, 1954: 61-62, Daiches, 1956: 22, Grube, 1965: 54, Asmis, 1992a: 338（参考下文原注77），Janaway, 2006: 396, Murdoch, 1993: 13（"缓和的姿态"[mitigating gesture]，但这一点在她更进一步的描述中被忽略了），Osborne, 1987: 57（"诗歌爱好者苏格拉底"），Erler, 2007: 486。Levin, 2001: 143-167认真探讨了重估诗歌可能价值的必要性，尽管相较笔者，她的答案有些狭隘。

③ ［原注47］Halliwell, 2002a: 55-62, 133-143；相关的法语版见Halliwell, 2005b，其中强调了《理想国》卷十的劝告意味着要对这些问题进行彻底的反思。笔者此刻注意到Greene, 1918: 56在《理想国》卷十中发现了一个"讽刺"元素，虽然他的方法（50-56）与笔者在倾向上不同，但他拒绝接受柏拉图最后话语中的论点，这一点很正确。参Shorey, 1930-1935: II. lxii，"柏拉图半严肃（half-serious）的表态"。Osborne, 1987有趣地将这些观点解读为激励更好的"艺术理论"，尽管这与笔者的观点略微不同。

的固定立场，都需要解释一系列异常现象。第一个异常出现在《理想国》596b，此处提到，即便是卑微的木匠也被赋予了对明显形而上的"形式"（forms）的认知；而在该作品的先前部分，只有卓越的哲人才能理解这些形式。另一方面，如果说木匠脑海中"看见"的形式只不过是（例如）一张沙发的蓝图，那么绘制沙发的画家显然制作了某种不同类型的东西，但这一点几乎没有贬损绘画的地位；它也没有排除画家脑海中具有一种"形式"的可能性，柏拉图也在其他作品中承认了这种可能性。①

第二个异常是，《理想国》596d-e 的"镜喻"（mirror analogy）部分与其直接语境不协调，因为根据《理想国》596e（指向《理想国》596c）的严格逻辑要求，[182] 镜子是不能转而用于诸神或冥府的：这里存在着一股内在张力，它介于可见与不可见之间，也介于自然的（naturalistic）相似性与创造性的想象之间（我们还可以指出，为了慎重起见，《理想国》早先论及镜像和艺术形象 [artistic images] 时，要求观众对它们所反映的事物和品质有相同理解）。②此外，苏格拉底似乎贬低了绘画，因为作为一般的摹仿艺术的典范，绘画必然寄生于现象性的经验世界；而这一观点不可能是苏格拉底（或柏拉图）的立场的全部原委。它与《理想国》先前几个段落中关于绘画的假设相矛盾，尤其是《理想国》卷三 401a 曾承认绘画是一种伦理上有表现力的艺术形式（除了其他形式之外），卷五 472d 和卷六 500e-501c 也曾承认绘画的理念论（pictorial idealism）。③

---

① ［原注48］在《高尔吉亚》503d-504a，画师是一位工匠，他把形式（这里指eidos）和美强加于他的材料；正因为他对自己使命的心灵观念（mental conception）与其他工匠一样（见 [ἀπο] βλέπειν πρός，503e，以及相应的《理想国》596b），我们可以毫不过分地推断他的头脑中有某种形式。关于《斐德若》268d-269a中诗人和乐者对统一结构的关注，见上文原注42。关于《理想国》596-597有关形式的形而上学问题，见Opsomer, 2006。

② ［原注49］《理想国》402b-c。

③ ［原注50］如Murdoch, 1993: 11所言，《理想国》中间几卷提及绘画的理念论（pictorial idealism），并不是"对画家们好言相向"，但这种说法并不能消除此处

在柏拉图写作的另一个层次上，对《理想国》卷十的教条式解读（doctrinal readings）需要告诉我们，为什么表面上对荷马智慧的反驳涉及诉诸人身的传记式修辞（假如荷马确实知道这么多的话，那他应该担任立法者，他的朋友应该成为他的"追随者"，等等，参《理想国》599b及以下）；①或者，更普遍来看，这种解读需要告诉我们，为什么苏格拉底的声音经常带有明显的讽刺语气，甚至暗示类似荷马的作品"很容易制作"（《理想国》599a）。然而，对《理想国》卷十的教条式解读都没能令人满意地处理这些考虑因素，我们最好是将这些因素解读为一种暗示，它们暗示出这一部分的对话并没有明确表达什么不可撤回的谴责，而是在刺激人们去承认艺术的摹仿需要一种新的和更好的 [183] 辩护。此外，笔者希望表明，《理想国》607b—608b处讨论诗歌的结语为这种解读提供了明确且富有表现力的支持，它让读者在阅读过程中面对一个强烈的悖论，该悖论与上文对摹仿的全部批判有关。

笔者的核心观点是，《理想国》卷十并没有简单地拒斥最好的诗人，而是提供了一组相交织的对比：对这些诗人作品的抵制与倾心。这种对比揭示了一个问题，即在何种意义上，人们仍然有可能成为哲学式的诗歌热爱者。苏格拉底在这里提出的关于诗歌的论点，并不打算为这个问题提供彻底的解决方案。柏拉图本人在《理想国》这一部分的写作以一种非常尖锐的方式告诉我们，它并不包含对自己所提出的关于诗歌和灵魂问题的完整或最终答案。事实上，我们

的问题。明确认可"绘画并不局限于镜像式地呈现细节"，这足以证明《理想国》卷十中的论点是不完整的，以及／或者是讽刺性地简化了的；笔者此处斗胆质疑Herrmann, 2007: 295注释143（他错误地认为《理想国》400d—401a是在"说事情应该怎样，但事实并非如此"）。Schmitt, 2001最为详尽地尝试调和卷十与之前提到的绘画理念，他从更宽广的角度来看待柏拉图的灵魂学（psychology）。Hub, 2009作为一位修正派，他对《理想国》卷十的解读只不过是回到了一种无甚差别的教条主义。

　　① ［原注51］一些冷漠的古代读者用这一 ad hominem ［诉诸人身］的论证转过来对付柏拉图自己：见 Athen. xi 508a—b 的嘲讽，他声称《理想国》（和《法义》）没有影响到任何真实的希腊城邦（对比涉及吕库古与梭伦的言论，与《理想国》599d—e）。

将看到，这些论点结语的全部主旨都在于建立一种视角，该视角超越柏拉图的文本，进入了阅读文本之人的生活——无论是在学院还是在其他地方——从这方面来说，我们可以感觉到柏拉图将他的作品置于对诗歌的本质展开积极辩论的腹地（hinterland，此外，亚里士多德、安提斯忒涅［Antisthenes］、阿珂基达玛斯［Alcidamas］和伊索克拉底都参与了这场辩论）。① 相应地，上文提到的修辞和讽刺特征可以解读为柏拉图的明显的交流策略。这些特征使柏拉图的作品带着挑衅意味向当时的读者提出挑战，这些读者大多数都可以视作长期以来的"诗歌热爱者"。柏拉图借助承认自己热爱诗歌的苏格拉底之口提出挑战，由此使挑战变得棘手，甚至有些动之以情。

　　［184］苏格拉底在《理想国》卷十开篇出人意料地转向（回）诗歌的话题，声称之前在卷三中得出的结论已经被对话中间部分进行的灵魂区分（《理想国》595a）所证实，他向格劳孔指出，"摹仿的"诗歌（包括肃剧和荷马史诗：《理想国》595b-c）会对听众的思想造成伤害或损坏（impairment），除非他们拥有准确了解这种诗歌

---

① ［原注52］Büttner, 2000: 208看似合理地认为，《理想国》607b-608b反映了柏拉图学园（Academy）内部关于诗歌的长期争论；参Vegetti, 2007a: 217, 230～Vegetti, 2007b: 18, 31（但是把《理想国》卷十看作一篇独立作品的论点显得太激进了）。Pohlenz, 1965: 447-449，参页463，该研究认为《理想国》此处的对手是前5世纪高尔吉亚这样的智术师；尽管《理想国》卷十的其他地方有对高尔吉亚的回应（见第六章原注3，参本章原注99），但这种观点忽视了柏拉图的文本在同时代引发的共鸣。Else, 1972认为，《理想国》卷十某种程度上回应了亚里士多德（早期版本的）《诗术》：参Halliwell, 1988: 195。在学园之外，柏拉图可能会对不同的人物做出回应：关于阿珂基达玛斯的回应，见Richardson, 1981: 8-9，以及Alcid. *Soph.* 1对那些忽视（诗的？）paideia［教化］之人进行全面的批判；关于安提斯忒涅，见Richardson, 1975: 77-81，参Kahn, 1996: 4-9, 121-124。前339年，伊索克拉底（12.19）在其职业生涯的晚期，据称因贬低其教学体系中诗歌的价值而受到公众的指责：见第六章原页285-287。

　　［译按］安提斯忒涅（前445—前365年，又译安提西尼），古希腊哲人，他是苏格拉底的学生和犬儒学派的创始人。

　　阿珂基达玛斯，具体生卒不详，活跃于前4世纪，古希腊智术师和修辞学家，他是高尔吉亚的学生和伊索克拉底的对手。

的"药物"或"药剂"（pharmakon，《理想国》595b）。[1] 引人深思的是，在先前关于诗歌的大部分讨论中，格劳孔并不是苏格拉底的对话者，但在后面关于灵魂三分的部分他却扮演了这一角色；而格劳孔没有立即领会苏格拉底的用意——无论就我们可能认为的诗歌对灵魂的"伤害"，还是就应对这种伤害的"解药"而言。苏格拉底回应了格劳孔的犹疑，他略为紧张地宣布（见下文）自己将给出对这个问题的看法（《理想国》595b）；接下来，他开始对"作为整体的"摹仿展开新的批判，将绘画与摹仿性诗歌进行艺术上的比较。[2] 因此，乍看起来，抵抗摹仿性诗歌带来的心理伤害所需要的知识"药物"或"解药"，似乎已经包含在了《理想国》卷十本身的论点中。不过笔者确信，我们有理由拒绝这种表面上吸引人的推论。

理由与以下事实有关：在这一阶段讨论的结语中，苏格拉底随即提出，诗歌已被拟人化为一位美人或她的倾慕者（"热爱诗歌者"，φιλοποιηταί，这是一个惊人的罕见之词），[3] 而这能在道德上［185］证

---

① ［原注 53］在医学术语中，这个比喻所说的是一种预防疾病（参《理想国》382c–389b）而非治愈已感染的疾病的药物（如 406d、408a）；也就是说，拥有这种知识的人永远不会受诗歌的毒害。

② ［原注 54］对于卷十中的摹仿感与卷三中摹仿感（或者更确切地说，是"那些"摹仿感）如何论争，笔者姑且按下不表：参 Halliwell, 2002a: 56。Moss, 2007: 437 注释 36 奇怪地认为，卷三中的这个术语得到了"更广泛的"使用，这与苏格拉底在《理想国》595c（参 603a）讨论的"作为一个整体的"（ὅλως）摹仿意图相矛盾，Moss 忽略了这个细节。Burnyeat, 1999: 290–292 将《理想国》595a 视作"内在的（intrinsically）摹仿类型"（参页 322），但他否认荷马在卷十中被视作不合格的摹仿者，而在《理想国》394c 中实际上并非如此。Richardson Lear, 2011 提供了一个新的分析思路。无论《理想国》卷十开篇如何，到 603b–c 的时候（所有 ποίησις［诗］显然都是 μιμητική［摹仿］的一种形式）我们已很难看出摹仿的诗和单纯的（tout court）诗歌之间有什么区别；关于论证朝这一方向"漂移"（drift），注意 599c1（"其他任何诗人"）、600e–601a。参 Leszl, 2006b: 290。亦见《蒂迈欧》19d。

③ ［原注 55］若 Phld. Mus. 4.140.27 Delattre 的 φιλοποιηταῖς［爱诗］的读法正确，那么所指的肯定是《理想国》607d；但是，由于 Delattre 错误的观点——Delattre, 2007a: ii. 441 声称柏拉图的文本"谴责了"诗歌的爱好者——对菲洛德穆不准确的解释（paraphrase）变得更为复杂。

明她对灵魂和社会的价值；而在此之前，像他和格劳孔这样的人则会在"倾听她"（笔者之后将再次阐述这一生动的细节）的同时，"唱着我们现在提出的论点，就像使用自我保护的咒语一般"。①

我们有三个理由拒绝将《理想国》595b提出的知识"解药"，与《理想国》608a的"咒语"（incantation）以及卷十的内容相提并论。②首先，第二次批判诗歌结束时的言辞强调，其论点尚未完成且可能并不牢靠：诗歌或她的拥趸可能会提供他们被要求提供的辩护，以此让论点本身得到修正，从而与"知识"的地位产生矛盾。其次，苏格拉底在《理想国》608b使用的"咒语"之辞，不可能或难以符合哲学知识的条件，正如我们将看到的，（隐喻）的咒语（epôdê）概念至少部分表示了非认知性（non-epistemic）的施动力（agency）。③最后，由于《理想国》595b详述的知识提供了应对伤害的免疫力，所以那些拥有知识的人将不再需要什么自我保护的咒语或法术——我们可以补充一句：就像苏格拉底准备做的那样，他们不需要再给诗歌一个机会来证明它自己。

与其把《理想国》595b提到的知识纳入卷十本身，不如将其视为真正的（即理想的）哲人的特殊属性；卷五至卷六构建了这些哲人的范式：首先，他们在完满的状态下被一种关于善的先验知识所规定。苏格拉底认为，拥有这些知识的人非常少。事实上，他在

————————

①　［原注56］ἀκροασόμεϑ᾽ αὐτῆς ἐπᾴδοντες ἡμῖν αὐτοῖς τοῦτον τὸν λόγον, ὃν λέγομεν（608a）。关于接下来的句子（608a6）中第一个单词的问题，见Slings, 2003: 389的校勘记，以及Adam, 1963: 419-420；笔者倾向于Madvig或Adam的观点，他们分别认为第一个词应是ᾁσόμεϑα［唱］和ἀκροασόμεϑα［听］。

②　［原注57］"解药"（antidote）和"咒语"（incantation）得到了标准的鉴别：如Belfiore, 1983: 62，Murray, 1996: 233，Burnyeat, 1999: 288，Giuliano, 2005: 131，Gastaldi, 2007: 146；参Ferrari, 1989: 142（"有关的"），Leszl, 2004: 179（"回想起"）。Halliwell, 1988: 107（关于《理想国》595b）在某种程度上将此差异模糊化了，笔者不再认为自己的这一解读正确（讨论的其他东西也一样）。

③　［原注58］知识的语言在咒语之中不发挥作用：注意《理想国》608b的νομίζειν［想到］，以及ἐοικότως［似乎］（607b），δοκοῦν［估计］（607c），这两种语词都缺乏确定性。

《理想国》卷十暗示了这些人的极端稀缺性；在这段话的开篇，他对诗歌提出了［186］所谓的"最严厉的控诉"或"最严厉的指责"。这一指控是：（摹仿性）诗歌（与本卷开篇的言语相呼应）"除了对极少数的人之外，甚至对好人也"能造成严重的伤害。①但是"最严厉的控诉"之说让我们注意到了其他一些东西，它们对卷十中的诗歌批判形式非常重要。当苏格拉底开始解释即使好人也会向诗歌的力量"屈服"的体验时，他用第一人称复数谈论"我们中最好的人"（οἱ βέλτιστοι ἡμῶν，《理想国》605c）。我们注意到，第一人称复数代词和动词印证了"最严厉的控诉"和随后结语中的观点，而这不仅仅是一个语法上的技术问题。②换言之，苏格拉底——严格意义上说，笔者所指的自始至终都是文本中呈现的那个人物——并不打算成为对诗歌的潜在危害免疫的"极少数人"（即使在"好人"中也是极少数人）之一。③

更加引人注目的是，他确实将自己和格劳孔与这些"好的"（epieikeis），甚至与"最好的"（beltistoi）人联系在一起或保持一致，此处的"这些人"指的一定是那些致力于遵循哲学理性的人。④就后半部分的整体论证方向而言，这意味着一个人有可能全心致力于追求哲学理想，却仍然会深受诗歌力量的影响。从并非讽刺的意

---

① ［原注59］… καὶ τοὺς ἐπιεικεῖς ἱκανὴν εἶναι λωβᾶσθαι, ἐκτὸς πάνυ τινῶν ὀλίγων (605c).

② ［原注60］《理想国》605d、606a、607b-608b各处可见这一点。此外，606c-d中以第二人称单数形式对格劳孔说话，既暗示了格劳孔的经历，也暗示了苏格拉底本人的经历。

③ ［原注61］人们可能会好奇这个极少数群体是否还会聆听诗歌：答案是（抽象来看）他们自己没有理由再去听，尽管某些情况下，他们为了返回洞穴可能需要再去听。关于柏拉图的苏格拉底在肃剧舞台上的形象，见《会饮》194c，其义在该处超越了proagon［公开竞赛］（前面刚刚提到这个词，194b）。

④ ［原注62］《理想国》605c中，苏格拉底提到"我们中最好的"所包含的两个方面，他用beltiston［最好的］来描述灵魂中最好的部分（605b、606a），他也用此形容词来直指理性（logos，607a7）。但在607a1，这个词是形容荷马的崇拜者，他们是"尽可能好的"（βελτίστους εἰς ὅσον δύνανται），而605c欣然意指那些拥有强烈哲学志向的人，尽管如此，他们（除了那"极少数人"）依然达不到理想的（ideal）状态。

义上来看（unironically），这种人正是苏格拉底所说的像他本人和格劳孔这样的人。苏格拉底从未声称他有"解药"，即他在卷十开篇提出的关于诗歌本质的知识，就像他也从未声称自己［187］是一个已经离开洞穴的、真正的或完美的哲人一样。①他的确声称自己拥有（和需要的）是一种能抵抗诗歌的"咒语"或"魔咒"（spell）。柏拉图一定期望熟悉的读者会有兴趣知晓（以及或许理解）那些咒语到底意味着什么。

为了更全面地理解这个复杂的比喻，我们必须考虑已经提到过的事实，即在卷十开篇，当苏格拉底进一步评论诗歌之前，他个人有两个犹豫的迹象：其一是一种略带讽刺的姿态，他有点紧张在场的同伴是否会"谴责"他关于肃剧家和其他摹仿性诗人的观点；其二是他承认（其中很难发现讽刺之意）自己尤其对荷马有一种长期的热爱（philia）和崇敬（aidôs，后来，苏格拉底会更进一步用"强烈的爱欲［erôs］"来谈论他对诗歌的情感：《理想国》607e；见下文）。为什么柏拉图会讲述苏格拉底这些带有个人色彩的敏感和迟疑？这些超越了先前卷二至卷三中关于为诗歌批判作"辩护"的不太明显的暗示。②对此，笔者的答案是:《理想国》卷十将诗歌视为阅读本书的诗歌热爱者们直接关注的主题，而《理想国》卷二至卷三则更倾向于关注诗歌在理想城邦中所应发挥的教育和培养年轻灵魂的作用。

---

①［原注63］在《理想国》606b，苏格拉底表面上将自己归入"少数人"之列，承认戏剧中的情感会对戏剧之外的精神生活产生影响，但这只是部分反驳。如果像笔者在Halliwell, 1988: 148中所做的那样，将这些少数人与605c中的少数人相提并论（尽管我不再确信这是必需的），那么605c-d表明，苏格拉底并不自称属于那些完全内化了（internalized）这种意识的人。

②［原注64］苏格拉底在《理想国》391a中对荷马的态度游移不定；398a的语气也与此有关，但更不确定：这在古代得到了大量引用和讨论（如Dion. Hal. *Pomp.* 1.1, Dio Chrys. 53.5, Heraclitus, *Quaest. Hom.* 4）。参《苏格拉底的申辩》22b苏格拉底贬低诗人时的窘态（另参本章原页159-166），尽管当时的问题和产生的效果各不相同。

作为在想象城邦（文字中的城邦和哲学上的"神话"城邦）中的对个人灵魂生活的类比，先前的批判中当然存在一些迹象表明，柏拉图的读者在思考诗歌教育［年轻人］的作用时，还需思考诗歌在成年人（因此也就是他们自己）生活中发挥的作用。①不过，这依然是有关［188］教育的设想，其形式化和准制度化的关注点决定了讨论的条件。相比之下，《理想国》卷十并未提及美好城邦（Callipolis）的教育体系或社会政治结构；相反，它将先前的教育主题拓展到了更大的文化问题，即荷马的诗歌是否值得被视为希腊的最高"教化"（paideia）。②现在，文中没有提到年轻的护卫者或任何一种护卫者，而只提到灵魂能否对它本身进行内在的"监护"或"护卫"（φυλακή，《理想国》606a）。③而在卷十开篇之后，文中唯一一次提及想象中的城邦的社会和政治（它们已经在对话中引发了大量的探索），是在论述的结语处（《理想国》607a–c）；正如我们将看到的，那里涉及苏格拉底一个充满矛盾的醒目表述。

可见，《理想国》卷二至卷三主要从教育（包括教育的政治学）的角度审视和评价诗歌，而卷十重启这个话题时则让先前的观点逐渐退居幕后，当然，该观点并未因此就从记住作品的读者脑海中完全消失。④《理想国》卷十与上文的关系引发了许多复杂的问题，其中

① ［原注65］参Burnyeat 1999: 256, 262，他的演讲（这个演讲作出了杰出贡献）总体而言也强调了柏拉图对"整体文化"（total culture）的关注。

② ［原注66］尤见606e；paideia［教化］的概念本身据说是荷马"尝试讲述"的话题（参599c–d）。

③ ［原注67］关于灵魂内部的"守护者"（gardian）概念，尤见《理想国》591a（以及591e的同源动词）。参620d的厄尔（Er）神话（象征性的）的daimôn［精灵］主题，这些精灵会作为灵魂的"守卫者"（phulax）以及先在（preexistent）状态下由灵魂选择的生命"履行者"（fulfiller），从而陪伴灵魂一生。

④ ［原注68］当然，也有直接的回引（back-references），如603e（到387d–e、388），这两部分共同关注了肃剧与荷马（"肃剧作家的领袖"，595c，参598d、605c、607a）。

包括心理学和形而上学的细节，而这些都不在我的讨论范围之内。[1]
笔者直接关注的是《理想国》卷二至卷三与卷十之间的视角变化，
这一变化至少影响了某一类柏拉图读者的立场。先前的批判相对客
观地集中于诗歌对 [189] 年轻护卫者的教育作用，而苏格拉底自
承的对荷马"热爱与崇敬"（这种热爱正植根于他自己的童年时期，
《理想国》595b）的立场，则邀请读者将苏格拉底的论点与他们自己
对诗歌的（假定的）爱联系起来。这并非对《理想国》的具体读者
群体进行历史性推测，而只是为了在柏拉图文本中寻找关于隐含读
者的一系列线索。《理想国》卷十批判诗歌的结语将再次强调这一
点，它使我们的以下假设更有理由也更重要：当苏格拉底向格劳孔
讲述他本人对诗歌的热爱（他认为格劳孔也是如此）时，他其实是
心照不宣地在对某些人说话，这些人的内心完全理解屈服于诗歌力
量的感觉。

这里，笔者想补充一个处理《理想国》卷十第一部分时几乎没
有被人考虑到的问题，而它为寻找这部作品的隐含读者提供了进一
步的线索。如果从我们所说的《理想国》卷九结尾来到卷十开篇
（笔者的观点与文本的顺序有关，因而与该书的划分本身是否柏拉图
所为无关），[2] 我们脑海中就会想到《理想国》中的城邦概念，首先
是"灵魂中"的城邦（polis）或政制（politia）。这一主题是《理想
国》卷九最后几页的突出特征之一，该主题在那里比在整个对话的

---

① ［原注69］在心理方面，苏格拉底首先回指了（595a）早期对灵魂的分析，
但他从未直接引用下面的三分法模型，有时似乎还忽略了这一点，例如在606d模糊
了 thumos［血气］和 epithumia［欲望］；在这方面，关于《理想国》卷十和早前几卷
之间的差异，参 Belfiore, 1983: 50–56 以及 Kamtekar, 2008: 350 注释31。在形而上学
方面，情况与此类似：卷十"呼应"了中间几卷关于层级（hierarchical）的本体论
问题，但没有具体地引述前面的讨论，有时又似乎对这一点有所忽略，如在596b对
"形式"进行工匠意义上的（craftsman）理解（本章原注48）。

② ［原注70］一些卷目之间的划分（例如卷二和卷五）相比其他几卷（例如
卷九，该卷属于正在进行类型学排序的部分之一）有着更强的转换特征（transition）。
不过从卷二开始，每卷的开篇都着实需要在先前的背景下展开阅读。

任何地方都更突出。苏格拉底在《理想国》590e–591a断言，教育的重点是在灵魂中设立一位"统治者"、一名"护卫者"或某种"政制"。他接着说，正是通过关注"自身内心中的政制"（ τὴν ἐν αὑτῷ πολιτείαν，《理想国》591e），好人才会正确地对待财富和荣誉等身外之物。在该卷末尾，他和格劳孔都同意，这样的人只会"在他自己的城邦里"（ ἔν γε τῇ ἑαυτοῦ πόλει，《理想国》592a）参与政治——这座城邦是在对话过程中建立起来的一座"言辞中的城邦"，一个可能只作为理想"范例"（paradeigma）而存在的城邦，但它仍然是一个令人信服的标准，人必须依此标准"建立他自己的城邦"或"为自己创建一个新城邦"（ ἑαυτὸν κατοικίζειν，《理想国》592b）。

我们可以从不同的角度考虑卷九结尾处的这段话。鉴于当下的目的，笔者想绕开［190］一个某种意义上没有尽头的重大问题，即理想城邦在整部《理想国》中的字面（政治的）意义与类比（心理的）意义之间的关系。笔者想强调的唯一一点是，卷九结尾处史无前例地强调了灵魂之内的城邦，这引导读者从类似的角度考虑后文对诗歌的讨论。并非偶然的是，除了《理想国》590d–592b之外，与此相同的两个比喻都最明确地出现在《理想国》卷十：一个比喻在《理想国》605b（此处，摹仿性诗人被认为将一种"坏的政制"引入了个体灵魂）；另一个最重要的比喻在《理想国》608b的结语处——在那里，一个"担忧自己内心的政制"的人吟唱了一道抵御诗歌的保护性咒语。当然，这并不是说《理想国》卷十忘记了诗歌的政治性，例如，刚刚引用的《理想国》605b明确地将城邦和灵魂并列，这与整部作品的核心设计是一致的。① 而与《理想国》卷二至卷三的讨论不同，对诗歌的第二次批判独立于任何特定的社会框架，更不用说理想城邦的特殊阶层结构（class-structure）或制度了；而且相应地，这次批判侧重于诗歌对个体灵魂的影响。这一点补充了笔者

① ［原注71］《理想国》595a、607b同样提到了城邦，但是，前一处正好在卷九强调的"城邦之内"的阴影下，第二处则夹在"最有力的指控"之下的坦白式（confessional）特征与结语里高度个人化的语气之间，笔者将在下文讨论这一点。

在《理想国》595b–c关于苏格拉底的个人语言腔调（accent）的主张。简言之，《理想国》卷十将诗歌的个人爱好者作为其隐含的听众；更具体地说，是那样一些诗歌爱好者：他们关心诗歌之爱能否与哲学理念论的诸价值相协调。

笔者在《理想国》卷十开篇提出的观点，如果能与论证"框架"的结尾部分（即《理想国》607b–608b的结语所提供的更详尽的线索）相结合，就会更加具有说服力。笔者现在要谈谈这段引人注目的段落的细节。结语的第一个显著特点在于，它将前面的论点和重新讨论诗歌主题的决定，解释为针对将摹仿性诗歌逐出理想城邦的"申辩演说"（ἀπολογεῖσθαι）。[①]《理想国》中有几个部分对可能招致的批评作出了"辩护"，这是一个重要标志，表明柏拉图知晓自己的作品将会面对鱼龙混杂的读者群体，因此他并不指望他们 [191] 一致地接受作品中所探讨的思想。[②] 在这种情况下，我们可以很具体地了解问题所在。随后，苏格拉底在想象中直接对诗歌说话，将诗歌拟人化为一位迷人的女子（诗歌的这种意象已有先例，尤其是在旧谐剧中），[③] 并试图避免任何可能的、关于他和格劳孔表现出"生硬而粗

---

①　［原注72］《理想国》607b的动词 ἀπολογεῖσθαι ［申辩］表现了这一点。关于柏拉图对审判意象的其他用法，见Louis, 1945: 64–65注释99–100。

②　［原注73］见《理想国》419a以下（阿狄曼托斯［Adeimantus］要求对可能的批评展开辩护：参420b, d），5.453c（苏格拉底敦促格劳孔为他们的立场辩护）；参488a、490a。柏拉图的一些著作甚至在他有生之年就已遭到学园之外的批评：参Crantor fr. 8（Mette）对埃及人的嘲笑，他们据说借鉴了《理想国》中的社会结构。

③　［原注74］诗歌是一位女性（神），她（故意）藏匿了起来，Ar. fr. 466；谐剧是一位女性，而没有几个追求者能令她满意，阿里斯托芬《骑士》行517。参Pherecrates fr. 155，音乐被拟人化为一位受虐待的女性（可能是妓女），另外，克拉提诺斯（Cratinus）在他的《酒瓶》（*Putine*）中将谐剧写成自己的妻子，阿里斯托芬也在《蛙》行1306–1308中对欧里庇得斯的缪斯进行了性描写：对这些形象的讨论，见Hall, 2000, Sommerstein, 2005。由于《理想国》607b–c中有些（无法确认的）引用内容可能来自谐剧（Halliwell, 1988: 155；参新近的Most, 2011: 7–12），如果柏拉图在拟人化诗歌的过程中（下意识地）援引了谐剧的修辞，这一使用对其语境而言十分合适。关于诗歌引发的愉悦有如情欲之一这种古老观念，参第二章原页46–47，第三章原页101–103。

鄙的庸俗"（σκληρότητα ... καὶ ἀγροικίαν，《理想国》607b）的指控。

最后一个短语中使用的词语（该词曾出现在更早的《理想国》卷三410d-411a），现在被用于描述那些不懂得诗乐艺术（mousikê）的人，那些"终日与体育运动相伴，却从不接触诗乐艺术"的人。[1] 然后，苏格拉底在《理想国》607b满怀热情地辩解道：对于诗歌和与之相关的文化价值，他和格劳孔并没有不可挽救的敌意或迟钝（顺便说一句，有些人可能对历史上的苏格拉底提出过这种指控）。[2] 如伽达默尔（Gadamer）等少数人所说的那样，[3] 至关重要的是我们要注意到，苏格拉底正是为了说明这一点，才提出了"哲学和诗歌的古老论争"。

换言之，这里所提及的"争论"（笔者认为，这是关于希腊文化内部不同分支之间的张力的演变历史的速写，而不是某种想象中的柏拉图式创造）并 [192] 不像许多学者所认为的那样，是对哲学敌视诗歌的直接辩护或声明。[4] 对苏格拉底，以及在某种程度上

---

① ［原注75］οἳ ἂν γυμναστικῇ μὲν διὰ βίου ὁμιλήσωσιν, μουσικῆς δὲ μὴ ἅψωνται，410c。苏格拉底在410d将 σκληρότης［严厉］和 ἀγριότης［"凶猛"或"残忍"］连用（灵魂中欲望部分的过度发展）。ἀγριο-［野蛮］与 ἄγροικος［粗野］源自同一个词根，苏格拉底将其用在同样的语境中（411a）：注意两者在《斐德若》268d-e中是同义词，有关此段落更详细的分析，见Halliwell, 1988: 154，Worman, 2008: 188-189；参本章原注84。见阿里斯托芬《地母节妇女》行159-160，其中出现了关于这些观念的身体双关（physical pun），关于那些对mousikê了无兴致之人，见第三章原注23。

② ［原注76］阿里斯托芬《蛙》行1491-1495表明，苏格拉底至少可以讽刺地被怀疑是"在放弃mousikê"，尽管这不是一个清楚的描述，而是在打谜语嘲弄所谓的欧里庇得斯式堕落。参第三章原页151-153。

③ ［译按］伽达默尔（Hans-Georg Gadamer, 1900—2002），德国哲学家，研究方向为哲学、美学和伦理学，代表作为《真理与方法》（Wahrheit und Methode）。

④ ［原注77］Nightingale, 1995: 60-67称这场争论是柏拉图的发明，但她认为苏格拉底"宣告［announce，原文如此］了一场争吵……来结束了他的攻讦"（页66），而这抹去了607b中的辩护造成的影响。类似的做法还有Reeve, 1988: 221，"柏拉图正准备重新加入……争论"；Asmis, 1992a: 338，"柏拉图驱逐了……荷马……通过［原文如此］评述那场古老的争论"；Corlett, 2005: 71把争论当成驱逐诗人的理由。Gadamer, 1980: 46-47察觉到了正确的细微差别（另参本章原注81），同样还有Ford,

对柏拉图而言，这是他们所采取的防御性的、自我辩护的一个步骤（《理想国》607b表达畏惧的从句"以免她给我们定罪"，$\mu\acute{\eta} \ldots \acute{\eta}\mu\tilde{\omega}\nu \ldots \kappa\alpha\tau\alpha\gamma\nu\tilde{\omega}$，直接表明了这一点）：一种试图越过争论而非加剧争论的姿态。因此，在这种情况下，苏格拉底希望对诗歌说的核心内容，实际上也是对柏拉图的（部分）读者说的，该内容可以分为三个阶段：首先，请不要定我们以庸俗之罪，因为我们实际上都有对mousikê［诗乐艺术］的敏感和倾慕（毕竟，在《理想国》卷八中，缪斯女神表明诗乐艺术对理想城邦的延续至关重要）；①其次，我们并没有在哲学与诗歌之间制造紧张关系（考虑一下诗歌对哲人的激烈嘲讽和羞辱）；最后，我们自己已经准备好设想诗歌与哲学之间的和解——事实上，我们最想做的正是撤销"放逐"的判决，并欢迎（摹仿性）诗歌回归城邦（《理想国》607c）。②

在更细致地审查最后一个关键点之前（或同时），我们必须记录下整个结语中更深层次的司法意象。笔者已经提到过苏格拉底的观点，即他和格劳孔一直在为早先将摹仿性诗歌排除在城邦之外的决定"辩护"。正是由于为这一决定作辩护的压力，才导致了笔者刚才总结的关于自我辩白的复杂表达。而这一自我辩白包括邀请诗歌来为她自己作辩护，以进一步反对苏格拉底和格劳孔提出的指控。苏格拉底本人曾在《理想国》607b用过的同一动词——$\dot{\alpha}\pi o\lambda o\gamma\varepsilon\tilde{\iota}\sigma\vartheta\alpha\iota$［为某人辩护］，［193］现在不止一次用于诗歌本身（《理想国》

2002: 46中的"申辩"（apologizes）。Rosen, 2004: 315-316接受了"争论"的前柏拉图历史，将之解读为"形式主义"（formalism）与"教诲主义"（didacticism）之间的张力。Kannicht, 1980将这场争论与知识和愉悦的价值差异对比联系起来。关于两位前苏格拉底时期主要的诗歌批评家赫拉克利特和克塞诺芬尼（Xenophanes），见Babut, 1974, 1976。Most, 2011拓宽了，但也部分地混淆了解释的术语。

① ［原注78］《理想国》546d：忽视缪斯/缪斯的（mousikê）是城邦堕落的一个原因。

② ［原注79］注意，结语中使用的拟人化手法把几乎所有的诗都看作是摹仿的；这与该卷较靠前的部分一致：见本章原注54。

607d、608a）。①这再次接续了《理想国》605c的司法意象，在那里，苏格拉底提出了最严厉的控诉或最严重的"指控"（κατηγορεῖν，这个动词是标准的法律术语）。

两次使用的动词"为某人辩护"（先是指苏格拉底和格劳孔，然后是指诗歌本身），再加上诗与哲学之间的"古老论争"这一形象，暗示了在这场争论中原告和被告的身份很容易发生转换，而这取决于人们从哪个角度看待争论的焦点。究竟是谁"在受审"？是因其力量而会对灵魂造成伤害的诗歌？还是苏格拉底和格劳孔？——据说他们否认了希腊文化中一个重要的组成部分，并因此表现出庸俗和粗野（以定罪或谴责的准司法语言来表述这种最后的紧张［anxiety］本身：καταγιγνώσκειν［判罪］，《理想国》607b）。

一丝不苟地阅读柏拉图——至少在某种程度上，有些读者可能会像阅读一位诗人一样来阅读柏拉图——需要仔细注意这种微妙的比喻表达。在当下的这个例子中，我们面对的不仅是当时辩论语境中的线索和回声，更重要的是，我们面对的是一个精心设计、层次分明的隐喻，即《理想国》充满（内在的）不确定性的对诗歌的第二次批判。②通过对诗歌提出最严重的"指控"，苏格拉底开始有了审判的念头，然后将自己置于被告的位置（来反驳可能来自文本之外，即来自那些阅读《理想国》的诗歌爱好者的"谴责"），进而将司法上的责任转移到诗歌（和/或她的代言人，προστάται）身上，③让诗歌

① ［原注80］在607d3，笔者跟从大多数的现代校勘者，读作ἀπολογησαμένη而非ἀπολογησομένη：诗歌为了回归必须为自己辩护，而不是为了自我辩护才回归。但在"实际"的术语中，诗歌只有在她不再流亡的情况下才能为自己辩护，因此苏格拉底和格劳孔"继续聆听"她，这一点非常重要；见下文原页194–199。

② ［原注81］施莱尔马赫在给《理想国》写的导论中有一处疏忽，他声称苏格拉底否认诗歌能够恰当地捍卫她自身，尽管后来他委婉地承认这段话修改了有关放逐的概念：Schleiermacher, 1996: 376，译文载Dobson, 1836: 400–01；参本章原注87。参Gadamer, 1980: 39中误导人的短语"永久性流放"。

③ ［原注82］苏格拉底在607想象了诗歌为自己辩护后，请出了诗歌的代言人"诗歌爱好者"：（i）从隐喻意义上来看，这赋予诗歌以外邦居民（metic）的身份（雅典法律要求他们有προστάτης［保护人］：参Todd, 1993: 197–198以及一个事实，即雅典

对其自身面临的指控展开新的［194］辩护——而且苏格拉底本人也乐于看到它获得成功的辩护（"我们很高兴将她迎回城邦"，*ἄσμενοι ἂν καταδεχοίμεθα*，《理想国》607c），因为他和格劳孔"非常了解"他们容易着迷于诗歌（*σύνισμέν γε ἡμῖν αὐτοῖς κηλουμένοις ὑπ' αὐτῆς*，参同上）。

在进一步研究这最后一条线索之前，我们需要把握结语中一个与法庭意象有关的核心悖论。这不仅仅是说该意象表达了一系列未完成的审判和重审，以及控告者和被控告者不断变化的位置。相反，苏格拉底的行为不像是一个真正的起诉人，因为他希望对手获得成功（想象一下，现实中有个起诉人，尤其是一位雅典人说"我非常希望被告能提出更好的辩护"！）。总之，从《理想国》605c到608a展开的司法比喻是一个突出的标记，它既标志着不确定性（即使是现在，我们也几乎不能确定是否应该执行放逐的判决），又标志着矛盾性（我们几乎不能确定苏格拉底和格劳孔是否希望放逐诗歌）。如果忽视诗歌讨论的结语中的这些复杂情况，我们就会错失柏拉图与读者交流中的至关重要的东西。①

而情形比苏格拉底司法意象的悖论还要更加复杂。在解释他和格劳孔对诗歌的善意时（《理想国》607d 的 *εὐμενῶς* 和《理想国》608a 的 *εὔνοι*：注意，这种态度与对诗歌的敌意相矛盾；而这种善意来自那些试图强迫自己放弃对年轻时所爱女人的爱欲激情

的法庭不许女性为自己发声；（ii）从字面意义上看，该假设是指一套广博的"诗学"很难适用于一部诗歌作品之中（柏拉图并没有设想在诗节中可以包含某种完整的ars poetica［诗艺］），尽管这并不是简单地将为诗辩护的想法视作"戏谑"的，笔者此处斗胆质疑Murray, 1996: 232。Naddaff, 2002: 125（苏格拉底请求开始一场新的辩护，从而"在辩护者败诉的事实发生之前就宣告了该结果"）使得这段话依旧自相矛盾。

① ［原注83］黑格尔是少数提出质疑的现代哲学家之一，他曾怀疑柏拉图是否有意"放逐"诗歌："柏拉图并没有把艺术从他的城邦里驱逐出去，他只是拒绝让它像一位神明般继续存在。"Hegel, 1923: 639。笔者的这段引文来自Karelis, 1979: p. xxix注释2。

的人），①苏格拉底引入了一个主题，即在聆听诗歌的时候要为保护自己而"唱诵"咒语，直到弄清楚诗歌最终能否为自身提供［195］充分的辩护（《理想国》607e–608b）。②尽管从整体上看，这段话稍微模糊了"聆听诗歌的进一步辩护"与"聆听一般的诗歌表演"之间的区别（而且，由于诗歌可能在诗歌中为她自己辩护，这种模糊性得以增加：《理想国》607d），但认为《理想国》608a–b指的完全是聆听辩护而非聆听诗歌本身，这种观点肯定是不充分的。③当后者是苏格拉底的基本含义时，在《理想国》607d（这里谈到诗歌的代言人以散文的形式为其辩护），他说，"我们应该和蔼地倾听"（ εὐμενῶς ἀκουσόμεϑα），其中没有暴露在诗歌的诱惑力之下的迹象。相比之下，在主动面临危险的情况下，咒语的隐喻唤起了对紧急保护的需要——这种危险源自诗歌使人着魔或狂喜的能力——此处，苏格拉底明确提到要继续倾听诗歌本身（ ἀκροασόμεϑ' αὐτῆς，《理想国》608a）。

因此，这段咒语抛出了两个有待解释的紧迫问题。第一个问题是：如果放逐诗歌的案件已经尘埃落定，那么苏格拉底和格劳孔为什么还要继续聆听诗歌？为什么他们离不开诗歌？这一经常被批评家们轻易忽视的细节是惊人的；或者说，它即使不被人忽视也会让人觉得很别扭，就像施莱尔马赫努力把它变成一个矛盾的概念，即

---

① ［原注84］鉴于苏格拉底对"严厉"（harshness）或严格（severity, ἀγροικία, 607b）的辩护（本章原注75），《理想国》416b的 εὐμενής ［善意］和 ἄγριος ［凶猛］的对照恰好合适（a propos）。 εὐμενής 与敌意不相容：如《理想国》471a。以这种方式倾听意味着一种求知的意愿：如《法义》718d、723a。

② ［原注85］咒语的隐喻从相关的情色类比中借用了某种力量。在涉及 erôs ［爱欲］的情况下，咒语最常见的作用是勾引他人：如色诺芬《回忆苏格拉底》3.11.16–18。但是柏拉图可能（间接地）暗指，被动的受咒诅者与主动的情色"巫术"施法者同样使用咒语（见本章原注99）：比较 Callim. Epigr. 46.1–2，以及 Winkler, 1990: 79–98关于此类实践的概论。

③ ［原注86］Janaway, 1995: 153注释44十分恰当地反驳了 Gould, 1990: 221注释13对这一点的论述。Leszl, 2004: 179采纳了更为狭隘的解释（聆听诗歌的辩护时，所听的是"辩护"而非"诗歌"）。

一个人倾听诗歌的魔力，却又仿佛根本没有听到过一样。①第二个问题是：苏格拉底将抵抗诗歌的保护手段说成是一种"咒语"，特别是在听诗歌表演的同时要唱或念的咒语，他在借此暗示些什么？

对第一个问题的部分解决方案是：苏格拉底为那些必须生活在像雅典这样的现实城邦世界里的哲人们发声——在那样的世界中，人们难以想象诗歌（尤其是［196］荷马和肃剧家的作品）在可预见的未来不复存在。这是一个中肯但不完整的考虑。因为正如这段话（《理想国》608b）所强调的那样，苏格拉底也为那些承认"灵魂中的城邦"的人发声，所以问题仍是：为什么即使在一个非理想的城邦中，苏格拉底和格劳孔也不会穷尽可能停止聆听诗歌？为什么即使诗歌仍居住在他们发现自己所身处的那座现实的（material）城邦，他们也不将诗歌"放逐"出他们内心中的城邦？

笔者认为，对这个问题最有说服力的回答既激进，又在某种意义上显而易见：苏格拉底在这里是为那些不想或不打算完全或永久放弃诗歌的哲人们发声。这个答案显而易见，因为它不仅蕴含在继续听诗的语言中，也由结语中作为一个整体的心理意象和爱欲意象表达出来。②这个答案也很激进，因为它推翻了对《理想国》的任何教条式的僵化解读，即认为"放逐"最好的、最具想象力的诗人是柏拉图对该话题的最终看法。

当苏格拉底向格劳孔表示他们很高兴能迎回被放逐的诗歌时，

---

① ［原注87］Schleiermacher, 1996: 376，"一个人……［在听她的咒语时］就好像什么都没听到"（man ...［ihre Zaubereien］anhören müsse als hörte man nicht）；译文载Dobson, 1836: 401。即使是像Burnyeat, 1999: 287这样敏锐的解读，也忽略了苏格拉底提到的继续"听"诗歌的话：苏格拉底"发誓永远（for good）抛弃［荷马］"（纠正了此处的拼写）。参本章原注81。

② ［原注88］Murray, 2003: 6认为，柏拉图的意象强化了他反对摹仿的诗歌这一论点，但她提到《理想国》607b–608a，却忽略了这段情色意象所传达的情感矛盾。Gastaldi, 2007: 145比大多数人更敏锐地察觉到了结语的重要性，但他仍谈论对"新"诗歌形式的期待，从而削弱了想象中逆转放逐的力量，也削弱了"继续聆听"诗歌的观念——这不能解释为何苏格拉底对恢复荷马的可能性如此感兴趣。

他提到，为诗歌"着魔"的体验（$\varkappa\eta\lambda\varepsilon\tilde{\iota}\sigma\vartheta\alpha\iota$，《理想国》607c）是他不愿看到诗歌真被放逐的理由。$\varkappa\eta\lambda\varepsilon\tilde{\iota}\nu$［使人着迷］和 $\varkappa\dot\eta\lambda\eta\sigma\iota\varsigma$［着迷］这两个词组，长期与希腊思想中歌和诗的精神力量相关；在柏拉图的作品中，它们常常带有消极或不确定的色彩，并且通常描述的是一种非理性的敏感——针对语言或音乐中某些"令人着迷"的情感特质。[①] 在《理想国》卷十的先前部分，苏格拉底直接将诗歌中的着魔（$\varkappa\dot\eta\lambda\eta\sigma\iota\varsigma$，《理想国》601b）与诗歌完整的音乐语言结构联系起来，以此与其可具体释义（paraphrasable）的内容相对立；他认为，这种让人着魔的效果虽然非常自然［197］（"自然地"运行，$\varphi\acute\upsilon\sigma\varepsilon\iota$），但令人感到怀疑，因为它无法追溯到诗歌所"言说"之内容的合理且明显的基础。[②] 在本例中，《理想国》607c 的 $\varkappa\eta\lambda\varepsilon\tilde{\iota}\nu$［使人着迷］及其同源词所附带的爱欲诱惑之内涵，使苏格拉底对这一动词的使用得以融入更广阔的场景——他围绕这一场景，将诗歌拟人化为一位性感迷人的女子。[③]

苏格拉底把自己和格劳孔比作那些人：他们年轻时对女人抱有

---

① ［原注89］荷马的 $\varkappa\eta\lambda\eta\vartheta\mu\acute{o}\varsigma$［着迷］:《奥德赛》11.334–13.2 指的是英雄自述的故事，但与用于歌曲的 $\vartheta\acute\varepsilon\lambda\gamma\varepsilon\iota\nu$［着魔］几乎是同义词（第二章原注19）。关于柏拉图对 $\varkappa\eta\lambda\varepsilon\tilde{\iota}\nu$［着迷］、$\acute\varepsilon\pi\acute\alpha\delta\varepsilon\iota\nu$［咒语］等语词的使用，见 Louis, 1945: 69–70, 221，Belfiore, 1980。与笔者的解读相比，Belfiore 有趣的分析让柏拉图式的语词用法更具一种律条化（codified）的特征。Verdenius, 1983: 36 注释104不加区分地把事情混为一谈，忽略了一个关键的要点，即《理想国》607c 的着魔正是苏格拉底想让诗歌重新回归的原因。

② ［原注90］《理想国》401d 的音乐要素与601a–b 在诗歌中识别出的要素相同（韵律包括诗律与 harmonia［和声］，大体而言是"旋律的模式"，包括音乐的"调式"），都被说成可以"进入灵魂的内部"（$\varkappa\alpha\tau\alpha\delta\acute\upsilon\varepsilon\tau\alpha\iota$ $\varepsilon\acute\iota\varsigma$ $\tau\grave{o}$ $\acute\varepsilon\nu$ $\tau\grave{o}\varsigma$ $\tau\tilde\eta\varsigma$ $\psi\upsilon\chi\tilde\eta\varsigma$），并紧紧抓住它（$\acute\varepsilon\varrho\varrho\omega\mu\varepsilon\nu\acute\varepsilon\sigma\tau\alpha\tau\alpha$ $\acute\alpha\pi\tau\varepsilon\tau\alpha\iota$ $\alpha\acute\upsilon\tau\tilde\eta\varsigma$）：这个过程属于一个次级概念（在402a 的 logos 之前），但是却能塑造灵魂的伦理"形式"（400d–402d）；关于音乐本身的含义，见 Barker, 2005: 39–54, Brancacci, 2008: 90–95, Schofield, 2010。关于语言魅力的"自然"状态，参《苏格拉底的申辩》22c 中创造性的自然力量：见本章原注20和25。

③ ［原注91］术语 $\varkappa\dot\eta\lambda\eta\sigma\iota\varsigma$［魅惑］与情欲的关联十分明显，如 Ibycus 287.3 PMG，欧里庇得斯《特洛伊妇女》行893。

强烈爱欲（erôs），不过后来，他们认识到这种激情是有害的，因此试图强迫自己（《理想国》607e）与她保持距离并终止这段关系。就像结语的其他部分一样，这个比喻充满矛盾。在这种情况下，旧情人并没有真正失去他的爱欲；这种欲望"根深蒂固"，或者说是生长在灵魂中的，正如苏格拉底谈到他和格劳孔对诗歌的热情时所说的，①故而，他们需要心理上的强迫（βία）来与欲望对象保持距离。如果说，苏格拉底在提到他自己与格劳孔这样的人在"美好的政制"下长大时带有一些讽刺的意味，那么这也无法抵消他重申的内容，即他们谈论的是对这个"女人"仍有好感的原因，也是他们渴望看到她"最好和最真实的一面"（βελτίστην καὶ ἀληθεστάτην，《理想国》608a，这个短语让这个女人本身有了更好的一面和更坏的一面）的原因。因此，这一爱欲上的比喻增加了先前部分的希望（《理想国》607c），即人们仍有可能将诗歌迎回城邦（和灵魂）之中。

　　[198]不过，这个比喻［背后］的心理特征（psychology）充满矛盾。苏格拉底揭示了他的担忧，即"再次陷入"（πάλιν ἐμπεσεῖν）一种被他称为"少年的"（juvenile）和属于"多数人"的激情（此处指的是该文化作为一个整体的特征）。借着与"性"相类比的意象用语，他这种描述让人联想到对一位吸引了许多恋慕者的女人的不成熟的少年激情——她很明显就是一位hetaira或者说名妓。②可以说，

---

　　①　［原注92］完成时分词 ἐγγεγονότα［生于］，《理想国》607e，表示一种持续存在。Murray, 1996: 232奇怪地认为这一分句"几乎被呈现为柏［拉图］热爱诗歌的托辞"。这一戏剧性的观点很有说服力，苏格拉底说话的方式像是一个对诗的爱火永远无法被彻底浇灭的人。（还请注意苏格拉底在607c提问中所用的现在时："你现在不也是被诗歌迷住［οὐκηλῇ］了吗……？"）动词 ἐγγίγνεσθαι［介入］在柏拉图的作品中很常见，通常表示事物的好坏如何在灵魂（如《卡尔米德》157a，《高尔吉亚》504e，《理想国》439c）或城邦（如《理想国》456e，8.552c，564b）中占据重要的地位；Herrmann, 2007: 77-91讨论了一些例子，以及施加于erôs的动词的另一个用法，见Isoc. 10.55（Helen）。

　　②　［原注93］见《理想国》603b，关于hetaira这一身份中摹仿的具体表现，即诱惑灵魂中较低级的部分；参Halliwell, 1988: 135。亲密的呼招 ὦ φιλεέταῖρε［亲爱的伴侣］（参Halliwell, 1995: 90-96）是否会对hetaira的形象有所暗示？笔者斗胆质疑

苏格拉底的这一类比被解码（decoded）为一种文化评价，该评价展现了一种看起来屈尊俯就（condescension）的态度：在雅典这样的共同体中，诗歌之爱有着广泛且非排他（non-exclusive）的地位，[①]而这种爱（正如苏格拉底自己在《理想国》595b所承认的）通常从人们的少年时代就已根深蒂固了。

而在这两个层面上，想要与过去的经历保持距离的姿态并未消除反倒实际上增强了情感的复杂性："再次陷入"爱的焦虑感叠加在持续的"善意"（goodwill）声明上，其结果是产生了一种苦乐参半的混合冲动，而如果我们还记得，苏格拉底先前承认"即使是我们中最优秀的一些人"也会继续屈服于荷马和肃剧诗歌的情感（《理想国》605d），就尤其如此。与那些仅仅谈及结语中的否定要素而不提及与之相反的要素的人不同，笔者认为，根据苏格拉底说话的口吻，他并没有明确否认所谈论的体验，但正如他在《理想国》607d-e所说的，他也希望为继续拥有这种体验找到一个道德上的理由。换言之，他从观念上（ideally）希望改变他与自己爱欲对象的关系所具有的价值，而非完全放弃这种关系。

如果这意味着苏格拉底代表了哲学式的诗歌（旧）爱好者，[②]而且他以某种方式使诗歌成为一个［199］让人渴望的矛盾对象，而非

Murray, 1996: 24，那里把607e-608a的erôs称为"有罪"并不恰当。柏拉图有时将形容词 παιδικός（"年少的"或"孩子气的"，608a）与玩耍（paidia）的概念联系在一起，因此是"严肃的"（σπουδαῖος）的对立面：尤见《克拉提洛斯》406b-c。后面的句子中，608a的言外之意将很好地与咒语本身的措辞融合，如笔者在下文将要讨论的。Paidikos［孩子气的］本质上并不无贬义：如见《吕西斯》211a。"幼稚的"，Ober, 1998: 225的这一译法语气太过强烈，他着重强调了这段话中民主的潜台词，在笔者看来明显太夸张了（肃剧的"民主意识形态"尽管在其他某些地方很突出，但在605c-606b这里并不明显）。

① ［译按］在苏格拉底的雅典，对诗歌的爱几乎自所有人童蒙时期就得以培养，不分对象群体，故"非排他"（尤其不同于哲学之爱）。结合"妓女"的比喻，此处凸显了矛盾性。

② ［原注94］不只是这一处显示出柏拉图的苏格拉底是一位（怀旧的）诗歌爱好者。称苏格拉底"通常对所有类型的诗人都表现出一股十足的敌意"（Rowe, 1986:

彻底敌视的对象，这就在一定程度上回答了笔者之前提出的两个问题中的第一个：为什么苏格拉底和格劳孔不干脆地停止聆听诗歌？不过，这样回答的代价似乎是让笔者的第二个问题变得更加复杂：苏格拉底聆听诗歌时所唱的"咒语"是什么意思？另一方面，关于第一个问题的答案也是关于第二个问题的答案的一部分。正是由于倾心与抵制的矛盾结合，诗歌的热爱者既会继续聆听诗歌（同时保持着能找到这样做的理由的希望），也会感到需要一种保护性的咒语。

可苏格拉底通过咒语的隐喻究竟暗示了什么？在一个层面上，这个隐喻明显涉及诗歌语言的情感"魔力"与哲学理性主义的"反着魔"之间的较量。某些人认为咒语代表了对古希腊主题（该主题在荷马那里很突出，而且在高尔吉亚的《海伦颂》中得到了新的表述）的纯粹理性主义的重新解释，这种观点是不充分的。笔者之前给出了三个理由，来解释为什么不能把咒语等同于《理想国》595b中的"解药"或药物，因为后者是一种（只有完美的哲人才能完全掌握的）抵御诗歌力量的知识，而咒语是为那些害怕再次屈服于诗歌近乎爱欲的魔力的人们准备的。诚然，我们有可能在柏拉图的作品里找到药物和咒语同时起作用的段落，包括《卡尔米德》（*Charmides*）中那段令人困惑的内容——苏格拉底在那里提到，"色雷斯人"把这两种治疗方法结合起来医治头疼。①

151），这有些太轻率且夸大其辞。除了许多赞美诗歌的文本（如《吕西斯》214a、《斐多》94d-95a、《会饮》209a-d、《美诺》81b），《苏格拉底的申辩》41a-b还告诉我们：苏格拉底准备"死很多次"，从而在冥府与赫西俄德还有荷马进行永恒的对话。关于《理想国》607c-d中的"怀旧"（wistful）语调，Shorey 1930-1935：II. lxiii，1938：137-138正确地将其判断为柏拉图的自述，但他没有继续进一步追索607d-608b的复杂性。

①　［原注95］《卡尔米德》155e引入了色雷斯人医术的主题，"扎摩克西斯（Zalmoxis）的医师们"论灵与肉的治疗相结合（156-158）：对话结束时，苏格拉底认为，若拥有了真正的美德，咒语就不是必须的（176a）；同时，苏格拉底还为我们留下了身为（哲学）魔咒大师的形象（176b）。参《泰阿泰德》49d提到的（寓意式的）助产士。《美诺》80a另一处出现了将药物（φαρμάττειν）和咒语（κατεπάδειν）的

　　而《理想国》卷十的两段文字并没有暗示这种医疗模式。相反，它们将这两种［200］治疗方法分开，就像希波克拉底学派（Hippocratics）的专业医疗实践一样；咒语的比喻唤起了一种相当不安全和忧虑的心态（这种心态可能也与俄尔甫斯教［Orphic］和毕达哥拉斯学派［Pythagorean］的实践产生了一些共鸣）。① 因此，《理想国》608a 的咒语是为那些缺乏《理想国》595b 提到的药物或解药的人准备的。任何拥有解药的人都不需要这些咒语。

　　此外，咒语的概念至少意味着某种一定程度上非认知性的、从情感上自我说服的手段。这咒语由人自己唱出来，而非来自医生或治疗师；而且正如《理想国》608a 的非限定性从句（indefinite clause）所表明的那样（"只要诗歌不能为她自己辩护［ἕως δ' ἂν μὴ οἵα τ' ἦ ἀπολογήσασθαι ...］，我们就应该听她……"），它非常隐蔽地需要重复。在所有这些方面，柏拉图笔下最可与之相比较的地方在《斐多》77e。在那里，苏格拉底声称他提供了关于灵魂在人生前和

语词结合在一起的内容，其中着重描述了苏格拉底自己的准巫术式催眠法（γοητεύειν：本章原注 99）对他人的思想造成了影响；关于高尔吉亚的先例，见第六章原页 267 和 274。苏格拉底式咒语形象的变体出现在色诺芬《回忆苏格拉底》3.11.16–18，后来被 Timon of Phlius fr. 25（Diels/di Marco）讽刺地运用。参本章原注 107。

　　① ［原注 96］《理想国》426b 罗列的疗法中涉及一个分类（通过 οὐδ' αὖ［其他此类］点明），即在纯身体与更偏心理的疗程之间的划分，而 Giuliano, 2005: 131 等人忽视了这一点；这表明存在这样的视角：咒语被认为是更为极端的选择。注意《法义》932e–933a 中对应的部分（与伤害的手段有关），以及关于希波克拉底医学的此类观点，参 Lloyd, 1979: 15–16，40，42。普鲁塔克在他的《道德论集》920c 里识别并回应了《理想国》608b 中的这种区分。关于 epôdai［法术］（字面的或比喻的）与说服（有时是通过情感而非完全凭借理性）之间的联系，见如《法义》2.659e、664b–c（两者都指歌队合唱诗本身）、6.773d、8.837e；见本章原注 99 关于高尔吉亚《海伦颂》的论述。Untersteiner, 1966: 147 低估了《理想国》608a（以及柏拉图作品中其他地方的）中 epôdai 所具有的非理性含义；Rutherford, 1995: 236–237 注意到用哲学的"巫术"来回应诗歌时具有不确定性。其中，我们知道俄尔甫斯教徒可以被认为是在用 epôdai；见欧里庇得斯《圆目巨人》行 646；参 Dervini Papyrus col. 6.2、Betegh, 2004: 14。毕达哥拉斯学派使用 epôdai 的证据出现得较晚（如 Iambl. Vita Pyth. 164，244），但可能扎根于更早时期的实践。参 Laín Entralgo, 1958 关于柏拉图式咒语的更广泛论题。

死后都存在的论据，接下来他称，在刻贝斯（Cebes）和西姆米阿斯（Simmias）心中仍有一个感到惧怕的"孩童"——惧怕他们的灵魂会在死亡时被风吹散。刻贝斯承认这个内心中存在的孩童，并要求苏格拉底尝试说服他们摆脱恐惧（πειϱῶ ἀναπείϑειν），而苏格拉底的回答是，他们要每天对这孩童"唱一个咒语"（ἐπάδειν αὐτῷ ἑκάστης ἡμέϱας）。① 与《理想国》卷十相同，［201］哲学逻各斯的理性力量与（可能是非理性的）顽固的情感力量之间存在冲突——"咒语"的隐喻与理性力量试图战胜情感力量有关。但两种情况之间存在根本区别。（在《斐多》中，恰恰相反，）刻贝斯和西姆米阿斯不想惧怕死亡，而在《理想国》里，苏格拉底和格劳孔体验了对诗歌的erôs［爱欲］和狂喜，他们很难放弃这种体验，至少他们的一部分灵魂仍继续受到这种体验的强烈吸引。

　　据笔者所知，这里仍然存在一个深刻的悖论，它从未得到恰当解决，但需要纳入对《理想国》608a的解读中。这个悖论就是，虽然咒语相当于第二次批判诗歌的论证或逻各斯（《理想国》608a的 τοῦτον τὸν λόγον ὃν λέγομεν［所说的逻各斯］明确说明了这一点），但它只是一个暂时性的咒语（ἀϰϱοασόμεϑα［倾听］的将来时形式强调了这一点："我们将会［继续］倾听"，《理想国》608a），且其本身就重申了论点中的潜在张力。苏格拉底指出了咒语的双重命题要素：第一，"我们不应该把这种诗歌当作一种获得真理的严肃手段"（οὐ σπουδαστέον ἐπὶ τῇ τοιαύτῃ ποιήσει ὡς ἀληϑείας τε ἁπτομένῃ ϰαὶ σπουδαίᾳ）；第二，"那个倾听诗歌的人"（请再次注意，这里假设了诗歌会得到聆听，它并未被实际放逐出城邦或人的灵魂）"必须对它保持警惕，因为他担心自己内心中的政制"（εὐλαβητέον αὐτὴν ὂν τῷ ἀϰϱοωμένῳ, περὶ τῆς ἐν αὑτῷ πολιτείας δεδιότι，《理想国》608a-b）。

————————

　　① ［原注97］尽管苏格拉底建议他的朋友们去找别人为他们念咒（78a），但他也建议最好还是自己念，后来苏格拉底在他自己的神话中重申了这一点（114d）。关于"咒语"和"灵魂中的孩童"，见Erler, 2003；参Dunshirn, 2010: 45–47。Boyancé, 1937: 155–165认为，所有柏拉图神话的目的都在于给"灵魂中的孩童"一句咒语。参《法义》659d–e、664b、812c，儿童是"咒语"（此处＝音乐/诗歌本身）合适的对象。

这种自相矛盾的思想组合与先前的批判形式相吻合，它将摹仿性诗歌视为非实质的、不真实的或似是而非（specious）之物（一个拟像的虚幻世界），但同时正如苏格拉底在陈述"最严厉的控诉"（《理想国》605c）时所说，这种思想也认为摹仿性诗歌能征服"即使是我们中最优秀的"一些灵魂。柏拉图的批评者有时会抱怨说，这种观念的结合是一个苏格拉底反对诗歌时的漏洞，一个所谓的柏拉图整体"艺术理论"中的矛盾。而笔者在其他地方已表明，将［202］这种异常视为"艺术"实践本身所固有的现象会更说得通；在其中，虚构、伪装和诡计确实都在发挥作用，但却可以承载想象上令人信服和在情感上令人无法抗拒的体验。如果说此处存在问题，那么存在的就是一个普遍的美学问题，而非《理想国》卷十论题中的一个孤立的缺陷。①

在咒语所处的语境中，笔者目前分析的关键考虑因素是，通过重述所谈论的张力或异常，苏格拉底使得咒语作为一种抵抗诗歌的保护手段变得更不稳定，因而也让论证本身变得更可疑。在前面提到爱欲的概念术语的语境中，该咒语更像是在告诉某人：他曾经爱过的女人根本无足轻重——但他最好永远在她面前保持警惕，以防他本人又因为她的能力而重新陷入强烈的激情。或者，我们回顾一下《斐多》中与之相应的咒语，（如苏格拉底在对话中所言，）那就像是在嘲笑死亡的微不足道——然后提醒自己在任何时刻都有可能再次对它感到惧怕。我们应该问自己，为什么柏拉图不遗余力地让苏格拉底不仅回顾了先前论证中可见的张力，还要强调他和格劳孔目前没有更好的抵抗诗歌的保护手段，所以只能以一种焦虑的和近乎咒术（quasi-magical）的自我说服来重复这些论证？②

---

① ［原注98］见Halliwell, 2002a: 59；参Feeney, 1993: 238。Kamtekar, 2008: 352注释38采取了不同的思路。

② ［原注99］笔者谨慎地使用"准巫术"（quasi-magical）一词；将咒语视为巫术这一观点的保留意见，见Dickie, 2001: 24–25。但在《理想国》和其他地方的证据显示，ἐπῳδαί［法术］与纯生理医术之间存在区别（见本章原注96），因此可以认为隐喻的咒语依赖认知功效（cognitive efficacy）以外的某种事物（见上文关于《斐多》

对这个问题，笔者不合传统的答案的要点在于，柏拉图远没有将"放逐"摹仿性诗人视为一个无法化解的冲突所导致的必然结果，而是希望给人留下一种深刻的印象，即诗歌与哲学之间的关系——更确切地说，是它们在哲学式的诗歌爱好者灵魂中的关系——仍然是一个持久的问题、一件仅靠推论理性最终无法解决的未竟之事。正如笔者试图表明的，我们如果将全部重心都放在结语中具有丰富隐喻性的内容上，[203] 就会面临一系列引人注目的问题：首先，在哲学与诗歌的"争论"中，控方和辩方的角色似乎是可逆的，而且苏格拉底最不愿意看到他自己被"定罪"，即被说成是对诗歌毫无感觉的庸俗之士；第二，苏格拉底传达出一种深刻的矛盾心理——他承认自己欢迎有关诗歌的新辩护，而这是因为他从内心深处为聆听荷马史诗那样的诗歌而"着魔"；第三，苏格拉底提及的爱欲比喻暗示，他和格劳孔并没有真正失去对诗歌根深蒂固的激情；第四，文中暗示苏格拉底和格劳孔将会继续聆听诗歌，因此永远不会彻底将它逐出他们的生活；最后也最矛盾的是，那个作为能抵抗诗歌的保护手段的"咒语"比喻，回溯了卷十本身的论证形式——而这些论证的巅峰却是一个严厉的控诉，即，（除极少数例外的人之外）"即使是我们中最优秀的一些人"，也无法抵御最伟大的诗歌所造成的无法抵抗的情感冲击。

把所有这些放在一起，就有了第二次批判的结论，而这是在柏拉图成熟作品的任何地方所能找到的最发人深省、最模棱两可的论证结论之一。对于这段中交织的意象而言，我们可以说，对诗歌的"审判"已经得出了判决结果，但对这一判决的支持只是暂时的和不确定的；热爱者的激情不可能永远消失（因此需要心理上的"力量"，《理想国》607e，来让他摆脱他的激情对象）；而且，每当一个

77e 的内容）。柏拉图很熟悉高尔吉亚《海伦颂》中对（与诗歌平行的）"咒语"的劝诱"巫术"（γοητεία，参本章原注95）效果的描述，见《海伦颂》（Helen），B11.10 DK（第六章页274）。《普罗塔戈拉》279c-d 的 ἀλεξιφάρμακα［解药］在280d-e被归为"魔力"（magic）的一部分。

人面对诗歌时，他都必须重复保护性的咒语，尽管这永远无法解除其灵魂中聆听诗歌的渴望。

由于苏格拉底的咒语隐喻等同于《理想国》卷十本身所包含的论点，而这些论点既将诗歌视为摹仿性的"非真实"之物，又认为诗歌有心理上的吸引力，所以，苏格拉底的咒语是关于阅读柏拉图本人作品的一个隐喻（尽管几乎不算是一个隐喻）。咒语隐喻嵌在这样的语境中，即将诗歌视为欲望的模糊对象（从而与至少和荷马一样古老的思想产生共鸣：见第二章）；这一咒语隐喻也部分地表达了要继续寻找关于诗歌的更好的正当理由，一个可能调和"快乐"与"裨益"的理由（《理想国》607d-e）。① 这 [204] 段内容的两个含义达成了一致。柏拉图本人从不停止与诗歌的接触；[他对诗歌的讨论] 从未宣称一个最终裁决已经达成。柏拉图并没有将诗歌（至少是荷马的所有诗歌）从自己作品的"灵魂"中驱逐，而是在每一个层面上，从语言结构、人物塑造和主题发展，到创造恢宏（large-scale）的戏剧、叙事和神话结构，都不断地回应诗歌并与其共存。②

---

① ［原注100］柏拉图追求"道德审美"的另一个重要标志，即美与善的融合，包括狄奥提玛在《会饮》209a中的观点（按照她的理论所需求的那般，诗人在一种优美的语言媒介中作为"智慧和德性的创造者"），见《理想国》401-403（见下文页206），《法义》656c、658e、665d等处：关于《会饮》，参 Asmis, 1992a: 344-347，关于《法义》，参 Halliwell, 2002a: 65-70 以及 Bychkov, 2010: 129-175，Halliwell, 2011a，里面论及关于柏拉图美学传统的更广泛的观点。关于"裨益"（ὠφέλιμον）的概念，见第三章原页 123-125，第六章原页 310-320；用 Liebert, 2010a: 112 的话来说，《理想国》607d-e 认为愉悦（而非"甜蜜"）和裨益"成反比"，这并不完全正确（更不用说二者是相互排斥的观点，见 Liebert, 2010a: 114）。参:《高尔吉亚》501-503（以及474d-e）针对把诗歌说成是寻求愉悦而非"裨益"的观点，提出了极具修辞性的指控；《会饮》173c（阿波罗多洛斯）讨论了哲学本身（潜在地）是一种与强烈的愉悦相结合的"裨益"。

② ［译按］伯纳德·威廉斯（Bernard Williams，1929—2003），英国哲学家，研究方向为哲学、道德哲学，代表作为《道德运气》（Moral Luck）。

如果真如威廉斯（Bernard Williams）所言，①柏拉图的长处之一是"他不仅能理解相反论点的力量（force），而且还能理解相反视野的能力（power）"，那么，在诗歌方面我们甚至可以比这更进一步地说："相反视野"本身就是柏拉图关于这个主题的概念的一个重要组成部分。②在重要的意义上说，就像《理想国》608a中的苏格拉底角色一样，若总是处在保护性的哲学咒语背景下，那么柏拉图本人的对话也将"继续聆听"诗歌的声音。因此，他们呼吁读者以某种方式预备好做同样的事情。③

笔者在此必须简要说明，关于这一点可能意味着什么，《斐多》提供了相应的例子。柏拉图在这篇对话中使用了他本人近乎作诗的写作技艺，而这正是为了展示一种哲学的方法，以处理苏格拉底在《理想国》卷十对诗歌提出的"最严厉的控诉"。在《斐多》中，柏拉图向自己和读者提出了一项挑战，即如何可能"抑制/包容"（根据containing这个词的两种含义）强烈渴望屈服于肃剧情感的倾向；他的做法是，既让苏格拉底的同伴们和对话的读者［205］都能看到这些情感，但又用另一种哲学观点即一种超越肃剧的能力来抵消和修正这些情感，这种能力体现且表现在苏格拉底的角色身上。

普罗克洛斯敏锐地观察到了《斐多》的这种两面性，他是一位敏锐的，甚至是"自我矛盾的"读者。普罗克洛斯想要调和最伟大的哲人和最伟大的诗人，为了实现这个宏大目标，他在柏拉图和荷马之间做了一个有说服力的比较："他们对摹仿的使用在各

---

① ［原注101］在最近的Giuliano, 2005中，这一事实及其某些含义得到了承认，关于《理想国》本身作为咒语，参Ford, 2002: 223-225。关于柏拉图对诗歌的引述，见Halliwell, 2000。

② ［原注102］见Williams, 1999: 11；Williams后来也顺便谈到，柏拉图对诗歌和其他艺术怀有"深刻的矛盾心理"，1999: 29。

③ ［原注103］参Ford, 2002: 223-225，把《斐德若》（Phaedrus）这篇特殊的对话解读为柏拉图自己对《理想国》607-608的挑战的回应。Halliwell, 2011c: 262-265为其他回应苏格拉底挑战的方式提供了一些思考（部分是推测性的，部分是历史性的）。

个方面都能激发我们的想象，"他写道，"因此，许多读者会与哭泣的阿波罗多洛斯（Apollodorus）一起哭泣，许多人也会在阿基琉斯哀悼他的好友时与他一起悲伤。"[①]《斐多》是一个引人注目的例子，它说明了柏拉图本人的作品如何一边继续"聆听"诗歌并在情感上表现得受诗歌吸引，一边唱着保护性的咒语来抵挡对诗歌的屈服。[②]

最后，这方面还有一点值得一提，尽管它可能产生巨大的影响。正如我们所见，苏格拉底对诗歌抹不去的erôs［爱欲］，其基础在于：关于为诗歌（尤其是为荷马的诗歌）"着魔"（$κηλεῖσθαι$），他有熟悉的切身体验，另外，他渴望找到一种方法来调和这种体验与他在整部《理想国》中倡导的哲学理性的命令（imperatives）——可以说，这种方法就是要将诗歌的迷狂与哲学的真实融合在一起。这里有一些本质上反直觉的东西。在柏拉图那里，"着魔"（$κήλησις$）通常意味着一种对心灵的非理性诱惑，一种无法用推论分析来理解和描述的体验，以及一种"磁力"（magnetism），这种"磁力"关乎《伊翁》核心部分提到的灵感，并接于不可抗拒的迷狂。为什么苏格拉底会想要保留这样一种体验模式——正如他自己强调的那样，一种对理性的至高无上性构成威胁的体验模式？

笔者认为，对这个重大问题我们能给出的最佳答案是：除了他永不放弃的理性主义外，柏拉图笔下的苏格拉底也始终是一位［206］erôs［爱欲］的热爱者，而爱欲在柏拉图对哲学如何拯救灵魂

---

① ［原注104］$καὶ\ γὰρ\ τὴν\ φαντασίαν\ ἡμῶν\ κινεῖ\ παντοίως\ ἡ\ τῶνδε\ τῶν\ ἀνδρῶν$ $μίμησις,\ καὶ\ τὰς\ δόξας\ μετατίθησιν\ καὶ\ συμμεταμορφοῖ\ τοῖς\ ὑποκειμένοις\ πράγμασιν,\ ὥστε$ $πολλοὺς\ μὲν\ Ἀπολλοδώρῳ\ συνδακαρύειν\ ἀναβρυχώμενῳ,\ πολλοὺς\ δὲ\ Ἀχιλλεῖ\ θρηνοῦντι\ τὸν\ φίλον$: Procl. *In R.* 1.163.27–164.4. 见Halliwell, 2002a: 330对其语境的解释，页323–334还讨论了普洛克罗斯调和荷马与柏拉图的尝试；笔者对普洛克罗斯的详细讨论，参Halliwell 2011a。

② ［原注105］关于《斐多》的这一方面，以及厄尔神话中对肃剧的极为不同的"重写"，见Halliwell, 2006: 115–128, 2007：450–452；关于厄尔神话，参Cerri, 2007: 67–77。

的看法中处于核心位置。如果诗歌能够用对文字和图像的狂喜来诱惑灵魂（尤其是通过将灵魂引入想象中的"他人的体验"，$ἀλλότρια$ $πάϑη$，《理想国》卷十606b），那么它就具有了柏拉图哲学本身最希望获得的可以摄人心魄的力量。①在此我们回顾一下，无论"着魔"在柏拉图笔下有时看起来有多么可疑，它实际上在两处文本位置（通过《会饮》中的阿尔喀比亚德和《理想国》中的格劳孔）与苏格拉底本人诱惑他人的奇特性格（包括他使别人流泪的能力）相关。②对"着魔"的掌控确实是哲学与诗之争的一部分，但这场争论表现在柏拉图本人作品的灵魂中。

关于苏格拉底在《理想国》第二次批判诗歌的结语中表现出明显矛盾的心理，包括他如此渴望找到一种调和诗与哲学的方式，我们都没有一个明确的理解途径。正如笔者试图表明的那样，该结语就像柏拉图的所有作品一样，明确地邀请其读者在文本之外继续争辩。与此同时，该结语又用自己的"咒语"表达了一种犹豫，即邀请读者之举能否产生出一个符合最高理性标准的解决方案，但这并没有削弱这段文字的意义；恰恰相反，它得出了一个结论，即它勾勒出了（adumbrates）一个在过去（或当下）不易解决的挑战和难题。

苏格拉底表达了对一种"聆听"诗歌的方式的渴望，这种方式既要与哲学理性的价值相一致，又不必牺牲他曾在荷马作品中体验的爱欲上的着魔。为了诗歌之美，无论是直接从诗歌本身还是从诗歌的倡导者那里，苏格拉底都希望知晓：一种得到重新设定（reconfigured）的erôs［爱欲］会采用什么样的形式，这种爱欲要实现《理想国》卷三的原则，即"音乐艺术的领域应该在美

---

① ［原注106］关于笔者采用的"灵魂引导"（psychagogic）一词，参柏拉图的psuchagôgein［牵引灵魂］等词汇：参第五章原页225。

② ［原注107］《会饮》215b–216a（对比马尔叙亚斯［Marsyas］的音乐与科律班忒斯［Corybantic］仪式的音乐，参第五章原页244–247）、《理想国》358b（隐喻性的舞蛇术），这两处都使用了$κηλεῖν$［着迷］一词。此处可回顾苏格拉底的咒语概念，见本章原注95。参Blondell, 2002: 106，Worman, 2008: 193，Baumgarten, 2009: 95–98。

的爱欲中发现其目标" (δεῖ δέ που τελευτᾶν τὰ μουσικὰ εἰς τὰ τοῦ καλοῦ ἐρωτικά)。① 尽管围绕着这一点 [207],《理想国》卷十存在着各种不确定性,但对柏拉图本人的作品和更宏大的柏拉图主义的历史而言,这是一种希望,它有助于确定成为一名哲学式的诗歌爱好者究竟意味着什么。

---

① [原注 108]《理想国》403c。关于可作对照的现代观点 (即使带有讽刺意味),参 Sontag, 1983: 104, "我们需要一种艺术的情欲 (erotics of art) 来替代一门诠释学",以及第一章原注 13。Annas, 1981: 95–101 将《理想国》3.401–403 概述的积极 (positive) 美学原则降至最低。Nehamas, 2007: 73 忽略了这段文本,转而称 "柏拉图本人并没有把艺术归于对文化的恰当表达之中";对比 Burnyeat, 1999: 217–222。

第五章

亚里士多德与肃剧的情感体验

> 前一天晚上，两个可疑的词把他拦在了《诗术》的大门口。这两个词是"肃剧"和"谐剧"……阿威罗伊（Averroës）放下了羽毛笔。他（不太确信地）告诉他自己，我们所寻求的东西往往近在咫尺……
>
> ——博尔赫斯①

一 《诗术》中的情感理解

[208] 根据亚里士多德的《诗术》（*Poetics*），诗歌的创作和体验深深植根于人类天性的运作中：诗歌的存在源自一种先天倾向和摹仿天赋（《诗术》1448b4–20）。亚里士多德在儿童的游戏中看到了这种倾向，它表达了一种理解世界的冲动。亚里士多德在《诗术》第四章含蓄地阐述了诗歌的自然原因说（这是亚里士多德诸原则中最有名的一条），即人类具有一种内在的求知欲（《形而上学》980a21）。②哲学本身就是这种 [209] 欲望的最高产物和最终成果，

---

① ［原注1］*Averroës' Search*, in Borges 2000: 236。

［译按］博尔赫斯（Jorge Luis Borges，1899—1986），阿根廷诗人、小说家和散文家，代表作有《虚构集》《布宜诺斯艾利斯的激情》等。

② ［原注2］Eco, 2004: 249既予人启发又有些任意地将一种"叙事性的生物天性"（biology of narrativity）归于亚里士多德。然而，摹仿的含义可能比叙事性更为广泛，它还包括如音乐中的情感表达；见下文原页239–241。《诗术》把诗歌的历史看作

但是，哲学的探究、抽象（abstraction）和论证的复杂过程只适于少数人，而理解事物的基本冲动是人类心智的一种特性。诗歌通过发展一种特质来培养和奖励这一冲动——该特质让人类成为"最善于摹仿的动物"（《诗术》1448b7），实际上是成为homo mimeticus［摹仿的人］。这种特质包括借着对生活的摹仿和想象上的（重新）塑造来解释世界。此外，对亚里士多德来说，不言而喻的是：摹仿的倾向自然地伴随着情感和评价（affective-cum-evaluative）反应——或吸引或排斥，或赞同或反对——这些反应针对的是关乎人类行为和受苦的所有可能性。①

摹仿活动构成了一个光谱，其范围从儿童的扮演游戏到最复杂的艺术表现实践。这些实践包括视觉艺术、音乐、舞蹈和戏剧，它们为观众提供了一种"静观"（theôria，参《诗术》1448b11-16）的机会，而这包含了理解和认识的过程（亚里士多德用古希腊的动词μανϑάνειν［理解］及其同源词来表示该过程，参《诗术》1448b7-16）。这些过程构成了一个框架，其中认知和情感可以紧密结合，并共同对体现在个人艺术作品或表演中的摹仿现象产生强烈反应，受其吸引。正如我们将要看到的，对亚里士多德而言，情感本身就是伦理判断的载体：在他关于肃剧等艺术体验的概念中，要说人们的一些误导性说法，莫过于声称在伦理情感与认知警觉性（cognitive

---

是一种准生物学现象，自然的原因"产生"或"生出"（γεννᾶν）了它，4.1448b4；关于诗人个体的天然创造力，参同上22-23，另参第六章原注154，有关γεννᾶν的其他用法，参第七章原注29。笔者始终避免将摹仿简单译为"效仿"（imitation）：Halliwell, 2002a为此立场提供了可观的理由，见原页第177-193页；此外，Halliwell, 2001讨论了《诗术》第4章中设想的摹仿之"理解"（understanding）；不过，对后者的解读存在一种保守倾向，如Tsitsiridis, 2005, Heath, 2009: 62-64。

① ［原注3］注意，在《诗术》1448b24以下，亚里士多德先用摹仿的本能解释了诗歌的存在，然后又天衣无缝地为诗歌的早期发展引入了伦理学的术语。参《诗术》1448a1-18亚里士多德的假设：摹仿会不自觉地带来对其施动者的描述，该描述具有评估性和主观色彩。

alertness）之间存在冲突。①

[210] 但如果诗歌的价值在于它能激发笔者所说的对生活的集中的"情感理解"，那么在多大程度上，我们能让《诗术》第四章中关于摹仿的哲学人类学式简述更加完整？对于亚里士多德如何设想观众通过参与摹仿作品的体验来学习和理解世界上的事情，我们能否说得更准确一些？这种学习是否与柏拉图的批评相左——因为它可以使摹仿成为一种关于真实世界的潜在媒介？亚里士多德自己承认，摹仿实践在选择性的想象和塑造上有相当大的自由，比如它可以忽视哲人有可能承认的那种真实，转而描述"人们所说和所想的"各种事情（《诗术》1460b35–1461a1：见下文），那么，我们怎样才能在这种实践中找到真实呢？此外，摹仿要求一位即使从历史中取材的诗人，也必须为了他自己的目的而"（重新）制作"（ποιεῖν）诗（《诗术》1451b27–32）；这看起来要求诗人必须虚构，这会影响摹仿所引发的情感的本质吗？关于catharsis这个声名狼藉（notorious）的术语与这些问题的关系——该词在《诗术》中的位置是一个众说纷纭的棘手问题（且最近受到来自不止一个方向的抨击，比如认为它是篡插［interpolation］的）——我们还有什么可说的？这些都是本章的论证所要尝试探究的问题。为了完成这些探究，笔者想从一个稍微不同的角度来处理亚里士多德诗歌哲学的一些基本假设。

《诗术》第二十五章是这部论著中最简练但最引人入胜的一章，其中，亚里士多德提出了一份关于批判原则的宣言，人们可用这些原则来解决或应对其他批评家对特定诗歌段落——尤其是对荷马的诗歌段落——提出的某些类型的"问题"。②尽管存在一些相当

①　［原注4］反对Seamon, 2006: 255如下所言："我们若是在道德上展开评判，就不会在认知上保持警惕。"Seamon错误地认为《诗术》1452b34–36仅是对"道德感"的排斥，忽视了怜悯和恐惧本身必然会导致道德评判的事实；参本章原注105和106。Curran, 2001认为《诗术》没有考虑到观众真正的"批判性思考"，该研究忽略了《诗术》1448b16中"理解与推理"（μανθάνειν καί συλλογίζεσθαι）的全部含义，对此的讨论参Halliwell, 2001: 94–95。

②　［原注5］关于对诗歌"诸问题"兴趣的渊源，参Hunter, 2009: 21–25。

复杂的细节，但亚里士多德借助三个具有深远意义的前提展开了探讨。第一个前提是：就像画家一样，诗人也是摹仿性的"形象制造者"（εἰκονοποιός，在现存的古典文献中，该词唯一一次出现就在此处），而他所描绘的选择中包含不止一种看待世界的方式：在任何情况下，诗人都可以选择表现"过去或现在的各种事情"（即符合过去或现在的已知现实的事物），或是［211］"人们所说和所想的各种事情"（即普遍的信仰模式和集体精神，包括神话和宗教），最后，或是"理应如此的各种事情"（即现实的理想化版本，无论是伦理的理想化还是其他类型的理想化）。[①]第二个前提是：允许诗歌具有一系列特殊的语域，这些语域使诗歌（如《诗术》第二十二章所言，其程度因体裁而异）有别于普通的语言或话语形式。最后一个前提是："诗歌的正确性标准不同于政治的（或者因此不同于伦理的）或任何其他技艺知识的正确性标准"（οὐχ ἡ αὐτὴ ὀρθότης ἐστὶν τῆς πολιτικῆς καὶ τῆς ποιητικῆς οὐδὲ ἄλλης τέχνης καὶ ποιητικῆς，《诗术》1460b13-15）。

最后这句话与柏拉图在《伊翁》中假设苏格拉底会支持的立场相矛盾，而其要点部分在于它支持了这样一种原则：诗歌用一种违背医学或动物生物学事实的方式来表现世界，而这并不一定或并不必然是诗歌本质上的缺陷（我们很快就会看到，亚里士多德如何用一个具体的动物学例子来澄清该原则）。而这也意味着对一些事情的反驳，比如据说由普罗塔戈拉提出的对诗歌不恰当的语法批评（但早前在《诗

---

① ［原注6］ἐπεὶ γὰρ ἐστι μιμητὴς ὁ ποιητής, ὥς περ ἀνεὶ ζωγράφος ἤ τις ἄλλος εἰκονοποιός, ἀνάγκη μιμεῖσθαι τριῶν ὄντων τὸν ἀριϑμὸν ἕντι ἀεί, ἢ γὰρ οἷα ἦν ἢ ἔστιν, ἢ οἷα φασὶν καὶ δοκεῖ, ἢ οἷα εἶναι δεῖ（《诗术》1460b8-11）。相关的形容词οἷος，"诸如"（笔者译作"各种"［kinds of］），涵盖了《诗术》1451b8-9所定义的普遍性（那里的ποῖος，"哪种"，与第25章中的οἷος一致）。"人们所说和所想"之事是一个开放的范畴，但Rostagni, 194: 154错误地将其视作概率（εἰκός）；《诗术》1460b35-61a1证实其中包括神话-宗教的信念（见下文原页214-215）；Soph. el. 24.179a29对某些特定的论证方式（亚里士多德《大伦理学》1193b6关于道德的主张）运用了类似的分节法（phrasing）。与《诗术》第25章的三分法类似而不尽相同的，是《诗术》第2章中与类型相关（genre-relative）的特征结构，即"像我们一样"（也即已知的现状）、"比我们更好"（也即理想化的）以及"比我们更糟"，最后一个与"人们所说和所想"关系松散。

术》中被驳回）：对于《伊利亚特》开篇指向缪斯女神的言语行为
（"请歌唱吧，缪斯……"）应正确地归类为祈祷还是命令，亚里士多
德认为该争论是一个语言学问题，与对诗歌品质的评判无关。[①] 而"诗
歌的正确性标准不同于政治的正确性标准"这个更宽泛的说法更有问
题，需要我们慎重考虑，因为［212］亚里士多德本人认为政治/伦理
是一门"主导性技艺"（master art），它决定了所有其他领域的人类实
践的价值。

　　《诗术》第二十五章中提出的批判原则在该书的论证中·出现得
较晚，它们似乎是对《诗术》主要思想进程的一种补充。在这一阶
段，亚里士多德已经完成了对肃剧的分析，并正在处理史诗；只有
对两种体裁的 sunkrisis［对比］（对其中哪一种体裁在本质上"更优
越"的比较判断）还留在这部作品的最后（存世）部分。而《诗术》
第二十五章开篇有一个坚定的理论立场，其影响超出了对以下内容的
表面关注，即亚里士多德接下来要反驳的那些解释性的"挑剔"之辞
（cavils）。事实上，尽管整章的论证在表面上有些零散且有争议，但我
们确实有理由认为这章凝聚了亚里士多德关于诗歌的一些关键价值的
概念。初看起来，亚里士多德似乎把这些价值归结为一种具有自足地
位的专业文化活动（一项"技艺"，technê）：该活动在其表象和想象
的范围上（从现实主义延伸到理想主义）以及语言的创造性上（现代
形式主义者称之为"文学性"）不受限制；而最后同样重要的是，它
不受政治、伦理或任何具体专业知识领域的严格要求所限。

　　不过，仔细观察后我们就会发现事情并非如此简单。《诗术》第
二十二章表明，在诗歌的语言和风格（lexis）上，不同于形式主义
者对"文学性"概念的支持（即突出那些相较于普通非文学话语更
具"疏离"［estrangement］或"陌生化"［defamiliarization］效果的

---

　　① ［原注7］关于《诗术》第25章与柏拉图《伊翁》之间的关系，参本书第四
章原页166–179。与普罗塔戈拉的联系，见《诗术》1456b13–19（《诗术》1456b18–
19，*ὡς ἄλλης καὶ οὐτῆς ποιητικῆς*［毕竟这不属于诗术］，与1460b13–15之间"言语兼方
法论"的联系），不过，还请注意 *Int.* 4.17a1–7中语言学与诗学的关系。

语言特征），亚里士多德对那些他认为"陌生的"（strange）或"疏离的"（alien, xenikos）用法施加了限制。当什克洛夫斯基（Viktor Shklovsky）援引亚里士多德作为他本人关于陌生化的形式主义理论的铺垫时（"根据亚里士多德所言，诗歌语言应该具有非熟习[foreign]的特征"），他忽略了以下事实：《诗术》使上述论点与对风格"明晰性"的需要相抵消了。①

这种考虑上的平衡反映了亚里士多德的坚定看法，即诗歌不能抛弃交流或认知上的清晰易懂：对亚里士多德而言，明晰性和可理解性仍然是所有诗歌风格中不可或缺的优点。《诗术》第二十二章的结尾强调了这一点，在那里［213］，隐喻的天赋被认为是诗歌创作中最重要的因素（它是"唯一不能从别人那里获得的东西"），理由在于，好的隐喻涉及一种观察和关注相似性（τὸ τὸ ὅμοιον θεωρεῖν）的能力，而我们知道亚里士多德也将此视为一种哲学上的心智活动。②虽然这为看到别人没有看到的东西留下了空间，但它也使诗歌的语言通过了易懂性（transparency）上的考验。因此，亚里士多德并不赞成让意义复杂交织（例如，人们不会期待他特别喜欢品达），他并不认为，诗歌风格的变化会让诗歌远离观众或读者的世界中可以识别的经验轮廓。③

---

① ［原注8］Shklovsky, 1990: 12。尤见《诗术》1458a18–26在语言上对"异乡的"（ξενικόν）一词的限制。参《修辞学》1404b1–37。

［译按］什克洛夫斯基（Viktor Shklovsky, 1893—1984），苏联文艺学家、作家、文学评论家和小说家，俄国形式主义学派的创始人和代表人物之一，他的研究对20世纪的文学理论和文学批评产生了深远影响，代表作有《语词的再生》《散文理论》等。

② ［原注9］见《诗术》1459a5–8对隐喻的评论。关于"相似性"的感知所具有的更广泛的亚里士多德式的意义，参Kirby, 1997: 534–537, Halliwell, 2002a: 189–191。

③ ［原注10］亚里士多德对诗歌的晦涩和空洞感到不耐烦，这一点可以间接地从他对某些柏拉图化措辞（关于形而上学的形式）的讥讽中看出端倪，他说这些是"空谈和诗歌的隐喻"（κενολογεῖν ... καὶ μεταφορὰς λέγειν ποιητικάς，《形而上学》991a21–22, 1079b26）。唯一确定的一处亚里士多德对品达的引用是《修辞学》1401a17–19。Silk, 2005: 5认为，亚里士多德对明晰性的要求是"教条"的，但这也是从散文的优点出发的推论。

　　同样的限定条件也适用于《诗术》第二十五章开篇提出的其他两个前提，即对诗歌的摹仿持合理开放态度的广泛可能性，以及诗歌与政治（或任何其他专业活动领域）中的“正确性”标准之间的差异。值得注意的是，在摹仿的范围上，亚里士多德实际上并没有表明他对自由想象或“为幻想而生的幻想”持欢迎态度。在此意义上（也仅限于此），像施莱格尔（August Wilhelm Schlegel）这样的浪漫主义者不无依据地认为，亚里士多德将“理解”（Verstand）的地位置于“想象”（Einbildungskraft）之上。①《诗术》第二十五章中关于摹仿表现的第二个和第三个参考标准（那些“人们所言和所想”和“理应如此”之事）都与实际意义上的“真实”形成了对比（《诗术》1460b33–36），但两者都并不完全独立于亚里士多德眼中的现实体系。这一点对［214］“各种应当如此的事情”（οἷα εἶναι δεῖ）来说是很明显的，其规范性的力量（尤其是在伦理领域）是一个理想化的而非自由创作的问题。亚里士多德将肃剧和史诗中的人物（宽泛地）描述为“比我们更好”（例如在《诗术》1448a11–18），可见他本人也是这样认为的，而这就假定了诗歌的听众有能力凭直觉（intuitively）把握理想与现实的关系。

　　诚然，“人们所说的和所想的事情”（οἷα φασιν καὶ δοκεῖ）是一个在含义上更模棱两可的表述。这个表述意味着一种开放范畴，其中包含亚里士多德本人视作谬误的信念。事实上，如果不同于“过去或现在的事情”是有意义的，那么一般来说，其中必然包含那些不

---

　　①［原注11］Schlegel, 1967: 14，即他于1808年开展的第17次维也纳戏剧艺术和文学讲座。亚里士多德为“想象”赋予的位置是，它是一种对假想的戏剧世界的强度参与，关于这一定位的重要性，参Halliwell, 2003b: 60–65。Zoran, 1998: 146–147对亚里士多德诗歌概念的想象维度施加了过于狭隘的限制。

　　［译按］施莱格尔（August Wilhelm Schlegel, 1767—1845），德国诗人、翻译家和文学评论家，德国早期浪漫主义的代表人物，也被称为“大施莱格尔”——他是前文（原页157）出现过的施莱格尔（卡尔·威廉·弗里德里希·冯·施莱格尔）的胞兄；他曾创办了“耶拿派”（德国最早的浪漫主义文学派别）的重要刊物《雅典娜神殿》，并用德语翻译了莎士比亚的十七部作品。

容易得到证实的信念。

这里有一些属于这种小细节的例子，如《诗术》1460b18–19，视觉艺术上展现的是马的（据说是）错误的腿部运动，或者是"雌鹿有角"这样的错误描绘（《诗术》1460b31–32）。可以推测，这些错误对应的是相对寻常的信念；无论如何，许多人都不会认为它们是错误的。而即使在这种情况下，亚里士多德也不认为错误的细节与艺术或美学价值完全无关：这些细节是相关作品的一部分，它们需要得到解释。比如说，艺术家可能会有意选择马腿的位置，使其作为一个扣人心弦的战斗场景的特征；尽管在生物学上雌鹿不可能有角，但这可能同等地有助于或削弱其描述的狩猎场景的生动性。[①]而如果这些细节没有实现某种摹仿的目的——如亚里士多德所言，如果描述得"不像"（$\dot{\alpha}\mu\dot{\iota}\mu\eta\tau\omega\varsigma$），也就是缺乏摹仿的说服力——那么它们将不仅是生物学上的错误，也是艺术或美学上的错误。[②]在一个本身"不可能"（雌鹿有角）的语境下使用那个（在《诗术》中独一无二的）副词（$\dot{\alpha}\mu\dot{\iota}\mu\eta\tau\omega\varsigma$），这强调了一个更宏大的观点，即摹仿的范围和价值并不限于严格意义上的真实（veridical）。

当亚里士多德引用大众对诸神的宗教信仰来阐述这一原则时，"人们所说的和所想的事情"的本质就更为明显了。[215]尽管这些信仰（在亚里士多德眼中：《诗术》1460b36）是虚假的，且与克塞诺芬尼对荷马与赫西俄德的批判直接相悖，亚里士多德还是为这些信仰在诗歌中占有一席之地提供了合理性。[③]即使是这一重大让

---

① ［原注12］亚里士多德在《诗术》1460b17–18使用的动词 $\pi\rho o\alpha\iota\rho\varepsilon\tilde{\iota}\sigma\vartheta\alpha\iota$［仔细选择］，指艺术家对其目标的构想：必要的句法修正见 Vahlen, 1885: 258–259。这将马的例子（以及关于雌鹿的间接例子）与《诗术》1460a26–7有关"似是而非的不可能性"的表述联系在了一起：见本章原注17。

② ［原注13］《诗术》1460b32：后者对 $\dot{\alpha}\mu\dot{\iota}\mu\eta\tau o\varsigma$［不像］的使用，见 Halliwell, 2002a: 304，以及本章原注44，Nünlist, 2009: 94–95。

③ ［原注14］参本章原注6和31；对比柏拉图和伊索克拉底回应克塞诺芬尼的批判，见第六章原注50。关于亚里士多德对大众宗教的态度，以及诸神在其肃剧理论中的地位，见 Halliwell, 1998a: 230–233。注意 Antisthenes fr. 58 Decleva Caizzi（=SSR

步，也并不意味着允许诗人（同理，或者批评家）自由地拥有任意专断的观点。这里需要说明亚里士多德的一对平衡相抵（counter-balancing）的假设。第一个假设是，即使大众的宗教信仰也需要有一个存在的理由（raison d'être）；而至少在某种程度上，该理由在解释和道德的角度上要与可理解的现实概念相一致。阐明这一点的一个例子是《修辞术》（*Rhetoric*）中的一句话：对他人得到其不应得的东西感到愤怒，这在伦理上是正当的，所以"我们也把它归于诸神"①——该表述中的第一人称复数并不意味着亚里士多德本人也认可这种看法，而意味着，关于这些看法在心理和文化上如何运作，以及它们如何因此被用来诗意地和生动地描述世界，亚里士多德有他自己的观点。

不论如何，第二个假设在《诗术》自身的语境中完善并调和了第一个假设。［该假设］是这样一条原则：诗人使用的一切事物（包括传统的宗教信仰）都必须避免或减少"不合理性"（τὸ ἄλογον）。当亚里士多德许可在肃剧（或史诗）叙事中诉诸直接的神灵干预时，他显得并不情愿，并警告这种事情应限于"戏剧之外"的事务，即正如他反复坚持的那样，在情节的主要戏剧框架之外，这种事情应该满足可能性或表面的合理性（probability/plausibility）以及必然性（necessity）的标准。②"人们所说的和所想的事情"是一个自由的参照点，它为诗歌摹仿宇宙万物敞开了行动和体验的可能性。但这句话并没有为诗人提供任何豁免，诗人们仍需将其作品维持在一个人类可以一致理解的水平上。如果亚里士多德急于脱离［216］道德主义或理性主义那僵化的批评桎梏，他就不会希望摹仿与《诗术》第九章所说的功能相分离，即"可能会发生的事情，即依可能如此或

VA 194）的观点，荷马将真理与doxa［信念］混为一谈；参Richardson, 1975: 78。类似于芝诺（Zeno of Citium），apud Dio Chrys. 53.4（=*SVF* i. 274）。

①　［原注15］《修辞学》1386b15–16。参《诗术》1454b5–6（"我们把看见万物的能力归于诸神"），因为第一人称复数的用法也与之类似。

②　［原注16］关于神力干预变得无关紧要的问题，见《诗术》1454a37–b6。

必然如此有可能发生的事情"。^① 在这一方面，后来的某些希腊理论家可能有意识地试图跨越《诗术》第二十五章的规范。^②

在亚里士多德对诗歌语言和摹仿的描述范围的看法背后，笔者确认，他在考虑因素上的平衡可以延伸到他所说的这句话（见上文原页211）："诗歌的正确性标准不同于政治的或任何其他技艺知识的正确性标准。"亚里士多德说诗歌价值的标准是"不同的"，他的意思并非说诗歌脱离了或可以简单地凌驾于政治或伦理（甚至包括医学、生物学或其他具体的行为和思想领域）等标准之上。^③ 与人们通常所说的不同，亚里士多德在这里的立场并不等同于对诗歌自主权的声明——本章后面会将他的论证线索串联起来，那时我们就可以清楚地看到这一点。在阐述完诗歌问题解决方案的类型学

---

① ［原注17］ *οἷα ἂν γένοιτο καὶ τὰ δυνατὰ κατὰτοεἰκὸς ἢ τὸ ἀναγκαῖον*（《诗术》1451a37）。这一原则比"似是而非的不可能性"（1460a26–7）要重要得多。后者是种夸张；若照此理解，任何严格意义上的不可能性都不可能是真正的"似是而非"（想一想，用谜语表述明晰的事物是多么不可能：1458a27）。准许"不可能性"，乃是亚里士多德试图校准（calibrate）虚构世界逻辑时的一种紧张的迹象；"释义"（paraphrase）通常可以缓和这种困境，Wood, 2009: 179–180。《诗术》1460b23–9（军事上的荒唐行为并非逻辑上或现实上的不可能，参本章原页229–230）表明，亚里士多德对于在多大程度上容许不可能性的问题感到不安。参本章原注12和21。

② ［原注18］一个更晚的诗学光谱从"真实"延伸到"无限的幻想"，见荷马《伊利亚特》14.342–351的古注 Σ^{bT}，与Halliwell, 2002a: 305–307；参第七章原注45。另一种三分法（"真的""假的""似真的"）源于米尔利亚的阿斯克勒庇亚德斯（Asclepiades of Myrlea）*ap.* Sext. Emp. *Math.* 1.252–253，以及一个相关的三分法（历史［*ἱστορία*］、神话［*μῦθος*］、现实的"虚构"［*πλάσματα*］）如前所述同上原页263–264；关于这些段落之间的关系，以及一些使用类似于术语的晚期材料等诸多观点，见Meijering, 1987: 76–87, Rispoli, 1988: 21–27, 170–204, Nesselrath, 1990: 151–155, Blank, 1998: 266–270, 277–278；参Walbank, 1985: 233–236。

③ ［原注19］Nightingale, 2006: 40（"文学……脱离于……伦理学与政治学"）之类的看法将亚里士多德的表述转化得完全界限分明，尽管她使用了含混的语言（"没有……假设一个'纯粹'的美学领域"）。参亚里士多德《大伦理学》1190a30–2，使用绘画来区分摹仿式描绘的"内在"标准以及超越绘画的伦理价值，这和别的［艺术形式］一样，仍是一个研究主题。

（typology）之后，亚里士多德总结了他的观点：

> 而在非理性（即破坏了叙述性或戏剧性的意识或连贯性）
> 和堕落（即［217］人类邪恶的表现）不必要且无意义的时候，
> 批判它们就是正确的。①

这句话中的形容词"正确"（correct）与上文译作"正确性"
（correctness）的名词相对应。换言之，亚里士多德在这一部分的结
尾承认（事实上，他在这一章前面的部分就已经承认过②），理性和
善的"外部"标准确实支持了诗歌的摹仿，但他的方式是将它们调
整为"内在"的优先事项，而亚里士多德认为，这些优先事项定义
了诗歌本身的目的。

就此而言，《诗术》第二十五章还有一段话值得我们密切关注。
在那里，关于如何将伦理考量纳入对诗歌的评判，亚里士多德给出
了最明确的声明。他说：

> 对于某个人的行为或言辞是好还是不好，我们不能只注意
> 其实际言行的好或坏，还要注意此人是谁，其言行针对谁，发
> 生于何时，以何种方式，出于何种目的，比如是为了达到更大
> 的好，还是为了避免更大的恶。（《诗术》1461a4-9）③

---

① ［原注20］ὀρθὴ δὲ ἐπιτίμησις καὶ ἀλογία καὶ μοχθηρία, ὅταν μὴ ἀνάγκης οὔσης
μηθὲν χρήσηται τῷ ἀλόγῳ...：《诗术》1461b19-20。

② ［原注21］见《诗术》1460b23-9（以及本章原注17）："不可能性"（严格
地说，是一种"非理性"的极端形式，τὸ ἄλογον）以及其他与外在正确性标准相抵触
之事，如果没有从内在得到证明，那么就是诗学上的缺陷，原则上应要避免。

③ ［原注22］περὶ τῶν ὅπλων, "ἔγχεα δέ σφιν ὀρθ᾽ ἐπὶ σαυρωτῆρος:" οὕτω γὰρ τότ᾽
ἐνόμιζον, ὥσπερ καὶ νῦν Ἰλλυριοί. περὶ δὲ τοῦ καλῶς ἢ μὴ καλῶς εἰ εἴρηταί τινι ἢ πέπρακται, οὐ
μόνον σκεπτέον εἰς αὐτὸ τὸ πεπραγμένον ἢ εἰρημένον βλέποντα εἰ σπουδαῖον ἢ φαῦλον, ἀλλὰ καὶ εἰς
τὸν πράττοντα ἢ λέγοντα πρὸς ὃν ἢ ὅτε ἢ ὅτῳ ἢ οὗ ἕνεκεν, οἷον εἰ μείζονος ἀγαθοῦ, ἵνα γένηται, ἢ
μείζονος κακοῦ, ἵνα ἀπογένηται：《诗术》1461a4-9。

这段声明构成了语境敏感论（sensitive contextualism）的基础。显然，亚里士多德至少是在说，如果不充分考虑所有与环境和言行有关的方面，就不能判断诗歌中描述的行为或使用的言辞。可这是否相当于一种"审美"或伦理语境论的形式？①

显然，对亚里士多德而言，伦理评判必须始终考虑到施动者的身份、环境和[218]行动目的等等，我们发现他在其伦理学论著中明确地引用了这些变量。例如，《尼各马可伦理学》（*Nicomachean Ethics*）卷三中，当亚里士多德详细说明可以使一个行为"不自觉"发生（因此有时值得同情：这一点本身就与《诗术》密切相关）的因素时，他列举了一个人可能一无所知的全部对象："他是谁、他正在做什么、他正在对什么或对谁采取行动、他正在用什么工具以及出于何种目的。"（《尼各马可伦理学》1111a3–5）尽管在这段话中，亚里士多德谈到的是一个施动者本身的认知或无知，但这里所用的一系列术语与《诗术》第二十五章中的术语极为相似，这表明：可以说，在《诗术》第二十五章中，亚里士多德思考时使用了他从一般性伦理哲学中继承下来的推理范型。②

而在与之相似的《诗术》段落中，亚里士多德不可能简单地强调那些在对语境敏感的严格伦理判断中需要考虑的变量。如果真的如此，那么亚里士多德的陈述就偏离了重点，因为《诗术》第二十五章的目的是阐述一组解释学原则——这些原则与诗歌的适当功能正确地结合在一起，它们可以用来保护诗歌免于各种不当的批评并排除其中的错误。如果实际上亚里士多德仅仅说，"在对诗歌中

---

① ［原注23］这个问题已经提出，但是Dupont-Roc & Lallot, 1980: 393–394认为该问题无法回答；许多其他评注者没有意识到应当提出这个问题。Rostagni, 1945: 160（参页155–156）正确地否认亚里士多德的原则是"纯粹的美学"，但误导性地暗示他实际上是从伦理评判中推导（deriving）出了美学。更微妙的是Schmitt, 2008: 715。笔者斗胆质疑Lanza, 1987: 213注释8，《诗术》1461a4–9不能简单地等同于第15章中特征一致性的诸条件。

② ［原注24］相同的模式也适用于道德评判的其他要点，如《尼各马可伦理学》1104b22–23（对快乐和痛苦的反应）、1106b21–22（适当地感受情绪）。

的行为或言辞做出伦理评判之前，要确保你考虑过与判断相关的所有因素"，那么他的原则就会是多余的，因为该原则将明显适用于所有的和每一个伦理判断。①更重要的是，该原则根本无法支持亚里士多德的那个更宏大的论点，即诗歌的标准"有别于"伦理或政治的标准。

因此笔者以为，我们不得不把《诗术》1461a4–9看作是表述了一种艺术或审美语境论原则——亚里士多德在那里指的是，判断对一个行动或言辞的描述是否契合它在诗歌经济体系（economy）中的特定位置。就此而言，我们应该认识到副词 καλῶς（"某人是否说得或做得好"）与诗歌自身的"正确性标准"相关。②不过，亚里士多德选择的表述方式仍不可避免地［219］具有伦理上的共鸣和影响。亚里士多德认为（也许在他的视野中有某些柏拉图式的论点），必须将个人的行动或言辞作为组成整首诗歌的行动和特征的因素来加以评判；他提出的观点强调了《诗术》第二十五章那个更宏大的论点，即诗歌（或任何其他艺术形式）有其自身的价值标准。而亚里士多德也指出，这些不是自成一体的价值，而是必然存在的价值——鉴于对"行动和生活"的摹仿描写（《诗术》1450a16–17），③它们与伦理上的生命价值之间存在着辩证关系。因此，对诗歌中的行动和言辞进行语境上的敏锐评判，看起来很像，且确实是对生活进行语境化伦理评判的一种修正形式；关键的区别在于，这样的敏锐评判不会忽视行动和言辞所在的特定诗歌背景（特定作品的叙事或戏剧设计）。诗歌的语境论具有伦理语境论所缺乏的双重参照框架。④

① ［原注25］这让 Golden & Hardison, 1968: 276 对内容的理解不再可靠。

② ［原注26］Lucas, 1968: 240, ad. 1461a4 只有这一解释的半截。

③ ［原注27］比起 Kassel, 1965: 11 采纳的抄本 B 的 πράξεως καὶ βίου；笔者更倾向于读作抄本 A 的 πράξεων καὶ βίου。

④ ［原注28］参 Halliwell, 2002: 171–176 对亚里士多德的"双面"摹仿理论更全面的描述。Alter, 1984: 3–21 等现代批评家的看法保留了"摹仿"的概念，以此平衡（后）结构主义文学概念中的"循环诗学"（closed-circuit poesis，页11）。

因此，亚里士多德在《诗术》第二十五章中的立场基于一个观点之上，即诗术和伦理之间的关系存在某种微妙性。他含蓄地拒绝了两种可能被看作是对立的批判性原教旨主义（fundamentalisms）的观点，两者从古风时期开始就已存在于希腊人的思想中，而且在此后的批评史（以及更广泛的美学史）上都是持久的选项：一个是坚持真实与伦理的排他性标准，另一个则是主张诗歌的纯粹自主性。但由此产生的亚里士多德立场究竟是一种明智的平衡的典范，还是一种妥协，仅仅旨在解决希腊文化中关于诗歌价值的棘手问题？亚里士多德是真的解决了最重要的批评"问题"，还是仅仅设计了一种悬置该问题的方式？

这些问题把我们引向一个更大的任务，即弄清亚里士多德如何理解诗歌体验的心理条件。这项任务需要我们巧妙地处理相对有限的证据。在16世纪的意大利，《诗术》被奉为正典，从而使这部论著背负了一段历史——先是作为新古典主义的福音书，后来又成为浪漫主义和后浪漫主义［220］破坏圣像运动（iconoclasm）的对象①——对《诗术》的过分熟悉使得现在很难有人再不自觉地（unselfconsciously）成为亚里士多德主义者；但是，它同样在文学理论和文学批评的许多领域留下了挥之不去的痕迹，尽管往往体现在潜意识层面。如果我们想理解《诗术》中的理论公理，但又不屈服于崇拜偶像或破坏偶像的诱惑，那么，最好的办法是承认该论著中的许多观念和论点其实只是一些暗示和提示，而非详尽的论述。一般来说，亚里士多德的论著是他在思考过程中所作的记录：筛选材料、进行区分、积累一套可行的术语、确定关键问题、发现在该主题上现有观点的优劣。可以肯定的是，一个具备诗歌"理论"的人可以表达《诗术》的观点，但《诗术》的观点并不是一个足以声称在任何地方都详尽或确定的理论。应当认为，无论是赞成还是反对，

---

① ［译按］破坏圣像运动，公元8到9世纪在拜占庭帝国中发生的破坏基督教圣像和圣物的运动，主要领导者为拜占庭帝国皇帝利奥三世（Leo III，在位于795—816年）。

所有对该论著的教条式解读都不可靠。

由于人们经常不公平地指责《诗术》为教条主义，所以我们最后应该再次回顾《诗术》第二十五章，从而说明一种典型的亚里士多德式"语调"，并以此为线索说明我们如何能厘清这部作品的一些基本假设。对于像指控诗歌中存在某些"不真实"的东西这样宽泛而有争议的问题，亚里士多德首先表明，或许可以通过参考关乎"情况应该是什么"的规范性标准来解决——"就像索福克勒斯说，他如其所'应是'地创造人物，而欧里庇得斯则如其所'是'地创造人物"（这是一段诱人的回声，它指向介入阿里斯托芬《蛙》中举行和演绎的那场辩论的索福克勒斯）。① 亚里士多德在这里似乎是在为诗歌的理想主义辩护，并反对现实主义标准的合理诉求。

然而在此之后，亚里士多德的一些听众可能会感到震惊，因为他轻描淡写地道出了令人惊讶的观点，即纵使是在指控诗歌中的神学谬误时，也有可能因提到"人们所说的话"而出现偏离：

> 也许［对诗人来说］这些事物既不理想也不真实，或许就像克塞诺芬尼所想的那样［即诗人们系统性地歪曲了诸神的本性］；不论如何，人们确实说了这些话（因此诗人们可以利用［221］它们）。②

克塞诺芬尼当然可以被归为一位批判性的原教旨主义者，他大概会认为这种方案根本不是解决方案，而只是使问题复杂化了。③ 而亚里士多德以一种特有的试探和谨慎的姿态（这段话反复地使用了 ἴσως［"也许"或"无疑"］），希望为他的选择保留余地。因此在

---

① ［原注29］《诗术》1460b32–34 = Soph. T53a *TrGF*。关于《蛙》中的相关问题，见本书第三章，重点在原页120–128。

② ［原注30］ἴσως γὰρ οὔτε βέλτιον οὕτω λέγειν οὔτε ἀληθῆ, ἀλλ' εἰ ἔτυχεν ὥσπερ Ξενοφάνει· ἀλλ' οὖν φασι：《诗术》1460b36–61a1。

③ ［原注31］见 Xenophanes B1.21–4，11–12，14–16 DK 以了解他对诗歌"神学"的态度；对此的讨论，见 Babut 1974，Cerri, 2007: 39–46。

这里重要的是，我们可以瞥见作为一名"批判性多元论者"（critical pluralist）的亚里士多德，甚至是作为一名批判性多元论理论家的亚里士多德。而正如笔者已经强调的，亚里士多德拒绝将真理或道德的束缚强加于（对）诗歌的判断上，这并不意味着他希望从他的参考材料（terms of reference）中消除那些标准，因为无论真实和道德有多么不完美，人类都是通过它们来为生活赋予意义和结构。

许多人强调《诗术》中的规范性表述方式（从第一句话开始，反复陈述了人们期待诗歌"应该"或"必然"怎样），却不考虑有些明显迹象表明它在实用方面非常灵活，这样做就是将这篇论著强行塞进了一个并不适合它的模具。尽管在某种意义上，亚里士多德可能相信诗歌比历史"更具普遍性"（μᾶλλον τὰ καϑόλου ... λέγει,《诗术》1451b6-7），但他仍然意识到：不论是在诗歌中还是在其他地方，评判原则都需要在特定情况下得到检验。因此，尽管亚里士多德说，人们在评判诗歌对英雄或诸神的处理时"也许"要诉诸规范或理想，但他同样也说，人们"也许"要在其言辞和想法中（在文化上的观念和形象结合体中）找到理由，而这并不代表他的理论不稳定和犹豫不决。相反，该理论传达了一种强烈的感觉，即一切都将取决于在诗歌庞大语境下的个别段落细节。即便如此，这一章本身也清楚地表明无论什么细节（词语的含义、人物和行动的描述、场景的描绘）都存在一个最终标准：实现诗歌自身的"意图"或"目的"，即telos［目的］（《诗术》1460b24）。为此，亚里士多德引导观众回到之前的内容。究竟什么才是《诗术》告诉我们的诗歌本身的目的？我们是否应该把《诗术》置于希腊诗歌价值观念的地图上，尤其是置于［222］由本书中"迷狂"与"真实"所界定的体验区域中？

正统观念认为，亚里士多德将诗歌的目的确定为愉悦。这个答案没有错，但并不充分。从亚里士多德本人以及我们的角度来看，这个答案需要得到进一步说明：什么样的愉悦才能实现诗歌的功能？[1]《诗

---

① ［原注32］亚里士多德关于肃剧/诗歌愉悦的观点，见Heath 2001, Halliwell, 1998a: 62–81, 2002a：177–206。

术》本身把这种规范（部分地）与体裁联系起来。为了遵循亚里士多德的论点，我们可以相应地缩小关注点；从这里开始，笔者将把大部分评论限制在《诗术》中最受关注的体裁即肃剧的telos［目的］上，而这种目的因而也隐含了肃剧的价值。在《诗术》第十三章末尾，亚里士多德批评了以某种"因果报应"（poetic justice）作为结局的肃剧（即"好人与坏人的结局相反"，《诗术》1453a32–33），理由是它们提供了一种更适合谐剧而非肃剧的愉悦。在下一章中，他将肃剧中恰当或正当的愉悦定义为"通过摹仿，从怜悯和恐惧中唤起的愉悦"（《诗术》1453b12）。① 在某种意义上，该定义似乎可以一劳永逸地解决问题。但仔细探究《诗术》的读者可能并不会全然相信这一点。

　　我们至少有两个迫切的理由想要了解更多。首先，在《诗术》第六章开篇，亚里士多德对肃剧的正式定义本身并没有明确指出该体裁的目的是愉悦，尽管它提到肃剧的诗化语言所提供的愉悦。② 相反，这一定义似乎将catharsis（如今，该词可以说是整个西方诗学史上最著名/声名狼藉和最令人费解的概念）指定为肃剧的目的。笔者将在后面重新回来探讨catharsis，（尤其是）思考该词与愉悦的关系。但还有第二个独立的理由，即我们希望更全面地解释亚里士多德在肃剧愉悦上的立场。"通过摹仿从怜悯和恐惧中唤起的愉悦"，这句话本身所暗示的东西比它所宣称的更多：这句话将［223］一种情感——该情感的意向对象是消极的事物（即人类的痛苦）——转化为愉悦的基础，并将这种转化与摹仿的运作方式联系起来。即使我们（笔者也以为我们必定会）假设，这句话的部分含义指的是，在艺术表现和艺术表达的过程中，将生活中常见的痛苦情感（怜悯和恐惧在《修辞术》中都被定义为心理上的"痛苦"）转化为愉悦的

----

① ［原注33］见原页250–253，本章原注97。

② ［原注34］《诗术》1449b25，ἡδυσμένῳ λόγῳ，字面意思是"话语/语言使人愉悦"，即高于日常言语的、有韵律的和（部分）抒情诗特征的话语，如《诗术》1449b28–31的解释。显然，亚里士多德把这视为肃剧诗基本的愉悦，但并不认为这种话语将其自身的关键属性定义为一种体裁。关于亚里士多德对诗歌语言更普遍的概念，参上文原页212–213。

（复杂）来源，但亚里士多德的话仍没有说明如何或为何会如此。这是否因为他拒绝给出一个解释，或他认为这是理所当然的事情？再或者——有人甚至大胆地如此认为——亚里士多德实际上根本无法给出一个解释？

如果尝试沿着亚里士多德关于肃剧情感与愉悦（emotional-cum-pleasurable）体验之假设的线索向前，那么，我们会发现《诗术》中已论述和未论述的内容之间的关系（该关系或许被视作理所当然），其实一直潜伏在我们的视野之中。首先，请回想《诗术》第六章中一段意味深长的内容：其中，亚里士多德论证了在肃剧中作为"行动的表现"的情节具有比人物（塑造）更重要的地位。除了已经给出的其他理由外，他还指出，肃剧用以引起强烈的激动情感（ψυχαγωγεῖ，字面意思是"牵引［出］灵魂"）的最重要手段是情节的因素，即"突转"（peripeteia）和"发现"（anagnôrisis，《诗术》1450a33–5）。此外，亚里士多德显然依赖于对"突转"和"发现"的戏剧性意义的预先理解，因为这两个术语在该论著中是第一次出现（直到《诗术》第十和十一章，他才将这两个词解释为他所谓的"复杂的"情节类型的构成因素）；而亚里士多德使用动词 ψυχαγωγεῖν［牵引灵魂］，则引人注目地强调了他对情节成分中的情感效力的主张。笔者之前将这个动词解释为激动的情感。我们知道，该词最初的意义是一种巫术中的"灵魂召唤"，就像《奥德赛》卷十一的插曲（虽然不是这个词本身）——奥德修斯在基尔克的指示下，通过仪式性的血祭和其他祭品，诱使冥界的鬼魂向他显现。

在询问亚里士多德所使用的这一术语到底揭示了什么之前，值得注意的是这里的一个例子，即《诗术》中有时可以发现微妙而不易察觉的推理架构。上面引自《诗术》第六章的段落，包含了亚里士多德后来在第十三章中的断言的隐含理由，该断言说，最好的肃剧情节结构应该是"复杂的"而非"单一的"或"简单的"，也即应该包含突转和发现。如果《诗术》第六章中所说的这些情节［224］的组成部分没有为肃剧提供最有力的情感影响，那么，第十三章中的那个前提在文本中就没有任何依据。因此，亚里士多德对复杂情节类型的主张

并非基于对复杂或多样的戏剧行为本身的喜爱，而是基于对如何以最
强烈、最集中的形式唤起怜悯和恐惧之情的看法。亚里士多德选择用
一个词来标示这种强烈的程度，该词到那时仍是一个源自通灵术的、
有说服力的隐喻。①

　　动词psuchagôgein［牵引灵魂］及其同源词，其最初的本义是
召唤或唤出亡者灵魂，而该词发展到古典时期就具有了一种比喻含
义，即诗歌和修辞强有力地搅动和控制观众的心智。耐人寻味的
是，埃斯库罗斯《波斯人》（*Persae*）中的内容似乎跨越了该词字面
和比喻的用法（《波斯人》687）：在其中，大流士（Darius）的鬼魂
描述了波斯长老歌队的哀悼："一种唤起灵魂的悲痛"（*ψυχαγωγοῖς …
γόοις*）和一种怜悯的方式（*οἰκτρῶς*，《波斯人》688）将他从坟墓中
召唤出来。②大流士所描述的情况模糊了仪式性通灵术与强烈的情感
之间的区别。波斯人的哀歌达到了召唤已故大王的鬼魂的目的，但
它同时也具有一种情感上的穿透力，并暗示有可能唤起活着的听者
的怜悯（这种暗示与观众对这一场景的体验相关）。③换言之，此处
存在一个转变，即psuchagôgein［牵引灵魂］原是从准物质（quasi-

---

　　① ［原注35］笔者找不到任何理由同意Lanata, 1963: 194，该研究把亚里士多
德*ψυχαγωγεῖν*［牵引灵魂］一词的用法看作晦涩的隐喻（"相当暗淡失色"［piuttosto
scolorita］）。关于古典文本中这颇具影响的隐喻，参Taylor, 1928: 510–511（评论柏拉
图《蒂迈欧》71a，此处的*ψυχαγωγεῖν*指梦境和幻想的力量超越了灵魂所欲望的部分）。

　　② ［译按］指大流士一世（Darius I，前550—前486年），又称大流士大帝，波
斯帝国的第三位皇帝；他在位期间重新统一了波斯帝国，在文治武功上都有辉煌的成
就，晚年发动希波战争，但在马拉松战役中被雅典击败。大流士一世病逝后，其子薛
西斯一世（Xerxes I，前519—前465年）再次率军远征希腊，但在萨拉米斯海战中，
波斯海军几乎全军覆没——雅典肃剧家埃斯库罗斯据此创作了《波斯人》。

　　③ ［原注36］见Broadhead, 1960: 305–309。参第三章原页125以及原注55，那
里将阿里斯托芬《蛙》行1028–1029狄奥尼索斯的愉悦解释为对《波斯人》中这一幕
的回应。笔者斗胆质疑O'Sullivan, 1992: 72，114–115，据《蛙》的判断，不必认为
psuchagôgia［牵引灵魂］相比"欧里庇得斯的风格"更具"埃斯库罗斯的风格"，考虑
到欧里庇得斯和怜悯之间强有力的联系，就尤为如此（参第三章原注60，亚里士多德
《诗术》1453a28–30）。

physically）层面召唤亡者灵魂的概念，此处则转变为一个在情感上牵引并让活人灵魂"出窍"的概念。

虽然我们无法详细地重构该术语在语义学上的长期发展，但无论如何，在前 4 世纪初时，牵引灵魂这个词显然可以用于指各种［225］交流上的着迷。[①]在这方面，我们面对的是一个古老希腊传统的延伸，这一传统将巫术、魔法及类似的实践转变为隐喻，用以指音乐、诗歌和修辞所具有的转变心灵的力量。[②]伊索克拉底说，诗歌通过纯粹的节奏和语言模式使其观众"灵魂出窍"（ψυχαγωγεῖν），这一点（甚至）独立于诗歌的含义之外——这似乎是一种咒语式的迷魂术。伊索克拉底还特别提到荷马和肃剧诗人，认为他们展示了如何用讲述行动和冲突的故事这种方式吸引大批观众，尽管他认为后者并没有以任何方式改善或教化观众。在这两段话中，伊索克拉底认为，这种牵引灵魂（psychagogic）的效果，其核心在于一种超越认知和道德评判的、令人入迷的（节奏、语言和图像的）催眠力量：观众不由自主地受这种言辞技巧所左右，这与通灵者强迫灵魂听命于他的方式相似。[③]在柏拉图的《斐德若》（*Phaedrus*）中，苏格拉底曾借一位想象中的修辞学

---

① ［原注 37］阿里斯托芬《鸟》行 1553–1564 中，苏格拉底作为一位伪术士（pseudu-necromancer）的玩笑，可能是运用了 psuchagôg- 这一术语的延伸意义：哲人是一种言辞上的术士，能够操纵他人的灵魂/思想；见 Dunbar, 1995: 711–712，并参第四章原页 199、原注 95 以及原页 206，柏拉图把苏格拉底比喻为蛊惑者或类似的形象。人们常常认为高尔吉亚运用了审美的 psuchagôgia 概念：如 Süss, 1910: 77–79、Pohlenz, 1965: ii. 454, 463 及 Chandler, 2006: 148。这一观点虽然说得通，但并没有直接的证据。

② ［原注 38］关于荷马的用词，着魔、着迷（θέλγειν, κηλησμός），见第二章原页 47–52 以及原注 17；关于"咒语"，见第四章原页 185–203；关于高尔吉亚那里的巫术、咒语和药物（γοητεία, θέλγειν, ἐπῳδαί），见第六章原页 267 和 274。

③ ［原注 39］Isoc. 2.48–49, 9.10–11：参第六章原页 291–295。参柏拉图《米诺斯》321a 将肃剧描述为"最迷惑人的"（ψυχαγωγικώτατον）体裁，以及 Timocles fr.6.6（本章原注 79 和 92，以及第一章原页 8–9）关于肃剧观众"被他人的痛苦迷惑住的"（πρὸς ἀλλοτρίῳ τε ψυχαγωγηθεὶς πάθει）。参柏拉图《伊翁》536a 在苏格拉底描述灵感的磁力之链的谈话中，有一处语义上相似的短语 ἕλκειτὴνψυχήν（拉扯灵魂）。

批评家之口，提出一种看似可疑（sceptical）的说法，即修辞术是一种"凭言说引导灵魂"（ψυχαγωγία τιςδιαλόγων，《斐德若》261a）的技艺。而后来他又引用了同样的观点（"既然语言/理性［logos］的力量是对灵魂的牵引"）来支持如下论点，即真正的哲学修辞必须包括对"灵魂"或"心灵"（psuchê）的可接受的种种理解。①

这些段落给人留下了模棱两可的印象，即 psuchagôgein［牵引灵魂］有时是一个危险的、非理性的操纵者；［226］但在理想情况下，它又可以借由关于心智活动的真正知识，成为哲学的一个分支。最后，色诺芬在《回忆苏格拉底》（Memorabilia）的一段内容中提到，苏格拉底描述了雕刻家克雷通（Cleiton）创作"逼真"或"栩栩如生"（τὸζωτικὸν φαίνεσθαι）的作品的能力，并认为这是克雷通的雕塑最能打动观众和使观众灵魂出窍（ψυχαγωγεῖν）的特点——这表明牵引灵魂的特质在视觉（visually）和言辞上都可以具有引诱心灵的效果。②

正如我们所见，亚里士多德在《诗术》中将"复杂"情节的组成部分描述为肃剧中最能牵引灵魂的手段。在《诗术》第六章结尾，他还用同源形容词 ψυχαγωγικόν［牵引灵魂的］来描述肃剧舞台上的视觉呈现（opsis）所可能产生的影响。在提出最后一点时，亚里士多德将肃剧表演在这一方面的编排与诗人本身的艺术区分开来。此处，我们不应重新考虑亚里士多德与戏剧表演及其视觉性的关系这个出了名的难题。③就笔者目前的论点而言，重要的是亚里士多德

① ［原注40］《斐德若》271c-d；见 Asmis, 1986 的全面探讨。关于修辞的精神引导力，参 Aeschin. 2.4, Lycurg. 1.33。关于 psuchagôgia［对灵魂的牵引］诱导人们反对自己更好的判断，这在现实生活中的语境得到应用，见 Dem. 44.63,［Dem.］59.55。

② ［原注41］色诺芬《回忆苏格拉底》3.10.6：关于这段话的语境，见 Halliwell, 2002a: 122-124。对 ψυχαγωγία［对灵魂的牵引］一词在前古典时期的使用，见第六章原页324以及原注155。

③ ［原注42］关于这个问题的比较视角，以及尝试纠正针对亚里士多德见解中这一方面的狭隘判断，见 Halliwell, 2003b；Scott, 1999 对亚里士多德理论表现的重要性提出了不同的看法。Dupont, 2007: 25-77 张扬地抨击了亚里士多德，说他是在有意反戏剧。Porter, 2008: 287-302 夸大其辞地称亚里士多德"敌视……艺术和诗歌的感官层面"，包括他所谓的"压抑"舞台的欲望（页300）。

并不否认戏剧在视觉层面的情感效果：他在《诗术》第十四章的开篇就指出，怜悯和恐惧可以通过 opsis［视觉呈现］产生（《诗术》1453b1-2）。在《诗术》最后一章中，亚里士多德（通过暗示）强调了（设计得当的）视觉呈现的力量（《诗术》1462a15-18）。他事实上使用了作为戏剧资源的视觉的概念，来衬托他自己的理论原则，即最直接的肃剧情感体验可以且应该由"行动"本身产生，也就是由戏剧性的事件结构产生。

《诗术》1450a33-5 评论说，peripeteia［突转］和 anagnôrisis［发现］是肃剧中最能牵引灵魂的因素；这段话的最引人注目之处在于，它既回应了对该体裁的情感力量的既定文化认知，即"怜悯与恐惧"［227］唤起灵魂的激荡，同时也预示了，在亚里士多德本人关于完美（ideal）复杂情节的理论中存在一个尚未得到解释的内核。① 该理论要求肃剧表现出一种矛盾的因果关系（"当种种事情的发生与预期相反，但又是因为彼此而发生时"，ὅταν γένηται παρὰ τὴν δόξαν δι' ἄλληλα，《诗术》1452a4），其中，人类面对人生无常的痛苦与命运的多变而展现出的脆弱性，将在"突转"和"发现"的决定性时刻达到高潮。亚里士多德完全认同无法抗拒的强烈情感是肃剧体验的中心，但他也为这种体验提供了一个解释和证明的框架，即观众能认识到最好的肃剧情节中因果关系的基本结构。因此，《诗术》中的肃剧概念将"使心灵沉浸在牵引灵魂的情感中"这一行为合法化，其依据是将该行为固定在理解一种不可避免的联系之上——这种联系会导致人类暴露在极端的痛苦中。

在这个等式中，为了更清楚地看到是什么导致了情感上的"迷狂"一面，② 我们需要用某种曲折（oblique）的方式来追踪亚里士多

---

① ［原注43］关于高尔吉亚和柏拉图，见本章原注122。关于阿里斯托芬的《蛙》中怜悯与恐惧的明显分离，见第三章原注60。Wigodsky, 1995: 67 把亚里士多德《诗术》1450a33 的ψυχαγωγεῖν［牵引灵魂］与肃剧的情感分开，这显然有误。

② ［原注44］亚里士多德自己可能不会用"迷狂"这个词来表达强烈的肃剧情感，他倾向于将其保留在强烈的、不稳定的情感当中（如《优台谟伦理学》1229a25-26，《论动物的部分》650b34-651a3，《诗术》1455a34，尽管对最后一处的解释是个争

德未展现的论点。我们需要考虑一下这部论著思想运作的以下六个步骤，以及它们与有时受到遮掩的假设之间的联系。

- 《诗术》第四章将希腊诗歌的"严肃"（即非谐剧的）传统追溯至一个假想的起源，即口头的、即兴的表演（包括早期阶段的"赞诗与颂歌"），①其主题是贵族人物的"高尚行为"（καλάς ... πράξεις，《诗术》1448b25）；荷马史诗从该传统中演变而来，并在这一过程中（尽管亚里士多德并不打算阐明这一点）预示了肃剧的"形式"（《诗术》1448b34–1449a6）。

- ［228］《诗术》第六章（1449b24–28）给出了肃剧的定义。虽然亚里士多德说，此处集中考虑了之前已说过的考虑因素，但"怜悯和恐惧"的情感（以及catharsis的概念）此前并未提到。②正如我们已经看到的，亚里士多德在第六章的后面强调了"突转"和"发现"的情节构成。但直到第十和十一章，他才阐明了这些构成部分的作用。

- 《诗术》第七章规定了肃剧情节的合适规模或长度的原则，并且首次在没有解释的情况下提到了"从繁荣到不幸或由不幸到繁荣"的行动顺序概念（《诗术》1451a13–14），亚里士多德此后反复引用了这一公式。

- 《诗术》第九章赞同这样一种观点，即怜悯和恐惧最好是由"与预期相反但又是因为彼此而发生"的事情引起（见上文），并补充说，产生"惊讶""惊愕"或"惊惧"影响的事情至少看起来应有因果关系（而不仅仅是偶然的）。这是首次提到 τὸ θαυμαστόν［惊愕的／非同寻常的］这个概念（《诗术》1452a4–6），在《诗

论不休的问题：见Lucas, 1968: 177–179）；参《修辞学》1408b36，据说史诗中长短短格（dactylic）的韵律对思想产生了鼓舞的影响，以及Cope, 1877: iii. 87。但亚里士多德确实使用了与ekplêxis［惊恐］密切相关的词汇来表达肃剧的情感特征：见本文接下来的论述。

① ［原注45］参第一章原注8。

② ［原注46］关于将catharsis的分句视为篡插的情况，见本章附录。

术》第十八章一处有文字脱落的段落中，亚里士多德通过与悲剧
相联系再次提到了这一问题（《诗术》1456a20），并在《诗术》第
二十四章将其描述成史诗可以通过（隐蔽的）非理性所产生的一
种效果（《诗术》1460a12–18）。

•《诗术》第十章从如何处理人物生命中主要的"转换"
或"转变"（［译按］通译"命运的转折"）的角度区分了"简
单"情节和"复杂"情节；亚里士多德在这里使用了名词
metabasis［转过］（《诗术》1452a16–18），他在《诗术》第十八
章中以同样的方式再次使用了这个名词及其同源动词（《诗术》
1455b27–29）。①

•［229］《诗术》第十四章称在无知的情况下做了可怕的事情
之后的 anagnôrisis［发现］在情感上"令人震惊"或"扣人心弦"
（ἐκπληκτικόν，《诗术》1454a4），该词指的是怜悯和恐惧的强烈涌现
和高度集中。亚里士多德在《诗术》第十六章中使用了相应的名
词 ekplêxis［惊恐］来解释他认为最佳类型的发现所具有的内在效
果，这一类型以某种必然的逻辑从戏剧行为的因果顺序中产生。

为了辨别这些不同步骤背后的思维模式，让我们从最后一个步
骤中的 ekplêxis［惊恐］这一概念回溯。在《诗术》第二十五章中，
亚里士多德阐述他处理诗歌所谓的"缺陷"的一般方法时说，如果

---

① ［原注47］在接下来的一章中（《诗术》1452a23–31），且（从该意义上
讲）仅仅在该处，亚里士多德使用了名词 μεταβολή［变换］来表示 peripeteia［突转］
和 anagnôrisis［发现］所涉及的特殊类型的"变化"。在其他地方，他所使用的动词
μεταβάλλειν［转变］相当于第10章的 μετάβασις［替转］，即他让每一部肃剧都包含了
时运（fortune）的"转变"（transition）或"变形"（transformation，无论简单还是
复杂）：见《诗术》1451a14（以及笔者的文本）、1452b34、1453a9 及 13–14（最后
三个都在对复杂情节的讨论中，但本身并不涉及复杂的要素）。由于亚里士多德没
有对 μεταβολή 和 μετάβασις（参1449a14, 37，两处都指体裁的历史性发展），也没有对
μεταβάλλειν［转变］和 μεταβαίνειν［替转］进行语义的区分，所以，他在《诗术》中的
用法表明，他认为 peripeteia［突转］和/或 anagnôrisis［发现］是时运总体上的易变
性带来的强烈冲击。

诗歌"实现了它自己的目的",即"如果它以这种方式使诗歌的一部分或其他部分在情感上更加扣人心弦(ἐκπληκτικώτερον)"(《诗术》1460b23-26),那么即使诗歌违反了外部的理性标准(比如情节上的"不可能的"),它也具有诗性上(poetically)的合理性。在这里,"惊恐"似乎代表了诗歌体验(至少是肃剧和史诗体验)中心理效果的高潮,而在《诗术》第十四章和第十六章中,惊恐尤其与被复杂情节所围绕的发现的紧张时刻联系在一起。在《论题篇》(*Topics*)中,亚里士多德将ekplêxis定义为一种极端的"惊讶"或"惊愕"(θαυμασιότης)。①这增强了上述《诗术》段落中隐含的逻辑。

在下述主题之间存在一张连结的网:怜悯和恐惧(如《诗术》第十三章所述,从根本上说,这使观众可以富有想象力地同情那些遭受其不应遭受的痛苦的人物)、"牵引灵魂"的着迷的观念(一种受作品吸引和蛊惑的情感)、"惊讶"或"惊愕"的效果(τὸ θαυμαστόν,一种在认知上令人惊讶或矛盾的印象,就像在哲学中一样,它迫使观察者渴望更进一步或更深的理解)、②[230]复杂情节的讽刺性(这些表现人类施动性的台词混淆了施动者的意图)以及ekplêxis[惊恐]引起的钻心刺骨的心理"战栗"(这暗示了一种尖锐的情感冲击)。③上述主题以这样的方式并举,显示出亚里士多德如何

---

① [原注48]对于亚里士多德《论题篇》126b14-31,Belfiore, 1992: 220-222有详细的讨论。

② [原注49]惊奇是哲学的起源,且仍然是哲学之基(《形而上学》982b12-17)。其中包含一种"一无所知"的感觉,并且因此(《修辞学》1a31-34)包含了去知晓/理解的自然的欲望。例如《论动物的部分》645a16-17,"在一切自然的现象中,都有一种令人惊奇的元素",这句话之前的一段文字把沉思自然与沉思艺术形象相比较,但前者要高于后者。在哲学和诗歌中(参《形而上学》982b18-19,亚里士多德对神话的比较),"惊奇"是针对引人注意之物的求知欲,并且它要求对其进行进一步的理解。

③ [原注50]关于"战栗"(shuddering),参《诗术》1453b5的动词 φρίττειν [哆嗦],并对比高尔吉亚《海伦颂》9,以及第六章原页274。(参Kermode, 2010关于T. S. Eliot批评语汇中对等的术语。)ekplêxis[惊恐]可以包含各种情感(例如,柏拉图《会饮》192b,《理想国》390c中的情欲;《理想国》576d、577a、591d中的钦佩,参619a;柏拉图《斐德若》259b中歌曲的愉悦),但不应将"震撼"等同于这样的意

极力将强烈高涨的情感纳入其肃剧（和史诗）理论的核心。在柏拉图的苏格拉底看来，屈服于这种情感体验可能会颠覆哲学的理性并毁掉精神的健康，而亚里士多德则认为这完全符合他本人的哲学价值观。

为什么会这样？答案的一个重要部分在于，亚里士多德在《诗术》中含蓄地采取了某种类似于情感真实性的评判标准。关于这一点，我们可以看一下《诗术》第十四章中否定的那些虚假的肃剧效果——"演出的戏剧突转效果（coups de théâtre）"，亚里士多德认为，那些负责设计肃剧视觉效果的人有时就是为了实现这种效果。亚里士多德将这种效果置于"耸人听闻（哗众取宠）的"或"凶兆的"（τò τερατῶδες，《诗术》1453b9）标题下，将它们与恰当地定义了该体裁的情感领域的"怜悯和恐惧"进行对比。亚里士多德在其他地方使用τερατώδης［预兆的］及其同源词，主要是指不自然的奇特现象和超出有序自然规律之外的惊人情况——尽管除了亚里士多德本人，其他人可能将这些归类为宗教上的"凶兆"。①

外，笔者斗胆质疑Lowe, 2000a: 12, 155：意外有时是但并不总是一个实际要素；见柏拉图《伊翁》535b，"意外"的前提是观众对作品/故事的前见。《诗术》中，ekplêxis和怜悯与恐惧在同等程度上共存（注意1455a17对应于1452a8-1452b1）；依然是柏拉图《伊翁》535b，其中隐含了恐惧，而且直言了怜悯。关于恐惧，参亚里士多德《修辞学》1385b33，此外，高尔吉亚《海伦颂》第9节和第三章原注60探讨了恐惧与肃剧的联系。关于ekplêxis改变以适应不同诗歌体验的评判模式，见本书第七章原页332-335对朗吉努斯和其他人的探讨。

①［原注51］关于"凶兆"作为可怕的畸形怪物，尤见亚里士多德《论动物的繁育》769b10-770b27。在诗学/神话学领域，Isoc. 12.1提到（散文的）叙事"充满了耸人听闻和谎言/虚构"（τερατείας καὶ φευδολογίας μεστούς）；参第六章原注76。Strabo 1.2.3提到假想的"神话般的耸人听闻"（τερατολογίας μυθικῆς）是荷马史诗中超越可知世界的那部分内容的特征；这间接提及了埃拉托色尼（Eratosthenes）的观点，他认为是荷马树立了这类效果（1.2.19）。Strabo 1.2.7不承认荷马"让一切都变得耸人听闻"，1.2.9不接受荷马完全忽视了现实或制造了"空洞的耸人听闻"（κενὴν τερατολογίαν），这表明他自己的廊下派诗学对此概念并不完全满意。关键之处在1.2.8出现，在那里，斯特拉波（Strabo）承认τòτερατῶδες［凶兆］（包括令人胆战心惊的准肃剧式神话）作为一种诗学手段的价值，它引导儿童和缺乏教养的成年人去学习他们所缺乏的、可直接从哲学中习得的理性之物。

[231]我们想知道，亚里士多德到底会把哪种肃剧演出项目归入这一类别。很明显，他认为那些肃剧演出是"骇人的"或"令人恐惧的事物"（$\tau\grave{o}$ $\varphi o\beta\varepsilon\varrho\acute{o}\nu$，《诗术》1453b8-9）的不真实的替代物，而且其中可能包括展现怪异和恐怖情景的大木偶剧场（grand guignol）。亚里士多德未必会将埃斯库罗斯《欧墨尼得斯》（*Eumenides*）中的复仇女神们（Furies）归入此类，也未必真的想到了埃斯库罗斯的戏剧。而巧合的是，阿里斯托芬的《蛙》表明：人们有可能将"凶兆"与埃斯库罗斯的戏剧性以及一些人眼中的夸张效果（包括个别人物长时间的戏剧性沉默）联系起来。[1]我们无法确定，这里是否也正面地使用专门术语 $\tau\acute{\varepsilon}\varrho\alpha\varsigma$［征兆］来描述难以承受的肃剧时刻；并不是每个用这种语言谈论埃斯库罗斯的人都会这样轻蔑。[2]在《诗术》第十四章开篇，亚里士多德对比了 opsis［视觉呈现］和情节可能产生的影响，无论如何，这样的对比也适用于索福克勒斯《俄狄浦斯王》（*Oedipus Tyrannus*）中自残双目的俄狄浦斯。《诗术》1453b6-7（可能）提到了索福克勒斯戏剧，这也许表明亚里士多德想到了这个例子。可以肯定的是，在那里，亚里士多德可能会反对用一个过于血腥的面具来承载情感力量的主要分量，因为视觉冲击本身优先于整个情节结构赋予俄狄浦斯行动的重要性。

[232]无论我们如何推测这一点，对亚里士多德诗歌原则的基

---

①　［原注52］见阿里斯托芬《蛙》行833-834，此处指埃斯库罗斯式沉默的假正经；但在某种程度上可以说是回应了《蛙》行1342，在那里，埃斯库罗斯在滑稽地摹仿欧庇得斯式女主角神经质式的自怜诗时，讽刺地使用了名词 $\tau\acute{\varepsilon}\varrho\alpha\varsigma$［预兆］（标明了肃剧基调与枯燥语境之间的距离）。参阿里斯托芬《云》行364的术语 $\tau\acute{\varepsilon}\varrho\alpha\varsigma$，（据说）该词与令人畏惧的神显有关。其他谐剧中表现出贬损的例子有阿里斯托芬《骑士》行627（克勒翁［Cleon］雷鸣般的修辞）、《云》行318（苏格拉底聪颖的花招）和《吕西斯特拉忒》行762（夸张作势的谎言）。

②　［原注53］*Vita Aesch.*（Page, 1972: 332）中提到，埃斯库罗斯使用舞台风格和剧情是"为了达到令人惊叹的恐惧效果，而非［构造］幻象"（$\pi\varrho\grave{o}\varsigma\check{\varepsilon}\varkappa\pi\lambda\eta\xi\iota\nu$ $\tau\varepsilon\pi\alpha\tau\acute{\omega}\delta\eta$ $\mu\tilde{a}\lambda\lambda o\nu$ $\check{\eta}$ $\pi\varrho\grave{o}\varsigma$ $\grave{a}\pi\acute{a}\tau\eta\nu$）。这一来源不明的评判，可能将埃斯库罗斯与"恐惧"而非"怜悯"联系在一起（参第三章原注60）；见Taplin, 1977: 44-47的劝告，其中包括否认亚里士多德《诗术》第十四章提及了埃斯库罗斯。

础来说最重要的是，不同于怜悯和恐惧（他在《修辞术》卷二讨论了它们在生活中的一般功能），τὸ τερατῶδες［凶兆的或耸人听闻的］在他的情感心理学中并没有合法的地位。亚里士多德指出"耸人听闻"（sensational）在肃剧中没有合法作用，这并非暗指它可以适用于其他体裁的诗歌。亚里士多德似乎承认耸人听闻之效可能会引起（某些）肃剧观众的愉悦，这种愉悦大概是一种兴奋的战栗（frisson）——针对成功从视觉上投射出的恐怖或震惊。从亚里士多德的观点来看，除了作为生理习性中不重要的考虑因素外，耸人听闻的怪事仅仅是一种反常现象。因此，它们对理解人类世界中的行为模式和受苦模式毫无帮助。

此外，虽然《诗术》在肃剧和史诗中都为"惊讶"或"惊愕"的效果找到了位置，但我们已经注意到，亚里士多德要求这些效果符合隐含的因果关系和一致性的感觉（"与预期相反但又是因为彼此而发生的事情"）。这一要求也排除了"耸人听闻"，因为（在亚里士多德看来）它永远不会促使人们进一步和深入地思考事情的意义。适用于肃剧的怜悯和恐惧并非任意通用的标记，它们的适当性意味着"对行为和生活的呈现"中存在某种真实性（μίμησις ... πράξεως καὶ βίου，《诗术》1450a16–17：见下文）。亚里士多德认为上述这些情感在心理层面上相互关联，即某些事情——那些事情至少涉及迫在眉睫的巨大痛苦，并给相关人的生活带来重大转变——彰显了关于人类存在的条件和可能性的重要内容。相比之下，耸人听闻的事情只能提供令人惊愕的恐惧感。[①]

因此，亚里士多德的肃剧模式所假设的情感反应的强烈性和真实性，就预示了一种在情节结构中得到表现和召唤的"生活的真

---

① ［原注 54］Gould, 1990: 130–122, 269 将亚里士多德的 τὸτερατῶδες 译为"宗教上的震撼"或"对神圣的敬畏"（他认为，这与入教仪式［initiatory rites］有关）有些过火了。亚里士多德很可能将宗教团体的某些影响纳入这一范畴，但《诗术》1453b7–11 的句子比 Gould 认为的更具戏剧性（同上页 132 也错误地断言，亚里士多德认为"最好是在没有任何'壮观的场面'的场合下"唤起肃剧情感；见本章原注 42）。

实"。[233]这种生活的真实状态并不容易归结为一种简单或一致的现实主义形式。首先，这一真实状态显然不是一个历史或事实细节的问题：《诗术》第九章坚持认为，即使在一部基于历史素材的肃剧中，诗人仍必须"制造"或"制作"（ $\pi o\iota\varepsilon\tilde{\iota}v$ ）这些素材，使其独立地成为以富有想象力的方式重组起来的结构和一种"编织情节"（emplotment）（《诗术》1451b27–32）。另一方面，亚里士多德也不希望（肃剧的）诗歌成为一种关于真实的论题——这种论题来自抽象的公式化和哲学阐释。除了在表达人物"思想"（dianoia）的时候，《诗术》几乎没有为诗歌的"陈述"或命题形式留下任何空间；相反，它以摹仿的概念运作，仅仅包含叙述和戏剧的表现模式。①而众所周知，《诗术》第九章本身宣称：诗歌以其自身的方式或准哲学的方式"更多谈论了普遍性"而非特殊性。由于所讨论的隐含或深嵌其中（embedded）的普遍性（"依可能如此或必然如此而有可能发生的事情"，《诗术》1451a37–38；即"某一类人可能会说或会做的事情"，《诗术》1451b8–9）通过戏剧性的媒介来传达，所以对这种媒介的反应是适当的；在肃剧的情境中，这些带有怜悯和恐惧的强烈冲动的情感，本身就必须与关于普遍性的可理解性相一致。换言之，这些情感必须回应那些重要的形式，而这些重要的形式构成了（人类）世界的特殊性，并允许心灵理解这种特殊性。②

---

① ［原注55］关于角色的"思想"，见《诗术》1456a34–1456b8；此处，亚里士多德允许在情节安排中传递一种隐含的"思想"，但这种思想必须出现在"没有明确的陈述"（ $\check{\alpha}v\varepsilon v$ $\delta\iota\delta\alpha\sigma\kappa\alpha\lambda\dot{\iota}\alpha\varsigma$ ）之中。对于亚里士多德（不）容许诗人"自己的声音"这一更大的问题，在阅读了 Jong, 2005 和 Lattmann, 2005 的论述之后，笔者有些不太确信自己对于《诗术》1460a5–11 的观点（Halliwell, 2002a: 164–171），但 Lattmann 并没有解决《诗术》第三章和第二十四章中他所区分的创作者与讲述者之间的差异。

② ［原注56］关于笔者对《诗术》第九章中"普遍性"的解释，见 Halliwell, 2001: 95–104。Gill, 1993: 78 提出了一个谨慎的论断，亚里士多德将一种"真实性宣言"（truth-claim）归于诗歌的普遍性；参 Rösler, 1980: 310–311（将这一点与虚构的概念挂钩）。

至于观众被卷入对肃剧人物的强烈恐惧和怜悯中，亚里士多德认为，这并非简单地让他们的情感暴露在一种神经兴奋中。更确切地说，这些情感——作为心灵对生活的评价反应中的一个动态因素——反映了且有助于塑造一种潜在的意义模式，观众可以在情节中的行为结构与痛苦结构中把握和看到这种模式。[①][234] 根据亚里士多德的解释，肃剧的价值在于通过深层情感的涌动（尤其是在 ekplêxis［惊恐］这一点上）来引导人们去理解（《诗术》第四章告诉我们，这正是摹仿的功能所在）。简而言之，最佳的摹仿作品激活了一种复杂的情感理解，并将这种理解聚焦于想象力丰富的场景上，而这些场景又仍然是"生活的再现"（μίμησις ... βίου，《诗术》1450a16–17）。

这句话中的"生活"，其重要性不可能在于某种审美现实主义模式的精密公式。[②]亚里士多德远没有声称肃剧要贴近个体生活和体验的生命特质。这一点最突出地表现在他所要求的一组对比之中，即诗歌情节条理严密的统一性（其"开头、中间和结尾"的结构必须表现出严密、曲折和精简的因果关系）与日常体验分散的多变性之间的对比。在《诗术》第八章的开篇，亚里士多德说：

---

① ［原注57］Taylor, 2008借鉴了现代的"小说刺激理论"（stimulation theory of fiction）来解释亚里士多德"从诗中学习"的模式；他提出了几个不错的观点，但他认为肃剧式恐惧涉及"强烈的同情感"（页274–275），这与笔者在《诗术》中对恐惧的解读相冲突：见本章原注96。关于戏剧的情感领悟的准亚里士多德式描述，见Woodruff, 2008: 206–207；参Robinson, 2005: 105–135，她的模型——"身体–反应–附加–认知–监测"（bodily-response-plus-cognitive-monitoring）——可能比亚里士多德的模型更具分析性（参本章原注105）。关于情感在影响/告知（informing）"评判"时发挥的作用，见本章原注105和106。

② ［原注58］亚里士多德关于艺术的统一中对"生活的摹仿"的解释，见Halliwell, 2011b。Bernstein, 2009: 74–75歪曲了亚里士多德关于情节与生活关系的模型。对统一问题的处理，Heath, 1989: 38–55的议题带有偏见：见Ford, 1991: 137–140, Lamberton, 1991, Halliwell, 1991。关于其他将"生活"作为摹仿对象的希腊文本，参Bywater, 1909: 166，对于《诗术》1450a17，参Halliwell, 2002a: 287–288。

　　情节之统一，并非如有些人认为的那样，只要是关于一个人的情节就统一。任何一个实体都有无数的特征，不是所有这些特征都能凝聚成一个某些类型的统一体（或者说：有许多乃至无数事情发生在一个人身上，其中某些类型的事情并不能形成统一）。同样，一个人的行动有许许多多，而它们并不产生一个统一的行动。（《诗术》1451a16—19）①

　　然后，亚里士多德开始批评那些以叙述一位英雄的一生为基础的史诗（《赫拉克勒斯之诗》[*Heracleids*] 和《忒修斯之诗》[*Theseids*] 等等），相对地，他赞扬荷马的《奥德赛》没有试图包含"英雄生活中的每一个特征"。因此，[235]难怪亚里士多德认为阿珥基达玛斯将《奥德赛》描述成一面"人类生活的美丽镜子"并不令人感到满意（《修辞术》1406b11—13）。②亚里士多德在《修辞术》中将这段话引述为一个生硬隐喻的例子。他很可能也认为"镜子"的概念不能充分反映艺术选择和设计的原则，而他在《诗术》中非常强调这些原则。

　　不过，亚里士多德仍然期待诗歌——甚至期待肃剧和史诗中以神话的方式夸大的领域——可以获得一种富有想象力的生动性，从而维系观众的认知参与和情感参与。这一点在《诗术》第十七章中尤为突出，亚里士多德在那里概述了一种诗歌创作的心理学，即诗人在创作时必须"尽可能地将事情置于心灵的眼前（ πρὸ ὀμμάτων ）……以最生动（ ἐναργέστατα ）的方式来看，就像身临其境一样"。③诗人需要这样做，部分是为了使戏剧行动的整体连贯性可视

───────────

　　①　[原注59]《诗术》1451a16—19: πολλὰ γὰρ καὶ ἄπειρα τῷ ἑνὶ συμβαίνει, ἐξ ὧν ἐνίων οὐδέν ἐστιν ἕν· οὕτως δὲ καὶ πράξεις ἑνὸς πολλαί εἰσιν, ἐξ ὧν μία οὐδεμία γίνεται πρᾶξις。对这句话第一部分的其他解释，见 Vahlen, 1885: 135—136（一个实体的特性），Bywater, 1909: 184—185（每一个个体的经验）。

　　②　[原注60]《修辞学》1406b11—13: καλὸν ἀνθρωπίνου βίου κάτοπτρον.

　　③　[原注61]《诗术》1455a22—5。关于此处所说的"想象"的正当性，见 Halliwell 2003b: 63—65。

化，以确保情节的不同部分能够连贯一致。但诗人这样做也是为了将他自己置于人物的心境之“内”，从而设法“最真实”（ἀληθινώτατα，《诗术》1455a32）地表达后者的行动、言辞和感情。这样一来，戏剧的合理性和心理学的真实性就在创作行为中得以结合。

但这种真实性本身并不是目的，它只是对观众施加预期的心理影响的一种手段。肃剧的观众必须能够理解人物为什么要那样做，也必须理解他们对自己所处的更大环境的反应（和受苦）；观众必须能够感觉到并把握住普遍性的内在联系，就是说观众能感觉到“某一类人根据‘可能如此’或‘必然如此’也许会说或会做的事情”（《诗术》1451b8-9）。在普遍性的隐含结构中，情感的真实性与戏剧的合理性相互配合运作。它们形成了一个想象的骨架（armature），在其中，观众在认知和情感上沉浸在一个摹仿出来的世界之内，并在此过程中通过富有想象力的思想和感觉，进行一种准哲学式的静观（theôria）。对亚里士多德而言，摹仿并不是对脱离载体的“生活”的描述，而是将其中一些［236］内在可能性重塑成可理解的戏剧形式。亚里士多德无疑认为，这一点足以回应他的柏拉图式友伴们担忧的事。

二　catharsis 的审美心理学与道德心理学

如果将一种诗歌体验理论归于亚里士多德，在该理论中，强烈的情感与认知的洞见融合起来产生了一种“情感理解”，那么一些读者可能由此认为：该诗歌体验理论与《诗术》中最声名狼藉和最令人烦恼的特点不一致，这一特点就是catharsis的概念并未得到解释。catharsis概念出现在肃剧定义的最后一个从句中（“通过怜悯和恐惧以实现对情感的catharsis”），①它不断地将众多阐释者引向一种肃剧

---

①　［原注62］《诗术》1449b27-8：δι' ἐλέου καὶ φόβου περαίνουσα τὴν τῶν τοιούτων παθημάτων（抄本B的读法）。关于与这些词有关的三个争议激烈的问题，在此笔者简单重申一下自己的立场：（1）παθήματα［情感］等同于πάθη［激情］（这在亚里士多

情感模式，该模式以一种自足的、非认知的方式运作。

　　1857年，伯奈斯（Jacob Bernays，弗洛伊德［Sigmund Freud］妻子的叔叔）首次发表的一篇影响深远的论文，确立了现代解读catharsis的主导思路。①伯奈斯坚持认为，"净化"（purgation）的意义将肃剧的终极目标变成了这样一个过程：清除不需要的甚至是病态的情感。②如果伯奈斯的观点就是亚里士多德所说的肃剧的catharsis的意思，那么笔者对亚里士多德所致力［探讨］的"情感理解"形式的解释——该解释取决于一个前提，即情感本身是观众对肃剧情节的伦理理解和评判的一部分——就不正确。而笔者将在下文中论证，用"净化"［237］来解读catharsis是对亚里士多德的立场，以及对支持该立场的更宽广的哲学心理学的一种歪曲（falsification）。③

德那里经常如此，如《论灵魂》403a3/11、16-25，《优台谟伦理学》1220b8-12、1221b35-36），并不是指与情感相对的"性情"；（2）属格 παϑημάτων［情感］是宾语（情感是catharsis过程的对象）；（3）所讨论的情感本质上是怜悯与恐惧（因此使 τοιούτων［像这样］相当于"方才提及的"，如亚里士多德一贯的用法，尽管不排除有更宽泛的解释）。关于从《诗术》中剔除有关catharsis内容的更激进的校勘提议，见本章附录。

　　①　［译按］雅各布·伯奈斯（Jacob Bernays，1824—1881），德国哲学家、语言学家，研究方向主要集中于古希腊哲学，他的代表作《亚里士多德已佚的肃剧作用理论的基本特点》（*Grundzüge der Verlorenen Abhandlung des Aristotlees über Wirkungder Tragödie*）对弗洛伊德和尼采都产生过影响。

　　②　［原注63］Bernays, 1857，重复出现在Bernays, 1880: 1-118；Bernays, 2006是Bernays 1880: 1-32的译本。关于伯奈斯与弗洛伊德，参Sulloway, 1980: 56-57, Momigliano, 1994: 162-163（对伯奈斯的观点未免批判得太少了）。

　　③　［原注64］下文的论述是Halliwell, 2003d的一个修改版本。Halliwell, 1998a: 350-356审视了有关catharsis的各种解释；同上页184-201，关于笔者方法的文字陈述（1986首版），笔者仍坚持这一点。Luserke, 1991更古老的解读；相关概述参Holzhausen, 2000: 7-33及Woodruff, 2009b: 618-623。最近对该解释的各种讨论，包括Dilcher 2007, Donini, 2008: pp. xcii-cxx, Schmitt, 2008: 476-510, 参页333-348, Seidensticker, 2009, Guastini, 2010: 160-172。笔者暂不讨论将catharsis视为肃剧情节的一种内在属性的观点：如歌德所预见的那般（*Nachlesezu Aristoteles' Poetik*，1827首版，见Goethe, 1998: 355-357，以及评论同上608-611, Goethe, 1994: 197-199的英

　　笔者的观点基于两个主张：在对 catharsis 的解释中，将心理学从伦理学中剥离或将伦理学从美学中剥离都不正确。尽管（在缺乏新证据的情况下）我们总是无法得到对该词的确切理解，但我们可以证明，试图将 catharsis 从亚里士多德的道德心理学这一更广泛的领域中分离出来，这种做法与亚里士多德的一个基本信念背道而驰，即情感或 pathê［激情］在灵魂的伦理德性中发挥了作用。①亚里士多德在对肃剧和（在《政治学》卷八）对某种音乐类型的回应中所定位的 catharsis，无疑是摹仿艺术形式体验的一个独特特征。如果我们用"美学"这一范畴来指代或至少包括（摹仿的）艺术的哲学，②那么在这个意义上，亚里士多德的 catharsis 是一个美学概念。而正如笔者希望证明的那样，此处讨论的绝非一个没有伦理意义的概念。

　　在过去的一个半世纪中，围绕 catharsis 的论争有一个特点：众多解释者表现出的自信程度与关于这个问题的证据的质量几乎成反比。伯奈斯在这方面树立了令人遗憾的［反面］榜样，他用一种恐吓式的言辞批评任何与他观点相左的人，甚至包括那些有理智的［238］人。③鉴于《诗术》中缺乏对 catharsis 的任何解释，加之亚里士多德在《政治学》1341b38-40 中承诺的进一步讨论未能流传下来，我们必须谨慎地对待该词。在这里，笔者的核心目标不是再次横穿整个论争战场，而是要论证一个融合了心理学、伦理学和美学的解释框

译），这一观点最近由 Husain, 2002 重提；见 Halliwell, 2002b。关于菲洛德穆笔下亚里士多德观点痕迹的艰涩证据，以及这些证据作为对《论诗人》（*On Poets*）这篇对话的回应，Janko, 2011: 372-377, 446-459, 512-521 如今应引起重视，尽管许多细节仍然充满疑虑和不确定性。

　　① ［原注65］对目前的论据而言，笔者认为"伦理"和"道德"可以互换，并且两者都与亚里士多德对 êthikos 的使用有关（见下文原页238-241）。Nuttall, 1996: 1-16 犯了严重的错误，他忽略了亚里士多德对待诸多情感的态度的更广泛证据；参 Halliwell, 1998b 的评论。

　　② ［原注66］关于亚里士多德以及其他古代文献中的美学观念，见 Halliwell, 2002a: 6-14（及其他各处）。

　　③ ［原注67］尤见 Bernays, 1880: 13，"没一个脑子清醒的"（kein Besonnener）（Bernays, 2006: 166："没一个脑袋正常的"）。

架。笔者首先要做的是移走堵在解决方法之路上的绊脚石，许多学者认为，正是《政治学》中提到的音乐和诗歌的catharsis设置了这块绊脚石。

我们承认《政治学》8.6-7影响了《诗术》中对肃剧的catharsis的解释（少数学者拒绝承认），原因主要有三：第一，亚里士多德在《政治学》1341b38-40中承诺，他将在关于诗歌的讨论中给出对catharsis的更全面的阐述（无论这是否指我们所掌握的《诗术》）；第二，怜悯和恐惧出现在《政治学》的相同语境中（《政治学》1342a12）；第三，在这两个文本中，亚里士多德事实上都在处理他视作摹仿艺术的情感力量（根据笔者的理解，这代表和/或表达了可能的人类现实）。但这并不是说《政治学》卷八为我们提供了解释肃剧的catharsis所需的所有信息（该文本在几个关键点上存在严重的问题），也不是说《政治学》中所有关于"音乐的catharsis"的内容都可以转而用于论争《诗术》中"肃剧的catharsis"。我们将逐渐看到这些修饰语是在何种意义上而言。①

我们在《政治学》8.6-7中发现三处提到了catharsis的地方。初步来看，其中第一处对笔者的这类观点构成了最直接的威胁，即认为心理学与伦理学与肃剧中的catharsis过程存在着紧密的联系。亚里士多德在这里将阿夫洛斯管（aulos）——用于伴奏肃剧中的抒情诗部分——描述为一种乐器，阿夫洛斯管不是êthikon，即内在表达êthos［伦理］或性格的乐器；而是orgiastikon，即适合表达迷狂情感的乐器；"所以它应该用于那样一种语境"，亚里士多德补充说，"在其中，听者的静观比［239］学习更具备catharsis的能力"（《诗术》1341a21-24）。②

---

① ［原注68］除非另有说明，笔者引用的《政治学》卷八的文本，采用 Dreizehnter（1970）的版本。Schütrumpf（2005）是最完整的评注本，内容翔实，但略微教条（参本章原注106）；Susemihl & Hicks, 1894仍然很有价值。

② ［原注69］《政治学》1341a21-4: οὐκ ἔστιν ὁ αὐλὸς ἠθικόν, ἀλλὰ μᾶλλον ὀργιαστικόν, ὥστε πρὸς τοὺς τοιούτους αὐτῷ καιροὺς χρηστέον ἐν οἷς ἡ θεωρία κάθαρσιν μᾶλλον δύναται ἢ μάθησιν.

　　莎德瓦尔特（Wolfgang Schadewaldt）[①]认为这句话对catharsis
的影响一目了然："catharsis与教育和学习如此明确地分离，"他
写道，"以至于很难想象，在头脑清晰者已经注意到这一点的一个
世纪之后，竟然还有人继续将亚里士多德的音乐-诗歌的catharsis
与伦理学联系起来。"[②]而笔者认为，莎德瓦尔特忽略了这句话在
《政治学》卷八中更宽广的语境。如果莎德瓦尔特能充分理解书
中稍前部分的一段话（即《政治学》1340a5-12），他可能会修正
他关于亚里士多德对阿夫洛斯管的观点的固化解读。亚里士多德
在那里提出了一个问题，即音乐是否能对灵魂产生伦理上的影响
（"音乐是否也影响了我们的性格和灵魂"，εἴ πῃ καὶ πρὸς τὸ ἦθος
συντείνει καὶ πρὸς τὴν ψυχήν）。亚里士多德的回应是，如果音乐能
积极地影响我们性格的品质，"如果我们能通过音乐成为具有某种
性格的人"（εἰ ποιοί τινες τὰ ἤθη γιγνόμεθα δι᾽ αὐτῆς），那么做出肯
定的回答就很合理；然后亚里士多德断言，从许多音乐体验来看，
尤其是在奥林波斯的旋律中，这一点显而易见，他称这种体验为
"情感上令人激动的"（ἐνθουσιαστικός）。关于这些旋律，亚里士多
德明确地补充道，enthousiasmos［热忱］是"我们伦理心理学的
激情"或"属于我们灵魂性格的情感"（τοῦ περὶ τὴν ψυχὴν ἤθους
πάθος）。[③]

　　这些所谓的奥林波斯的旋律无疑是用阿夫洛斯管演奏的，它们

---

　　① ［译按］莎德瓦尔特（1900—1974），德国语文学家和文学评论家，研究方
向为古希腊文学和神话，代表作有《荷马的世界与作品》《古希腊星象说》等。

　　② ［原注70］Schadewaldt, 1955: 153（译文来自笔者）：Bereits diese Trennung
der κάθαρσις von παιδεία ist so zwingend klar, daß man schwer begreift, wie man hundert
Jahre, nachdem klardenkende Männer darauf hingewiesen haben, fortfahren kann, die
musikalisch-dichterische κάθαρσις bei Aristoteles mit Ethik in Verbindung zu bringen. 莎
德瓦尔特的观点得到了Ford, 2004: 326的赞同。

　　③ ［原注71］见Susemihl & Hicks, 1894: 622-624中Susemihl对最后一句短语的
讨论。关于奥林波斯的音乐，尤其注意柏拉图《会饮》215c（《米诺斯》318b中重提）。
Schütrumpf, 2005: 55，以及页612-614将ἐνθουσιασμός译作"入迷"（Ekstase）；同样译作
"入迷"的，如今有Janko, 2011: 453（但与"入迷"形成对照，同上页517）。

后来被准确地归为enthousiastika（令人激动的，《政治学》1341b34），
并在这一段中与另外两类旋律——"伦理的"（êthika）和"与行动
相关的"或"表现行动的"（praktika）——相区别。这表明了两个
基本的重要问题。第一，亚里士多德持有一个综合性命题，他认为
许多种类的音乐改变了听者的灵魂，而改变的方法是通过摹仿的表
现/表达以及［240］由此传达的伦理品质（《政治学》1340a21所使
用的êthika［伦理的］），还有对人性格变化的影响。①第二，亚里士
多德后来在三种类型的旋律之间进行的区分，涉及对êthikos［伦理
学］这个术语专业而更狭义的理解，且明确呈现为一种更具技艺性
的分类。②支持这两点的原则在同一论述里的另一段话中得到了证实。
在《政治学》1340a38-b7中，亚里士多德根据他眼中文化上的明显
证据断言：在音乐旋律本身中存在"êthos［伦理］的摹仿式表现/表
达（mimetic representations/expressions［mimêmata］）"（或者，如果
采用卡塞尔［Kassel］的猜测，"伦理的表现/表达本身存在于旋律
中"）。③显然，亚里士多德没有说这话只适用于某些特定的旋律（到
目前为止，三种旋律的观点还没有引入），而是说他的主张适用于他
所讨论的所有主要音乐种类。④

----

① ［原注72］笔者在Halliwell, 2002a: 234-249证明，亚里士多德的（音乐）
摹仿包含了呈现（representation）和表达（expression）两个部分。Woerther, 2008
只是泛泛而谈。

② ［原注73］注意《政治学》1341b27-32中亚里士多德意识到了音乐的技术
性特征：我们可以如此推断，关于melê［旋律］的三重结构并非完全的标准体系，尽
管这可能是建立在广泛的共识上。参《政治学》1290a19-22与音乐的比较，这表明对
模式和旋律的分类尚无定论。《政治学》1340a6-12有关音乐和êthos［伦理］的论述
（见上文）并未诉诸专业论证，而是诉诸音乐常识。

③ ［原注74］ἐν δὲ τοῖς μέλεσιν αὐτοῖς［αὐτῶν: Kassel］ἔστι μιμήματα τῶν ἠθῶν，
《政治学》1340a38-39。

④ ［原注75］音乐的韵律也是如此：亚里士多德谈论了不同的韵律，因为每
种韵律都有不同的êthos［伦理］（《政治学》1340b8）。从韵律推及旋律，我们可以
认为，即使是êthika［伦理的］、praktika［行动的］和enthousiastika［热忱的］旋
律之间的差异，在某种意义上也是êthos的差异，尽管这涉及棘手的专业术语问题。

因此，重要的是认识到亚里士多德可能以带有微妙差异的方式使用伦理（êthos）和伦理学（êthikos）的词汇。我们不应草率地解释亚里士多德有时对这类术语的"速记式"用法。在继续分析《政治学》卷八之前，值得一提的是，在广义和狭义上使用的伦理学，以及对摹仿的艺术形式的提及，此二者在《诗术》中是平行的。在这部作品中，同一个形容词可能有两种用法：（i）普遍用于对人物的戏剧性描述或表达，例如《诗术》1450a29提到的"表现人物性格的台词"（ῥήσεις ἠθικάς）［241］（参《诗术》1460b3）；（ii）作为一种特定类型的肃剧/史诗（《诗术》1456a1、1459b9、1459b15）的技艺标签。第二个用法显然并不意味着标准的人物性格（塑造）——标准意义上的êthos——只存在于被称为êthikê［伦理术］的戏剧类型中，就像《诗术》第十一章结尾定义的pathos［感染力］仅存在于后来被归为pathêtikê［以情感为核心］的那类戏剧中一样。相反，某些肃剧被认为是"以伦理为核心"（ἠθικός）和"以激情为核心"（παθητικός），因为这类肃剧特别突出地运用了所讨论的要素，即伦理和激情。同样，亚里士多德将奥林波斯的旋律归为技艺上而非伦理上（或行动上）的enthousiastika［令人激动之物］，同时他也认为这些旋律强烈体现了音乐对听者êthos［伦理］的极大影响（从而"改变"灵魂），因此值得在某种程度上视为一个伦理心理学上的问题。

同样的道理，《政治学》中关于阿夫洛斯管比"合乎伦理"更显"放纵"或"迷狂"的说法，也应被理解为典型的亚里士多德式的简略表达。这并不意味着阿夫洛斯管不能演奏êthikos［伦理术］的音乐，或不能对音乐的体验进行catharsis（这些音乐体验在任何方面都合乎伦理），否则将与《政治学》1340a9–10对奥林波斯旋律的评论完全矛盾。这句话的意思是，在亚里士多德看来，这件乐器

参Barker, 1984: 179注释31，尽管后面提及catharsis时过于简单；参Barker, 2005: 99–111。Simpson, 1998: 277正确地指出亚里士多德对广义和狭义的音乐"品性"（character）的引用之间的区别。

的音乐品质或音乐表达范围（expressive register）并不主要适用于以下事物的范围：他眼中对教育目的至关重要的情感体验和伦理上有益的体验。①同样，在《政治学》的同一句话中，相关的说法是：阿夫洛斯管适用对所演奏的音乐进行沉思的场合，"比起学习，它更具有catharsis的能力"（ἡ θεωρία κάθαρσιν μᾶλλον δύναται ἢ μάθησιν：请再次注意此处关于比较的措词），这并不意味着catharsis完全独立于听者的理解和/或学习的认知过程。在《政治学》的这一段以及其他地方，亚里士多德主要在提到教育上的"学习"时使用mathêsis［学习］这一术语；他在同一论述之前的几句话中在这一含义上反复使用了该词。②因此，[242]我们不能简单否认一点，即亚里士多德认为广义上的catharsis可以和理解结合起来，或共存于同一种音乐（或其他审美）体验中。③换言之，catharsis不应与任何一种"学习"形成对比，而应与旨在直接教导年轻人欣赏（或就此而言，实践）特定类型和特征的音乐体验形成对比。

类似的考察也适用于《政治学》1341b38中第二次提到的catharsis，其中将音乐的"神益"与paideia［教育］区分开，前者涉及与sensustricto［严格意义上的］教育（即对年轻人的教育）的对比，且并没有排除这样的可能性：在延展或隐喻的意义上，catharsis

---

① ［原注76］除了《政治学》1341a21-22对比的表述（阿夫洛斯管并无êthikon［伦理准则］，"更多/相反"的是与orgiastikon［强烈情感］有关），注意1342a3的最高级，ἠθικωτάταις［最具伦理性的］（即ἁρμονίαις［紧扣］），"最具伦理性的旋律-类型"（与《政治学》1342a28的原级形式）；因此，1341b34 ff.处旋律-类型的区别，从该角度来看，是一个程度上的问题。

② ［原注77］见《政治学》1341a6, 9, 10；参1255b26，1336a24/1336b37，1337a25，1337b9、22等。此处笔者对《政治学》1341a23-24的讨论修订了Halliwell, 1998a: 195的论述。

③ ［原注78］Newman, 1887-1902: iii. 552指出，在《政治学》1339a36处亚里士多德直接谈到mathêsis［领悟］源自聆听音乐，尽管原文还存在疑问。Ford, 1995: 119是众多无视《政治学》卷八有限制地使用了mathêsis一词的研究者的典型。见Halliwell, 2001，书中论及mathêsis/manthanein在亚里士多德关于摹仿艺术更宏大的视角中的重要位置。

可能具有伦理教育的维度。① 如果我们不能区分社会性上的较狭义的、制度化的教育与作为一种伦理影响的隐喻式"教育"（或其他现代语言中的同等术语），那么关于catharsis的讨论将受到扰乱，而扰乱尤其来自那些热衷于否认亚里士多德为肃剧赋予道德分量的人。② 在《政治学》中，亚里士多德本人并没有将"教育"（paideia）以隐喻或延展的方式运用到成人身上。部分出于这一原因，部分出于其他已概述的原因，亚里士多德对catharsis和教育的区分，并不能告诉我们他究竟认为音乐如何能够以益于伦理的方式来影响观众的灵魂。

如果我们现在研究一下《政治学》卷八为讨论音乐而构建的整体框架，就会发现这一问题：莎德瓦尔特［243］以及其他学者在音乐的伦理和非伦理体验之间的巨大分歧，明显有损于亚里士多德在这一部分的全部工作。文中关于音乐之功效的教育理论所具有的主旨是：为了获得沉稳的德性倾向，年轻人必须习惯于以正确的方式欣赏音乐，而这意味着要正确地享受触动情感的音乐，从而帮助他们塑造性格（《政治学》1340a14-28）。③ 而如果不是为了在成年后继续以合乎伦理的方式享受音乐，那么学习这些又有什么意义呢？亚里士多德在《政治学》1340b38-39毫不含糊指出了这一点：

> 年轻人应该直接参与音乐演奏，但当他们成年后，他们应该放弃这一行为，同时仍然能评判并正确地判断音乐的美（ $\tau \grave{\alpha}$

---

① ［原注79］亚里士多德时代就有这样的隐喻用法：参Timocles fr. 6.7中"有教养的"观众（ $\pi\alpha\iota\delta\epsilon\upsilon\vartheta\epsilon\acute{\iota}\varsigma$ ）的观念，即通过肃剧能更好地理解生命；关于该残篇中的其他细节，参本章原注39和92。在《优台谟伦理学》1214b8，亚里士多德认为paideia［教化］是人一生中的一个潜在目标；这是个不同的问题，可能意味着终身致力于某项在年轻时初学的特定活动（如音乐和诗歌）。

② ［原注80］对于字面和隐喻的契合，如见Lear, 1988: 300, 304。Sifakis, 2001: 99认为亚里士多德使用的paideia［教化］不具有隐喻意义，因此忽略了这一点。参Zierl, 1994: 80对没有提及《诗术》中"肃剧可能的教育成果"（Eine mögliche pädagogische Leistung der Tragödie）的相关评论。Kraut, 1997: 203-206帮助我们理解了《政治学》卷八中的这一点：音乐的paideia只与孩童有关，而非成人。

③ ［原注81］见《政治学》1339a24-5、1339b1、1340b39，并参下文原页254。

καλὰ κρίνειν），并由于他们在年轻时的学习（mathêsis）经历而正确地从中获得享受。

当然，亚里士多德不必假定每次音乐体验都会对相关个体的性格产生明显影响，特别是当成年人的性格已经完全固定下来之后。不论如何，我们同样必须记住，亚里士多德并不认为伦理完全不会受体验的塑造性影响。①但鉴于他的一般前提，即许多种类的音乐都能引起"伦理的"感觉或激情（pathê），亚里士多德决定相信这些体验与不断积累的性格塑造和性格锤炼相关。只有在为严格的教育目的选取最合适的音乐种类时，亚里士多德才觉得有必要贬低阿夫洛斯管，即这件乐器不适合塑造年轻人的性格，因为许多用阿夫洛斯管演奏的音乐难以表现诸如勇气等沉稳的德性（参《政治学》1342b13–14）。

到目前为止，笔者围绕《政治学》卷八5–7所说的并不是对catharsis的实质性解释，而是为了表明：如果足够细致地进行审视，我们就会发现，亚里士多德的论点是要抵制在catharsis的心理学和音乐观众的伦理特征（êthos）之间进行两极分化。在《政治学》卷八（以及在《诗术》）②中设想的所有主要类型的音乐［244］都是摹仿式的再现和表现。在亚里士多德的术语中，这明确意味着这些音乐都能影响听者的伦理特征，特别是有助于伦理特征的"情感"或"激情"（pathê）。当《政治学》最后一次提到catharsis（即《政治学》1342a3–29）时——尽管鉴于文本的现状，我们需要对某些细节保持谨慎——我们可以看出：亚里士多德认为catharsis是通过那些特别有助于激发强烈情感的音乐体验来实现的，而不是通过那些专注于摹仿沉稳和冷静的人物德性的音乐，后者是更狭义的、

① ［原注82］见《尼各马可伦理学》1180a1–4详细陈述了人在成年生活中延续伦理行为的习性。

② ［原注83］参《诗术》1447a14–16将"最适合阿夫洛斯管和基塔拉琴（Kithara）的音乐"归类为"摹仿的"（不可能说哪个"微不足道的"种类是不被亚里士多德算作摹仿的音乐）。

更具技艺性的伦理学发挥作用的地方。①

　　这段话的其他几个方面可能会鼓励我们寻求与之相关的《诗术》对肃剧的处理，尽管这些都涉及解释的问题：首先，catharsis 与 praktika（"行动的表现"，"以行动为导向"）和 enthousiastika（"表达激动的情感"）这两种旋律类型相联系，而这两种旋律与肃剧有潜在的相关性，尽管亚里士多德没有说明如何将它们运用于肃剧体裁；其次，亚里士多德在《政治学》1342a7 和 1342a12 想到了怜悯、恐惧以及 enthousiasmos［热忱］，将它们作为与 catharsis 有关的强烈情感的例子（尽管他在这里想到的是剧场外而非剧场内的情感）；最后，亚里士多德的思路明显包括了《政治学》1342a18–28 中"戏剧的"背景。②

　　但我们究竟能在多大程度上从音乐的 catharsis 的概念合理地转到对肃剧的 catharsis 的解释？毕竟，《诗术》没有提供任何理由让我们将这一概念与肃剧戏剧中的音乐因素紧密联系起来。音乐与肃剧的 catharsis 之间存在某种程度的相似性或可比性，对此笔者已经指出了一个最为根本的原因。这两种心理现象甚至可能有所重叠，以至某种程度上［245］在肃剧表演中使用"catharsis 的旋律"可以用来激发不断积累的怜悯和恐惧。③

──────────

　　① ［原注 84］尤见《政治学》1340b3–4、1342b12–17，亚里士多德对多利亚（Dorian）调式的评论。

　　② ［原注 85］这最后一段话针对 catharsis 提出了一个棘手的问题，很难把握《政治学》1342a15–16 的脉络，抄本将"无害的愉悦"归于"catharsis 的旋律"：学者们赞成将 catharsis 校勘为"与行动相关的"（即 καθαρτικά 改为 πρακτικά），包括 Susemihl & Hicks, 1894: 611–612, Barker, 1984: 180, Schütrumpf, 2005: 668–669, 后者翔实地记录了其他人的观点；参 Donini, 2004: 61–62, Janko, 2011: 519。无论亚里士多德这段话中的"呆板的（banawsic）听众–成员"是什么意思，其中都包括了有教养的观众（《政治学》1342a18–19），但那里没有评论他们的音乐体验，这一事实造成了解释上的困难。关于《政治学》1342a7、12 两处的"怜悯"与"恐惧"，见本章原注 88。

　　③ ［原注 86］有一个很明显的例子：亚里士多德可能会期望，在索福克勒斯《俄狄浦斯王》行 1313–1368（也可能是稍前的短短长格诗词，行 1297–1312）的高潮部分，音乐能推进瞽目的俄狄浦斯与歌队之间交替吟唱的情感效果。Sifakis, 2001: ch.4 从总体上对音乐与亚里士多德肃剧观之间的关联做了有趣的反思。

　　但两者之间的关系仍然十分复杂，笔者现在想作进一步的探讨。一个经常被提到的保留意见是，亚里士多德针对音乐区分了不同种类，甚至是不同程度的catharsis，其中一类至少被认为可（通过特殊的"神圣旋律"）用来治疗一类近乎病态的情况；另一类是"正常的"，即在某种程度上适用于所有人（《政治学》1342a14）。这种类型上的区分并不适用于肃剧：不存在一群积极寻求心理疾病治疗方法的戏剧观众。伯奈斯就错在忽视了这一区别，而该错误导致他将音乐和肃剧对情感的catharsis都简化为对病状的治愈。我们可以非常精确地指出伯奈斯的错误。在《政治学》1342a12–13中，亚里士多德明确对比了两种人，一种人情感极其敏感或病态地无法控制某些情感倾向（pathêtikoi，情感上的病态者①），一种人是"其他人"。后者被明确认为受益于"某些catharsis"（或"某种catharsis"，τινα κάϑαρσιν），因而他们的状况不是病态的。

　　伯奈斯抹掉这一区别的后果是彻底歪曲了亚里士多德的肃剧观念。在整部《诗术》中，唤起怜悯和恐惧被视作肃剧体裁中不可或缺的一部分；它既在描述上，也在规范上适用于普遍的观众。例如，当亚里士多德在《诗术》第十三章详述情节结构的最佳设计时，他将唤起怜悯和恐惧（怜悯一个不应该如此不幸的人，又因那个人如此"像［我们］"而恐惧，《诗术》1453a3–7）与他眼中的正常观众的心理状态联系起来，并且区别于少数人极端或异常的敏感。将亚里士多德的观点——肃剧对其观众具有极其重要的情感影响——解读为治疗精神上存在抑郁或失衡的人，这是对《诗术》的一种曲解。

　　［246］只有少数因病态而敏感的人会在聆听"神圣旋律"时完全被一种enthousiasmos［热忱］的狂热状态"占据"或"控制"（κατοκώχιμοι，《政治学》1342a8）；类似的情况还适用于那些高度情绪化的音乐（而不适用于普遍的肃剧体验，这与伯奈斯的主张相

―――――――――

　　① ［原注87］可将此处的pathêtikos［情感病态］与《尼各马可伦理学》2.5, 1105b24对比，在那里，这个形容词仅仅表示感受情感的能力。

反），这类音乐往往倾向于近乎病态的怜悯和恐惧。① 而亚里士多德明确地从这一现象出发，更广泛地谈到一种更普遍的、"正常的"情感倾向。此外，当他在《政治学》1341a23首次提到音乐的catharsis时（应该注意到他没有给出解释：见下文），他暗示音乐的观众在相应场合经常可以获得这种东西。在这里，亚里士多德大概是暗指，能获得catharsis效果的不只是病态紊乱之人；如果亚里士多德暗指阿夫洛斯管应该被限制在专门针对这类人的场合，那么从文化上看这就令人困惑。一定是这种音乐的catharsis的一般模式为肃剧的catharsis提供了正确的类似用法。就此而言，《政治学》1342a7和1342a12提到的怜悯和恐惧，确实在亚里士多德的思想中构成了一座桥梁：它虽然没有直接提到肃剧或肃剧的观众，却描绘出了容易影响（几乎）所有灵魂的情感，而在亚里士多德之前，人们已经普遍认可这些情感在肃剧体验中的中心地位。②

对于将catharsis理解为医学上的（"疏泄"）或仪式上的（"净化"）含义这一长期对立的争论而言，《政治学》卷八强调了试图摆脱这种二分法的明智。③ 我们需要谨慎对待亚里士多德立场中概念的细微差别。在《政治学》卷八中，亚里士多德讨论音乐时引用了［247］一个极端的catharsis的过程（适用于那些被某种情感"占

---

① ［原注88］《政治学》1342a11–12暗示了那些对"怜悯"与"恐惧"极其敏感之人可以在有着强烈情感的音乐中（可能包括了"神圣的旋律"）获得治疗：Susemihl & Hicks, 1894: 609，Newman 1887–1902：iii. 565，Kraut 1997: 210。反对Bernays, 1880: 14, 23，这些不是肃剧的观众，甚至也不是真正像他们。ἐλεήμων的字面意思是"习于怜悯"，可能表示不由自主地流泪（参亚里士多德《论面相》[*Physiognomonica*] 808a32）而非出于同情；这个词没有出现在《修辞学》2.8，用来描述普通的怜悯。同样，φοβητικός（这一形容词又一次出现在《修辞学》2.5；不过，1389b30的προφοβητικός [倾向于恐惧] ）表示一种对于自身的"着迷的、过度敏感的恐惧"，而非《诗术》1453a5–6中对一位戏剧人物的某种想象的恐惧。对伯奈斯更为详尽的批判参Janko, 1984: 139–142。

② ［原注89］参本章原注122。

③ ［原注90］关于希腊宗教和医学的catharsis概念本身的最新研究，见Hoessly, 2001以及Vöhler & Seidensticker, 2007中的若干论文。

据"或"控制"的人，见《政治学》1342a8）；正如对"神圣旋律"（ἱερῶν μελῶν）的提及所暗示的那样，大多数希腊人会认为这还是一个宗教仪式的案例。然后，该书转而对这些仪式的心理影响给出了一个准医学的解释（这就"像是"［ὥσπερ］那些被提及者接受了对他们情感状况的治疗一样，《政治学》1342a10），但却（这是重要的区别）没有说明这些仪式的发生机制。这场讨论并没有严格从仪式或医学的角度对 catharsis 的各种病态类型加以分类，更不用说为它为"每个人"假设的那种病态类别（《政治学》1342a14）；相反，这场讨论的角度是关于心理学的规范尺度和极端情况的一般模式。catharsis 的比喻既与宗教有关，也与治疗有关，但它不能归结为其中任何一种。因此，试图将对肃剧的 catharsis 的解释转变为"疏泄"和"净化"之间的选择，这样做在概念上是徒劳的。我们将在适当的时候为这一观点进一步给出理由。

亚里士多德对音乐的 catharsis 的假设，也间接揭示了肃剧的 catharsis 与肃剧的愉悦之间关系的难题。《政治学》中，音乐的 catharsis 被视作一个复合过程的一部分，该过程涉及或伴随着愉悦，但我们并不清楚 catharsis 是否就等于这种愉悦。事实上，认为二者不同的理由在语言学上很有说服力，因亚里士多德说，"所有人都获得了一些（或一种）catharsis 和愉悦的缓解"（πᾶσι γίγνεσθαί τινα κάθαρσιν καὶ κουφίζεσθαι μεθ᾽ ἡδονῆς，《政治学》1342a14–15），这就将愉悦的感觉极为紧密地附着在"缓解"或"减轻"的概念上。除非我们选择将该从句中的 καί［和］视为解释性的（使第二个短语用来注解 catharsis——"一些 catharsis，也就是一种令人愉悦的缓解"，但笔者认为这种选择没有令人信服的论据），①否则尽管 catharsis 和愉悦似乎相互交织，它们仍是构成相关体验的不同组成部分。

当我们的注意力集中在这句话上时，值得考虑的是关于亚里士多德语言选择的另一个问题。《伦理学》中有一段话被《政治学》的评注家们普遍忽视，在那里，亚里士多德使用了相同的动词

---

① ［原注91］对于这一段，Hubbard, 1972: 133 采用了这种译法。

（ *κουφίζεσθαι*［缓解］）来表示减轻情感上的痛苦或忧伤（*λυπεῖσθαι*），
［248］在这种情况下，遭受不幸的人从友伴的同情中（或"分享他们的痛苦"［*συναλγεῖν*]）获得了支持。① 亚里士多德对这种"缓解"的另一种解释做了简略而不确定的思考：在某种意义上，一个人是因为友伴的分享而减少了负担吗？还是说，友伴存在带来的愉悦本身减轻了不幸的痛苦？显而易见的是，缓解的感觉必然是一种过程的结果，而这一过程贯穿于患难者对自身处境的认识：人们不会发现他们的痛苦自然地得到缓解；患难者的情感状态之所以会改变，是因为他们有意识地感知并感激他们友伴的同理心。在音乐甚至是在肃剧的案例中，这种比较使作为精神"缓解"因素的catharsis更有可能不再需要脱离情感运作的意识和认知层面，即使其中可能同时具有强烈的生理学基底。② 不言而喻的是，在对摹仿的艺术作品的回应中，这种以认知为中介的变化的确切原因，与受苦者对其友伴的同情作出的反应的原因截然不同。

《政治学》提到了音乐的catharsis与"愉悦的缓解"的结合，还有刚刚引用的《伦理学》段落，此两者在相关但不相同的方面引导我们思考：肃剧的catharsis可以合理地与一种转变联系起来，即从通常的痛苦情感（怜悯和恐惧）转变为一种有益和满足的体验（肃剧特有的愉悦）。而即使作出这一推断，我们也必须认识到：尽管肃剧的catharsis和愉悦在因果关系（甚至在现象学）上相关，但它们在概念上可能仍然不同。有一些学者试图将catharsis与《诗术》在定义肃剧之前唯一提到的痛苦情感联系起来。这种说法见于《诗术》第四章中的论述，即痛苦的主体如何转化为静观的、审美的愉悦来源（《诗术》1448b9–12）；这种转化被解释为学习/理解（*μανθάνειν*）的

---

① ［原注92］《尼各马可伦理学》1171a29–34（两次提及 *κουφίζονται*［缓解]）；关于心理上的观念（但没有使用这个动词），参Men. frs. 862–865。在Timocles fr. 6.14（参本章原注39和79），观看肃剧"缓解"（*κουφίζειν*）了观众自身苦痛的烦扰；这与使心智"脱离自身"（*ψυχαγωγεῖν*，原注6）的效果相互结合。

② ［原注93］如《论动物的繁育》725b9、775b13的主张，以及Susemihl & Hicks, 1894: 611论 *κουφίζεσθαι*［缓解]时所引用的亚里士多德《问题集》中的内容。

认知过程，而亚里士多德认为这种过程为［249］摹仿的艺术体验提供了依据。

为了让这种关联具有吸引力，我们需要两个前提。第一个前提是，通过"审美的"体验（用亚里士多德的术语来说，这就是充满想象地参与对摹仿对象［mimêmata］的静观［contemplation］——无论该对象是视觉、音乐还是诗歌作品/表演）来疏导情感的做法会影响情感的变化，至少会在某种程度上（也许不是全部程度上）将情感从现实生活的痛苦中解放出来。第二个前提是，在这些相同的体验框架内，观众的认知和情感反应之间存在互动。《诗术》第四章简明扼要地解释了这一点（但隐含着进一步作解释的余地），即我们可以享受地观看那些被有效地描绘在（视觉）艺术中的痛苦对象；因为，在那种情况下，我们能理解它们，并且以（对于大多数人而言）在现实世界的紧迫情况下不可能的方式从中有所学习。审美语境创造了特殊的静观认知条件，并相应地影响了观众的情感反应。①与此同时，《政治学》1340a23–28明确指出，在对摹仿对象的静观与对整个世界的相同体验对象的静观之间，存在着重要的连续性。因此，摹仿的表现并不能切断其与观众对现实的正常反应之间的所有联系。它们利用了这些可能的反应，同时也使这些反应与生活本身的压力和限制脱钩，并将之转化为摹仿"生活表现"的内容中那些丰富乐趣的来源。②

正如本章前所解释的，根据亚里士多德的肃剧模式，最佳戏剧的观众在最ekplêxis［惊恐］的时刻会受到诱导，去体验一种强烈的

---

① ［原注94］见Belfiore, 1992: 238–246对这一点讨论，以及Halliwell, 2002a: 179–182一系列更深远的视角。虽然与笔者的观点不同，但Lear, 1988给出了这样的解读：catharsis融合了情感体验的诸多特殊审美条件（作为"安稳的环境"）的观念（页315–316、325）。

② ［原注95］关于这种摹仿的艺术体验模式的分析，见Halliwell, 2001, 2002a: chs. 5–8。Belfiore, 1992: 227–229否认肃剧将痛苦的情感转化为愉悦之源，但她的论据并未直面《诗术》1453b11–12不留余地的强力陈言（见本章原注97和98）。

怜悯和（间接感到的或［250］"有共鸣的"）恐惧。[1]与之相关的基本情感也可能存在于剧场外的现实世界中，不过在那里，对恐惧表达同情的机会可能很有限。而肃剧通过巧妙的结构和整合的情节来诱发这些情感；肃剧将这些情感集中在精巧的虚构人物和情境上，并允许一种静观和审美的回应方式，在这种回应中，正常的怜悯和恐惧的痛苦（实质上）转化为一种特殊的愉悦。在《诗术》1453b12中，亚里士多德定义了肃剧带来的"独特"且恰当的愉悦，直接表明了上述转换。亚里士多德的表述，即"通过摹仿产生的怜悯和恐惧的愉悦"，利用希腊文的语序资料（在冠词和名词之间有两个限定短语，逐字来看就是"通过—摹仿—产生的—怜悯—和—恐惧的—愉悦"）[2]来强调这种体验所具有的独特的审美专注以及矛盾的特征。

没有任何一个在伦理上正派的人会因怜悯（或恐惧）现实世界的对象而直接感到愉悦，因为这需要一个人对助长这些情感的对象之存在感到愉悦，而这些对象被定义为"邪恶的"。同样，虽然人们后来可以从引起现实生活中的怜悯和恐惧的事件中（或从他们自己对这些事件的情感反应中）学到一些东西，但在亚里士多德笔下，人们无法将这些情感本身追溯至学习的愉悦，就像《诗术》第四章所讨论的对摹仿艺术的体验一样。而亚里士多德认为，每一个适当熟悉肃剧的人都能在其中的怜悯和恐惧里找到深层的愉悦。此外，亚里士多德在定义肃剧特有的愉悦时使用了介词 ἀπό（源自，参《诗术》1453b12，上文引过），这表明在那种情况下，怜悯和恐惧的体

---

① ［原注96］这一视肃剧的恐惧主要是"共情"而非自我指涉的观点（只有少数人认同），见 Halliwell, 1998: 176–177, 2002a: 216–217；参 Woodruff, 2009a: 304–305。对于 Konstan, 2006: 211–214 的几个观点，笔者持不同的意见，参 Konstan, 2005a。

② ［原注97］τὴν ἀπὸ ἐλέου καὶ φόβου διὰ μιμήσεως ... ἡδονήν: 关于这种封闭的语序的其他情况，见《论题篇》106a37，《优台谟伦理学》1216a30。Heath, 1996: 22（"应该从怜悯与恐惧中产生愉悦，并且应以摹仿的方式来实现。"）在段落分节上弄错了，并且两度歪曲了亚里士多德的思想。参 Else, 1957: 410–411。

验本身至少是愉悦的一个极可能的（proximate）来源。[1]这一切都能让我们看到［251］在如下三者之间必然存在某种联系：其一是《诗术》第四章提到的对"痛苦"对象的静观所产生的审美愉悦模式；其二是《诗术》第六章的定义中对怜悯和恐惧的catharsis；其三是《诗术》第十四章给出的定义中，肃剧引发的恰当或特定的愉悦。在某种程度上，这种联系的本质仍有些模糊。[2]

　　许多学者选择简单地将catharsis与肃剧特有的愉悦联系起来。[3]毕竟，《政治学》1453b10-12对肃剧愉悦的定义，明显呼应了《诗术》第六章对该体裁本身的定义，尽管后者说的是catharsis而非愉悦（事实上，《政治学》中直到1453a35-36才首次直接提到肃剧的愉悦）。笔者以为，我们是否可以接受这种认同取决于两方面的考虑：一方面是关于两个定义的确切措辞——其一是体裁的定义，其二是其特殊愉悦的定义；另一方面是关于亚里士多德对愉悦和产生愉悦的活动之间关系的更广泛描述。就第一个方面而言，《诗术》第六章中的怜悯和恐惧的情感是catharsis过程的手段或施动力（διά［通过］加上属格，《诗术》1449b27）——它们与catharsis具有相同的关

---

　　① ［原注98］最恰当的比较，不仅是针对《诗术》这句话的第一部分（ἡδονήν ἀπὸ τραγῳδίας［愉悦源自肃剧］，1453b11），而且是针对1453a35-36中提到的肃剧带来的愉悦（ἡ ἀπὸ τραγῳδίας ἡδονή）。关于ἀπό［源自］的使用，参《尼各马可伦理学》1130b4、1153a7、1173b26、1175b2。

　　② ［原注99］Golden对catharsis的解读有误，例如Golden, 1992: ch. 2（作为其众多表述之一），虽然他正确地认识到了与《诗术》第4章论点之间的联系，但他认为catharsis最主要的是理智。而在《政治学》卷八（Golden忽视了此处），对肃剧和音乐的catharsis的定义都表明，catharsis在极大意义上是情感性的；参Nussbaum, 1996: 388-390。尽管笔者在Halliwell, 1986: 354-355中否定了Golden的观点，但Golden, 1998: 107还是将笔者列入了他自己的"澄清"解释派！Depew, 2007: 149注释27犯了同样的错误。Silk, 1995: 183称Golden的立场"至多是一种历史方面的好奇"。

　　③ ［原注100］如见Dupont-Roc & Lallot, 1980: 188-193，对《诗术》1453b13-14浮于表面的理解导致他们将观众的怜悯和恐惧与引起怜悯和恐惧的"故事元素"（éléments de l'histoire）混为一谈。Heath, 2001: 12反对辨别catharsis和肃剧的愉悦，但鉴于一些理由，笔者无法完全赞同其观点。另一种否认的观点见Rostagni, 1955: 114。

系，换言之，就像《诗术》第十四章中的摹仿之于肃剧的愉悦（$\delta\iota\grave{\alpha}$ $\mu\iota\mu\acute{\eta}\sigma\varepsilon\omega\varsigma$［通过摹仿］，《政治学》1453b12）一样。同时，在《诗术》第六章所下的定义中，及物分词 $\pi\varepsilon\rho\alpha\acute{\iota}\nuo\upsilon\sigma\alpha$［实现］的主语是肃剧本身：正是作为某种行动的摹仿，肃剧"实现"或"贯彻"了怜悯和恐惧的 catharsis（关于这个动词意义的更多讨论见下文）。因此，这两个定义以语言上不同但重叠的方式指明：摹仿的表现和观众对它的情感反应是产生 catharsis 和肃剧愉悦的共同条件。

[252]另一方面，我们还必须面对 catharsis 从句的"顺势疗法"（homoeopathic）含义。[①]笔者使用这个术语并非意指其中含蓄地引用了某种特定的医学模式（无论如何，亚里士多德似乎把医学治疗看作一种对抗疗法，而非顺势疗法），用唐宁（Twining）的话说，情感在这个意义上只是被表现为这一过程的"手段和对象"。[②]这似乎解决了 catharsis 和肃剧愉悦之间的区别：catharsis 是通过正在发生的情感体验本身来改变观众的情感（和/或情感倾向），但就亚里士多德的措辞而言，尽管《诗术》第十四章中定义的愉悦源自这种相同的情感体验，但它并没有加倍折返回来影响情感本身。此外，我们记得在《政治学》1342a14-15中，亚里士多德说过"一种 catharsis，和愉悦的缓解"（$\tau\iota\nu\alpha$ $\kappa\acute{\alpha}\theta\alpha\rho\sigma\iota\nu$ $\kappa\alpha\grave{\iota}$ $\kappa o\upsilon\phi\acute{\iota}\zeta\varepsilon\sigma\theta\alpha\iota$ $\mu\varepsilon\theta'$ $\acute{\eta}\delta o\nu\tilde{\eta}\varsigma$），笔者认为，这一措辞最好用来标明，catharsis 和愉悦属于同一个复杂过程在概念上的不同方面，尽管从现象学上看它们交织在一起。这在《诗术》中也仍然是一个明确的选项。归根结底，这取决于一个事实：亚里士多德分别以许多不同的方式谈论 catharsis 和愉悦——而他本可以很容易地告诉我们他是否认为两者是同一回事。

为了让论证进一步深化，我们可以从亚里士多德在《尼各马可伦理学》（*Nicomachean Ethics*）最后一卷（10.4-5）中关于愉悦的

---

① ［译按］顺势疗法，又称同类疗法，由德国医生哈内曼（Samuel Hahnemann）在18世纪发明。该疗法的特点是用"相似的东西治愈相似的东西"或"以毒攻毒"，目的是通过加强人体受损细胞的自我修复能力来增强人的自愈力。该疗法一度在欧洲非常盛行，但属于一种具有争议性的疗法。

② ［原注101］Twining, 1789: 233，参页237。

一些评论中寻求外部的佐证。在那里，亚里士多德不仅在概念上一致地区分了活动（ἐνέργειαι）和"完成"（τελειοῦν）活动的愉悦，而且实际上承认了活动与活动的愉悦是如此紧密交织，以至于两者看起来（即在实践中，对那些体验它们的人来说）不可分割（《尼各马可伦理学》1175a19-20，参1175a29-30）。在《尼各马可伦理学》1175a30-36中（其中一个例子恰巧就是听音乐①），亚里士多德解释说，一项活动中的恰当愉悦能增强或增进（συναύξειν）这项活动；在《尼各马可伦理学》1175b13-15他又说，一项活动中的恰当愉悦能使这项活动进行得更好和更［253］准确；亚里士多德在《尼各马可伦理学》1175b21-22还说，恰当的愉悦（或痛苦）是在其活动中产生的或属于活动本身的愉悦（即一种内在的愉悦）。

　　这些段落及其所处的《尼各马可伦理学》卷十的完整语境提出了一个具有说服力的理由：不要把肃剧的catharsis与肃剧的适当愉悦等而视之。换言之，亚里士多德关于恰当或特殊愉悦的概念（οἰκεία ἡδονή），肯定比catharsis的概念有更多基本的和广泛的具体例证。每一种不同的活动都有其恰当的愉悦，可并非每一种活动都能引起catharsis。在这里，我们可以回想一下《政治学》卷八给出的证据，那里很难给人留下这样一种印象，即每当亚里士多德谈及音乐的catharsis时，他都只不过是在使用某种合适或恰当的"愉悦"的同义词，即相关类型的音乐所提供的那种愉悦。

　　笔者认为，至此，我们可以作出一个合理的推论，即肃剧的catharsis是一种附加物（additional），尽管它无疑与肃剧的愉悦密切相关。由于catharsis是一种裨益（ὠφέλεια），所以应将它理解为对愉悦的一种补充，正如《政治学》卷八在音乐的案例中直接指出的那样（《政治学》1341b36-38）。当然，在某些情况下，愉悦本

---

　　①　［原注102］同一段文本（《尼各马可伦理学》1175b11-13）还提到了观剧，尽管这对于亚里士多德的观点而言是一个极受歪曲的例证。至于《尼各马可伦理学》1175b3-6提到阿夫洛斯管的声音分散了人们谈话或讨论的注意力，与Zierl, 1994: 90注释270（参页76）所言一样，假设此处与《政治学》1341a23-24 "catharsis和mathêsis［领悟］之间的对比"存在任何关系都是奇怪的。

身可能被视作一种"裨益",但事实仍是:亚里士多德在《诗术》和《政治学》中分别谈论了某种摹仿艺术所产生的(各种)愉悦和catharsis。[①]这表明catharsis不仅是将原本痛苦的情感转化并融入摹仿艺术的愉悦体验中,catharsis是这种转化所带来的心理上的裨益。有两个理由可以支持如下观点:人们(伯奈斯和其他人等)错误地将这样的裨益视作可能仅限于情感能量上的一种释放或疏泄。一方面,catharsis的一般概念(作为"清洁"或"洁净")在本质上涵盖了消除冗余/杂质/缺陷,以及由此产生的(改善的)纯度或精炼状态。[②]关于为什么肃剧的catharsis必定不仅仅是疏泄的,还有另一个更深层原因,这涉及那些支持从病理学角度理解catharsis的读者在很大程度上所压制的东西:情感在亚里士多德的道德心理学中的重要地位。

[254]在亚里士多德的哲学中,以正确的方式对正确的事物产生情感,这在本质上是一个伦理问题。举例来说,正因为这样,(与肃剧体验明显相关的)《修辞术》才表明:对他人不应遭受的不幸展现怜悯,或者同样地,对他人不应得到的成功感到愤慨,这些是良好性格的标志(ἤθουςχϱηστοῦ,《修辞术》1386b9–14)。情感或激情,以及随之而来的愉悦或痛苦的感觉,它们是人物德性的一个要素,因为它们体现了对(真实的或想象的)环境和事件所给出的回应,即伦理上的评价;正如《修辞术》一再指出的那样,它们是"所有那些改变和影响了人们的评判的感受,并且伴随着痛苦或愉悦"(《修辞术》1378a19–20)。[③]在《尼各马可伦理学》中,亚里士多德解

---

① [原注103]关于区分愉悦与获益的概念,见《尼各马可伦理学》1158b3、1159b11–12(两处都是论友谊);关于诗歌中假定存在的"获益",参柏拉图《理想国》607d–e,以及第六章原页310–320。

② [原注104]参柏拉图《理想国》567c、《智术师》226d对这一点的明确表述。

③ [原注105]ἔστι δὲ τὰ πάθη, δι᾽ ὅσα μεταβάλλοντες διαφέρουσι πϱὸς τὰς κϱίσεις, οἷς ἕπεται λύπη καὶ ἡδονή. Rapp, 2002: ii. 540–583有广泛的讨论;参Cope, 1877: ii. 6–7。对亚里士多德而言,情感同时涉及身体与精神的状态:如《论灵魂》403a16–19;参Belfiore, 1992: 181–189, Rapp, 2007: 163–166。

释说，伦理德性之所以会关注愉悦和痛苦，部分是因为它们关注行为和情感；他还补充说，行为和情感始终伴随着愉悦和痛苦。卓越性格的关键，大体上可以被视为在愉悦和痛苦方面表现良好，这包括了恰当的情感感受——富有德性的性情本身不是情感，而是关于情感的固定习性（settled habits）。①

正因为情感是亚里士多德的道德心理学体系的基础，所以用某种意义上的柏拉图式方法，基本上可以将道德教育表述为一种旨在让人正确感受快乐和痛苦的训练，即训练人如何去正确地感受愉悦和痛苦。② 现在，《政治学》卷八正是采用了这种教育宗旨，它要求年轻人学会"正确地享受"（ὀρθῶς χαίρειν）[255]某种类型的音乐，尽管并不是直接关涉技艺上被称为êthika[伦理的]旋律，而是关涉在普遍意义上影响êthos[伦理]和"改变灵魂"的音乐力量，尤其是"奥林波斯的旋律"（后者与catharsis相关）。③ 此处，笔者的论点与先前的主张完全一致，即《政治学》卷八中有充分的证据证明，音乐的体验——以及通过推断发现的所有形式的摹仿艺术——可以在不止一个层面上算作"伦理的"。对音乐摹仿的情感反应，激活并促进了品格的作用，这一原则必须包含音乐的catharsis的（诸）过程；在

---

① ［原注106］这一伦理心理学基本原则的陈述，出现在《尼各马可伦理学》1104b3-1105a1、1105b19-1106a6、1106b16-28、1108a30-b6、1152b4-6、1172a19-27、1178a9-22，《优台谟伦理学》1220a34-b20。既然怜悯是最基本的激情之一（如《尼各马可伦理学》1105b23-25、1106b19所述；参《论灵魂》403a17），同时也需要普遍意义上的道德理解（参《尼各马可伦理学》1109b32、1111a1、1114a27），并且由于正确地感受激情是德性的一部分，Schütrumpf, 2005: 664竟认为，这部《伦理学》表明了"以正确的方式感受怜悯"与亚里士多德哲学中的德性"无关"，这实属令人吃惊的教条主义观点，而且与《修辞学》1386b9-14（笔者在上文的引用）完全矛盾。缺少与怜悯有关的特殊德性（这是Schütrumpf, 1970: 107注释6所强调的）其实对一个更重大的要点而言并没有什么影响。

② ［原注107］《尼各马可伦理学》1104b11-13（公开认可柏拉图）、1172a20-21；更详细的引述，见Schütrumpf, 2005: 601。

③ ［原注108］《政治学》1340a14-28；参1339a24-25、1339b1、1340b39。见上文原页238-242。

这一过程中，某些情感被激发到一个极高的高度（pitch）或特殊的强度（intensity）上。

由于同样这些基本原因，在涉及有着适当敏感度的观众时，①肃剧的catharsis也应该在亚里士多德的道德心理学框架内占据一席之地。如果《诗术》没有详述肃剧体验中的道德维度，那并不是因为亚里士多德认为不存在这一维度；相反，他的整个激情心理学使他相信这一道德维度必然存在。②相反，那是因为，亚里士多德的理论没有出现道德主义的（moralistically）倾斜。对照来看，现代人对道德和审美所作的明确区分是不合适的。③试考虑以下的类似说法：

> 我们从如此之多的语词中得出，它们关乎肃剧在《诗术》中营造的一种特殊审美享受，一种其自身特有的愉悦——我们对它的道德或教化的影响一无所知。④

---

① ［原注109］亚里士多德并不认为所有的观众/听众在心灵上会保持一致，参本章原注85。《诗术》提到了受众的积极和消极反应，尤见《诗术》1453a26-34，此处认为这两种反应迅速且连续。但是，对肃剧的定义包含了一种针对受众情感的规范性假设（normative assumption）。

② ［原注110］Silk, 1995: 183提到了笔者早前对catharsis的解释："这是一个非常的甚至巧妙的亚里士多德式解释……；但并没有理由将之视为亚里士多德本人的意思"（强调来自笔者）；参Ford, 1995: 113。但这产生了一种解释上的荒谬情形：［某个解释是］"亚里士多德式的"（即与亚里士多德的整个思想体系保持一致），这竟不是一个支持对亚里士多德文本进行特定解释的理由！

③ ［原注111］《诗术》1460b13-15并不能确保有一种明确的区分，尽管其理解得很恰当：见上文原页211和216-219，以及参Halliwell, 2003e: 181-182。

④ ［原注112］见Hicks在Susemihl & Hicks, 1894: 651-652中的注解。Hicks（同上页607、639）将《政治学》1341b40的διαγωγή译作"审美的享受"，又解释为"最高理性的享受"（页638）。Susemihl以及（主要是）Hicks关于catharsis的长篇注释（页641-656）设法避免提及亚里士多德灵魂学中情感所涉及的普遍伦理的重要性。不过，Susemihl在页622的注释认为，音乐的catharsis和道德的效果"必然有很多共同点"。

"从如此之多的语词中"这个短语掩盖了一种乞题谬误；[256]
而"审美"这个词再加上"其自身特有的"，则暗示了一些完全独
立、完全与伦理脱节的东西。但这种暗示并不存在于亚里士多德的
观点中，即肃剧产生它自身的、"独特的"愉悦。对肃剧这个体裁
而言，在严格而言的和整全（ οἰκεῖος ）的意义上，肃剧的愉悦是"独
特的"。这并不意味着肃剧的体验与整个生活的体验密不可分。相
反，肃剧愉悦源自那些关于"行动与生活"的戏剧化作品（《诗术》
1450a16–17 ）。

因此，肃剧的愉悦必然包含对摹仿艺术的反应与"生活"之间
的相互作用，而亚里士多德在《政治学》1340a23–8提出了这点（见
上文原页249 ）；其核心在于，它必须通过诱发怜悯和恐惧来做到这
一点，《修辞学》卷二详细阐述了怜悯和恐惧与针对人类行为和苦难
的伦理评判之间的联系，同时《尼各马可伦理学》中也明确指出过
这种联系。[1]如果可以说，通过其各部分的总和，"肃剧愉悦"的心理
学构成了一种与众不同的"审美"体验，那么我们所说的体验就是
对艺术表现形式的专注静观（theôria ）和强烈的情感反应。而从根
本上说，这是一个审美和道德心理学的问题；在这个问题上，观众
的"情感理解"能力被引向此处：对可能存在的人类现实进行富有
想象力的演绎。

无论是直接将catharsis与该体裁的"独特愉悦"相提并论，还
是如笔者所论证的那样，将其视为整个体验所附带的"益处"或价
值（其中包括将痛苦转化为愉悦的情感），一个与之相关的推论都
适用于肃剧的catharsis本身。亚里士多德在他对肃剧体裁的定义中
说，肃剧会"引起"或"达成"（ περαίνειν ）catharsis。笔者以为，这
里的动词最好被理解为表示一个完整的、累积的过程，而非仅是其

---

① ［原注113］有关怜悯与"伦理理解和伦理评判"之间的联系，见本章原注
106。Nussbaum, 2001: 304–327论述了关于怜悯的新亚里士多德主义式认知条件，参
Halliwell, 2002a: 207–230。

终点。[1]［257］恰巧,《诗术》的下一句话（即《诗术》1449b30,参1459b27）也证实了这一点；在那里,肃剧的不同部分被说成是在口述的诗或歌中得以呈现、履行甚至是表演（ $\pi\varepsilon\varrho\alpha\acute{\iota}\nu\varepsilon\sigma\vartheta\alpha\iota$ ）：显然,简单地达到终点或完成的想法在这里说不通。[2]不论如何,大多数现代解释者都认为,肃剧定义中的catharsis从句强调的是最终结果,即观众在戏剧结束时所处的状态；多倪尼（Pierluigi Donini）则更甚,他认为动词 $\pi\varepsilon\varrho\alpha\acute{\iota}\nu\varepsilon\iota\nu$ ［达成］可能意味着"加冕"和一个肇始于肃剧之外（但内在于观众的先验之中）的过程的完成。[3]而在亚里士多德关于肃剧的描述中,怜悯和恐惧的作用表明,虽然亚里士多德在这些情感达到高潮时（最重要的是在复杂情节的peripeteia［突转］和/或anagnôrisis［发现］之中）将它们与ekplêxis［惊恐］（一个扣人心弦或令人震惊的时刻：上文原页229）联系在一起,但它们仍然是整个体验中的组成部分。这些情感都源于并有助于定义一种反应形式,在这种反应形式中,情节结构的每个阶段都需要我们在情感上对行动和人物拥有细致入微的理解。[4]

---

[1]［原注114］这种解读与《政治学》卷八中有关音乐的catharsis的叙述一致。Susemihl对1342a9的注释（Susemihl & Hicks, 1894: 610）将 $\chi\varrho\acute{\eta}\sigma\omega\nu\tau\alpha\iota$ ［使用］译为"当他们使用了旋律"（强调来自笔者）,以回避这个问题；类似的还有Newman, 1887-1902: iii. 563。这并不是虚拟语气的不定过去时（也不是该句后面的分词 $\tau\upsilon\chi\acute{\sigma}\nu\tau\alpha\varsigma$ ［偶然］）的一个必然含义,注意《政治学》1342a10中的现在分词： $\kappa\alpha\vartheta\iota\sigma\tau\alpha\mu\acute{\varepsilon}\nu\upsilon\varsigma$ ［安排］（1342a10）。 $\chi\varrho\acute{\eta}\sigma\omega\nu\tau\alpha\iota$ ［使用］与以下推论相符合：这一进程在聆听音乐的过程中开始,尽管该推论明显会被认为将产生一个可见的后果。持此观点的有Hubbard, 1972: 133、Kraut, 1997: 47、Gigon, 1973: 261、Barker, 1984: 180。

[2]［原注115］Antiphanes fr. 1.6表明 $\pi\varepsilon\varrho\alpha\acute{\iota}\nu\varepsilon\iota\nu$ ［实现］可能用于戏剧中的独白（recital）,这是否与阿里斯托芬《蛙》行1170有关？

[3]［原注116］强调"最终结果"的解读包括Ferrari, 1999: 196-197, Sifakis, 2001: 112,两位研究者都将catharsis等同于"解脱", Gallop, 1999: 86-90（更恰如其分地将之解释为"精神上的宁静"或平和［serenity］）。Donini, 2004: 58-61对 $\pi\varepsilon\varrho\alpha\acute{\iota}\nu\varepsilon\iota\nu$ ［实现］的极端解释使catharsis在肃剧的定义中令人费解；而他认为《诗术》乃《政治学》卷八的延续,这一观点来自16世纪的马佐尼（Mazzoni）。

[4]［原注117］参Schmitt, 2008: 492。

　　可以说，观众怜悯感和恐惧感的轮廓将取决于个别戏剧中行动的精确体现。像欧里庇得斯《特洛伊妇女》（*Trojan Women*）这样"简单"的情节，或像索福克勒斯《埃阿斯》（*Ajax*）这样"以悲悯为中心"的作品（参《诗术》1456a1），它们可能从一开始就直接呼唤这些情感，尽管随着行动的展开，情感的强烈程度仍可能根据预期而上下波动。而另一方面，根据定义，一个"复杂"的情节取决于关键的转折点，因而也就是取决于最能影响情感的时刻，不过这些转折点可能发生在戏剧中或早或晚的不同位置。如果 catharsis 是从肃剧体验中获得的心理裨益，那么它的效果就很难局限［258］，也很难孤立于那段体验的任何一个关键时刻。catharsis 应该更像是一个过程，它伴随并生发自整个体验的情感模式；按照亚里士多德的说法，这种诱导人们感受怜悯和恐惧的模式，是一种必然会影响肃剧观众的"伦理"（即与性格相关的）能力训练。

　　作为我提出的例子的补充，重要的是，我们不必从这幅肃剧的 catharsis 图景中排除"缓和"或"减轻"（*κουφίζεσθαι*）的因素，即《政治学》中伴随着音乐的 catharsis 的那些因素。[①]根据亚里士多德的看法，无论是在强烈的情感波动之中还是之后，一种解脱（release）的感受——不受约束的精神之流，恰好是在肃剧剧场中（乃至在全神贯注地"理解"戏剧中）产生 catharsis 的那种审美体验类型的附属物。[②]

────────────

　　① ［原注118］Collingwood, 1938: 110 用"减轻"一词来表示所有有效的情感表达中包含的确切性和明晰性。他通过与 catharsis 进行比较，又回到了"宣泄"（discharge，即"净化"［purgation］）的观点上；参同上页51。

　　② ［原注119］Lucas, 1968: 281–282 注释3错误地推断《政治学》卷八的"群众情感"是肃剧的 catharsis 的一个必要条件，并且因此认为肃剧的 catharsis 在一部戏剧的（高声）诵读中"几乎不可能产生"。但是，亚里士多德强调了听者（对于一场诵读而言的）能（因恐惧而）"战栗"并感受怜悯，即使他不亲眼观看表演：《诗术》1453b4–6（本章原注50）；关于这一观点，也就是即使只在阅读肃剧时也能把握"生动性"（即想象的力量），参1462a17–18（以及本章原注42）。

摹仿艺术的运作，加上其文化进步（evolved）形式中所蕴含的表现（representation）和表达（expression）的资源，可以让观众获得特别的机会，去切近而专注地"静观"（theôria）那些想象中的人类生活的可能性。这种体验摆脱了那些阻力、偏见和无序（它们往往会遮蔽偶然的社会经验），令两种事物成为可能：一是以准哲学的方式理解"普遍性"（体现在一个可理解的情节所具有的因果关系结构中），二是与这种对普遍性的理解相契合的专注情感接受。[①]catharsis这个词借用自其他人的用法（见下文），亚里士多德用它来描述人们通过对人类世界的艺术化模拟所唤起的强烈情感而感受到的裨益。用亚里士多德的话说，没有什么可以阻止这种体验，它既本身在情感上令人满足，也标志着肃剧观众的伦理能力得到了良好的 [259] 锻炼。如果我们简单地将肃剧的catharsis简化为疏泄式"缓释"这一最终结果，这就会为《诗术》中关于体裁定义的最后一部分强行加上一道奇怪的、不牢靠且不必要的款项（clause）。

相比笔者此处的研究，关于catharsis的一种更宏大的视角需要我们同时考虑到亚里士多德的概念的起源与后继。[②]对亚里士多德而言，无论我们选择相信什么，catharsis都是他对古希腊人围绕音乐和诗歌的情感力量，尤其是这种艺术所具备的矛盾力量——这种力量为静观人类苦难的心灵提供了一种深邃的回报——所展开的论辩的部分回应。正如作为典型的肃剧情感公式，《诗术》中的"怜悯和恐惧"反映了我们在高尔吉亚和柏拉图身上看到的那股更广泛的

---

① ［原注120］"专注"的标准适用于《诗术》1462a18–b3中诗歌的愉悦，其含意必然适用于这种愉悦的情感–认知基础。

② ［原注121］关于其古代后继者，见 Sorabji, 2000: 288–300，但是，关于亚里士多德自身的立场有一些富有争议的假设。Highland, 2005在研究忒奥弗剌斯托斯（Theophrastus）将catharsis的词汇用于植物学上的"修剪"（作为一种调整并促进植物生长的方式）时，发现了亚里士多德概念的蛛丝马迹。关于亚里士多德思想在现代的创造性转变，见 Vöhler & Linck, 2009。

思潮，①也正如亚里士多德所见，我们没有必要直接解释为什么将动词 φυχαγωγεῖν（"召唤"灵魂）用于表达肃剧对其观众的最深刻影响（上文原页 223–226）；同样地，catharsis 的观念也可以视作一种古老的希腊思想传统——关于诗歌和音乐的"灵魂巫术"和"灵魂医术"的思想传统——的延伸。这一传统包括：荷马笔下"入迷"和"着魔"的诗歌观念；通过音乐来缓和激情（这被认为是忒尔潘德［Terpander］和一些毕达哥拉斯门徒的做法）；②一种毕达哥拉斯式"音乐的 catharsis"的具体概念（亚里士多塞诺斯［Aristoxenus］告诉我们，"毕达哥拉斯的门徒用医术来进行身体的 catharsis，用音乐来进行灵魂的 catharsis"）；高尔吉亚将医术和巫术的语言改编为他对 logos［逻格斯］力量的凝练说明；最后但同样重要的是，柏拉图屡屡提到各种言语或音乐艺术在心理上的诱惑力。③

［260］毕达哥拉斯和柏拉图的用法尤其令我们怀疑，是否应该像伯奈斯那样（不加讨论地）断言：亚里士多德自己发明而不是改编了 catharsis 这个美学上的技艺术语。笔者之前提到，虽然亚里士多德在《政治学》卷八 1341b38–40 中承诺会进一步澄清这个术语，但

---

①　［原注 122］见高尔吉亚《海伦颂》B11.8–9 DK，柏拉图《伊翁》535b–e，《斐德若》268c；关于古典时期讨论肃剧情感模式的其他痕迹（这一模式具有部分荷马的血统）见 Halliwell, 2002a: 218 注释 33（与页 212–214），Cerri, 2007: 78–95；参第六章原注 19。Williams, 2006: 56 相当傲慢地抛下亚里士多德，这种态度似乎表明研究者忽视了这一重要的文化观点；参 Williams, 1993: 231 注释 35 对《诗术》的优越态度（笔者还以为，他略微混淆了《诗术》1453a29 的 τραγικώτατος［肃剧的］的意义）。

②　［译按］忒尔潘德，古希腊诗人，具体生卒不详，主要活动于前 7 世纪中期，曾在雅典酒神节的音乐竞赛中获胜。他还在斯巴达建立了第一所音乐学校。

③　［原注 123］关于荷马的着魔，见第二章原页 47–53。音乐对激情的缓和：Terpander test. 9 Campbell（1988），以及 Chamaileonfr. 4 Wehrli（1969），*ap.* Athen. 623F–4A 论毕达哥拉斯学派的塔林顿的克雷尼亚斯（Cleinias of Tarentum）。阿里斯托克塞诺斯论毕达哥拉斯学派与音乐：fr. 26 Wehrli, 1967；不过，更早讨论亚里士多德与毕达哥拉斯学派的 catharsis 概念之间关系的研究（比如 Boyancé, 1937: 185–199，Rostagni, 1955: 135–161）都过于自负了。关于高尔吉亚与 logos［逻各斯］的力量，见第六章原页 266–284。

该术语在这里其实是第二次出现；当他在《政治学》1341a23第一次使用这个术语时，他没有特别评论这个术语。此外，虽然亚里士多德可以如此设想，即他将在讨论诗歌时澄清这个术语，但他［同时］觉得他可以在直接的语境中"清楚地"或"不加限定地"（ἁπλῶς，《政治学》1341b39）使用这个术语；换言之，亚里士多德一定希望通过一种对其学生有合理意义的方式来解释这个术语。与伯奈斯所说的不同，进一步的解释并非必不可少，我们完全可以等待另一个时机［来解释］。[①] 即使没有这样的解释，亚里士多德也可以期望他的学生们能领会catharsis这个词与更宽广的情感模型（matrix）——希腊人眼中诗乐体验所具有的令灵魂转变的"迷狂"领域——所产生的共鸣。亚里士多德希望他的学生们能认识到：他完全熟悉并开放地面对这种感受的情感影响。他也希望学生们能领会这一点，即他自己的哲学心理学如何要求情感与伦理评判、伦理理解相协调。在《诗术》的肃剧理论中，亚里士多德将审美与伦理体验相结合（fuses），为这一目标的成功实现赋予了catharsis之名。

三　附论:《诗术》中提到catharsis的从句是篡插的吗?

斯科特（scott, 2003）和维罗索（Veloso, 2007）这两位学者近期认为,《诗术》在定义肃剧时提到的catharsis涉及对［261］亚里士多德原文的篡插和歪曲。尽管更早的学者，尤其是彼得鲁舍夫斯基（Petruševski, 1954）[②] 偶尔也提出过这种怀疑，但这种怀疑在大量关于

---

　　① ［原注124］在《政治学》卷八中，亚里士多德明显地仰赖于某些（哲学上）精通音律之人的观点：参本章原注73。这就削弱了catharsis是一个完全原创思想的可能性。Bernays, 1880: 2认为进一步详细的解释必不可少；参同上页6，该处声称亚里士多德把catharsis视作一个美学上的技术概念。

　　② ［原注125］彼得鲁舍夫斯基曾亲自提议将 παθημάτων κάθαρσιν 修订为 πραγμάτων σύστασιν，即让肃剧"通过怜悯与恐惧来产生［或'实现'］这类事件的结构"，但没有证据支持这一说法。

catharsis的文献中从未得到过重视。斯科特和维罗索两人之所以值得称赞，是因为他们聚焦于《诗术》1449b28的篡插假说上。以下是对两人主要论点的简要总结（抛开许多与篡插假说没有直接关系的主张），以及笔者拒绝接受他们各自结论的简明理由。

斯科特（2003）认为，肃剧定义中的最后一个从句，如抄本B中的内容（*δι' ἐλέου καὶ φόβου περαίνουσα τὴν τῶν τοιούτων παθημάτων*，"通过怜悯和恐惧来实现这种情感的catharsis"），[①]并不是亚里士多德补充的，而可能是由一个人——此人熟悉亚里士多德更早的"诗歌的catharsis"概念——篡插的，这一概念据说出现在《论诗人》（*On Poets*）这篇对话中。[②]斯科特的主要例证如下：

（斯科特1）与定义和上文（《诗术》1449b22-24）之间公认有联系相反，《诗术》一至五章中没有任何内容预先提到catharsis，也没有提到怜悯和恐惧，因此，根据亚里士多德的方法论，这三个概念都不应出现在定义中。

（斯科特2）论著中其他地方都没有进一步解释catharsis，这也使人们对出现在定义中的这个术语产生了严重怀疑。

（斯科特3）《诗术》第九章之后反复提到了怜悯和恐惧，然而这并没有表明这些情感对亚里士多德的肃剧定义而言必不可少，只是表明了他对最佳肃剧情节类型的规定。

笔者对斯科特的回应将强调以下考虑因素。

［译按］彼得鲁舍夫斯基（Mihail Petruševski，1911—1990），北马其顿共和国（原属南斯拉夫）语文学家。

① ［原注126］Scott, 2003: 234、Veloso, 2007: 268-269强调，"最古老的"《诗术》抄本A（10/11世纪）在该定义的倒数第二个单词上有不同的读法：*μαθημάτων κάθαρσιν*（"这种学习［或研究］的catharsis"）。两人都没有提到叙利亚-阿拉伯语的《诗术》译本传统，它们可追溯至一份更古老的希腊语抄本（可能是6世纪或更早的版本），其中该词似乎是读作*παθημάτων*［情感］而非*μαθημάτων*［学习］：见Edzard & Köhnken, 2006: 222-229对该传统的概述，其中页231-233讨论了该定义本身；Centani, 1995以不同（且非常不可能）的形式重构了叙利亚文译者所使用的希腊语文本。

② ［原注127］Scott, 2003: 254-255, 261-262；关于《论诗人》，参本章原注64。

（斯科特 i）亚里士多德说，肃剧的定义产生于或出现于上文，这并不意味着其中所有内容都是之前就提到过的——在这之前，他并没有提到行动"全体性"或"完整性"的概念（斯科特在这一点上犯错），事实上，［262］（一个）作为统一事件结构的"行动"概念，与"行动中的人"（第二章等）这一更普遍的概念正好相反。

（斯科特 ii）《诗术》没有进一步解释catharsis，这初看起来的确令人费解，但由于《政治学》卷八1341b39-40（上文原页238）表明catharsis的概念确实存在于亚里士多德的诗歌理论之中，所以我们不需要借助一个极端的假设，即用篡插来解释这种缺失。更合理的假设是，《论诗人》提供了这个解释，而它在作为《诗术》基础的讲课中被口头加以引用（另一种说法是，许多人认为，关于catharsis的解释存在于佚失的《诗术》卷二中关于谐剧的讨论中。尽管斯科特本人倾向于接受这一点［2003: 252-253］，但他将其转化成了一个几乎不可信的论点，即亚里士多德可能相信存在谐剧的catharsis，而不相信存在肃剧的catharsis）。另一种可能性由伯奈斯等人提出，他们假设对catharsis的解释原本位于《诗术》第六章之后的某处，但文字已经佚失。相比于假设在定义中存在篡插，这种假设倒是不那么极端。

（斯科特 iii）斯科特未能令人满意地处理《诗术》中表明怜悯和恐惧对肃剧至关重要的段落。对于斯科特企图从肃剧的定义中删除怜悯和恐惧（以及catharsis）的做法，有两段话尤其构成了致命打击。第一段话在《诗术》1452a1-3，即"鉴于［肃剧的］摹仿不仅是一个完整的行动，也是关于令人恐惧和怜悯的事情"，这看起来就像是回到了对该体裁的定义。斯科特试图回避这一推论，他声称（2003: 259-260）亚里士多德在这里引入了一个比他在此之前所用的概念"更狭隘的肃剧概念"，因为他希望在这一节中研究最佳的肃剧情节，而斯科特坚持认为只有后者才与怜悯和恐惧相关。《诗术》1452a1-3显然提出了一个一般意义上（如果是规范性的）关于肃剧的主张；而过渡到明确讨论"最佳类型"的肃剧，这并不是在《诗术》第九章，而是在第十三章的开篇。正是在这里出现的第二段话削弱了斯科特的主张。当亚里士多德在《诗术》1452b31-33说，最佳的肃剧情节结构"应该是复杂而非简单的，而且表现出令人恐惧和怜悯的事情（因为这是这种摹仿的特殊属性）"，斯科特试图（2003: 258）把篡插语限制在最佳的肃剧而非肃剧本身，这在逻辑上存在缺陷：它将使意在说明理由的篡插语变成它所要支持的陈述的简单重复。这一点在与《诗术》1452b1的比较中更为突出。

（斯科特iv）亚里士多德在《诗术》1450a30-31对"肃剧的既定功能"（ὃ ἦν τῆς τραγῳδίας ἔργον）的呼吁，最容易被理解为是对定义中catharsis从句的引用。如果像斯科特主张的那样删除该从句，那么后面的引用必然要被描述为肃剧的"最终目的"（τέλος，参斯科特2003: 248，比较244；作为回引，它就不可能指《诗术》第十四章中的肃剧的"愉悦"概念）。而这将使［263］亚里士多德在《诗术》1450a31-33中的其余句子失去意义，使其实际上在说：一部"有情节"（但在人物等方面存在缺陷）的肃剧能"更好地实现"一个情节。

维罗索（2007）与斯科特一样，认为《诗术》第六章中关于肃剧定义的最后一个从句属于文本的篡插。他通过以下说法得出这一结论：

（维罗索1）在《政治学》8.5-7中，catharsis应等同于"休息"（ἀνάπαυσις）、"放松"（ἄνεσις）和"消遣"（παιδιά），这些语词在《政治学》1339a16-17、b13-14中用在音乐上；《政治学》1339a16-26、1339b13-14和1341b38-41，这三处对音乐目的或功能的描述应该是一致的，不过这需要通过一个文本诊断的提议（维罗索2007: 263-264）来消除"放松"与"智力追求"（diagôgê）之间的等同，而在目前的状态下，该文本似乎证实了这一点。维罗索指出，这种将catharsis解读为"放松"的做法与《诗术》中的肃剧概念无关。

（维罗索2）因为catharsis等同于"休息"和"消遣"，所以我们不需要对其作进一步的解释，也不需要解释《政治学》1341b39-40的交叉引用；在另一个场合或在亚里士多德的另一部作品中进一步讨论它们，这种做法不仅是"多余的"（supererogatory，2007: 262），而且在文本上也是可疑的。

（维罗索3）"《诗术》中没有任何内容要求catharsis（2007：267）：该术语在《诗术》第一到第五章中没有任何预示，在论著的其余部分也没有看到任何需要或说明。但与斯科特的立场不同（见上文斯科特1和斯科特2），维罗索的例证取决于这样一种论点，即对亚里士多德而言，"任何肃剧的目的"本身并不是为了"唤起怜悯和恐惧"，而是为了"摹仿一种令人恐惧和怜悯的行为"（2007：279，参275）。

（维罗索4）catharsis从句可能（280-282）一开始只是一个旁注，δι' ἐλέου καὶ φόβου περαίνουσα τὴν τῶν τοιούτων πραγμάτων [或可能是 παθημάτων] σύστασιν，（据说）这句话的意思是"通过怜悯和恐惧[即令人恐惧和怜悯的行动]来完成此类事件的安排"，而维罗索猜测它后来被1号篡插者（2007：280，参264）加到了正文之中。随后，2号篡插者——他可能愚钝到认为《政治学》8.7与《诗术》存在某种关联，或者他可能刚刚接触到亚里士多德的《论诗人》[见上文斯科特的部分]或《诗术》卷二中诗歌的catharsis概念，而且他还可能是一位新柏拉图主义者，2007：281）——误以为这些附加词语指的是"怜悯和恐惧"的情感，他可能把"πραγμάτων [或παθημάτων] σύστασιν（事件的安排）"，改为了"παθημάτων κάθαρσιν（情感的catharsis）"。

笔者基于以下考虑拒绝接受维罗索的例证：

（维罗索i）若亚里士多德在《政治学》8.5-7已经有三个词来表示"休息""放松"和"消遣"，那么他为什么还要用第四个词来补充？[264]而且显然不能证明第四个词在古希腊语中具有这些含义。此外，在《政治学》1341a23的直接上下文中，因为catharsis这个词与作为一件"强烈情感"（orgiastikon）乐器的阿夫洛斯管有关，所以该词很难理解为休息、放松或消遣。与之相关的是，根据维罗索自己对《政治学》8.7的解读（2007：263），亚里士多德怎会将一个人"自由发泄"其自然情感的倾向视为一种休息或放松？最后，尽管《政治学》1339a16-26和1339b13-14论及音乐功能的说法相同，但 1341b38-41 则更为复杂（而且很可能有文本损坏，尽管维罗索故意以极端的方式诊断了文本，尤其是删除了交叉引用）：《政治学》1341a23 引入了 catharsis，但没有引用作为基础的［对音乐功能的］三处描述，而该词在《政治学》1341b38 的出现似乎扩展了音乐的多种益处（1341b37）。[①]

（维罗索 ii）由于亚里士多德或其他任何人并没有按标准用法将 catharsis 这一术语用作休息和放松（参见上一段），根据维罗索自己的说法，我们不应该对《政治学》8.7 进一步解释该词感到惊讶。catharsis 这一术语可能带来多种心理上的细微差别，这使得我们在任何情况下都没有理由怀疑这种需求。[②]如果《政治学》1341b39-40 是篡插的，那么我们必须假定这位篡插者要么知道一部如今文字已经遗失的《诗术》（这是一个双重要求的假设，见维罗索 iv），要么就是在盲目行事；因此，这是一个无法令人信服的猜想。

（维罗索 iii）维罗索试图将令人恐惧和怜悯的戏剧化行为（他认为这种行为可以通过理智识别出来，而不需要情感的反应，2007：279）与在肃剧观众中唤起的怜悯和恐惧区分开来，这是基于一种歪曲且违反直觉的推理。在《诗术》和亚里士多德的情感心理学中，没有任何内容让我们有理由偏离这样的观点，即在肃剧中描述的令人恐惧和怜悯的事情，其意义在于唤起观众的怜悯和恐惧——《诗术》1453b3-7 明确地阐明了这一点（维罗索努力将这一点边缘化，2007：277）。[③]由于在《诗术》第九章中，亚里士多德将怜悯和恐惧视为肃剧体验的核心，因此他完全有理由像现在这样在定义该体裁时提及它们。

---

①　［原注 128］参 Schütrumpf, 2005: 649。

②　［原注 129］一份关于前亚里士多德的 catharsis 的语义学概述，见 Halliwell, 1998a: 185-190。参 Hoessly, 2001 及 Vöhler & Seidensticker, 2007 对这方面的详细研究。

③　［原注 130］比较 Daniels & Scully, 1992，他们受到误导，以至于试图从更先验的（priori）哲学基础入手来消除亚里士多德观点中"真实"观众的情感；他们对《诗术》1453b3-7 的理解暴露了其观点本身的虚假造作（artificiality，页 213-214）。对比如 Segal, 1996: 154-157、Lear, 1988: 316-317。

（维罗索 iv）对 catharsis 的从句如何进入《诗术》文本的一系列阶段的错综复杂的假设，都是由多种猜想组成的，其中充斥着"也许""可能""似乎"以及"很有可能"（2007: 280–281）。Frustra fit per plura quod potestfieri perpauciora（"如无必要，勿增实体"——奥卡姆的威廉［William of Ockham］①）：考虑到现有的证据，理性地说，认为亚里士多德亲自将 catharsis 从句写进了《诗术》第六章更为简单明了［因此更为合理］。

---

① ［译按］奥卡姆的威廉（约1285—1349），英国圣方济各会修士、逻辑学家，中世纪哲学唯名论最重要的代表人物之一，其"奥卡姆剃刀原则"从逻辑上要求思维的经济性。

第六章

散文式的诗歌：高尔吉亚、伊索克拉底、
　　　　菲洛德穆

> 诗歌不是言说之物，而是一种言说的方式。
> 那么，诗歌能否悬置并研究其自身呢？
>
> ——豪斯曼①

一　高尔吉亚与逻各斯的诱惑力

[266] 高尔吉亚的《海伦颂》（*Encomium of Helen*）是一件彩色外衣。②在某种程度上，这部作品像是为这位最著名的希腊女主人公所作的迟到的辩护，这场"演说"（尽管是以书面的形式；《海伦颂》第21节）并没有发表在海伦本人（想象中）的生活背景下，反而发表在法庭上，就像发表在后人和公众舆论面前一样。③但这个猜想中的核心意图被绣上了一系列闪亮的、令人迷惑的要素，从而变成了关于修辞、哲学和诗歌的奇怪的拼凑之作：一件富有创意的智术师式（sophistic）展品（参 ἐπιδείξαι ［样品］，《海伦颂》第2节），一

---

① ［原注1］A. E. Housman, "The Name and Nature of Poetry", Housman, 1988: 364。参下文原页304–309。

② ［译按］参《创世记》37:3："以色列原来爱约瑟过于爱他的众子，因为约瑟是他年老生的。他给约瑟做了一件彩衣。"

③ ［原注2］参Isoc. 10.14–15，以及本章原注41，伊索克拉底对高尔吉亚进行了（温和的）批判，因后者混淆了颂词（encomium）与辩护（defence）的模式或体裁。

个认识论上自我指涉的嘲弄之谜（试图说服一位听者相信说服的本质），一个将希腊神话素材转化为智力分析材料的示范，以及某种运用于一则经典测试案例的概要（résumé），其中包括希腊人习惯于看到并在整个人类舞台上和舞台幕后运作的所有强大力量（诸神、时运、[267] 必然、暴力、说服、爱欲）。

因此，《海伦颂》难以归类，也难以理解，它可从好几个方面去解读（或者说在某种意义上变得不可解读）。而就笔者的目的而言，这部作品最值得注意的地方在于它与诗歌［和散文］之间的三角关系。高尔吉亚不仅明确论及诗歌，而且他有足以让柏拉图印象深刻的言论。[①]从高尔吉亚的演说所培养的咒语风格、暗指的自觉意识及其偏好思想的间接联系来看，其演说本身就是一种散文诗。更重要的是，高尔吉亚要弄的一些点子似乎暗示了将语言和体验诗化（poeticization，甚至是"美学化"［aestheticization］）的可能性，而这种可能性，即心灵的活动可能都渴望追求一种诗的状态，既有吸引力又令人困惑。这样的想法会不会只是一种智术师式的自负？

《海伦颂》开篇就夸张地以一种人们可能期望于任何辩护演讲的那种言辞宣称：话语、语言或演说（logos［逻各斯］）的最美状态（kosmos，一种既有内在秩序又具外在吸引力的状态）中只包括真实。[②]随后，这部作品将所有的逻各斯（包括诗歌、演说和哲学）都

---

① ［原注3］尤见高尔吉亚《海伦颂》第9节（= Gorg. B11.9 DK：所有详细的援引均依据此节号），诗歌的受众们在他人的时运中体验自我情感的矛盾（ἐπ' ἀλλοτρίωντε πραγμάτων καὶ σωμάτωγεἰωχίαις καὶ δυπραγιαις）以及柏拉图《理想国》606b1（ἀλλότρια πιῖῆνϑεωροῦν［旁观别人的种种痛苦］）；《海伦颂》13，用意见为灵魂"铸模"或打上"烙印"（τὴν ψυχὴν ἐτυνήὼ ῆη ὅπως ἐβούλτο）：参本章原注5，以及柏拉图《理想国》377b（ἐνδῦται γύπος ὄνἄντις βούληται［想用模子给他定型］）。参第四章原注99。关于柏拉图作品中其他可能存在的与高尔吉亚的共鸣之处，见Pohlenz, 1965: ii. 463注释3, Kamtekar, 2008: 343–344。

② ［原注4］MacDowell, 1982: 33正确地拒绝将此处的kosmos译作"装饰"（adornment），Worman, 2002: 232注释32曲解了该句的影响力，还认为该处与《海伦颂》11相矛盾，其实不然。关于术语kosmos在结合诗歌和其他形式的话语时的各种用法，见第二章原注97和99，以及书后的希腊文术语索引。

描述为具有一种在心理上近乎巫术或药剂的力量，它能"塑造"或"操纵"（πλάττειν）语言的形式，从而"铸成"听众的心灵或在听众的心灵上"压印"（τυποῦν）。①如果［268］体现真实的语言是最可信的，同时它也有一种迷人和引人入胜的支配力，而巧妙倡导这种语言的人可以凭借其选择的任何方式来控制听众的信仰和感受，那么，警觉的（或未受吸引的）读者不禁会疑惑：高尔吉亚本人的演说位于言辞的哪一片领域？其演说是在合乎道德地说真话并提醒人们注意他人虚假说服力的欺骗性诱惑，还是说，它只是一首刻意让我们陷入其自身不可避免的悖论中的塞壬女妖（Siren）之歌？②鉴于这部作品的核心与海伦的故事有关，它在诗歌的真实性或其他方面上是否给出了什么暗示？

高尔吉亚在声称他的演说具有真实性的同时，又警告他的听众/读者注意别人的欺骗性谎言，这在纯粹抽象的逻辑层面上似乎是一致的。在某种意义上，这对目标最初看起来像是散文的理性思路与诗歌的诱人叙述之间的竞赛。这部作品本身宣布的议题涉及反驳那些严重损害海伦声誉的诗人，并以此为这位女主人公开脱罪责（她不应为特洛伊战争负责）；这种反驳将需要"在我的逻各斯中注入理

---

①　［原注5］动词 πλάττειν（《海伦颂》11）和 τυποῦν（《海伦颂》13、15）所属的词群（word-groups）可以轻而易举地组合起来。动词 πλάττειν 的意思是"操纵"或"塑形"，有时又指"铸模"或"烙印"（τύπος 这个词可以指二者中的任何一个意思）；如参柏拉图《理想国》377b（本章原注3），亚里士多德《论动物的部分》676b9–10。参下文原页278。

②　［原注6］对高尔吉亚演说的各种讨论以及进一步的参考文献列举如下：Segal, 1962、Lanata, 1963: 190–204（仅摘要）、Buchheim, 1989: 159–173（参xxi–xxv）、Macdowell, 1982、Walsh, 1984: 80–106、Porter, 1993、Wardy, 1996: 25–51, 155–165、Schwing, 1997: 23–32、Schiapa, 1999: 114–132、Ford, 2002: 172–187、Worman, 2002: 156–165、Goldhill, 2002: 55–59中找到。应该小心地使用Kennedy, 1972: 50–54的译文，其错误有，"扬帆远航，将海伦作为他的爱"（页51）是对 ἀπέπλησε τὸν ἔρωτα τὴν Ἑλένην λαβών（《海伦颂》第5节）的严重误译，他把对墨涅拉奥斯的一次暗示（他"通过把海伦带来［即进入婚姻的殿堂］实现他的爱"）变成了表面上对帕里斯（paris）的指涉。Dillon & Gergel, 2003: 78，Graham, 2010: ii. 757都犯了相同的错误。

由/理性（logismos）"（λογισμόντινα τώλόγῳδούς,《海伦颂》第2节），
而这是一种典型的头韵体（alliterative）修辞——根据倾向的不同，
读者可能要么觉得这种修辞简练精辟，要么觉得它空洞乏味。①

　　而当这部作品进入它的中心主题，即逻各斯的说服力时（它甚
至让海伦离开了整幅图景的首要位置），我们可能会觉得自己面对的
是一位似乎有些抗议过了头的演说者。高尔吉亚如此详尽地阐述了
巧妙语言的危险力量，以至于很难不让人怀疑他其实是为自己的说
服力蒙上一层不确定的面纱。此外，"事件［指特洛伊战争］发生"
已经这么长时间了，任何一位前5世纪的希腊听众［269］怎么可能
会认可高尔吉亚还掌握着关于海伦的真相（甚至假设听众先认定存
在这样一个关于她的真相）？在这一文化传统的晚期阶段，高尔吉
亚本人所做的肯定不过是对海伦故事的假想式重构，不是吗？他是
否只是在运用古老的希腊诗歌和纯粹的想象力，来勾勒出一个难免
"神话化"（mythologized）的史前史的阴影？

　　还有两点考虑可能会增加人们对高尔吉亚创作自由的印象。其
中一个考虑是，事实上，这部以宣告并承诺真实开篇的作品，其
结尾却声名狼藉且太过智术师化地将它本身描述为"消遣""玩
物"或"诙谐评论"（jeu d'esprit，παίγνιον,《海伦颂》第21节：整
篇演说辞的最后一个词）。这本身并没有自然地使前面的所有内容作
废。高尔吉亚斯也许在暗示，评判海伦可能根本不是演说的真正用
意，并且/或者他在作品的设计和语言结构上过度发挥了一种谐谑
的（playful）、准诗术的创造力。②而对任何有意从演说中提取一些稳
定意义的人而言，这一收尾仍然令人感到不安。另一个笔者已经提
过的考虑是，无论从任何角度看，这部作品都呈现出一种散文诗的
风格。其中既有自觉的文体技巧（亚里士多德以及之前的其他人都

---

　　① ［原注7］关于阿里斯托芬《蛙》行973中的理性主义者欧里庇得斯使用的
类似短语，参第三章原注47和54。

　　② ［原注8］Porter, 1993: 274将παίγνιον［消遣］说成是"将之前的一切事情一
笔勾销"，显得有些太过火了。关于此后诗歌中παίγνιον的用法，参LSJ s.v. iii. 2。

毫无疑问地认为这是一种"诗歌"①），也有明显的同化散文与诗歌的现象，正如其著名的宣言所说，"我认为并宣称所有诗都是格律形式的话语"（τὴν ποίησιν ἅπασαν καὶ νομίζω καὶ ὀνομάζω λόγον ἔχοντα μέτρον，《海伦颂》第9节）。表面上，这一宣言可能被初步解释成将格律（metre）规定为诗歌的必要条件，但亚里士多德后来在《诗术》中否认了这一点。②

即使根据这种解释，诗歌与高尔吉亚的散文也并非全然泾渭分明：高尔吉亚本人的写作将其准诗术的技巧推进至一个地步，使其可以表现出韵律（rhythmic）模式中近乎格律（near-metrical）的要素，所以他在这方面的诗化倾向也是可见的［270］（或可闻的）。③而就其语境而言，无论如何都必须把这一宣言视为强调诗歌在本质上呈现逻各斯，也就是作品开篇所提到的那类逻各斯。④根据这种理解，除了诗歌的格律形式之外，任何可以由诗歌来预言的东西，都必须体现出所有逻各斯的属性；不论如何，诗歌同样也会受到真实与诱惑之间的张力的影响，而这正是高尔吉亚的整个论证所要揭露的情况。对作品进一步的审视将证明，《海伦颂》在其本身的话语与诗歌的地位之间故意制造了一种模糊。在这部作品对诗歌"做什么"（它本身对故事的重写或重新解释）以及它关于诗歌的说法的意义上，该作品是某种拐弯抹角的诗学练习，它将古风时期的古老概

---

①　［原注9］亚里士多德《修辞学》1404a25-26把高尔吉亚的文风称作"诗的"；并暗示这一说法并非什么新的见解。Denniston, 1960: 10-12为高尔吉亚文风的一些特征给出了简洁明了但略带讽刺的描述；参页35、127、138。Norden, 1898: i 15-79仍是一份可用的基础材料。

②　［原注10］亚里士多德《诗术》1447b9-23、1451a38-1b4。

③　［原注11］关于《海伦颂》中准韵律（quasi-metrical）的案例，见Dover, 1997: 171，另参页169-170关于柏拉图《会饮》中阿伽通的高尔吉亚式演说在韵律上的共鸣。参Schiappa, 1999: 110-113。

④　［原注12］正如MacDowell, 1982: 36所指出的，《海伦颂》第9节的句子缺少连词，这表明，它是对前面关于logos一般能力之论述的证明/例证。关于高尔吉亚的这一立场，即仅仅将韵律作为"外部装饰"，从而缩小诗歌与散文之间差异，详见Russell, 1981: 22-23。

念重塑为一种新颖的、但难以使人信服（inconclusive）的自身立场（standpoint）。

鉴于这部作品为它自身设定的任务，《海伦颂》难免触及诗歌的内容，因为那是海伦的声誉得以形成和延续的主要媒介。在高尔吉亚通过"反驳谴责海伦之人"（ἐλέγξαι τούς μεμφομένους Ἑλένην，《海伦颂》第 2 节）来正确地分配赞美和责备之后，他立即指出，诗人们就是诋毁海伦声誉的那些看法或信念的传播者。因此，我们有理由期待高尔吉亚提供对海伦生平的另一种叙述版本，以此反驳诗歌中的各种故事——就像诉讼当事人要反驳对手关于事件的叙述并给出另一番替代的叙述。而高尔吉亚并没有这样做。事实上，在简要地谈及海伦的家系、她神样的美貌、她追求者的数量众多、她的崇高声望以及她与墨涅拉奥斯的婚姻之后，他又回过头来肯定地说，"对那些早已知晓的人讲他们知晓的内容，这有说服力，但无法带来乐趣"（τὸ γὰρ τοῖς εἰδόσιν ἃ ἴσασι λέγειν πίστιν μὲν ἔχει, τέρψιν δὲ οὐ φέρει，《海伦颂》第 5 节），接着他就开始讨论海伦（与帕里斯）前往特洛伊的可能原因。

［271］可见，高尔吉亚并没有对现存的海伦生平故事提出异议，而是将这些故事的核心叙事视为理所当然——这仍然有点像一位诉讼当事人，但他争辩的并非个别"事实"，而是对故事的解释和评判。换言之，高尔吉亚预设并在某种意义上进入了一个特定的诗歌神话世界，同时为以下两者之间没有阻碍的对话扫清了道路：诗人对这个世界的处理和他自己的思想过程。[①]此外，在《海伦颂》第 5 节中提到的"确信"和"极度愉悦"是一种双重揭示。"确信"（pistis，《海伦颂》第 2 节）与用来攻击诗人们的破坏性影响（正是源自诗歌传统的确信或信念［conviction or belief］玷污

---

① ［原注 13］此处与其他智术师的立场大体相似，最明显的是柏拉图对话中的普罗塔戈拉，他（i）为自己构建了一个包含诗人的文化与智识的谱系（ancestry，柏拉图《普罗塔戈拉》316d），（ii）将诗歌解读视为他自己教育技艺的主要方面（338e–339a），（iii）将神话叙事作为他自己的思维方式之一（320c–322d）。

了海伦的声誉）的词是同一个词，而"极度愉悦"（terpsis）是一个本身与诗歌体验密切相关的主题，它将作为一个微妙的暗示重新出现在高尔吉亚后来对绘画的评论中。①因此，高尔吉亚似乎并不是简单地排斥诗歌传统，而是在以他的方式与之竞争。他可能采取了一种分析性"推理"（logismos）的立场，但他还是表明他希望给听众带来一种极度愉悦（以及［而不是取代了］"确信"），这可以符合诗歌自身的期望。高尔吉亚还暗示，仅仅重复别人说过的话并不足以达到他的目的——这本身就明显是对开篇所宣告的真实的最高价值的妥协。②

　　因此，高尔吉亚在很短的时间内就让他与真实和诗歌之间的关系变得复杂。尽管他表现出了智识"推理"的姿态，但他毕竟没有将自己表现为一位合理否定神话的拥护者，而是表现为神话的重新解释者。正如高尔吉亚所承认的那样，［272］这一立场不仅与诗歌叙事传统中的诸多内容一致，也与诗歌在心理学上的侧重点相一致。在逻各斯的范畴内不存在根本的分裂，这反过来应该意味着，诗歌本身完全有能力讲述"真实"。此外，高尔吉亚还暗示，诗人们一致对海伦的声誉作出了负面的描述（"异口同声"［ὁμόφωνος καὶ ὁμόψυχος］，《海伦颂》第2节），而这种负面声誉是捏造出来的。

　　高尔吉亚本人开脱罪责的论证过程与所有早期的希腊诗歌几乎都没有任何抵触；它可以在一个层面上解读为阐述了普里阿摩斯（Priam）关于海伦的观点，普里阿摩斯在《伊利亚特》中已经概括

---

　　① ［原注14］论《海伦颂》中的terpsis，见下文原页281–284。关于着重翻译为"强烈的愉悦"，见第二章原注13。参《伯罗奔半岛战争志》1.22.4，此处称历史比起神话叙事来 ἀτερπέστερον（"少了点强烈的愉悦"，但却更"有用"，参本章原注109）；同样，修昔底德《伯罗奔半岛战争志》2.41.4中伯里克勒斯对比了历史成就的真实与诗歌强烈而短暂的愉悦（τέρπειν）。见第一章原页19–24。

　　② ［原注15］关于话语的真实与新颖之间可能存在的张力，比如苏格拉底和与他交谈的智术师之间的对比，参柏拉图《高尔吉亚》490e，色诺芬《回忆苏格拉底》4.4.6，以及Dodds, 1959: 290。

过这种观点。[1]在这方面，高尔吉亚的作品也有资格成为一种散文诗：它不是对诗歌进行理性的独立批判，而是以其沉思式的散文风格延伸了诗歌的想象力与表达力。但仍然有两件事并不确定：其一，如何将作品开篇时宣布的真实与（单纯的）"确信"（pistis）或信念区分开来，因为高尔吉亚已经表明后者本身既可能真也可能假；其二，如何将真实与这一事物相融合："极度愉悦"（terpsis）的（诗歌）目标及这一目标带来的心理专注。无论人们选择如何解读高尔吉亚与诗歌竞争的辩证关系，至少在那些践行他们自己的批判性"推理"的读者心中，他们不可避免地遇到这样一个问题，该问题由高尔吉亚的话语所展示出的难以捉摸的自我形象所引发。

随着演讲详述了为海伦所作的辩护和所谓的恢复名誉的细节，这些问题变得更加紧迫，甚至更加棘手。这里不需要再单独讨论显而易见的争论主线：如果海伦并非独立的施动者，而是某种强制力（无论是神/命运、性暴力、不可抗拒的诱惑，还是爱欲的冲动）的受害者，那么她就不该受到指责。对笔者而言，重要的是这个论点的轮廓如何反复把我们（无论是明确还是含蓄地）带回诗（化）的逻各斯概念以及对其评价的困境上。除了笔者已经强调过的内容——即这部作品如何在开篇部分将自己设定为一种新的散文诗并公开与诗歌（无论是在话语［273］上还是风格上）竞争，同时它绝没有脱离诗歌的"极度愉悦"概念——之外，还有三点看法值得在此提及。

首先，高尔吉亚通过［《海伦颂》中］话题的顺序为整个希腊诗歌传统本身提供了一种导览（tour d'horizon），其内容是对宗教、道德和心理方面的核心关注。这意味着，如果人们可以在高尔吉亚的论题中发现一个普遍意义上的"真实"（正如演说开篇给人的期待那

---

[1] ［原注16］参Porter, 1993: 277-279。关于《伊利亚特》6.344-358海伦自己心中的复杂判断，见第二章原页76和90。参Blondell, 2010b论各种古风诗歌对《伊利亚特》中海伦的加工改变，以及Gantz, 1993: 571-576关于文学和视觉材料的概述，包括斯忒西科罗斯（Stesichorus）的著名改编所表现出的极端态度（192 *PMG*）。参本章原注18。

样），那么，它必然大致符合人类境况的真实（人类屈服于比他们自己的施动性力量更强的压倒性力量），这在诗歌的神话和叙事中得到了广泛的肯定和运用。①

其次，考虑到海伦可能是帕里斯绑架和强暴罪行的受害者，高尔吉亚将她在这种情况下的痛苦描述为"困境"或"不幸"（ἐδυστύχησεν，《海伦颂》第7节），并宣称她不应遭受指责而应得到同情（《海伦颂》第7节，其中动词ἐλεεῖν［怜悯］和οἰκτίρειν［可怜］互相强化）。通过这样做，高尔吉亚含蓄地将海伦视为一位值得受到"肃剧式"对待的人物，并相应地得到肃剧式的回应。这是一种阿提卡肃剧本身中有可能普遍避免的可能性（这是否实际上就是关于高尔吉亚立场的一句讽刺性的潜台词？），但它仍诉诸一个隐含的诗歌范例，该范例关乎情感上富有同情心的想象。②

再次，最后一个细节被归入演说中的下一节，也是最著名的一节，在那里，高尔吉亚开始高度精炼地描述一般意义上的逻各斯的迷人影响。他采取的方式是为海伦辩护，认为她是一位欺骗性说服［技巧］——通过言辞展开的性诱惑——的假定受害人。而这一点恰恰是这部作品有可能陷入一种自身不稳定的螺旋的关键之处。高尔吉亚笔下的逻各斯曾宣称它追求真实，现在［274］他却又宣称逻各斯具有一种力量，这种力量可以扫除包括真实在内的一切并使它们脱离原轨。作品本身似乎在一个奇怪的地方反映了这一点，即将逻

---

① ［原注17］在柏拉图《理想国》364b（参363e-364a），阿德曼托斯（Adeimantus）声称，希腊人普通的诸神观即使在善的情况下也造成了严重的痛苦，这种观念首先就源自诗歌；苏格拉底在《理想国》379c-380c拓展了这一观点。在厄尔神话中，我们在祭司和苏格拉底对个人灵魂"反肃剧"之责任的肯定中找到了对这种看法的反击，见柏拉图《理想国》617d-e、618b-619a；但Halliwell, 2007a: 461-469在这一观点中发现了难题。

② ［原注18］在欧里庇得斯《特洛伊妇女》行920、935，海伦几乎把她自己描述成了一位肃剧式受害者（被他人的行为"毁掉了"），但是在这里，自我开脱的俗丽（tawdry）语境使这看起来近乎一种戏仿。即便如此，无论海伦与赫卡柏之间的整场论辩早于或迟于高尔吉亚的作品，它们都表明，在提出关于海伦行为/罪责的不同构想时，高尔吉亚的作品都与此紧密相关：参Spatharas, 2002，Worman, 2002: 123-135。

各斯本身而非海伦变成了《海伦颂》第 8–14 节讨论的中心。这段话将诗歌视为掌握逻各斯的主要模式，它对高尔吉亚的论证来说具有至关重要的意义。

人们认为，诗歌最直接地说明了这种对心灵的支配。这是因为它能唤起诸如"恐惧的战栗、含泪的怜悯和沉湎悲伤的渴望"（φρίκη περίφοβος καὶ ἔλεος πολύδακρυς καὶ πόθος φιλοπενθής，《海伦颂》第 9 节）等情绪——前两种情绪显然是"肃剧的"，第三种情绪则让人想起与荷马一样古老的一系列概念。① 接下来，高尔吉亚在诗歌中加入了以下的例子：宗教医疗的"咒语"（ἐπῳδαί，《海伦颂》第 10 节，其中动词"出神"或"着魔"[θέλγειν] 与荷马笔下"歌"的概念产生了共鸣），一般而言的"（虚假）说服"（《海伦颂》第 11–12 节），一组包括预知星象、书面演说（如《海伦颂》本身）和哲学论辩（《海伦颂》第 13 节）在内的逻各斯，以及最后与既有害又有益的药剂（《海伦颂》第 14 节）的类比。这一切在将逻各斯比作"强大的统治者"（δυνάστης μέγας，《海伦颂》第 8 节）的描述中迎来了响亮的终止。②

在这条论证链条之中，诗歌的重要性部分在于它使《海伦颂》第 8–10 节中"欺骗"的含义变得更强也更复杂了，在那里，高尔吉亚提出了海伦随帕里斯去特洛伊的四个可能原因中的第三个原因。高尔吉亚将这个假设归结为"是逻各斯说服了她并欺骗了她的灵魂/心灵"（εἰ δὲ λόγος ὁ πείσας καὶ τὴν ψυχὴν ἀπατήσας，《海伦颂》第 8 节）。尽管这在实际用语（pragmatic terms）中显然对应于一种性诱惑的场

---

① ［原注 19］至少，"怜悯与恐惧"可能是一种肃剧情感领域范例的既定公式；参 Halliwell, 2002a: 213–214, 218，以及第三章原注 60，第五章原注 122。关于"战栗"，参第五章原注 50。阿里斯托芬《蛙》行 53–67 的"渴望"（πόθος）描述了狄奥尼索斯的（听欧里庇得斯的）诗歌体验；见第三章原页 101–102，此处与高尔吉亚《海伦颂》18 使用了同一术语，参下文原页 280。关于"渴望"与荷马史诗中有关歌曲体验之间的联系，见第二章原页 46–52 以及原注 16 和 17。

② ［原注 20］关于"咒语"，见第四章原页 185–203。关于高尔吉亚将诗歌与"巫术"并置，参 de Romilly, 1973。

景，但其用词却明显是非个人化的：恰恰是逻各斯（而非帕里斯）本身被赋予了"说服者"的角色（同样的观点参《海伦颂》第12节）。此外，接下来的逻辑也有利地加强了这一点。高尔吉亚认为不可抗拒的并不是特洛伊王子（根据"正常的"性诱惑的假说，他应该是不可抗拒的），[275]而是逻各斯的强大力量。正是为了证明逻各斯以其"轻盈和无形的形体"（即演说的声音）产生了"最神圣的影响"（ϑειότατα ἔργα，《海伦颂》第8节）的能力，所以高尔吉亚首先转向了诗歌在情感上的强烈影响。①

我们对高尔吉亚文本的这一部分已经如此熟悉，以至于我们有必要有意识地暂停并退后一步，以便重新认识它在整个思想活动中的特殊性。

> 如果海伦受言辞诱惑，那不足为奇：这就是逻各斯的情感力量。举个最典型的例子，只要看看诗歌能对我们的心灵产生什么影响就知道了。

我们应该问自己，这是一种什么样的论点？尤其是，这个论点将欺骗性说服的概念变成了比诡计或谎言更粗俗且在心理上更模糊的东西。

高尔吉亚在《海伦颂》第9节（其中一段给柏拉图留下了深刻的印象）对诗歌的描述让人看到了言辞的力量：言辞并不（仅仅）是暗藏危险地进行误导，而是通过激活高度强烈的激情（怜悯、恐惧、悲伤）来回应那些在他人的生活中扮演好运和厄运、幸福和不幸的角色（ἐπ'ἀλλοτρίων τε πραγμάτων καὶ σωμάτων）。那么，几乎就像高尔吉亚告诉我们的那样，在海伦的例子中存在的矛盾是：这位希腊诗歌中最著名的女主人公在帕里斯的言辞中屈服于一种（坏的？）诗

---

① ［原注21］关于高尔吉亚将语言描述为一种物质的（material），但"无形的"（invisible）实体（σμικροτάτῳ σώματι καὶ ἀφανεστάτῳ），见Buchheim, 1989: 164, Ford, 2002: 176–182。

歌。为了理解这一概念，我们可以这样思考：海伦被说服去想象一种属于她的诱人而迥异的未来。而这不可避免地让"欺骗"的概念变得模糊：在海伦和帕里斯有直接通奸行为的地方，那些看起来有害并注定要发生的灾难似乎变得可欲和有价值，并且更符合对逻各斯具有的"最神圣的影响"的描述（其中涉及诗歌的情感心理学）。由文字引发的改变灵魂的强烈体验将这两件事联系起来。但我们仍然无法确定在任何个别情况下，人们应该如何判断或在哪些方面判断这些话语的真与假、好与坏。

许多批评家不无道理地试图将《海伦颂》中的"欺骗"问题与普鲁塔克保存的高尔吉亚残篇（来自一部不知名的作品）联系起来。在该残篇中，肃剧被描述为这样一种体裁，即"通过其故事和痛苦/激情"［276］来为听众提供"一种欺骗，在这种欺骗中，成功的欺骗者而非未成功的欺骗者能够得到听众的信任（has right on his side），且受骗者比未受骗者更聪明"。① 当然，借由逻各斯"神圣的影响"的概念，这一残篇有助于让《海伦颂》中发生转变的叙述看起来不那么反常，这个转变是：从叙述关于性诱惑的道德败坏的欺骗，到叙述诗歌中有价值的情感力量。在这两种情况下，笔者认为高尔吉亚强调的是诗歌的情感影响，而不是它"客观的"现实主义或逼

---

① ［原注 22］ ἡ τραγῳδία ... παρααχαῦσα τοῖς μύθοις καὶ τοῖς πάθεσιν ἀπάτην ... ἣν ὅ τε ἀπατήσας δικαιότερος τοῦ μὴ ἀπατήσαντος καὶ ὁ ἀπατηθεὶς σοφώτερος τοῦ μὴ ἀπατηθέντος. 笔者用"成功"和"失败"（的行骗）来表现不定过去分词 ἀπατήσας［欺骗］。更可取（且更合适笔者对"情感表达"的文本解读）的是将 τοῖς μύθοις καὶ τοῖς πάθεσιν 视作工具与格（instrumental dative），而非间接宾语（Barnes, 1982: 463，"在故事和激情中加入欺骗"，这让事物有了"幻想论"的倾向，同上，页464）。关于希腊审美的相关母题在仪式作品的"现实性"和受众体验之间的不同侧重点，参 Halliwell, 2002a: 20–21 注释 48–49（增加了 Ephorus *FGrH* 70 F8）；*Dissoi Logoi* 3.10 的理解尤为贴切（最好的肃剧作家或画师"通过让事物看起来如真的一样，来欺骗大众"［ὅστις <κα> πλεῖστα ἐξαπατῇ ὅμοια τοῖς ἀληθινοῖς ποιέων］——参第一章原页 13–15）尤为密切关系。见 Lanata, 1963: 204–207（以及页 193–194 论《海伦颂》8），Buchheim, 1989: 92–93, 198–199，Willi, 2002: 120，对 Gorg. B23 的解读。没有任何理由能够辨识出高尔吉亚有向"讽喻"（allegory）发展的倾向，对比 Obbink, 2010: 22–23。

真程度。换言之，高尔吉亚论断的是某种审美的态度或反应，而不是像许多人所认为的"幻象论"（illusionism）形式（我们最好将这个概念理解为艺术媒介本身的属性）：前者可能在一部分上由后者引起，但不需要以后者为前提，就肃剧而言，最重要的似乎在于，这种审美态度或反应本身就是一种情感上的狂喜。①而通过将其思想纳入（encapsulating）一个华丽的悖论中，高尔吉亚关于肃剧的主张只会使人们非常难以看清诗歌的"欺骗"与真实之间可能存在何种关系，而真实是所有逻各斯中"最美的状态"。

再次考虑高尔吉亚在其［思想］事业中对诗歌的双面处理（double-sided dealings），"欺骗"的含义对《海伦颂》中诗歌地位的影响就变得更加不稳定了。这部作品本身就是在批判（一些）关于海伦的诗，纠正它们给人造成的误导。［277］而在邀请听众相信或想象海伦的某些事情时，这部作品也运用了它自己在修辞－诗歌上的说服力，这一点突出表现在高尔吉亚对海伦的怜悯（《海伦颂》第7节）以及他简明陈述的逻各斯力量的自我指涉的含意之中（《海伦颂》第8节）。此外，《海伦颂》第14节提到逻各斯可以诱发痛苦与愉悦、恐惧与勇敢的感觉，这既让我们想到《海伦颂》第9节中的"肃剧式的"情感，也让我们通过其中使用的动词 τέρπειν［使……愉悦］想到了诗化的愉悦，而后者正是《海伦颂》第5节中高尔吉亚自己的演说所追求的愉悦。②

高尔吉亚的逻各斯包含了比诗歌更多的东西，但诗歌不仅是一个主要的参考点，而且它也最神秘地反映出海伦自己的推论目标。

---

① ［原注23］尽管高尔吉亚没有用"迷狂"这个词来描述诗歌的体验，但他在《海伦颂》17把该词用于由视觉引起的极度恐惧（可怕的情景让众人"失去他们的理智"［φρονήματος ἐξέστησαν］）：关于语言和视觉引起的诸种情感之间的对应关系，见下文原页278-281。注意在同一语境中的词汇 ekplêsis［惊恐］（《海伦颂》16），以及第三章原注60。高尔吉亚的"迷狂"难以与"劝导"相分辨：参第七章原注21。

② ［原注24］τέρπειν 还出现在《海伦颂》13，表示修辞术辩论中一大群人（ὄχλους）的愉悦（参本章原注57，参 Isoc. 2.49）；修昔底德《伯罗奔半岛战争志》3.38.3-7 是一处经常被提到的对比。

这是因为诗歌以其自身的理由（参上文引用的B32，"成功的欺骗者……更有权利在他身边"）运用"欺骗"，而同样地，在高尔吉亚将真实和谬误作为价值的最高检验标准的逻各斯范畴中，诗歌仍然居于核心。如果根据定义，通常的欺骗涉及抵触或隐瞒真实，那么，诗歌的"欺骗"就具有积极的价值，因为它能以令人满足的方式创作出奖赏心灵的虚构。即便如此，我们似乎也不能简单地把诗歌的欺骗或虚构置于一个独立的领域中，因为《海伦颂》声称要以真实作为标准来判断所有的话语。① 因此，无论是在所说的还是在所要实现的任何方面，相比于其他东西，诗都更会使得高尔吉亚的论证无法解决真实所处的位置。无论我们如何想象海伦的情况，诗歌都有办法使她在情感上对我们的心灵显得很重要，并引发符合她故事的特定版本的感觉（愉悦或痛苦、怜悯或憎恨）。而我们怎么可能知道诗歌（或高尔吉亚）是否告诉了我们关于海伦的真实情况？

［278］作为这些被人们称为《海伦颂》的实验诗术所提出的问题的延伸，对于高尔吉亚在其论证最后一段中引入与绘画的类比，我们需要作些评论。高尔吉亚在这里完成了他本人的论述，他认为，即使海伦屈服于她自己的"爱欲"或"激情"（erôs），这也不是她的错：在这种情况下，她同样可以是高尔吉亚所考虑的其他因果假设（即那些涉及诸神/时运、强暴和欺骗性说服）的受害者，而非施动者。高尔吉亚通过强调"灵魂/心灵的特性如何为视觉（vision）所塑造"（διὰ δὲ τῆς ὄψεως ἡ ψυχὴ κἀν τοῖς τρόποις τυποῦται，《海伦颂》第15节）来支持这一主张。这补充了他之前关于语言本身的另一个主张，即"说服……如其所愿地塑造了灵魂"（ἡ πειθώ ... τὴν ψυχὴν

---

① ［原注25］关于欺骗与真实的矛盾，参 Gorg. B11a.33：帕拉墨得斯（Palamedes）的辩护基于真实，而非欺骗（διδάξαντα τἀληθές, οὐκ ἀπατήσαντα）；但其前提是一种公开辩论的模式。Finkelberg, 1998: 177认为，高尔吉亚使虚构合法化（她将之等同于"欺骗"），"无法用通常意义上'真'和'假'的标准来评价虚构的自主（autonomous）领域"。参Grube, 1965: 18，"logos……与真实无关。"但是，这并不能说明高尔吉亚在《海伦颂》中的整体态度。Porter, 1996: 613含混地宣称，对高尔吉亚而言，"对诗的评价不应与诗意味着什么相关"。

ἐτυπώσατο ὅπως ἐβούλετο，《海伦颂》第13节）。高尔吉亚认为，[人们在]世界上所看到的一切都会引起情感上的反应，这将使心灵不堪重负，甚至达到疯癫的地步；他给出的主要例子是战争中的恐怖或其他极度危险的情况（《海伦颂》第16–17节）。因此，erôs（无论是神还是人的爱欲——高尔吉亚两者都承认）是从眼睛进入的对灵魂的折磨。与高尔吉亚考虑的其他故事版本中海伦的不幸一样，它们都呈现为一种"必然"或"强迫"（ζἀνάγκη，《海伦颂》第19节）[①]的形式。

但为什么高尔吉亚在这一清晰的论证顺序中插入了与绘画和雕塑的类比（《海伦颂》第18节）？他说这些艺术有能力为视觉赋予"极度愉悦"（就像《海伦颂》第5节中与逻各斯相关一样，这里再次使用了动词 τέρπειν[使……愉悦]）。人们甚至会认为，这个类比偏离了高尔吉亚的观点，因为该类比几乎没有巩固他的看法（比如他举了一个关于战场上的恐怖的例子），即视觉上诱发的情感会产生精神上的不安和惊恐。[②]笔者相信有一点并非偶然，即此处的论证模式与《海伦颂》第9节中关于诗歌吸引力的论证模式有相似之处。这两个例子都是借用表面上看起来像诗歌和绘画的特殊情况，说明一个一般性论点（分别关乎欺骗性说服的危险力量，以及关于某些景象产生的令人不安的影响）。

[279]通过将所有的视觉产物描绘成心灵中的绘画形象，高尔吉亚为他自己提供了一条微妙的线索，[③]只有当我们意识到它所提

---

① [原注26]对爱欲冲动的引述，参柏拉图《理想国》458d，以及Halliwell，1993: 158。

② [原注27]造型艺术（figurative art）也不太符合如此大的命题，即所见之物"并不具有我们希望它仅具有的性质，而是具有每件事物实际上具有的性质"（《海伦颂》15）；见本章原注36。

③ [原注28]"视觉描绘了头脑中可见事物的图像"（... εἰκόνας τῶνὁρωμένων πραγμάτων ἡ ὄψιςἐνέγραψεν ἐντῷφρονήματι：《海伦颂》17（对柏拉图《斐勒布》39b–40c造成了影响，即"灵魂中的绘画"伴随着所有的感知和判断）。另参《海伦颂》第13节中更早些的比喻，"确信的目光"，以及本章下文。

供的东西不仅仅是在为海伦辩护而重复当前的话题时，我们才可以适当地将之与绘画进行类比。更准确地说，绘画和雕塑可以利用图像的情感潜力来达到积极的目的，这一思想补充和修改了令人不安和紧张的景象的观念。①高尔吉亚引起了人们对重点转移的关注，同时也将此观点置于与前述观点的激烈关系中；他以一种特有的矛盾修辞说到，人造视觉制品为眼睛带来的"愉悦的疾病"（νόσον ἡδεῖαν，《海伦颂》第18节），②这与他刚才所说的战场的恐怖及类似体验带来的"可怕的疾病"（δειναῖς νόσοις，《海伦颂》第17节）形成了鲜明的对比。换言之，高尔吉亚将具象的图像描述为既能与一般视觉效果相一致，但又与之存在明显区别。对画家的描述巩固了这一论点："从众多颜色和形体中完美地塑造了一个形体和图像"（ἐκ πολλῶν χρωμάτων καὶ σωμάτων ἓν σῶμα καὶ σχῆμα τελείως ἀπεργάσωνται），即通过他们的专业艺术技巧创造出新的、统一的视觉对象，从而唤起观众的愉悦。高尔吉亚并没有暗示这种愉悦是完全独立完整的；如果是那样的话，我们就很难理解他为什么要在这种情况下提到绘画。相反，此处讨论的艺术技巧和愉悦在某种程度上与视觉上更大的情感效果有关，而这正是高尔吉亚在这一节的演说的主题。

尽管没有得到分析，但毋庸置疑的是，这一推论既完成了与视觉艺术的类比，同时也让高尔吉亚回到了海伦的故事中。"这样一来"，高尔吉亚说，"有些东西天生就会给我们的视觉带来痛苦，而

---

① ［原注29］高尔吉亚的论证逻辑需要 καὶ μήν 来引入类比，从而具有"可是"（and yet）的含义（参MacDowell, 1982: 28，"但"；Buchheim, 1989: 14，"然而"［Indes］），并不仅仅是"而且"（Kennedy, 1972: 18，此处的"画像"应为"画家"）。

② ［原注30］此处，笔者与学者如Lanata, 1963, MacDowell, 1982, Buchheim, 1989均接受Dobree将 ὅσον 校勘为 νόσον；参DK ii. 294中的校勘记，Buchheim, 1989: 14。这个短语不仅表示"虚幻"事物中的愉悦，而且也暗示了（参亚里士多德《诗术》1448b10–12）艺术的形象，即使是痛苦的事物也能产生这种愉悦；另一种观点见Lanata, 1963: 204。

[280] 另一些东西则让它充满渴望"。①视觉能引起厌恶或向往、痛苦和愉悦的感觉。但高尔吉亚暗示，绘画和雕塑会将任何类型的情感都融入一种综合的、令人愉悦的、全神贯注的沉思体验中。更重要的是，"渴望"或"欲望"（*ποθεῖν*［? ］，*πόθος*，见下文）的概念意味着对艺术的爱欲回应，同时它在高尔吉亚如今转回到的海伦的真实 erôs［爱欲］上设置了一个悖论。

据称，海伦的爱欲是对帕里斯"身体"的感受，这对应于画师的艺术制品的"单一形体和形式"；我们至少可以认为，她的眼睛最初被它所见之物"取悦"（*ἥσθεν*，《海伦颂》第19节）。而与观看绘画者的体验不同，其结果是一场可怕的不幸（*ἀτύχημα*，《海伦颂》第19节——与《海伦颂》第15节的同源动词相对应）。如果与高尔吉亚的许多其他作品一样，这一连串提示的暗示性导致很难将它们简化为一组清晰的概念演变，那么很明显，它需要"生活"和"艺术"之间既有重叠又有差别。绘画和雕塑似乎借鉴了"所见之物"固有的情感特质（正如高尔吉亚所认为的那样），但这种方式却不仅使这些艺术品成为独特的物件，还使它们成为独特的"欲望之物"，并因其自身而获得重视。②

正如笔者所解释的那样，高尔吉亚的这一立场的意义部分在于，它可以支持并巩固之前关于诗歌的演说中的一些内容。高尔吉亚的论证邀请我们认识这两种艺术形式之间的相似关系（"确信的目光"［*τοῖς τῆς δόξης ὄμμασιν*］这个比喻预示了这种相似关系，参《海伦颂》第13节），即：诗歌与一般的逻各斯的关系相当于视觉艺术与一般的

---

① ［原注31］*οὕτω τὰ μὲν λυπεῖν, τὰ δὲ ποθεῖν πέφυκε τὴν ὄψιν*。笔者犹豫是否在此保留 *ποθεῖν*［渴望］一词，尽管这里应该有一个及物动词——因此有如 MacDowell 所选择的 *τέρπειν*［愉悦］一词。规范的文本，参 DK ii. 294 中的校勘记（apparatus）；但是，高尔吉亚可能会牺牲严格的语法规则来增加格言的强度。即使我们校正了 *ποθεῖν*，*πόθος*［渴望］在下一句话中也足以让笔者把握行文的思路。Ford, 2002: 181 的文本和翻译不太协调。

② ［原注32］关于诗歌体验的情欲化，参本章原注65，以及第二章原页46-47，第三章原页101-103，第四章原页194-199。

视觉的关系。在希腊文化中，早就有了有助于推断这种相似关系的事实：①"渴望"这个词出现在《海伦颂》第9节对诗歌的描述中，该词在那里已经与悖论相关。在那里，诗歌被认为能唤起"沉湎悲伤的渴望"（πόθος φιλοπενθής）；[281] 除了怜悯与恐惧外，这还与荷马史诗的一个著名主题相呼应，即在悲哀的愁苦中存在矛盾的"欲望"。② 而在《海伦颂》第9节中，高尔吉亚并不是简单以他自己的方式再现了这一主题，而是重新改写并调整了这一主题的含义。这个悖论明确地依附于诗歌而非人们自己的生活（那段话强调，灵魂在诗歌中对他人的命运作出回应），而这就意味着"沉湎悲伤的渴望"已然是一种二阶（second-order）现象——它针对的不是一般体验的回应，③ 而是对诗歌的逻各斯实质的回应。虽然荷马笔下的悲伤背后的欲望不是对痛苦本身的渴望，而是需要通过身体的表达来释放并以某种方式满足悲伤，但诗歌中对他人生活的情感回应，实际上是心灵想要反复体验的东西。

我们可以看到，《海伦颂》第9节论及的诗歌和《海伦颂》第18节论及的绘画涉及同样的"逻辑"。正如笔者在上文所言，这两种情况下的类比补充了论证的主线。高尔吉亚提到的诗歌和绘画都没有简单地重复像海伦这类情况下（假设）因说服或视觉所见而发生的事情：与海伦遭到"欺骗"而发生了灾难性的通奸不同，诗歌不会引诱任何人进入毁灭性的连锁事件；而绘画和雕塑也没有在情感上折磨观众，并使他们丧失其心灵所具有的自制力或理性判断力。而高尔吉亚毫不含糊地认为，这两种艺术都能激发出高度强烈的心理状态，这种心理状态与被想象成冲击海伦的生活故事的强大力量有

---

① ［原注33］西摩尼德斯把绘画描述为"寂静之诗"，这一点最为著名。普鲁塔克《道德论集》346f, 748a（参17f–18a, 58b）= Simon. test. 47 Campbell（1991）。一位佚名作者将绘画与诗歌结合起来，参 *Dissoi Logoi* 3.10，前引于本章原注22。

② ［原注34］见第二章原注18。

③ ［译按］二阶（second-order）和一阶（first-order，见原页284）：在作者的语境中，一阶指对事物现象直接、具体的思考和理解，二阶则是在"一阶"基础上进行的深入分析。

关。诗歌和视觉艺术的影响体现了语言/视觉在一般意义上的塑造心灵之力，同时也将这一能力的结果从潜在的"不幸"转变为具有文化价值的实践。高尔吉亚论证的主题式前景——将海伦视为不可抗拒的言辞或景象的受害者来为她开脱罪责，并没有阻止人们认识到：有说服力的言辞和诱人的图像既可以使生活变得更好，也可以使之变得更糟。

那么，这些思想对隐含的高尔吉亚式诗学或美学的影响是什么呢？[①]高尔吉亚似乎坚持（或至少 [282] 接受）以下所有主张：所有的逻各斯的最美状态或最高德性是真实，因此（除其他外）真实也是诗歌的最美状态或最高美德；"极度愉悦"（terpsis）也是逻各斯的一个理想目标，而且特别使人联想到一种诗歌的满足；现存诗歌所讲述的内容有时是假的（例如将海伦描述成一个作恶之人），有时是真的（例如对海伦生活的基本叙述）；所有的逻各斯都有一种类似巫术和药剂的能力，可以"塑造灵魂"并操纵其信念和情感；诗歌借助其高超的"欺骗"能力体现出了逻各斯的力量，但这种诗歌中的欺骗之所以具有价值，是因为它能在情感上强烈地介入（想象中的）"他人的生活"；就像语言一样，视觉所见既能体现真实（"我们看到的事物并不具有我们仅仅希望它们具有的本性，而是具有每件事物实际具有的本性"，《海伦颂》第15节）；[②]视觉也能像语言一样被用来创造令人满意的、动人的意识虚构，就像画家的作品一样；最后，高尔吉亚本人的演说本身就是一种散文诗——它既是诗歌的

---

　　①　[原注35] Barnes, 1982: 463–466，尽管他的论述有些过于复杂，但他认为高尔吉亚既有诗学又有美学。关于高尔吉亚诗学的不同观点（其中的大多数太过倾向于将现有的材料证据系统化）见 Lanata, 1963: 190–192, 193–194, 205–206；她将愉悦视为高尔吉亚眼中卓越诗歌的唯一标准，而忽略了《海伦颂》中对歪曲诗歌传统的控诉，并低估了可能存在的 B23 DK 的影响（见上文）。

　　②　[原注36]《海伦颂》第15节：ἃ γὰρ ὁρῶμν ἔχει φύσιν οὐχ ἣν ἡμεῖς θέλομεν, ἀλλ' ἣν ἕκαστον ἔτυχε. Redfield, 1994: 45–48 忽略了这一段和《海伦颂》提及的真实，从而得出了毫无根据的结论，他认为作品反映了这样一种学说，即不存在区分"有效"（valid）和"无效"（invalid）体验的方法。

对手，也是对诗歌的重新解释，还是对诗歌形式的重新发明。

笔者认为，《海伦颂》有时被认为具有激进的相对主义，而实际上它并不完全符合这一看法。这部作品中没有（自我混淆地）给出任何断言，例如它没有认为所有的说服都涉及某种形式的虚假；更不符合高尔吉亚《论无》(*On Non-Being*，这本身就是一部深不可测的逻辑悖论的作品）中彻底的怀疑主义，即语言不能传达任何东西。[①]而《海伦颂》确实造成 [283] 或揭示了一个它无法解决的关于诗歌价值的问题。这个问题的实质在于真实和"欺骗"的双重可欲性（desirability），而且两者之间的关系似乎无法阐明。真实是对事物如何存在的理解，它独立于我们希望事物应该如何存在；在所有的感官和认知模式中，真实都相当于高尔吉亚所宣告的视觉的内涵（"我们看到的事物并不具有我们仅仅希望它们具有的本性，而是具有每件事物实际具有的本性"，参上文）。另一方面，诗歌的欺骗具有这样的特点：它拥有一种兼具想象与情感体验的"厚重"质地，还可以对除纯粹真实以外的事物作出回答。

还有两个因素使这种价值的组合变得更加复杂。一个是真实本身的话语状态——美丽而有序（kosmos），因此这也是诗歌语言诱惑

---

① ［原注37］与 Wardy, 1996: 44 的观点相左（"但是，如果我们过于不可避免地'在劝说的强力下做出不义之举'……"，强调为笔者所作），高尔吉亚并没有将所有的劝说都归为"不可避免的"不义。Wardy 浮于表面的引用使得《海伦颂》第12节的最后一句话脱离了语境：这句话直指帕里斯不义地运用了劝说；Wardy 的分析（页43）十分固执（除此之外，他还提出了一个怪命题，即"灵魂"拥有"一个坏名声"！）。《海伦颂》第11节声称欺骗和恶意的劝说比比皆是，但《海伦颂》第14节最后一句"不端的劝说"实际也让"有益的劝说"成为可能（高尔吉亚自己的演说含蓄地实践了这一点）。O' Sullivan, 1992: 18 相信《海伦颂》(《海伦颂》11）与高尔吉亚《论无》(*On Non-Being*) 的论题一致（对此的讨论，参 Graham, 2010: ii. 782–785），二者都主张"语言永远无法传达现实"；同样的观点，见 Rosenmeyer, 1955: 230–233。但《海伦颂》反复提请人们关注真实的概念。Porter, 1993 是过于高尔吉亚化（out-gorgianizing）的高尔吉亚，该研究试图探索《海伦颂》所关注的语言和现实的更大概念；目前参 Porter, 2010: 275–287, 298–307（该书问世之时正值笔者拙作将要出版之际）。

性的潜在特征。[①]另一个是高尔吉亚的做法——他将诗歌的力量与一种能力联系在一起，这种能力可以使听众的灵魂向他人的生活敞开并产生强烈的情感专注，且这种专注本身可以是通向情感上的真实（性）的渠道。毕竟，高尔吉亚自己的准诗歌事业旨在恢复关于海伦的真实，而这种真实至少部分在于：对作为不可控力量的"肃剧的"受害者而非邪恶的施动者的海伦，人们将抱以恰当的（包括怜悯）情感（《海伦颂》第7节）。换言之，有争议的真实可能是评价性和情感性的，也可能是事实性的。[②]

事实上，高尔吉亚的叙述所主张的整个"真实"，并不是一个基本的叙事事实的问题（他将神话事件的核心顺序视为理所当然），而更像是一套适用于海伦案例的心理上的真实，但最终又与整个人类的处境相关，即人类在面对诸神、时运、暴力、欺骗性说服和爱欲冲动时的脆弱性。而这种真实似乎符合希腊诗歌中极为常见的一种宗教与存在（religious-cum-existential）[284]观，尤其是在荷马史诗与肃剧中，高尔吉亚在《海伦颂》第9节中对诗歌情感（恐惧、怜悯、"沉湎悲伤的渴望"）的描述非常明确地提到了这些体裁，因而后者也是最接近他的部分工作的范式。

高尔吉亚的演说未能回答一些问题，其中之一是：他或其他任何一个逻各斯的实践者，如何能从其自身对于人类缺陷和脆弱的认知中制造"深度愉悦"（terpsis）。或许我们从演说中提炼出的最接近这个问题的答案是一种暗示，即任何一种论述，只有接近诗歌的最佳状态（结合了真实与极度愉悦的诗歌），才能完全让心灵感到满足。如果我们问为什么会这样，那么两个趋同的观察可能有助于澄清这一暗示。一个观察是，高尔吉亚提到的所有其他形式的逻各斯（包括政治、医术–宗教、科学和哲学的话语形式）都能干扰和误导听众的信念，从而干扰他们的生活本身；似乎只有诗歌才属于一个

---

① ［原注38］参本章原注4。

② ［原注39］这篇作品的开头可能被认为是要将真实与评估或规范的正确性联系起来，即赞扬或指责正确之事，尽管高尔吉亚没有将这一点表述为一个明确的原则。

叙事形象的领域，具有它们自己独立的生存状态并远离了实用的考虑。另一个观察是，如果按照高尔吉亚对诗歌和具象艺术的相似描述，那么我们可以确定，诗歌所处的状态并非是与这个世界的一阶（first-order）接触（如视觉的正常运作），而是对思想和感觉的二阶操纵，从而为世界创造出一种诱人的替代品（如绘画所创造出的新的和完美的视觉愉悦形式，《海伦颂》第18节）。如果绘画甚至可以弥补那些令人不安的景象，将之变成听众眼中"愉悦的疾病"，那么，通过将人类的脆弱性变成想象性沉思的独立对象，也许诗歌甚至能弥补这种脆弱性在肃剧中的极端反映。

我们到目前为止的推测已经给高尔吉亚的文本增添了理论连贯性的负担，而他的文本可能无法支撑这一负担。不过，作为一部混合的、"谐谑的"（playful）散文诗，其本身的挑逗（provocative）特质吸引着读者去探寻如何解开它所戏要的谜团。

二　伊索克拉底与一位实用主义者的狭隘视野

［285］"现在看来，关于诗人们的讨论将留待之后再说——如果在那之前我还未年老，或如果我没有比这更重要的主题要说的话"（Isoc. 12.34）。[①]这段兴致不高的保证出自伊索克拉底的《泛雅典娜节演说辞》（Panathenaicus，写于前342—前339年），它具有双重启示的意义：首先，这段话混杂的信息真假参半；其次，由于这段话写于作者一百岁之前的几年，所以说得委婉一点，他关于明确讨论诗歌的承诺给得有点晚了。尽管存在这样的印象，但从伊索克拉底漫长职业生涯的早期到晚期，他传世的作品中有不少谈论诗人和诗歌主题的段落。这些段落概述了一位思想家的观点，而这位思想家在前4世纪的雅典以及希腊人的知识和文化景观中占据着引人注目的地位；并且正如我们将要发现的那样，这位思想家有自己的动机，即

---

① ［原注40］Isoc. 12.34: περὶ μὲν οὖν τῶν ποιητῶν αὖθις ἐροῦμεν, ἢ μή με προανέλη τὸ γῆρας, ἢ περὶ σπουδαιοτέρων πραγμάτων ἔχω τι λέγειν ἢ τούτων.

将诗歌作为一种基准来检验他自己的写作理想。此外，由于伊索克拉底可能接受过高尔吉亚的一些训练，所以研究他的案例也让我们有机会看到，高尔吉亚的一位学生如何回应其导师难以捉摸的诗学价值观。①

面对人们指责他的哲学教育（paideia）体系既狭隘又贫乏，伊索克拉底的自我辩护就包括了上文引自《泛雅典娜节演说辞》的句子（他在自己的作品中多次诉诸此演说，并带有一定程度的执念）。除此之外，某些伊索克拉底的竞争对手和反对者称，他的教育体系忽视了诗歌的重要性，而诗歌是［286］希腊教育的传统支柱。②伊索克拉底否认了这一指控，他显然被这一指控刺痛了，并将其归咎于那些本身就对诗人"胡言乱语"的人。③然而下面这一事实仍然重要，而本节试图探究其中的原因，即伊索克拉底总是以他教学方法的实用性和有益性为荣；他鄙视许多其他教师的教育方法，认为那些方

---

① ［原注41］传统认为伊索克拉底师从高尔吉亚，这件事并非没有争议，但Arist. fr. 137 Gigon = 139 Rose证实了传统观点；参Norden, 1898: i. 116。当然，伊索克拉底并非完全遵从高尔吉亚的教诲：见Isoc. 10.3、15.268对《论无》（*On Non-Being*）不太恭维的指涉，以及Isoc. 15.155–156表现出自己不太赞许高尔吉亚的工作。但是Isoc. 10.14–15对《海伦颂》大加赞赏，尽管有人批判这篇作品存在文体混淆。

② ［原注42］伊索克拉底的反对者们大概会认同柏拉图《普罗塔戈拉》338e–339a中普罗塔戈拉阐述的观点，即"擅长谈论诗歌是对一个人的文化教育（paideia）中最为卓越的部分"。

③ ［原注43］Isoc. 12.19提及对于忽视诗歌的指责。伊索克拉底如此描述这一指责："在吕克昂学园（Lyceum）里如诵诗者一样背诵诗人们的作品［包括荷马与赫西俄德］，并对这些作品胡说八道"（τοὺς ἐν τῷ Λυκείῳ ῥαψῳδοῦντας τἀκείνων καὶ ληροῦντας περὶ αὐτῶν (Isoc. 12.33)；比较Isoc. 12.18–19，包括嘲笑这些智识人自身缺乏有关诗歌的思想，但是会"从记忆中产生别人在他们面前说过的最吸引人的话"（τῶν πρότερον ἄλλοις τισὶν εἰρημένων, τὰ χαριέστατα μνημονεύοντες）。我们无法确认这里指的是谁，参Wilcox, 1943: 130–131，Merlan, 1954: 69注释2（"一个学园［Academy］中亲亚里士多德的小团体"），Roth, 2003: 85–86。阿珈基达玛斯可能是其中一员，如据O'Sullivan, 1992: 72注释60的推测；参第四章原注52。安提斯忒涅在《泛雅典娜节献辞》的时代已经去世：见Giannantoni, SSR iv. 200；Perlman 1964: 160注释33误解了Blass的观点。

法都是投机取巧、毫无意义的内传（esoteric）。

虽然在很大程度上，伊索克拉底关心的是如何让他的学生们为公民世界的公共演说做好准备，但他并不相信培养修辞能力是为了这一能力本身——这将无法实现修辞能力的目标，即作用于眼下最紧迫的政治议题。伊索克拉底也不相信演说术可以变成一套科学上的精确的原则体系：演说术既需要自然的天赋，也需要实践，它不能简化为一套纯粹的技术法则，而且在某种程度上它是一种"创造的"或"发明的"（ποιητικόν 在其他语境下则是"诗的"）工作，只有在行动中才能发挥其全部潜力。[1]对伊索克拉底而言，真实与价值都是通过语言和思想（两者都包含于他笔下简明的逻各斯概念："演说""理性""话语"）这些独特的人类媒介来追求实践智慧（phronêsis），并将这种智慧应用于建立一些被界定为共享的、泛希腊的文明结构。[2]

[287]除了对希腊修辞史更广泛的重要意义，还有伊索克拉底对后来的"自由教育"和"公民人文主义"准则的深远影响之外，刚刚概述的观念还为伊索克拉底的同时代人提供了一种特殊的优势，即有助于他们指控伊索克拉底对诗人的忽视——而他在反驳这一指

---

① ［原注44］尤见 Isoc. 13.12（《驳智术师》[*Against the Sophists*]：约诞生于前390年，一部早期的纲领性作品），他批评那些把"哲学"的"创造/发明的事业"（ποιητικόν πρᾶγμα）和公共话语误认为是"整理后的技艺"（codified art, τεταγμένη τέχνη）的人。

② ［原注45］关于伊索克拉底职业生涯的基本概述，见 Ostwald & Lynch, 1994：595–602、Usher, 1999: 296–323；参 Rutherford, 1995: 63–66。笔者在 Halliwell, 1997a 中已经解释了自己对伊索克拉底"哲学"的怀疑态度；参 Murray, 1999 尖刻的观点。其他解释如 Mikkola, 1954: 193–212、Wardy, 1996: 92–96、Nightingale, 1995: 26–41、Schiapa, 1999: 162–184。关于伊索克拉底对公民教育思想的长久重要意义，一系列（过分乐观的？）相关评价见 Poulakos & Depew, 2004；参 Halliwell, 2006c。Finley, 1975: 193–214 挑起了对现代大学文科教育中伊索克拉底"遗产"的批评，但这一批评有些缺陷；具有讽刺意味的是，Finley 本人表现出与伊索克拉底思想倾向不同的知识功利主义（intellectual utilitarianism）。在笔者看来，Baynes, 1955: 144–167 对伊索克拉底政治思想情况的介绍仍令人印象深刻。

控时似乎无意中承认了这一指控的要旨（"如果我没有比这更重要的主题要说的话"）。笔者想在此提出了一个双面的问题：是否存在一些关于诗歌的事物，它们降低了诗歌对像伊索克拉底这样自称为实用主义者之人的意义？或者是否存在某些伊索克拉底的教育观，它们使伊索克拉底无法像他的一些对手所表明的那样欣赏诗歌的完整文化价值？虽然我们无法知道伊索克拉底和对手之间的一切利害关系，但诗歌成为他们之间争论的议题这一事实，让我们看到某些关于诗歌价值的争论可能会陷入更大的意识形态冲突——就像他们所做的那样，尽管在柏拉图那里这些因素的结构截然不同。[①]

如果我们将伊索克拉底传世作品的零星段落中关于诗歌的最引人注目的言论拼凑起来，对这些问题的某种答案便开始显现。有时，伊索克拉底已经可以欣然认同诗人是人生智慧的传播者这一传统观念。伊索克拉底请塞浦路斯国王尼科克勒斯（Nicocles）注意，对方可以从各种来源获得明智和贤明的建议，以便开明地统治他的王国，伊索克拉底告诉他，"过去的一些诗人留下了关于如何生活的命令"（ὑποθήκας ὡς χρὴ ζῆν），这些命令就像律法和有智慧的友伴的指导一样能够改善人，使人变得"更好"。[②][288]埃斯库罗斯和欧里庇得斯在阿里斯托芬的《蛙》行1009中达成了一种共识：诗歌的总体目的之一是让人们变得更好。这是一个非常笼统的套话，但它证明了一个根深蒂固的（tenacious）希腊思想传统（基于教谕诗［didactic verse］和箴言诗［gnomic verse］的基础：见下文），这一传统期待诗歌影响心灵的教化，从而对听众的价值观和态度产生持久的影响。

再进一步讲，在《致尼科克勒斯》（*To Nicocles*）中，伊索克拉底将"那些拥有最好声誉的诗人"（τῶν ποιητῶν τῶν εὐδοκιμούντων，他可能以此暗指那些过去最好的诗人）与"智识人"或"智者"

---

① ［原注46］关于柏拉图被指责贬低诗歌并为此而不安，见第四章原页187和190-191。

② ［原注47］比较柏拉图《高尔吉亚》501e，苏格拉底否认音乐和诗歌的创作者/表演者关注如何使人变得"更好"；参《高尔吉亚》502e，柏拉图《理想国》599d，本章原注110。

（σοφισταί，有时指"智术师"，即像他自己这样的人）相提并论：他敦促国王做一个群体的倾听者（ἀϰοατής）和另一个群体的学徒（μαθητής）。① 由于伊索克拉底的整个哲学观（philosophia）是一种传承智慧的集合体，所以它会通过实践性地参与当时的重大问题而不断得到检验和更新，因而我们很容易理解，为什么伊索克拉底可能用这种方式将（一些）诗人与像他这样的智识人相提并论。在这一层面上，诗歌和散文是一个连续体，它们共同具有体现伦理上的真实的能力。但类似的考虑是否会促使伊索克拉底将他自己的哲学教育体系视为一种新的智慧综合体，从而让诗人们不再像曾经的那样不可或缺？

在进一步思考这一点之前，我们有必要指出，伊索克拉底当然不认为可以用"人生建议"来彻底阐明诗歌的本质。例如，《布西里斯》（Busiris）包含了对玻吕克拉底（Polycrates）的同名作品的批判，伊索克拉底在这本书中抱怨道：玻吕克拉底将（对我们而言是神话中的）埃及国王布西里斯（Busiris）描述成杀害外邦人的凶手，从而表现出对真实的全然漠视，并追随了诗人们对诸神及其后裔的不虔敬的"诽谤"（βλασφημίαι）。② 伊索克拉底坚持认为，没有人敢对他们的敌人说诗人们关于诸神所讲述的那些故事或陈述（logoi）；伊索克拉底接着说："他们不仅把 [289] 偷窃、通奸、为他人当帮凶等可耻的行为归于诸神，还讲述了（ἐλογοποίησαν）诸神吃掉子女、阉割父亲、捆绑母亲以及其他许多无法无天的行为故事。"（Isoc. 11.38）这段话明显地呼应了克塞诺芬尼对那些涉及不道德的神性的

---

① ［原注48］Isoc. 1.51（《致得摩尼库斯》[To Demonicus]，被认为是托名作品）认为，应当学习诗人们所提供的"最好的"东西，并连同"其他智慧者"（σοφισταί）的任何"有用的"（χρήσιμον）忠告一起，将这些最好的东西视为伦理典范的宝库；换言之，诗人在这里是"智识人"的一个子类别，而在Isoc. 2.13（参Isoc. 4.82）中，两者是类似的群体；不同的观点见Sandys, 1868: 40–41。参下文原页298–299。有关总体意义上诗歌与散文的并置，见Isoc. 2.7, 12.35。

② ［原注49］Isoc. 10.64，动词βλασφημεῖν [诽谤] 最初在斯忒西科罗斯那里（在改变论调之前）用于诋毁《海伦颂》。

诗歌神话的批判；同样，它也与苏格拉底在《理想国》卷二中对此类神话的批判相似（尽管我们无法确定两者时间上的顺序）。①

　　伊索克拉底给人留下的印象是，诗人们在其大多数作品中都犯下了违背（宗教）真理的罪行。他甚至声称，诗人们应该为这些罪行受到惩罚（即遭到神罚），并列举了一些想象中的案例，比如诗人们过着乞丐的生活（暗指关于荷马生平的一种信念）、被弄瞎双眼（这里暗指斯忒西科罗斯［Stesichorus］和荷马）、②在政治流亡中颠沛一生（阿尔凯奥斯［Alcaeus］?），③以及像俄尔甫斯那样被撕成碎片。④如果说前面引用的段落将诗人视为智者，可以提供关于如何生活的明智指导，那么，在他们一些有害的虚假神话中，他们所扮演的角色则似乎变得完全与此相反。在诗人出错的地方，我们只能从他们身上看到反面教材（anti-models）：伊索克拉底暗示有些人的确相信这样的故事，而相信这些故事就像一开始叙述那些故事一样不虔敬。⑤

──────────

　　①［原注50］参Xenophanes B10-11 DK，以及Livingstone, 2001: 170-176，Eucken, 1983: 196-198。Livingstone, 2001: 40-47，Eucken, 1983: 173-183推测《布西里斯》可能诞生于前380年代或前370年代；如果它诞生的时期较早，那么就更容易将柏拉图《理想国》中的知识（在Isoc. 11.17中有所暗指，尽管存在争议）归于伊索克拉底，参Livingstone, 2001: 48-56，尽管柏拉图对话录早期版本的传播疑难会让该问题变得更复杂。与柏拉图的相似之处在Isoc. 11.41的陈述中更为明显，即诸神并未参与恶事（参柏拉图《理想国》381b）。对比《诗术》1460b35-1461a1亚里士多德反驳克塞诺芬尼的批评，以及第五章原页220-221。

　　②［译按］斯忒西科罗斯，公元前7世纪到公元前6世纪古希腊著名抒情诗人，是希腊化时期亚历山大里亚学者遴选的九位抒情诗人（Melic Poets）之一，其诗歌往往从传统史诗取材。按照伊索克拉底的记载（Isoc. 10.64），斯忒西科罗斯因在诗中诋毁海伦而失明，而当他意识到自己的错误并重新作诗时，海伦又使他的视力恢复了。

　　③［译按］阿尔凯奥斯，与斯忒西科罗斯、萨福同时期的著名抒情诗人，他们共同属于亚历山大里亚九位抒情诗人之列。

　　④［原注51］参Livingstone, 2001: 176-178。关于将荷马描述为一个贫穷者和乞讨者，见Graziosi, 2002: 125-163；她没有引用Isoc. 11.39。

　　⑤［原注52］关于伊索克拉底的"神话"与"信仰"问题，见下文原页292-294。

到目前为止，我们看到诗歌影响文化运作的两种模式之间的区别以及可能的张力：一种模式是为生活提供明确的指引或指导，另一种模式是通过神话叙事的宗教和伦理图式进行交流——正如《布西里斯》中的批评那样，这种意义的形式（a form of meaning）所传播的虚假信念可能被相应的讲述真实的能力所抵消。我们应该马上注意到，这两种模式都可以在伊索克拉底本人的作品中找到，这使得他的诗歌概念与他自己的哲学概念在某种程度上相互联系和/或相互竞争（［290］笔者之后将回来讨论这一点）。

而如果重新审视《致尼科克勒斯》，我们就会发现，伊索克拉底对诗歌的看法变得更加复杂了。在这部作品的后半部分，相比于已经引用过的两段话（即诗歌的"指示"和建议），我们发现伊索克拉底还哀叹说，当时人们往往只是口头上说一说赫西俄德、忒奥格尼斯（Theognis）、弗基里得斯（Phocylides）等诗人的伦理效用，①而实际上他们更喜欢从诗歌中获得那种低得多的满足。从某种意义上说，这段话是对前面几段话的补充，因为它指出"每个人都认为（或'按照惯例接受'）最有用的诗歌和散文"（请再次注意诗歌与散文的连续性）是那些"提供（伦理）建议"的作品。②对赫西俄德、忒奥格尼斯和弗基里得斯的提及表明，正是诗歌的教谕形式和箴言形式（通过它们清楚明白的 gnômai［妙语］或警句"箴言"，《致尼科克勒斯》第44节），提供了伊索克拉底依赖的伦理指导模式的最为明显的例子。虽然人们乐于将这些诗人称为"最佳的人生顾问"（συμβούλους τῶ βίῳ τῷ τῶν ἀνθρώπων），但实际上人们会避开后者的建议，就像人们可能避开他们最智慧的友伴的建议一样。相反，人们更喜欢"最粗俗的谐剧类型"的愉悦，而非"精心制作的"教

---

① ［译按］墨伽拉（Megara）的忒奥格尼斯与米利都（Miletus）的弗基里得斯，前6世纪的两位箴言体诗人。

② ［原注53］Isoc. 2.42: τὰ συμβουλεύοντα καὶ τῶν ποιημάτων καὶ τῶν συγγραμμάτων μάτων χρησιμώτατα μὲν ἅπαντες νομίζουσιν ... . 在 Isoc. 2.46，伊索克拉底将"提供忠告""教化""有用的话"（ἤ παραινῶν ἤ διδάσκων ἤ χρήσιμόν τι λέγων）视为同等之物，或认为它们至少关系紧密。

谕诗或哀歌的情感。①

　　伊索克拉底在同一个语境中强调，普罗大众会被诗歌导向一种毫无反思的放荡生活。这样一来，他们就"回避了现实世界的真实"，这种与其他证据相吻合的说法表明，对伊索克拉底来说，"真实"既是实用的（由对瞬息万变的境况的适用性而确定）又是规范的（一个关于良好判断的问题）。②这暗示了诗歌所应寻求的真实也是如此，它需要通过这样一种检测：能够塑造和宣告一种有秩序和有目的的生活。伊索克拉底对流行的［291］谐剧嗤之以鼻，这表明他认为这种体裁倾向于迎合低级的欲望（低俗的动作和语言），且缺乏任何形式的诗歌艺术性。③寓教于乐的"箴言"诗与粗俗谐剧的愉悦之间的对立，看起来是一种直截了当的，甚至有些清教徒式的生硬的价值观陈述。但伊索克拉底以一种更令人惊讶的方式拓展了这一观点，并提出了一些棘手的问题。这段话值得完整（extensively）引用：

　　　　很明显，那些想要做点什么或者写点什么来取悦大众的人，他们所钦羡的并不是最有用的演说辞，而是那些充满虚构的作品。因为人们在听到这类叙述时所获得的愉悦，就像观看游戏或竞赛时一样。因此，我们得非常钦佩诗人荷马以及那些最初创造肃剧

---

　　①　［原注54］*ἥδιον γὰρ ἂν κωμῳδίας τῆς φαυλοτάτης ἢ τῶν οὕτω τεχνικῶς πεποιημένων ἀκούσειαν*。关于短语"人生顾问"，参柏拉图《理想国》606e中苏格拉底所怀疑的那种观点。关于从诗歌中获知 gnômai［智识］的概念，参 Aeschin. 3.135（赫西俄德）。

　　②　［原注55］*τὰς ἀληθείας τῶν πραγμάτων φεύγουσιν*，类似的短语见于 Isoc. 5.4、9.39，这两处涉及了伊索克拉底呈现的对于某种情势的政治与道德评价。关于伊索克拉底作为就真实而言的实用主义者（pragmatist）而非相对主义者（relativist），见 Halliwell, 1997a: 120–121。

　　③　［原注56］伊索克拉底唯一一次在另一处提及谐剧是在 Isoc. 8.14：他把那些鲁莽的政客称为一群仅仅能运用 parrhêsia（"随口谈论"或"直言"）的人，这里肯定暗示了谐剧对粗俗脏话的运用。虽然相隔20年左右，Isoc. 2.44、8.14 两处可能都适用于各种类型的"中"谐剧（"Middle" comedy）。

　　［译按］"中谐剧"通常指具有过渡特征（从旧谐剧转向新谐剧）的谐剧作品。

的人们，我们看到，他们通过对人类本性的深刻洞察，把上述两
种乐趣很好地运用到了他们的诗歌中。荷马在他的神话故事中描
述了半人半神之间的竞赛与战争，同时，那些肃剧诗人也以竞赛
和行动的形式展示了那些神话故事，使这些故事得以全面展示给
我们，不但展示给我们的耳朵，同时也展示给了我们的眼睛。他
们由此提供了这样一些范例，说明了一个很明显的事实，那就是，
那些渴望吸引听众注意力的人，他们必须放弃告诫与建议的事情，
而把自己所看到的那最有趣的事情说给听众听。①

　　正如我们所看到的，在这段内容之前，伊索克拉底本人向那些
确实提供严肃的伦理指导的诗人看齐（Isoc. 2.40-42）。[292] 随后，
他建议尼科克勒斯不要像其他人那样凭愉悦来判断严肃的事情，而
要听从那些能提供哲学洞见和政治建议的顾问（如伊索克拉底本
人，Isoc. 2.50-54）。以此为框架，我们似乎很难避免这样的推
论：荷马史诗和肃剧都被降到了迎合"杂众"（ὄχλους，很难说这
是一个讨好的术语）的层次。事实上，考虑到整个《致尼科克勒
斯》第42-49节的逻辑，并不能明显看出为什么荷马史诗和肃剧要

---

　　① ［原注57］Isoc. 2.48-49: ἐκεῖνο δ' οὖν φανερόν, ὅτι δεῖ τοὺς βουλομένους ἢ ποιεῖν
ἢ γράφειν τι κεχαρισμένον τοῖς πολλοῖς, μὴ τοὺς ὠφελιμωτάτους τῶν λόγων ζητεῖν, ἀλλὰ τοὺς
μυθωδεστάτους· ἀκούοντες μὲν γὰρ τῶν τοιούτων χαίρουσι, θεωροῦντες δὲ τοὺς ἀγῶνας καὶ τὰς
ἁμίλλας. διὸ καὶ τὴν Ὁμήρου ποίησιν καὶ τοὺς πρώτους εὑρόντας τραγῳδίαν ἄξιον θαυμάζειν,
ὅτι κατιδόντες τὴν φύσιν τῶν ἀνθρώπων ἀμφοτέραις ταῖς ἰδέαις ταύταις κατεχρήσαντο πρὸς τὴν
ποίησιν. ὁ μὲν γὰρ τοὺς ἀγῶνας καὶ τοὺς πολέμους τοὺς τῶν ἡμιθέων ἐμυθολόγησεν, οἱ δὲ τοὺς
μύθους εἰς ἀγῶνας καὶ πράξεις κατέστησαν, ὥστε μὴ μόνον ἀκουστοὺς ἡμῖν, ἀλλὰ καὶ θεατοὺς
γενέσθαι. τοιούτων οὖν παραδειγμάτων ὑπαρχόντων, δέδεικται τοῖς ἐπιθυμοῦσι τοὺς ἀκροωμένους
ψυχαγωγεῖν, ὅτι τοῦ μὲν νουθετεῖν καὶ συμβουλεύειν βουλευ<ν> ἀφεκτέον, τὰ δὲ τοιαῦτα λεκτέον οἷς
ὁρῶσι τοὺς ὄχλους μάλιστα χαίροντας. 关于"有益的"和提供愉悦的话语之间的对比，见
Isoc. 8.39、12.1。
　　［译按］本书中关于伊索克拉底作品的长段中译文，均引自《古希腊演说辞全
集·伊索克拉底卷》，李永斌译注，长春：吉林出版集团有限公司，2015；部分地方
可能据古希腊文有改动，下同。

比"最粗俗的谐剧类型"更优越。但伊索克拉却说他自己"欣赏"荷马和肃剧家。为什么会这样呢？①

我们越是深入研究这段话的上下文，它就越显得矛盾。这种矛盾体现了伊索克拉底与神话的地位之间更广泛的不稳定性，它源于"最有裨益"的话语类型与那些（字面上）"精巧编织神话的［话语类型］"（μυϑωδεστάτους）之间的对比。在多数情况下，伊索克拉底似乎接受了传统神话的普遍真实性，或者至少接受了它们作为人类和神圣事务重要范式的资源库的有效性；如本段所言，对于那些涉及特洛伊战争和更早时代的英雄神话中的"半神"来说，他的态度更是如此。②伊索克拉底甚至可以不顾别人的质疑并为个别神话的真实性辩护，比如德墨忒尔（Demeter）在寻找珀尔塞福涅（Persephone）时造访阿提卡的故事。③

但另一方面，我们也已经从伊索克拉底在《布西里斯》中对诗人们"诋毁"诸神及其后裔的抨击中看到，[293]他决不打算全盘接受并相信全部的神话材料（corpus）。有几段话表明，伊索克拉底将传承下来的神话总视为真实与虚构的混合。若把伊索克拉底关于特洛伊战争的两段话并列，我们就可以恰当地把握到这种不确定

---

① ［原注58］Grube, 1965: 43注释2认为，伊索克拉底"讽刺地"称赞荷马与其他肃剧作家——笔者认为这是一种可理解的解释，但不正确。参Eucken, 1983: 246–247。

② ［原注59］"半神们"（ἡμίϑεοι, 关于该词的早期用法，见West, 1978: 191），即那些具有一半诸神血统的人，是伊索克拉底对此类英雄人物的常用语：如见Isoc. 3.42、5.137、5.143、9.13、9.39、9.70（见本章原注66），就此而言，他毫无疑问地在原则上将这些人物视为"历史的"。一些特定的神话被讲得犹如历史一般，包括Isoc. 12.168–74（七将攻忒拜的事迹和雅典人在此役之后的故事；另参本章原注61），Isoc. 4.54–57（赫拉克勒斯的后裔在雅典寻得庇护）。

③ ［原注60］Isoc. 4.30–33为这一神话进行了辩护，他不认为这则神话仅仅是个古老的故事。Isoc. 1.50认为"每个人"都会相信某些神话（宙斯与赫拉克勒斯和坦塔罗斯［Tantalus］之间的父子关系），这暗示了并非所有神话都是如此为人们所信：Veyne, 1988: 51（参页82、92）在此发现了关于神话真实中的一处"良心不安"（bad conscience）；另见本章原注63。普遍认为，伊索克拉底并不区分神话与历史，如Usher, 1990: 156的简化，对比Sandys, 1868: 58。

性。一方面，在《埃瓦戈拉斯》(*Evagoras*，约前365年)中，伊索克拉底认为可以将战争的"各种神话"与其"(各种)真实"进行对比(当然，他没有告知我们他如何得知其中的差别)，从而接受其核心的历史性，同时又为传统中被视为编造的特定元素留下空间。①另一方面，在《泛希腊集会演说辞》(*Panegyricus*)中，伊索克拉底让muthoi[故事]这一类型(那些足以构建一套自我界定的希腊文化档案的重要故事)同样地包含了特洛伊战争和希波战争，二者没有任何明显的区别。②不论这说明了伊索克拉底所持的何种历史观(也许越重要的历史事件就越能使其自身获得一种具有"神话"地位的复述状态?)，这都证实了他对muthos[故事]概念的看法已经将这样一种事物融入其中(而不是简化为这种事物):以虚构化的方式改善(fictionalizing enhancement)的潜力。

总体而言，与这一点直接相关的是，《致尼科克勒斯》第48-49节中特别指出:对伊索克拉底来说，形容词muthôdês[虚构的](在之前的摘录中呈现为"最为精妙地编织了神话的")并不是一个中性词(至少不如在修昔底德那里中性)。在伊索克拉底的作品中，这个词一共出现了四次，每次都指出了"(各种)神话"主体中的一种虚构因素或偏好。例如，伊索克拉底在《泛希腊集会演说辞》第28-33节中肯定了德墨忒尔故事的基本真实性，但还是承认这个故事以这种方式"被虚构了"(μυθώδης ὁ λόγος γέγονεν, Isoc. 4.28)——我们可

---

① [原注61] Isoc. 9.66论及特洛伊战争方面时，μῦθοι[神话]与ἀλήθεια[真实]相对。见Isoc. 9.6所展现的思想变化:从表述特洛伊战争(以及更早的)时期的"那些存在者"(γενομένους)，到对故事中的某些人物是否真实存在普遍表示半信半疑。关于诗人通常将历史事件与自己虚构的创造相混合，参Isoc. 9.36。注意Isoc. 12.172中伊索克拉底自己承认，他可能出于特定语境的需要而故意变更神话的细节(《七将攻忒拜》)。

② [原注62] 见Benseler & Blass, 1907: pp. xxiii, 79，Blass用括号括起了 καὶ Περσικοῖς[以及波斯人]，但是Mathieu & Brémond, 1938, Mandilaras, 2003保留了该词。即使我们采纳这一修正，这段内容仍直接对比了两次战争;有关特洛伊战争的基本历史，参Isoc. 4.83，以及本章原注59。这两次战争的对比至少在诗歌上存在一个先例:Simon. 11 *IEG*(普拉提亚哀歌[Plataea elegy])将之并置。

以说［294］这是一种叙事放大和叙事夸大的特殊形式（考虑到厄琉息斯密仪中涉及的戏剧化［重］演的因素，这么说并无不妥）。①这对于解释伊索克拉底关于荷马和肃剧家的说法也很关键。在这里的例子中，伊索克拉底并没有明确判断神话材料本身的真假，尽管如上所述，在他眼中，这类神话中的"半神"或英雄根本上都是过去的真实人物。而对于这两种体裁而言，伊索克拉底预设了一种讲述神话或将神话戏剧化的方式，这种方式带来了特殊的诗学增强效果。

正如整段话所证实的那样，伊索克拉底的重点隐含地落在一对相互关联的品质上：一是强烈的叙述与想象（narrative-cum-imaginative）的专注和驱使，这一特征与抽象的、编纂的 gnômai［妙语］（这被伊索克拉底认为处于伦理指导性诗歌的核心位置）截然不同，它与肃剧一起为观众的眼睛和耳朵提供了积极的舞台展示；②二是一种与此相关的抓住和吸引多数观众心灵的力量，此力量"将他们的灵魂牵引到"（ψυχαγωγεῖν）一种改变过的意识状态。③

① ［原注63］请注意，Isoc. 4.28–29 明确提出了厄琉息斯秘仪，Parker, 2005: 355 认为这段话暗示该秘仪中的一种神圣/神秘的"戏剧"；Veyne, 1988: 82 忽视了 Isoc. 4.28 处 γέγονεν［产生］在时态上的细微差别。很难不察觉到修昔底德《伯罗奔半岛战争志》1.21.1、22.4 中 τὸ μυθῶδες［传奇］概念的影响；参 Flory, 1990: 194，并见第一章原页 19–24。关于伊索克拉底对 μυθώδης［神话般的］的其他用法，若不是指"不属实"，都意指"夸大"：见 Isoc. 2.48（上文原页 291）、12.1（下文原页 298）、原页 237（注意原页 238 的对比）。参柏拉图《理想国》522a 中 μυθώδης 和 ἀληθινός［真实的］的对立，以及菲洛德穆《论诗》5.7.9–11 中的 μυθώδης 和（含蓄表达的）"如实"（以及本章原注 148）。

② ［原注64］伊索克拉底清楚地认识到一种技术上的区别，类似柏拉图《理想国》卷三和亚里士多德《诗术》第三章中叙述和戏剧模式（他称之为"形式"［ἰδέαι］，Isoc. 2.48）的描述/表演之间的区别。伊索克拉底可能也在暗示一个类似亚里士多德《诗术》1448b36–39 中的观点，即肃剧是荷马史诗自身"戏剧化"冲动的延伸。

③ ［原注65］在 Isoc. 10.65，伊索克拉底甚至把荷马的魅力描绘为准情欲的，他认为是一则有关海伦的梦激发了诗人创作《伊利亚特》的灵感，这让史诗具备了"诱人的魅力"（seductively attractive, ἐπαφρόδιτος），即诗歌等同于海伦自身之美。参本章原注 32。

那么，伊索克拉底似乎不得不承认史诗和肃剧诗的叙事内容和
[295] 表现资源（如"竞赛和战争"，我们可以再加上可怕的苦难①）
具有引人入胜的吸引力；甚至在将其与更严肃的诗人——如赫西俄
德、忒奥格尼斯和弗基里得斯（或者，实际上是他本人作品）——
的教育和哲学的功能对立时，他也承认了这一点。此外，这也有助
于澄清伊索克拉底所看到的荷马史诗和肃剧与"最粗俗的谐剧类型"
的差别：后者在诗学上等同于对人类本性的贬低，而前者虽然不是
完全不值得怀疑（鉴于它们据说会有意迎合"杂众"），却被视为在
文化上老练地利用文字的情感和想象力，而这在伊索克拉底的价值
体系中必然值得受到一定程度的重视。②

而如果伊索克拉底信守了他在《泛雅典娜节演说辞》中那个
不情愿的诺言，那么这又在更大的范围内将他的诗学——他可能形
成的诗学——置于何地？有人从《致尼科克勒斯》第42–49节中推
断，伊索克拉底的作品采用纯粹的二分法，他在有教育意义或有裨
益的箴言式作品与依赖令人兴奋的叙事的作品之间划定了一条不可
逾越的鸿沟，但这是一种错误的推断。这涉及一个可以由如下主张
指明的错误，即认为《致尼科克勒斯》第48–49节肯定没有阐明伊
索克拉底对荷马的全部看法。例如，在其他地方，伊索克拉底通过
解释荷马如何传达有关人类境况的信息，认可了这位诗人在智慧

---

① ［原注66］见 Isoc. 9.70（"我们会发现，绝大多数，也是最著名的半神，都
遭受了最大的灾祸"［ταῖς μεγίσταις συμφοραῖς περιπεσόντας］；关于这一感伤，包括提及
"半神们"，参 Simon. 523 *PMG*），Isoc. 12.168（阿德拉斯托斯［Adrastus］的灾祸与
七将攻忒拜的故事），以及 Isoc. 4.158（本身就是对 Gorg. B5b DK 的附和）论为那些
在希腊人中遭受不幸灾难的（英杰们）所唱的挽歌（θρῆνοι）。见笔者下文关于伊索克
拉底对肃剧式怜悯的观点的讨论。关于描述英雄神话核心的"灾祸"（συμφορά），见高
尔吉亚《海伦颂》第2节（特洛伊战争）以及本章原注78。亚里士多德《尼各马可伦
理学》1100a6–9 转而讨论一个神话人物普里阿摩斯，从而证明"大的灾祸"（μεγάλαις
συμφοραῖς）即使在漫长生命的尽头也能摧毁人的幸福。

② ［原注67］Isoc. 2.48 表明，荷马与肃剧作家对人类本性具有积极的洞见
（κατιδόντες κτλ），并"充分利用"（καταχράομαι）之，从而创作出能够主动捕获大众
心灵的作品。

（sophia）方面的巨大声誉：在荷马笔下的各种形象中，即使是诸神有时也在慎重地考虑未来，而这强调了一个事实，即我们不可能知悉未来；因此，伊索克拉底的一些智识论敌的主张（即认为关于未来的知识属于他们）徒劳无功。①

而这个例子不仅基于叙事场景中的解释性推论（而非在诗人的声音中存在类似明确的箴言式智慧），还包含了对荷马使用的某类虚构想象的认可：伊索克拉底指出，诗人构建这样的场景［296］"不是源自对诸神心灵的了解"（οὐ τὴν ἐκείνων γνώμην εἰδώς）。②换言之，荷马史诗中的这种段落不应被理解为在严格意义上主张一种"神学的"（theological）真实。相反，荷马想通过对神圣世界的叙事和戏剧的投射，向他的听众"标明"（ἐνδείξασθαι）关于人类世界的某些真实。这是一种（间接的）呈现而非讲述的形式。毕竟，对伊索克拉底而言，诗歌似乎有不止一种方式可以编译和传达对生活"有用的"指示。

而在另一个方面，伊索克拉底声称要为（最好的）叙事诗和神话诗赋予价值。这就是诗歌赞颂中的典范——通过纪念与颂扬的方式，诗歌有能力为他人提供可效仿的行为模式。按照伊索克拉底的说法，这也是荷马本人崇高精神的一个重要组成部分。在《泛希腊集会演说辞》中，伊索克拉底在提到前4世纪80年代对抗波斯的泛希腊战役时写道：

> 我认为，荷马的史诗应该获得更大的名声，因为他曾经用高尚的风格赞美那些与蛮族人交战的英雄。正是基于这一原因，我们的先祖愿意在音乐竞赛和青年教育中给予荷马的艺术以光荣的地位，使我们不断听到他的诗句，从中得知我们对蛮族人

---

① ［原注68］Isoc. 13.2.

② ［原注69］动词 ποιεῖν［制造］，在这句话中也包含了一种想象的虚构元素："荷马制造了诸神"（Ὅμηρος … τοὺς θεοὺς πεποίηκεν）相当于说是"荷马诗意地如此描绘了他们"。

的仇恨，使我们在称赞那些攻打蛮族人的勇武英雄之时，也非常渴望建立同样的功业。①

我们知道，伊索克拉底在此采用了一个当时已存在的诗歌教育价值模板；例如，它明显类似于柏拉图在《普罗塔戈拉》中对诗歌教育用途的解读（[297]对过去之人的"高度赞扬"激发了年轻人效仿他们的欲望）。②而该模板本身就是歌与"名誉"（kleos）之间古老但并非毫无问题的关系的延伸，③它提供了一个纲要性的议程；它仍然遗留了需要得到具体解释的个别段落和作品。伊索克拉底还利用该模板为他反蛮族（anti-barbarian）的理由争取到了荷马的支持，其中最重要的一点在于，这暗示了对《伊利亚特》的肤浅和迟钝的解读：这部有着叙事、心理和伦理上的复杂性的巨作，一下子就被狭隘化了，仿佛其（错误的）目标只是鼓动希腊人持续仇恨"亚细亚"民族。除此之外，荷马史诗中对赫克托尔（Hector）、安德洛玛

---

① [原注70] Isoc. 4.159: οἶμαι δὲ καὶ τὴν Ὁμήρου ποίησιν μείζω λαβεῖν δόξαν, ὅτι καλῶς τοὺς πολεμήσαντας τοῖς βαρβάροις ἐνεκωμίασε, καὶ διὰ τοῦτο βουληθῆναι τοὺς προγόνους ἡμῶν ἔντιμον αὐτοῦ ποιῆσαι τὴν τέχνην ἔν τε τοῖς τῆς μουσικῆς ἄθλοις καὶ τῇ παιδεύσει τῶν νεωτέρων, ἵνα πολλάκις ἀκούοντες τῶν ἐπῶν ἐκμανθάνωμεν τὴν ἔχθραν τὴν ὑπάρχουσαν πρὸς αὐτούς, καὶ ζηλοῦντες τὰς ἀρετὰς τῶν στρατευσαμένων τῶν αὐτῶν ἔργων ἐκείνοις ἐπιθυμῶμεν. 动词 ἐκμανθάνειν（笔者译作"永远不忘"）使用了以心灵了解诗歌的理念（如柏拉图《普罗塔戈拉》325e，《希庇阿斯前篇》285e，Aeschin. 3.135），但同时逐渐转变为领会其（假定的）意义的内涵：参柏拉图《伊翁》530c，以及第四章原注26。关于荷马作为泛希腊诗人在该段引文中的意义，见Graziosi, 2002: 197（尽管"政令"[decreed]似乎是一处误译）。

② [原注71] 见柏拉图《普罗塔戈拉》325e–326a，其中 νουθετήσεις [告诫] 和 ἔπαινοι [赞扬] 的结合（326a）可以说与笔者讨论的伊索克拉底情况类似，都处于诗歌明确的训诫和隐含的示范之间。如参柏拉图《理想国》568b（肃剧应是对僭政的高度颂扬：这是一段极度讽刺的内容），599b（苏格拉底在此半带嘲讽地称荷马为"ὁ ἐγκωμιάζων [歌颂者]"），《蒂迈欧》19d（暗示强烈的赞颂总的来说是诗歌的基础）；注意，色诺芬《会饮》4.6中，尼刻拉托斯谈论变得"像"阿基琉斯等人，对其中所隐藏的"模拟"观念更详细的讨论，见 Halliwell, 1988: 122–123。

③ [原注72] 参第二章原页74–76。

刻（Andromache）、赫卡柏（Hecabe）和普里阿摩斯（Priam）的描写，也不过是为了这样的目的！

这里要指出的关键点是，伊索克拉底对诗歌赞颂之典范的狭隘理解，实际上否定了荷马史诗在叙事和想象上的丰富性（在稍晚的作品，即《致尼科克勒斯》第48–49节中，这种丰富性似乎得到了部分认可），并且试图将这种史诗的价值归结为无非是一种沙文主义（chauvinistic）的宣传形式。必须强调的是，虽然在伊索克拉底之前，将荷马视为一位"战争诗人"的普遍观念就得到了一定的传播（这不足为奇），甚至有一些希腊人将荷马视为军事战略的专业教师，但伊索克拉底超越了这种论点的模式，他使用了一种有倾向性的解释学，即扭曲了《伊利亚特》，使之为前4世纪的政治服务。[①]那些将荷马归为一位军事专家（以及其他事物的专家）的批评家们，他们也许都天真地简化了《伊利亚特》的主题或将其陕碍化了。而伊索克拉底则出于他自己的目的，扭曲了《伊利亚特》的世界及其价值观。

[298] 笔者的论点是，《泛希腊集会演说辞》对《伊利亚特》的歪曲看法反映了伊索克拉底未能成功与不同种类和具有不同可能性的诗歌价值相协调。此外，笔者认为这体现了一种症状，即伊索克拉底的诗歌观与他本人作品之间存在张力。我们已经看到，伊索克拉底将诗歌和（正式的）散文视为一个连续体中的一部分，而非毫不相关的不同实践；他不仅乐于将诗人与像他这样的智识人进行比较，而且有时也乐于将诗人视为"专家"或"智者"（sages, σοφισταί）的一个亚类（subgroup）。[②]伊索克拉底坚持通过实用主义来检验诗歌和散文的"效用"，即在教育、政治和文化上的"有

————————

① ［原注73］荷马作为战争诗人的观点可以在如下几处找到：阿里斯托芬《蛙》行1034–1036，《荷马与赫西俄德的竞赛》（*Certamen Homeri et Hesiodi*，见 Graziosi, 2002: 174–177，Rosen, 2004: 306–309），以及柏拉图《伊翁》540d–541e（参第四章原页175–176），柏拉图《理想国》599c、601a，色诺芬《会饮》4.6。

② ［原注74］参本章原注48。该观点有这样一个先例：普罗塔戈拉将荷马以及其他诗人视为隐秘的（cryto-）智术师，见柏拉图《普罗塔戈拉》316d。

用"（χρήσιμος）或"有裨益"（ὠφέλιμος）；他认为传达这种效用的
话语方式属于两种主要的类型：分别是"展示"（showing）模式
和"讲述"（telling）模式，即一方面是叙事性/神话性的说明和记忆
（memorializing）的典范，另一方面是有教益的命令（包括箴言式的
表达）。①伊索克拉底本人的作品使用了这两种模式的变体，并坚持
不懈地宣传其自身的效用。而他作品的天平则更倾向于第二种模式，
部分原因在于，即使在诉诸神话时，伊索克拉底也明显更倾向于使
用枯燥的教益性梗概（resume），而非任何一种想象的生动性或戏剧
的直观性。

在《泛雅典娜节演说辞》中，伊索克拉底回顾了他早前厌恶的
"精巧编织神话"（μυθώδεις）的写作方式，将其等同于（或认为它密
切地相关于）那些"充满哗众取宠和虚伪矫饰"的写作方式（Isoc.
12.1）。②由于我们从《致尼科克勒斯》第48-49节（上文原页291）
的重要段落中了解到，伊索克拉底选择用muthôdês［虚构的］，即
"精巧编织［甚至是虚构］神话"来描述荷马史诗和雅典肃剧的主
题，除此之外，又由于他要以某种方式将他自己与［299］诗歌在
叙事和想象力上的动力相分离，因此，他让自己的作家形象与逻各
斯谱系中的这一点保持了距离。作为一名实用主义者，伊索克拉底
本人与包括诗人在内的公共演说传统保持了一致，但与他的一些竞
争对手（包括柏拉图在内）不同，伊索克拉底抵制了与他们过度同

---

① ［原注75］笔者在此调整了在展示（showing）和告知（telling）之间熟悉的
叙事学对比——当然，各种区别通常仍然处于叙事类型之中。

② ［原注76］关于形容词μυθώδης［神话般的］，见上文原页291-294以及本
章原注63。对伊索克拉底而言，τερατεία［哗众取宠］会导致华而不实（realm of the
showy but useless）；见Isoc. 12.77、15.269（?）、15.285，另参第五章原注51。伊
索克拉底使用术语ψευδολογία［不实之词］来意指各种类型的自负才高（intellectual
pretention）、欺诈不实和诽谤中伤（Isoc. 10.8、12.21、12.78、15.136），尽管Isoc.
12.246（一则学徒谈话）奇特地用它指涉一些更类似于想象发明的事物。关于伊索克
拉底本人对神话的运用，参本章原注61。

化的诱惑。① 如果笔者的论点无误，那么与这种抵制相关联的是：伊索克拉底觉得有必要与诗歌本身的心理力量保持一臂之距（hold at arm's length）。

还有一段内容缓解了《致尼科克勒斯》第48–49节与其他地方的张力，这种张力体现在伊索克拉底的实际效用（pragmatic utility）范式（这是他为其作品所作的唯一自我辩护，但只是诗歌的部分的或者间或有之的优点）与心理上的满足（这似乎是诗歌而非伊索克拉底本人的话语所能产生的东西）之间。诗歌观众所感受到的悲观情感，相当突兀地闯入了《泛希腊集会演说辞》；在那里，伊索克拉底提出了对抗波斯的泛希腊远征的理由，强调了整个希腊在前4世纪80年代的苦难和动荡程度（即"战争和内讧"的后果，《泛希腊集会演说辞》167）。伊索克拉底声称，没有什么人，尤其是希腊所有城邦的领袖，会像他那样对这种状况感到忧虑，他给出了以下对比：

> 竟然没人对这些事情［即非法处决、流放、贫困等等］感到愤慨。人们认为应当为诗人们所编造的灾祸而流泪，而对于真实的苦难，对许许多多由于战争而引起的可怕灾难却熟视无睹、不加怜悯，甚至对共同的灾难比对自己的幸福还要庆幸。②

这段精彩的文字明显暗指到肃剧的听众，也许还有史诗朗诵会的听众，而这预示了一种观点（卢梭就属于该观点的现代追随者之一）。有一段类似的文字出现在［300］托名安多希德斯（pseudo-

---

① ［原注77］Ostwald & Lynch, 1994: 597错误地认为，伊索克拉底使用名词 *ποιητής*（标准的"诗人"）来描述自己身为作者的身份。这似乎是对Isoc. 12.11的短语 *λόγους ποιεῖσθαι*［发表演说］的根本误解。

② ［原注78］Isoc. 4.168: *ὑπὲρ ὧν οὐδεὶς πώποτ' ἠγανάκτησεν, ἀλλ' ἐπὶ μὲν ταῖς συμφοραῖς ταῖς ὑπὸ τῶν ποιητῶν συγκειμέναις δακρύειν ἀξιοῦσιν, ἀληθινὰ δὲ πάθη πολλὰ καὶ δεινὰ γιγνόμενα διὰ τὸν πόλεμον ἐφορῶντες τοσούτου δέουσιν ἐλεεῖν, ὥστε καὶ μᾶλλον χαίρουσιν ἐπὶ τοῖς ἀλλήλων κακοῖς ἢ τοῖς αὑτῶν ἰδίοις ἀγαθοῖς.* 关于该语境中的术语 "*συμφορά*［灾难］"，参本章原注66。

Andocides）的演说辞中，这篇演说辞可能来自前4世纪晚期，其中明确提到了肃剧剧场。①

正如最后一段引文所证明的那样，伊索克拉底的评论并不是他特有的。我们甚至可以在《理想国》卷十中的苏格拉底口中发现部分类似的潜台词，即"甚至连我们中最好的人"都会在剧院中屈服于易冲动的怜悯（这暗示他们在剧院外通常不会屈服于这种情感），尽管苏格拉底的更大论点是质疑戏剧是否可以在心理上与"生活"保持简单的分离。②而在伊索克拉底关于诗歌一般概念的背景下，他的批判获得了一种特殊力量。柏拉图利用戏剧化的苏格拉底的人物内心（inwardness）表达了对戏剧经验所具有的特殊力量的承认和焦虑，而伊索克拉底则将这一点转向了怀疑的（cynical）方向：他让诗歌产生的情感和眼泪听起来像是一种自我放纵，并脱离了与（理应是）现实世界实际要求的关联。因此对于柏拉图眼中心灵在（或者同样与荷马史诗相关的）剧院内外的表现这一深刻的问题，伊索克拉底似乎认为：在牵引灵魂的"迷狂"与政治的"真实"之间存在裂隙。

如果说，伊索克拉底有时会钦佩荷马和肃剧家通过叙述神话冲突和兴奋来吸引听众的能力，那么他并没有在这种能力的效用中发现任何关于理解灵魂需求所要面对的复杂挑战。此外我们还看到，无论是通过明确的箴言式话语还是更隐晦地通过（推断中的）叙事典范，伊索克拉底都将教育性（instructiveness）而非情感和戏剧性放在首位，因为这些诗歌将听众吸引到了高度想象的体验世界中。

---

① ［原注79］［Andoc.］4.23（"当你在肃剧中观看到这样的事情时……，但是当你目睹它们发生在城邦里的时候"）：笔者对此的讨论，见Halliwell, 2002: 213–214（参原页113–114），以及同上页214–215（参原页96）讨论的卢梭对戏剧情感的立场。有关此类观点在古代的文本踪迹，注意Lucian, *Tox.* 9（借一个斯基泰人之口讲述对希腊人的观察评论，以及用肃剧演员丢弃的面具所作的惊人类比）。

② ［原注80］见第四章原页186和201–202。有关肃剧观众可能只会在剧场里陷入怜悯之情的观点，参尼采《朝霞》（*Daybreak*）：172中讨论的肃剧观众模式，另见Halliwell, 2003c。

我们现在还可以看到，在这个伊索克拉底的原则框架内，肃剧的位置非常尴尬。只要肃剧如《泛希腊集会演说辞》第168节所承认的那样，还专注于唤起［301］听众对骇人听闻的极端痛苦的怜悯，那么我们就很难理解它如何为听众带来符合伊索克拉底"实用主义"标准的裨益。当然，《泛希腊集会演说辞》拒斥了一个可以想到的裨益，即加深对现实世界中痛苦的敏感。这意味着，如果伊索克拉底要为肃剧赋予实质性的文化价值，他就必须借助其隐含的典范性：更具体来说，肃剧所描绘的是那些面对苦难且以某种方式胜过苦难或取得了成就的英雄。

《埃瓦戈拉斯》和《论财产交换》（*Antidosis*，前354–353年）中的内容证实了伊索克拉底确实将肃剧理解为一种隐性的、甚至是自相矛盾的赞美——肃剧是一种"赞美"或"歌颂"戏剧人物生活的体裁，即使这些生活以苦难为中心（《埃瓦戈拉斯》第6节、《论财产交换》第136–137节）。[①]在这方面，伊索克拉底本人的观点可能部分符合一种更古老的肃剧概念，这种概念反映在阿里斯托芬《蛙》中的埃斯库罗斯身上（并被暴露于谐剧式的颠覆之中）。在与欧里庇得斯的竞赛中，埃斯库罗斯并未将肃剧这一体裁的核心定位在它诱发怜悯的特质，或是它有种种资源来富有想象力地将听众拉近剧中人物，而是定位于它鼓舞人心地"提振"（uplifting）对军事英雄主义（尤其是对抗蛮族）的支持。[②]但正如我们看到的，伊索克拉底认为关于这种体裁的任何概念都存在限制；他观察到，人们在剧院中体验到的情感丝毫不影响他们在自

---

① ［原注81］Isoc. 9.6、15.136–137：这两段文字都使用 ὑμνεῖν 表达"颂诗""赞美""歌颂"，并与 τραγῳδεῖν 相连，后者意指"成为肃剧的素材"，同时这里也带有"为肃剧赋予恢宏"的弦外之音或与之类似的意思。Isoc. 9.5–6中更丰富的赞美之词进一步强化了英雄模范之含义：ἐπαινεῖν［赞扬］、κοσμεῖν［尊敬］（参第二章原注52）、εὐλογεῖν［美言］。

② ［原注82］尤见阿里斯托芬《蛙》行1021–1022，埃斯库罗斯具体表现出了这种立场，以及第三章原注55讨论的《蛙》中以下二者的对比：与怜悯有关的肃剧概念和英雄式"肯定"（heroically "affirmative"）的肃剧概念。

已的社会和政治世界中的行为。似乎无论肃剧在其自身领域中具有何种支配心灵的力量，它都无法完全满足实用主义的价值测验，即在"现实"世界中直接导向更好生活的测验，而这是所有逻各斯都必须服从的测验。

但在伊索克拉底眼中，有任何诗歌能充分通过这一测验吗？要做到这一点，诗歌显然需要谨守它在教益上的功能，提供明确的命令（如赫西俄德、忒奥格尼斯和弗基里得斯：上文原页290）或毫不含糊的、令人钦佩的效仿模范。[302] 对伊索克拉底而言，逻各斯的散文诗连续体是一种以基本的"效用"为基础的媒介，包括以颂词的形式来构建理型（ideals）。① 而这一连续体有一个语言和实质的维度，涉及"风格"（lexis）和"思想"（enthumêmata）。② 在这两个方面，伊索克拉底认为诗歌总是比散文更自由，但即使存在这种自由，诗歌也不直接有助于达成实际效用。在《埃瓦戈拉斯》中，伊索克拉底对比了两种形式的逻各斯，他的观点如下：

> 自从诗人作为人和神沟通的使者，他们就可以写人和神的交流，并且在战争中可以随心欲地站在任何一方，诗人们在处理这样的事务时，不仅可以运用习惯的表达方式，而且还可以运用外来的词汇、杜撰的词汇、隐喻的词汇，穷尽所有可以使用的方式来为他们的诗篇润色。而演说家，正好与诗人相反，不可以运用这类手法进行创作，他们必须精确地运用通用词汇，只有这样的方法才能公正地阐述真相。此外，诗人以韵律和节奏来创作所有的作品，但演说家不能借鉴这方面的优势。这种优势给予了诗歌以这样的魅力：诗歌的形式和想法可

---

① ［原注83］教授何为"有用"（χρήσιμος）或者"最佳"（βέλτιτο），是诗歌与散文共有的功能：Isoc. 1.51–52（参本章原注48）、2.42、2.48–49。高度颂扬或与之类似的称赞是同等常见的要素：Isoc. 5.109、9.6–11、9.40、9.65、9.144、12.35、15.166（以及笔者下文），参 Isoc. 15.136–137。

② ［原注84］参本章原注107。

能有缺陷，但因其读起来韵律和谐，使得听众察觉不到这样的
缺陷。①

　　毫无疑问，这里存在一种渴望的妒羡元素，在某种程度上它也
是对诗歌的语言和想象力资源的范围的真正认可。更重要的是，伊
索克拉底在其他地方承认，他在职业生涯的至少部分时间里［303］
倾向于一种部分诗歌化的写作方式。在伊索克拉底最早的一部作
品《驳智术师》（*Against the Sophists*，约前390年）中，他使用了上
述引文中描述诗歌的类似术语，将他自己与写作散文的一般模式联
系起来，而这种写作模式中包括了为整段话语赋予"根据其思想而
发生恰当改变"的能力；他甚至能在模糊了《埃瓦戈拉斯》中严格
二分法的情况下，以"优美的音乐节奏"来写作。②在《论财产交换》
中，伊索克拉底自诩能"以一种更像创作音乐和韵律（rhythm）的
作品而非在法庭上发言"的方式发表关于政治和泛希腊主题的演说，
同时这些演说具有"更富诗意和更多样的风格"，并且他还试图运用
"更具创造性"的思想以及其他更多的写作形式。③最后，关于自己的

---

　　①　［原注85］Isoc. 9.8–10: τοῖς μὲν γὰρ ποιηταῖς πολλοὶ δέδονται κόσμοι· καὶ γὰρ
πλησιάζοντας τοὺς θεοὺς τοῖς ἀνθρώποις οἷόν τ᾽ αὐτοῖς ποιῆσαι καὶ διαλεγομένους καὶ συναγωνιζομένους
οἷς ἂν βουληθῶσι, καὶ περὶ τούτων δηλῶσαι μὴ μόνον τοῖς τεταγμένοις ὀνόμασιν, ἀλλὰ τὰ μὲν ξένοις, τὰ
δὲ καινοῖς, τὰ δὲ μεταφοραῖς, καὶ μηδὲν παραλιπεῖν, ἀλλὰ πᾶσι τοῖς εἴδεσι διαποικίλαι τὴν ποίησιν· τοῖς
δὲ περὶ τοὺς λόγους οὐδὲν ἔξεστι τῶν τοιούτων, ἀλλ᾽ ἀποτόμως καὶ τῶν ὀνομάτων τοῖς πολιτικοῖς μόνον
καὶ τῶν ἐνθυμημάτων τοῖς περὶ αὐτὰς τὰς πράξεις ἀναγκαῖόν ἐστι χρῆσθαι. πρὸς δὲ τούτοις οἱ μὲν μετὰ
μέτρων καὶ ῥυθμῶν ἅπαντα ποιοῦσιν, οἱ δὲ οὐδενὸς τούτων κοινωνοῦσι· ἃ τοσαύτην ἔχει χάριν, ὥστ᾽
ἂν καὶ τῇ λέξει καὶ τοῖς ἐνθυμήμασιν ἔχῃ κακῶς, ὅμως αὐταῖς ταῖς εὐρυθμίαις καὶ ταῖς συμμετρίαις
ψυχαγωγοῦσι τοὺς ἀκούοντας. 参Dover 1997: 96。

　　②　［原注86］Isoc. 13.16: ...καὶ τοῖς ἐνθυμήμασι πρεπόντως ὅλον τὸν λόγον
καταποικίλαι καὶ τοῖς ὀνόμασιν εὐρύθμως καὶ μουσικῶς εἰπεῖν. 参Dover, 1997: 183和注释62，
他仅引用Isoc. 5.27来佐证准韵律（quasi-metrical）的要点。Usher, 2010表明，伊索克
拉底在使用明显的韵律效果时实际上十分谨慎。

　　③　［原注87］Isoc. 15.46–47: λόγους... Ἑλληνικοὺς καὶ πολιτικοὺς καὶ πανηγυρικούς,
οὓς ἅπαντες ἂν φήσαιεν ὁμοιοτέρους εἶναι τοῖς μετὰ μουσικῆς καὶ ῥυθμῶν πεποιημένοις ἢ τοῖς ἐν

晚期作品《致腓力》(*Philip*,约前346年),伊索克拉底认为其中缺乏他自己年轻时曾采用并教导他人的那种有吸引力的韵律和风格多样的修饰,由此,他再次承认自己运用了他对自己(早期)散文的评价,而在《埃瓦戈拉斯》中,他宣称这样的评价专属于诗歌。①

不论如何,我们不应高估伊索克拉底对这种诗化倾向的承认。首先,这些承认主要证明了散文风格具有非常广泛的"音乐性",包括偏爱措辞的对称性、流畅性和华丽性。虽然我们可以在这里发现高尔吉亚影响的痕迹,但在使用准诗歌的韵律或模糊诗歌与散文的区别上,伊索克拉底远不及高尔吉亚。②这些承认也不能抵消核心的伊索克拉底式印象(impression)和信念(conviction),[304]即散文能比诗歌更好地完成颂词的工作(他在《论财产交换》第166节中与品达的直接的自我比较(self-comparison)时大胆提出了这一点),无论诗歌有什么其他优点,它们对心灵的影响很大程度上无关乎说服听众采取某种态度或做出某些决断这一重要工作。

我们之前已经看到,伊索克拉底认为,诗歌所具有的牵引灵魂的力量、刺激和牵引(transport)心灵的能力都属于一种推动(作为编织神话的)虚构化的力量,因而它远离了在现实世界寻找真实的

δικαστηρίῳ λεγομένοις. καὶ γὰρ τῇ λέξει ποιητικωτέρᾳ καὶ ποικιλωτέρᾳ τὰς πράξεις δηλοῦσι, καὶ τοῖς ἐνθυμήμασιν ὀγκωδεστέροις καὶ καινοτέροις χρῆσθαι ζητοῦσιν, ἔτι δὲ ταῖς ἄλλαις ἰδέαις ἐπιφανεστέραις καὶ πλείοσιν ὅλον τὸν λόγον διοικοῦσιν.

① [原注88] Isoc. 5.27: οὐδὲ γὰρ ταῖς περὶ τὴν λέξιν εὐρυθμίαις καὶ ποικιλίαις κεκοσμήκαμεν αὐτόν, αἷς αὐτός τε νεώτερος ὢν ἐχρώμην, καὶ τοῖς ἄλλοις ὑπέδειξα. 其他两段谈论"多样化"(variety,poikilia)的内容与伊索克拉底的散文有关,分别是 Isoc. 12.4(与 Isoc. 5.27类似,都提及了他早期的作品)和12.246(这位学徒还是将这一品质归于《泛雅典娜节献辞》本身)。

② [原注89] 关于高尔吉亚的诗歌风格,包括其韵律,见本章原注9和11。关于伊索克拉底和高尔吉亚的文风关联的若干要点,见 Dover,1997:151,153–154,另外,页134和137讨论了一个重要的区别;关于伊索克拉底那里相对缺乏的某些诗歌特征,参同上页103–105。朗吉努斯《论崇高》21.1提到了伊索克拉底的"流畅性"。对伊索克拉底风格的综合评价,见 Norden,1898:i. 113–119,Palmer,1980: 168–171,Usher 1973,2010。

迫切要求。这恰恰并不是实用主义者可以颂扬的东西，甚至连荷马也因此被投以怀疑的目光，因为他更偏向"对普罗大众（mass）的吸引力"而非道德或政治效用。①归根结底，伊索克拉底对诗歌的特殊方法（它的想象力和自由语言）的承认，不可避免地带有矛盾的色彩。高尔吉亚提出了一个散文诗的连续体概念，其中存在着真实与诱骗（seductive deception）之间难以解决的张力；而在伊索克拉底那里，诗歌的长处最终必须服从于在他本人的修辞术中具有优先地位的教育和政治。接受这种评判诗歌的立场，其结果就是接受伊索克拉底的观点，即这个世界冷酷无情、贫乏无趣（prosaic）。②

三　菲洛德穆与诗歌价值之谜

1933年5月9日，诗人兼剑桥大学拉丁语教授豪斯曼以"诗歌的名称和本质"（The Name and Nature of Poetry）为题，在"莱斯利·斯蒂芬讲座"（Leslie Stephen Lecture）活动中发表了一篇演讲。这篇演讲在同年晚些时候出版，但豪斯曼后来告诉一位友人，他宁愿"完全忘掉"这篇演讲，而"不愿与它联系在一起"——不幸的是，后人未能实现这个愿望。③这篇演讲的论题属于一种恬不知耻的规约主义（unashamedly prescriptivist），④即使豪斯曼通过声称"诗歌"这个词存在多种合理意义而部分混淆了这一论题。⑤

---

① ［原注90］见上文原页291的引用。

② ［译按］此处的用词prosaic［散文式的］与本节论题（"散文"与"诗歌"）相呼应，似为作者双关。

③ ［原注91］讲座文本见Housman, 1988: 349–371；关于豪斯曼后来表达的遗憾，见Ricks编辑的注释，同上，页507。

④ ［译按］规约主义（prescriptivist）：一种对待语言的思维方式，关注和推崇语言的规范性，与注重语言实际使用的描写主义（descriptivist）相对。

⑤ ［原注92］同上页351、353。但是这种表面的语义多元化，被演讲的核心论点破坏了。

[305]该论题指出，诗歌的"名称"与"本质"并不能共同延伸；得到正确理解的"诗歌"并不包含所有当前被称为诗歌的东西。首先，有些诗句（verse）并不是诗歌。对豪斯曼而言，诗句是诗歌的必要不充分条件：诗歌需要更高的"文学"品质——他将其等同于"外在形式"，即措辞和韵律（"纯粹的语言和流动的诗律"）的美。还有"虚假的"诗歌，尽管还不清楚它是否为一种坏的诗歌或根本就不属于诗歌。豪斯曼的规约主义倾向于将"诗歌"等同于"好诗歌"，但显然他认为有些诗歌比其他诗歌更好，因此没有明显的理由将坏诗歌排除在诗歌本身的范畴之外。诗歌的"特殊功能"，即它所达到的最佳效果是"传递情感"，换言之，"在读者的意识中［原文如此］建立一种与作者的感受相对应的共鸣"。①

就其主要论点而言，豪斯曼努力将情感与思想分开：刚才引用的定义之前还有一个否定的限定条件，"不是为了传达思想，而是为了……"。但情感怎么可能完全脱离思想呢？豪斯曼甚至乐于将一些好的诗歌视为完全没有思想的诗歌，即字面上的"废话"；而且他满足于诗歌的"内容而非理智"（因此，他对诗歌的真实性进行了臭名昭著的、让人不寒而栗的剔除［shiver-down-the-spine-while-shaving］检验）。豪斯曼本人对情感/思想的分离也摇摆不定，其中的混淆就更不消说了。例如，豪斯曼告诉我们，莎士比亚的"思想"和"意义"具有"打动（move）我们的力量"，其中的"打动"大概意味着一种情感效果。他还说到诗歌能"加快感知"和"加强辨识"，这些短语意味着必然存在一个关于诗歌体验的认知维度。豪斯曼还准备承认，诗歌表达的"感觉"至少有时是一种"混合物"，其中思想和情感"难以区分地融合在一起"。②

① ［原注93］同上，页352（"灌输情感"，"传输思想"）、页354（"伪装的诗歌"）。

② ［原注94］同上，页350（"加速……感知"等），页366（"意义有其自身的力量来打动我们"；如诗歌般"毫无意义的话"），页369（感觉与思想的"混合"；"相较智性的更是身体的"），页369—370（剔除［shaving］的试验）。

[306]豪斯曼的困境（以及他失败的原因）源于这样一个事实：他不希望诗歌的价值等同于诗歌思想、概念或主题的价值，因为豪斯曼意识到，在某种意义上，诗歌中任何思想、概念或主题原则上也可能在诗歌之外出现。因此，他的理由是诗歌的价值不能等同于不完全是诗的东西。正如我们所看到的，当豪斯曼说"诗歌不是言说之物，而是一种言说的方式"时，他从情感的传达上解释了后者的力量。另一方面，霍斯曼没有提到"情感"同样不专属于诗歌，许多类型的散文（包括各种宗教、政治和修辞作品，更不用提小说）都被设定为从作者向读者"传递"情感[的载体]。

正如我们所看到的那样，在豪斯曼本人设定的前提下，唯一严格地专属于诗歌的东西是诗歌的形式，而这远远不能满足他想充分描述诗歌本质的愿望。这些困难的结果是，豪斯曼论题的规范基础中出现了一个巨大的裂隙。例如，如果莎士比亚笔下某些"充满[了]……思想"的段落是"更伟大、更感人的诗"，但这些段落却不比那些"毫无意义……但……迷人的诗歌""更富诗意"，①那么，相较于没有思想的情感，思想似乎可以使某些东西更感人。然而问题再次出现，如果"感人"指的不是情感上的交流，那么它意味着什么？当然，豪斯曼并没有在他的论点中解释这种歧义。似乎诗歌的伟大，而非"诗性"（poeticality）本身，最终可能取决于情感之外的东西。难怪豪斯曼在最后几乎绝望地宣称，他"无法给诗歌下定义，就像猎犬无法给老鼠下定义一样"——尽管他的整场演讲都在进行关于规范定义的练习。②也许，之所以豪斯曼后来觉得他"宁愿忘掉"整个演讲，原因就在于此。

任何想解决如何衡量诗歌价值这一问题的人，都值得去思考豪斯曼所面临的困境。该困境也有助于阐明菲洛德穆，一位希腊化晚期的伊壁鸠鲁学派哲人所面临的相关但又不相同的困境，后者在其论著《论诗》（On Poems）中提到了这一困境（事实上，我们将看

---

① [原注95]见Housman, 1988: 366。

② [原注96]同上，页369。

到这是一个在某些方面与前者相反的困境）。因此，笔者将在下面一些地方提到豪斯曼。[307] 我们可以看到，从广义上说，菲洛德穆希望开辟出一条航路，该航路处于纯粹道德主义（持此观点的人将诗歌的价值等同于教化或道德的利益）的斯库拉（Scylla）与彻底形式主义（持此观点之人以极端的悦耳论者［euphonists］为代表，① 他们将诗歌的价值完全归为其语言上的感官属性）的卡律布狄斯（Charybdis）之间（［译按］指在二者间进退两难）。这种意图与豪斯曼在"诗歌的名称和本质"讲座中所做的工作有一些微妙的共同点。至少，正如豪斯曼在试图定义"诗性"的精髓时变得反复无常一样，我们可能会猜测：当菲洛德穆拒绝其他人的批评原则时，他的论战热情是否会使他陷入对纯粹诗歌价值理论的徒劳追求中；但与此同时，这一理论并非简单的形式主义。

笔者在本节中的论证某种程度上是要表明，即使我们已经考虑到菲洛德穆文本的残篇情况所具有的巨大不确定性（几乎每一步都存在不确定），我们也需要警惕他立场上可能不容易解决的困境。

请看一位当代菲洛德穆研究专家的以下总结。

> 菲洛德穆认为，造就一首好诗的不是音韵［之美］……而是思想和文字的结合……换言之，菲洛德穆声称，作为格律诗作品的诗歌本身没有任何教育意义。诗歌与散文一样，任何教育上的效用都存在于它们的内容之中。②

如果我们暂且将这句话看作是可靠的，那么就会出现一连串的问题。诗歌的"内容"中怎么会有一些东西（教育的效用）完全不影响诗歌的价值（创作出"好"诗歌）？或者，一首诗（决定其价值）的"思想和文字"的组合如何独立于诗的"内容"（这似

---

① ［译按］"悦耳论者"（euphonists）：来自古希腊语 εὔφωνος［悦耳的声音］=εὖ［好的］+φωνή［声音］。

② ［原注97］Asmis, 1990a: 2404。

乎并不可能）？如果不讨论诗歌"内容"，我们又怎么能讨论诗歌"本身"？

为了解决这些困惑，我们可以考虑豪斯曼的原则与菲洛德穆《论诗》卷一中的一段话如何惊人地相似。①正如我们所看到的，豪斯曼说［308］："诗歌不是言说之物，而是一种言说的方式。"在菲洛德穆那里，我们看到了这样一句话："诗人们的作用不是说别人不能言说之物，而是以非诗人不能言说的方式来言说"。②实际上，这句话（它也可能让我们想起豪斯曼否认存在任何具体或特别的"诗歌概念"之物）是由菲洛德穆从另一位批评家——如今显然已鲜为人知的安德洛墨尼得斯（Andromenides）——那里引用的，而且他明确表示赞同。③而与这句话相联系的是，菲洛德穆并不赞成那位批评家所说的，"如果在适用于主题的辞藻中，诗人选择更美丽的并避免更丑陋的辞藻，就能实现这一作用"。④菲洛德穆似乎不赞成这样一种假设，即语言或文体之美是诗歌质量的充分条件，而安德洛墨尼得斯在一定程度上将其理解为悦耳主义者的术语。菲洛德穆不准备接受这一点，他需要更多的东西，即使刚才引用的那段话的第一部分已经表明他很乐意认同安德洛墨尼得斯的一个观点，即并不存在任何具体的诗歌主题或思想形式（"言说别人不能言说

---

① ［原注98］在下面的内容中，卷一引自极有价值的 Janko, 2000 版本，卷五来自 Mangoni, 1993，两者都有卷、栏、行的编号。不巧的是，笔者的书即将出版时 Janko, 2011 才诞生。

② ［原注99］*ποιητῶν ἔργον ἐστὶν οὐ λέγειν ὃ μηδείς, ἀλλ' οὕτως εἰπεῖν ὡς οὐδεὶς τῶν μὴ ποιητῶν*：菲洛德穆《论诗》1.167.16–20 = Andromenides FI8 (Janko, 2000: 148)。除了直接影响笔者论点的不确定之处，笔者都直接引用了菲洛德穆的古希腊文本，而没有指出文本［校勘上的］修正和补充。

③ ［原注100］Janko, 2000: 143–154 重建了安德洛墨尼得斯的文本，编订的残篇（F）编号会在下文使用。见 Housman, 1988: 364 讨论对"诗歌概念"的否定。

④ ［原注101］菲洛德穆《论诗》1.167.20–25，相应于 Andromenides F21 Janko：*γενήσεσθαι τοὔργον, ἂν τὰ καλλίω τῶν κατ' αὑτοῦ τιθεμένων ῥήματα ἐκλέγηαι, τὰ δ' αἰσχίω περιίστηται*。

之物"）。① 从菲洛德穆对安德洛墨尼德既赞同又反对的做法中可以看出，他认为诗歌具有一种关于事物的独特"言说方式"，但这种方式不可简化为语言的选择或特性，即文字本身。

此外，在《论诗》卷二中，我们知道菲洛德穆阐明了他本人的立场，即"我们都认为诗歌不是哼唱的和弹拨的，而是一个语言表达的问题，它由特定的方式组成来表达思想"。②［309］这一表述的部分内涵在于，它否定了语言元素能独立于感觉或意义存在，即否定了作为纯粹声音的语言可以满足正确的诗歌概念。我们可以推断，菲洛德穆不会乐意看到豪斯曼对那些"毫无意义"却"迷人的诗歌"的认可（如上所述），尽管他可能只对这种观点抱有轻微的蔑视，因为豪斯曼在该等式中加入了"情感"，而不是站在那种仅在声音中发现诗歌之美的悦耳主义者的立场上。③ 但就目前而言，菲洛德穆的表述及其"我们所有人"的修辞手法并未超越这样一种主张，即认为诗歌不能缺少创作"形式"和语义"内容"。换言之，在对某种极端形式主义的回应中，［我们只能看到］这种主张所具有的否定力量，而与之相对的，［我们看不

---

① ［原注102］Janko, 2000: 148, 383注释4认为，安德洛墨尼得斯是在直接呼应Isoc. 4.10。确实有这样的可能，但是两人的观点并不相同。伊索克拉底强调原创性——作为像他这样与众不同之人的一种能力，原创性是对现有的话题进行新颖的改编处理；安德洛墨尼得斯则重视普遍意义上的诗人功能，即能够发现散文作家无法获取的表达之美。笔者对安德洛墨尼得斯的第一原则（"不言他人所能言"）的解释，以及菲洛德穆对此的认同，都不同于Janko, 383注释4。

② ［原注103］τὸ ποίημα πάντες οὐχ ὡς τερέτισμα καὶ κροῦμα νοοῦμεν, ἀλλὰ λέξεις ἐκ τοῦ πως συντίθεσθαι διανόημα σημαινούσας，来自菲洛德穆《论诗》卷二；见Janko, 2000: 419注释6，430注释1。

③ ［原注104］笔者所说的"可能会"：很大程度上取决于我们如何理解豪斯曼演讲中所说的"情感"的含义，他对此含义很不确定（见笔者上文的讨论）。至于"情感"在某种意义上暗暗地回归，这可能是某种形式的ψυχαγωγία［对灵魂的牵引］（见笔者下文的讨论），而在菲洛德穆的措辞中，这至少是一种妥协。但是，若把该词理解为在表达纯粹的生理反应（如豪斯曼间或暗示的那样），那么菲洛德穆会认为这与追求悦耳（euphonism）一样糟糕。

到］该主张宣称会告诉我们的关于诗歌的任何积极指示。菲洛德穆认为，存在一种独特的、诗歌的"言说方式"，它涉及语言媒介与"言说之物"。而既然我们可以对某些非诗歌的话语形式作一些类似（且相对模糊）的表述，我们是否能对她（［译按］指诗歌）有更多了解呢？①

为了克服这个最初的障碍，我们需要认识到，菲洛德穆正试图介入（而不是莽撞地冲入［slash his way through］）一个非常拥挤和棘手的批评话语和诗学理论领域。菲洛德穆《论诗》中涉及的批评家在数量和广度上都无法得到完整的重现，但根据他压缩并综合了数十种诗学理论来写成这一作品的事实，我们可以得出一个充分的衡量标准。②正如菲洛德穆所言，这个理论领域位于两条论证轴（axes）的交点上。［310］我们已经注意到，其中一条论证轴与诗歌价值（卓越、"善"）的分歧有关，即诗歌价值要追溯到纯粹的语言或风格特征（悦耳的声音、用词的斟酌、结构的编排等），还是说它涉及感觉、意义或"思想"。无疑，语言形式和语义内容之间的区别——分别对应 λέξις［风格］、σύνθεσις［创作］等和 διάνοια［思想］、πράγματα［行动］、ὑπόθεσις［主题］等，尽管准确的用法不尽相同——并不是希腊化时期批评家们的发明，但对两者的区分的确在这一时期获得了新的优势，成了强调特定诗歌理论的倾向性和分

---

① ［原注105］菲洛德穆也基于这样的理由批判其他的批评者，如菲洛德穆《论诗》5.30.6–16。

② ［原注106］菲洛德穆《论诗》5.29–39 Mangoni；Asmis, 1992b 写在 Mangoni 的版本出现之前，这一研究对该作品部分内容的分析依然十分有用。注意，笔者使用了"批评家"来表示包括菲洛德穆本人在内的一类人，他们关注对诗歌的"评判"（κρίσις），要么针对特定的作品，要么是关于诗歌价值的原则/理论层面；菲洛德穆所使用的关于 κρίσις 的词汇见菲洛德穆《论诗》1.27.18–19，1.30.6–7，5.23.31–32，29.9–10。因此，笔者忽略了希腊语的术语 κριτικός［批评］本身在希腊化时期的不同用法，这是一个恼人的问题：对此的讨论见 Janko, 2000: 124–127, 2001：294–296，Broggiato, 2001: 249–250（论 Crates F94），Schenkeveld 1968，Pfeiffer, 1968: 157–159，242。

歧的手段。①另一条论证轴对本书的主题特别重要，它描绘了两种诗歌价值观的差别：一种是诗歌自成一体（sui generis，根植于一种独立、自足的体验），另一种是诗歌要为观众或读者带来某种更大的"裨益"。

至关重要的是，这两个论证轴在严格意义上是相互独立的，而且原则上能以各种方式组合。例如，尽管在语言和感觉之间的关系上存在分歧，但悦耳主义者和菲洛德穆都认为诗歌体验的价值自成一体，而不是以一种"裨益"的形式存在；不过，笔者试图论证，菲洛德穆本人在这方面采取了一种相当巧妙的伪装妥协策略。在此值得简单说一下，"裨益"概念的内在流动性增加了这两条轴的交点上出现的复杂性（或有时是困惑），而［311］现代的希腊诗学史家经常忽视了这种不确定性。

希腊语中的 ὠφελία［裨益］及其同源词表示一种有益或行善的能力，但在诗歌中，这种有益的特征并不是一种简单的基本事实（donnée）。诗歌的"裨益"概念或效用概念可以涵盖伦理教诲、事实、技艺，或智识上的信息性以及更多；正如本章之前考虑伊索克拉底式的效用时所指出的，这些类别之间的差别并不总是泾渭分明。②

修昔底德说，对于那些希望认真考虑过去事情的真实本质，以及导致类似事物在未来重现的潜在因素的人而言，他的历史材料是

---

① ［原注107］Asmis, 1990b: 148（参页153）把思想和语言结构之间的区分称为希腊化批判主义中的"一个崭新的划分"，注意，Asmis, 1991: 9是修订后的主张，认为可以将此划分"追溯到柏拉图"。但这在前5世纪晚期已经获得了稳固的地位：见阿里斯托芬《云》行943–944，《和平》行750，《蛙》行1059。关于前4世纪的使用（涉及诗歌、修辞，或普遍意义上的语言）见Lysias 10.7, Alcidamas, *Soph.* 33, 柏拉图《伊翁》530b–c, 柏拉图《理想国》392c（尤其关注叙事／戏剧的模式：Halliwell, 2009a），Isoc. 9.10–11, 亚里士多德《修辞学》1403b15–20、1404a19、1410b27–28, Aeschin. 3.136。关于柏拉图《苏格拉底的申辩》22b中有关形式／内容区分的可能性，见第四章原页160–164。Porter（1995）探讨了这一概念领域中的某种复杂性。

② ［原注108］见上文原页287–292。

"有裨益的"（ὠφέλιμα）（此处隐含着史与诗的对比），此时他显然是在说更深层次的理解或洞见这类"裨益"，但他并没有暗示获得这种裨益的人将成为"更好的"人。①对修昔底德来说，历史的价值基本上与真实和准确性的概念联系在一起；不论他准备将什么裨益归于诗歌（如果有的话），那都是另一种类型的裨益。不论如何，阿里斯托芬《蛙》中的埃斯库罗斯声称，过去所有最高贵的诗人都是"有裨益的"（ὠφέλιμοι，《蛙》行1031），而他那样做是为了支持一种主张，即（部分）诗人可以"改进"或"改善"他们的同胞（《蛙》行1009–1010）。②即使如此，埃斯库罗斯还是继续称个别诗人为教师，这听起来像是一种事实之物和规定之物的混合：俄尔甫斯负责宗教仪式和禁忌、缪塞奥斯（Musaeus）负责医疗和神谕、③赫西俄德负责提供农事上的指导、荷马负责"集结军队、展现英勇、武装邦民"。④

更重要的是，《蛙》中的埃斯库罗斯不仅将直接的教导，而且还将隐含的、有说服力的示范（使用了笔者用于伊索克拉底的术语）视为诗歌所具有的伦理裨益（或损害）：⑤［312］换言之，他通过呈现出的人物和情境将诗歌作为听众的范式。就埃斯库罗斯本人而言，他自称像《七将攻忒拜》这样的戏剧让雅典人变成了勇敢的战士。笔者认为，该论点在语境中体现了一种自嘲式的谐剧共鸣。⑥但它说明了一种显然存在于过去并将继续存在的原则。柏拉图在引用诗歌裨益的标准时也提到了同样的原则。苏格拉底在《理想国》中声称，

---

① ［原注109］Hornblower, 1991: 61对此作出了正确的解释。关于修昔底德对诗歌的态度，见第一章原页19–24。

② ［原注110］见第三章原页122–124，那里论及《蛙》中这段被广泛讨论的内容意味和不意味什么。关于诗歌能让人"更好"的观念，参本章原注47。

③ ［译按］缪塞奥斯，具有神话色彩的雅典诗人、祭司，他创作了关于献祭与净化的多种诗文，与俄耳甫斯一样被视作古希腊文学的古代始祖之一。

④ ［原注111］阿里斯托芬《蛙》行1032–1036，译自Dover, 1993: 322。色诺芬《会饮》4.6–7中的尼刻拉托斯（Niceratus）在一种半谐剧式的语境中表示，来自荷马史诗的"裨益"也是一个技术与伦理的混合物。

⑤ ［原注112］见上文原页296–297。

⑥ ［原注113］见笔者在第三章原页124–125的讨论。

荷马史诗所描述的冥府"对于那些未来的善战者而言既不真实也无神益"（《理想国》386b-c），在这里，产生或不产生神益的过程似乎独立于（此处是宗教上的）"真实"。更准确地说，该过程是附属于某些人物行为和心理的规范性权威的产物。《蛙》中的埃斯库罗斯认为，《七将攻忒拜》中的英雄们善战且视死如归的心态"教导"听众变得英勇和崇尚军事主义，同样，柏拉图笔下的苏格拉底也认为，由于英雄人物的模范身份，《奥德赛》卷十一中阿基琉斯对于冥府的悲观看法将会给荷马史诗的听众留下对死亡的恐惧。①

因此，在古典时期，用"神益"的标准来判断诗歌的价值可能意味着许多不同的事情，包括提供事实信息、规定性的指导（无论是在特定领域还是在整个生活中），以及一种情感上潜移默化的劝说。前4世纪剧作家提摩克勒斯的一篇谐剧残篇清楚地表明了这一概念的灵活性；在这篇谐剧残篇中，肃剧的神益可以追溯到如下事实：戏剧使听众得以去思考其他人如何遭受比自己所遇更糟糕的事。据称，这种思考可使一个人更容易承受他的不幸，承认生活中的许多困苦磨难。这一残篇进一步将神益分为一对互补的神益：一方面是让人在观看戏剧表演的过程中，体验到被戏剧的强烈情感带离自身之外（动词是 ψυχαγωγεῖν［牵引灵魂］）；另一方面是将人从剧场带回生活之中的"教育"效用（动词是 παιδεύειν［教化］）。② ［313］令人惊讶的是，即便我们对该主题（theme）（可以从演说者的花言巧语

---

① ［原注114］当苏格拉底在同一个论点中进一步诉求"神益"时（《理想国》398b），他倾向于假设这可能需要某种朴实无华的技艺（参《高尔吉亚》501-503中愉悦与神益的对照，以及柏拉图《理想国》474d-e）；但在401c的情况并非如此，更不用说卷十（607d-e）中苏格拉底渴望融合实用与"愉悦"：见第四章原页203-204。

② ［原注115］Timocles fr. 6.8-19以及Olson, 2007: 169-172的评注；参第一章原页8-9。关于psuchagôgia［对灵魂的牵引］，见下文原页324-325，以及本章原注155。对比以下两者：愉悦/情感的影响（τέρψις, ἔκπληξις）与"神益"（ὠφέλεια）之间的明显区别，二、两者分别对书面写作和即兴演讲的指涉（前者与视觉艺术作品相比），见Alcidamas, *Soph.* 28（参33）：此处"神益"是指通过赢得政治和法律辩论来实现目标的实际能力。

中察觉到这一主题）作谐剧式的夸大，此处提到的裨益仍然跨越了以下二者之间的区别：一方面是诗歌作品的直接体验，另一方面是该体验对听众心灵产生的持久影响。

我们有理由认为，"裨益"这个类别在原则上包括人们眼中几乎所有诗歌对听众或读者可能"有裨益的"方式，或能使他们成为"更好的"人的方式。①反过来，这也意味着当一位批评家否认诗歌提供了"裨益"时，我们应该时刻准备去问到底什么被排除在外，以及又是什么得到允许保留在诗歌的价值范围内。我们最早了解的对"诗歌有裨益"这一概念的明确质疑，来自一份残篇的匿名作者，人们在诞生于约前5世纪末或前4世纪初的奥克西林库斯莎草纸（Oxyrynchus papyrus）中发现了这一残篇。那位匿名作者说，他"听到许多人说，与我们祖先的诗歌为伴是有裨益的"，看起来他的目的是要反驳大量用这些术语表述的观点。②他的作品显然（而且是怀疑地）将当时盛行的关于诗歌有裨益的主张，与伦理事务、宗教事务、"人类的世系"（*γονῆς ἀνθρώπων?*）以及一般类别的"生活方式"（"实践"，*ἐπιτηδεύματα*）等主题联系起来。③事实上，有学者认为，这位作者实际上在［314］质疑一种将诗人（尤其是荷马）视为"全知"的准百科

---

① ［原注116］注意亚里士多德的观点，音乐应该追求"数种裨益"，其中包括catharsis，见《政治学》1341b36–41；参本章原注124，并见第五章原页242和253。关于普遍哲学意义上"有裨益"（benefit）、善待（doing good to）、有益于（being good for）的相似之处，见柏拉图《理想国》379b、608e（Halliwell, 1988: 159–160有更详细的论述），亚里士多德《论题篇》147a34和《尼各马可伦理学》1096b15。

② ［原注117］*ἤδη γὰρ [παλ] λῶν ἤκουσα [ὡς] ἐστιν ὠφέλιμ[οντο] ἳς ποιήμασιν [ὁμιλ]εῖν, ἃ οἱ πρότε[ροι κα]τέλιπον.*，该文本也载于Lanata, 1963: 214（归于安提丰［Antiphon］），Giuliano, 1998: 163（参页119–124）；参第三章原页123–124以及注53、第四章原注29。关于与诗歌"作伴"（*ὁμιλεῖν*）的观念，请留意柏拉图《理想国》605b，以及Halliwell, 2002a: 87–89, Giuliano, 1998: 127–128（不过在页128–129他不幸犯了个错误，将阿里斯托芬《鸟》行947列进了有关诗歌"裨益"的词汇出现过的文段列表中）。

③ ［原注118］POxy. Ill 114, col. 11.17–28，包含推测性的修订；参Giuliano, 1998: 162–163, Lanata, 1963: 216–217。

全书式知识库（repositories）的倾向，①就像苏格拉底在柏拉图《理想国》卷十中所做的那样。挑战这种对诗歌的过高要求，并不意味着完全排除了诗歌有神益的可能性。无论刚才提到的匿名作者相信什么，至少可以证明，《理想国》中柏拉图笔下的苏格拉底希望最好的诗歌可以实现愉悦与神益的融合。②

　　菲洛德穆也属于那些有感于此而否认诗歌之神益的人。就我们所能重构的内容而言，他在这方面的立场并不复杂。考虑到诗歌的神益或效用这一概念可能有多种曲折变化，菲洛德穆是想在这方面拒绝什么？我们可以在《论诗》卷五的前5行中找到答案；在那里，菲洛德穆抨击了包括庞提刻的赫拉克利得斯（Heraclides Ponticus）在内的一些观点，③即认为诗歌具有"教育"的价值。在《论诗》卷五第1行中，我们可以看到菲洛德穆强调某位反对者的观点太过极端，他说："如果用所谈论的讨论尺度来衡量，那么许多哲人，尤其是最伟大的哲人，都算不上是有教育意义的（παιδευτικοί）。"（《论诗》5.1.3-7）而且无论是修辞家还是任何其他教育行业的从业者，他们都不会从事与他们所能传授的东西相称的职业。这表明，菲洛德穆此处质疑一种认为（可能是荷马的）诗歌具有无可辩驳、包罗万象之智慧的主张；这种智慧类似于柏拉图《理想国》卷十（598d-e）中所说的，"所有专业知识，包括一切与人类世界中的德性和邪恶相关，以及与诸神相关的"知识。④如果菲洛德穆的全部立场就是怀疑这种过高的要求，那么这将是一个明确的问题。

――――――――――

　　① ［原注119］Giuliano, 1998: 139-142，对比柏拉图《理想国》598d-e，《伊翁》531c-d，色诺芬《会饮》4.6（参本章原注111）。

　　② ［原注120］参第四章原页196-203。斗胆质疑Giuliano, 1998: 145-146，目前尚不清楚POxy. III 414, col. III.32-35是否包含接受诗歌对青年有用的内容；同上页35-40（明确断言一位诗人只能由另一位诗人来将自己变得"更好"――即通过艺术的影响/竞争？）似乎完全摒弃了诗歌神益的观念。

　　③ ［译按］庞提刻的赫拉克利得斯，前4世纪希腊哲学家、天文学家与修辞作家，出生于小亚细亚，后移居雅典，以发现了地球自转规律而闻名。

　　④ ［原注121］关于POxy. III 414对此类观点的批判，参本章原注117。

　　然而，情况要更加复杂。在《论诗》卷五第3行中，菲洛德穆似乎承认荷马（和其他优秀的诗人）"知道"或"理解"（πράγματα）他的主题；而他仍然质疑这是否就使他成了一名[315]"有教育意义的"作家。① 相比之下，赫拉克利得斯显然相信诗歌的能力会"对美德产生有益的影响"（ὠφε[λεῖν]... πρὸςἀρετήν）。② 菲洛德穆对赫拉克利得斯的明确论点抱有一些怀疑。事实上，他对"这位可怜人"表达了不满："尽管有各种类型的裨益，但他没有定义诗人们应该期待哪一种……"。③（无论菲洛德穆所指的语境是什么）赫拉克利得斯可能指的是伦理上的裨益，但也可能"他有不同的意思"（ἄλλωςεἶπε，《论诗》5.3.32）。在这之后不久，菲洛德穆提到了医术、（哲学的）智慧、方言的语言知识、音乐、几何学、地理和航海的专业知识，这表明他正在回应赫拉克利得斯的论点，该论点涵盖了伦理、技艺和哲学上的广泛主题。④

　　如果"裨益"是一个涉及诗歌价值的流动易变的参考术语，那么菲洛德穆对赫拉克利得斯的预设表示怀疑就完全合理。而他本人在这个问题上的否定立场可能既非不言自明，也非牢不可变。菲洛德穆似乎无可争议地断言，有些诗歌"就其力量而言造成了伤害，实际上是极大的伤害（βλάβην καὶ μεγίστην）"（《论诗》5.4.18-20）；不仅如此，他还假设诗歌可能"诗性地"（poetically）与基于知识的主题有关，但仍"毫无裨益"（μηδὲνὠφελεῖν，《论诗》

---

①　[原注122]尽管文本状态很糟，但这段内容的大意足够清晰。

②　[原注123]参Phld. *Mus.* 4.91.6-7 Delattre, 2007*a*的短语 πρὸς ἀρετήν ὠφελεῖν。

③　[原注124][ἄο]λως, ὅτι πολλῶν οὐ νῶν ὠφελιῶν οὐ διώρισεν τὴν ποίαν ἀπαιτητέον παρ᾽ αὐτοῦ, Heraclides 116B的部分，载于Schütrumpf, 2008。关于多种形式的"裨益"的概念，参亚里士多德《政治学》8.7, 1341b36-38，以及本章原注116。笔者斗胆质疑Asmis, 1991: 5的观点，即赫拉克利得斯本人明确地主张一种多元的裨益，这似乎不太可能。

④　[原注125]见菲洛德穆《论诗》5.4.21、5.6.3。从菲洛德穆的证词中，我们还无法厘清赫拉克利得斯的立场，但从菲洛德穆《论诗》5.4.1-10来看，赫拉克利得斯可能试图回答苏格拉底在柏拉图《理想国》607d-e中提出的质疑（参第四章原页203），他论证了最好的诗歌结合了强烈的愉悦（τέρψις）和伦理上的裨益（ὠφελία）。

5.5.6-11），从而试图反驳赫拉克利得斯将"裨益"视为诗歌价值的必要条件。其中第一点可能暗示了描绘神话场景（尤其是冥府）的作品，伊壁鸠鲁学派认为，正是这些场景助长了现实的虚假模型所具有的文化掌控力（cultural hold）。[①][316] 而如果有些诗（对其听众的信念）造成了损害，那么为什么其他的诗就不会有裨益呢？从逻辑上说，相信第一种情况而不相信第二种情况是可能的；可从心理学上说，这不太合理。此外，至于上述第二点，菲洛德穆没有实践他所宣扬的观点；他没有说他本人正在运用的是哪一种"裨益"：他所假设的"无用"（ἀνωφελής，《论诗》5.5.6-7）的诗歌话语到底是什么？无论赫拉克利得斯的诗学有什么缺陷，《论诗》卷五中的这一节让人感到菲洛德穆更热衷于谴责其他人松散或极端的论点，而非澄清他自己关于诗歌公认的益处或害处的诊断式判断，无论是在伦理上、认知上、情感上还是其他方面，他都没有这样做。[②]

　　但问题的复杂性是否远不止于前后矛盾（inconsistency）？赫拉克利得斯没有具体说明他所说的是哪一种类型上或感觉上的"裨益"，对于这一点的抱怨是否微妙地暗示：只要说明得足够细致或谨慎，即使是菲洛德穆本人（他相信有些诗歌会造成伤害）也不会完全拒斥这种可能性？《论诗》卷五后半部分的内容证实了这种解读，在那里，菲洛德穆列出了一份与帕里昂的涅奥普托勒摩斯（Neoptolemus of Parium）的诗学意见存在分歧的列表，[③]他指出后者错误地将"话语的有益影响和效用"归于最好的诗人而非"着迷"

---

① ［原注126］伊壁鸠鲁自己有一个臭名昭著的描述，即诗歌是一种"神话/故事的致命陷阱"（ὀλέθριον μύθων δέλεαρ.）：参 Epicurus fr. 229 Usener；参 Halliwell, 2002a: 277-278。Asmis, 1995a: 15-22 收集了反映伊壁鸠鲁诗歌观的全部证据。

② ［原注127］关于菲洛德穆自己看似隐晦的诗学，参 Arrighetti, 2006: 359-362。Porter, 1996: 625-627 对此给出了一种解释。另见 Pace, 2009 的评价。

③ ［译按］帕里昂的涅奥普托勒摩斯，前3世纪希腊语文学家，创作过诗歌、文学批评文章和语文学论文，并对后来贺拉斯《诗艺》中的观点产生了较大影响。

（psuchagôgia［对灵魂的牵引］）的听众。①如果说，菲洛德穆仅仅是在原则上排除了任何一种诗歌的"裨益"，那么他本人的立场就又一次遭到了严重破坏（etched）。但菲洛德穆所说的不止于此。"涅奥普托勒摩斯并没有自作主张"，菲洛德穆抗议说，"表明［荷马］如何给予人们裨益……"菲洛德穆也没有说清楚，什么样的话语上的裨益和效用应该属于诗歌的一部分，所以人们甚至可能认为他［317］指的是哲学智慧（sophia）和其他知识体系的裨益。②当菲洛德穆再次抱怨其他人在概念上模糊不清时，他至少是产生了一种怀疑，即他对于从诗学问题中简单地剔除关于"裨益"的讨论感到不安。③

　　根据这一初步建议，值得考虑的是《论诗》卷五中延伸的另一节。在那里，菲洛德穆似乎要努力应对一项挑战，即如何避免天真地将教化归于诗歌，同时又不完全抛弃这种能以反思和持久的方式回报心灵的观念。菲洛德穆在《论诗》卷五第25–26行部分地批判了马珥洛斯的克拉忒斯（Crates of Mallos）的观点，④不过我们所掌握的证据无法完整地还原后者复杂的诗学理论，其中既包含了语音层面的悦耳原则，又包含了一种寓意解读。⑤这段话的部分意义在

----

　　①　［原注128］菲洛德穆《论诗》5.16.9–13：χρησιμολογίαν被译作（一种可能的读法）"话语的有用性"，该名词在同上书24再次出现，但在现存的古希腊语文献中没有发现。关于"有用的"（χρήσιμος）话语与诗歌的着魔之间的对立，对比菲洛德穆《论诗》1.12.23–24，相应于Andromenides F16 Janko, 2000: 147，另参菲洛德穆《论诗》1.34.9–11。关于ψυχαγωγία［对灵魂的牵引］，见下文页324–325，以及本章原注155。

　　②　［原注129］菲洛德穆《论诗》5.16.15–28。

　　③　［原注130］*Mus.* 4.142.16–21、4.143.30–39 Delattre对诗歌之裨益一定程度的让步增进了这种怀疑：菲洛德穆因其好辩而需要否定音乐中的任何此类裨益；关于菲洛德穆的音乐美学，参Delattre, 2007b。Porter, 1996: 619在菲洛德穆的文本中发现了"关于诗歌道德效用的矛盾心绪（而非完全将其否定）"。

　　④　［译按］马珥洛斯的克拉忒斯，前2世纪希腊语文学家、廊下派哲学家，对荷马史诗进行了批评和训诂方面的注释。

　　⑤　［原注131］关于克拉忒斯诗学的各个方面，见Janko, 2000: 120–134, Janko, 1995: 92–96, Asmis 1992*c*, Broggiato, 2001: pp. lv–lxv, Porter, 1992: 85–114, Halliwell, 2002a: 274–275。

于，它展现了菲洛德穆的愿望：在自然主义者和相对主义者的诗歌价值观之间开辟航路——在诗歌之卓越性来自"自然"（来自克拉忒斯的）这一观念与相反的论点（来自克拉忒斯抨击的人，这些人的身份甚至连菲洛德穆也无法确定）之间，不存在"一个共有的判断基础"（κρίσιν ... κοινήν），而仅仅存在不同判断诗歌的"惯例"（conventions）。①对菲洛德穆而言，确实存在一个评判诗歌的"共有"或"共同"的基础，但这一基础不是由一个直接给定的自然上的善（即不是简单的愉悦），而是由更复杂的东西组成的；它基于一个[318]给定的关于"诗歌是什么"的"先入之见"（见下文）。在解释他的立场时，菲洛德穆接着说：

> 事实上，诗歌本身的风格或思想并不提供任何自然的裨益。出于这个原因，我们潜在的观念将卓越性赋予了诗歌的目标：在文字形式上，诗歌应给出一种关于教导有益事情的风格的摹仿版本；至于内容方面，诗歌则致力于作为一种介于智者与大众之间的思想中道。②

---

① ［原注132］克拉忒斯批判了这些人：他们（可能［菲洛德穆并不确定］）否认诗歌中存在任何"自然的善"（φυσικὸν ἀγαθόν），并且据说将所有的判断都归结为相对主义诸"传统"（relativist conventions，θέματα，菲洛德穆《论诗》卷二、卷二十四）。参Janko, 2000: 130-131，其中认为，与菲洛德穆的否认声明相反，克拉忒斯批评的目标可能是某位伊壁鸠鲁派成员。既然菲洛德穆本人在谈论一种作为"传统"的相对观点（《论诗》5.25.23-30），那么他脑中有可能（与Asmis, 1991: 10相反）想到的是柏拉图"规定诗歌之善的方法"。Armstrong, 1995b: 264将παρ' ἄλλοις（菲洛德穆《论诗》5.25.28-29）译为"对于某类［诗歌的］"，将该原则变成了一个有关各种文体规则的问题，这一观点不可能正确。

② ［原注133］καὶ γὰρ καθὸ πόημα φυσικὸν οὐδὲν οὔτε λέξεως οὔτε διανοήματος ὠφέλημα παρασκευάζει. διὰ τοῦτο δὲ τῆς ἀρετῆς ἑστηκότες ὑπόκεινται σκοποί, τῇ μὲν λέξει τὸ μεμιμῆσθαι τὴν ὠφέλιμα προσδιδάσκουσαν, τῆς δὲ διανοίας τὸ μεταξὺ μετεσχηκέναι τῆς τῶν σοφῶν καὶ τῆς τῶν χυδαίων. 另一种译法，见Asmis, 1991: 8, 1992c: 147, Armstrong, 1995b: 264, Janko, 2000: 131，以及现在的Janko, 2011: 225-226（包括把εἰ γὰρ［如果］读作καὶ γὰρ［并且］的可能性，即认为该文本可能是一个单独的条件句，其中包括来自他人的引文）。

　　菲洛德穆在此处表达的意思中有几个不确定的因素。我们很难避免这样的印象，即在概念的定义及其明晰性上，菲洛德穆对他自己的要求与他对别人提出严厉的指责时所坚持的要求不一致。首先，在缺乏令人信服的论据的情况下，"诗歌本身"（或"诗歌作为诗歌"）这一短语仅仅具有修辞的力量。其要点在于（用犯了乞题谬误的方法）断言诗歌的自主或自足，而方法是：如果诗歌提供了"自然的裨益"，那么他会认为，这种裨益凭靠的是某种超出诗歌内在品质之物。①第二，菲洛德穆从否定诗歌是一种"自然的善"（这一否定专门针对克拉忒斯的信念②），转变为否定诗歌提供了任何"自然的裨益"——他在这里所说的"裨益"到底是什么意思（他将自己提出的一个限制条件施于自身）？例如，为什么从诗歌中获得的愉悦不是一种"自然的裨益"？第三，该断言以某种方式给定和确立了所谓"诗歌的卓越目标"，这涉及一种［319］伊壁鸠鲁学派的推理方式（源自"先入之见"或体现在言辞中的积累概念）。无论这种方式在其他情况下有什么优点，它显然恰恰不能解决理论上的分歧：菲洛德穆以一种特别不在乎的态度揭露了这一事实，他继续申明，此处讨论的诗歌目标适用于那种"无论是否有人这样认为"的情况（《论诗》5.26.8–10）！最后，鉴于这些目标本身措辞含糊不清，而且并非没有争议，这一点就更加重要了。

　　在这些目标中，第一个目标最明显地表明，菲洛德穆不愿从他

_____

　　①　［原注134］同一句话在菲洛德穆《论诗》5.32.17–19重复出现，使这一点变得更加清晰："即便诗歌能提供裨益，它也不会作为诗歌这么做"（*κἂν ὠφελῇ, καθὸ ποίημ' οὐκ ὠφελεῖ*）；参 *Mus.* 4.140.5–7 Delattre。Porter, 1995: 130提供了不同的解释。比较 Housman, 1988: 363同样的"乞题"（"多数读者，当他们认为在欣赏诗歌时，……真正在欣赏的不是诗歌……而是诗歌中的某种东西，比起诗歌他们更喜欢这种东西"），见上文原页304–309和下文原页325–326。

　　②　［原注135］但仍然极其不确定的是，克拉忒斯说在诗歌中"自然存在着理性的见解"（*τὰ λογικὰ θεωρήματα τὰ φύσει ὑπάρχοντα*），这究竟是什么意思（菲洛德穆《论诗》5.38.24–25）；关于对此存在分歧的解释，见 Asmis, 1995: 152（"好声音的原则"），Janko, 2000: 123注释4（通过寓意进行编码后的"真实"）。

的研究范围中完全剔除"裨益"的概念。[①]他将诗歌的第一个总体目标界定为"给出一种关于教导有益事情的风格的摹仿版本"。有些译者倾向于把这里的术语"摹仿"（mimesis）译作"效仿"（imitate）。[②]如果"效仿"意味着严格遵循一种特定的模式，那么它很难作为菲洛德穆的观点，尤其是因为菲洛德穆主张必须在一个高度概括的意义上理解"风格"（lexis），而这就没有考虑到不同体裁之间存在的广泛而众多的风格变化。[③]更确切地说，笔者认为菲洛德穆谈论的是诗歌的文字形式本身就应该反映诗歌基本的摹仿状态。事实上，菲洛德穆在这之后说，"诗歌就是对一件事情尽可能的摹仿"（τὸ ποίημα δ' ἐστὶ τὸ μιμούμενον ὡς ἐνδέχεται）。[④]由于菲洛德穆认为"风格"和"内容"紧密联系在一起（笔者将很快回来讨论这一点），所以他很容易认为风格或文字形式本身就是摹仿的一个组成部分。我们只能猜测菲洛德穆这句话的确切含义。但有一点看起来没错，即实际上［320］菲洛德穆认为，所有的诗歌风格都关乎如今可能被称为"想象中的话语行动"或"虚构的表达"的东西。[⑤]

---

① ［原注136］Asmis, 1991: 9，1992c: 148错误地认为，菲洛德穆提出了自己的两个目标，以之作为明确的道德"实用"标准：她的例子令人费解地让菲洛德穆（1）将这些目标作为"善"的标准，（2）这些目标因此意味着"实用"/"有用性"的标准，但是（3）又相信"善的标准可能与有用性的标准完全不同"（Asmis, 1991: 9）。

② ［原注137］本章原注133所引用的三位译者确实如此。笔者在Halliwell, 2002a: 280–286中讨论了菲洛德穆使用的摹仿的词汇，一个略有不同的解释见现在的Janko, 2011: 232–237。

③ ［原注138］菲洛德穆的用词有一个先例，即亚里士多德《诗术》1459a12，在那里，λέξιν μιμεῖσθαι意味着短长格三音步（iambic trimeters）的诗歌倾向于一种平常演说的语体风格。但亚里士多德的观点所关涉的是风格的相似性，而非摹仿–虚构（mimetic-cum-fictive）的地位。

④ ［原注139］《论诗》5.26.13–15，参5.35.28–32中诗歌无限的摹仿范围，以及第四章原注40。

⑤ ［原注140］支持这种解读的是，菲洛德穆接受了这一看法，即"与教授卓越之事的语言创作相似的东西"（τὸ δ' ὡμοιωμένον τῇ περιττότερόν τι διδασκούσῃ），就是一切值得称赞的诗歌风格都是如此（菲洛德穆《论诗》5.33.15–20）：在认可这一（借自

　　基于笔者正在推进的解释，无论是在叙事、戏剧还是在抒情模式中（重申一下，因为该原则必须涵盖一般意义上的诗歌），诗歌的语言都提供了一种模拟的（simulated）或表现的（represented）话语行为。但为什么菲洛德穆会认为，"给出一种关于教导有益事情的风格的摹仿版本"是一个既定或给定的关于诗歌卓越的目标？[①] 菲洛德穆陷入了一个悖论。一方面，他不断质疑那种将直接或完全的教化归于诗的诗学理论，而同时他又欣然认可他所提出的一种文化上的共同期望，即诗歌应表现出具有教化或裨益的话语。菲洛德穆似乎希望诗歌能将有价值的东西传达给它的读者，但他不愿意将认知价值或伦理价值的现实建立在他的诗学基础上。这意味着，菲洛德穆实质上在某种程度上掩盖了诗歌是否有任何外在的或工具性价值的问题，甚至将这个问题压抑地搪塞过去（suppressed prevarication）。

　　在上面提到的两个诗学"目标"中，我们也可以在第一种目标的背后发现这种不确定性，即诗歌的思想应该是"智者思想与大众思想之间的中道"。[②] 希腊人对诗歌的"先入之见"（见上文）体现了这种观念，而即使撇开关于这一点的依据不谈，[321] 这个观点也很容易受菲洛德穆偶尔对他人提出的不满所影响，即它不完全是诗

他人的）描述的同时，菲洛德穆拒绝接受所有优秀的诗歌都应该实际"教授"某些卓越事物。对菲洛德穆《论诗》5.25.34–26.4的其他解释，见Mangoni, 1993: 282–284。

　　① ［原注141］此处使用的希腊语动词 προσδιδάσκειν 带有前缀，可能意味着"还教""额外教"（即除了履行其他诗歌功能之外）；参本章原注133中的引用。但在菲洛德穆《论诗》5.33.1–17中，复合动词（compound verb）与简单动词（simplex verb）的差异（参上一条注）表明前缀的影响并不重要，尽管它无疑增强了这种感觉：关于菲洛德穆《论诗》1.186.11处的 προσδιδάσκειν，参下文原页323以及本章原注152。Innes, 1989: 216意译的"该风格应该摹仿简单阐述的风格"太过枯燥平淡；Grube, 1965: 197–198亦是如此。

　　② ［原注142］笔者斗胆质疑Asmis, 1991: 10，这与亚里士多德在《诗术》第13章对典型肃剧行为主体的规范无关，菲洛德穆在这里不是"明确地将诗歌的'思想'作为一个整体进行区分"（他从未说过"作为一个整体的诗歌"），而且他也无法自信地用"普遍意义上的礼仪标准"来解释他的观点。

歌的真实情况——为什么在修辞或历史上不能这样说呢?[1]事实上,从对所有话语的定义来看,难道它不应该是真实的,以及不应该是完全属于"智者"或"大众"的吗?这一反对意见本身反映了一个更基本的事实,即该目标的构想是一个极其模糊的概括,它可能是为了避免极端对立的情况而产生的。

人们有理由怀疑菲洛德穆在此构建了一个动机更消极而非更积极的立场。正如一些廊下派(Stoia)学者特别断言的那样,菲洛德穆否认诗歌可以或应该成为哲学或其他知识的媒介("智者"的话语),或反过来说,他也否认诗歌可以适当地囊括平凡生活中僵化不变的平庸("大众"的语言)。但菲洛德穆让这些否定观点(denials)的积极(positive)推论处于完全含混不清的境地——具有讽刺意味的是,我们应当再一次考虑到,他本人指责其他人没有指明"何种"思想适用于诗歌。[2]但问题的关键不在于菲洛德穆只是未能阐明这一推论,而是在于这个推论并不存在。无论是智力上的先验,还是文化上的后验(posteriori),我们都不能以这种方式整齐地框定或标记出诗歌的"思想"。可以说,对于一个介于心灵的高低语域(registers)之间的、假定的诗学思想区域,菲洛德穆表现出一种无所谓的态度,这暴露了一个问题:他没有认识到诗学思想的(潜在)范围[本就]没有边界,也完全可以没有边界。[3]

随之而来的问题深入到了菲洛德穆诗学的症结根源。对他的诗学结构来说,没有什么比这样的信念更重要,即在(好)诗歌的创作中,"风格"和"思想"("形式"和"内容"、"语言"和"题材"、"创作"和"主题")不仅同等重要,而且不可分割地纠缠在一起。[4]

---

① [原注143]关于异议的种类,尤见菲洛德穆《论诗》5.7.16-20。

② [原注144]《论诗》5.30.34-31.7用动词 ἀποχαράττειν 表示对不同的思想"划定界限"或"划分区域";参5.29.32-36。

③ [原注145]关于那种立场,见笔者在第七章中对朗吉努斯《论崇高》的解读。

④ [原注146]一个有关"不可分性"论题的陈述见菲洛德穆《论诗》5.15.6-13(制成诗歌的lexis"并非没有"主题,[在一篇戏剧/叙事的韵文中]组织行动是组织口头形式的一种属性),其中相关的复杂性与涅奥普托勒摩斯自己的理论有关

我们已经看到，这有助于［322］解释《论诗》卷五第25—26行所述两个目标中的第一个，即如何通过包括"内容"（一种关于教导有益事情的风格的摹仿版本，见上文）在内的术语来表达"风格"或文字形式（lexis）上的原则。菲洛德穆对其他人的尖锐指责大多集中于蔑视那些未能掌握这一基本思想的人；他本人也因精妙地拒绝粗暴地分离诗歌的语言形式与语义内容而被现代学者钦佩。①

但在菲洛德穆的体系中，诗歌的"思想"地位究竟是什么呢？菲洛德穆显然不认为它仅仅是一种原始材料或预先存在的题材，而诗歌可以为这些题材赋予某种文字上的精巧表达。就像豪斯曼所主张的那样（"诗歌不是言说之物"，上文原页306），一些被菲洛德穆抨击的批评家实际上持有这种观念，这就要求他认同语言、风格或创作比思想更重要。对菲洛德穆而言，在创造诗歌意义和价值的过程中，思想必须是风格的全心全意的伙伴。而我们知道，菲洛德穆并不准备将诗歌的意义或价值等同于（无论是道德的还是特定具体领域的）真实性或教育性。②所以，诗歌思想的意义是什么？考虑到"形式"和"内容"的同等重要性（甚至可能还有它们在表达上的不可分割性）本身并非诗歌所特有的，这个问题就变得更加紧迫

（参Asmis, 1992d: 210–212）。关于其他观点，见《论诗》5.12.24–27（风格和话题"同等必要"：即两者不能没有彼此？），5.22.13–23.21, 5.29.1–7、*PHerc.* 1081b fr. 14.17–22（尽管，διανόημα，据说是"通过风格揭露"，διὰ τῆς κατασκευῆς … ἐμφαίνεσθαι）、*PHerc.* 1676 col.6.19–24 Sbordone（创作，σύνθεσις，"伴随其思想……"），另参菲洛德穆《论诗》卷二中的句子（本章原注103的引用）。关于该论题中二元性的基本术语，参本章原注107。

① ［原注147］如 Wilkinson 1932–1933: 149–151、Grube，1965: 196, 199, Innes, 1989: 216（"他对原创性的最大要求"）、Greenberg, 1990: 273–275。Porter, 1995提供了一个不同的复杂评价。

② ［原注148］关于这样一种得到强调的观点，即诗歌不需要（事实性的）真实，相反，诗歌甚至可以处理极端的虚构（即那种"最有神话色彩"事物，μυθωδέσατα：参本章原注63），见菲洛德穆《论诗》5.7.6–13。

了。①

询问菲洛德穆在何处或如何确定诗歌中的"思想"（*διάνοια*、*τὸνοοὑμενον*，等等），我们将得不到一个简单的答案。尽管菲洛德穆显然认为思想是一首诗整体结构的一个方面，但他并不认为思想在任何情况下都具有整体或总结性的［323］意义。②例如，在他对涅奥普托勒摩斯的批判中，他质疑后者（据说）将风格和创作与思想和题材截然分开；在这一过程中，后者将"思想……和行动……以及塑造"视为戏剧诗歌"题材"或"主题材料"（*ὑπόθεσις*）的组成部分。③这表明，菲洛德穆认为诗歌的"思想"包含了诗歌中个别人物的思想。事实上，菲洛德穆的"思想"范畴显然可以近似于一个更客观（impersonal）也更宽泛的文本"意义"的概念，包括叙事或戏剧文本的意义。我们可以看到，菲洛德穆反驳了这样一种观点，即词语可以因纯粹的感官属性而具有诗的价值，他说：在这方面，言辞"永远不会让思想或意义变得可被理解，尽管那些让灵魂的性格（？）或激情（？）变得更好理解（intelligibility）的［话语］，丰富了言辞在事物方面对我们的教导"。④除阐述了菲洛德穆关

---

① ［原注149］菲洛德穆《论诗》5.12.12-24肯定了它们在某些散文体裁中同等的重要性。

② ［原注150］事实上，菲洛德穆是否曾以这种整体化的方式使用了*διάνοια*［思想］或诸如此类的词？我们能否确定有哪位希腊化时期的批评家这样做过？Asmis, 1990b: 155探讨了菲洛德穆《论诗》5.16.28-24.22中廊下派的批评，认为廊下派并没有在以下两者之间做出明确区分：（1）作为整篇韵文的一个方面的思想，（2）作为一个无所不包的意义层面的思想。

③ ［原注151］菲洛德穆《论诗》5.15.4-6（=Neoptolemus 1-6, 20 Mette）：*διανοίας ... καὶ πράξεις καὶ προσωποποιίας*，这表明涅奥普托勒摩斯自己的术语接近《诗术》中亚里士多德的措辞，尽管不完全相同。同一个语境中，同样的情况在短语*συγκεῖσθαι τὴν λέξιν*［安排措辞］和*συγκεῖσθαι τὴν πρᾶξιν*［安排行动］中更为明显（菲洛德穆《论诗》5.15.11-12：参本章原注146）：分别见亚里士多德《诗术》1457a20、1462b8。

④ ［原注152］Poem.1.186.8-14: *ἀλλ' οὐχί ποτε συνετὸν ποιεῖν τὸ διανόημα, ταῦτα δὲ προσδιδάσκειν τῶν συμβαινόντων ἃ προσεπισυνετίζει*［*τὰ ἤ*］*θη*［*ἢ πάθη τ*］*ῆς ψυ*［*χῆς*］. 动词*προσεπισυνετίζειν*（字面意思是"增加理解"）只出现在此处；简单的动词*συνετίζειν*［理解］

于风格和内容不可分割的宗旨之外，这段出现在讨论《伊利亚特》中的某些诗行之后的内容还表明，在菲洛德穆那里，"思想"这个词汇可以包含一段诗歌文本的全部意义，但这并不意味着它传达了（communication）任何类似于诗人本人的命题性（propositional）思想之类的东西。

同时，菲洛德穆在相当强的意义上认为，诗人要对他作品中从广义上理解的思想内容"负责"。诗人首先要负责仔细挑选他的主题或话题，然后负责对它的（希腊语字面意义上的）[324]"制作"——菲洛德穆保留了词源学意义上的诗人，即"制作者"（poiêtês），文字制品的工匠（正如他在一个地方所说的，诗人是"制作所有［他自己的材料］的人"）。①严格地说，我们不可能简单地给出诗歌的材料，它们只是在诗歌构思和创作本身的行为中被创造出来，而这有助于解释为什么菲洛德穆乐于坚持一个古老的隐喻传统，即将创造的过程称为"生育"或"产生"。②更重要的是，我们可以说"思想"（或"各种思想"——鉴于这里的单数和复数形式具有一般的互换性）并不仅限于认知的内容。菲洛德穆不止一次地谈

仅在晚期（基督教的）希腊语中比较常见，与 Janko, 2000: 409 注释 8 相反，该词并不仅限于旧约（七十士译本）（见 *PGL* 1325）。关于 προσδιδάσκειν，参本章原注 141。这里两个动词都带有前缀 προσ-，正如笔者的译文试图指出的，这意味着思想/意义的概念可以在其品质上变丰富或"变厚重"。

① ［原注 153］菲洛德穆《论诗》5.10.29–31 肯定了诗人对选材负责（见前文语境），关于诗人作为一位"创作一切"者（ὁ πάντ［αποι］ῶν），见菲洛德穆《论诗》5.15.16–17，此处可以看作对亚里士多德的表述的呼应（《诗术》1451b27–32），继而也含蓄地呼应了柏拉图《理想国》596c–d 中的修辞式讽刺（rhetorical sarcasm）。关于亚里士多德，参第五章原页 233。

② ［原注 154］*PHerc.* 1676 col. 6.26 Sbordone 以及动词 γεννᾶν［产生］，参 *PHerc.* 1081b col. 7.5。在柏拉图《理想国》496a 中，同样的术语也用于表示产生（非）哲学的思想，以及（在一种明显的性堕落的意象中）表示出自诗歌创作的低劣后裔，见柏拉图《理想国》603b。关于把诗歌的创作比作自然丰产的古老隐喻，见 Taillardat, 1965: 446。朗吉努斯《论崇高》用 γεννᾶν 表示读者心灵中创造力的"回声"：见第七章原注 29。关于自然的创造力作为整个诗歌史的一个维度，参第五章原注 2。

到诗歌的思想能"打动"听众或读者，有助于实现叫人狂喜或入迷（psuchagôgia［对灵魂的牵引］）的效果；与其他人一样，菲洛德穆认为这是诗歌心理影响的核心。[1]这种认知和情感的结合强化了这样的印象，即对菲洛德穆而言"思想"是一个广泛而灵活的范畴，它在所有方面（包括叙事和主题的元素）都接近于表达的意义。这种结合还强调，菲洛德穆的诗歌概念是一种紧密的、综合的，甚至是"有机"的艺术形式。但所有这些并不有助于我们进一步解决如下困惑，即在为诗歌及其价值的不同或特殊之处给出令人满意的可靠定义上，菲洛德穆如何能够认为他超越了其他批评家？

之所以存在这个困惑，是因为菲洛德穆坚持认为，对诗歌卓越性或价值的说明需要定义［325］诗歌所特有的那种思想类型，但他自己却无法对此给出任何确定的定义。他极力摒弃那些将诗歌的价值明确与外在的利益标准联系在一起的诗歌理论，还摒弃了那些将诗歌的价值（荒谬地）拉低到纯粹的声音感官特性的诗歌理论，但在这之后，[2]菲洛德穆陷入了一场空想式探索：他想探索究竟是什么使诗歌不同于所有其他形式的话语。作为一位前卫的（avant la lettre）"新批评家"（New Critic），[3]菲洛德穆可能值得称赞，因为

---

① ［原注155］以下段落提出了"（诸）思想"有打动/精神引导的效果：*PHerc.* 1676 col.6.23–24 Sbordone，*PHerc.* 1081b fr. 23.3–9（Tr. C fr. n Sbordone），菲洛德穆《论诗》5.36.29–32。其中，将第一个段落里的ψυχαγωγοῦσιν［牵引灵魂］译作"引起我们的注意"（见 Armstrong, 1995a: 220）还不够充分；参本章原注157。关于菲洛德穆（及其前人）对ψυχαγωγία［对灵魂的牵引］的使用，见 Wigodsky, 1995: 65–68（他和许多人一样，太容易浅薄［flatten］地理解希腊化时期的"娱乐"观念），Chandler, 2006: 147–167。参第五章原页223–226。

② ［原注156］关于将"重视极端化的悦耳论"作为一种理论立场的荒诞和谬误，见 Richards, 1929: 231–233 的尖锐批评。Porter, 2004 给出了一个有关希腊悦耳论之起源的观点，见现在的 Porter, 2010: Ch. 6。

③ ［译按］新批评（New Criticism）是一个20世纪英美文学批评流派，强调文本本体，主张通过细致的文本分析揭示作品的多重意义。它关注文学作品的形式、结构、语言，以及在社会和历史背景下的意义和影响。新批评的方法论基础是细读法，即对文本进行详尽的分析和解释。

他敏锐地意识到"形式"和"内容"都不能被视为完全分离的实体或独立的变量。[①]而就像新批评主义一样——由于它将全部精力都用于密切关注一种被视为形式和内容的"有机"统一体的诗歌语言的错综复杂性，因而它永远无法实现它的大胆主张，即诗歌作为一种"言语对象"具有自主性（作为一种意义结构，任何一首诗怎么可能密闭在语言和经验的更广泛运作之中？）——菲洛德穆也无法确保他能自足地论证诗歌的价值。笔者此前曾试图表明，菲洛德穆本人对他的困境有一定的认识，而这种认识在对是否可以认为诗歌的体验中存在某种"裨益"的微妙的含糊其辞中显露无疑。

总而言之，如果简要地回顾笔者对菲洛德穆和豪斯曼之间的比较讨论，那么在两者之间的关系中，我们现在完全可以看到一种相似性和差异性的奇怪混合。作为批评家，他们两人都希望能为诗歌界定出一种自主的、牵引灵魂的价值——以一种强大的、自足的体验模式为基础。在豪斯曼那里，这种尝试涉及一种让感觉和情感与"思想"脱钩的（不完全持续的）动力。笔者认为这样做会导致一种不连续的论证发展过程，[326]正如我们看到的，豪斯曼的诗学是一位直觉论者（intuitionist）和情感论者（emotionalist）的诗学，他对价值的检验甚至可以让诗歌瓦解成"废话"。另一方面，菲洛德穆则试图将思想和语言紧密地结合在一起，形成统一的表现力。但菲洛德穆恰恰为他自己制造了困难，因为他坚持思想和意义对于诗歌的重要性，并且认为两者都由语言产生（"以某种方式表达思想的语言表达"），[②]但又拒绝任何让外在（即非自主的）价值尺度成为诗

---

① ［原注157］Armstrong, 1995: 219简单地将菲洛德穆与新批评作比较，他坚称前者的诗学是"完全的唯理智论"（intellectualist），并单单以此来表示两者间的差异。但是，Armstrong忽略了菲洛德穆那里的情感和psuchagôgia［对灵魂的牵引］（参本章原注155），并提出了一个有争议的假设，即新批评本身并不是明确的唯理智论。关于对新批评贬低诗歌审美自主倾向的强力辩护，见Wellek, 1982: 87–103；Graff, 1979: 129–149进行了更细致入微的重估。Fantuzzi & Hunter, 2004: 449–461将菲洛德穆与亚历山大里亚学派的美学倾向——讲究创作的技巧和创新——等而视之。

② ［原注158］见本章原注103。

歌体验的一部分（some purchase on）的尝试。矛盾的是，菲洛德穆诗学的弱点在于，他希望充分涵盖诗歌表达中认知和情感的丰富性，却由此导致了这样的后果：他似乎相信无法通过一种稀释（dilute）诗歌纯正度（purity）的方式来描述这种认知和情感的丰富性。

因此，虽然豪斯曼和菲洛德穆从根本不同的角度来探讨这一主题，但他们都想维护诗歌的自主性（autonomy）。而两人的愿望都建立在一种不可能性上，即不可能建立一种属于诗歌且只属于诗歌的价值概念。

第七章

心灵的无限性：朗吉努斯与崇高心理学

ψυχῆς πείρατα ἰων οὐκ ἐξεύροιο...

不存在一条能让你发现灵魂之极限的旅途……

——赫拉克利特

伟大的思想不存在界限。

——托尔斯泰①

一 霹雳与回声：崇高的迷狂

[327] 在西方文学批评和理论史上，古代论著《论崇高》（笔者目前对其作者和创作日期仍持不可知论态度）是唯一在以下方面尤为重要的文献：这部论著的参考框架从对文本中个别单词甚至单个音节的敏锐感知，一直延伸到对（思想上）"超越宇宙"（outside the cosmos）的无限空间之感知。② [328] 朗吉努斯本人在智识上的自

---

① ［原注1］Heraclitus B45 DK；Tolstoy（后文如下："但作家们很久以前就抵达了他们无法逾越的表达之边界"），日记时间为1852年3月29日，载Christian, 1985: i. 48。

② ［原注2］有关宇宙之外或超越宇宙视角的概念，见《论崇高》35.3以及本书原页343–344；一个对崇高感产生影响的例子，见39.4。关于该文献的作者身份与创作时间，见Russell, 1964: pp. xxii–xxx对这些问题的澄清（mise au point）仍然要好过其他研究；参Mazzucchi, 1992: pp. xxvii–xxxiv，Lombardo, 2007: 121–124，Matelli, 2007: 118注释46。Heath, 1999对卡西乌斯·朗吉努斯（Cassius Longinus）的作者身份问题提出了有趣但并无结论的推进讨论，Köhnken, 2006: 569–570注释1对此提出了反对意见。

信使他敢于把这些看似不可比较（incommensurable）的对象与反思（reflection）层面结合在一起，而这种自信无疑有不止一个来源。它至少部分源自希腊修辞术传统与希腊哲学思想方法（mentality）的某种结合——前者的兴趣集中于语言说服力上，甚至集中在特定词语和声音的"微观"层面上；后者的特征是渴望"沉思所有时间和所有存在"（朗吉努斯肯定很熟悉柏拉图《理想国》中的这句名言）。[1]我们可以认为，朗吉努斯运用了许多标准概念和修辞分析"工具"，但为了对人类体验有更全面的看法，他延伸并突破了这种分析的限制，或者说他将最雄心勃勃的哲学价值转换成了一种形式，使人们能在诗歌和散文的伟大"创造性"写作（正如本文即将展现的那样，有一个特殊的朗吉努斯式辩护针对该形容词）的语言结构中追踪和检查那些价值。[2]

　　这种潜在的不同思想模式的结合——对语言准物质特性的关注与面向现实的宏大视野——使朗格吉努斯的论著具有了一种思想品质，这在很大程度上说明了它对早期现代，以及在某些方面对原浪漫主义文学（及更多文学）中崇高性态度的开创性影响。同样，可能有人认为，这种精神会使《论崇高》这部作品看起来与最近许多文学理论和美学的倾向（即明显的怀疑和相对倾向）格格不入。然而，事实上，无论是朗吉努斯还是更普遍的"崇高"范畴，都没有停止吸引当代批评家和理论家。[3][329]

　关于这部作品各方面更广泛的文化心态，即从古希腊罗马文学世界中的一个位置回望一个"经典"（canonical）传统，见Porter, 2001: esp. 76–85，Whitmarsh, 2001: 57–71，Too, 1998: 207–216。

　　① ［原注3］*θεωρία παντὸς μὲν χρόνου, πάσης δὲ οὐσίας*，柏拉图《理想国》486a：关于朗吉努斯对这段话的回应，见本章原注36。

　　② ［原注4］当然，在朗吉努斯之前，修辞学和哲学之间的交叉影响和/或"边界争端"并非没有先例；它们可追溯到两种思维模式的早期发展：高尔吉亚和柏拉图是其中的关键人物。但在这方面，朗吉努斯的述说非常特别。关于朗吉努斯与高尔吉亚的关系，见本章原注21。

　　③ ［原注5］关于一些在理论和实践中有关崇高的新概念，见Saint Girons, 2005: ch.8，Hoffmann, 2006，Shaw, 2006，Most, 2007。朗吉努斯存在于哈罗德·布鲁

　　笔者不会在这里详细讨论目前在理论和实践中对崇高的众多重新解释，但笔者将请大家注意一点，即 ὕψος（hupsos［崇高］）与其现代思想族群中的许多成员之间常常受忽视的根本区别——17世纪晚期以来对朗吉努斯重新产生的兴趣刺激了后者的发展。在牢记这一历史视野的同时，本章论点将集中于阐明朗吉努斯诗学事业（project）的一些显著特征，并试图让它们与笔者在前几章中讨论的诗歌价值问题相协调。笔者采用这种方法，不仅是因为诗歌在朗吉努斯的研究范围中具有很高的地位（"崇高"是对最伟大的诗人和作家首要地位的唯一解释），而且还因为在某种意义上，朗吉努斯把他处理的所有文本（不论其一般或实际地位如何）都同化至诗歌的状态；在这一点上，朗吉努斯与高尔吉亚这位他似乎并不欣赏的作家没有不同。①笔者希望自己的分析也有助于更广泛地说明，为什么对那些相信或不相信某种形式的崇高的人来说，这部论著的批评立场都具有挑战性和启发性。

　　如果说《论崇高》中存在一种修辞学与哲学的有力结合，那么这一结合也产生了可以从多个角度来展开解释的微妙张力。例如，"说服"本身是修辞理论的定义性概念，它将为理解作品的论证策略提供一条路径。［330］而《论崇高》则引导我们去相信，崇高胜于说服。朗吉努斯一步步（programmatically）告诉我们，真正的宏

姆的思想中，参本章原注79。Doran（即将刊出）为朗吉努斯思想的影响及其转变提供了全新的广泛阐述。

　　① ［原注6］关于朗吉努斯与高尔吉亚的关系，参本章原注4、11和21。关于该论著中崇高话语（logos）的概念转变（transgeneric），尤见《论崇高》1.3：最伟大的诗人和散文作家卓越性的唯一源泉，是构成崇高的至高无上的话语：...ὡς ἀκρότης καὶ ἐξοχή τις λόγων ἐστὶ τὰ ὕψη, καὶ ποιητῶν τε οἱ μέγιστοι καὶ συγγραφέων οὐκ ἄλλοθεν ἢ ἐνϑένδε ποϑὲν ἐπρώτευσαν.（除非另有说明，该文的所有引文都遵循Russell, 1968的文本；也应经常查看Mazzucchi, 1992；请注意，这些版本章节细分的编号有时略有不同。Mazzucchi预计会出第二版。）朗吉努斯在《论崇高》9.15、13.2、40.2还（暗示）将伟大的诗人和散文作家（或反之亦然）结合起来，使他们的作品共同成为一个独立的崇高写作文集；甚至在《论崇高》15试图区分"诗"和"修辞"的想象（phantasia）时，他的论点变得反复无常（见下文原页347-350）。

伟"不是说服听众，而是在听众中引起迷狂"，他通过解释这一说法来详尽阐明一点：伴随着一种感觉上的"震惊"冲击（ekplêxis［惊恐］）并引起人们敬畏或惊奇的东西，总是比那些仅有说服力或愉悦感的东西更能牢牢抓住人心。[①]可这种说法并非毫无问题。在该论著的其他地方，"说服"有时似乎在崇高中起着积极作用，好像崇高在某些情况下与其说是不需要说服力，不如说是将说服力吸收到了一个更大和更强的关于确信的心理效应之中。[②]笔者将在后续部分再探讨这一点。

然而，笔者在这里主要强调的不是作品价值体系中崇高性和说服力之间的变量关系，而是"迷狂"和"真实"这两个概念之间难以捉摸但又非常重要的辩证关系。事实上，这两个术语的对等表达在朗吉努斯的关键词中（其中一个词就在上面引用的那句话中）都体现得很突出；不过需要强调的是，笔者的论点不会局限于这些词本身，它们在朗吉努斯丰富的写作结构中并不是一些彼此分离的要

----

① ［原注7］οὐ γὰρ εἰς πειθὼ τοὺς ἀκροωμένους ἀλλ᾽ εἰς ἔκστασιν ἄγει τὰ ὑπερφυᾶ· πάντη δέ γε σὺν ἐκπλήξει τοῦ πιθανοῦ καὶ τοῦ πρὸς χάριν ἀεὶ κρατεῖ τὸ θαυμάσιον...，《论崇高》1.4；关于句子的后半部分的精确解释见Russell, 1964: 62，注意在此处（以及在35.4–5），朗吉努斯近乎使用一种惊奇（wonder）的态度来辨识ekplêxis［惊恐］（参第五章原注48，亚里士多德将"惊恐"定义为"惊奇"的极端）。参本章原注11。有趣的是，与《论崇高》1.4相似的Anon. Seg. *Rhet.* 94，"（唤起）情感不仅能说服人，而且能令人迷狂"（τὸδὲ πάθοςοὐμόνον πείθειἀλλὰ καὶ ἐξίστησι）。注意《论崇高》38.5，ekstasis［迷狂］属于一个文本"之中"的行为或情感特性，而非一种（立刻）存在于听众/读者中的特性；但是，朗吉努斯的崇高（下文原页333–340）的交流特征仍然会将这种迷狂传递给观众。一种现代版本的崇高"迷狂"，参Santayana, 1936: 186；Herzog, 2010: 8–12提到，还有一位专业的电影导演引用了朗吉努斯，以支持他自己的"迷狂式真实"概念。

② ［原注8］举几个例子：《论崇高》16.2德摩斯忒涅的马拉松誓词（下文原页364–366）结合了"崇高、情感……以及劝服的力量"（ὕψος καὶ πάθος καὶ ... ἀξιοπιστίαν）；《论崇高》18.1德摩斯忒涅的问答技巧使他的语言"不仅更加崇高……也更具说服力"（οὐ μόνον ὑψηλότερον...ἀλλὰ καὶ πιστότερον）；《论崇高》38.3极度的悲怆本身使得修昔底德的叙述更具说服力（πιστόν）。有关《论崇高》15中崇高的ekplêxis［惊恐］与说服力之间的张力，见下文原页348–349。

素。笔者将运用"迷狂"和"真实"这两个概念勾勒出一个更为广阔的戏剧领域，即崇高体验所涉及（无论对作者还是对读者/听众而言）的内容。由此，"迷狂"是［331］对意识发生强烈转变的时刻的速写，而朗吉努斯将之视为崇高的标志，并将其比作霹雳的骤然冲击（《论崇高》1.4）——这一比喻闻名遐迩；而"真实"则代表着对现实更宽广的理解，他似乎同样将对现实的理解视为心灵与崇高接触时所能经历（或发现）的一个维度。

初看起来，我们似乎在这里面临着主观模式和客观模式之间的对比。"迷狂"似乎不可避免地涉及崇高的感觉，或涉及对崇高的接受者产生的"内在"影响，而"真实"似乎依赖于以下这一点并要求与之关联：一种人们眼中无可置疑"在那里的"、外在（甚至是超越宇宙）的事物之筹划（scheme of things）。如果从字面上翻译朗吉努斯本人关于霹雳的比喻，可能有人想要把迷狂与真实之间的差异比作以下二者的差异：一是人们面对天体的恢弘力量时感到敬畏和惊讶，二是在闪电光芒的揭示（revealed）或照耀（illuminated）之下，人们对世界的视野变得更加辽阔。但是，这里的同一个图像几乎无法用分析方法（analytic）去分离意识的两个方面；该图像的呈现使两者强有力地融合在一种单一经验之中。① 而这是否意味着，在朗吉努斯的视角中，迷狂胜于真实？毕竟，如果不具有瞬时的直接感，如果不是当下就立刻改变了观众的完整意识，那么霹雳就不会令人印象深刻。

另一方面，这种压倒性印象怎么不该在记忆中引发并留下一些更持久的东西（正如笔者将在下文强调的，这是朗吉努斯在《论崇

---

① ［原注9］《论崇高》1.4 的确提到，在这个重叠引用崇高/霹雳的明喻之中，有一组成对的特征："撕裂"一切（参本章原注17），以及"揭示"或"展现"（ἐνδείκνυσθαι）一种集中的力量；但如果这些分别与 hupsos［崇高］所具有的迷狂与真实的含义分别联系起来，那就显得太勉强了。朗吉努斯在《论崇高》12.4和34.4又转回到对霹雳或闪电的描绘（re Demostenes，这里也使用动词 καταβροντᾶν，"震耳欲聋"）。注意，这与古代评论中一般的霹雳隐喻不同（参第三章原页116以及原注40），朗吉努斯的比喻（trope）并未预设特定的文体范围，其重点在于对心灵的集中影响。

高》第 7 章中引人注意的一种崇高品质），并让人们在更宽广的范围内反复思考呢？正如《论崇高》第 1 章中所言，如果迷狂以某种方式"胜于说服"，那这是否一定会使它成为一种非理性、非认知的心灵状态，一种强烈而短暂的意识转变（其中包含了它自身令人兴奋的满足感，且不需要任何进一步的事物来完成）？［332］或者说，迷狂本身可能就是一种深层的认知形式？崇高的迷狂时刻是否能以某种方式包含和传递真实？如果能，那会是什么样的真实？对于这些重要而困难的问题，笔者将在本章中尝试给出回答。

无论朗吉努斯具体在何时写作了本文（大约在公元 1 至 3 世纪之间），他都知道自己是希腊文学和修辞批评传统中相对较晚的一位人物，而在描述一些语言的特殊用法可能带来强烈的心灵转变方面，这一传统长期以来拥有丰富的隐喻宝库——这些隐喻来自巫术、着魔、药剂以及宗教或神秘"附身"（possession）的体验。① 朗吉努斯本人也运用几个这类隐喻来描述崇高现象的最集中的特征。正如上文引自《论崇高》1.4 的那句话所表明的，其中包括关于 ekstasis（"迷狂"，字面含义是一种心灵"外在于"自身的状态，即一个人丧失或遗忘了"正常的"自我）的词汇和与之密切相关的术语 ekplêxis［惊恐］，后者表示对心灵造成的"震惊"冲击，且可以与包括肃剧式怜悯与恐惧在内的各种情绪相容。② 尽管这两个术语都源于一个更古老的批评词汇，但值得注意的是，即使我们在柏拉图那里发现了 ekstasis［迷狂］及其同源词（这是一个可能引起朗

---

①　［原注 10］关于这类隐喻中的各个事物，见第二章原页 47–53，第四章原注 89–91，第五章原页 223–226，第六章原页 273–274。

②　［原注 11］关于 ekplêxis 的早期概念，见第三章原注 60（高尔吉亚/阿里斯托芬），第五章原页 229–231（亚里士多德和肃剧）。与 Demetr. *Eloc.* 283 不同，朗吉努斯并没有从本质上将 ekplêxis 与恐惧联系在一起：尽管恐惧在《论崇高》22.4 中被认为与 ekplêxis 相关，但更泛的可能性范围（spectrum）表现在《论崇高》1.4、12.5、15.2（ekplêxis 作为诗歌想象的总体目标）、15.11 和 35.4 中。参 Dion. Hal. *Pomp.* 1 (751)，ἐκπλήττεσθαι［震惊］，此处指欣赏和惊叹柏拉图在文体上的天赋。其他用法的示例，参 Pfister, 1939: 184，1959: 958。参本章原注 7 和 8。

吉努斯共鸣的事实），可在修辞术传统中这些词却很少被用于描述语言对精神的冲击：例如，在得摩特里奥斯（Demetrius）《论文体风格》（De elocutione）或哈利卡纳索斯的狄奥尼索斯（Dionysius of Halicarnassus）的著作中都根本找不到它们。[①]这可能部分是因为[333]"迷狂"这个术语被打上了不可控、非理性的烙印，包括受疯狂、爱欲激情、无法遏制的愤怒所诱导的心灵状态。但这是否意味着朗吉努斯本人乐于将崇高与非理性联系起来呢？

《论崇高》第1章乍看来似乎可以为这个问题给出确凿的答案。正如我们所见，朗吉努斯在那里显然按计划地将ekstasis［迷狂］和ekplêxis［惊恐］这两个术语结合起来——即使不是将两者与崇高对心灵的"掌控和不可抗拒之力"（δυναστείαν καὶ βίαν ἄμαχον）联系在一起，也是将两者与惊叹或惊奇的感觉联系在一起——并将它们与（仅仅）"有说服力"的东西进行对比；朗吉努斯认为，在大多数情况下，后者是一种"在我们控制下"（ἐφ' ἡμῖν）的影响，也就是说，大概是一种服从于理性的考量。

看上去，崇高的迷狂状态是如此势不可挡，以至于心灵无法控制其自身的反应——这难道不就等于一种非理性吗？然而，朗吉努斯在《论崇高》第3章给出了一条重要告诫。在批评那些"如痴如醉"（ὥσπερ ἐκμέθης）的作家（他们的情感超出了语境的需要）时，朗吉努斯描述道：他们如同在听众面前沉溺于迷狂之喜，而

---

① ［原注12］Dionysius（Comp. 15）唯一一次使用ἔκστασις［迷狂］指的是荷马《伊利亚特》18.225中驭车手的恐惧；相当于荷马史诗中的ἐκπλήσσειν［震撼］（参前一条注）。Dionysius很少使用动词ἐξίστημι［改变］（如Ant. Rom.3.21.5），没有涉及修辞学或文学效果的使用。即使在柏拉图那里，在《墨涅克塞诺斯》235a–b（结合了魔法和着魔的词汇：参本章原注10），苏格拉底用ἐξεστηκέναι［欣喜若狂］形容他对辞藻华丽的修辞术的体验，而这带有夸张的反讽，尽管此处肯定反映出了当时批评的惯用语（请留意235c中暗示迷失自我的ekstasis）。参Mazzucchi, 1992: 235。关于ekstasis一词的历史演变和相关术语，见Pfister, 1939, 1959出色的总体研究。

［译按］法勒戎（Phalerum）的得摩特里奥斯（前4世纪50年代—前3世纪80年代），雅典演说家、政治家，据说是亚里士多德漫步学派（Peripatetic school）的成员。《论文体风格》是托名得摩特里奥斯的作品。

听众本身并未迷醉其中。①我们在此得出的结论是：存在一种狂热的主体性情感形式（我们可以将其称为一种私人的迷狂），但它与构成真实的崇高状态相差甚远。后者需要一种强大的主体间性（*inter*subjectivity），一种通过演说或文本的穿透性语言在不同心灵之间传递的高度意识。因此，想要认识到崇高如何运作，我们需要能证明在我们自身的狂喜之外的东西：我们需要接受并意识到一种交流行为，在这种行为中，一个人关于伟大事物的概念能在接触到这一概念的其他人心灵中产生"回声"（改编自朗吉努斯本人最具说服力的比喻之一）。②

[334]无论"主体间性"看起来多么矛盾，作为崇高与心灵连接的能力，它仍是朗吉努斯的论述中一个不可或缺的前提。即使朗吉努斯表现出偏爱引人注目的大胆修辞手法，甚至将崇高的运作描述为一种心理上的逼迫（compulsion）、强力（force）甚至暴力，即使在这样的时候情况也是如此。为此，朗吉努斯不仅在上文引用的《论崇高》1.4中使用了名词 βία［强力］，而且在《论崇高》第12章中的一个类似段落中，将德谟斯梯尼（Demosthenes）狂热的宏伟形象视觉化（visualize）为一团炙热的、毁灭性的烈火，这团烈火可以"燃烧和毁灭一切"（καίειν τε ἄμα καὶ διαρπάζειν，《论崇高》12.4）；③同样在这段话中，朗吉努斯再次运用了他的"霹雳"比喻，用ekplêsis［惊恐］来描述演说家激烈的情感如何对听

---

① ［原注13］ἐξεστηκότες πρὸς οὐκ ἐξεστηκότας，《论崇高》3.5。参《论崇高》3.2对那些"在自己看来［或认为自己］处于受感应/附身状态（ἐνθουσιᾶν）的人的描述"，这一表述表明信念的"真诚"不足以达到崇高的境界，还需要真实性（恰当类型的思想和感觉）。

② ［原注14］见《论崇高》9.2，"崇高感是心灵伟大的回响"（ὕψος μεγαλοφροσύνης ἀπήχημα）。参下文原页356—359。

③ ［原注15］参《论崇高》33.5：品达和索福克勒斯有时"会用他们的冲劲点燃一切"，πάντα ἐπιφλέγουσι τῇ φορᾷ，此处的形象暗示的是风掀起火势的图景。评论家们没能注意到，此处的动词 ἐπιφλέγειν［点燃］可能（在下意识地？）呼应品达自己在《奥林匹亚凯歌》9.22中的措辞，"［我就是］用灼热炫目的歌声点燃城邦［的诗人］"（πόλιν/μαλεραῖς ἐπιφλέγων ἀοιδαῖς）。

众产生影响（ἐκπλήττειν，《论崇高》12.5）。德谟斯梯尼再次成了主题，"惊恐"这个词也相应地再次出现在《论崇高》第22章的某一节中；在那里，朗吉努斯使用错位语法（语序倒装），描述了对德谟斯梯尼式特殊语句的体验，使之听起来有点像危险地攀登悬崖，甚至是垂直地爬过峭壁。朗吉努斯说，演说家在此途中"拖着"或"拉着"听众（συνεπισπώμενος），让他们充满了对语句可能发生崩塌的"恐惧"，"迫使"他们（συναναγκάσας）与演说者"共同患难"，并最终对演说者带领他们前往终点的方式感到"震惊"（另一个关于惊恐的例子，《论崇高》22.3-4）。[①]我们在这里看到了朗吉努斯本人的过度精湛的语言技巧，他总是将［335］个别句子的体验用如此生动的术语表达出来；但这里也有一些特殊的隐喻，它们既能引人联想，又能避免被还原为单一的、明确的形象。

在《论崇高》1.4和12.4的基础上，人们可能还会想知道，到底什么是崇高有能力破坏或"毁灭"的东西。[②]笔者以为，回答这个问题需要我们认识到朗吉努斯的表述中存在着一种凝练的思想。崇高本身并不毁灭任何东西，人们推测它是一种令人激动的能量，它类似于伟大的自然力（霹雳、烈焰以及类似的力量），其潜在的破坏力本身就可以成为观察者（他们充分脱离了直接的危险）兴奋和敬畏之情的来源。这是我们所要记住的关于崇高的"可怕之处"，笔者将在之后回到这个主题。而笔者的当务之急是要强调，刚才引

---

① ［原注16］德摩斯忒涅本人只用了一次相对罕见的动词συνεπισπᾶσθαι［一起朝某个方向拉］（19.224：注意与恐惧之间的联系），这是出于巧合，还是说某种程度上支持了朗吉努斯的想法？笔者认为，《论崇高》22.3-4中对跨越危险高地的描述，可能源于德摩斯忒涅对崇高的描写，ἀπότομος［高耸］，即《论崇高》12.4 中如悬崖一样"陡峭"（参《论崇高》39.4）。关于"危险"和崇高的险境（perils of sublimity），参von Staden, 2000: 371-372；对于更早的文学中出现的风险或危机的隐喻，见阿里斯托芬《蛙》行99（欧里庇得斯的大胆用词：[τι παρακεκινδυνευμένον]），以及第三章原页103-104，Hunter, 2009: 9-32；还有 Demetr. *Eloc.* 80, 85, 98 等（相比朗吉努斯，他更不欣赏这种承担风险的行为），以及 Roberts 1902: 287-288. s.v. κινδυνώδης［冒险］。

② ［原注17］对比动词διαφορεῖν（撕碎，《论崇高》1.4），与διαρπάζειν（"摧毁"或"破坏"，《论崇高》12.4），这两个例子里都有霹雳的比喻。

用的那些段落及其类似段落无疑表明，朗吉努斯声称崇高带来的迷狂是一种心理上的强迫、一种不由自主的服从。

这对崇高的（非）理性特征，或对它与迷狂和真实之间的价值对比关系有什么影响？笔者认为，心理上的"强迫"与崇高影响体验者心灵的两种完全不同范式中的任何一种都一致：其一涉及改变心灵的外部施动性（一种类似于药剂、巫术或神灵附体的精神力量），其二是源自心灵自身内部结构和属性的过程，包括其认知能力。这些范式都存在于词汇和主题元素中，后者支撑着古希腊关于诗歌和修辞对受众意识影响的概念。但正如本书前几章以各种方式表明的那样，这两种范式之间的区别在实践中很容易混淆，部分是由于语义原因（通常很难区分关键术语的字面含义、隐喻和半隐喻的含义），部分是由于心理原因：一种精神上的施动力只有在它能锁定于（lock onto）心灵或灵魂正在运作的部件（components）时才有效；而心灵自身的动力［336］首先表现于它如何反应诗歌或修辞语言包含的外部"刺激"（图像、叙述、观念和情感）。

鉴于朗吉努斯对早期希腊修辞诗歌批评中大部分内容的继承、改编和不断重估（他自己将这一传统精炼为"话语判断"的集体活动，ἡ τῶν λόγων κϱόσις，《论崇高》6.1①），我们不应该对以下这点感到非常惊讶：他对 hupsos［崇高］影响心灵的解释具有一定程度的复杂性和不稳定性。毫无疑问，在某些地方，该论著表面上忠于这种影响的精神模式，这就是刚刚已经考虑过的霹雳或烈焰等"强迫"力量意象，并且他的词汇中还有其他要素似乎也指向这一方向。②

---

　　① ［原注18］κϱίσις ποιημάτων（诗的评判），参 Dion. Thrax，*Gramm.* 1.1.6；即使此处的意义还有待讨论（见 Schenkeveld, 1993: 264 注释2），菲洛德穆还是在有关诗歌的批评中使用了类似的短语，如菲洛德穆《论诗》1.27.18–19、1.30.6–7、5.29.9–10。关于希腊语中有关"评判"（judgement）的词汇用法，见第三章原注10，第六章原注106。

　　② ［原注19］(ϰατα)ϰηλεῖν（使……着迷），见《论崇高》30.1、39.3；有关荷马与柏拉图的先例，参第二章原注19，第四章页196–197。关于"药物"或"解药"相关语词的论述，参下文原页365。

不过，尽管朗吉努斯喜欢用一种不可抗拒的力量来描述崇高的效果，且这种力量从外部强加给心灵（甚至自相矛盾到了"奴役"心灵的地步，《论崇高》15.9），[1]但笔者想论证的是，朗吉努斯离支持一种充分发展的精神模式还有一段距离，如我们在高尔吉亚对语言"巫术"的描述中发现的那种精神模式。[2]尤其是，关于心灵对崇高性的反应，笔者认为我们不应认为朗吉努斯采取了一种非认知论（cognitivist）或反认知主义的解释。[337] 恰恰相反，他在处理语言时累积的要点（thrust）决定性地导致了一个认知论的崇高模式，在这一模式中，思想和情感紧密地结合在一起运作，两者都专注于朗吉努斯眼中现实的永久特征（因此触及了一种"真实"）。崇高的"强迫"是一种心灵本身热情追求并拥抱的体验。

《论崇高》第39章在音乐与语言表达之间展开的交织比较和对比（《论崇高》39.1–3）支持了这一论题。这段话构成了序曲，引出朗吉努斯针对"创作"（σύνθεσις）或组织文字（word-arrangement）——作为五个最丰富的崇高来源之一——所展开的讨论。就像包括哈利卡纳索斯的狄奥尼索斯在内的其他修辞学家一样，他认为话语在这一方面具有准音乐地位；也就是说，它是一种harmonia［和谐音］。这个词在此处的意思更像是"旋律线"和"富有韵律的句子划分"，而非现代音乐意义上的"和声"，尽管译者们

---

① ［原注20］崇高的 δουλοῦν［奴役］思想是一种矛盾修辞（oxymoron），因为对朗吉努斯而言，心灵任何卑躬屈膝的状态都与崇高相矛盾：见《论崇高》9.3，以及参《论崇高》44.4（朗吉努斯的哲人好友）、44.9。

② ［原注21］Carchia, 1990: 105–109 发现，朗吉努斯和高尔吉亚的观点关系密切。虽然笔者同意，朗吉努斯的崇高不是一个"世俗化"（secularized）的概念，因为其中有一个重要的柏拉图式部分（同上页107–13），但笔者无法接受该论著中的高尔吉亚面相。《论崇高》3.2（对伪迷狂［pseudo-ecstasy］更广泛的批判的一部分：见上文原页333–334）赞成贬低修辞学家夸夸其谈的倾向，这表明朗吉努斯不可能认为高尔吉亚是自己的模范先驱。Porter, 1993: 267–268 提醒我们注意朗吉努斯和高尔吉亚在用词的相似性，但他抹去了两个关键的区别：朗吉努斯没有看到"迷狂"与真实之间的张力，这一点不像高尔吉亚，但他的确描绘出了迷狂和"劝服"（persuasion）之间的区别，这一点同样不像高尔吉亚；见上文原页329–330以及下文原页337–339。

经常倾向于后者。①这促使朗吉努斯将器乐本身视为文字创作的类似之物。他首先似乎承认器乐的力量，认为其中包含了崇高本身的可能性。

朗吉努斯说，和谐音"从本质上来说是一种说服和愉悦的奇妙乐器，而且也是一种夸张（grandiloquence［？］）和情感的乐器"；②虽然我们并不确定传播了这一表述的文本是什么，但它仍让我们想起了《论崇高》第1章中对崇高的一般描述（上文原页330），尽管我们应该注意到"不是劝说而是迷狂"（《论崇高》1.4）和"不仅是劝说……"之间的区别。通过引用（可以想象这来自朗吉努斯对柏拉图的解读而非亲身体验）与科律班忒斯（Corybantic）仪式相关、引发强烈情感的阿夫洛斯管（aulos）音乐，朗吉努斯加强了音乐上的类比，这种音乐使其听者"可以说失去了理智，充满了科律班忒斯式的狂乱"（οἷον ἔκφρονας καὶ κορυβαντιαμοῦ πλήρεις），［338］并对他们进行一种有节奏的强迫（ἀναγκάζειν）。③

初看起来，如果从目前传统的参照点（conventional point of reference）来看，这种强调似乎在令人迷狂的音乐与一种由言语引起的、关于崇高的迷狂之间建立了思想纽带。但在几乎还没有提出这一比较时，朗吉努斯就显示出要修正它的迹象——这种矛盾的印

---

① ［原注22］在朗吉努斯有关音乐的不同类比中（《论崇高》28.1-2），术语 harmonia 指的更像是"垂直"（vertical）和声；参 Russell, 1964: 147-148，West, 1992: 206。同样，《论崇高》39.2 中描述里拉琴音乐的术语 sumphônia［协调之音］也是如此。

［译按］和声通常可分为垂直和声（多个音符同时演奏）和水平和声（多个音符按照特定音程关系连续演奏）。

② ［原注23］οὐ μόνον ἐστὶ πειθοῦς καὶ ἡδονῆς ἡ ἁρμονία, φυσικὸν ἀνθρώποις, ἀλλὰ καὶ μεγαληγορίας καὶ πάθους θαυμαστόν τι ὄργανον（《论崇高》39.1）。Russell, 1968: 47 以及 Mazzucchi, 1992: 104 都刊印了 Toll 校订的 μεγαληγορίας［夸夸其谈］（关于污损的 μετ᾽ ἐλευθερίας［自由地］的解读），尽管这一读法绝非确凿无疑。

③ ［原注24］《论崇高》39.2。比较柏拉图《伊翁》533e-534a 及 536c 中苏格拉底描述诗歌灵感时所作的科律班忒斯（Corybantic）类比；更详细的讨论参 Murray, 1996: 115。

象由于这个非常复杂的冗长单句（长达179个单词！）得到了增强，在这句话中他得以展开类比，但接着又返回其本身。[①]朗吉努斯把里拉琴音乐和阿夫洛斯管音乐并列，他将前者的声音描述为"毫无意义"（*οὐδὲν πλῶς σημαίνοντες*），承认它们可以产生一种"奇妙的着魔"（*θαυμαστόν ... θέλγητρον*），却又总结说它们是"仿制品以及说服的不正当（illegitimate）替代品"（*εἴδωλα καὶ μιμήματα νόθα ... πειθοῦς*，《论崇高》39.3）。另一方面，文字创作的harmonia［和谐音］使用语言，从而"恰恰触动灵魂，而不仅仅［即与音乐不同］触动听觉"；它唤起了"对文字、思想、事物、美和悦耳（mellifluousness）的不同概念"（*ποικίλας κινοῦσαν ἰδέας ὀνομάτων νοήσεων πραγμάτων κάλλους εὐμελείας*）；它吸引听众分享演说者的情感；它将伟大建立在不断变高的语言大厦中（*τῇ τε τῶν λέξεων ἐποικοδομήσει τὰ μεγέθη συναρμόζουσαν*）；它在所有这些方面都让我们着迷（*κηλεῖν*），将我们提升到崇高的层次，并以各种方式"控制我们的思想过程"或我们的"反思能力"（*παντοίως ἡμῶν τῆς διανοίας ἐπικρατοῦσαν*）。[②]

［339］我们可以从几个角度来分析这段话中包含的复杂思想脉络。笔者自己的关注点要强调的是：如果朗吉努斯着实赞同一种纯粹由外部精神施动性所引起的崇高迷狂模式，他就没有理由不把他赋予文字艺术的崇高力量同样赋予音乐。朗吉努斯之所以不这样做，

----

① ［原注25］关于该句（转为疑问句）的结构，以及一种将之译成八个英语句子的译法，见Russell, 1964: 173；参Matelli, 1987: 176–177。

② ［原注26］在本章（《论崇高》39.4）的其余部分，朗吉努斯继续分析了一句德摩斯特涅的harmonia［和谐乐音］，方法是将表达的重要性归为韵律本身（尽管该技术细节仍然令人困惑：Russell, 1964: 175，Mazzucchi, 1992: 275–276）。注意他所说的"雄辩术源自有节奏的措辞，正如它产生自思想一样"（*αὐτῆς τῆς διανοίας οὐκ ἔλαττον τῇ ἁρμονίᾳ πεφώνηται*，Donadi, 2005: 369是对该句的误译），并且他观察到伴随着句子节奏的某种变化，"意思相同，但影响不再相同"（*τὸ αὐτὸ σημαίνει, οὐτὸ αὐτὸ δὲ ἔτι προσπίπτει*）。这有助于说明朗吉努斯为什么首先被音乐的类比所吸引，并证实他在自身立场上存在一些模糊性，尽管以下这一点十分肯定：朗吉努斯认为口头节律在本质上与语义内容相互作用，"有节奏的措辞与崇高产生共鸣"（*ἡ ἁρμονία τῷ ὕψει συνηχεῖ*）。

原因在于上一段的转述句子所具有的复杂辩证关系。很明显，朗吉努斯确实承认，至少在某些类型的音乐中存在一种情感力量（从《论崇高》39.3直接提到玻斯图米乌斯·忒伦提阿努斯［Postumius Terentianus］的情况来看，也许部分是考虑到这位收信人的利益［译按：此人生平不详］）。朗吉努斯甚至一开始（initial）做出了一个或许有些模棱两可的姿态，那就是：看到音乐引起高昂（"科律班忒斯的"）心灵状态的能力与崇高存在某种相似性。然而，朗吉努斯从根本上改变了这一姿态，因为他在音乐中看不出任何可认知的内容，音乐也无法唤起"文字、思想和事物的概念"。朗吉努斯称音乐的声音为"仿制品和不合法的说服替代品"，至少部分是这个意思，即，如果一个人感到他被一段音乐"说服"，他将无法说出它说服了他（相信了）什么。但这对音乐的"情感"（pathos［感染力］）也具有重要的影响。音乐没有任何确定的内容，只有（朗吉努斯似乎如此认为）一种情绪或氛围的模糊感觉。[①]

相比之下，通过伟大作品的文字创作表达的感染力体现在一系列从句中，这些从句暗示朗吉努斯否认音乐的两个崇高特征（笔者之后将回过来讨论这两个特征）：首先，它将思想因素和情感因素带入彼此之间的重要关系；其次，它需要从一个心灵到另一个心灵的真正交流（这种交流被称作情感参与，即μετουσία，《论崇高》39.3）。这两点都与对悦耳作品的最终描述的解释有关，即悦耳的作品"控制我们的思想过程"（παντοίως ἡμῶν τῆς διανοίας ἐπικρατοῦσαν）。这里涉及的"控制"［340］在品质上与各种音乐的"科律班忒斯式"狂乱或"着魔"截然不同。对朗吉努斯来说，后者是一种非认知影响（他甚至认为仅仅是"独自聆听"的问题，尽管这让人很难看出它们怎么会被称为pathos［感染力］），而语言中的崇高部分则涉及思考

---

① ［原注27］关于科律班忒斯，朗吉努斯已在《论崇高》5.1用动词κορυβαντιᾶν［跳科律班忒斯舞］表示一种轻蔑的隐喻——针对他同时代的人们寻求新奇事物的"狂热"：尽管这两段文字在不同的层面，但前一个用法暗示了对科律班忒斯式体验的观念（字面或隐喻意义上）缺少深层的尊重。关于《论崇高》39.1–3与音乐进行对比的不同解读，见Walsh, 1988: 254–257。

或反思的心灵（διάνοια）。① 这反过来又影响到我们应该如何解释崇高
对心灵的"控制"：无论朗吉努斯本人如何偏爱暴力的夸张形象，这
都不仅是强加于人的精神力量，而是由一种强大表现力所强烈唤起
和提升的其他心灵的思想和情感，通过作者将他的心灵注入其言辞
之中，这种表现力得以诞生。

《论崇高》第7章中的一个重要表述进一步证明，朗吉努斯崇高
的迷狂不该理解为一种非理性的"占有"，即，检验一篇作品真正
hupsos［崇高］的标准在于，它是否能给人留下超越聆听或阅读的
直接体验的、更持久的认知印象。这段话的语言值得密切关注。首
先，此处谈论的是一种转化的充盈（plenitude），这种充盈通过与
崇高的直接接触而产生：灵魂在一种升华和扩张中充满（πληροῦται）
了喜悦和自豪，"仿佛它自己生出了它所听到的东西"（ὡς αὐτὴ
γεννήσασα ὅπερ ἤκουσεν，《论崇高》7.3）。

在笔者的论证中，这一著名的洞察（aperçu）肯定带有柏拉
图《会饮》中狄奥提玛（Diotima）关于灵魂"怀孕"之描述的内涵
（同时也预示了尼采的原则，即"艺术作品的效用是唤起创造艺术的
心灵状态"），② 它展现了作者如何最引人注目地唤起崇高的狂喜。但

---

① ［原注28］见下文原页343-344讨论朗吉努斯对 διάνοια［思考］的使用，另
外请注意，这一语词的用法包含了生动的想象：参《论崇高》14.2，"在心灵中勾勒
出一幕场景"（τῇ διανοίᾳ προσυπογράφειν）。对"独自的聆听"（τῆς ἀκοῆς μόνης）的这一解
释需要与"那个灵魂本身"（the very soul）进行对比，尽管这在音乐的怜悯（pathos）
方面创造了悖论，而且《论崇高》7.3有这样一个短句"只在聆听的整个过程中"
（μόνης τῆς ἀκοῆς）；见下文原页341-342，另参Russell, 1964: 85。

② ［原注29］尼采的这一论点（die Wirkung der Kunstwerk ist die *Erregung des
kunstschaffendes Zustandes*：强调为尼采本人所加）见1888的笔记：Nietzsche, 1988:
xiii 241；另参：von Reibnitz, 1992: 14讨论了尼采早先对《论崇高》表现出的兴趣。
另一个类似的例子是托尔斯泰的艺术"感染"（infection）理论（《什么是艺术？》
［*What is Art?*］，最早出版于1898年）："这位接受者……与艺术家的情感如此地融洽，
以至于他觉得这件作品好像是他自己的"，Tolstoy, 1930: 228；讽刺的是，同样的想
法也出现在托尔斯泰本人出于别的原因批评的马拉美（Mallarmé）的文章中，马拉美
说到"相信他们正在从事创造所带来的喜悦之情"（cette joie délicieuse de croire qu'ils

这［341］被表述为一个过程（这一点很有说服力），其中涉及的不是丧失自我，而是灵魂内在潜力的实现或完成；尽管这由另一个人的话语激发，但它给听者的心灵状态带来了充满活力的准创造性的转变。这一点为朗吉努斯接下来的主张所证实，即"真正的崇高"倾向于提供一种持久的意义之满溢（surplus of meaning），并为永久性的重新反思提供了材料。可以说，这就是朗吉努斯的崇高概念的内在特点，即"要求重读"——这一表达改编自他的一位最狂热的现代崇拜者的表述。① 因此，在体验的瞬间和对心灵造成的持久印象中，崇高的心理学都可以说富有成效。

此外，尽管朗吉努斯强调，崇高影响的强力不会随着重复的认识而减弱，但他关于崇高的持久印象的概念并不限于重复首次经验。他对真正的崇高的"检验"不止于此，他要求一种意义的丰富性，"为心灵的反思留下比实际所说的更多材料，以供重新思考"（ἐγκαταλείπη τῇ διανοίᾳ πλεῖον τοῦ λεγομένου τὸ ἀναθεωρούμενον）。② 对朗吉努斯来说，笔者所说的这种"意义之盈溢"以及它所创造出的"不可磨灭的记忆"，毫无疑问将崇高确立为一种具有广泛认知影响的写作品质。随着时间的推移，对崇高的体验在心灵中扩展，这种体验不仅是为了重复它自身，也是为了逐渐接近沉思（［342］表示为这段话中的动词 ἀναθεωρεῖν［仔细地审查］和名词 ἀναθεώρησις［仔

---

créent），同上第158页。关于朗吉努斯富有创造力的"分娩"概念，γεννᾶν（或"产生"），参《论崇高》9.1 的"怀胎"（ἐγκύμων），心灵对伟大的接受力（以及 13.2 中的德尔斐形象）：朗吉努斯从未引用柏拉图的《会饮》，但此处以及《论崇高》7.2 都与狄奥提玛的讲辞有着无可否认的联系（《会饮》205b–209e）。关于其他人对 γεννᾶν［产生］一词的使用，参第五章原注2，第六章原注154。

　① ［原注30］见 Bloom, 1994: 30 定义的"正典"，对他而言，"正典"实际上就是"崇高"的同义词，参本章原注79。

　② ［原注31］《论崇高》7.3：从句法和语义（参随后句子中的 ἀναθεώρησις［仔细的审查］）上看，τὸ ἀναθεωρούμενον［再次思考］都不太可能是 ἐγκαταλείπη［留下］的主语，如 Donadi, 2005: 147 的译法，倒不如说前者是后者的宾语。关于 διάνοια［思考］一词的重要含义，见上文原页 340 以及下文原页 343–344。

细的审查〕），以及为了发掘比文字的表面（prima-facie）感受更深的意义。

《论崇高》第7章的证据表明，虽然该论著中有一部分强调了与崇高接触的转变时刻，但朗吉努斯并没有把这种迷狂的影响设想为一种自足的模式，即体验诗人和其他作家所表达的心灵之伟大。此外，我们可以从这一节的习语（灵魂的"提升""充盈""生产"并被卷入一个沉思的扩展过程）中看到，在朗吉努斯的崇高中必不可少的是，去激活和刺激心灵不受束缚、自我生产的可能性，而不是像这一概念在18世纪（以及更晚近）的一些版本那样，让心灵意识到它自己的局限性，这一点将在后面关于朗吉努斯和伯克（Edmund Burke）的对比中得到说明。即使对康德而言，崇高也是使心灵能欣赏到一些关于其自身理性能力的东西，他用崇高的体验来克服思想或想象的极限，因而在其中诊断出一种被他称为"消极愉悦"的因素：当心灵试图想象或把握超出其理解范围的事物时，它同时经历了提升和挫败，无论是"数"的崇高形式（涉及关于难以理解之量级的观念）还是"力"的崇高形式（考虑到关于自然的巨大力量的观念）。[①]与此相反，与现代的其他崇高概念相比，这种崇高意味着一定程度的认知失败或不足，朗吉努斯的hupsos〔崇高〕确实带来了这样的承诺：实现并扩大心灵自身的潜力。它通过一种消除限制或超越限制的感知来运作，而不是与置于思想道路上的障碍物相对抗。[②]

---

① ［原注32］康德在《判断力批判》（*The Critique of Judgement*）§§23–29中的论述：关于"消极愉悦"（"消极渴望"），见§23，Kant, 1913: 245，译文见Kant, 2000: 129。对康德而言，崇高"只存在于心灵中"（"Also ist die Erhabenheit...nur in unserem Gemüteenthalten"，采取现代拼写），§28，Kant, 1913: 264, 2000: 147。相关概念见Guyer的导论，Kant, 2000: pp.xxx–xxxii。Murdoch, 1997: 206–214对康德的崇高概念作了一些简短而深入的评论。

② ［原注33］关于崇高包含"认知错误"（cognitive failure）的若干版本，易于参阅的材料见Forsey, 2007: 381–382。

二 形而上学、实在论、想象力：崇高的复杂真实

[343]如果说，朗吉努斯的崇高模式包含了一种处于心灵的"认知"和"情感力量"之间的转化性（transformative）迷狂，那么，要确定什么样的认知内容可能属于崇高的体验，则仍是一个具有挑战性的问题，而阐明什么才是"真实"的状态更要复杂得多。在这篇论著提出的论据中，真实的价值扮演了不可简化的复杂角色。我们可以通过上面提到的《论崇高》第7章和第35章之间的一个具体联系节点来理解这种复杂性。

《论崇高》第35章非常重要，朗吉努斯在那里将最伟大的作家描述为 ἰσόθεοι（"半神们"或"与诸神平等"），因为他们拥有对现实的宏大视野。此章包含了一些与人类"观察"宇宙的能力有关的哲学常识（甚至，在一个与柏拉图《斐德若》中的神话有共鸣的主题中，人们普遍忽视了一种在思想上进入宇宙外的领域的能力）；朗吉努斯的独创性在于，他将这些思想编织成了一个价值体系，其中心不是抽象的理论，而是对伟大"文学"（特别是诗歌和演说）的体验，而且它使人可以在某种程度上拥有对自然现象（如河流、海洋、夜空和火山）更普遍的准审美（quasi-aesthetic）体验（《论崇高》35.4）。① 朗吉努斯宣称"即使是整个宇宙也不足以满足心灵沉思的范围，我们的设想总是会超越宇宙的界限"（τῇ θεωρίᾳ καὶ διανοίᾳ τῆς ἀνθρωπίνης ἐπιβολῆς οὐδ ὁ σύμπας κόσμος ἀρκεῖ, ἀλλὰ καὶ τοὺς τοῦ περιέχοντος πολλάκις ὅρους ἐκβαίνουσιν

① ［原注34］关于《论崇高》第35章中的哲学常识，见Mazzucchi, 1992: 261-264, Russell, 1964: 165-166；但他们都并未声称，朗吉努斯将母题转移到崇高的写作模式上乃是一种大胆之举，他们也没能举出柏拉图《斐德若》中关于神圣灵魂升华为永恒存在的"天穹之上的"（ὑπερουράνιος）形象（《斐德若》247c，参248a）。《斐德若》中的这些段落，连同其中的骑术意象，可能存在于朗吉努斯心灵深处，在《论崇高》9.5，他如此评论《伊利亚特》5.770-772：诸神的骏马潜在地拥有超越寰宇（extra-cosmic）的步伐。详见下文原页353和367对《论崇高》第35章的解释。

ai ἐπίνοιαι），①这就将准哲学的［344］沉思或静观（theôria）与关乎"心灵"或"思想"（dianoia：此处指的是深刻的反思性智慧）的词汇结合起来；这与柏拉图《理想国》的一个关键段落十分相似，那里将哲学描述为"沉思所有时间和所有存在"，可以确定的是，朗吉努斯在这一章节中（至少是下意识地）回忆了这段话。②

theôria 和 dianoia 这两个词在《论崇高》中共同出现于另一处，即《论崇高》第7章中关于真正的崇高如何"为心灵的反思留下比实际所说的更多材料，以供重新思考"（上文原页341）。而由于《论崇高》第35章将所有符合朗吉努斯标准的杰出作家（与柏拉图一样的荷马或德谟斯梯尼）都视为准哲学意义上的远见之士（visionaries，他问道：*τί ποτ᾽ οὖν εἶδον οἱ ἰσόθεοι ἐκεῖνοι …;*［他们看到的是什么？］，《论崇高》35.2）——他们典范性地表述了人类对伟大的向往，因此，初看起来，我们有理由将《论崇高》第7章中赋予崇高写作的无尽"意义之盈溢"视为一种品质，该品质本身必须将心灵引向形而上学意义上的真实层面。

然而，显然有人对这种推断提出了反对意见。在这部著作所引用的 hupsos［崇高］的具体例子中，只有少数几个具有明显的形而上学内容或方向。它们中大多数都与自然、历史、政治、军事或心理主题有关。因此，我们不能直接说，绝大多数崇高的作品都直接

---

① ［原注35］《论崇高》35.3中的 *διόπερ κτλ* 的文本尚有疑问；Russell 和 Mazzucchi 给出了 Ruhnken 校勘的不同版本。但在主要语词上没有疑问。指宇宙边界的 *τοὑστοῦ περιέχοντος … ὅρους*，被 Russell, 1972: 404 的翻译曲解了（"我们的环境"），Porter, 2001: 65 又将此误解为（准）地理的概念。参 Roberts, 1907: 205。至少早在阿纳克萨戈拉（Anaxagoras B2，B14 DK）那里，就有用 *τὸ περιέχον* 指称宇宙以外的区域，甚至还可以追溯到阿纳克西曼德（Anaximander）：见 Taylor, 1928: 86。

② ［原注36］柏拉图《理想国》486a8–9，此处文本的不确定性并不影响笔者的论点。可以从《论崇高》39.2与《理想国》486a5–6之间的双重联系（大小事务的对比，以及动词 *ἐπορέγεσθαι*［提高］）证明，朗吉努斯会回想起这段文字，从而受到影响；参 Mazzucchi, 1992: 261。不过要注意的是，在柏拉图那里，苏格拉底指出人的生命作为一个整体很难被视作 *μέγα τι*［伟大之物］，朗吉努斯并不十分认同这一观点。关于朗吉努斯与柏拉图之间的普遍联系，参 Innes, 2002: 259–269。

向听众或读者传达形而上学的真实。事实上，当朗吉努斯本人谈到与崇高有关的"真实"时，他有时也会将现实主义或自然主义的要素置于前面，而这些要素与想象中的（visionary）形而上学领域相去甚远。［345］显然，朗吉努斯对《伊利亚特》的判断是这样的：这部作品的戏剧动态感"充满了基于现实的视觉化效果"（ταῖς ἐκ τῆς ἀληθείας φαντασίαις καταπεπυκνωμένον，字面含义上是"取自真实本身"，《论崇高》9.13）。同样，朗吉努斯用类似的措辞表明，萨福（Sappho）一贯通过选择和重组"取自真实本身"（ἐκ τῆς ἀληθείας αὐτῆς，《论崇高》10.1）的心理和生理征候来描绘爱欲的疯狂。在这两种情况下，衡量"真实"的标准是生动的直接性（immediacy）和生活经验，而不是那些奇妙和牵强的想象。可以肯定，这不是一个普通的或纪实性的现实主义问题——后者与崇高的程度和特殊表现力不相容。①

根据朗吉努斯的解读，他谈论的这些文本将那些对真实体验的敏锐感受，转化为高度专注（powerfully concentrated）、诗性昂扬（poetically heightened）的思想及感觉时刻所具有的内容。萨福对爱欲上的病态的"极端"（τὰ ἄκρα）选择（其症状的感觉"几乎被拉伸到极限"［ὑπερτεταμένα］）得到了双重强调（《论崇高》10.1、10.3）；朗吉努斯赞美她与荷马笔下的"生命之真实"，并不是为了绕开他本人的一般原则，即"技艺"始终是对自然的巧妙模拟（和娴熟的遮掩），而非原始的呈现。②尽管如此，这些文本的力量部分在于，它们忠实于可辨别的人类真实体验（"所有这些事情都发生在热恋中的

---

① ［原注37］对比 Auerbach, 1953 中（得到重新认识的）崇高与现实的结合：见 Doran, 2007 的解释。

② ［原注38］这在《论崇高》18.2 中得到了很好的说明，那里用与 9.13 和 10.1（ἀπ' αὐτῆς τῆς ἀληθείας，"取自真实本身"）类似的短语，来形容那些（在真实的生活中）被诘问之人自然生发的、情感上的坦诚，不过该表达却是在这样的语境下：他建议对这种情境进行一种德摩斯忒涅式的摹仿，即一种自发性的生动幻觉（illusion）。关于朗吉努斯的摹仿概念，参 Halliwell, 2002a: 310-312。Matelli, 2007 对该论著中的"技艺"（technê）与"自然"之间的关系进行了广泛的反思。

人身上"，《论崇高》10.3）——无论是在战场上，还是在爱欲激情的情感煎熬之中。当然，我们很难轻易将这一真实或真实性标准纳入《论崇高》第35章的形而上学视角，该视角构建自宇宙静观（cosmic spectatorship）的哲学范式和自然的宏伟壮丽。即便如此，笔者仍将论证，朗吉努斯的价值体系在不同组成部分之间确实存在一种微妙的联系。

　　[346] 如果要厘清各种真实在《论崇高》中所扮演的角色，我们还需要面对更多复杂的问题。其中有一些问题迫切地表现在朗吉努斯的《论崇高》第9章，在那里，他对荷马在《伊利亚特》的诸神纷争（theomachia）中对诸神的描绘持保留意见。对笔者而言，这段得到广泛讨论的文字之中，最重要的一点在于：直到充满钦佩地引用一个令人敬畏的伊利亚特式图景，即特洛伊平原上因诸神冲突而产生大规模灾难（连冥府本身都裂开）的威胁之后，朗吉努斯才改变想法并指出，这些图景如果不通过寓意来理解（ϰατ' ἀλληγορίαν），就会被视作"完全反宗教的"（παντάπασιν ἄϑεα）。[①] 我们既可以在这种疑虑中找到论据表面下的竞争力量，也可以在某种程度上看到，朗吉努斯决心保护荷马式描述的想象力不受字面解释者（literalist）的非议。

　　对朗吉努斯而言，在诸神之争的这些图景（这种phantasmata [心象] 几乎是一些"幻影"[apparitions]，《论崇高》9.6）[②] 中发现的思想和情感上的崇高性都不是问题；是这些图景在神学上的可取性与真实问题，促使朗吉努斯持有保留意见。我们需要寓意解读（allegoresis），这不是为了让崇高成为可能，而是为了防止崇高与另一个独立的价值检验相冲突；作为一种解释原则，寓意解读只会用在次要的或防御性的批评策略中。换言之，朗吉努斯让寓意解读的

---

　　①　[原注39]《论崇高》9.7. 参Mazzucchi, 1992: 170-171、Lombardo, 2007: 84-85. Obbink（2004: 176-178）提醒我们注意，朗吉努斯对荷马史诗中诸神的苦恼的批判与菲洛德穆《论虔敬》（*On Piety*）中有关虔敬的一段话之间存在密切的相似之处；但从《论崇高》的写作时间来看，笔者斗胆质疑Obbink，两者几乎不可能有联系。

　　②　[原注40] 见下文原页347-350，探讨《论崇高》15对phantasia的论述。

意义成为他回应诸神之战的一种附加物而非其构成部分：如果后者在人心中唤起的潜在的宇宙失序之感（"整个宇宙的动荡和分裂"，ἀνατροπὴν δὲ ὅλου καὶ διάστασιν τοῦκ ὁσμον）实际上被解码成自然主义或抽象的伦理术语，那么对朗吉努斯来说，这种唤起可能就不再是崇高的了。①

　　这部论著中的思想顺序传达了些许带有柏拉图式色彩的张力（nervousness），但也传达出作者抵制最激进的柏拉图主义者关于神性的诗意描述。[347] 事实上，《论崇高》9.6 对诸神之争充满钦佩的引述（或更准确地说是编辑过的引述），恰好包括了苏格拉底在《理想国》卷三中特意"删去"的那几句；更重要的是，该对话的一个章节早就明确拒绝将寓意解读视为对那些在宗教上存在问题的神话的一种辩护。

　　尽管在《理想国》卷三 386d 中苏格拉底不赞成《伊利亚特》20.64-65（朗吉努斯引述的最后两行），因为其中关注的是冥府的负面形象，而不是它在诸神之争中的更大背景，但后者本身在苏格拉底批评诗歌的早期阶段就已遭到明确谴责（《理想国》卷二 378b-d）；"无论是否借助讽寓意义（ἐν ὑπονοίαις）进行创作"，②苏格拉底都拒绝在他的城邦中上演荷马的诸神之争，因为他拒绝接受关于诸神之争（或诸神之战）的"不真实"叙述。换言之，朗吉努斯承认柏拉图式判断标准的合法性，但也部分拒绝该标准为一种虚构的诗歌空间腾出位置，在这个虚构空间中可以实现崇高的心理状态——

---

　　① ［原注41］早在前6世纪，利吉昂的忒阿戈尼斯（Theagenes of Rhegium，A2 DK）就对《伊利亚特》中诸神之战展开一种或两种寓意解读：见 Lanata, 1963: 104–111, Pfeiffer, 1968: 9–11, Richardson, 1975: 65–77, Feeney, 1991: 8–11, 以及 Ford, 2002: 67–89 更宽广的视角。关于古希腊寓意解读的发展，参 Russel & Konstan, 2005: pp. xiii–xxvii、Struck 2004, Obbink 2010。

　　② ［原注42］柏拉图《理想国》378d：这段话必然暗指了利吉昂的忒阿戈尼斯以及其他人的思想（前一条注释），他们直接提到年轻人不可能理解寓意解读是否存在于诗歌文本之中。但《理想国》这部分对诗歌的批判不只局限于年轻人的体验：见 Halliwell, 2002a: 50 注释32。参第四章原注28。

但他只是部分拒绝这一点，因为他接下来承认，自己对荷马笔下关于诸神不幸的描述（《论崇高》9.7）普遍感到不安。这就提出了一个更大的问题，即崇高经验与哲学理论要求之间的关系。但这至少意味着，某些崇高的事例可以独立于，或至少可以"免"受一种最重要的真理（或框架）[的影响]——哲学意义上的教义神学（doctrinal theology）——而存在。①

朗吉努斯在《论崇高》第 9 章采取了谨慎但不完整的步骤，以澄清他对《伊利亚特》中诸神战斗的形象持有何种立场，这反映了这部论著在（笔者简略表述的）迷狂与真实之间的关系上有着更大的不确定性。在《论崇高》第 15 章中我们看到一些关键问题的基本要素。在这里，朗吉努斯主张使用幻觉（phantasia），即强烈的想象或 [348]"视觉化"（也称为"εἰδωλοποιΐα"，一种在心目中勾勒出的场景）作为崇高感的主要来源。但他也对他认为属于修辞和诗歌的不同种类的幻觉进行了区分。尽管朗吉努斯追溯了修辞思想中关于生动想象的一些熟悉领域，但就笔者当下的目的而言，最重要的是我们可以从朗吉努斯的论证中窥见一股张力。②朗吉努斯一开始就说，他将诗歌视觉化的要点称为 ekplêxis [惊恐]（正如我们所见，这对他来说是 ekstasis [迷狂] 的同义词）的震撼（情感）冲击。另一方面，他将修辞视觉化的功能限制于"生动的直接性"（vivid immediacy, enargeia），他后来根据可行性（feasible）和现实性

---

①　[原注 43] 在《论崇高》1.3，朗吉努斯将"仁慈和（诚）实"（εὐεργεσίαν καὶ ἀλήθειαν）定义为诸神的属性；注意，这对应了柏拉图《理想国》379a 以下，那里批判荷马与其他诗人的原则（参本章原注 42）。但是《论崇高》9.7 例外，这些思想并未对他评判有诸神出场的崇高文本产生积极影响。

[译按] 教义神学：原指对基督教信仰的主要教义和信仰原则的系统化阐释的基督教神学，此处指某些与诸神相关联的崇高经验，一定程度上可以独立于有关这些经验的理论化阐释。

②　[原注 44] 关于修辞学传统所关注的 phantasia [幻觉]、enargeia [临场感] 等详细的信息，参 Russell, 1964: 121，Mazzucchi, 1992: 206–212，Lombardo, 2007: 92–95。在 Watson, 1988a: 66–70, 1988b: 215–216 的讨论中，phantasia 概念的背后可能有着廊下派的源头，在廊下派那里，phantasia 甚至可能将从来未见之物视觉化。

（realistic）基准（τὸ ἔμπρακτον καὶ ἐνάληθες，《论崇高》15.8）对此进行了评判。这种对比表明，人们可以认为崇高的诗歌旨在为观众创造一种迷狂的"自我迷失"或一种自我意识的转变；在这种背景下，朗吉努斯首先转向欧里庇得斯对奥瑞斯忒斯（Orestes）之疯狂的描写，也就并非偶然。

但这里有一个矛盾的暗示：诗人越是成功地视觉化并传达俄瑞斯忒斯疯狂精神状态的内在主体性，观众对崇高的体验就越接近一种疯狂。这是一个关于诗歌幻觉（phantasia）的极端例子，它检验了崇高"参与"或认同他人意识的极限。而朗吉努斯的其他一些例子，包括法厄同（Phaethon）在太阳战车上的天空之旅（《论崇高》15.3-4），也接近于人类可想象的边界。也因此，在用三位典型的雅典肃剧家为例说明诗歌的幻觉后，朗吉努斯似乎从无条件的支持中撤了出来。他说，这种幻觉表现出了一种虚构的夸张或"神话式的过度"（μυθικωτέραν ... τὴν ὑπερέκπτωσιν），并且超出了"可信"或"有说服力"（pistos）的界限（《论崇高》15.8）。①

［349］在这种情况下，朗吉努斯的焦虑部分源自在修辞中使用诗歌的极端视觉化所带来的危险。他讽刺当时的演说家们不清楚为什么只有俄瑞斯忒斯"看到"了复仇女神——因为他疯了。但朗吉努斯转而说明，即使修辞的视觉化有更大的限制，它仍可传达强有力的、激动人心的情感；而这时，他的立场显然模棱两可。据他说，有效的修辞幻觉不仅能说服而且能"奴役"听众（《论崇高》15.9），这一表述似乎回到了《论崇高》第1章中的说法，即崇高产生的是迷狂而非说服（上文原页330）。事实上，朗吉努斯不久便称赞了许佩里德斯（Hyperides）的一段话（《论崇高》15.10），②他认为那段话已

---

① ［原注45］朗吉努斯在修辞学上将"神话的过度"与现实的视觉化进行了对比，这与Σᵇᵀ荷马《伊利亚特》14.342-351中三种诗歌话语模式里的两种不谋而合（参第五章原注18）；《论崇高》15.8的μυθικωτέραν ... τὴν ὑπερέκπτωσιν对应了古注的καθ᾽ ὑπέρθεσιν ἀληθείας。

② ［译按］许佩里德斯（前389—前332年），雅典著名政治家、演说家，在其政治生涯中致力于对抗马其顿王国，并最终因此而死。

经超越了说服的界限，并让修辞的视觉化听起来更像是诗歌的幻觉。事实上，朗吉努斯还补充说，修辞的视觉化有能力遮蔽理性的论证或示范，并有力地将听众吸引到ekplêxis［惊恐］的体验中；但在该章的开题，这一点属于诗歌视觉化而非修辞视觉化的特殊标志。在提出视觉化应与有说服力的论据同时起作用后，朗吉努斯最终承认，视觉化本身具有一种心理上的推动力，它不仅可以抵抗而且可以取代说服的实际压力。朗吉努斯不确定的是，最终将这两件事结合起来是否轻而易举。①

由此，《论崇高》第15章指出，在对转化性迷狂的要求与至少某种真实之间存在着张力。朗吉努斯承认，在追求情感传递的效果时，诗歌的崇高具有一种摆脱现实束缚的积极自由，但这种自由可能导致自我生成的（self-generating）虚构，对此他也暗示了某种程度上的不安。同样，他认为有必要保护修辞的视觉化不受过度虚构的诗歌所影响；然而，我们已经看到，朗吉努斯在划出这条界线后，似乎接受了"诗歌"的视觉化动力也倾向于强行进入一种充满情感的演说术，且这种倾向并不总是徒劳无功。我们在《论崇高》第15章的论证中感受到了一种摇摆，这种思想运动将朗吉努斯同时引向和推离创造性想象力［350］的强力（potent）极端。更重要的是，该论著中有多处论证似乎反映并体现了它所分析的现象，而这里正是其中之一。朗吉努斯在该章末尾要求以更强者战胜更弱者，这既描述了他自己的思路，也描述了他在这里征引的各种演说术中的幻觉（phantasia）作用。而这样说并不是为了解决《论崇高》第15章所揭示的不确定性。

我们很容易理解为什么修辞学家急于限制想象力的视觉化，他们的目的在于，让这种视觉化与演说家们必须面对的法庭论辩或政治问题保持一致。然而理解这一点并不容易——《论崇高》第15章

---

① ［原注46］参Meijering, 1987: 25–26，71–72；她注意到《论崇高》15中存在的差异（页247注释53），但她得出结论，这种差异"似乎是相对的"，这淡化了朗吉努斯立场上的张力。

中一些不稳定的对比将迷狂与真实的关系置于何处？鉴于该章与《论崇高》第9章中《伊利亚特》和《奥德赛》的著名对比之间存在相似性，这一点就更为突出了；在那里，据说，《奥德赛》体现了从伟大到（相对的）衰落［的特质］，［这一特质］与"编织神话且令人难以信服的"（τοῖς μυϑώδεσι καὶ ἀπίστοις，《论崇高》9.13）要素有关。①略带讽刺的是，《伊利亚特》因其戏剧现实主义的品质而受到赞扬，这些品质更接近于《论崇高》第15章的定义中对幻觉的"修辞式"用法而非"诗歌式"用法，而《奥德赛》受到指责的原因（部分）在于，此书后文里存在着许多被视为典型的诗歌特征。在朗吉努斯的批评视角下，修辞和诗歌各自所需之物之间的竞争从未得到彻底解决，而在hupsos［崇高］的"真实"中，有一条线索似乎与这种竞争纠缠在一起。

到目前为止，笔者已经让大家注意到，朗吉努斯的崇高概念与"真实"的可能性之间存在三种不同的关联方式。首先，《论崇高》第35章对最伟大作家的介绍是，他们将人类在思想中容纳（甚至超越）整个宇宙的能力培养到了极致，这一观点倾向于表明崇高建立在对形而上学和哲学真实的看法上。第二，朗吉努斯对《伊利亚特》和萨福诗歌的一些评论则表明，崇高能体现并传达准确的现实主义真实，即密切忠于真实的体验形式。第三，朗吉努斯对《伊利亚特》中诸神之争的神学持有保留意见，而这意味着，崇高的某些实例可以［351］在某个层面上运作，在该层面上，想象的幻景（phantasmata）比哲学上可接受的真实标准更重要；《论崇高》第15章则表明，我们非常难以确定对崇高所带来的心灵迷狂状态有什么要求，这些要求是否始终能与"真实"的诸多条件相协调。初看起来，我们在此很难发现任何有关崇高与真实之间关系的一致立场。

为了超越这一点，我们需要更深入地分析朗吉努斯的论证中那些

___

① ［原注47］《论崇高》15.8的μυϑῶδες［具有神话特征的］（出现在μυϑικωτέραν［夸张的虚构］之后：见上文），适用于一些演说家创造的想象。关于这一术语更古老的用法，见第一章原注44，第六章原页291–294。

重要和不重要的真实种类。笔者以为，有两种真实（在很大程度上）可以置于一边。其中一种是普通的命题真实。这部论著中没有任何一处能让我们相信，一篇文章可以因为明确提出了关于世界的真实命题而变得崇高，尽管它确实告诉我们，崇高往往包含在一个单一"思想"或"直觉"（noêma，《论崇高》12.1）之中，笔者很快将回来讨论这个话题。事实上，朗吉努斯肯定会将陈述形式表达的真实归入"证明"或"论证推理"（apodeixis）的标题下——他多次提到这些真实属于修辞的一个方面，这些真实与崇高相分离，而且就他的目标而言，它们低于崇高。[①]鉴于朗吉努斯在某处评论了德谟斯梯尼如何将一个证明（apodeixis）"转换"（converts）或"调换"（transposes，μεθιστάναι）为崇高，我们有理由推断，即使一篇崇高的文章表现为一个或一系列逻辑命题（proposition）形式，这篇文章的崇高也将多于它或它们中包含的真实。[②]

我们可以确定的第二种"真实"，即复杂的"真实"，在很大程度上与《论崇高》的研究无关；这种真实可能被归入文学作品描述性、叙事性、戏剧性或主题性结构的总和。众所周知，这部论著对完整作品的组织结构或综合结构不感兴趣。弗莱（Northrop Frye）以充足的理由在亚里士多德和朗吉努斯的观点之间展开了广泛的批评对比：亚里士多德关注作品的"单一形式"，朗吉努斯将作品视为"一系列迷狂的时刻或增加恐惧的关键点"。[③]诚然，朗吉努斯认为，崇高的来源之一是［352］将精心挑选的要素组合并交织成一个单一体（ἕντισῶμα）的能力，该表达让人想起柏拉图《斐德若》中苏格拉

---

① ［原注48］《论崇高》12.2（动词 ἀποδεικνύναι［实证］界定了修辞的 pistis［可信］功能）、15.11、16.2–3。《论崇高》10.1的动词 ἀποδεικνύναι 则用于对萨福作品卓越性的总体评论。

② ［原注49］将 apodeixis［证据］转换为 hupsos［崇高］：见《论崇高》16.2，以及下文原页364–366。

③ ［原注50］Frye 1957: 326。参 Köhnken 2006: 578。

［译按］诺斯罗普·弗莱（Northrop Frye，1912—1991），加拿大文学理论家，原型批评（Archetypal criticism）创始人，代表作为《批评的剖析》。

底提出的修辞与文学的统一原则，即让话语（logos）"像一个有机体一样凝聚在一起，并且有其自己的身体"。①然而，更重要的是，这句话是在引用萨福那首情感强烈（intense）的抒情诗《他对我来说似乎是……》（φαίνεταί μοι，《萨福》残篇31，见于《莱斯博斯诗人残篇》，即 PLF［Poetarum Lesbiorum Fragmenta］）之前表述的；萨福这部作品的精巧紧凑（compactness）有助于表明，朗吉努斯在思考将事物结合成"一个单一体"（这是一个相当讽刺的短语，它涉及萨福对物体分解的描述）的问题，而从更大的范围来看，这一问题更多涉及作品肌质（texture）的紧密（density），而非结构的连贯性（cohesion）。②

《论崇高》从一开始就强调了作品中特定段落的品质优于整体作品的品质（除非像萨福的例子那样仅涉及简短的抒情诗），为此朗吉努斯特别对比了以下两个方面：一方面是崇高如霹雳般闪耀，即它如雷霆一击（coup de foudre），"瞬间展现出演说者的集中力量"；另一方面是"我们看到从整个写作结构中逐渐浮现出"（ἐκ τοῦ ὅλον τῶν λόγων ὕφους）的（修辞式）"编造"（εὕρεσις）"组合"或设计（τάξις）才能，以及"安排"材料（οἰκονομία）的才能。③这些优先事项解释了

_____

① ［原注51］见柏拉图《斐德若》264c：δεῖν πάντα λόγον ὥσπερ ζῷον συνεστά ναι σῶμά τι ἔχοντα αὑτὸν αὑτοῦ。

② ［原注52］注意，由于萨福的诗歌体现了那种情感集中的和谐感（texture），朗吉努斯使用了名词 πύκνωσις，"紧紧裹住"（packing closely together）。这与他在《论崇高》9.13描述的《伊利亚特》有关，"充满了基于真实的视觉化"，ταῖς ἐκ τῆς ἀληθείας φαντασίαις καταπεπυκνωμένον：这两个例子（上文原页344-345）对现实性（realism）的诉求都不依赖于结构上的考虑。"融为一个整体"（εἰςενότητα σύνταξις，《论崇高》11.3）重新返回前文，引用了《论崇高》10.1有关和谐感的评论。

③ ［原注53］《论崇高》1.4。Abrams, 1953: 132–138记录了这种朗吉努斯式文学的强烈（intensity）模式（单个段落的特点，而非作品整体构想上的特性）对浪漫主义批评的影响；参Abrams, 1989: 16–17。根据Hertz, 1983: 591的观点，朗吉努斯的批评所采取的做法是：肢解文学的"身体"以制成他自己作品的素材。Innes, 1995a认为，朗吉努斯的论述通过主题和图像的交织实现了自身的有机统一。也许的确如此，但这无法改变一个事实：朗吉努斯实际上忽略了被他引作例证的作品的整体结

为什么朗吉努斯没有评论诸如《伊利亚特》的设计或整体意义等问题，包括他所引用的其他篇幅较长的作品，他也没有去评论这些方面。无疑，朗吉努斯可能相信，崇高出现在包括《伊利亚特》在内一些最伟大作品中的［353］许多段落，甚至可能给作品带来一种逐渐增强的语气或气质（ethos）。①但即便在这种情况下，不论崇高的"真实"可能变成什么，它都不同于任何作品——作为人类生活或痛苦之戏剧性的统一概念——的真实。

　　然而，我们的探究还可以更进一步。在一个重要的意义上，朗吉努斯式的崇高的真实可能与某些作品的"全部真实"不相容（尽管这些作品被评价为充满了hupsos［崇高］）。尤其在于，许多希腊人认为《伊利亚特》是一部肃剧作品——它在叙事和主题的整体性上为人类的存在提供了一种可信的悲观主义前景。而与后来的一些崇高的形式（versions）不同，朗吉努斯的崇高本身断然反对肃剧。根据《论崇高》第35章，这种崇高观肯定了人类心灵具有神样的、创造的潜力，并将其视为那种宇宙"旁观行为"的实现，而自然正通过这一实现过程使我们得以存在；在情感层面上，它为某些（尽管不是全部）特定类型的恐惧留有位置，却丝毫没有为怜悯留有一席之地，朗吉努斯显然认为这是一种"低级"的情感。②由于朗吉努

构。Porter, 2001: 67, 81-84将朗吉努斯文本的碎片化与一种更宽广的洞察力联系起来（"探查遗留之物"），这种洞察力关乎早期希腊文化的状态：残存的岌岌可危，且部分已遭到"毁灭"。

　　①　［原注54］因此，短语 ὅλον τὸ σωμάτιον（"［即《伊利亚特》的］整体"，《论崇高》9.13），指的是作品的总体风气（ethos）或氛围，而非结构或主题上的统一。《论崇高》40.1有一个身体的类比，说明"有机的"（organic）结构并非作品的结构，而是个别句子的结构。关于这些词汇在修辞学文本中的各种用法，参Heath, 1989: 97-101。

　　②　［原注55］《论崇高》8.2把"怜悯、痛苦和忧惧的情感类型"（οἶκτοιλῦπαι φόβοι）归为"低级"或"庸俗"（ταπεινά），与崇高相去甚远；参《论崇高》11.2中 οἶκτοι［怜悯］与hupsos［崇高］之间的分裂，并请注意《奥德赛》中的"悲痛与怜悯"（τὰς ὀλοφύρσεις καὶ τοὺς οἴκτους）场景至少与荷马日渐衰微的影响力有着（至少是间接的）联系（《论崇高》9.12）。有一种恐惧或恐怖（δέος, τὸ φοβερόν）能够引起崇高感

斯没有提出任何理由反驳这一点，即《伊利亚特》整体上属于一部阴暗悲观的作品，所以我们可以认为，他在这部作品中发现的崇高时刻必须与该作品的整体意义分离。

　　[354]笔者认为，人们还没有充分认识这一点的影响。根据朗吉努斯对崇高的理解，它完全可以在独立于，乃至抵制以下内容的情况下运作：一首诗、一场演说或一些其他大型创作的更广泛特征。这种可能性与以下事实有关：对朗吉努斯而言，崇高似乎不受任何体裁的限制，它可以置于史诗、教谕诗、抒情诗（包括独唱与合唱）、短长格诗、肃剧、演说、史书、哲学作品之中，甚至至少偶尔可以置于谐剧之中。①构成或区分体裁的许多东西（形式惯例、典型主题、人物类型和文体风格）本身可能都不是决定崇高何时或如何产生的因素，而崇高是一种最卓越的话语（logos），它有能力传达一种"迷狂"或意识转变（《论崇高》1.3–4）。在很大程度上，崇高具有一种自主的能量，它不受体裁范围和更大组织原则的

（尤见《论崇高》10.5–6、34.4），但前提是它有利于提振"英雄般的"感受。见Innes, 1995b。关于朗吉努斯的肃剧观，包括对其论著中肃剧"超越怜悯"的概念的追索，参Halliwell, 2005a: 409–411。注意朗吉努斯如何在15.3中将形容词 τραγικός［肃剧的］视作"崇高"的近义词，他含蓄地将之与引人怜悯之物联系起来；重要的是，他援引了欧里庇得斯的《法厄同》（Phaethon），但并不意在展示击溃了这位年轻英雄的灾祸，而是要表现他满怀跨越天际的抱负；关于剧中信使发言时所处的位置（朗吉努斯的引用从该处开始），见Diggle, 1970: 41–42, Collard, 1995: 201。有一个较晚出现的"崇高"概念，该崇高概念对肃剧持完全热情友好态度——这一版本来自叔本华（尽管他反过来否认［引起］恐惧可能是肃剧的最终目的）：见Schopenhauer, 1988: ii.503–504, iv. 516, 译文依次见Schopenhauer, 1966: ii. 433, 1974: ii. 600。

　　①［原注56］《论崇高》40.2中，阿里斯托芬被认为偶尔会具有崇高性。在《论崇高》16.3，朗吉努斯反驳了那些显然认同Eupolis fr. 106中的马拉松誓言具有崇高性的人：碰巧，Platon. Diff. com. p. 6 Koster的后半部分（p.38.15 Perusino=Eup. test. 34 PCG）将尤波利斯（Eupolis）称为"崇高"或"高尚"（ύψηλός）者；另参：Perusino, 1989: 72–73, Storey, 2003: 47–50, 136。Russell, 1964: 57谈到不能达到崇高境界的"全部的文学体裁"，但却并没有界定这些体裁是什么。朗吉努斯的概念也被扩展至希伯来人著名的《创世记》，见《论崇高》9.9；对这段话的讨论，见West, 1995，Usher, 2007。

影响。

　　而我们如何划定崇高达到"真实"的范围呢？正如笔者所表明的，这种真实既不能归为陈述性命题，也不能归为综合性的文学式意义结构。笔者认为，如果我们承认三部分模式（tripartite schema）的真实类型对朗吉努斯的工作产生了影响，我们就能获得一些积极的启示。笔者将与真实有关的种类（或方面）称为"直觉型真实""情感型真实"和"形而上学型真实"。我们可以相对简单地定义这些类型，事实上笔者已经提及过其中两种类型；困难之处在于，在朗吉努斯为我们提供的各种例子和解读的背后，这些真实的类型最终如何相互关联？笔者所说的直觉型真实，指的是在掌握或吸收崇高的"思想"（朗吉努斯主要使用 νοήσεις［思想］、νοήματα［直觉］、[355] ἔννοιαι［概念］等词汇）的行为中与伟大心灵的直接接触（这本身就是对真实的洞察力的一种保证）。[1] 该行为是"直觉的"，原因在于它不需要一个推论的正式参考框架或一个明确的推论链条。举个简明案例，《论崇高》28.2引用了柏拉图《默涅克塞诺斯》（Menexenus）中葬礼演说的开场白，在那里，朗吉努斯的读者或听众被带去欣赏一种激动人心和令人振奋的共鸣（他援引了一个音乐上的类比），即死亡是一种"命定"或"分配好的旅程"（εἱμαρμένην πορείαν），在这个死亡的过程中，城邦举行的葬礼"护送"死者，但其中没有任何具体的宗教主张或教义（例如灵魂在来世存在）发挥

---

　　① ［原注57］关于名词 παράστημα［提示物］（《论崇高》9.2），另参：Russell, 1964: 89, Mazzucchi, 1992: 19，两者都倾向于使用"感觉"（feeling）或"兴奋"（excitation）而非"思想"，但在笔者看来，这一段后面的文本似乎更支持后一种意思。笔者认为，朗吉努斯的"直觉"与某些哲学家（包括克罗齐［Croce］，对他而言，审美直觉是一种对细节的"抒情"［lyrical］知识：如Croce, 1990: 70–71）的"直觉"不同，他并不是无概念或者说完全脱离概念化思维。朗吉努斯的思想始终能够通过语言表达；《论崇高》15.1中，phantasia的广义定义包含"任何能产生［或者用另一个词来表述，是"构成"］一种促使语言产生精神概念的事物"（ἐννόημα γεννητικὸν λόγου），参Russell, 1964: 120。但是，"崇高"的思想总是比其概念化的"内容"更重要；笔者对其"意义之盈溢"的评论，参上文原页340–342。

作用。①

　　笔者所说的第二个类型（"情感型真实"）是希腊诗歌和修辞批评中最古老的价值之一，它指的是一篇崇高作品所表现和传达的强烈情感所具有的真实性。对于在该语境中作为一种真实之准则的"可靠"（authenticity）或诚挚（genuineness），我们可以先看一下《论崇高》第22章的开篇——在那里，对语序倒装方法（错位的语法或思想顺序）的运用提供了一种对急切情感的"最真实的印记［或印象］"（*χαρακτὴρ ἐναγωνίου πάθους ἀληθέστατος*）。②最后，笔者说的"形而上学型真实"指《论崇高》第35章中提到的真实，即那些由文学中的半神们（demigods of literature）所达成的通透"视野"所具备的真实——不仅是他们对宏大宇宙的视野（"他们看到了什么？"），也是［356］他们对以下内容的展示：宇宙的宏大具有内化于人类心灵（或在人类心灵内找到其回声）的潜力。

　　笔者虽然不能在这里全面探讨这些真实类型的全部含义，但至少会尝试在本文所涉及的范围内，揭示出将它们联系起来的一些复杂性。朗吉努斯明确指出，崇高的最有力来源是"思想（noêsis）产生过程中的卓越勇气和活力"（*τὸ περὶ τὰς νοήσεις δρεπήβολον*，《论崇高》8.1）；③而笔者在上文提到过，朗吉努斯说崇高往往存在于一

---

①　［原注58］很难从总体上推断作者关于灵魂命运的看法。《论崇高》9.7可能会被认为是在说，死亡是人类一切事物的终结；另一方面，《论崇高》44.8-9则指出了灵魂"不朽的"要素（*τἀθάνατα*），尽管整个语境使这一点在教条意义上（doctrinally）变得模糊（例如，可以与凭借身后声名获得的"半隐喻式"不朽相容，参《论崇高》1.4、14.3）。

②　［原注59］在《论崇高》22.1以外，形容词*ἐναγώνιος*［参赛的］（在字面上）还适用于"竞赛"或辩论中的紧张局面（以及在其他作者那里有时指"法庭上的"修辞），也涉及戏剧式的生动和/或情感的紧迫，见《论崇高》9.13、15.9、18.2（关于该语境，见本章原注38）、25、26.1。参Meijering, 1987: 287注释212, Nünlist, 2009: 142。

③　［原注60］很难找到完美的译法来译《论崇高》8.1的生僻词（hapax legomenon）*ἀδρεπήβολον*：这个词有集中的力量、雄心和熟练度的意思；参Lombardo, 2007: 81注释70。请注意一处有些相似的文本，普洛克罗斯将柏拉图的《蒂迈欧》归结为具有一种遍布的*ἀδρότης ἐν τοῖς διανοήμασι*［思维中的活力］: *In Tim.* iii 200 Diehl.。

个单一的"思想"或"直觉"（noêma，《论崇高》12.1）之中。但我们有什么理由认为，大胆的、非凡的或一般意义上的"伟大"思想必须是真实的思想（而非真正的崇高）？朗吉努斯把崇高的思想等同于"高贵的"（gennaios）或"天性伟大的"（megalophuês）思想。就这一点而言，《论崇高》第9章尤为重要，因为它为那句著名的箴言提供了语境，即"崇高是伟大心灵的回声"（ὕψος μεγαλοφροσύνης ἀπήχημα，《论崇高》9.2）。鉴于《论崇高》第35章的观点，即据说最卓越的作家们在人与宇宙的关系上已经拥有一种充满灵感的视野，那么，心灵的崇高伟大必然与笔者所说的"崇高的形而上学"存在某种联系。通过考察朗吉努斯在《论崇高》第9章中关于伟大思想给出的第一个例子，我们可以了解这种联系——这个例子说明了单一的思想本身如何达到崇高，而（通过仔细观察发现）它也恰恰让朗吉努斯的"思想"概念变得复杂。①

我们将讨论这样一个例子：在《奥德赛》卷十一的冥府场景（Nekyia）中，埃阿斯（Ajax）表现了不宽容的沉默。在奥德修斯召唤亡灵的过程中，埃阿斯的"鬼魂"拒绝给予回应。朗吉努斯对该场景的评论旨在表明，"即使一个思想没有得到表达，它本身有时也会因其心灵内在的伟大，而成为令人惊奇的对象"（καὶ φωνῆς δίχα θαυμάζεταί ποτε ψιλὴ καθ' ἑαυτὴν ἡ ἔννοια δι' αὐτὸ τὸ μεγαλόφρον），而这一评论的引人注目之处部分在于，它在诗人的"思想"或"概念"（ennoia）[357]与人物本身之间进行了某种省略。在目前的例子中，这是个不可避免的悖论。朗吉努斯将埃阿斯的沉默描述为一种比任何言辞都要崇高的伟大，而（我们可能认为）埃阿斯的沉默只存在于荷马的崇高言辞中（戏剧性地被塑造为奥德修斯的叙述性回忆）。这就好像朗吉努斯理论上关注的（尽管不同寻常且有启发性的是，他在这一点上没有引用任何文本）诗歌的崇高变成了一种容易知晓

在一个相当不同的层面上，我们会在相面术（physiognomic）的语境中看到如"聚精会神、被擢升的思想"（νοήματα ἀδρά, ὑψηλά）这样的含义，参 Adamantius Jud. *Physiogn.* i 14。

的媒介，而我们可以通过该媒介直接领会或通过直觉感受这位英雄崇高的沉默。

身处冥府的埃阿斯案例，与接下来崇高作为伟大"回声"的箴言之间同样存在矛盾的相互作用，借助这一点，我们的考量得以更加深入。在某种意义上，如果埃阿斯的伟大在无言之中显露，那么沉默又怎么能构成回声？或者说，如果必须要用荷马的言辞来捕获崇高，并通过这些话将崇高传达给他的听众，那么又怎么能有沉默的回声？[1] 这似乎只可能存在于心灵的"回声室"里。那里的回声并非沉默本身，而是埃阿斯拒绝说话以及荷马史诗构想这种拒绝时所体现出的伟大思想。

不过我们仍可能想知道，朗吉努斯在《奥德赛》卷十一的这些诗行中认识到的崇高"思想"究竟是什么？而在那原则上可能不比刻骨仇恨的愠怒姿态更有尊严的事中，我们又在哪里能找到"心灵的伟大"？若仅仅关注埃阿斯的沉默，我们便无法对这两个问题给出令人满意的答案。若要践行朗吉努斯在《论崇高》第7章中提出的原则，即崇高"为心灵的反思留下比实际所说的更多材料，以供重新思考"（上文原页341-342），我们就必须在这种沉默中寻找某种更深刻的回响（reverberation）。尽管奥德修斯的叙述强调，埃阿斯（对［争夺］阿基琉斯铠甲）的愤怒和怨恨是他拒绝说话的原因，但这似乎并不完全是个"情感"上的问题。这段内容中包含的"思想"也不可能是个"直言命题"（categorical proposition），例如，（荷马笔下的）英雄们永远不会放弃他们的仇恨：这种直言命题不仅除去了［358］埃阿斯行为的特殊影响，以回应奥德修斯对对方平息愤怒的请求（《奥德赛》11.561-562），而且正如《伊利亚特》伊始的阿基琉斯所证明的那样，它也是完全错误的。埃阿斯的沉默所蕴含和传达的崇高肯定与伟大英雄的概念有关，但它一定比

---

① ［原注61］见《论崇高》7.3，此处清楚地表明，崇高的写作使听众/读者的心灵趋向（dispose）伟大的心灵（πρὸς μεγαλοφροσύνην）：不是简单地考虑或沉思伟大，而是以某种方式吸收或内化伟大，这是一个无法脱离朗吉努斯式"迷狂"的过程。

任何单一命题所能捕获的概念更"符合直觉"。在这方面，朗吉努斯自己没有给出任何解释，这是一种戏剧性沉默本身的批判性所具有的恰当附随物。

因此，任何进一步的解释都只能是推测性的，也许还可能会干涉以下内容：朗吉努斯对荷马时刻的创造性张力（creative tautness）的回应。[①]鉴于我们从这部论著中了解到的其他全部内容，笔者的初步建议是，埃阿斯的姿态之所以符合朗吉努斯的崇高标准，原因离不开对永恒的直觉观念；更具体地说，这是一种沉默的观念——这种沉默不仅超越死亡，而且一旦埃阿斯的灵魂离开他以前的战友奥德修斯，这种沉默就永远不会被打破。[②]

荷马史诗文本似乎修改了这一思想，或令其变得复杂：奥德修斯回顾说，如果他的愿望——看到其他亡灵——没有如此强烈地影响他自己，那么埃阿斯甚至有可能和他说话。[③]但朗吉努斯却忽视了这句话（最好理解为这话表达了奥德修斯自己的而非埃阿斯的感受），他对英雄沉默的回应是一种自身完全独立的行为，而非由奥德修斯叙述的行为。为了与最后一点保持一致，朗吉努斯拒绝对《奥德赛》卷十一中的这一时刻进行"肃剧式"解读，这种肃剧式解读将在埃阿斯的姿态中发现一种对人类不可逆转之败局的悲痛见证。相反，这一论断——埃阿斯的沉默具有内在的心灵或精神性的伟大（τὸ μεγαλόφρον）——需要一种永恒的直觉，以便在该语境中作为（——如《论崇高》第 35 章的形而上学所赞美的）人类心灵无限力量的象征性关联物，即作为思想本身的无限（超越宇宙的）延

---

①　［原注 62］此处与笔者的分析有细微的差别，对（朗吉努斯引用的）埃阿斯的沉默有一个有趣的解读，见 Lombardo 1989–1990；参 Donadi, 2005: 160–161 注释 2。

②　［原注 63］永恒作为人类卓越性（greatness）的一个明确衡量标准或维度，参《论崇高》44.9：伟大的事物恒久"无尽"（πρὸς τὸν αἰῶνα，该短语参 4.7）。Segal, 1959 将"永恒的"视作崇高的特征加以论述，认为这标志着对特定时代文化堕落的反抗。

③　［原注 64］见 Heubeck, *CHO* ii. 110–111，一些学者认为这句话是篡插的；de Jong, 2001: 293 认为这些话反映了奥德修斯对那件事所怀的歉意和自我辩白。

伸来发挥作用。[①]［359］为了成就崇高，埃阿斯的沉默必须在一种精神中产生永恒（一种无限的形式）的回声，这种精神更像是英雄般牢不可破的自我肯定，而不是像奥德修斯所说的那样仅仅是否认或否定（因此朗吉努斯抑制了他对这一场景的描写），更不是对悲惨事件的绝望暗示（一种难以抗拒却又被朗吉努斯自己的价值体系所阻断的解释）。

因此，笔者认为《论崇高》9.2对《奥德赛》卷十一中出现的埃阿斯作了简化处理；这隐含着这样一种诗学存在：一种缺乏完全确定的命题内容的"思想"，其核心（locus）涉及人物、诗人和读者或观众心灵之间的模糊（因为被讨论的思想在不同人之间"回响"），但这种思想的"直觉"意义则带有《论崇高》第35章中的形而上学式弦外之音。同时，这个例子集中体现了该著作论据中"思想"（ennoia）与"感染力"（pathos）之间常见的微妙关系。此外，这一关系由于朗吉努斯的惊人认识而变得复杂，他认为存在"无限多的情感"（*πολλά ... καὶ ἀναρίθμητα πάθη*，《论崇高》22.1），笔者以为这是古代世界绝无仅有的观点，它暗示作者敏感地认识到，我们注定难以在思想与情感的范畴之间进行严格且一致的区分。[②]

朗吉努斯将埃阿斯的沉默描述为思想而非感染力，这可能说明，他倾向于认为人们以狂热和激情的表达方式冲动地表现出崇高情感，无论埃阿斯的行为多么重要，它都同时是隐喻的和字面上的沉默。不过，显而易见，无论是奥德修斯假想的（埃阿斯的）长久怨恨还是更复杂的东西，这些情感的存在都需要得到推断（实际上是凭直觉），从而人才能理解埃阿斯的行为。如果我们再次回顾这个原

---

① ［原注65］笔者认为"无限"的概念隐含在《论崇高》35.3超越宇宙边界的思想中（上文原页343–344以及本章原注35），尽管朗吉努斯在这里和其他任何地方都没有使用明确的 *ἄπειρος*［无限］或类似的词汇（参 Heraclitus B45 DK，本章的第一条题词）。

② ［原注66］同时，朗吉努斯的pathos概念可以包含强烈的身体感受：他用短语"（即若干种）情感的结合"（*παθῶν σύνοδος*）来形容萨福笔下情欲对整个身体和灵魂的折磨（参《论崇高》10.3）。

则——真正的崇高涉及超出"实际所说"的意义，那么崇高的沉默仅仅［360］质疑了读者或评论家是否有能力阐明埃阿斯展现的伟大思想内容。而对朗吉努斯而言，显然如果《奥德赛》卷十一的那段话中存在一种有待确认的真实类型，那么该类型所属的"思想"必然伴随着以下内容的综合：直觉（超出文字层面的反响的观念）、情感（灵魂冲动的开放领域）和隐含的形而上学（心灵超越物质和限度的能力）。

通过研究另一个荷马史诗中直接提到情感和真实的埃阿斯案例，我们能更深入理解朗吉努斯批判立场中的这一主要方面。在《论崇高》第 9 章中，朗吉努斯进一步举出了荷马想象力的例子，即"进入（或步入）英雄伟大的心灵状态"（εἰς τὰ ἡρωϊκὰ μεγέθη συνεμβαίνειν），这是《伊利亚特》卷十七中的一段话，它与不宽容的沉默处于表现力光谱的两端。在那段话中，埃阿斯意识到宙斯此时正在帮助特洛伊人，他含泪（朗吉努斯省略了这个细节）恳求宙斯驱散笼罩战场的浓雾，这浓雾为试图搬运帕特洛克罗斯尸体的希腊人带来了危险。朗吉努斯引用了埃阿斯发言的最后三行，其中有极富激情的高潮："如果您必须杀了我们，请至少在白昼的阳光下（ἐν δὲ φάει καὶ ὄλεσσον）！"①朗吉努斯评论说，"这确实是埃阿斯的情感"（ἔστιν ὡς ἀληθῶς τὸ πάθος Αἴαντος，《论崇高》9.10），他认为这种情感由愤怒或义愤（ἀγανακτεῖν）和以坚定的勇气追求高贵目标的决心组成。

我们有必要在这里稍作停留，注意一下朗吉努斯引用《伊利亚特》中这段话时，与伯克在其《关于我们的崇高与美的观念之

①　［原注 67］古代评注者们单独挑出这段话大加赞赏（而且 Σ^A 使用副词 μεγαλοφρόνως，"蕴含了伟大思想"）；见 Mazzucchi, 1992: 174、Edwards, *IC* v. 125。这可能代表了一个比朗吉努斯更古老的批评传统，此处，朗吉努斯也像在其他地方一样，经常遵循一个得到公认的评判标准：他写作的内在准则是批评那些最广为人知、最受赞誉的文本——他对"崇高"进行了"普遍认可"的检验，参《论崇高》7.4（在那里，"每个人"都需要解释，并隐藏一种内在的文化选择）——但他试图精炼或拓展当时对这些品质的诸多理解。关于朗吉努斯对这段话的讨论，参 Köhnken, 2006: 576–578。

起源的哲学探究》(*Philosophical Enquiry into the Origin of our Ideas of the Sublime and Beautiful*，1757）中引用相同内容时有何区别。[361] 伯克引用了同样的诗行（引的是未翻译的希腊文，他可能从朗吉努斯的论著中知晓了这些内容）来说明彻底的黑暗与"恐怖"以及因此与崇高的联系。对伯克而言，这种联系是由危险的想法所引起的部分痛苦情绪，如他所言，"在任何情况下，无论是公开的恐怖还是潜在的恐怖都是崇高的统治原则"。① 笔者在上文提过——与朗吉努斯的反肃剧敏感性有关——朗吉努斯承认某些 hupsos［崇高］的例子与恐惧有关，但这种恐惧绝不是他眼中只关注自我保存的"低级"恐惧。②《伊利亚特》卷十七中埃阿斯的例子明确指出了这一点：

> 他没有为自己的生命向宙斯祈祷，因为那将有失（ταπεινότερον，字面含义是"太降低"）英雄的身份……他准备找一个与他的勇气相称的葬礼，即使他可能与宙斯本人作战。

与伯克不同，对朗吉努斯而言，崇高不在于战场上的黑暗本身，而只在于埃阿斯充满抗争精神的（defiantly）英雄式自我认可；换言之，崇高不在于心灵易受危险观念的影响，而只在于它通过自己的意志力将这些危险观念抵消的力量。

"这确实是埃阿斯的情感。"这一评论的措辞虽然本身并不引人注目，但却表明朗吉努斯认为这种强烈情感符合当时对英雄的期望。这意味着，尽管那两个例子之间最初可能存在巨大的差异，但对《伊利亚特》中的这个例子，朗吉努斯采用了与萨福诗歌相同的情感

---

① ［原注68］最后一句引自 *Philosophical Enquiry,* ii. 2, McLoughlin & Boulton, 1997: 230–231；荷马《伊利亚特》17.645–647 的引用位于 Enquiry, iv. 14, McLoughlin & Boulton, 1997: 294–295。关于18世纪早期试图使"恐怖"成为崇高的中心，见 John Dennis 于 Ashfield & de Bolla, 1996: 35–39 的摘录，这是一本有用的选集，对 Monk, 1935 的观点做了部分修正（见该书编者导读，页1–16）。

② ［原注69］见上文原页353，以及本章原注55。

型真实标准——他在《论崇高》10.1赞扬了萨福"从真实本身"选择爱欲症候（symptoms）的敏锐性（上文原页345）。由于从萨福表达的为爱欲所困之情中，朗吉努斯看到了一种近乎英雄的维度，所以这两种诗歌语境之间的表面差异有所减少。正如笔者之前指出的，朗吉努斯对萨福专注于爱欲症候中极端或最尖锐的部分（τὰ ἄκρα，这个词他在《论崇高》10.1和10.3用了两次，尔后在11.3再次提到）印象深刻，这些症候几乎延展到了某个临界点（breaking point，ὑπερτεταμένα）。①

[362] 在这里讨论的内容中，萨福笔下煎熬的情人和荷马笔下狂怒的英雄这样的极端情况，展现了心灵自身的澎湃活力正在为其自身寻找合适的表达方式，尽管在这两种情况下，出于不同环境的阻碍，两者都有独特的表达方式。即便如此，在这两种情况下，情感型"真实"的概念之间仍然存在着微妙的差异。就萨福对受爱欲折磨的描写而言，朗吉努斯似乎认为，在萨福那些紧凑的抒情诗里，在所有她选择的和简化的（隐蔽的）艺术技巧中，都有一种情感上的现实主义在支撑着她达到的崇高。萨福使用的心理材料是所有恋人都会经历的体验（《论崇高》10.3），因此她的听众或读者都能认识到这些材料忠实地反映了一般意义上的爱欲折磨。可是，埃阿斯的例子却很难实现这一点。对于一个在黑暗笼罩的战场上向宙斯神本身恳求的人来说，除了《伊利亚特》中的英雄之外，谁又能认识到什么是"真实的"或真正的情感呢？对这个问题的朗吉努斯式基本回答，让我们又回到了笔者主张的三者的综合：直觉型真实、情感型真实和形而上学型真实。

---

① ［原注70］Russell, 1972: 472（"重要的细节"，同上页474，参《论崇高》11.3）所说的"杰出的细节"，没能捕捉到朗吉努斯使用τὰ ἄκρα［极端］一词的主旨（参33.2，此处用同一个术语表示伟大、崇高的天性所追求的危险的极端）。《论崇高》12.5的动词ὑπερτείνεσθαι［超过］，指伸展或收缩到达/超过了极限，也可形容德摩斯忒涅热切的崇高情感；但是，对这种情感的张力/紧绷（tautness），有一种精妙的校准（gauged）技艺——当动词在38.1再次出现时，它的形容过度夸张，反而变得平淡无奇。

　　我们之所以（不是英雄却）能认识到埃阿斯的情感是"真正的"英雄情感，原因在于，荷马本人极富想象力，他能进入英雄们的心灵（但他自己也是一位精神上的英雄）并使其变得如此真实以至于令人信服。[①]荷马做到这一点的创造性能力，以及他的观众或读者的能力——凭直觉［363］把握并在情感上参与他所演绎的英雄主义时刻，均展示了超越思想和情感的范围；而对朗吉努斯来说，这属于心灵的本质。因此，心灵自身的"回声"传达并传播了埃阿斯之崇高所具有的真实，它将诗人与英雄、读者与诗人、读者与英雄联系在一起。在这个链条的每一环上——埃阿斯胆大到甚至不愿被天神吓倒，荷马以语言为媒介存在于战场极端情况下英雄的意识中，读者具有感受埃阿斯的情感在他们自己身上回荡的能力——都存在一种朗吉努斯式的超越因素，一个由超越物质存在之有限性的心灵所触及之处。

　　正因为心灵的力量构成了人类的本质和目的（根据《论崇高》第35章的定义，使用这种心灵的力量正是自然将我们带入"宇宙剧场"［theatre of the cosmos］的目的），所以，朗吉努斯致力于相信：崇高语言的直觉、情感和隐含的形而上学运作（或在某些特定情况下甚至是崇高的沉默）确实是一种真实的形式，一种与最长久的现实层面相接触的方式。出于这个原因，对朗吉努斯而言，在萨福的真实爱欲情感和埃阿斯在《伊利亚特》卷十七中表现出的极端英雄式的勇气之间，主题和环境差异并不十分重要。对朗吉努斯来说，

---

　　① ［原注71］那些最伟大的作家本身就是朗吉努斯"英雄"：尤见《论崇高》14.2，"如此伟大的英雄"（τηλικούτοις ἥρωσι）；15.5，埃斯库罗斯大胆地进行了"最英雄的想象"（φαντασίαις ἐπιτολμῶντος ἡρωϊκωτάταις）；35.2，"半神"（ἰσόθεοι）；36.2（"英雄"）；崇高中总含有危险（如33.2，本章原注16）。《奥德赛》8.483中，盲歌人德摩多科斯被称为"英雄"（ἥρως）是荷马笔下一个带有偏袒的（partial）的先例；不过，古代和现代的学者都在努力处理这个特殊的称呼；参Hainsworth, CHO i.378。还请注意，在《论崇高》9.11，朗吉努斯如何将这个比喻用于荷马本人——作为一位受神灵启发的创造者，荷马在《伊利亚特》15.605–607曾用这个比喻手法描述狂怒的赫克托尔向希腊船只挺进：在心灵和想象的拓展中，诗人本人的写作成了一个英雄式的进程。

最重要的不是它们各自在现实主义尺度上的立场，而是它们在传达强烈情感状态方面所共有的崇高性，这种崇高性释放出心灵的潜力，使心灵获得更高的满足感（"对所听之事产生"的感觉），并把握到《论崇高》第7章中"意义之盈溢"的共鸣。①

当然，通过语言传达感染力是古代修辞术的常见原则，而朗吉努斯将其变成了独一无二的特殊事物。在笔者之前讨论过的段落，即《论崇高》第39章中一段与音乐意象相关的内容之中，朗吉努斯将这种交流说成是一种情感"参与"或"交流"的过程——他使用了一个准哲学术语μετουσία［参与］（《论崇高》39.3）；据笔者所知，这种说法在古代其他修辞理论中完全不存在。②崇高的交流是一种［364］心灵"交融"，真实（与现实的接触）与迷狂（意识转变的时刻）在这一过程中相遇。

为了支持笔者的论点，即崇高的"真实"涉及直觉、情感和形而上学因素的融合，笔者想最后再考察一个朗吉努斯的文本证据。这个例子将我们带到了这部论著中一个最详细的批评片段的核心，即《论崇高》第16章中讨论的德谟斯梯尼的马拉松誓言（他向参加马拉松战役及其他对抗波斯人之役的雅典人所立的誓言）。朗吉努斯从德谟斯梯尼的《金冠辞》（*On the Crown*）中摘出了这段誓言，他将其描述为一段政治性apodeixis［证明］（《论崇高》16.2，两次；参上文原页351），即为演说家的政治生涯辩护的正式论证或推论式推理。虽然朗吉努斯接着说，德谟斯梯尼将证据"转变"或"调换"（μεθιστάναι）为崇高的情感时刻——但他并没有因此认为这段话不再是对证明能力的实践训练：他在总结誓言的多重功能时第三次重复了"证明"这个术语（《论崇高》16.3）。这意味着德谟斯梯尼所创造的崇高时刻完全嵌入其修辞语境中，并且诞生于演说家的直接说

---

① ［原注72］见上文原页341–242。

② ［原注73］在阿里斯托芬《地母节妇女》行152，阿伽通用同样的名词来表示有创造力的诗人富有想象力地参与到角色的心灵之中，这与朗吉努斯在《论崇高》39.3的观点不同。

服目的，即说服雅典人相信他们在喀罗尼亚（Chaeronea）与腓力二世作战并没有错，尽管他们曾惨败于这些［马其顿人］。

朗吉努斯借由这段誓言中的崇高（"你们［为了每个人的自由和得救而面对这样的危险］不可能是错的——我以那些在马拉松战役中面临如此危险的人的名义发誓！"①），通过两个更进一步的想法，使德谟斯梯尼的观点发生了改变：其一，雅典人在试图对抗腓力时表现出与其祖先在波斯战争中相同的精神；其二，作为合适的起誓对象，那些祖先应视为神样的或近乎神圣的（如朗吉努斯所言，誓言"神化"了他们并使他们"不朽"：ἀποθεώσας，《论崇高》16.2；ἀπαθανατίσας，《论崇高》16.3）。

同时，这些含蓄表达的观念很好地说明了笔者眼中朗吉努斯许多"思想"的"直觉"特征，它们与双重情感的压力，即pathos［感染力］有关：首先，当时的雅典人［365］因自己被比作著名的光荣祖先而感到自豪（此处朗吉努斯受到德谟斯梯尼本人词汇的影响，他称之为φρόνημα［想法］，该词本身表示认知和情感的混合）；②其次，德谟斯梯尼为他的听众提供了安慰（在朗吉努斯的隐喻中，这是心灵的"药剂"或"解毒剂"［ἀλεξιφάρμακον］，《论崇高》16.2），③让他们感到，即使是战斗中的失败也不能消除那些拥有如此高尚的战斗理由之人所具有的英雄主义。因此，在朗吉努斯对誓言的解读中，他不仅提供了一个突出案例来说明他的hupsos

---

① ［原注74］方括号中的字在朗吉努斯的引用中略去了。

② ［原注75］德摩斯忒涅在 Dem. 18.206 对 φρόνημα［心思］和 φρονεῖν［谨慎考量］两个词的用法影响了朗吉努斯。参《论崇高》9.3，朗吉努斯将这两个词与 φρονηματίας［心志］结合起来，总体上，朗吉努斯对 φρον- 前缀词的使用，体现了这组语词对语义内容和高尚精神/情感的融合，而并不局限于 μεγαλοφροσύνη［崇高心灵］本身。

③ ［原注76］参32.4，尽管该词在那里意思颇为不同，在那里，强大的情感和崇高［精神］在缓和性力量的意义上可作为"解药"，对抗一种过度的比喻言辞。见 von Staden, 2000: 372—374。术语 ἀλεξιφάρμακον［解药］作为对语言力量的隐喻出现在柏拉图《法义》957d：它与上文原页332和336提及的（来自魔法、药物等）更广泛的意象名目有关。

［崇高］达到了"超越说服"的迷狂，而且还说明，思想和情感的相互依赖（实际上是融合）是崇高的理想特征。如果不承认马拉松誓言所唤起和附着的情感，我们就无法理解它所传达的思想；如果不理解这些情感所依赖的思想（历史、身份和英雄主义），我们就无法认识这些情感。

然而，需要强调的是，朗吉努斯对德谟斯梯尼誓言的解释并没有赋予它任何具体的命题内容或历史真相。在马拉松战役或波斯战争中，无论其他战役后的雅典葬礼上有着怎样的宗教细节，朗吉努斯都不认为这些人真的得到了神化，相反，他更加相信诸神确确实实曾在特洛伊平原上互相争斗（如《论崇高》第9章所示：上文原书页346-347）。①此外，如果在某种意义上，德谟斯梯尼的同时代人确实表现出了与其祖先相同的英雄精神，那么这也不是观察者可以公正地记录其全部内涵的真实：人们只能在演说家的话语所揭示的崇高视角中理解它。[366]根据朗吉努斯的解读，支撑起马拉松誓言的那种真实既是"直觉的"（因为它传达了祖先作为卓越神圣典范的隐含思想），也是"情感的"，因为德谟斯梯尼向他的雅典听众，以及向其他任何在演说家的崇高中找到了心灵真正"回声"的人，都提供了过往和当下之间亲密无间的激情。

但笔者认为，除了直觉和情感这些相互关联的因素之外，我们还可以在这段话中找到一种"形而上学"层面的真实。这正是因为朗吉努斯对誓言的解释涉及一种思想，即人类生命不仅达到了英雄的层面（已然成为崇高的试金石），而且也达到了神圣的状态。鉴于《论崇高》第35章对笔者此处所说的形而上学真实这一概念的重要性，我们有必要恰当地回顾一下：在后来的语境中，代表了至高伟大性的崇高之人（包括德谟斯梯尼在内）本身被称为"神

---

① ［原注77］一些古典时期之后的证据表明，马拉松战役中阵亡的将士被人当作英雄祭祀：更多的资料见Parker, 1996: 137。但这些宗教细节与朗吉努斯的观点无关，朗吉努斯认为，德摩斯忒涅凭借誓辞的力量才实现了准-神化（quasi-deification）。

样的”或“半神们”（isotheoi），而人性的崇高潜力在那里被部分定义为一种不可抗拒的激情（erôs），一种比我们自己“更神圣”（daimoniôteron）的激情。我们现在可以说，由于崇高本身涉及一种趋向神化的运动（实际上是作家的自身神化），所以德谟斯梯尼在直觉上对马拉松战役中雅典战士的神化，就不仅是与其自身历史处境有关的有力雄辩，它还体现了这样一种意义，即朗吉努斯的崇高本质上是人类对神圣状态的触及或渴望，它通过创造性语言的思想转变和令人着迷的情感在心灵之间传递。

　　总之，如果我们要追问对朗吉努斯而言最根本的“神圣状态”是什么，那么我们无法获得一个教条式的简单答案。尽管《论崇高》里总体上充满了柏拉图–廊下派对于世界秩序的善、伟大和神性的信念，但我们无法在《论崇高》中找到任何关于（诸）神、灵魂命运或宇宙组织形式的具体信条。①这部论著表面上使用了带有宗教色彩的“神圣”等词汇，包括为最优秀的诗人和散文家赋予“神样”的地位，并给人留下徘徊在字面意义与隐喻之间的印象。［367］崇高让这些作家“超越凡人的整个领域”（παντός … ἐπάνω τοῦ θνητοῦ），并“接近（一位）神的伟大心灵”（ἐγγύς … μεγαλοφροσύνης θεοῦ，《论崇高》36.1），这一过程只可能发生在他们文字的逻各斯（这个词本身既是语言又是思想）之中。无论我们选择将什么样的信念投射到这部论著的作者身上，他唯一明确表达的承诺都集中在这一问题上：某些种类的语言如何影响心灵。

　　笔者认为，要理解这种影响之于朗吉努斯的意义，我们就需要在他的批评中遵循这样一种辩证关系：一方面是他由“迷狂”的术语所想到的意识转变时刻，另一面是一个非系统但持续的迹象，即崇高可以承载某些种类的真实。这种真实不是特定命题的真实，也不是整部论著所传达的复杂意义结构的真实，而是一种直觉和情感洞见的闪光；它可能体现在多种语境中（描述的、叙述的、话语的、

---

　　① ［原注78］笔者此处的观点有别于Most, 2007: 46等，Most认为朗吉努斯完全（以准廊下派的方式）相信神意（divine providence）。

抒情的，等等），但总是以某种方式反映出《论崇高》第35章中阐述的"心灵形而上学"。然而，我们不能将这一形而上学本身编纂或形式化为一系列命题，就像朗吉努斯在他引用的文本中欣赏的许多东西一样，这种心灵形而上学更像是一种鼓舞人心的"视野"或充满表现力的冲动。笔者归于朗吉努斯的"形而上学真实"的概念，并不要求人们有意识地接受一系列哲学或宗教原则。这一概念要求在心灵认识其自身转变潜力的过程中实现形而上学。

人的灵魂本身，尤其是它所具有的超越物质、超越当下、超越世俗自我的能力，才是朗吉努斯的崇高的真正所在。崇高是内化于心灵之中的宇宙之伟大，甚至是一种"超越宇宙"的无限性。① 而那里正是迷狂与真实能够相遇之处。

---

① ［原注79］笔者在初见（也许是再次见到）爱默生（Emerson）的先验论之前，就曾写下这句与之成镜像的话。爱默生的观点是这样的："宇宙是灵魂的外化［externization，原文如此］。" Atkinson, 1940: 325，出自《诗人》（The Poet, 1844）。参 Bloom, 1986: 3–4，"朗吉努斯知道……真正的诗歌乃是读者的心灵"，这一表述与康德的崇高相呼应（见本章原注32）。但是布鲁姆这位当代英语世界最"朗吉努斯式"的评论家（朗吉努斯认为批评"完全作为一门艺术"：Bloom, 1986: 2；参第三章原注3）却与朗吉努斯有了分歧，布鲁姆声称，"离开了解读，终究也就没有什么诗歌真理可言"（there is after all no truth of the poem apart from the reading of it）：按照笔者用以分析的术语，这令"真实"崩塌为"迷狂"；这一点也很难与《论崇高》7.3相协调（参上文原页340–341和357，以及本章原注61）。

参考文献

ABRAMS, M. H. (1953), *The Mirror and the Lamp: Romantic Theory and the Critical Tradition* (Oxford).

—— (1989), *Doing Things with Texts: Essays in Criticism and Critical Theory* (New York).

ADAM, J. (1963), *The Republic of Plato*, 2nd edn., 2 vols. (Cambridge).

ADKINS, A. W. H. (1972), 'Truth, $KO\Sigma MO\Sigma$, and $APETH$ in the Homeric Poems', *CQ* 22: 5–18.

AHBEL-RAPPE, S., and KAMTEKAR, H. eds. (2006), *A Companion to Socrates* (Oxford).

ALEXIOU, M. (2002), *The Ritual Lament in Greek Tradition*, 2nd edn. (Lanham, Md.).

ALLEN, T. W. ed. (1912), *Homeri Opera*, v (Oxford).

ALTER, R. (1984), *Motives for Fiction* (Cambridge, Mass.).

ANDERSEN, Ø., and HAARBERG, J., eds. (2001), *Making Sense of Aristotle: Essays in Poetics* (London).

ANNAS, J. (1981), *An Introduction to Plato's Republic* (Oxford).

ARMSTRONG, D. (1995a), 'The Impossibility of Metathesis: Philodemus and Lucretius on Form and Content in Poetry', in Obbink 1995: 210–32.

—— (1995b), 'Appendix 1. Philodemus, *On Poems* Book 5', in Obbink 1995: 255–69.

ARNOTT, W. G. (1996), *Alexis: The Fragments* (Cambridge).

ARRIGHETTI, G. (2006), *Poesia, poetiche e storia nella riflessione dei greci* (Pisa).

ASHFIELD, A., and DE BOLLA, P. eds. (1996), *The Sublime: A Reader in British Eighteenth-Century Aesthetic Theory* (Cambridge).

ASMIS, E. (1986), '*Psychagogia* in Plato's *Phaedrus*', *Illinois Class. Stud.* 11: 153–72.

—— (1990a), 'Philodemus' Epicureanism', *ANRW* II.36.4: 2369–2406.

—— (1990b), 'The Poetic Theory of the Stoic "Aristo"', *Apeiron*, 23: 147–201.

—— (1991), 'Philodemus' Poetic Theory and *On the Good King According to Homer*', *Classical Antiquity*, 10: 1–45.

—— (1992a), 'Plato on Poetic Creativity', in R. Kraut (ed.), *Cambridge Companion to Plato* (Cambridge), 338–64.

—— (1992b), 'An Epicurean Survey of Poetic Theories (PHILODEMUS *ON POEMS* 5, COLS. 26–36)', *CQ* 42: 395–415.

—— (1992c), 'Crates on Poetic Criticism', *Phoenix*, 46: 138–69.

—— (1992d), 'Neoptolemus and the Classification of Poetry', *CPh* 87: 206–31.

—— (1995*a*), 'Epicurean Poetics', in Obbink 1995: 15–34.

—— (1995*b*), 'Philodemus on Censorship, Moral Utility, and Formalism in Poetry', in Obbink 1995: 148–77.

ATKINSON, B., ed. (1940), *The Complete Essays and Other Writings of Ralph Waldo Emerson* (New York).

AUDEN, W. H. (1991), *Collected Poems*, ed. E. MENDELSON, 2nd edn. (London).

AUERBACH, E. (1953), *Mimesis: The Representation of Reality in Western Literature*, Eng. tr. W. R. Trask (Princeton).

AUSTIN, C., and OLSON, S. D. (2004), *Aristophanes Thesmophoriazusae* (Oxford).

AVERY, H. C. (1968), '"My Tongue Swore, But my Mind is Unsworn"', *TAPhA* 99: 19–35.

BABUT, D. (1974), 'Xénophane critique des poètes', *AC* 43: 83–117.

—— (1976), 'Héraclite critique des poètes et des savants', *AC* 45: 464–96.

BAKKER, E. J. (2005), *Pointing at the Past: From Formula to Performance in Homeric Poetics* (Washington, DC).

BAKOLA, E. (2008), 'The Drunk, the Reformer and the Teacher: Agonistic Poetics and the Construction of Persona in the Comic Poets of the Fifth Century', *Cambridge Classical Journal*, 54: 1–29.

—— (2010), *Cratinus and the Art of Comedy* (Oxford).

BARKER, A. (1984), *Greek Musical Writings, i. The Musician and his Art* (Cambridge).

—— (2005), *Psicomusicologia nella Grecia antica* (Naples).

BARNES, J. (1982), *The Presocratic Philosophers*, 2nd edn. (London).

BATTISTI, D. (1990), '$\Sigma v\nu\epsilon\tau\acute{o}s$ as Aristocratic Self-Description', *GRBS* 31: 5–25.

BAUMGARTEN, R. (2009), 'Dangerous Tears? Platonic Provocations and Aristotelic Answers', in Fögen 2009: 85–104.

BAYNES, N. (1955), *Byzantine Studies and Other Essays* (London).

BELFIORE, E. (1980), '*Elenchus, Epode,* and Magic: Socrates as Silenus', *Phoenix*, 34: 128–37.

—— (1983), 'Plato's Greatest Accusation Against Poetry', *Canadian Journal of Philosophy*, suppl. vol. 9: 39–62.

—— (1985), '"Lies Unlike the Truth": Plato on Hesiod, *Theogony* 27', *TAPhA* 115: 47–57.

—— (1992), *Tragic Pleasures: Aristotle on Plot and Emotion* (Princeton).

BENSELER, G. E., and BLASS, F. eds. (1907), *Isocratis Orationes*, i (Leipzig).

BERNAYS, J. (1857), 'Grundzüge der verlorenen Abhandlung des Aristoteles über Wirkung der Tragödie', *Abhandlungen der historisch-philosophischen Gesellschaft in Breslau* 1: 135–202.

—— (1880), *Zwei Abhandlungen über die aristotelische Theorie des Dramas* (Berlin).

—— (2006), 'Aristotle on the Effect of Tragedy', Eng. tr. Jennifer Barnes of Bernays 1880: 1–32, in Laird 2006*a*: 158–75.

BERNSTEIN, J. M. (2009), 'Tragedy', in R. Eldridge (ed.), *Oxford Handbook of Philosophy and Literature* (New York), 71–94.

BETA, S. (2004), *Il linguaggio nelle commedie di Aristofane* (Rome).

BETEGH, G. (2004), *The Derveni Papyrus* (Cambridge).

BING, P. (2009), *The Scroll and the Marble: Studies in Reading and Reception in Hellenistic Poetry* (Ann Arbor).

BLANK, D. (1998), *Sextus Empiricus: Against the Grammarians (Adversus Mathematicos I)* (Oxford).

BLONDELL, R. (2002), *The Play of Character in Plato's Dialogues* (Cambridge).

—— (2010*a*), '"Bitch that I am": Self-Blame and Self-Assertion in the *Iliad*', *TAPhA* 140: 1–32.

—— (2010*b*), 'Refractions of Homer's Helen in Archaic Lyric', *AJP* 131: 349–91.

BLOOM, H. (1986), 'Introduction', in H. Bloom (ed.), *Poets of Sensibility and the Sublime* (New York), 1–9.

—— (1994), *The Western Canon* (New York).

—— (2004), *Where Shall Wisdom Be Found?* (New York).

BLUCK, R. S. (1961), *Plato's Meno* (Cambridge).

BONANNO, M. G. (1998), 'Metafora e critica letteraria: a proposito di Aristofane, *Rane* 900–904', *SemRom* 1: 79–87.

BOND, G. W. (1981), *Euripides Heracles* (Oxford).

BONGIORNO, A., tr. (1984), *Castelvetro on the Art of Poetry* (Binghamton, NY).

BORCHMEYER, D. (1992), 'Wagner and Nietzsche', in U. Müller and P. Wapnewski (eds.), *Wagner Handbook* (Cambridge, Mass.), 327–42.

BORGES, J. L. (2000), *Collected Fictions*, Eng. tr. A. Harley (Harmondsworth).

BORTHWICK, E. K. (1993), '*Autolekythos* and *lekythion* in Demosthenes and Aristophanes', *Liverpool Classical Monthly*, 18: 34–7.

BOWIE, A. M. (1993), *Aristophanes: Myth, Ritual and Comedy* (Cambridge).

—— (2000), 'Myth and Ritual in the Rivals of Aristophanes', in Harvey and Wilkins 2000: 317–39.

BOWIE, E. L. (1993), 'Lies, Fiction and Slander in Early Greek Poetry', in Gill and Wiseman 1993: 1–37.

BOYANCÉ, P. (1937), *Le Culte des Muses chez les philosophes grecs* (Paris).

BRANCACCI, A. (2007), 'Democritus' *Mousika*', in A. Brancacci and P.-M. Morel (eds.), *Democritus: Science, the Arts, and the Care of the Soul* (Leiden), 181–205.

—— (2008), *Musica e filosofia da Damone a Filodemo* (Florence).

BREMER, J. M. (1993), 'Aristophanes on his own Poetry', in Bremer and Handley 1993: 125–65.

—— and HANDLEY, E. W. (1993), *Aristophane* (Fondation Hardt Entretiens, 38; (Geneva).

BRICKHOUSE, T. C., and SMITH, N. D. (1989), *Socrates on Trial* (Oxford).

BRILLANTE, C. (2009), *Il cantore e la musa: poesia e modelli culturali nella Grecia arcaica* (Pisa).

BRINK, C. O. (1971), *Horace on Poetry: the 'Ars Poetica'* (Cambridge).

BRISSON, L. (1998), *Plato the Myth Maker*, Eng. tr. G. Naddaf (Chicago).

BROADHEAD, H. D. (1960), *The Persae of Aeschylus* (Cambridge).

BROGGIATO, M. (2001), *Cratete di Mallo: I frammenti* (La Spezia).

BUCHHEIM, T. (1989), *Gorgias von Leontinoi: Reden, Fragmente und Testimonien* (Hamburg).

BURKERT, W. (1972), *Lore and Science in Ancient Pythagoreanism*, Eng. tr. E. L. Minar (Cambridge, Mass.).

—— (1985), *Greek Religion*, Eng. tr. J. Raffan (Oxford).

BURNYEAT, M. F. (1999), 'Culture and Society in Plato's *Republic*', *The Tanner Lectures on Human Values*, 20: 217–324.

BÜTTNER, S. (2000), *Die Literaturtheorie bei Platon und ihre anthropologische Begründung* (Tübingen).

BUXTON, R. (2004), 'Similes and Other Likenesses', in R. Fowler (ed.), *The Cambridge Companion to Homer* (Cambridge), 139–55.

BYCHKOV, O. V. (2010), *Aesthetic Revelation: Reading Ancient and Medieval Texts After Hans Urs von Balthasar* (Washington, DC).

—— and SHEPPARD, A. (2010), *Greek and Roman Aesthetics* (Cambridge).

BYWATER, I. (1909), *Aristotle on the Art of Poetry* (Oxford).

CAIRNS, D. L. (ed.) (2001*a*), *Oxford Readings in Homer's* Iliad (Oxford).

—— (2001*b*), 'Introduction', in Cairns 2001*a*: 1–56.

—— (2009), 'Weeping and Veiling: Grief, Display and Concealment in Ancient Greek Culture', in Fögen 2009: 37–57.

CALAME, C. (1995), *The Craft of Poetic Speech in Ancient Greece*, Eng. tr. J. Orion (Ithaca, NY).

CAMERON, A. (1995), *Callimachus and his Critics* (Princeton).

CAMPBELL, D. A. (1984), 'The Frogs in the *Frogs*', *JHS* 104: 163–5.

—— ed. (1988), *Greek Lyric*, ii (Cambridge, Mass.).

—— ed. (1991), *Greek Lyric*, iii (Cambridge, Mass.).

CARCHIA, G. (1990), *Retorica del sublime* (Rome).

CASTELVETRO, L. (1978–9), *Poetica d'Aristotele vulgarizzata e sposta*, ed. W. Romani, 2 vols. (Rome).

CENTANNI, M. (1995), 'Il testo della catarsi di *Poetica* 49B 29 ss. secondo la versione siriaca', *Bollettino dei Classici*, 16: 17–20.

CERRI, G. (2007), *La poetica di Platone: una teoria della comunicazione* (Lecce).

CHANDLER, C. (2006), *Philodemus* On Rhetoric Books 1 and 2 (New York).

CHRISTIAN, R. F., ed. (1985), *Tolstoy's Diaries*, 2 vols. (London).

CLARKE, M. (1999), *Flesh and Spirit in the Songs of Homer* (Oxford).

CLAY, J. S. (2003), *Hesiod's Cosmos* (Cambridge).

CLAYMAN, D. L. (1977), 'The Origin of Greek Literary Criticism and the *Aitia* Prologue', *WS* 11: 27–34.

COLE, T. (1983), 'Archaic Truth', *QUCC* 13: 7–28.

COLLARD, C., *et al.* (1995), *Euripides: Selected Fragmentary Plays*, i (Warminster).

COLLINGWOOD, R. G. (1938), *The Principles of Art* (Oxford).

COLLOBERT, C. (2004), 'L'Odyssée ou la naissance de la fiction', *Revue philosophique de la France et de l'étranger*, 1: 15–26.

CONNOR, W. R. (1984), *Thucydides* (Princeton).

CONTI BIZZARRO, F. (1999), *Poetica e critica letteraria nei frammenti dei poeti comici greci* (Naples).

COPE, E. M. (1877), *The Rhetoric of Aristotle*, rev. J. E. Sandys, 3 vols. (Cambridge).

COPELAND, R., and STRUCK, P., eds. (2010), *Cambridge Companion to Allegory* (Cambridge).

CORLETT, J. A. (2005), *Interpreting Plato's Dialogues* (Las Vegas).

CORNFORD, F. M. (1907), *Thucydides Mythistoricus* (London).

CROCE, B. (1990), *Breviario di estetica: Aesthetica in Nuce*, ed. G. Galasso (Milan).

CURRAN, A. (2001), 'Brecht's Criticisms of Aristotle's Aesthetics of Tragedy', *JAAC* 59: 167–84.

CURTIUS, E. R. (1953), *European Literature and the Latin Middle Ages*, Eng. tr. W. R. Trask (London).

DAICHES, D. (1956), *Critical Approaches to Literature* (London).

DANIELS, C. B., and SCULLY, S. (1992), 'Pity, Fear, and Catharsis in Aristotle's Poetics', *Noûs*, 26: 204–17.

DAVIES, M. (1988), *Epicorum Graecorum Fragmenta* (Göttingen).

DECLEVA CAIZZI, F. (1966), *Antisthenis Fragmenta* (Milan).

DE JONG, I. J. F. (1986), review of Walsh (1984), *Mnem.* 39: 419–23.

—— (1987), *Narrators and Focalizers: The Presentation of the Story in the Iliad* (Amsterdam).

—— (2001), *A Narratological Commentary on the* Odyssey (Cambridge).

—— (2005), 'Aristotle on the Homeric Narrator', *CQ* 55: 616–21.

—— (2006), 'The Homeric Narrator and his own *Kleos*', *Mnem.* 59: 188–207.

DELATTRE, D., ed. (2007a), *Philodème de Gadara: Sur la Musique*, 2 vols. (Paris).

—— (2007b), 'La Musique, pour quoi faire? La Polémique du Jardin contre le Portique chez Philodème de Gadara', in F. Malhomme and A. G. Wersinger (eds.), *Mousikè et Aretè: la musique et l'éthique de l'antiquité à l'âge moderne* (Paris), 99–117.

DEL CORNO, D. (1994), *Aristofane le Rane*, 3rd edn. (Milan).

DENNISTON, J. D. (1927), 'Technical Terms in Aristophanes', *CQ* 21: 113–21.

—— (1954), *The Greek Particles*, 2nd edn. (Oxford).

— (1960), *Greek Prose Style*, 2nd edn. (Oxford).

DEPEW, D. (2007), 'From Hymn to Tragedy: Aristotle's Genealogy of Poetic Kinds', in E. Csapo and M. C. Miller (eds.), *The Origins of Theater in Greece and Beyond* (Cambridge), 126–49.

DE ROMILLY, J. (1973), 'Gorgias et le pouvoir de la poésie', *JHS* 93: 155–62.

DE SIMONE, M. (2008), 'The "Lesbian" Muse in Tragedy: Euripides *ΜΕΛΟΠΟΙΟΣ* in Aristoph. *Ra.* 1301–28', *CQ* 58: 479–90.

DE STE. CROIX, G. E. M. (1972), *The Origins of the Peloponnesian War* (London).

DESTRÉE, P., and HERRMANN, F.-G., eds. (2011), *Plato and the Poets* (Leiden).

DETIENNE, M. (1996), *The Masters of Truth in Archaic Greece*, Eng. tr. J. Lloyd (New York).

DICKIE, M. W. (2001), *Magic and Magicians in the Greco-Roman World* (London).

DIEHL, E. (1903–6), *Procli Diadochi in Platonis Timaeum Commentarii*, 3 vols. (Leipzig).

DIELS, H., ed. (1901), *Poetarum Philosophorum Fragmenta* (Berlin).

DIGGLE, J. (1970), *Euripides Phaethon* (Cambridge).

DILCHER, R. (2007), 'Zu Problem und Begriff der Katharsis bei Aristoteles', in Vöhler and Seidensticker 2007: 245–59.

DILLON, J., and GERGEL, T. (2003), *The Greek Sophists* (Harmondsworth).

DI MARCO, M., ed. (1989), *Timone di Fliunte: Silli* (Rome).

DOBSON, W., tr. (1836), *Schleiermacher's Introductions to the Dialogues of Plato* (Cambridge).

DODDS, E. R. (1951), *The Greeks and the Irrational* (Berkeley, Calif.).

— ed. (1959), *Plato Gorgias* (Oxford).

DONADI, F. (2005), *Pseudo-Longino del Sublime*, 5th edn. (Milan).

DONINI, P. (1998), 'La tragedia, senza la catarsi', *Phronesis*, 43: 26–41.

— (2004), *La tragedia e la vita: Saggi sulla Poetica di Aristotele* (Alessandria).

— (2008), *Aristotele Poetica* (Turin).

DORAN, R. (2007), 'Literary History and the Sublime in Eric Auerbach's *Mimesis*', *New Literary History*, 38: 353–69.

— (2015), *The Theory of the Sublime from Longinus to Kant* (Cambridge).

DOVER, K. J. (1970), review of Harriott (1969), *JHS* 90: 230–1.

— (1972), *Aristophanic Comedy* (Berkeley, Calif.).

— (1974), *Greek Popular Morality in the Time of Plato and Aristotle* (Oxford).

— (1987), *Greek and the Greeks* (Oxford).

— (1997), *The Evolution of Greek Prose Style* (Oxford).

— (1993), *Aristophanes Frogs* (Oxford).

DREIZEHNTER, A., ed. (1970), *Aristoteles' Politik* (Munich).

DUNBAR, N. (1995), *Aristophanes Birds* (Oxford).

Duncan-Jones, K., ed. (1989), *Sir Philip Sidney* (Oxford).

Dunshirn, A. (2010), *Logos bei Platon als Spiel und Ereignis* (Würzburg).

Dupont, F. (2007), *Aristote ou le vampire du théâtre occidental* (Paris).

Dupont-Roc, R., and Lallot, J. (1980), *Aristote: La Poétique* (Paris).

Durante, M. (1976), *Sulla preistoria della tradizione poetica greca*, pt. 2 (Rome).

Eco, U. (2004), 'The *Poetics* and Us', in *On Literature*, Eng. tr. M. McLaughlin (Orlando, Fa.), 236–54.

Eden, K. (1986), *Poetic and Legal Fiction in the Aristotelian Tradition* (Princeton).

Edwards, M. (1987), *Homer Poet of the Iliad* (Baltimore).

Edzard, L., and Köhnken, A. (2006), 'A New Look at the Greek, Syriac, and Arabic Versions of Aristotle's *Poetics*', in L. Edzard and J. Watson (eds.), *Grammar as a Window onto Arabic Humanism* (Wiesbaden), 222–64.

Eichner, H., ed. (1967), *Friedrich Schelling: Charakteristiken und Kritiken I (1796–1801)* (Kritische Friedrich-Schelling Ausgabe, 2; Munich).

Else, G. F. (1957), *Aristotle's Poetics: the Argument* (Cambridge, Mass.).

—— (1972), *The Structure and Date of Book 10 of Plato's Republic* (Heidelberg).

Erler, M. (2003), 'Das Bild vom "Kind im Menschen" bei Platon und der Adressat von Lukrez *De rerum natura*', *Cronache Ercolanesi*, 33: 107–16.

—— (2007), *Die Philosophie der Antike 2/2: Platon* (Basle).

Eucken, C. (1983), *Isokrates: Seine Positionen in der Auseinandersetzung mit den zeitgenössischen Philosophen* (Berlin).

Fantuzzi, M., and Hunter, R. (2004), *Tradition and Innovation in Hellenistic Poetry* (Cambridge).

Feeney, D. C. (1991), *The Gods in Epic: Poets and Critics of the Classical Tradition* (Oxford).

—— (1993), 'Epilogue: Towards an Account of the Ancient World's Concepts of Fictive Belief', in Gill and Wiseman 1993: 230–44.

—— (1995), 'Criticism Ancient and Modern', in Innes *et al.* 1995: 301–12.

Ferrari, G. R. F. (1989), 'Plato and Poetry', in Kennedy 1989: 92–148.

—— (1999), 'Aristotle's Literary Aesthetics', *Phronesis*, 44: 181–98.

Festugière, A. J. (1970), *Proclus: Commentaires sur la République*, i (Paris).

Finkelberg, M. (1990), 'A Creative Oral Poet and the Muse', *AJP* 111: 293–303.

—— (1998), *The Birth of Literary Fiction in Ancient Greece* (Oxford).

—— (2007), 'More on ΚΛΕΟΣ ΑΦΘΙΤΟΝ', *CQ* 57: 341–50.

Finley, J. H. (1942), *Thucydides* (London).

Finley, M. I. (1975), *The Use and Abuse of History* (London).

Flashar, H. (1958), *Der Dialog Ion als Zeugnis platonischere Philosophie* (Berlin).

—— (2007), 'Die musikalische und die poetische Katharsis', in Vöhler and Seidensticker 2007: 173–9.

FLORY, S. (1990), 'The Meaning of τὸ μὴ μυθῶδες (1.22.4) and the Usefulness of Thucydides' History', *CJ* 85: 193–208.

FÖGEN, T., ed. (2009), *Tears in the Graeco-Roman World* (Berlin).

FORD, A. (1991), 'Unity in Greek Criticism and Poetry' [review of Heath (1989)], *Arion*, 1: 125–54.

—— (1992), *Homer: The Poetry of the Past* (Ithaca).

—— (1995) '*Catharsis*: the Ancient Problem', in A. Parker and E. Kosofsy Sedgwick (eds.), *Performativity and Performance* (London), 109–32.

—— (2002), *The Origins of Criticism: Literary Culture and Poetic Theory in Classical Greece* (Princeton).

—— (2004), 'Catharsis: The Power of Music in Aristotle's *Politics*', in Murray and Wilson 2004: 309–36.

—— (2006), 'The Genre of Genres: Paeans and *Paian* in Early Greek Poetry', *Poetica*, 38: 277–95.

—— (2010), review of Hunter (2009), *AJP* 131: 703–6.

FORSEY, J. (2007), 'Is a Theory of the Sublime Possible?', *JAAC* 65: 381–9.

FRÄNKEL, H. (1975), *Early Greek Poetry and Philosophy*, Eng. tr. M. Hadas and J. Willis (Oxford).

FREDE, D. (1993), *Plato Philebus* (Indianapolis).

FRIIS JOHANSEN, H., and WHITTLE, E. W. (1980), *Aeschylus: The Suppliants*, 3 vols. (Copenhagen).

FRYE, N. (1957), *Anatomy of Criticism* (Princeton).

GADAMER, H.-G. (1980), *Dialogue and Dialectic: Eight Hermeneutical Studies on Plato*, Eng. tr. P. C. Smith (New Haven, Conn.).

GALLOP, D. (1999), 'Aristotle: Aesthetics and Philosophy of Mind', in D. Furley (ed.), *From Aristotle to Augustine* (London), 76–108.

GANTZ, T. (1993), *Early Greek Myth* (Baltimore).

GARVIE, A. F. (1994), *Homer Odyssey Books VI–VIII* (Cambridge).

—— (2009), *Aeschylus Persae* (Oxford).

GASTALDI, S. (2007), 'La *mimesis* e l'anima', in Vegetti 2007: 93–150.

GAUT, B. (2007), *Art, Emotion and Ethics* (Oxford).

GAVRILOV, A. K. (1997), 'Techniques of Reading in Classical Antiquity', *CQ* 47: 56–73.

GELZER, T. (1960), *Der epirrhematische Agon bei Aristophanes* (Munich).

GIGON, O. (1973), *Aristoteles Politik* (Munich).

—— ed. (1987), *Aristotelis Opera III: Librorum Deperditorum Fragmenta* (Berlin).

GILBERT, A. H. (1939), 'Did Plato Banish the Poets or the Critics?', *Studies in Philology*, 36: 1–19.

GILL, C. (1979), 'Plato's Atlantis Story and the Birth of Fiction', *Philosophy and Literature*, 3: 64–78.

GILL, C. (1993), 'Plato on Falsehood—Not Fiction', in Gill and Wiseman 1993: 38–87.

—— and WISEMAN, T. P., eds. (1993), *Lies and Fiction in the Ancient World* (Exeter).

GIULIANO, F. M. (1998), 'Un dimenticato frammento di poetica: *POxy* III 414 e l'"enciclopedia del sapere"', *Papiri filosofici: Miscellanea di studi II* (Florence), 115–65.

—— (2005), *Platone e la poesia: Teoria della composizione e prassi della ricezione* (Sankt Augustin).

GOETHE, J. W. VON (1994), *Essays on Art and Literature*, Eng. tr. E. and E. H. von Nardroff (Princeton).

—— (1998), *Werke*, ed. F. APEL *et al.*, (Jubiläumsausgabe, 6; Frankfurt am Main).

GOLDEN, L. (1992), *Aristotle on Tragic and Comic Mimesis* (Atlanta, Ga.).

—— (1998), 'Reception of Aristotle in Modernity', in M. Kelly (ed.), *Encyclopedia of Aesthetics*, i (New York), 106–9.

—— (2005), 'Classical Theory and Criticism. 1. Greek', in M. Golden *et al.*, (eds.), *The Johns Hopkins Guide to Literary Theory and Criticism*, 2nd edn. (Baltimore), 208–11.

—— and HARDISON, O. B. (1968), *Aristotle's Poetics* (Englewood Cliffs, NJ).

GOLDHILL, S. (1991), *The Poet's Voice: Essays on Poetics and Greek Literature* (Cambridge).

—— (1995), review of Dover (1993), *CPh* 90: 86–91.

—— (2002), *The Invention of Prose* (Oxford).

GOLDMAN, H. (2009), 'Traditional Forms of Wisdom and Politics in Plato's *Apology*', *CQ* 59: 444–67.

GOMME, A. W. (1954), *The Greek Attitude to Poetry and History* (Berkeley, Calif.).

—— (1956), *A Historical Commentary on Thucydides*, ii (Oxford).

GÖRGEMANNS, H. (1976), 'Rhetorik und Poetik im homerischen Hermeshymnus', in Görgemanns and Schmidt 1976: 113–28.

—— and SCHMIDT, E. A., eds. (1976), *Studien zum antiken Epos* (Meisenheim am Glan).

GOULD, J. (2001), *Myth, Ritual, Memory, and Exchange: Essays in Greek Literature and Culture* (Oxford).

GOULD, T. (1990), *The Ancient Quarrel between Poetry and Philosophy* (Princeton).

GOW, A. S. F. (1952), *Theocritus*, 2 vols. (Cambridge).

GRAF, F. (1993), *Greek Mythology*, Eng. tr. T. Marier (Baltimore).

GRAFF, G. (1979), *Literature against Itself: Literary Ideas in Modern Society* (Chicago).

GRAHAM, D. W. (2010), *The Texts of Early Greek Philosophy*, 2 vols. (Cambridge).

GRANGER, H. (2007), 'Poetry and Prose: Xenophanes of Colophon', *TAPhA* 137: 403–33.

GRAZIOSI, B. (2002), *Inventing Homer: The Early Reception of Epic* (Cambridge).

GREENBERG, N. A. (1990), *The Poetic Theory of Philodemus* (New York).

GREENE, W. C. (1918), 'Plato's View of Poetry', *HSPh* 29: 1–75.

GREENWOOD, E. (2006), *Thucydides and the Shaping of History* (London).

GRETHLEIN, J. (2010a), *The Greeks and their Past: Poetry, Oratory and History in the Fifth Century BCE* (Cambridge).

—— (2010b), 'Experientiality and "Narrative Reference": With Thanks to Thucydides', *History and Theory*, 49: 318–35.

GRIFFIN, J. (1980), *Homer on Life and Death* (Oxford).

GRIFFITH, M. (1990), 'Contest and Contradiction in Early Greek Poetry', in M. Griffith and D. J. Mastronarde (eds.), *Cabinet of the Muses: Essays on Classical and Comparative Literature in Honor of Thomas G. Rosenmeyer* (Atlanta, Ga.), 185–207.

GRISWOLD, C. (2003), 'Plato on Rhetoric and Poetry', *Stanford Encyclopedia of Philosophy*, at: http://plato.stanford.edu/entries/plato-rhetoric/

GRUBE, G. M. A. (1965), *The Greek and Roman Critics* (London).

GUASTINI, D. (2010), *Aristotele Poetica* (Rome).

GUDEMAN, A. (1934), *Aristoteles ΠΕΡΙ ΠΟΙΗΤΙΚΗΣ* (Berlin).

HABASH, M. (2002), 'Dionysos' Roles in Aristophanes' *Frogs*', *Mnem.* 55: 1–17.

HALL, E. (2000), 'Female Figures and Metapoetry in Old Comedy', in Harvey and Wilkins 2000: 407–18.

—— (2007), 'Trojan Suffering, Tragic Gods, and Transhistorical Metaphysics', in S. A. Brown and C. Silverstone (eds.), *Tragedy in Transition* (Oxford), 16–33.

HALLIWELL, S. (1982), 'Notes on Some Aristophanic Jokes', *LCM* 7: 153–4.

—— (1988), *Plato Republic 10* (Warminster); repr. with addenda (2005).

—— (1991), review of Heath (1989), *JHS* 111: 230–1.

—— (1993), *Plato Republic 5* (Warminster).

—— (1995), 'Forms of Address: Socratic Vocatives in Plato', in F. de Martino and A. H. Sommerstein (eds.), *Lo spettacolo delle voci* (Bari), pt 2, 87–121.

—— (1997a), 'Philosophical Rhetoric or Rhetorical Philosophy? The Strange Case of Isocrates', in B. D. Schildgen (ed.), *The Rhetoric Canon* (Detroit), 107–125.

—— (1997b), 'The Critic's Voice', review of Goldhill (1991), *Arion*, 5: 217–32.

—— (1998a), *Aristotle's Poetics*, 2nd edn. (London).

—— (1998b), review of Nuttall (1996), *CR* 48: 205.

—— (2000), 'The Subjection of Mythos to Logos: Plato's Citations of the Poets', *CQ* 50: 94–112.

HALLIWELL, S. (2001), 'Aristotelian Mimesis and Human Understanding', in Andersen and Haarberg 2001: 87–107.

—— (2002*a*), *The Aesthetics of Mimesis: Ancient Texts and Modern Problems* (Princeton).

—— (2002*b*), review of Husain (2002), *Notre Dame Philosophical Reviews* (2 May): http://ndpr.nd.edu/

—— (2002*c*), 'Thucydides, Pericles, and Tragedy', *Dioniso*, NS 1: 62–77.

—— (2003*a*), 'From Functionalism to Formalism, Or Did the Greeks Invent Literary Criticism?', review of Ford (2002), *Arion* 10: 111–25.

—— (2003*b*), 'Aristotelianism and Anti-Aristotelianism in Attitudes to the Theatre', in E. Theodorakopoulos (ed.), *Attitudes to Theatre from Plato to Milton* (Bari), 57–75.

—— (2003*c*), 'Nietzsche's "Daimonic Force" of Tragedy and its Ancient Traces', *Arion*, 11: 103–23.

—— (2003*d*), 'La Psychologie morale de la catharsis: un essai de reconstruction', *Les Études Philosophiques*, 4: 499–517.

—— (2003*e*), 'Aristoteles und die Geschichte der Ästhetik', in T. Buchheim *et al.* (eds.), *Kann man heute noch etwas anfangen mit Aristoteles* (Munich).

—— (2005*a*), 'Learning from Suffering: Ancient Responses to Tragedy', in J. Gregory (ed.), *A Companion to Greek Tragedy* (Oxford), 394–412.

—— (2005*b*), 'La *mimèsis* reconsidérée: une optique platonicienne', in M. Dixsaut (ed.), *Études sur la République de Platon, i. De la justice, éducation, psychologie et politique* (Paris), 43–63.

—— (2006*a*), 'Plato and Aristotle on the Denial of Tragedy', in Laird 2006: 115–41. Revised version of article originally published in *PCPS* 30 (1984) 49–71.

—— (2006*b*), 'An Aristotelian Perspective on Plato's Dialogues', in F.-G. Herrmann (ed.), *New Essays on Plato* (Swansea), 189–211.

—— (2006*c*), review of Poulakos and Depew (2004), *CR* 56: 36–7.

—— (2007*a*), 'The Life-and-Death Journey of the Soul: Interpreting the Myth of Er', in G. R. F. Ferrari (ed.), *The Cambridge Companion to Plato's Republic* (Cambridge), 445–73.

—— (2007*b*), 'Fra estasi e verità: Longino e la psicologia del sublime', *Aevum Antiquum*, 3 [dated 2003]: 65–77.

—— (2008), *Greek Laughter: A Study in Cultural Psychology from Homer to Early Christianity* (Cambridge).

—— (2009*a*), 'The Theory and Practice of Narrative in Plato', in J. Grethlein and A. Rengakos (eds.), *Narratology and Interpretation: The Content of the Form in Ancient Texts* (Berlin), 15–41.

—— (2009*b*), 'Odysseus's Request and the Need for Song', *Anais de Filosofia Classica*, 5: http://www.ifcs.ufrj.br/~afc/ (includes Portuguese tr.).

—— (2011), 'Antidotes and Incantations: Is there a Cure for Poetry in Plato's *Republic?*', in Destrée and Herrmann 2011: 241-66.

—— (2012), '*Amousia*: Living without the Muses', in R. Rosen and I. Sluiter (eds.), *Aesthetic Value in Classical Antiquity* (Leiden), 15-45.

—— (2013), 'Unity of Art without Unity of Life? A Question about Aristotle's Theory of Tragedy', in M.-A. Zagdoun and F. Malhomme (eds.), *Renaissances de la Tragédie, Atti della Accademia Pontaniana*, Supplemento N.S. LXI (Naples), 25-39.

—— (2015), 'Fiction', in P. Destrée and P. Murray (eds.), *A Companion to Ancient Aesthetics* (New York), 341-53.

—— (forthcoming), 'Paradoxes of Platonism in the History of Aesthetics', in M. Beck and J. Opsomer (eds.), *Plato and Platonisms* (Leuven), forthcoming.

HALLIWELL, S. and SPARSHOTT, F. (2005), 'Plato', in M. Groden et al. (eds.), *The Johns Hopkins Guide to Literary Theory and Criticism*, 2nd edn. (Baltimore), 742-8.

HARRIOTT, R. (1969), *Poetry and Criticism Before Plato* (London).

HARRIS, W. V. (1989), *Ancient Literacy* (Cambridge, Mass.).

HARRISON, T. (2000), *The Emptiness of Asia: Aeschylus' Persians and the History of the Fifth Century* (London).

HARVEY, D., and WILKINS, J., eds. (2000), *The Rivals of Aristophanes* (London).

HAVELOCK, E. A. (1963), *Preface to Plato* (Oxford).

HEATH, M. (1985), 'Hesiod's Didactic Poetry', *CQ* 35: 245-63.

—— (1989), *Unity in Greek Poetics* (Oxford).

—— (1996), *Aristotle Poetics* (Harmondsworth).

—— (1999), 'Longinus, *On Sublimity*', *PCPhS* 45: 43-74.

—— (2001), 'Aristotle and the Pleasures of Tragedy', in Andersen and Haarberg 2001: 7-23.

—— (2009), 'Cognition in Aristotle's *Poetics*', *Mnem.* 62: 51-75.

HEGEL, G. W. F. (1923), *Sämtliche Werke IX: Philosophie der Weltgeschichte, II. Hälfte*, ed. G. LASSON (Leipzig).

HEIDEN, B. (1991), 'Tragedy and Comedy in the *Frogs* of Aristophanes', *Ramus*, 20: 95-111.

—— (2007), 'The Muses' Uncanny Lies: Hesiod, *Theogony* 27 and its Translators', *AJP* 128: 153-75.

—— (2008), 'Common People and Leaders in *Iliad* Book 2: The Invocation of the Muses and the Catalogue of Ships', *TAPhA* 138: 127-54.

HEITSCH, E. (2002), *Platon: Apologie des Sokrates* (Göttingen).

HENDERSON, J., ed./tr. (2002), *Aristophanes: Frogs, Assemblywomen, Wealth* (Cambridge, Mass.).

HERINGTON, J. (1985), *Poetry into Drama. Early Tragedy and the Greek Poetic Tradition* (Berkeley, Calif.).

HERRMANN, F.-G. (2007), *Words and Ideas: The Roots of Plato's Philosophy* (Swansea).

HERTZ, N. (1983), 'A Reading of Longinus', *Critical Inquiry*, 9: 579–96.

HERZOG, W. (2010), 'On the Absolute, the Sublime, and Ecstatic Truth', *Arion*, 17/3: 1–12.

HESK, J. (2000), *Deception and Democracy in Classical Athens* (Cambridge).

HIGHAM, T. (1972), 'Aristophanes, *Frogs* 830–1481', in Russell and Winterbottom 1972: 8–38.

HIGHLAND, J. (2005), 'Transformative Katharsis: The Significance of Theophrastus's Botanical Works for Interpretations of Dramatic Catharsis', *JAAC* 63: 155–63.

HOESSLY, F. (2001), *Katharsis: Reinigung als Heilverfahren. Studien zum Ritual der archaischen und klassischen Zeit sowie zum Corpus Hippocraticum* (Göttingen).

HOFFMANN, T. (2006), *Konfigurationen des Erhabenen: Zur Produktivität einer ästhetischen Kategorie in der Literatur des ausgehenden 20. Jahrhunderts* (Berlin).

HOLZHAUSEN, J. (2000), *Paideía oder Paidiá: Aristoteles und Aristophanes zur Wirkung der griechischen Tragödie* (Stuttgart).

HORN, H.-J. (1990), 'Philosophische Grundlagen der Dichtererklärung in der Schrift *Vom Erhabenen*', *Grazer Beiträge*, 17: 187–205.

HORNBLOWER, S. (1987), *Thucydides* (London).

—— (1991–2008), *A Commentary on Thucydides*, 3 vols. (Oxford).

—— (2004), *Thucydides and Pindar* (Oxford).

HOUSMAN, A. E. (1988), *Collected Poems and Selected Prose*, ed. C. RICKS (London).

HUB, B. (2009), 'Platon und die bildende Kunst. Eine Revision', *Platon*, 4: http://gramata.univ-paris1.fr/Plato/spip.php?article87

HUBBARD, M. E. (1972), 'Catharsis (*Politics* 1341[b]32 ff.)', in Russell and Winterbottom 1972: 132–4.

HUBBARD, T. K. (1991), *The Mask of Comedy: Aristophanes and the Intertextual Parabasis* (Ithaca, NY).

HUNTER, R. (1999), *Theocritus: A Selection* (Cambridge).

—— (2006), *The Shadow of Callimachus: Studies in the Reception of Hellenistic Poetry at Rome* (Cambridge).

—— (2008), *On Coming After: Studies in Post-Classical Greek Literature and its Reception*, 2 vols. (Berlin).

—— (2009), *Critical Moments in Classical Literature: Studies in the Ancient View of Literature and its Uses* (Cambridge).

HUSAIN, M. (2002), *Ontology and the Art of Tragedy: An Approach to Aristotle's Poetics* (New York).

HUTCHINSON, G. (1985), *Aeschylus Seven Against Thebes* (Oxford).

INNES, D. C. (1989), 'Philodemus', in Kennedy 1989: 215–19.

—— (1995*a*), 'Longinus: Structure and Unity', in J. G. J. Abbenes et al. (eds.), *Greek Literary Theory After Aristotle* (Amsterdam), 111–24.

—— (1995*b*), 'Longinus, Sublimity, and the Low Emotions', in Innes *et al.* (eds.), 323–33.

—— (2002), 'Longinus and Caecilius: Models of the Sublime', *Mnem.* 55: 259–84.

—— *et al.* eds. (1995), *Ethics and Rhetoric: Classical Essays for Donald Russell* (Oxford).

ISER, W. (1993), *The Fictive and the Imaginary: Charting Literary Anthropology*, Eng. tr. (Baltimore).

JANAWAY, C. (1992), 'Craft and Fineness in Plato's *Ion*', *OSAPh* 10: 1–23.

—— (1995), *Images of Excellence: Plato's Critique of the Arts* (Oxford).

—— (2006), 'Plato and the Arts', in H. H. Benson (ed.), *A Companion to Plato* (Oxford), 388–400.

JANKO, R. (1984), *Aristotle on Comedy: Towards a Reconstruction of* Poetics *II* (London).

—— (1995), 'Reconstructing Philodemus' *On Poems*', in Obbink 1995: 69–96.

—— (2000), *Philodemus On Poems Book 1* (Oxford).

—— (2001), 'Philodème et l'esthétique poétique', in C. Auvray-Assayas and D. Delattre (eds.), *Cicéron et Philodème: La Polémique en philosophie* (Paris), 283–96.

—— (2011), *Philodemus On Poems Books 3–4 with the Fragments of Aristotle On Poets* (Oxford).

JEDRKIEWICZ, S. (2010), 'Do not Sit near Socrates (Aristophanes' *Frogs*, 1482–1499)', in Mitsis and Tsagalis 2010: 339–58.

JOURDAIN, R. (1997), *Music, the Brain, and Ecstasy* (New York).

JUDET DE LA COMBE, P. (2006), 'L'Analyse comique de la tragédie dans les "Grenouilles"', in Mureddu and Nieddu 2006: 43–76.

KAHN, C. (1996), *Plato and the Socratic Dialogue* (Cambridge).

KAMTEKAR, R. (2008), 'Plato on Education and Art', in G. Fine (ed.), *The Oxford Handbook of Plato* (Oxford).

KANNICHT, R. (1980), 'Der alte Streit zwischen Philosophie und Dichtung', *Der altsprachliche Unterricht*, 23: 6–36.

KANT, I. (1913), *Kritik der Urteilskraft*, in *Gesammelte Schriften*, v, 2nd edn. (Berlin).

—— (2000), *Critique of the Power of Judgement*, ed. P. GUYER, Eng. tr. P. Guyer and E. Matthews (Cambridge).

KARELIS, C. (1979), 'Hegel's Concept of Art: An Interpretative Essay', in *Hegel's Introduction to Aesthetics* (Oxford), pp. xi–lxxvi.

KASSEL, R., ed. (1965), *Aristotelis de arte poetica liber* (Oxford).

—— (1994), 'Zu den "Fröschen" des Aristophanes', *Rh. Mus.* 137: 33–53.

KATZ, J. (2010), 'Inherited Poetics', in E. J. Bakker (ed.), *A Companion to the Ancient Greek Language* (Chichester), 357–69.

KENNEDY, G. A. (1972), 'Gorgias', in R. K. Sprague (ed.), *The Older Sophists* (Columbia, SC), 30–67.

—— ed. (1989), *The Cambridge History of Literary Criticism, i. Classical Criticism* (Cambridge).

KERMODE, F. (2000), *The Sense of an Ending: Studies in the Theory of Fiction*, 2nd edn. (New York).

—— (2010), 'Eliot and the Shudder', *London Review of Books*, 329: 13–16.

KERSCHENSTEINER, J. (1962), *Kosmos: Quellenkritische Untersuchungen zu den Vorsokratikern* (Munich).

KIRBY, J. T. (1997), 'Aristotle on Metaphor', *AJP* 118: 517–54.

KIVY, P. (2006), *The Performance of Reading: An Essay in the Philosophy of Literature* (Malden, Mass).

—— (2009), *Antithetical Arts: On the Ancient Quarrel between Literature and Music* (New York).

KÖHNKEN, A. (2006), 'Licht und Schatten bei Pseudo-Longin', in id., *Darstellungsziele und Erzählstrategien in antiken Texten* (Berlin), 569–78.

KOLLER, H. (1963), *Musik und Dichtung im alten Griechenland* (Berne).

KONSTAN, D. (1995), *Greek Comedy and Ideology* (New York).

—— (1998), 'The Invention of Fiction', in R. F. Hock et al. (eds.), *Ancient Fiction and Early Christian Narrative* (Atlanta, Ga.), 3–17.

—— (2005a), 'Aristotle on the Tragic Emotions', in V. Pedrick and S. M. Oberhelman (eds.), *The Soul of Tragedy: Essays on Athenian Drama* (Chicago), 13–25.

—— (2005b), 'Plato's *Ion* and the Psychoanalytic Theory of Art', *Plato*, 5: http://gramata.univ-paris1.fr/Plato/spip.php?article56

—— (2006), *The Emotions of the Ancient Greeks* (Toronto).

KOSTER, W. J. W. (1975), *Scholia in Aristophanem Pars I, Fasc. IA: Prolegomena de Comoedia* (Groningen).

KOUREMENOS, T., et al. (2006), *The Derveni Papyrus* (Florence).

KOZAK, L., and RICH, J., eds. (2006), *Playing Around Aristophanes* (Oxford).

KRAUT, R. (1997), *Aristotle Politics Books VII and VIII* (Oxford).

KRISCHER, T. (1965), 'ΕΤΥΜΟΣ und ΑΛΗΘΗΣ', *Philol.* 109: 161–74.

—— (1971), *Formale Konventionen der homerischen Epik* (Munich).

KROLL, W., ed. (1899–1901), *Procli Diadochi in Platonis Rem Publicam Commentarii*, 2 vols (Leipzig).

KUNDERA, M. (1991), *Immortality*, Eng. tr. P. Kussi (London).

—— (1995), *Testaments Betrayed*, Eng. tr. L. Asher (London).

—— (2007), *The Curtain: An Essay in Seven Parts*, Eng. tr. L. Asher (London).

KURKE, L. (2006), 'Plato, Aesop, and the Beginnings of Mimetic Prose', *Representations*, 94: 6–52.

LADA-RICHARDS, I. (1999), *Initiating Dionysus: Ritual and Theatre in Aristophanes' Frogs* (Oxford).

—— (2002), 'The Subjectivity of Greek Performance', in P. Easterling and E. Hall (eds.), *Greek and Roman Actors* (Cambridge), 395–418.

LAÍN ENTRALGO, P. (1958), 'Die platonische Rationalisierung der Besprechung (ἐπῳδή) und die Erfindung der Psychotherapie durch das Wort', *Hermes*, 86: 298–323.

LAIRD, A. (1999), *Powers of Expression, Expressions of Power: Speech Presentation and Latin Literature* (Oxford).

—— ed. (2006a), *Oxford Readings in Ancient Literary Criticism* (Oxford).

—— (2006b), 'The Value of Ancient Literary Criticism', in Laird 2006a: 1–36.

—— (2007), 'Fiction, Philosophy, and Logical Closure', in S. J. Heyworth *et al.* (eds.), *Classical Constructions: Papers in Memory of Don Fowler, Classicist and Epicurean* (Oxford), 281–309.

LAMBERTON, R. (1986), *Homer the Theologian: Neoplatonist Allegorical Reading and the Growth of the Epic Tradition* (Berkeley, Calif.).

—— (1991), review of Heath (1989), *Ancient Philosophy*, 11: 465–73.

—— and KEANEY, J. J., eds. (1992), *Homer's Ancient Readers* (Princeton).

LAMBROPOULOS, V. (2006), *The Tragic Idea* (London).

LANATA, G. (1963), *Poetica pre-platonica: Testimonianze e frammenti* (Florence).

LANZA, D. (1987), *Aristotele Poetica* (Milan).

LASKI, M. (1961), *Ecstasy: A Study of Some Secular and Religious Experiences* (London).

LATACZ, J. (1966), *Zum Wortfeld 'Freude' in der Sprache Homers* (Heidelberg).

—— *et al.* (2000–), *Homers Ilias: Gesamtkommentar* (Leipzig/Munich).

LATTMANN, C. (2005), 'Die Dichtungsklassifikation des Aristoteles: Eine neue Interpretation von Aristot. *poet.* 1448a19–24', *Philologus*, 149: 28–51.

LEAR, J. (1988), 'Catharsis', *Phronesis*, 33: 327–44.

LECH, M. (2008), 'A Possible Date of the Revival of Aeschylus' *The Seven Against Thebes*', *CQ* 58: 661–4.

LEDBETTER, G. M. (2003), *Poetics Before Plato* (Princeton).

LEFKOWITZ, M. R. (1981), *The Lives of the Greek Poets* (London).

—— (1991), *First-Person Fictions: Pindar's Poetic 'I'* (Oxford).

LESHER, J. H. (1992), *Xenophanes of Colophon: Fragments* (Toronto, 1992).

LESZL, W. G. (2004), 'Plato's Attitude to Poetry and the Fine Arts, and the Origins of Aesthetics. Part I', *Études Platoniciennes*, 1: 113–97.

—— (2006a), 'Plato's Attitude to Poetry and the Fine Arts, and the Origins of Aesthetics. Part II', *Études Platoniciennes*, 2: 285–351.

—— (2006b), 'Plato's Attitude to Poetry and the Fine Arts, and the Origins of Aesthetics. Part III', *Études Platoniciennes*, 3: 245–336.

LEVET, J.-P. (1976), *Le Vrai et le faux dans la pensée grecque archaïque: Étude de vocabulaire* (Paris).

LEVET, J.-P. (2008), *Le Vrai et le faux dans la pensée grecque archaïque d'Hésiode à la fin du Ve siècle* (Paris).

LEVIN, S. B. (2001), *The Ancient Quarrel between Philosophy and Poetry Revisited* (New York).

LIEBERT, R. S. (2010a), 'Apian Imagery and the Critique of Poetic Sweetness in Plato's *Republic*', *TAPhA* 140: 97–115.

—— (2010b), 'Fact and Fiction in Plato's *Ion*', *AJP* 131: 179–218.

LIGOTA, C. R. (1982), '"This Story is Not True": Fact and Fiction in Antiquity', *Journal of the Warburg and Courtauld Institutes*, 45: 1–13.

LIVINGSTONE, N. (2001), *A Commentary on Isocrates' Busiris* (Leiden).

LLOYD, G. E. R. (1979), *Magic, Reason and Experience* (Cambridge).

LLOYD, M. (1987), 'Homer on Poetry: Two Passages in the *Odyssey*', *Eranos*, 85: 85–90.

LOHMANN, D. (1970), *Die Komposition der Reden in der Ilias* (Berlin).

LOMBARDO, G. (1989–90), 'Il silenzio di Aiace (*de sublim.*, 9.2)', *Helikon*, 29–30: 281–92.

—— (2002), *L'estetica antica* (Bologna).

—— (2007), *Pseudo Longino: il Sublime*, 3rd edn. (Palermo).

LONG, A. A. (1992), 'Stoic Readings of Homer', in Lamberton and Keaney 1992: 41–66.

—— and SEDLEY, D. N. (1987), *The Hellenistic Philosophers*, i (Cambridge).

LOSSAU, M. (1987), 'Amphibolisches in Aristophanes' *Fröschen*', *Rh. Mus.* 130: 229–47.

LOUIS, P. (1945), *Les Métaphores de Platon* (Paris).

LOWE, N. J. (2000a), *The Classical Plot and the Invention of Western Literature* (Cambridge).

—— (2000b), 'Comic Plots and the Invention of Fiction', in Harvey and Wilkins 2000: 259–72.

—— (2007), *Comedy* (Cambridge).

LUCAS, D. W. (1968), *Aristotle Poetics* (Oxford).

LUPPE, W. (2000), 'The Rivalry between Aristophanes and Kratinos', in Harvey and Wilkins 2000: 15–20.

LUSERKE, M., ed. (1991), *Die Aristotelische Catharsis: Dokumente ihrer Deutung im 19. und 20. Jahrhundert* (Hildesheim).

LUTHER, W. (1935), '*Wahrheit*' und '*Lüge*' im ältesten Griechentum (Göttingen).

MACDOWELL, D. M. (1982), *Gorgias Encomium of Helen* (Bristol).

—— (1995), *Aristophanes and Athens* (Oxford).

MCGILCHRIST, I. (1982), *Against Criticism* (London).

MACKIE, H. (1997), 'Song and Storytelling: An Odyssean Perspective', *TAPhA* 127: 77–95.

MACLEOD, C. W. (1982), *Homer Iliad Book XXIV* (Cambridge).

—— (1983), 'Homer on Poetry and the Poetry of Homer', in *Collected Essays* (Oxford), 1–15. Repr. in Cairns 2001a: 294–310.

McLOUGHLIN, T. O., and BOULTON, J. T., eds. (1997), *The Writings and Speeches of Edmund Burke*, i (Oxford).

MAEHLER, H. (1963), *Die Auffassung des Dichterberufs im frühen Griechentum bis zur Zeit Pindars* (Göttingen).

MANDILARAS, B. G., ed. (2003), *Isocrates Opera Omnia*, ii (Munich).

MANGONI, C. (1993), *Filodemo: Il quinto libro della Poetica* (Naples).

MARG, W. (1956), 'Das erste Lied des Demodokos', in *Navicula Chiloniensis* (Leiden): 16–29.

—— (1971), *Homer über die Dichtung: der Schild des Achilleus*, 2nd edn. (Münster).

MARSHALL, C. W., and VAN WILLIGENBURG, S. (2004), 'Judging Athenian Dramatic Competitions', *JHS* 124: 90–107.

MASSIMILLA, G. (1996), *Callimaco Aitia libri primo e secondo* (Pisa).

MASTROMARCO, G. (2006), 'La paratragodia, il libro, la memoria', in E. Medda et al. (eds.), *Kômôdotragôdia: intersezioni del tragico e del comico nel teatro del V secolo a.C.* (Pisa), 137–91.

—— and TOTARO, P. (2006), *Commedie di Aristofane*, ii (Turin).

MATELLI, E. (1987), 'Struttura e stile del Περὶ "Υψους', *Aevum*, 61: 137–247.

—— (2007), '*Physis* e *Techne* nel *Sublime* di Longino, ovvero il metodo della natura', *Aevum Antiquum*, 3 [dated 2003]: 99–123.

MATHIEU, G., and BRÉMOND, E., eds. (1938), *Isocrate Discours*, ii (Paris).

MATTES, W. (1958), *Odysseus bei den Phäaken* (Würzburg).

MAZZUCCHI, C. M. (1992), *Dionisio Longino: Del Sublime* (Milan).

MEIJERING, R. (1987), *Literary and Rhetorical Theories in Greek Scholia* (Groningen).

MENDELSSOHN, M. (1997), *Philosophical Writings*, Eng. tr. D. O. Dahlstrom (Cambridge).

MERLAN, P. (1954), 'Isocrates, Aristotle and Alexander the Great', *Hermes*, 3: 60–81.

METTE, H.-J. (1980), 'Neoptolemos von Parion', *RhM* 123: 1–24.

—— (1984), 'Zwei Akademiker heute: Krantor von Soloi und Arkesilaos von Pitane', *Lustrum*, 26: 7–94.

MIKKOLA, E. (1954), *Isokrates: Seine Anschauungen im Lichte seiner Schriften* (Helsinki).

MINCHIN, E. (2001), *Homer and the Resources of Memory* (Oxford).

MINER, E. (1990), *Comparative Poetics* (Princeton).

MITSIS, P., and TSAGALIS, C., eds. (2010), *Allusion, Authority, and Truth: Critical Perspectives on Greek Poetic and Rhetorical Praxis* (Berlin).

MÖLLENDORFF, P. VON (1996–7), 'Αἰσχύλον δ' αἱρήσομαι—der "neue Aischylos" in den *Fröschen* des Aristophanes', *WJA* 21: 129–51.

—— (2002), *Aristophanes* (Darmstadt).

MOMIGLIANO, A. (1993), *The Development of Greek Biography*, expanded edn. (Cambridge, Mass.).

MOMIGLIANO, A. (1994), *Essays on Ancient and Modern Judaism* (Chicago).

MONK, S. H. (1935), *The Sublime: A Study of Critical Theories in XVIII-Century England* (New York).

MONTAIGNE, M. (1962), *Œuvres complètes*, ed. A. Thibaudet and M. Rat (Paris).

MONTANA, F. (2009), 'Terpandrean Hypotexts in Aristophanes', *Trends in Classics*, 1: 36–54.

MORAITOU, D. (1994), *Die Äußerungen des Aristoteles über Dichter und Dichtung außerhalb der Poetik* (Stuttgart).

MORGAN, K. (2003), 'Plato's Dream: Philosophy and Fiction in the *Theaetetus*', in S. Panayotakis et al. (eds.), *The Ancient Novel and Beyond* (Leiden), 101–13.

MORGAN, T. (1999), 'Literate Education in Classical Athens', *CQ* 49: 46–61.

MOSS, J. (2007), 'What is Imitative Poetry and Why is it Bad?', in G. R. F. Ferrari (ed.), *The Cambridge Companion to Plato's Republic* (Cambridge), 415–44.

MOST, G. W., ed. (2006), *Hesiod: Theogony, Works and Days, Testimonia* (Cambridge, Mass.).

—— (2007), 'Il sublime oggi?', *Aevum Antiquum*, 3 [dated 2003]: 41–62.

—— (2011), 'What Ancient Quarrel between Poetry and Philosophy?', in Destrée and Herrmann 2011: 1–20.

MÜLKE, C. (2002), *Solons politische Elegien und Iamben* (Munich).

MURDOCH, I. (1977), *The Fire and the Sun: Why Plato Banished the Artists* (Oxford).

—— (1993), *Metaphysics as a Guide to Morals* (Harmondsworth).

—— (1997), *Existentialists and Mystics: Writings on Philosophy and Literature*, ed. P. CONRADI (London).

MUREDDU, P., and NIEDDU, G. F., eds. (2006), *Comicità e riso tra Aristofane e Menandro* (Amsterdam).

MURNAGHAN, S. (1987), *Disguise and Recognition in the Odyssey* (Princeton).

MURRAY, O. (1999), 'The Voice of Isocrates', *TLS* (6 Aug.): 3–4.

MURRAY, P. (1981), 'Poetic Inspiration in Early Greece', *JHS* 101: 87–100.

—— (1996), *Plato on Poetry* (Cambridge).

—— (2003), 'Plato and Greek Theatre', in E. Theodorakopoulos (ed.), *Attitudes to Theatre from Plato to Milton* (Bari), 1–19.

—— (2004), 'The Muses and their Arts', in Murray and Wilson 2004: 365–89.

—— and WILSON, P., eds. (2004), *Music and the Muses* (Oxford).

NADDAFF, R. A. (2002), *Exiling the Poets: The Production of Censorship in Plato's Republic* (Chicago).

NAGY, G. (1989), 'Early Greek Views of Poets and Poetry', in Kennedy 1989: 1–77.

—— (1990), *Pindar's Homer: The Lyric Possession of an Epic Past* (Baltimore).

—— (1999), *The Best of the Achaeans: Concepts of the Hero in Archaic Greek Poetry*, 2nd edn. (Baltimore).

—— (2010), 'The Meaning of *homoios* (ὁμοῖος) in *Theogony* 27 and Elsewhere', in Mitsis and Tsagalis 2010: 153–67.

NAILS, D. (2002), *The People of Plato: A Prosopography of Plato and Other Socratics* (Indianapolis).

—— (2006), 'The Trial and Death of Socrates', in Ahbel-Rappe and Kamtekar 2006: 5–20.

NEHAMAS, A. (2007), *Only a Promise of Happiness: The Place of Beauty in a World of Art* (Princeton).

NESSELRATH, H.-G. (1990), *Die attische Mittlere Komödie* (Berlin).

NEWIGER, H.-J. (1957), *Metapher und Allegorie: Studien zu Aristophanes* (Munich).

NEWMAN, W. L. (1887–1902), *The Politics of Aristotle*, 4 vols. (Oxford).

NIETZSCHE, F. (1988), *Sämtliche Werke: Kritische Studienausgabe*, ed. G. Colli and M. Montinari, 2nd edn, 15 vols. (Munich).

NIGHTINGALE, A. (1995), *Genres in Dialogue: Plato and the Construct of Philosophy* (Cambridge).

—— (2006), 'Mimesis: Ancient Greek Literary Theory', in P. Waugh (ed.), *Literary Theory and Criticism* (Oxford), 37–47.

NORDEN, E. (1898), *Die antike Kunstprosa*, 2 vols. (Leipzig; repr. Darmstadt, 1958).

NÜNLIST, R. (1998), *Poetologische Bildersprache in der frühgriechischen Dichtung* (Stuttgart).

—— (2009), *The Ancient Critic at Work: Terms and Concepts of Literary Criticism in Greek Scholia* (Cambridge).

NUSSBAUM, M. C. (1986), *The Fragility of Goodness: Luck and Ethics in Greek Tragedy and Philosophy* (Cambridge).

—— (2001), *Upheavals of Thought: the Intelligence of Emotions* (Cambridge).

NUTTALL, A. D. (1996), *Why Does Tragedy Give Pleasure?* (Oxford).

OBBINK, D., ed. (1995), *Philodemus and Poetry* (New York).

—— (2004), 'Vergil's *De pietate*: From *Ehoiae* to Allegory in Vergil, Philodemus, and Ovid', in D. Armstrong *et al.* (eds.), *Vergil, Philodemus, and the Augustans* (Austin, Tex.), 175–209.

—— (2010), 'Early Greek Allegory', in Copeland and Struck 2010: 15–25.

OBER, J. (1998), *Political Dissent in Classical Athens* (Princeton).

OLSON, S. D. (1995), *Blood and Iron: Stories and Storytelling in Homer's Odyssey* (Leiden).

—— (2002), *Aristophanes Acharnians* (Oxford).

—— (2007), *Broken Laughter: Select Fragments of Greek Comedy* (Oxford).

ONIANS, R. B. (1951), *The Origins of European Thought* (Cambridge).

Opsomer, J. (2006), 'Drittes Bett, Artefakt-Ideen und die Problematik, die Ideenlehre zu veranschaulichen', in D. Fonfara (ed.), *Metaphysik als Wissenschaft* (Freiburg), 73–88.

Osborne, C. (1987), 'The Repudiation of Representation in Plato's *Republic* and its Repercussions', *PCPS* 33: 53–73.

O'sullivan, N. (1990), 'Aristophanes and Wagner', *A&A* 36: 67–81.

—— (1992), *Alcidamas, Aristophanes and the Beginnings of Greek Stylistic Theory* (Stuttgart).

—— (2006), 'Aristophanes' First Critic: Cratinus fr. 342 K-A', in J. Davidson *et al.* (eds.), *Greek Drama III: Essays in Honour of Kevin Lee* (London), 163–9.

Ostwald, M., and Lynch, J. P. (1994), 'The Growth of Schools and the Advance of Knowledge', in D. M. Lewis *et al.* (eds.), *Cambridge Ancient History*, vi, 2nd edn. (Cambridge), 592–633.

Pace, N. (2009), 'La poetica Epicurea di Filodemo di Gadara', *Rh. Mus.* 152: 235–64.

Padel, R. (1995), *Whom Gods Destroy: Elements of Greek and Tragic Madness* (Princeton).

Paduano, G. (1996), 'Lo stile e l'uomo: Aristofane e Aristotele', *Studi Classici e Orientali*, 46: 93–101.

—— (intro./tr.) and Grilli, A. (notes) (1996), *Aristofane le Rane* (Milan).

Page, D., ed. (1972), *Aeschyli septem quae supersunt tragoedias* (Oxford).

Palmer, L. R. (1980), *The Greek Language* (London).

Parker, L. P. E. (1997), *The Songs of Aristophanes* (Oxford).

Parker, R. (1996), *Athenian Religion: A History* (Oxford).

—— (2005), *Polytheism and Society at Athens* (Oxford).

Paulsen, T. (2000), 'Tragödienkritik in den *Fröschen* des Aristophanes', in J. Styka (ed.), *Studies in Ancient Literary Theory and Criticism* (Cracow), 71–89.

Payne, M. (2007), *Theocritus and the Invention of Fiction* (Cambridge).

Pearson, L. (1942), *The Local Historians of Attica* (Philadelphia).

Pendrick, G. J. (2002), *Antiphon the Sophist: The Fragments* (Cambridge).

Perlman, S. (1964), 'Quotations from Poetry in Attic Orators of the Fourth Century B.C.', *AJP* 85: 155–72.

Perusino, F. (1989), *Platonio: La commedia greca* (Urbino).

Petruševski, M. D. (1954), 'Παθημάτων κάθαρσιν ou bien πραγμάτων σύστασιν?', *Živa antika*, 4: 209–50.

Pfeiffer, R. (1968), *History of Classical Scholarship from the Beginnings to the End of the Hellenistic Age* (Oxford).

Pfister, F. (1939), 'Ekstasis', in T. Klauser and A. Rücker (eds.), *Pisciculi: Studien zur Religion und Kultur des Altertums* (Münster), 178–91.

—— (1959), 'Ekstase', *Reallexikon für Antike und Christentum*, iv (Stuttgart), 944–87.

PICKARD-CAMBRIDGE, A. W. (1962), *Dithyramb, Tragedy and Comedy*, 2nd edn. rev. T. B. L. Webster (Oxford).

PLATTER, C. (2007), *Aristophanes and the Carnival of Genres* (Baltimore).

POHLENZ, M. (1965), *Kleine Schriften*, 2 vols. (Hildesheim).

POLLMANN, K. (1999), 'Zwei Konzepte von Fiktionalität in der Philosophie des Hellenismus und in der Spätantike', in T. Fuhrer and M. Erler (eds.), *Zur Rezeption der hellenistischen Philosophie in der Spätantike* (Stuttgart), 261–78.

PORTER, J. I. (1992), 'Hermeneutic Lines and Circles: Aristarchus and Crates on the Exegesis of Homer', in Lamberton and Keaney 1992: 67–114.

—— (1993), 'The Seductions of Gorgias', *ClAnt.* 12: 267–99.

—— (1995), 'Content and Form in Philodemus: The History of an Evasion', in Obbink 1995: 97–147.

—— (1996), 'In Search of an Epicurean Aesthetics', in G. Giannantoni and M. Gigante (eds.), *L'Epicureismo Greco e Romano* (Naples), 611–28.

—— (2001), 'Ideals and Ruins: Pausanias, Longinus, and the Second Sophistic', in S. E. Alcock *et al.* (eds.), *Pausanias: Travel and Memory in Roman Greece* (New York), 63–92 (with notes, 273–83).

—— (2004), 'Aristotle and the Origins of Euphonism', in S. Cerasuolo (ed.), *Mathesis e Mneme: Studi in memoria di Marcello Gigante* (Naples), i. 131–48.

—— (2008), 'The Disgrace of Matter in Ancient Aesthetics', in I. Sluiter and R. M. Rosen (eds.), *KAKOS: Badness and Anti-Value in Classical Antiquity* (Leiden), 283–317.

—— (2010), *The Origins of Aesthetic Thought in Ancient Greece* (Cambridge).

POULAKOS, T., and DEPEW, D., eds. (2004), *Isocrates and Civic Education* (Austin, Tex.).

PRADEAU, J.-F. (2009), *Platon, l'imitation de la philosophie* (Paris).

PRATT, L. H. (1993), *Lying and Poetry from Homer to Pindar: Falsehood and Deception in Archaic Greek Poetics* (Ann Arbor).

PRIOUX, E. (2007), *Regards Alexandrins: Histoire et théorie des arts dans l'épigramme hellénistique* (Leuven).

PRITCHETT, W. K. (1975), *Dionysius of Halicarnassus: On Thucydides* (Berkeley, Calif.).

PUCCI, P. (1987), *Odysseus Polutropos: Intertextual Readings in the* Odyssey *and the* Iliad (Ithaca, NY).

—— (1998), *The Song of the Sirens: Essays on Homer* (Lanham, Md.).

—— (2007), 'Euripides and Aristophanes: What does Tragedy Teach?', in C. Kraus et al. (eds.), *Visualizing the Tragic: Drama, Myth, and Ritual in Greek Art and Literature* (Oxford), 105–26.

PUELMA, M. (1989), 'Der Dichter und die Wahrheit in der griechischen Poetik von Homer bis Aristoteles', *MH* 46: 65–100.

PULLEYN, S. (2000), *Homer* Iliad *Book One* (Oxford).

RABEL, R. J. (1997), *Plot and Point of View in the* Iliad (Ann Arbor).

RADERMACHER, L. (1954), *Aristophanes' 'Frösche'*, 2nd edn. (Vienna).

RAPP, C. (2002), *Aristoteles Rhetorik*, 2 vols. (Berlin).

—— (2007), '*Katharsis* der Emotionen', in Vöhler and Seidensticker 2007: 149–72.

RAU, P. (1967), *Paratragodia: Untersuchung einer komischen Form des Aristophanes* (Munich).

REDFIELD, J. M. (1979), 'The Proem of the *Iliad*: Homer's Art', *CPh* 74: 94–110. Repr. in Cairns 2001*a*: 456–77.

—— (1994), *Nature and Culture in the Iliad*, 2nd edn. (London).

REEVE, C. D. C. (1988), *Philosopher-Kings: the Argument of Plato's Republic* (Princeton).

—— (1989), *Socrates in the* Apology (Indianapolis).

REVERMANN, M. (2006*a*), *Comic Business: Theatricality, Dramatic Technique, and Performance Contexts of Aristophanic Comedy* (Oxford).

—— (2006*b*), 'The Competence of Theatre Audiences in Fifth- and Fourth-Century Athens', *JHS* 126: 99–124.

RICHARDS, I. A. (1929), *Practical Criticism: A Study of Literary Judgment* (London).

RICHARDSON, N. (1975), 'Homeric Professors in the Age of the Sophists', *PCPhS* 21: 65–81.

—— (1981), 'The Contest of Homer and Hesiod and Alcidamas' *Mouseion*', *CQ* 31: 1–10.

—— (1985), 'Pindar and Later Literary Criticism in Antiquity', *Papers of the Liverpool Latin Seminar*, 5: 383–401.

RICHARDSON LEAR, G. (2011), 'Mimesis and Psychological Change in *Republic* III', in Destrée and Herrmann 2011: 195–216.

RIJKSBARON, A. (2007), *Plato Ion: Or On the Iliad* (Amsterdam).

RINON, Y. (2008), *Homer and the Dual Model of the Tragic* (Ann Arbor).

RISPOLI, G. (1988), *Lo spazio del verisimile: Il racconto, la storia e il mito* (Naples).

RITOÓK, Z. (1989), 'The Views of Early Greek Epic on Poetry and Art', *Mnem.* 42: 333–48.

RIU, X. (1999), *Dionysism and Comedy* (Lanham, Md.).

ROBERTS, W. R. (1902), *Demetrius on Style* (Cambridge).

—— (1907), *Longinus on the Sublime*, 2nd edn. (Cambridge).

ROBINSON, J. (2005), *Deeper than Reason: Emotion and its Role in Literature, Music, and Art* (Oxford).

ROISMAN, H. M. (1990), 'Eumaeus and Odysseus: Covert Recognition and Self-Revelation?', *Illinois Classical Studies*, 15: 215–38.

ROOD, T. (2006), 'Objectivity and Authority: Thucydides' Historical Method', in A. Rengakos and A. Tsakmakis (eds.), *Brill's Companion to Thucydides* (Leiden), 225–49.

Rose, V. (1886), *Aristotelis qui ferebantur librorum fragmenta* (Leipzig).

Rosen, R. M. (2004), 'Aristophanes' *Frogs* and the *Contest of Homer and Hesiod*', *TAPhA* 134: 295–322.

—— (2006), 'Aristophanes, Fandom and the Classicizing of Greek Tragedy', in Kozak and Rich 2006: 27–47.

—— (2007), *Making Mockery: The Poetics of Ancient Satire* (Oxford).

—— (2008), 'Badness and Intentionality in Aristophanes' *Frogs*', in I. Sluiter and R. M. Rosen (eds.), *KAKOS: Badness and Anti-Value in Classical Antiquity* (Leiden), 143–68.

Rosenmeyer, T. G. (1955), 'Gorgias, Aeschylus, and *Apate*', *AJP* 76: 225–60.

Rösler, W. (1980), 'Die Entdeckung der Fiktionalität in der Antike', *Poetica*, 12: 283–319.

Rostagni, A. (1945), *Aristotele Poetica*, 2nd edn. (Turin).

—— (1955), *Scritti Minori I: Aesthetica* (Turin).

Roth, P. (2003), *Der Panathenaikos des Isokrates* (Munich).

Rowe, C. J. (1986), *Plato: Phaedrus* (Warminster).

Ruffell, I. (2002), 'A Total Write-Off: Aristophanes, Cratinus, and the Rhetoric of Comic Competition', *CQ* 52: 138–63.

Russell, D. A. (1964), *'Longinus' On the Sublime* (Oxford).

—— ed. (1968), *Libellus de sublimitate Dionysio Longino fere adscriptus* (Oxford).

—— (1972), 'Longinus, *On Sublimity*', in Russell and Winterbottom 1972: 460–503.

—— (1981), *Criticism in Antiquity* (London).

—— and Konstan, D. (2005), *Heraclitus: Homeric Problems* (Atlanta, Ga.).

—— and Winterbottom, M., eds. (1972), *Ancient Literary Criticism* (Oxford).

Rusten, J. S. (1989), *Thucydides: The Peloponnesian War, Book II* (Cambridge).

Rüter, K. (1969), *Odysseeinterpretationen: Untersuchungen zum ersten Buch und zur Phaiakis* (Göttingen).

Rutherford, I. (2001), *Pindar's Paeans* (Oxford).

Rutherford, R. B. (1986), 'The Philosophy of the *Odyssey*', *JHS* 106: 145–62.

—— (1992), *Homer Odyssey Books XIX and XX* (Cambridge).

—— (1994), 'Learning from History: Categories and Case-Histories', in R. Osborne and S. Hornblower (eds.), *Ritual, Finance, Politics: Athenian Democratic Accounts Presented to David Lewis* (Oxford), 53–66.

—— (1995), *The Art of Plato: Ten Essays in Platonic Interpretation* (London).

—— (2000), review of Finkelberg (1998), *CPh* 95: 482–6.

Ruthven, K. K. (1979), *Critical Assumptions* (Cambridge).

Saint Girons, B. (2005), *Le Sublime de l'antiquité à nos jours* (Paris).

Sandys, J. E. (1868), *Isocrates: ad Demonicum et Panegyricus* (London).

SANTAYANA, G. (1936), *The Sense of Beauty*, in *The Works of George Santayana*, i (New York).

SAUNDERS, T. J. (1972), *Notes on the Laws of Plato* (*BICS* Supplement, 28; London).

SBORDONE, F. (1976), Φιλοδήμου Περὶ ποιημάτων *Tractatus Tres* (Naples).

SCHADEWALDT, W. (1955), 'Furcht und Mitleid? Zur Deutung des aristotelischen Tragödiensatzes', *Hermes*, 83: 129–71.

—— (1965), *Von Homers Welt und Werk*, 4th edn. (Stuttgart).

—— (1966), *Iliasstudien*, 3rd edn. (Darmstadt).

SCHAPER, E. (1968), *Prelude to Aesthetics* (London).

SCHARFFENBERGER, E. (2007), 'δεινὸν ἐριβρεμέτας: The Sound and Sense of Aeschylus in Aristophanes' *Frogs*', *CW* 100: 229–49.

SCHEFOLD, K. (1992), *Gods and Heroes in Late Archaic Greek Art*, Eng. tr. A. Griffiths (Cambridge).

SCHENKEVELD, D. M. (1968), 'οἱ κριτικοί in Philodemus', *Mnem.* 21: 176–214.

SCHIAPPA, E. (1999), *The Beginnings of Rhetorical Theory in Classical Greece* (New Haven, Conn.).

SCHLEGEL, A. W. (1967), *Kritische Schriften und Briefe*, ed. E. Lohner, vi (Stuttgart).

SCHLEIERMACHER, F. D. E. (1996), *Über die Philosophie Platons*, ed. P. M. Steiner (Hamburg).

SCHMITT, A. (2001), 'Der Philosoph als Maler—der Maler als Philosoph: Zur Relevanz der platonischen Kunsttheorie', in G. Boehm (ed.), *Homo Pictor* (Leipzig), 32–54.

—— (2008), *Aristoteles Poetik* (Berlin).

SCHOFIELD, M. (2010), 'Music All Pow'rful', in M. L. McPherran (ed.), *Plato's Republic: A Critical Guide* (Cambridge), 229–48.

SCHOPENHAUER, A. (1966), *The World as Will and Representation*, Eng. tr. E. F. J. Payne, 2 vols (New York).

—— (1974), *Parerga and Paralipomena*, Eng. tr. E. F. J. Payne, 2 vols. (Oxford).

—— (1988), *Werke*, ed. L. Lütkehaus, 5 vols. (Zurich).

SCHÜTRUMPF, E. (1970), *Die Bedeutung des Wortes ēthos in der Poetik des Aristoteles* (Munich).

—— (2005), *Aristoteles Politik Buch VII/VIII* (Berlin).

—— (2008), *Heraclides of Pontus. Texts and Translation*, with trs. by P. Stork *et al.* (New Brunswick, NJ).

SCHWINGE, E.-R. (1997), 'Griechische Tragödie und zeitgenössische Rezeption: Aristophanes und Gorgias', *Berichte aus den Sitzungen der Joachim Jungius-Gesellschaft der Wissenschaften*, 152: 3–34.

—— (2002), 'Aristophanes und Euripides', in A. Ercolani (ed.), *Spoudaiogeloion: Form und Funktion der Verspottung in der aristophanischen Komödie* (Stuttgart), 3–43.

SCOTT, G. (1999), 'The *Poetics* of Performance: The Necessity of Spectacle, Music, and Dance in Aristotelian Tragedy', in I. Gaskell and S. Kemal (eds.), *Performance and Authenticity in the Arts* (Cambridge), 15–48.

—— (2003), 'Purging the *Poetics*', *OSAPh* 25: 233–63.

SEAMON, R. (2006), 'The Price of the Plot in Aristotle's *Poetics*', *JAAC* 64: 251–8.

SEGAL, C. P. (1959), "*ΥΨΟΣ* and the Problem of Cultural Decline in the *De Sublimitate*', *HSPh* 63: 121–46.

—— (1961), 'The Character and Cults of Dionysus and the Unity of the *Frogs*', *HSPh* 65: 207–42.

—— (1962), 'Gorgias and the Psychology of the Logos', *HSPh* 66: 99–155.

—— (1970), 'Protagoras' Orthoepeia in Aristophanes' "Battle of the Prologues" (*Frogs* 1119–97)', *Rh. Mus.* 113: 158–62.

—— (1994), *Singers, Heroes, and Gods in the Odyssey* (Ithaca, NY).

—— (1996), 'Catharsis, Audience, and Closure in Greek Tragedy', in Silk 1996: 149–72.

SEIDENSTICKER, B. (2009), 'Die Grenzen der Katharsis', in Vöhler and Linck 2009: 3–20.

SHAFTESBURY, THIRD EARL OF (1999), *Characteristics of Men, Manners, Opinions, Times*, ed. L. E. KLEIN (Cambridge; 1st publ. 1711).

SHAW, P. (2006), *The Sublime* (London).

SHKLOVSKY, V. (1990), *Theory of Prose*, Eng. tr. B. Sher (Normal, Ill.).

SHOREY, P. (1930–5), *Plato the Republic*, 2 vols. (Cambridge, Mass.).

—— (1938), *Platonism Ancient and Modern* (Berkeley, Calif.).

SIFAKIS, G. M. (1992), 'The Structure of Aristophanic Comedy', *JHS* 112: 123–42.

—— (2001), *Aristotle on the Function of Tragic Poetry* (Herakleion).

SILK, M. S. (1974), *Interaction in Poetic Imagery with Special Reference to Early Greek Poetry* (Cambridge).

—— (1995), review of Luserke (1991), *Drama*, 3: 182–4.

—— ed. (1996), *Tragedy and the Tragic: Greek Theatre and Beyond* (Oxford).

—— (2000a), *Aristophanes and the Definition of Comedy* (Oxford).

—— (2000b), 'Aristophanes versus the Rest: Comic Poetry in Old Comedy', in Harvey and Wilkins 2000: 299–315.

—— (2005), 'Verbal Visions' (review of Struck 2004 and Worman 2002), *TLS* (14 Jan.) 4–5.

—— and STERN, J. P. (1981), *Nietzsche on Tragedy* (Cambridge).

SIMPSON, P. L. P. (1998), *A Philosophical Commentary on the Politics of Aristotle* (Chapel Hill, NC).

SLATER, N. W. (2002), *Spectator Politics: Metatheatre and Performance in Aristophanes* (Philadelphia).

SLINGS, S. R. (1975), 'Some Remarks on Aeschines' Miltiades', *ZPE* 16: 301–8.

—— ed. (2003), *Platonis Rempublicam* (Oxford).

SMITH, D. B. (2007), *Muses, Madmen, and Prophets: Rethinking the History, Science, and Meaning of Auditory Hallucination* (New York).

SMITH, J. E. (1985), 'Plato's Myths as "Likely Accounts", Worthy of Belief', *Apeiron*, 19: 24–42.

SNELL, B. (1953), *The Discovery of the Mind: the Greek Origins of European Thought*, Eng. tr. T. G. Rosenmeyer (Cambridge, Mass.).

SOMMERSTEIN, A. H. (1996), *The Comedies of Aristophanes, ix. Frogs* (Warminster).

—— (2001), *The Comedies of Aristophanes, xi. Wealth* (Warminster); includes addenda to Sommerstein (1996) on pp. 311–18.

—— (2005), 'A Lover of his Art: The Art-Form as Wife and Mistress in Greek Poetic Imagery', in E. Stafford and J. Herrin (eds.), *Personification in the Greek World* (Aldershot), 161–71.

SONTAG, S. (1983), 'Against Interpretation', in *A Susan Sontag Reader* (Harmondsworth), 95–104.

SORABJI, R. (2000), *Emotion and Peace of Mind: From Stoic Agitation to Christian Temptation* (Oxford).

SPATHARAS, D. (2002), 'Gorgias' *Encomium of Helen* and Euripides' *Troades*', *Eranos*, 100: 166–74.

SPERDUTI, A. (1950), 'The Divine Nature of Poetry in Antiquity', *TAPhA* 81: 209–40.

STANFORD, W. B. (1958), *Aristophanes the Frogs* (London).

—— (1965), *The Odyssey of Homer*, 2nd edn., repr. with addn., 2 vols. (London).

STEHLE, E. (1997), *Performance and Gender in Ancient Greece: Nondramatic Poetry in its Setting* (Princeton).

—— (2001), 'A Bard of the Iron Age and his Auxiliary Muse', in D. Boedeker and D. Sider (eds.), *The New Simonides* (New York), 106–19.

STEINER, D. (2010), *Homer Odyssey Books XVII-XVIII* (Cambridge).

STERN-GILLET, S. (2004), 'On (Mis)interpreting Plato's *Ion*', *Phronesis*, 49: 169–201.

STEVENS, P. T. (1956), 'Euripides and the Athenians', *JHS* 76: 87–94.

STODDARD, K. (2005), 'The Muses and the Mortal Narrator', *Helios*, 32: 1–28.

STOKES, M. C. (1997), *Plato Apology of Socrates* (Warminster).

STOREY, I. C. (2003), *Eupolis: Poet of Old Comedy* (Oxford).

STROH, W. (1976), 'Hesiods lügende Musen', in Görgemanns and Schmidt 1976: 85–112.

STRUCK, P. (2004), *Birth of the Symbol: Ancient Readers at the Limits of their Texts* (Princeton).

—— (2005), 'Divination and Literary Criticism?', in S. I. Johnston and P. T. Struck (eds.), *Mantikê: Studies in Ancient Divination* (Leiden), 147–65.

SULLOWAY, F. J. (1980), *Freud, Biologist of the Mind* (London).

SUSEMIHL, F., and HICKS, R. D. (1894), *The Politics of Aristotle* (London).

Süss, W. (1910), *Ethos: Studien zur älteren griechischen Rhetorik* (Leipzig).

Svenbro, J. (1976), *La Parole et le marbre: Aux origines de la poétique grecque* (Lund).

Taillardat, J. (1965), *Les Images d'Aristophane* (Paris).

Taplin, O. (1977), *The Stagecraft of Aeschylus* (Oxford).

—— (1980), 'The Shield of Achilles within the *Iliad*', *G&R* 27: 1–21. Repr. in Cairns 2001*a*: 342–64.

—— (1992), *Homeric Soundings: The Shaping of the* Iliad (Oxford).

Taylor, A. E. (1928), *A Commentary on Plato's Timaeus* (Oxford).

Taylor, P. A. (2008), 'Sympathy and Insight in Aristotle's *Poetics*', *JAAC* 66: 265–80.

Thalmann, W. G. (1984), *Conventions of Form and Thought in Early Greek Epic Poetry* (Baltimore).

Thomas, R. (1989), *Oral Tradition and Written Record in Classical Athens* (Cambridge).

Thomson, G. (1939), 'The Postponement of Interrogatives in Attic Drama', *CQ* 33: 147–52.

Todd, S. C. (1993), *The Shape of Athenian Law* (Oxford).

Tolstoy, L. (1930), *What is Art? And Essays on Art*, Eng. tr. A. Maude (Oxford).

—— (2007), *War and Peace*, Eng. tr. R. Pevear and L. Volokhonsky (London).

Too, Y. L. (1998), *The Idea of Ancient Literary Criticism* (Oxford).

Trapp, M. B., ed. (1994), *Maximus Tyrius: Dissertationes* (Stuttgart).

—— (1997), *Maximus of Tyre: The Philosophical Orations* (Oxford).

Treu, M. (1999), *Undici cori comici: Aggressività, derisione e tecniche drammatiche in Aristofane* (Genoa).

Trimpi, W. (1971), 'The Ancient Hypothesis of Fiction', *Traditio*, 27: 1–78.

—— (1983), *Muses of One Mind: The Literary Analysis of Experience and its Continuity* (Princeton).

Tsagalis, C. (2009), 'Poetry and Poetics in the Hesiodic Corpus', in F. Montanari *et al.* (eds.), *Brill's Companion to Hesiod* (Leiden), 131–77.

Tsitsiridis, S. (2005), 'Mimesis and Understanding: An Interpretation of Aristotle's *Poetics* 4.1448b4–19', *CQ* 55: 435–46.

Twining, T. (1789), *Aristotle's Treatise on Poetry* (London).

Untersteiner, M. (1966), *Platone Repubblica libro X* (Naples).

Usener, H. (1887), *Epicurea* (Leipzig).

Usher, M. D. (2007), 'Theomachy, Creation, and the Poetics of Quotation in Longinus Chapter 9', *CPh* 102: 292–303.

Usher, S. (1973), 'The Style of Isocrates', *BICS* 20: 39–67.

—— (1990), *Isocrates Panegyricus and to Nicocles* (Warminster).

—— (1999), *Greek Oratory. Tradition and Originality* (Oxford).

—— (2010), 'Eurhythmia in Isocrates', *CQ* 60: 82–95.

VAHLEN, J. (1885), *Aristotelis de Arte Poetica Liber* (Leipzig).

VAIHINGER, H. (1924), *The Philosophy of 'As if'*, Eng. tr. C. K. Ogden (London).

VALAKAS, K. (2002), 'The Use of the Body by Actors in Tragedy and Satyr-Play', in P. Easterling and E. Hall (eds.), *Greek and Roman Actors* (Cambridge), 69–92.

VAN DER VALK, M. (1971–87), *Eustathii Archiepiscopi Thessalonicensis Commentarii ad Homeri Iliadem Pertinentes*, 4 vols. (Leiden).

VAN HOOK, L. (1905), *The Metaphorical Terminology of Greek Rhetoric and Literary Criticism* (Chicago).

VAN STRAATEN, M. (1962), *Panaetii Rhodii Fragmenta*, 3rd edn. (Leiden).

VEGETTI, M. (2007*a*), *Platone la Repubblica* (Milan).

—— ed. (2007*b*), *Platone la Repubblica*, vii (Naples).

VELARDI, R. (1989), *Enthousiasmòs: Possessione rituale e teoria della communicazione poetica in Platone* (Rome).

VELOSO, C. (2000), 'Il problema dell'imitare in Aristotele', *QUCC* 65: 63–97.

—— (2005), 'Critique du paradigme interprétatif "éthico-politique" de la *Poétique* d'Aristote', *Kentron*, 21: 11–46.

—— (2007), 'Aristotle's *Poetics* without *Katharsis*, Fear, or Pity', *OSAPh* 33: 255–84.

VERDENIUS, W. J. (1983), 'The Principles of Greek Literary Criticism', *Mnem.* 36: 14–59.

VERNANT, J.-P. (1980), *Myth and Society in Ancient Greece*, Eng. tr. J. Lloyd (Brighton).

—— (1991), *Mortals and Immortals*, ed. F. I. ZEITLIN (Princeton).

VEYNE, P. (1988), *Did the Greeks Believe in their Myths?*, Eng. tr. P. Wissing (Chicago).

VICAIRE, P. (1960), *Platon critique littéraire* (Paris).

VÖHLER, M., and SEIDENSTICKER, B. eds. (2007), *Katharsiskonzeptionen vor Aristoteles* (Berlin).

—— and LINCK, D., eds. (2009), *Grenzen der Katharsis in den modernen Künsten: Transformationen des aristotelischen Modells seit Bernays, Nietzsche und Freud* (Berlin).

VOLK, K. (2002), '*ΚΛΕΟΣ ΑΦΘΙΤΟΝ* Revisited', *CPh* 97: 61–8.

VON REIBNITZ, B. (1992), *Ein Kommentar zu Friedrich Nietzsche, 'Die Geburt der Tragödie aus dem Geiste der Musik' (Kap. 1–12)* (Stuttgart).

VON STADEN, H. (2000), 'Metaphor and the Sublime: Longinus', in J. A. López Férez (ed.), *Desde los poemas homéricos hasta la prosa griega del siglo IV d.C.* (Madrid), 359–80.

WALBANK, F. W. (1985), *Selected Papers* (Cambridge).

WALSDORFF, F. (1927), *Die antiken Urteile über Platons Stil* (Bonn).

WALSH, G. B. (1984), *The Varieties of Enchantment: Early Greek Views of the Nature and Function of Poetry* (Chapel Hill, NC).

—— (1988), 'Sublime Method: Longinus on Language and Imitation', *Cl. Antiq.* 7: 252–69.

WALTON, K. L. (1990), *Mimesis as Make-Believe: On the Foundations of the Representational Arts* (Cambridge, Mass.).

WARDY, R. (1996), *The Birth of Rhetoric: Gorgias, Plato and their Successors* (London).

WATSON, G. (1988*a*), *Phantasia in Classical Thought* (Galway).

—— (1988*b*), 'Discovering the Imagination: Platonists and Stoics on *Phantasia*', in J. M. Dillon and A. A. Long (eds.), *The Question of 'Eclecticism': Studies in Later Greek Philosophy* (Berkeley, Calif.), 208–33.

WEBSTER, T. B. L. (1939), 'Greek Theories of Art and Literature Down to 400 B.C.', *CQ* 33: 166–79.

WEDNER, S. (1994), *Tradition und Wandel im allegorischen Verständnis des Sirenen-mythos* (Frankfurt).

WEHRLI, F. (1967), *Die Schule des Aristoteles: Aristoxenos*, 2nd edn. (Basle).

—— (1968), *Die Schule des Aristoteles: Demetrios von Phaleron,* 2nd edn. (Basle).

—— (1969), *Die Schule des Aristoteles: Phainias, Chamaileon, Praxiphanes*, 2nd edn. (Basle).

WEINSTOCK, S. (1927), 'Die platonische Homerkritik und ihre Nachwirkung', *Philologus*, 36: 121–53.

WELLEK, R. (1982), *The Attack on Literature and Other Essays* (Brighton).

WEST, M. L. (1966), *Hesiod Theogony* (Oxford).

—— (1978), *Hesiod Works and Days* (Oxford).

—— (1981), 'The Singing of Homer and the Modes of Early Greek Music', *JHS* 101: 113–29.

—— (1992), *Ancient Greek Music* (Oxford).

—— (1995), '"Longinus" and the Grandeur of God', in Innes *et al.* 1995: 335–42.

—— (1997), *The East Face of Helicon: West Asiatic Elements in Greek Poetry and Myth* (Oxford).

—— (2001), *Studies in the Text and Transmission of the Iliad* (Munich).

—— (2003*a*), *Homeric Hymns, Homeric Apocrypha, Lives of Homer* (Cambridge, Mass.).

—— (2003*b*), 'Iliad and *Aithiopis*', *CQ* 53: 1–14.

—— (2007), *Indo-European Poetry and Myth* (Oxford).

WHEELER, G. (2002), 'Sing, Muse . . . : the Introit from Homer to Apollonius', *CQ* 52: 33–49.

WHITMARSH, T. (2001), *Greek Literature and the Roman Empire* (Oxford).

WIGODSKY, M. (1995), 'The Alleged Impossibility of Philosophical Poetry', in Obbink 1995: 58–68.

WILCOX, S. (1943), 'Criticisms of Isocrates and his φιλοσοφία', *TAPhA* 74: 113–33.

WILDBERG, C. (2006), 'Socrates and Euripides', in Ahbel-Rappe and Kamtekar 2006: 21–35.

WILES, D. (2007), 'Aristotle's *Poetics* and Ancient Dramatic Theory', in M. McDonald and J. M. Walton (eds.), *Cambridge Companion to Greek and Roman Theatre* (Cambridge), 92–107.

WILKINSON, L. P. (1932–3), 'Philodemus and Poetry', *G&R* 2: 144–51.

WILLI, A. (2002), 'Languages on Stage: Aristophanic Language, Cultural History, and Athenian Identity', in A. Willi (ed.), *The Language of Greek Comedy* (Oxford), 111–49.

—— (2003), *The Languages of Aristophanes* (Oxford).

WILLIAMS, B. (1993), *Shame and Necessity* (Berkeley, Calif.).

—— (1999), *Plato* (New York).

—— (2002), *Truth and Truthfulness: An Essay in Genealogy* (Princeton).

—— (2006), *The Sense of the Past. Essays in the History of Philosophy* (Princeton).

WILSON, N., ed. (2007*a*), *Aristophanis Fabulae*, 2 vols (Oxford).

—— (2007*b*), *Aristophanea: Studies on the Text of Aristophanes* (Oxford).

WILSON, P. (1999–2000), 'Euripides' Tragic Muse', *Illinois Classical Studies*, 24–5: 427–49.

WIND, E. (1983), *The Eloquence of Symbols: Studies in Humanist Art* (Oxford).

WINKLER, J. (1990), *The Constraints of Desire: the Anthropology of Sex and Gender in Ancient Greece* (New York).

WOERTHER, F. (2008), 'Music and the Education of the Soul in Plato and Aristotle: Homoeopathy and the Formation of Character', *CQ* 58: 89–103.

WOOD, J. (2009), *How Fiction Works* (London).

WOODRUFF, P. (2008), *The Necessity of Theater* (New York).

—— (2009*a*), 'Aristotle on Character in Tragedy, or, Who is Creon? What is He?', *JAAC* 67: 301–9.

—— (2009*b*), 'Aristotle's *Poetics*: The Aim of Tragedy', in G. Anagnostopoulos (ed.), *A Companion to Aristotle* (Malden, Mass.), 612–27.

WORMAN, N. (2002), *The Cast of Character. Style in Greek Literature* (Austin, Tex.).

—— (2008), *Abusive Mouths in Classical Athens* (Cambridge).

WRIGHT, M. (2009), 'Literary Prizes and Literary Criticism in Antiquity', *ClAnt.* 28: 138–78.

ZEITLIN, F. I. 'Playing the Other: Theater, Theatricality, and the Feminine in Greek Drama', in J. J. Winkler and F. I. Zeitlin (eds.), *Nothing to Do with Dionysos? Athenian Drama in its Social Context* (Princeton, 1990), 63–96.

ZIERL, A. (1994), *Affekte in der Tragödie: Orestie, Oidipus Tyrannos und die Poetik des Aristoteles* (Berlin).

ZIMMERMANN, B. (1984-7), *Untersuchungen zur Form und dramatischen Technik der Aristophanischen Komödien*, 3 vols. (Königstein/Frankfurt am Main).

—— (2004), 'Poetologische Reflexionen in den Komödien des Aristophanes', in A. Bierl et al. (eds.), *Antike Literatur in neuer Deutung* (Leipzig), 213-25.

—— (2005), 'Spoudaiogeloion: Poetik und Politik in den Komödien des Aristophanes', *Gymnasium*, 112: 531-46.

—— (2006a), 'Poetics and Politics in the Comedies of Aristophanes', in Kozak and Rich 2006: 1-16.

—— (2006b), '*Euripidaristophanizon*. Riflessioni su un paradosso aristofaneo', in Mureddu and Nieddu 2006: 33-41.

ZORAN, G. (1998), 'History and Fiction in the Aristotelian Theory of Mimesis', in B. F. Scholz (ed.), *Mimesis: Studien zur literarischen Repräsentation* (Tübingen), 133-47.

ZUIDERVAART, L. (2009), *Artistic Truth: Aesthetics, Discourse, and Imaginative Disclosure* (Cambridge).

引文出处索引

希腊文术语索引

（阿拉伯数字所标页码为原英文页码，在正文中以 “[ ]” 标出）

来自同一词根但词性不同的词汇，或与该词根相关的复合词，偶尔也会收入词条。经拉丁文转写的希腊文术语应同时查阅 “综合索引”。

ἁδρεπήβολον 356 n. 60
αἰνίττεσθαι 161
ἀλεξιφάρμακον 365 n. 76
ἀλήθεια 53, 293 n. 61, 345
ἀληθινός 235, 294 n. 63
ἀλληγορία 346
ἀμίμητος 214
ἀναθεωρεῖν 341-2
ἀοιδή 4n
ἀπάτη 11 n. 21, 231 n. 53, 276
ἀστεῖος 118, 132
ἀτρεκής 53

βάρος 139
βασανίζειν 133 n. 68, 135, 139
βλασφημία 288

γεννᾶν 324 n. 154, 208 n. 2, 324 n. 154,
    340-1, 355 n. 57
γιγνώσκειν 99 n. 10, 167n

δεξιός 107, 110 n. 29, 123
διάνοια 173, 310, 322-3, 338-41, 343-4
διαποικίλλειν 302 n. 85
διδάσκειν 320 nn. 140-1

εἰδωλοποιΐα 348
ἐκμανθάνειν 167n, 296 n. 70
ἐκπληκτικός 229
ἔκπληξις 6, 313 n. 115, 330 n. 7, 334
ἔκστασις 6, 330 n. 7, 332-3
ἐλέγχειν 114 n. 37, 133 n. 68, 139
ἐλεήμων 246 n. 88
ἐναγώνιος 355
ἐναργής 235
ἐνθουσιάζειν 162 n. 17, 171-2
ἐνθουσιᾶν 333 n. 13
ἐνθουσιασμός 239
ἔννοια 355, 356-7, 359
ἐξετάζειν 133 n. 68
ἐξηγεῖσθαι 167n

ἐξίστασθαι 276 n. 23
ἔπαινος 297 n. 71, 301 n. 81
ἐπαφρόδιτος 294 n. 65
ἐπίστασθαι 111 n. 30, 123 n. 52
ἐπῳδή 202 n. 99
ἐρατός 46 n. 16
ἑρμηνεύς 167n
ἐτήτυμος 18 n. 37, 53
ἔτυμος 13-15, 53
ἐφίμερος 46 n. 16

ἠθικός 238-41

θέλγειν 6, 44n, 47-52
θέλγητρον 338
θελκτήριον 3, 48
θρῆνος 65 nn. 58-60, 69 n. 70,
    294 n. 66

ἱμερόεις/-τός 18 n. 38, 46-7, 123 n. 52
ἵμερος 26, 46-9, 62, 67, 82, 102

καθαρτικός 244 n. 85
καλός 18 n. 38, 162 n. 17, 163 n. 19,
    165 n. 23, 206, 217-18, 243
κανών 93, 110 n. 28
κατακοσμεῖν 62 n. 52, 86 n. 99
καταλέγειν 86-7
καταμανθάνειν 9
καταρρινεῖν 119
κῆδος 16, 89
κηλεῖν 6, 47, 194, 196-7, 205, 206 n. 107,
    336 n. 19, 338
κοσμεῖν 21-2, 167n, 301 n. 81
κόσμος 84-8, 302 n. 85
κουφίζεσθαι 247-8, 258
κρίνειν 27, 99, 110 n. 28, 141, 147,
    167n, 243
κρίσις 99, 310 n. 106, 317, 336,
κριτής 167n
κριτικός 310 n. 106

综合索引

（阿拉伯数字所标页码为原英文页码，在正文中以"[ ]"标出）

catharsis
  in Aristotle 31, 236–65, 313 n. 116
  in Homeric scholia 70n, 88 n. 103
  in Philodemus 237 n. 64
  in Pythagoreanism 70n, 259–60

Circe 48
Colotes 155–6
comedy
  Aristophanic poetics of 96–7, 100–1,
    107–8, 143–4
  Isocrates on 290–2, 295
  Contest of Homer and Hesiod 86 n. 99,
    147 n. 91, 297 n. 73
correctness, poetic 133–4, 211–13, 216–19
Corybantic rituals
  in Aristotle 244–7
  in Longinus 337–40
  in Plato 102, 206 n. 107
Crates of Mallos 317–19
Cratinus 95–7, 132 n. 66, 191 n. 74
Critias 124 n. 53
criticism
  'biographical' 115–17
  destructive 135–8
  evaluative 113–14, 140, 317–18
  as measuring/weighing 109–10, 113,
    138–40
  as problem-solving 210–19
  quasi-forensic 113 n. 34, 114 n. 37,
    133, 139
  word-for-word 111–13, 133–5, 138
Croce, B. 158 n. 9, 355 n. 57

Dante 39 n. 5
'deception' (apatê), poetic 128 n. 60,
  274–7, 282–3
defamiliarisation, stylistic 212–13
Democritus 166 n. 25
Demodocus 56, 77–91, 362 n. 71
Demosthenes, see Longinus
Derveni papyrus 111–12, 161 n. 15,
  200 n. 96
dexiotês (virtuosity, cleverness) 123,
  131 n. 65
dianoia (thought, meaning)
  in Aristotle 233
  in Philodemus 321–4
  in Plato 173
  in Longinus 310, 322–3, 338–41
Dionysius of Halicarnassus 155–6,
  332, 337

Dionysus (Frogs)
  as critic 97–9, 115, 121–2, 128–30,
    140–8
  as lover of poetry 99–105, 147–8
divination 160 n. 13, 174

ecstasy (loss of self) vi, 6, 8–9
  in Aristophanes 102, 104, 108
  in Aristotle 226–35
  in Gorgias 276
  in Hesiod 17
  in Isocrates 299–300
  in Longinus 330–42
  in Plato 168, 171–3, 205, 332
  see also ekplêxis; enthousiasmos;
    psuchagôgia
education, see paideia
ekplêxis (stunning emotional impact) 6
  in Aristophanes 128 n. 60
  in Aristotle 229–31, 234, 249–50
  in Gorgias 276 n. 23
  in Longinus 330–5, 348
Eliot, T. S. 230 n. 50
Emerson, R. W. 367n
emotional understanding
  in Aristotle 208–10, 226–36
  in Gorgias 273, 283–4
  in Homer 87–90
encomium, poetry as
  in Aristophanes 311–12
  in Isocrates 296–9, 301–2, 304
  in Plato 296–7
enthousiasmos (intense excitation)
  239–41, 244, 246
entrancement, see psuchagôgia; thelxis
Epicurus 157–8, 315–16
Eratosthenes 230 n. 51
erôs
  Helen and 278–80
  in Longinus 366
  philosophy as 205–6
  Socrates and 205–6
eroticized experience of poetry/song 7
  in Aristophanes 101–3
  in Gorgias 280
  in Isocrates 294 n. 65
  in Hesiod 18, 46 n. 16, 49 n. 24
  in Homer 46–7
  in Old Comedy 191 n. 74
  in Plato 191, 194–9, 202–3, 205–7
ethics of poetry 7
  in Aristophanes 123–6

Isocrates (*cont.*)
Antidosis 303
Busiris 288-9
Evagoras 293, 302-3
and Gorgias 285 n. 41, 294 n. 66,
303-4
on Hesiod 290, 295, 301
on Homer 32, 225, 291, 294-8, 304
Panathenaicus 285-6, 298
Panegyricus 293, 296-301
Philip 303
philosophia in 288-90
and Plato 289 n. 50, 299-300
To Nicocles 287-8, 290-5

Kant, I. 342, 367n
kleos (renown) 16-17, 23, 37, 55, 74-6,
297
kosmos (beautiful order) 20-1, 80, 84-8,
267-8, 283
krisis (judgement), *see* criticism
Kundera, M. 75, 93
lamentation 63-7, 89

lexis (style)
in Aristotle 212-13
in Isocrates 302-4
in Philodemus 319-23
linguistics *vis-à-vis* poetics 133-4, 211-13
Linus song 43, 66 n. 60, 71
logismos (analytical reasoning) 120-1,
268, 271
logos (speech, discourse)
in Gorgias 267-77, 282-4
in Isocrates 286, 301-2
in Longinus 329 n. 6, 354, 367
in Plato 161 n. 16, 200-1, 225, 352
Longinus, *On the Sublime* 34-5, 327-67
on Demosthenes 330 n.8, 331 n. 9,
334, 338 n. 26, 344, 345 n. 38, 351,
362 n. 70, 364-6
and emotions 354-5, 359-60, 364-6
and Gorgias 329, 336
on Homer 345-7, 350, 352-3, 356-64
and Plato 156, 328, 343-4, 346-7, 352
on Sappho 345, 350, 352, 359 n. 66,
361-3
see also sublimity

magic, poetry as 6 n. 13, 47-9, 147 n. 92,
199, 274; *see also* bewitchment;
incantations; *psuchagôgia*

Mallarmé, S. 341 n. 29
Maximus of Tyre 156 n. 3
meaning, poetic 160-5, 173-5, 305, 323;
see also *dianoia*
metaphor, Aristotle's views of 156 n. 2,
213, 235
Metrodorus 169 n. 28
mimesis 11 n. 21
in Aristotle 208-16, 232-5, 238,
249-51, 256-8
in Longinus 338, 345
musical 239-40
in Philodemus 176n, 318-22
in Plato 156, 161 n. 15, 166 n. 25, 178
n. 41, 181-5, 192
mirror, poetry as
in Alcidamas 235
in Plato 181-2
Montaigne, M. de 1
mousikê (musico-poetic arts) 105, 107,
110, 191-2
neglect of 105 n. 23, 151, 191 n. 75,
192
Muse(s) 71n
in comedy 95, 137 n. 75, 191 n. 74
in Hesiod 13-18, 49 n. 24, 57 n. 39, 59
n. 45, 74 n. 77
in Homer 53-67
and interaction with human
singers 56-7, 59
living without 105 n. 23
in Plato 47 n. 17, 58 n. 42, 166 n. 25,
171-2, 192
music 6 n. 11, 43, 47 n. 19, 49 n. 25, 62 n.
52, 73-4, 86 n. 99
in Aristotle 238-48
in *Frogs* 137
in Homer 43-6, 49 n. 25, 71-4
in Longinus 337-40, 363
in Philodemus 317 n. 130
in Plato 163, 170, 197 n. 90, 287 n. 47,
355
myth
Gorgias and 266-71
Isocrates on 32, 289, 291-4, 298
Longinus and 348, 350
Philodemus and 322 n. 148
Thucydides and 20-1

Neoptolemus of Parium 316-17, 321 n.
146, 323
Nereids 63-5

版权所有　翻印必究

北京市版权局著作权合同登记号：图字 01-2021-4337 号

图书在版编目（CIP）数据

迷狂与真实之间 ： 从荷马到朗吉努斯的希腊诗学诠释 ／（英）哈利威尔（Stephen Halliwell）著 ； 张云天，邢北辰译. -- 北京 ： 华夏出版社有限公司，2024.
（西方传统 ： 经典与解释）. -- ISBN 978-7-5222-0764-3

Ⅰ . I545.072

中国国家版本馆CIP数据核字第202406JB22号

迷狂与真实之间——从荷马到朗吉努斯的希腊诗学诠释

作　　者	［英］哈利威尔	
译　　者	张云天　邢北辰	
责任编辑	李安琴	
责任印制	刘　洋	
出版发行	华夏出版社有限公司	
经　　销	新华书店	
印　　装	三河市万龙印装有限公司	
版　　次	2024 年 12 月北京第 1 版	
	2024 年 12 月北京第 1 次印刷	
开　　本	880 ×1230　1/32	
印　　张	15.375	
字　　数	422 千字	
定　　价	118.00 元	

华夏出版社有限公司　地址：北京市东直门外香河园北里 4 号　　　邮编：100028
网址：www.hxph.com.cn　　　电话：(010) 64663331（转）

若发现本版图书有印装质量问题，请与我社营销中心联系调换。